Caliope
editorial

Siempre luce el sol
después de la tormenta

Julián Mateos de la Higuera Palacios

Siempre luce el sol
después de la tormenta

Primera edición: octubre de 2018

©Grupo Editorial Max Estrella
©Julián Mateos de la Higuera Palacios
©Siempre luce el sol después de la tormenta
Corrección del texto: Isabel del Rey Reguillo
Dibujo de portada: Julián Mateos de la Higuera Ruiz Peinado
Registro en la Propiedad Intelectual nº. CR–31–2018

ISBN: 978-84-17233-77-8
ISBN Digital: 978-84-17233-78-5

Grupo Editorial Max Estrella
Calle Doctor Fleming, 35
28036 Madrid

Editorial Calíope
editorial@editorialcaliope.com
www.editorialcaliope.com

A mis padres, que en gloria estén. Ellos son el orgullo de mi existencia.

A mi familia, en especial a mi esposa, por el tiempo que dedico a la lectura y a la escritura en vez de dedicárselo a ella.

A mi maestro, don Manuel García-Cervigón Márquez, por sus consejos y aquel interés por que yo no abandonase la escuela antes de tiempo.

A Isabel del Rey Reguillo, por su valiosísima ayuda. Sin ella, quizás no me hubiese atrevido a publicar esta novela.

PRÓLOGO

...nadie puede enseñar a otro a crear; a lo más, a escribir y leer. El resto, se lo enseña uno a sí mismo tropezando, cayéndose y levantándose sin cesar.

He querido empezar este prólogo con las palabras del Nobel de Literatura Mario Vargas Llosa. Creo que son las que mejor definen la ayuda que le he prestado a Julián ante la propuesta, no explícita, que él me hizo con ingenua insistencia. Cuando termine este escrito, habrá concluido también mi doble función en el libro, la de correctora literaria y la de prologuista. Son dos misiones que demuestran la confianza que el autor deposita en mi persona y que he intentado desempeñar lo mejor que he podido.

Julián Mateos de la Higuera Palacios, agricultor de profesión, o albañil, o conductor... es un hombre inquieto, pacífico, trabajador, amante de la cultura y activista de ella dentro de lo que sus posibilidades le permiten. A punto de cumplir su séptima década de vida, ha decidido publicar su primer libro. Una cadena de circunstancias le propiciaron la escritura del mismo cuando él ya lo creía imposible. Dolorosas fueron esas circunstancias, pero con final feliz, como tantas veces ocurre en la vida y como expresa el título de esta «ópera prima» suya: *Siempre luce el sol después de la tormenta*. Así es el espíritu del autor, optimista y positivo. Y eso es lo que intenta transmitir al lector con el relato de las historias que nos presenta en esta novela.

Conozco la afición literaria de Julián desde hace muchos años a través de sus colaboraciones en la revista «Pan de Trigo» de La Solana (Ciudad Real). En el número 24 de dicha revista (octubre, 1995), Julián colaboraba por primera vez con dos poemas: *A Jesús crucificado* y *Al Santo Sepulcro*, dos sonetos cuyos títulos nos hablan de su amor a Cristo y cuya hábil ejecución, sobre todo en el primero, auguraban una satisfactoria evolución al principiante. Con esta publicación, junto a alguna otra anterior en medios también locales, Julián acuñaba sus primeros pasos como escritor que empieza a darse a conocer. Elegía entonces el verso. Después fueron llegando más escritos, en verso o en prosa, y con ellos la pluma de Julián afianzándose cada vez más en esa actividad que le hacía disfrutar como ninguna otra.

Julián escribió *Siempre luce el sol después de la tormenta* a borbotones. Podría decirse que las palabras se le vertían sobre el papel como el agua que fluye por los veneros después del deshielo cuando los rayos del sol empiezan a caldear los espacios. Palabras libres, abundantes, veloces, sinceras, espontáneas, sonoras, transparentes… cayendo por las laderas de una montaña de años que habían quedado atrás allí a lo lejos, cobijadas en las cumbres de la memoria y solidificadas con los fríos del dolor. Y así, casi sin darse cuenta, Julián tenía un libro propio en las manos y unas ganas inmensas de publicarlo. Por eso buscó ayuda, sabedor de que su formación académica era escasa, niño como fue de posguerra en un hogar sin medios para proporcionar estudios a los hijos o, en todo caso, carente de la intuición o la información suficiente para solicitar una beca.

Y empezamos, él y yo, a caminar juntos, trabajando esas aguas impetuosas, encauzándolas, dosificando los vertidos que cada capítulo debía recibir, no fuera que, de la propia abundancia, el escritor corriera el peligro de ahogarse a sí mismo…

Quienes conocemos al autor de este libro sabemos que es un hombre receptivo, aunque ¡eso sí! vigoroso defensor de su idea inicial hasta descubrir las ventajas de la opción que se le sugiere. Durante este proceso, hemos recurrido el debate una y otra vez en la selección de una preposición u otra, una mayúscula, un adjetivo, un tiempo verbal… Hemos cotejado significados de palabras antiguas, de «solanerismos» que forzosamente debían aparecer en los paisajes literarios que Julián había creado. Hemos eliminado páginas enteras por innecesarias y reiterativas, hemos cuidado la concordancia o hemos conservado refranes sumamente reveladores de los sentimientos o situaciones que la historia retrata. No es el principal objetivo del autor hacer literatura. Si bien, sí lo es la corrección en la escritura. Por eso la antepuso a la publicación y eso hemos intentado. Reconoce ahora nuestro escritor, y agradece, los muchos descubrimientos que le ha aportado este necesario proceso correctivo. Sabe, y así lo expresa, que de haber abordado ahora esta experiencia, hubiera invertido el orden de actuación. Se demuestra, pues, la veracidad de las palabras del premio Nobel: solo se aprende a escribir escribiendo mucho (tropezar, caer, levantarse…), corrigiendo mucho… y, sobre todo, leyendo mucho.

Con un estilo directo y llano y un ritmo disciplinado en el trabajo, Julián tomó un día la lanza de su pluma y se puso a luchar contra las injusticias de un tiempo que ya, por fortuna, es recuerdo. Como cualquier escritor, escribe de las experiencias vividas, dotándolas de tanta naturalidad que las hace creíbles. Sigue la cronología que le facilita su buena memoria y su intuición y forja una historia general que es el mosaico resultante de muchas historias familiares o individuales… retratando los distintos aspectos de la sociedad (político, religioso, costumbrista…), sin detenerse mucho en la descripción, pero relacionando bien los hechos, valiéndose de un narrador omnisciente que sitúa el nivel de realidad en un espacio y un tiempo perfectamente integrados en los hechos.

Siempre luce el sol después de la tormenta retrata un mundo difícil, los problemas que mortifican a cualquier sociedad recién salida de una Guerra Civil: el hambre, el rencor, la injusticia, el abuso, el maltrato, la venganza…, pero retrata también el amor, el respeto, la compasión, la buena educación; en definitiva, los valores humanos inherentes al corazón del hombre bueno. El autor de este libro, de prodigiosa memoria, guarda en ella todos los sucesos que él mismo vivió u observó en otros y también los que escuchaba de niño, atentamente, sin entrometerse en las conversaciones de los mayores. Y quería contarlos. Eran tiempos de posguerra. Se sentían aún muy cercanos los tres años de Guerra Civil en cada uno de los pueblos de España. Son, por tanto, relatos de una época donde las injusticias de la dictadura gobernante podían sufrirse o contemplarse a diario. Basándose en sus recuerdos de niñez, Julián ha construido esta novela cuyos personajes (más de setenta) e historias vitales son pura ficción, pero sirven para dar a conocer a quien no conoció aquella triste época y para recordársela a quien sí la vivió. Rinde así homenaje a una tierra a la que tanto ama y por la que tanto trabajó: La Mancha.

Siempre luce el sol después de la tormenta, amigo lector, es, sobre todo, una historia de esperanza. Te invito a que te abraces a ella empezando a leerla…

Isabel del Rey Reguillo

CAPÍTULO 1

Está amaneciendo. El ladrido de un perro rompe el silencio de la mañana y, a continuación, el canto del gallo anuncia el alboreo de un nuevo día que promete un sol espléndido y una temperatura agradable. Revolotean las palomas y sus machos zurean con insistencia mientras los pájaros pían alborotados y nerviosos por el hambre mientras buscan algo que pueda servirles de alimento. La gente empieza a desperezarse para irse al trabajo después de preparar utensilios y herramientas.

Marzo ha traído unos días desesperados de viento; ahora está sereno y promete buena temperatura, si no se vuelve revoltoso como a veces acostumbra. El sol hace brillar la hierba con el rocío que la noche ha depositado en ella y en las primeras flores que llegan anunciando una nueva primavera en esta parte de la Mancha Baja.

Han pasado siete años después de una guerra que ha durado casi tres y la paz se disfruta en todo el territorio; pero esa paz no es completa ni limpia. No es un cristal transparente donde se dejen ver las diferencias políticas que aún existen y que, por temor, duermen en un fondo turbio, igual que se ocultan los posos bajo un aceite aparentemente limpio.

Las diferencias y recelos viven bajo esa paz conformista y de temor que lo cubre todo. Son los años cuarenta. Años complejos donde la supervivencia es una asignatura pendiente difícil de aprobar, un reto para todos, pero mucho más para aquellos que nada tienen y que, además, se encuentran con gente de mala conciencia social, que teniendo medios económicos para ayudar, se mantienen pasivos sin hacer nada ante las necesidades de los demás, viéndolos pasar hambre, envueltos en la miseria y en la necesidad. Eso, si no entorpecen el curso natural de las cosas oprimiendo y agobiando a personas hasta verlos sometidos y sumisos. Gente privilegiada con medios económicos y poderes públicos que imponen en vez de ayudar.

Muchas familias están incompletas a consecuencia de la guerra, el hambre y las enfermedades. En unas falta el padre, en otras un hijo, en otras la madre e incluso el padre y la madre a la vez. Igual en unas clases sociales que en otras; motivo suficiente para unir a unos y otros y no provocar el constante distanciamiento.

El tiempo pasa sin detenerse en ningún momento y con él, la vida va pasando, con problemas o sin ellos, al compás que marca el sol que lo fracciona en días y noches, como ejemplo de todo lo que empieza y acaba, igual que la vida misma.

Los niños, a pesar de las necesidades, juegan ignorando los problemas. Corretean en la calle, felices como siempre, con juegos imaginativos y sencillos que los aíslan de toda preocupación y a la hora de comer, cualquier alimento es un manjar, por muy mísero que sea: la escasez de ellos los hace especiales.

A pesar de la escasez, hay familias que nadan en la abundancia. La casa de don José y doña Felicidad es una de ellas, pero aun así, es incompleta, como tantas otras. Don José es veterinario, pero no ejerce su profesión, tan solo atiende a los animales de su hacienda y disfruta con ello. Le gusta ese oficio, solo que es consciente de que si lo ejerce, tiene que desatender su hacienda y ponerla en manos ajenas. Piensa que eso no le conviene, porque puede administrar su hacienda como ahora lo hace, y vivir sobradamente. Doña Felicidad es ama de casa y junto a su vieja sirvienta María cuida de ella, de su marido, su hija Rosa y su sobrina Luisa. Luisa es huérfana y vive con ellos. Don José visita la finca casi a diario y, a veces, la familia entera se va al campo a pasar unos días al aire libre para disfrutar de la paz y la tranquilidad que ofrece la naturaleza.

Es lunes, y como cada lunes los gañanes y jornaleros preparan víveres para toda la semana: aceite, vino, pan, patatas, judías, cebollas, vinagre, sal… Van en carros. Mientras andan el camino, de unas dos horas de duración, almuerzan para ir directamente al trabajo.

Andan las mulas a su paso. Entre risas y bromas, el camino se hace más corto. Pedro llega corriendo y los saluda. Pedro es el hijo del guarda, tiene siete años y es un muchacho bonachón, vivaracho, gracioso y algo ingenuo; quizá el aislamiento de la civilización, lo mantiene inocente, natural, auténtico. El día que vienen los señores, todos se ponen contentos, pero en especial Pedro, porque juega con las niñas y no se siente tan solo en ese entorno, donde el único niño es él. La tarea normal de Pedro es dar de comer a los animales que tienen en un corralillo: gallinas, cerdos, perdigones de reclamo y alguna codorniz enjaulada, igual que los perdigones. Pedro es responsable y cuida de que todos los animales alcancen al «tornajo» o cuezo sin que los demás se lo impidan. También saca agua del pozo con un cubo pequeño y por último, juega con su único amigo, *Cazasartenes*. *Cazasartenes* es un perro que siempre está en la casa y al que no le gusta cazar, por eso le han puesto ese nombre, porque a veces lo han visto lamer la sartén o el caldero, cuando ya está vacío y arrinconado. Con él tiene Pedro conversaciones interminables, el perro lo mira atentamente como si le entendiese y a veces mueve el rabo, ladra y gruñe como si respondiese a la conversación. Entonces le dice Pedro: ¿Verdad que sí, *Caza*? ¿A que llevo razón? A Pedro le gusta leer y escribir, pero aún sabe poco, es casi analfabeto; pero sueña con aprender algún día.

Los lunes también van a la casa de don José dos mujeres a lavar las mantas de las mulas y la ropa basta del campo. Lavan en un tiesto hecho con media tinaja de barro cocido cortada longitudinalmente, quedando cada pieza con el medio círculo de la boca. En cada lateral se coloca una losa de madera para frotar la ropa al lavarla. Es la ocasión de hablar:

—Ayer me dijeron algo espeluznante. María, la que vive dos casas más arriba de la mía, pone todas las noches un plato de comida en la mesilla de noche de la alcoba de su hijo, aquel que le mataron en la guerra… lo pone y deja la ventana abierta.

—¿Y qué?

—Pues que por la mañana, el plato está vacío.

—Normal… los gatos pasan y se lo comen.

—No sé… ella piensa que es su hijo que viene…

—¡Tonterías! Los muertos nunca vienen.

—Cuando le dieron la noticia de su muerte, ofreció una misa por el descanso de su alma y no la cumplió porque no tenía dinero para pagarla. Después, cuando había pasado algún tiempo, las sillas de su casa se volcaban solas.

—¿Y tú te lo crees?

—No sé si creerlo. A mí se me ponen los vellos de punta solo de pensarlo. Ella dice que cuando le dijo la misa, las sillas dejaron de volcarse.

—Pues no lo creas. Los muertos nunca vienen. Lo que pasa es que desde hace algún tiempo, se junta con gente que practica espiritismo y en las sesiones que hacen, le hacen ver, no sé de qué manera, que conecta con él. Y con eso, la tienen tonta.

—¡Pues lástima de mujer! Con lo buena que es.

—Sí, por eso le pasan esas cosas, por ser buena y fiarse de esos desaprensivos que la manejan a su antojo.

Después de seis horas, terminan de lavar la ropa y la tienden en las cuerdas del corral al sol. Avisan a María, la criada para que se lo comunicase a la señora.

—Señora, las lavanderas han terminado

—Diles que pasen y prepárales algo para la comida

—La señora dice que paséis donde está ella

—Señora, ¿da usted su permiso?

—Pasad. Tomad vuestro sueldo y esto para la comida. De aquí en adelante, será María quien os pague. No hará falta que vengáis a verme.

—Gracias, señora, estamos muy agradecidas, Dios la guarde.

Salen de la casa con unas monedas, poco más que una limosna, pero envuelto en papel de estraza llevan cada una un trozo de tocino de al menos un cuarto de kilo, un cantero de queso, media docena de huevos y medio pan. La voluntad de la señora ha sido grande.

La vida en el pueblo es tranquila. Mientras los niños están en la escuela, de diez a una en las mañanas y de tres a cinco en las tardes, el silencio en las calles es predominante. Solo se oye el tintineo del martillo de las fraguas, algún trapero que pregona su oficio o el afilador que toca su flauta armónicamente. A la salida de la escuela, el griterío se oye desde lejos. Son, como dijo don Vicente Medina en su poema: una «bandá» de pajaritos sueltos. La calle se llena de juegos, juegos que van pasando de generación en generación sin envejecer, porque se hacen nuevos en cada niño que empieza y que solo necesita sus pies y sus manos para jugar. Manos de pan y chocolate unas (cuando había para chocolate), manos de «pan y quesico» otras (cuando solo era una sopa de pan encima del pan porque no había para más).

Pedro ha venido al pueblo con su madre para que le corten el pelo y a probarse unas zapatillas que le está haciendo el zapatero. Dormirán en casa de su abuela. Mañana se irá otra vez a la quintería, pero esta tarde jugará con los niños del barrio. Se une al grupo de los chicos con timidez.

—¿Y tú quién eres? —le pregunta uno con despecho, como si le molestase su presencia.

—Soy Pedro, nieto de Basilia… vivo en esa casa, en el número 16.

—¡No queremos extraños en el barrio!

Pedro agacha la cabeza y se dispone a irse, cuando escucha una voz que dice:

—¿Por qué se tiene que ir?

—¡Porque lo mando yo!

—Tú, Pedro, si quieres quedarte, quédate, y si él no quiere jugar contigo, que se vaya —dice José.

—¡El que te vas a ir vas a ser tú, y él contigo! —dice Ambrosio.

Los dos se mirar como dos gallos de pelea y pronto se agarran tanteando cada uno la fuerza de su rival. Forcejean y se echan zancadillas. Al final cae José encima de Ambrosio sujetándole los brazos y poniéndole una rodilla en el pecho, cerca de la garganta.

—¿Te rindes? —dice.

Ambrosio no contesta, pero se relaja y se mantiene. Cuando José se pone en pie, Ambrosio se levanta con la cabeza agachada y se dispone a marcharse. José le pone una mano en el hombro y le dice:

—Por las buenas no me importa que mandes, pero por las malas, mando yo.

Pedro se hace amigo de todos, pero más de José. Se siente agradecido.

Pedro y su madre regresan al caserío con un pastor. Son las ocho de la mañana cuando pasan por la puerta de otro caserío cercano al de ellos y ven al casero y a toda su familia cargando trastos en un carro; saludan y al mismo tiempo pregunta Petra que si se van de mudanza y el hombre le contesta:

—Nos vamos a nuestra casa… ¡No aguanto más!

Siguen su camino y poco antes de llegar al caserío se encuentran con Juan José. Petra comenta a su marido lo que ha visto y Juan José contesta que es mejor.

—Mejor… ¿por qué?—pregunta Petra.

—Ese patrono no merece que lo sirva nadie. Tiene la lengua muy larga.

—¿Qué es lo que ha pasado?

—Va diciendo que se acuesta con la mujer del casero y además cuando llega a la finca, llega con malos modales. Esa gentuza no merece que los sirva nadie.

—Pero ahora ¿qué van a hacer sin trabajo? Porque si se han ido de malas maneras, no les va a ser fácil encontrar otro sitio donde trabajar y mucho menos si ese patrono va hablando mal de ellos.

—Ya se las arreglarán, no te preocupes.

—Es buena gente. Me da mucha pena —dice Petra.

En la puerta de las casas está *Caza* enroscado, durmiendo y cuando oye el carro, alza la vista, se levanta y sale corriendo a su encuentro y al llegar a ellos, empieza a ladrar y a mover el rabo lleno de alegría al ver que también llegaba Pedro.

Mientras Pedro alimenta a los animales del corral, Petra prepara el almuerzo y Juan José saca agua del pozo hasta llenar la pila, para que Pedro pueda llevarle a las gallinas y a los cerdos.

El domingo posterior a la llegada de Pedro y Petra, el manigero estuvo toda la mañana recorriendo las casas de las escardadoras que ya tenía buscadas para decirles que el lunes empezaban las faenas de escarda.

Entre risas y algarabías, diez mujeres —mozas de corta edad— subían a un carro que estaba preparado para ellas. Un carro de varas del que tiraba una mula sola, donde un jornalero de los de más edad, mandado por el manigero, se hacía cargo del baluarte y de la cuadrilla de escardadoras.

Empezaba a ponerse el sol cuando llegaban los gañanes y los jornaleros a la casa después de un día duro de faena. Las escardadoras ya se habían lavado y salían al patio para hablar o entretenerse en algún juego mientras llegaba la hora de la cena.

Unos mozos miraban de reojo y otros descaradamente hacia donde estaban las mozas y ellas miraban con disimulo mientras cuchicheaban entre risas. Pronto las llamó Petra para pelar patatas, pues era allí, en la casa del guarda, donde tenían que dormir y cenar y era la hora de hacer la cena.

Se acostaron y empezaron a hablar de sus cosas, hasta que empezó a rendirlas el sueño. En aquel cuarto grande donde dormían las mujeres temporeras que iban a escardar, arrancar o vendimiar, se habían fraguado grandes amistades que después durarían toda la vida, como ocurrió en esta ocasión con Aurora, Rosa y Blasa.

Por la mañana, camino del trabajo, iban contando los sueños, las que habían soñado, porque algunas dijeron que estaban tan cansadas que no les había dado tiempo a soñar. Blasa dijo que se había quedado dormida pensando en el mozo que le gustaba y, al despertar, pensaba que estaba con él y al abrir los ojos se desilusionó al ver dónde se encontraba. Aurora dijo que había soñado que escardaba y que los surcos que ella llevaba estaban llenos de cardos y malas hierbas, por lo que se quedaba atrás sin poder ir con la cuadrilla, sintiendo por eso una auténtica pesadilla. Rosa dijo que no había soñado, pero que al despertar pensaba que estaba en su casa y no se dio cuenta de dónde estaba hasta que abrió los ojos y vio que estaba en un camastro, una saca de loneta llena de paja.

Lucía el sol aquella mañana sobre el horizonte, en un cielo limpio y azulado. Las escardadoras, como flores abrileñas, andaban sobre los surcos quitando las malas hierbas del sembrado mientras el sol se alzaba en el cielo mandando sus rayos que, al chocar con el rocío, dibujaban una aureola alrededor de la sombra de las siluetas de sus cuerpos.

Estaban agachadas haciendo su faena cuando oyeron un tropel que les causó un gran sobresalto. Miraron y era la Guardia Civil que iba con los caballos al galope por mitad del campo, sin respetar sembrados, en dirección a un carro de leña. Llegaron hasta donde estaba el leñador y el hombre paró sus burros. La Guardia Civil le preguntó que de dónde venía con la leña.

—Vengo del Monte Chico. Ese monte está libre y allí se puede hacer leña.

—¿Llevas permiso?

—No, señor.

—¿Tú no sabes que todo el campo tiene dueño? Ese terreno es del Estado y para cortar leña se necesita permiso.

—No lo sabía.

—Pues para que no se te olvide, vas a llevar la leña a la residencia de ancianos.

—Si hago eso, ¿qué van a comer mis hijos mañana?

—Si quieres que coman tus hijos, trabaja en vez de robar.

El leñador, viendo las caras de pocos amigos que tenían los dos guardias civiles, agachó la cabeza y arreó los burros. Antes de empezar a andar los animales, escuchó que uno de ellos se dirigía al él diciéndole:

—Dame tu nombre y tu dirección.

Obedeció, y después le dijo el guardia que podía marcharse. Iba el leñador renegando de su mala suerte y maldiciendo a los guardias en su interior, cuando se encontró con un amigo suyo —leñador también— que ya había descargado. Pararon y, mientras encendían un cigarro, le dijo lo que le había pasado y donde iba a descargar la leña.

—Llevas una buena carga —le dijo su amigo.

—Está bueno el camino y los atolladeros han desaparecido desde que no llueve. Por eso pude cargar un cerco más —dijo él.

—Echa ese cerco en mi carro y algunos haces más del centro y los llevo a tu casa, así no lo pierdes todo.

—¿Y si se entera alguien y lo dice?

—Nadie se va a enterar. Ellos solo preguntan que si la has llevado.

—Mejor que a mi casa, te la llevas y la vendes.

Así lo hicieron. El amigo llevó la leña al panadero como si fuese suya y después le dio el dinero. La carga del carro quedó a la misma altura que cuando lo cargaban menos, por miedo a los atascos, ya que los caminos eran barrizales y los atolladeros eran frecuentes.

Se acercaba el sábado y la semana siguiente no era una semana normal: era Semana Santa. La gente de la quintería hacía planes, porque el único día que se paraba era en Viernes Santo. De los pastores, uno se iría con su descanso normal y los demás se quedarían como siempre. De los gañanes, uno y un zagal también se quedarían para cuidar las mulas y los demás se irían el jueves después de la faena y el sábado al salir el sol estarían de vuelta. Los jornaleros pararían el viernes para estar de vuelta el sábado igual que los gañanes. Y las escardadoras se irían el miércoles después de la faena y volverían el lunes. Pedro y Petra se irían con las escardadoras y volverían con ellas; el que no se iría sería Juan José, aunque a la semana siguiente disfrutase de un día libre, además del que le correspondía.

En el pueblo las cofradías preparaban para la Semana Santa. Por las noches, después de salir del trabajo, se reunían para ensayar y ponerse de acuerdo en algunos detalles de última hora. La devoción era absoluta, al menos en apariencia. El respeto era tan grande, que parecía propiamente un hecho real más que una procesión de acto conmemorativo.

La gente en su mayoría iba a las procesiones por fe y por devoción, pero había una parte que iba solo por aparentar que era devota y así mantenía buena imagen de cristianos católicos. Otra parte —quizá minoritaria—, no creía y por eso no iba. Para ellos, Dios era la naturaleza: el agua, el sol y el aire. Tres componentes distintos fundidos en una misma materia a la que le dan vida.

Pedro ignoraba las costumbres del pueblo y le impresionaban mucho estos actos, por eso preguntaba a su madre constantemente. Para él, la procesión no era un acto conmemorativo, sino un hecho real que impactaba en sus sentimientos, hiriendo su sensibilidad, afectando a su estado anímico.

En el cortijo habían quedado tres mozalbetes, un gañán de los más ancianos, el guarda y dos pastores, pero habían llegado otros tantos de las dos fincas colindantes, que estaban de servicio igual que ellos y, como es fiesta, no trabajan, solo dan agua a los animales y les dan de comer.

Entre risas, bromas y juegos, pasan el día de Viernes Santo. Uno de ellos dice que pueden ver la procesión y los demás le preguntan que cómo, si allí no hay santos.

—Muy sencillo —le contesta— haciéndola nosotros. Traed los tablones del carro. Tú puedes ser Jesús y tú la virgen. Subid cada uno en un tablón. Tú te echas una manta a la cabeza, que te cuelgue como un manto, igual que a la virgen, y tú quítate la camisa y ponte una corona en la cabeza hecha de esa zarza y nosotros os llevamos a hombros, y así hacemos la procesión. Así lo hicieron, aparentando solemnidad, con risas esporádicas y contenidas, sin pensar que, si les viese el cura, los acusaría de sacrílegos.

En el pueblo, Pedro le daba vueltas a la cabeza pensando en por qué tanta crueldad para Jesús siendo tan bueno. Pensaba que si él pudiese, le ayudaría. Lo liberaría de tanta crueldad, pero sabía la historia, su madre se la había contado y le había dicho que solo el Cirineo —mandado por un soldado— le ayudaría a llevar la carga de la cruz. Estaba en estas cavilaciones, cuando escuchó que alguien se acercaba por el portal. Era su amigo José que iba a llamarlo para jugar.

La casa de la abuela era pequeña. Solo tenía cuatro habitaciones, un portal, una cuadra y un corral pequeño. La cocina, que era donde estaban durante el día, era rectangular. De frente, al pasar, estaba el sofá de madera con asiento de enea. Seis sillas haciendo juego con el sofá, repartidas a lo largo de tres paredes: una a cada lado del sofá, dos en la pared de la derecha según se pasa por la puerta y otras dos, una a cada lado de puerta. En la parte derecha, hay una mesa rectangular y en la pared izquierda el fuego con la chimenea. Las demás habitaciones eran una alcoba, igual de grande que la cocina, otra más pequeña y una despensa, también más pequeña.

La puerta de la calle estaba entornada y José pasó sin avisar. Pedro estaba sentado en el sofá y al verlo se puso en pie.

—¿Te vienes a jugar?

—Sí, vamos.

Salieron a la calle y en ella estaba Ambrosio. Al verlos, dio media vuelta para irse, pero José le dijo que esperase porque quería hablar con él.

—¿Juegas con nosotros? —le dijo José a Ambrosio, y él se encogió de hombros— Yo quiero seguir siendo amigo tuyo, pero Pedro también tiene que serlo.

—Vale —contestó Ambrosio.

Estaban jugando en la calle cuando se les acercó un perro, que después resultó ser hembra, porque dijo José que estaba recién parida y que tenía cuatro cachorros.

—¿Los podemos ver? —dijo Pedro.

—Claro que sí —contestó José, y fueron los tres a casa de José para verlos.

La madre de José, al ver a Pedro le dijo:

—Tú eres nieto de Basilia…

—Si señora —contestó Pedro.

—¿Vas a la escuela?

—No, mi madre dice que el año que viene.

—Dile a tu madre que no lo deje para luego, que lo que tardes en ir, es perder.

Pasaron a ver a los cachorros y Pedro, al que le apasionaban los animales, se quedó entusiasmado con ellos. Después salieron a la calle a correr cargados con los collares de las caballerías haciendo sonar los cascabeles.

Era el Sábado de Gloria y se aproximaba la hora de comer. Basilia había salido dos veces a la calle para llamar a su nieto, pero no lo había visto. Salió después de haber preparado la mesa con todo lo necesario para la comida, menos el potaje de Pascua, que no quiso vaciarlo en la cazuela para que no se enfriase. Al mirar en la calle por tercera vez, lo vio y lo llamó.

—Vamos Pedro, a comer.

—Voy enseguida.

—Nos vemos esta tarde —dijo José.

—Sí, después de comer, nos juntamos aquí.

Pedro no contaba con que su madre esa tarde se iría de visita y mucho menos que él iría con ella.

Serían las cinco de la tarde cuando Petra lo llamó para lavarlo, ponerle ropa limpia y peinarlo. Cuando iba por la calle de camino a la visita, Pedro tenía nostalgia de lo que había dejado atrás —el juego y sus amigos— y pensando en ellos, se acordó de lo que le había dicho la madre de José.

—La madre de José me ha preguntado que si voy a la escuela —dijo Pedro a su madre— y me ha dicho, que lo que tarde en ir, es perder.

—Lleva razón en lo que te ha dicho, pero este año no ha podido ser. El año que viene, ya veremos.

—¿Dónde vamos? —preguntó Pedro.

—A ver a Josefa, la casera que estaba en la finca de al lado de donde estamos nosotros.

Llegaron a la casa donde vivía Josefa. La fachada estaba completamente desconchada, no había cables que indicaran que en el interior había fluido eléctrico, las tablas de la puerta estaban resquebrajadas y sin pintura. Parecía un edificio abandonado. Petra recordaba que en tiempos fue una cuadra de animales. Al fin llamó. La puerta estaba entornada. Una muchacha de apenas cinco años, sucia, casi descalza y despeinada la abrió. Petra dudaba si pasar o no, mientras observaba su interior mísero y desordenado: una chimenea donde humeaban unos granzones de paja casi apagados. A cada lado de esa chimenea, estantes donde se veían un caldero, dos sartenes, cuatro o cinco platos y una cazuela de barro. En la pared de la derecha, un poyo hecho de yeso bien pegado a la chimenea; a continuación y haciendo escuadra con la pared de la calle, un pesebre justo detrás de la puerta y en el pesebre, dos burros y cuatro gallinas que escarbaban en la basura entre las patas de los burros. En la pared de la izquierda, y también pegado a la chimenea, otro poyo, cuatro sillas grandes, dos pequeñas y dos serijos o asientos bajos hechos de enea.

—¿Estás sola?— preguntó Petra a la niña que los miraba cohibida y seria, casi asustada.

—Sí —contestó tímidamente.

—¿Dónde está tu madre?

—No sé, se ha ido.

Petra llamó en la puerta de la casa contigua y preguntó que si sabían dónde estaba la madre.

—No tardará en llegar —contestó la vecina.

—Es que me da apuros irme y dejar a la niña sola.

—Pasa si quieres y la esperas aquí hasta que venga.

—¿Puedo coger a la niña y tenerla conmigo?

—Tú verás… esta gente tiene poca sociedad… tiene poco apego.

—Bueno, de todas maneras la paso conmigo. Gracias por invitarme a pasar.

—No tiene importancia. A mí también me da pena de esta criatura.

Están las dos mujeres hablando en la cocina cuando ven por la ventana a Josefa que llegaba a su casa. Petra se puso en pie dispuesta a irse, dando las gracias de nuevo a la vecina. Cogió a la niña en brazos y salió. Llamó de nuevo en la casa de Josefa y ella desde dentro exclamó:

—¡Pasa, está abierto!

Petra empujó la puerta y dejó a la niña en el suelo y después pasaron los tres. Josefa agachó la cabeza avergonzada y le dijo:

—Tú por aquí… ¿a qué vienes?

—A verte… si no te importa. Vi que estabais cargando vuestros enseres y por lo que dijo tu marido, pensé que pasaba algo.

—Lo que pasa lo sabe ya todo el pueblo. El sinvergüenza ese se va encargando de decirlo.

—Estuve aquí antes, pregunté a la vecina y me dijo que no tardarías. Cogí a la niña, que estaba sola, y te esperé ahí. La mujer me ofreció su casa para esperarte.

—Cuando he llegado y he visto que no estaba la niña, he pensado que estaba con sus hermanos; pero se ve que se han ido a jugar y la han dejado sola. No sé si decirte que te sientes. El niño y tú vais muy arreglados y limpios y esto es una pocilga. Huele a orín y a la basura de los burros. Mi casa no es para recibir a nadie, pero podemos dar gracias a que no tenemos que dormir en la calle.

—No te preocupes mujer, estos tiempos traerán otros mejores. No me importa estar aquí contigo, las sillas están limpias y nos podemos sentar.

—Yo creo que lo mejor sería irse del pueblo…. desaparecer.

—¡No digas tonterías! Yo sé que no tienes nada de qué avergonzarte y esto pasará, ya lo verás.

—Eso lo crees tú ¿pero cuánta gente más lo cree? Ellos son los amos, su palabra es ley y la gente cree su verdad aunque sea mentira. A nosotros no nos cree nadie. Va diciendo lo que quiere. Está echando a mi marido por tierra diciendo que es un vago y un cornudo. Así nadie le va a dar trabajo. Y todo porque no he accedido a sus pretensiones. Ahora nos está haciendo pagar las consecuencias por no haber conseguido lo que quería, todo por venganza.

—¿Has hablado para que vayan los niños a la escuela?

—Sí. El lunes los lavé como todos los días y antes de irme a casa de la señora donde ahora trabajo, fui a la escuela. Me dijeron que no había plazas. Cuando llegué al trabajo, se lo dije a la señora y me dijo que iría ella a hablar con el director y parece que le ha convencido. Parece que los demás maestros no estaban de acuerdo. La señora es muy buena, tanto que nos ha cedido gratis esta casa, es una cuadra, pero evita que estemos en la calle.

Era ya anochecido cuando Pedro y su madre llegaron a casa de su abuela. Todavía jugaban sus amigos en la calle con más niños. Pedro se unió a ellos. Unas pocas bombillas alumbraban tenuemente las calles. Uno de los chicos comenzó a tirarle piedras a las bombillas. Los otros tres y Ambrosio siguieron su mismo ejemplo hasta que uno acertó y rompió una. En ese mismo momento salió corriendo y los demás salieron detrás, nadie quería cargarse las culpas.

En la pandilla de Ambrosio siempre estaban inventando bromas de las que solo hacen gracia a aquel que las gasta. La primera broma fue atar una cuerda fina de bramante al llamador de una puerta cercana a la esquina, se escondían detrás de dicha esquina y tiraban de la cuerda para que sonara el llamador. Los dueños de la casa salían a abrir y enseguida se daban cuenta del truco y enfadados salían corriendo para cogerlos, lo que no sucedía nunca, claro está.

Después de eso, pensaron poner una lata con barro blando en una ventana en la zona donde habían roto la bombilla. Ataban una cuerda fina a una lata por un extremo y el otro extremo lo ataban a una piedra puesta en el suelo. Dejaban la cuerda tirante de forma que al pasar la gente por la acera, se enganchase en la cuerda. Así, se volcaba y el barro de la lata caía inevitablemente encima de la persona.

José y Pedro, al ver aquello, no dijeron nada, pero no les gustó y se fueron a sus casas sin avisar que se iban.

CAPÍTULO 2

Era el Domingo de Resurrección y Petra fue a misa con su hijo. Después vieron en la plaza la procesión del Resucitado. Allí, desde lejos, vieron a sus señores con las niñas. Pedro les tenía mucho cariño a las niñas porque cuando iban al caserío jugaba con ellas, pero en el pueblo los niños jugaban con los niños y las niñas con las niñas. Además, las señoritas como Rosa y Luisa, casi nunca jugaban en la calle. Tenían otras amigas de su mismo estatus social con las que se reunían en su casa o en casas de otras amigas. No por ello rehusaban hablar con otras niñas que eran pobres y, cuando surgía la ocasión, eran sociables con cualquier persona, incluso les gustaba ayudar a quien lo necesitase.

El domingo por la mañana volvió a la quintería el pastor. Juan lo esperaba para venirse con los dos días de descanso que le correspondían por su quincena. Llegó al pueblo a la hora de almorzar, se puso ropa limpia y se fue a la plaza. Allí vio a los amigos del zurra y quedó con ellos para reunirse por la tarde. El zurra se hacía cada domingo en una casa diferente, guardando siempre el orden del turno de los ocho o diez que eran fijos. Cada uno sabía cuándo tocaba ir a su casa, salvo alguna excepción, como por ejemplo ir a la casa de Juan, donde iban de tarde en tarde aprovechando un domingo que él tuviese libre. Aquel domingo estaban cinco personas más que de costumbre, por lo que la baraja se quedaba pequeña para un ronde solo, así que se repartieron en dos. De vez en cuando, se levantaba uno del ronde y, mientras repartían las cartas, se daba una ronda de vasos llenos de zurra. El repartidor era casi siempre Manuel y se bebía un vaso antes de repartir y otro después, por lo cual pronto empezó a tambalearse. Manuel, al que apodaban «el Tipo», además de ansioso para beber, hacía mala bebida, por lo que pronto empezó a revolucionar y a meterse con los demás. Ramón, el dueño de la casa, pronto le llamó la atención:

—Si no sabes beber, no bebas. ¡Te portas bien o te vas!

—Si no quieres que beba, derrama el zurra.

—Los demás no tienen culpa de que tú no sepas comportarte, pero si ellos están conformes con derramar lo poco que queda, lo derramo y se acaba la discusión.

Los demás fueron conformes con derramar lo que quedaba. El que más y el que menos ya llevaba su parte dentro del cuerpo y con tal de evitar peleas, accedieron.

Estaba Ramón cogiendo el barreño para tirar el zurra cuando Manuel cogió una botella de gaseosa vacía por el cuello y alzó el brazo para darle con la botella en la cabeza. Juan se dio cuenta y rápidamente llegó por detrás y se la quitó. «El Tipo» empezó a renegar y a maldecir, y aunque casi todos le daban la razón a Ramón, algunos —los más bebidos— le recriminaron por haberlo derramado. Empezaron a discutir unos con otros y algunos se pelearon desgarrándose las camisas. El alboroto sacó a algunos vecinos curiosos, pero al ver la trifulca, pronto se pasaron a sus casas.

«El Tipo» salió a la calle y se sentó en un poyete incapaz de caminar y, a pesar de ser el culpable de la discusión, Juan no quiso dejarlo allí tirado como un perro abandonado. Llegó a él y lo incorporó, lo cogió por la cintura y echó a andar para llevarlo a su casa. Llegaron y Juan llamó en la puerta, abrió la mujer y se echó las manos a la cabeza al ver a su marido borracho. Estaba bastante acostumbrada a verlo así y no se preocupó mucho, porque cuando llegaba tan mal, lo acostaban y se dormía hasta el día siguiente; lo peor era cuando llegaba por su propio pie y empezaba a incordiar. Juan le ayudó a pasar a su casa y, cuando estaba dentro, Manuel lo echó a la calle diciéndole:

—¡Vete! Ya no me haces falta; donde haces falta es en la calle.

Juan se fue y Manuel se quedó en el portal tirado en el suelo sin moverse. La mujer, viendo que era imposible convencerlo, se fue a acostar a sus hijos: un niño de siete años y una niña de cuatro.

Después de algo más de media hora, Manuel empezó a incorporarse y la mujer pensó que se iría a acostar; pero no. Se fue para el corral y en la cuadra cogió la escopeta de donde estaba colgada y se fue en busca de su mujer. Ella, al verlo, ya sabía lo que iba a pasar.

—¡Reza!¡Ponte de rodillas y reza! —dijo Manuel a su mujer, apuntándole con la escopeta.

La mujer obedeció sin inmutarse, se clavó de rodillas y empezó a mover la boca como si rezase, a la espera de que se cansase y dejase de apuntarla. Los niños no se habían dormido, se asomaron al portal, se abrazaron con fuerza y empezaron a temblar envueltos en un llanto reprimido. Después de casi dos horas, la escopeta fue apuntando cada vez más bajo, hasta que los cañones daban en el suelo y el maltratador se quedó dormido donde estaba sentado: en las primeras escaleras que subían a la terraza.

El lunes temprano, las escardadoras esperaban en la calle junto a los gañanes. Este lunes iba una escardadora más. Una mujer de unos cuarenta años: Manuela. Además, también iba Pedro y su madre. Manuela y Petra, hablaron de varios temas, y uno de ellos fue el de Josefa.

—Es una injusticia —dijo Petra—. Esa mujer no se merece lo que le ha pasado. Los comentarios le están haciendo mucho daño, a ella y a su familia. El marido, además de no encontrar trabajo, es objeto de burlas en algunas ocasiones. El hombre está desesperado.

—No toda esa gente se cree esas mentiras —dijo Manuela—. El que los conoce, no lo cree y el que conoce a Sebastián, sabe que es capaz de mover esas calumnias y también que es capaz de acosar a cualquier mujer, casada o no. No es la primera vez que pasa. Algunas criadas han dejado de servir en su casa por verse comprometidas y acosadas; pero nunca se le ha dado tanta importancia como al caso de esta mujer. Yo pienso que él lo está aireando por despecho, porque no consiguió lo que quería.

—El sábado fui a visitarla —dijo Petra— y la pobre está avergonzada. Viven con los burros y las gallinas y sus necesidades las tienen que hacer en el apartado donde están los animales. Es una habitación grande para todo. Por la mañana lava a los críos y cuando llega por la tarde de trabajar, están sucios como si no hubiese nadie que los cuidase. Algunos días no tienen nada para comer; un mendrugo de pan en el desayuno y a veces ni eso. Cuando llega la madre, comen la cena que le ha dado la señora para ella. El marido sale al campo a buscar hierbas comestibles: collejas, espárragos silvestres, «brísoles», «arvejana»... y así se alimenta, aprovechando lo que la primavera le ofrece.

Al cruzar por la finca de Sebastián, había un matrimonio mayor descargando enseres, lo que hizo pensar que eran los nuevos caseros.

—¿Tu qué piensas de eso...? —dijo Manuela a Petra señalando a la gente y al carro que había en la puerta de la finca.

—Yo pienso que no ha encontrado a nadie más joven y se ha tenido que conformar con ese matrimonio mayor. La gente ya lo conoce y desisten de trabajar con él y, si alguno lo hace, es por necesidad, como ese matrimonio. Eso sí... a esos le han hecho un favor con no querer nadie ese trabajo, lo necesitaban; él ya no tiene fuerzas para dar jornales con las cuadrillas y este trabajo sí lo podrá desarrollar, y el patrono no se fijará en la mujer por la edad tan avanzada que tiene. El martes al salir el sol, Juan —el pastor— salía de su casa para volver al trabajo, cuando vio a Francisco con la escopeta al hombro con intención de ir a cazar y al mismo tiempo vio a Mauricio, que salía de su casa y, dirigiéndose a Francisco, le llamaba rojo y otros apelativos. Francisco no le hizo caso. La esposa de Francisco, al oír al vecino, salió a la calle y llamó a su marido.

—¡No te vayas! —le pidió— te dije que envolvieses la escopeta en un saco y la llevases escondida y desarmada hasta que salieses del pueblo. ¡Pero eres terco y no me haces caso!

—¡Voy de caza, sin ninguna otra pretensión! Si llevo la escopeta escondida es peor. Pueden pensar que estoy tramando algo y acusarme de lo que no es. Ese resentido está en contra de todo el que considera que no piensa como él. Desde que mataron a su padre antes de la guerra, ve fantasmas por todas partes y da igual lo que hagas; si se fija en alguien, es culpable, según él. Yo tengo mi forma de pensar y es diferente a la suya, pero me lo callo, no se lo digo a nadie. No me meto con nadie y nunca le he hecho daño a una persona, en ningún caso; ¡pero si se ha fijado en mí, voy a ser malo, aunque no lo sea! ¿De qué me acusa ese energúmeno?

—¡Pasa y no te vayas! —volvió a decirle su esposa.

—¡No puedo! Sería como darle la razón y pensaría que me tiene en sus manos y quién sabe qué cosas más.

—¡Pasa, desarma la escopeta y guárdala!

—¡Da igual lo que haga! Si me denuncia y viene la Guardia Civil, me la van a pedir o la van a buscar sin decirme que la entregue. Revolverán toda la casa buscando algo que me comprometa; pero tú sabes que no he hecho nada y que no tengo nada que me pueda comprometer. ¡No tengas miedo!

Mauricio se había pasado a su casa y estaba enterándose de todo por una ventana. Al final Francisco se fue calle abajo, sabiendo que daba igual lo que hiciese si el vecino decidía denunciarlo. Además, él no había hecho nada y no había nada que lo pudiese comprometer. Cuando Mauricio vio a Francisco desaparecer al final de la calle, fue a denunciarlo al cuartel de la Guardia Civil. Los guardias se sorprendieron porque, aunque era de visita diaria en el cuartel, nunca lo hacía de mañana y menos tan temprano. Pasó con la confianza del que llega a su casa y, sin mediar más palabras, dijo:

—Vengo a denunciar a mi vecino.

—¿Quién es ese vecino, y qué ha hecho?

—Es Francisco, el que vive enfrente de mi casa. Hacen reuniones entre amigos, no sé con qué fin, pero como sabe que lo vigilo, esta mañana ha sacado la escopeta…

—¿Y te ha amenazado?

—Sí. No directamente, pero me lo ha dado a entender después de llamarle «rojo». Ellos sabrán para qué se reúnen, pero yo creo que no son «trigo limpio».

—¿Cómo has dicho que se llama tu vecino?

—Francisco, vive justo enfrente de mi casa.

Eran casi las once de la mañana cuando llegaba la Guardia Civil a casa de Francisco y llamaban en la puerta. Abrió la mujer y al ver a los guardias, se puso a temblar.

—¿Vive aquí Francisco?

—Sí, es mi marido; pero no está.

—¿Dónde está?

—Se ha ido al campo.

—Dile que, antes de mediodía, ha de presentarse en el cuartel.

—Quizá no venga hasta la tarde.

—Pues cuando venga, ¡que se presente cuanto antes!

—¿Para qué lo quieren?

—¡Ya lo sabrás!

A las dos de la tarde llegó Francisco a su casa.

—¿Qué pasa? ¿Por qué lloras?

—Ha venido la Guardia Civil y ha dicho que te presentes en el cuartel antes de mediodía.

—Eso ya no puede ser, lo antes posible va a ser después de comer. No llores mujer, verás cómo esto se aclara. No me pueden acusar de nada, porque no he hecho nada malo.

Se sentaron a la mesa, los niños observaban a su madre que lloraba, temblaba y no podía comer. Francisco se fue al cuartel pensativo e intrigado, pero tranquilo y sin miedo.

Y empezó el interrogatorio:

—¿Qué ha pasado esta mañana con tu vecino?

—Nada.

—¡Nada y lo has amenazado con una escopeta!

—Yo no he amenazado nunca a nadie, ni con escopeta ni sin ella. ¡Eso no es cierto!

—Él dice que sí.

—Si dice eso, miente.

—¿Cómo puedes decir que miente siendo una persona respetable?

—Conmigo no lo es. Me insulta cuando quiere y yo, a pesar de eso, lo respeto. No le contesto nunca. No como él, que hace lo que le viene en gana sin respetar a nadie. Conmigo, sin ir más lejos, se portó mal una vez que trabajé con él: hicimos un trato y luego no lo cumplió, me pagó menos de lo acordado, por eso no quise trabajar nunca más con él.

—Cuando te insulta ¿qué te dice, rojo? Eso no debería ser un insulto para ti, ni para los que se reúnen en tu casa contigo.

—A mí me da igual que me diga lo que quiera, lo que no quiero es que me comprometa y me acuse de algo que no he hecho.

—¡Estamos teniendo demasiada paciencia contigo! Dinos la verdad de lo que ha pasado.

—Estoy diciendo la verdad. Ha salido de su casa y me ha dicho algo que no he podido entender y yo no le he prestado atención. No quiero enemistarme con nadie.

—¿Por qué mientes, rojo de mierda? ¡Llévatelo y lo encierras! ¡Espera! Regístralo primero.

Lo registraron y le encontraron la llave de su casa, un cuarterón de tabaco de picadura, un librillo de papel de liar, un encendedor chisquero de mecha, un pañuelo de hierbas, el carné y la documentación de la escopeta. Cuando llegaron a la celda donde lo iban a encerrar, le dijeron que se desnudase y, cuando registraron la ropa, vieron que no escondía nada en ella; entonces un guardia le dijo que podía vestirse.

El miércoles iba Juan José recorriendo la mojonera de la finca, porque sospechaba que había laceros furtivos que iban durante la noche a poner lazos para recogerlos de madrugada. Allí se encontró con el guarda de la linde y empezaron a hablar.

—¿Sabes la noticia nueva que hay en el pueblo?

—No —dijo Juan José.

—Fue ayer por la tarde. Detuvieron a Francisco, el que estuvo de guarda en la finca de la vereda.

—¿Por qué?

—Porque lo ha denunciado Mauricio, el vecino de enfrente de su casa. Lo acusa de haberle amenazado con la escopeta.

—Lo dudo. Francisco no es capaz de amenazar a nadie, aunque se lo merezca, y menos con la escopeta.

—Pues está detenido. Le han registrado la casa y la escopeta la tiene la Guardia Civil.

—Ese Mauricio es un rencoroso y, como tiene mano con los guardias, va a ser lo que él diga, aunque el acusado sea inocente. Su misión es hacer daño sin mirar las consecuencias.

Al despedirse, Juan José advirtió al otro guarda de sus sospechas.

—Hemos tenido visitas estos días que tú no estabas. Se ven rastros de laceros.

—Puede ser. Cuando nos ven en el pueblo, siempre hay algún furtivo que aprovecha.

Juan José llegó a la quintería diciendo la noticia y Juan fue para que le explicase lo que había pasado.

—¿Qué pasa con Francisco?

—Dicen que lo han detenido por amenazar al vecino de enfrente de su casa con la escopeta.

—Eso no es cierto —dijo Juan sorprendido— yo lo vi todo.

—Quizá tú puedas ayudarle. Puedes declarar lo que viste.

—Si yo declaro a favor de Francisco, me detienen a mí también.

En el pueblo había otra noticia nueva: la esposa de Sebastián había despedido a la criada culpándola de comprometer a su marido. Al parecer, dicha señora estaba acostada cuando escuchó un grito de lejos y pensó que era en la calle; pero no quedándose tranquila, al rato, se levantó. Empezó a buscar por la casa, encontró a la criada llorando en el pasillo que lleva al corral y al marido abrochándose los botones de los pantalones. La criada, una muchacha de quince años, quiso explicar a la señora cómo había sido forzada, pero la señora no atendió a razones y, a pesar de ver cómo temblaba de miedo, con el pelo revuelto y la ropa destrozada, la acusó de haber comprometido a su marido, echándola de la casa sin más contemplaciones. Después se encaró con su marido a solas y le dijo inmoral y sinvergüenza. Él, a modo de justificación, la acusó de fría y de tenerle siempre con ganas. Cuando la muchacha llegó a su casa, el padre preguntó y ella, llorando, le explicó todo. El padre fue a buscar a Sebastián, llamó a la puerta, pero no le abrió nadie. Montó un escándalo en la calle y al final se fue a la jefatura de policía a poner una denuncia, donde se burlaron de él, además de no hacerle caso.

Los hijos de Josefa empezaron a ir a la escuela después de Semana Santa. Los dos, de siete y ocho años y completamente analfabetos, entraron en la misma clase y la niña a párvulos, con una maestra solo de niñas. La pequeña se adaptó pronto y desde el primer día, empezó a gustarle la escuela; decía que se lo pasaba bien jugando con sus compañeras de clase. A los niños, en cambio, les costaba adaptarse; se impacientaban, tan acostumbrados a la libertad como estaban.

En el recreo, algunos se metían con ellos diciéndoles tontos y burlándose de su ignorancia, lo que ocasionaba muchas peleas y algunos castigos del maestro como consecuencia. No eran obedientes y el maestro, a veces, les daba con una regla en las manos, por lo que hacían muecas de dolor, pero nunca lloraban. Los maestros comentaban el desorden que había con ellos por lo rebeldes que eran, achacando ese salvajismo a la mala educación recibida. Llegaba cerca de ellos don Sebastián cuando estaban en esa crítica y al oírlos les recriminó que pensasen así.

—Dad gracias a Dios por no haberos visto en los aprietos de esa familia. Es una suerte para vuestros hijos, que no han tenido que pasar como ellos por la escasez de todo: pan, educación, enseñanza, higiene, vestiduras y algo que es muy importante: la convivencia en sociedad. Algún día esos chicos serán como los demás. Ellos son rebeldes, pero nuestro deber es el de educarlos, darles cariño para que se adapten a nosotros y vengan sin tenerlos que llamar. Que se interesen por aprender para que el día de mañana sean hombres de provecho: ese es nuestro deber, no el de criticarles.

El director se fue molesto por los comentarios que había oído y quiso poner más medios para ayudarles a conseguir el nivel intelectual de la clase. Llamó a los niños aparte y les dijo que quería hablar con sus padres: con los dos —recalcó—. Al día siguiente, Josefa se presentó en la escuela.

—¿Quería usted hablar conmigo, don Sebastián?

—Sí. Contigo y con tu marido.

—Mi marido, conforme están las cosas, dice que no viene. Lo que tenga que decirnos, me lo dice usted a mí. Él bastante hace el ridículo cuando va a pedir trabajo y le dicen que no hay mirándole de soslayo, como si fuese un apestoso.

—Vale, lo entiendo. Lo que quiero deciros es que los niños necesitan a alguien que les ayude después de salir de clase. Son inteligentes, el problema es que todavía no conocen bien todas las letras y les es muy difícil seguir el ritmo del resto de la clase, porque tienen dificultades para leer con fluidez. Necesitan un profesor que les dedique como mínimo una hora u hora y media cada día exclusivamente a ellos.

—Nosotros no podemos pagar un maestro. Apenas tenemos para comer.

—Yo estoy dispuesto a dedicarles ese tiempo. Con esas horas extra pronto estarán al mismo nivel que los demás.

—¡Pero nosotros no podemos pagarle!

—No importa, ya me pagaréis cuando podáis.

Doroteo, el marido de Josefa, había ido algunos días a por leña que después vendía en el pueblo más próximo al suyo. Iba con dos burros, sin carro. Echaba la leña sobre la albarda. Josefa veía en el corral de la señora donde ella hacía la limpieza un carro viejo. Habló con ella:

—Señora, ¿me permite una pregunta?

—Pues claro que sí mujer. Dime…

—Mi marido necesita un carro y he pensado, que si usted le vendiese el que hay en el corral, nos haría un gran favor, ya que usted no lo usa.

—Dile a tu marido que puede llevárselo. Está viejo, pero le puede servir.

—No señora, así no. Las cosas, usándolas, se rompen y lo prestado hay que devolverlo.

—No es prestado, se lo doy yo.

—Mi marido no admite regalos así. Dice que lo que consiga, ha de ser con el esfuerzo de su trabajo.

—Dile que se lo lleve y después ajustamos cuentas. Pronto habrá que buscar segadores y, si él quiere, tendrá trabajo durante la siega.

—Gracias, señora, estoy muy agradecida.

Iba Sebastián a su finca, acompañado de un amigo suyo, en una tartana con un caballo tordo que caminaba al trote. Conversaban y se reían de las gracias que contaba Sebastián, presumiendo de ser muy divertido en las juergas que organizaba. De pronto, vieron un carro cargado de leña con dos burros que tiraban de él. Desde lejos no conocieron quién era; pero, cuando se iba acercando, Sebastián se quedó fijo mirando y vio que era Doroteo. Venía agarrado al varal izquierdo del carro y arreaba a los burros para animarlos a tirar de la carga. Su cara tostada por el sol, con barba de tres días, la boina vieja, parda y agujereada y los pantalones de pana descoloridos y con piezas en las rodilleras, le hacía aparentar más años de los treinta y siete que tenía recién cumplidos. Sebastián, con malicia, le dijo a su amigo:

—Para el caballo, que nos vamos a divertir.

Se bajó de la tartana, se puso delante de Doroteo y con la manta que llevaba en el asiento de la tartana, comenzó a torearlo. Al amigo no le gustó lo que hacía.

—Déjate de bromas y déjale seguir su camino… no le torees.

A lo que Sebastián contestó riendo:

—Los toros son para torearlos. ¡Eh… toro!

Doroteo, indignado, salió derecho a él y Sebastián lo esquivó, pasándole la manta por encima de la cabeza.

—¡El cabrón eres tú —dijo Doroteo—, esto lo va a saber la Guardia Civil! ¡Ya estoy harto de que me humilles!

—Sí, ve a la Guardia Civil y dile lo que quieras. Después, cuando me llamen, les voy a decir que la leña que llevas es mía y que, al sorprenderte, me has insultado después de amenazarme, y puedes estar seguro de que me creerán a mí, así es que tú verás si te conviene ir.

El amigo de Sebastián puso paz entre los dos.

—¡Ya vale!... Sigue tu camino Doroteo, y no hagas caso.

—Piénsatelo bien —le dijo Doroteo a Sebastián— si vuelves a humillarme, será la última mala faena que hagas.

—Vámonos —le dijo el amigo a Sebastián— y piénsatelo bien. Este no bromea y tampoco tiene miedo. Si sigues por ese camino, te vas a encontrar con lo que no te esperas.

—¡Vale! No me recrimines más —dijo Sebastián, malhumorado.

—Se te ha resistido esa mujer, y te duele.

—¡Qué tontería! A mí no se me resiste ninguna…

—Entonces… ¿por qué incordias a su marido? A mí no me engañas, si la hubieses conseguido, no estarías rabioso con ella ni con su marido.

—¡Tú qué sabes…! ¡Déjame en paz!

—Vale. Yo te dejo en paz, pero tú deberías olvidarte de esta gente y dejarlos tranquilos. Entre otras cosas, porque Doroteo se está hartando y cualquier día te saca una navaja, y él va a la cárcel, pero tú vas al hoyo. Piénsatelo, te lo digo como amigo.

Los hijos de Josefa y Doroteo ya iban por las tardes a las clases extra con el director. Empezó por educarlos, inculcándoles buenos modales, poniéndoles ejemplos de buen comportamiento y haciéndoles ver que las malas acciones, al final, recaen en nosotros mismos. Los niños, después de unas semanas recibiendo las clases, habían despejado algunas dudas respecto a las letras y a las normas de estudio en la clase; pero en lo que más sobresalían era en comportamiento y educación cívica. El maestro que ahora les daba las clases oficiales, habló con el director para referirle el cambio que había observado en los muchachos y, al mismo tiempo, darle la enhorabuena por lo que había conseguido y pedirle disculpas por las críticas de aquel día.

En la misma calle donde trabajaba Josefa, había una casa de alquiler con cinco vecinos o, mejor dicho, cinco familias, donde había quedado una vivienda libre. Era una casa grande de labranza que tenía un portal de entrada y, a continuación, un patio de columnas con soportales alrededor y un corredor arriba con ventanas al patio. En el soportal izquierdo había un pozo y pegando al pozo, en el lado derecho, unas escaleras que subían al corredor. En ese primer piso estaban situadas las puertas de las habitaciones. Josefa conocía la casa porque había trabajado en ella como sirvienta, cuando apenas tenía doce años y entonces la casa estaba habitada por unos señores ricos. Eran labradores y comerciantes de especias, de los que ella tenía muy buenos recuerdos porque eran gente muy educada, comprensiva y de muy buenos modales.

Por la noche, cuando llegó el marido, Josefa lo informó:

—Es una oportunidad, el alquiler no es caro y la vivienda, aunque reducida, está bien. Solo necesita unas manos que la acondicionen y esas manos las tengo yo. ¿Qué más quieres?

—Mujer… date cuenta de que son cinco familias y todas ellas diferentes. En nuestra situación tenemos que mirar dónde nos metemos.

—¿A qué situación te refieres?

—A los comentarios. Sabes que no soporto ninguna insinuación y no quiero tener disgustos con nadie.

—¡Yo no estoy dispuesta a estar escondida aquí… en una gorrinera! ¡No tengo por qué esconderme! Voy a defender la verdad delante de todo aquel que me insinúe algo o me critique.

—Vale, mujer. No te enfades. Yo quiero lo mejor para ti y para mis hijos. Si tú lo ves conveniente, la alquilamos.

Josefa imaginaba que la casa sería de algún heredero de aquel señor que ya murió y donde servía ella de niña, pero no sabía de cuál.

Se informó y le dijeron que los arrendamientos y los alquileres los llevaba el mayordomo y que la familia vivía toda en Madrid. El mayordomo les dijo que no podía alquilarla, evadiendo con excusas las verdaderas razones que tenía. Volvieron a su casa, ella desilusionada y él conforme, porque con esa negativa evitaba tener que vivir con tantos vecinos que no conocía y no sabía si congeniaría con ellos.

Un día don Sebastián llamó a Josefa y Doroteo. En sus cuerpos, algo mejor adecentados, se dejaba ver el inicio de progreso económico de la familia:

—¡Bueno! Os he llamado para deciros que los niños han prosperado mucho. Si vosotros os comprometéis a ayudarles, yo les pongo deberes para hacerlos en casa y desde ahora no tienen que venir.

—Nosotros no podemos ayudarles, no sabemos. Somos analfabetos. Mi marido sabe firmar, pero yo, ni eso...

—Lo siento —dijo el director— entonces tendrán que venir hasta que finalice el curso.

—Nosotros no podemos pagarle —dijo el padre de los muchachos.

—No importa, ya me pagaréis.

—De eso puede usted estar seguro —dijo Josefa.

Regresaban a su casa el matrimonio cuando se escuchó una voz desconocida que nombraba a Josefa; ésta volvió la cabeza y vio a un hombre bien vestido, de una estatura mediana, el pelo blanco y limpio y una edad que rondaba los cuarenta años. Lo miró sorprendida y le dijo:

—Perdone, no le conozco.

—No me extraña, han pasado muchos años. Además, yo no estaba siempre en casa, estaba fuera estudiando. Soy Javier, el hijo mayor de Gonzalo, el dueño de la casa donde tú trabajabas cuando eras adolescente, casi una niña.

—¡Ahora lo recuerdo!.. Después de tantos años, no lo había reconocido.

—Yo sí te he reconocido. Tu cara es inolvidable. Cuando pienso en mis padres, te recuerdo a ti; siempre atenta a servirles con agrado y humildad.

—Ellos lo merecían. Eran muy buenos conmigo. Este es mi marido. Tenemos dos hijos y una niña.

—Encantado de volverte a ver—dijo Javier, mostrando una sonrisa.

—¿De quién es ahora la casa de sus padres? —preguntó Josefa.

—De todos, de mis hermanos y mía. Ahora la tenemos en alquiler.

—Lo sé —y Josefa explicó lo ocurrido con el mayordomo.

—Mañana tengo que hablar con él, haré lo que pueda —contestó Javier.

—Gracias. Me alegra volver a verle después de tantos años.

—Gracias a ti por haber cuidado a mis padres. Deseo que disfrutes de tu familia.

Al día siguiente habló Javier con el mayordomo y le dijo que les alquilara porque esa gente era especial para él. Y al día siguiente, con la cabeza muy alta, entraban el matrimonio y los hijos en la nueva casa.

CAPÍTULO 3

Llegaban a la quintería Pedro y su madre, después de haber estado cogiendo los primeros espárragos de abril desde la salida del sol hasta las doce, cuando vieron de lejos el carruaje de los señores: un coche de caballos con cuatro ruedas y llantas de hierro con sistema de suspensión por medio de ballestas, que pocas familias tenían en el pueblo. Pedro, al ver el coche, le dijo al perro:

—¡Mira *Caza*, los señores vienen! ¡Vamos a esperarlos!

Pedro sintió tanta alegría, que corrió en dirección al carruaje a la máxima velocidad que sus piernas de niño le permitían y el perro con él. Mientras Pedro corría, las niñas desde la ventana del carruaje lo veían correr y, llenas de alborozo, lo llamaban gritando su nombre repetidas veces. El perro iba delante del muchacho, casi tapándole el paso, a punto de tropezar el uno con el otro hasta que, por fin, cayeron los dos, dando vueltas.

Las niñas, al ver el espectáculo, no podían contener la risa. Pedro se levantó sacudiéndose la tierra de los pantalones con las manos; mientras tanto, llegó el carruaje. Con la autorización del cochero, Pedro cogió las riendas hasta llegar a la puerta de las casas: cinco minutos que pasaron como un suspiro para él. Al parar los caballos, brincó él primero para apearse y, desde el estribo del carruaje, les abrió la puerta a los señores. También ayudó al cochero a bajar los bultos.

Era casi medio día; el cielo estaba completamente despejado y no corría apenas aire, por lo que el sol de los primeros días de mayo se dejaba sentir. La casa, de paredes gruesas y viejas, ofrecía cobijo fresco y agradable para descansar. Mientras descansaban, Pedro fue a quitarse las abarcas y a ponerse unas zapatillas. Al muchacho le gustaba el pueblo porque tenía la escuela, había niños con quien jugar y vendían golosinas en la tienda, pero por lo demás, él creía que era un fastidio.

Pedro fue a la casa de los señores con sus zapatillas nuevas, peinado y aseado, y las primeras palabras que habló con las niñas fueron preguntas sobre cosas del pueblo. Las niñas lo miraron extrañadas por la admiración y asombro que ponía en las cosas que le contaban. Nunca había mostrado tanto interés, pero las últimas veces que había ido había hecho amigos y había vivido experiencias que antes no conocía y, lo que es más importante para él, supo que había escuelas donde niños como él iban a aprender.

Luisa le preguntó que cuánto tiempo hacía que no iba al pueblo. Pedro, invitó a las niñas a ver su calendario. El calendario de Pedro era sencillo: una piedra plana de veinte o veinticinco centímetros de ancha y unos cincuenta de larga. Junto a la piedra, un clavo viejo y afilado que le servía de lápiz. El contorno estaba grabado con una línea recta formando un marco. En su interior, más líneas rectas y horizontales formaban renglones y, sobre ellos, unos palotes verticales señalando los días. Cada palote, un día; a continuación de cada seis palotes, uno horizontal que indicaba el domingo y al mismo tiempo la semana. Los días festivos especiales estaban marcados con una equis. Entre el final de un mes y el principio de otro, dos puntos. Cuando Pedro iba al pueblo, apuntaba los días que se había ausentado en el calendario, marcando con una cruz cada extremo. Pedro los contó y dijo:

—Treinta y cinco… treinta y cinco días llevo sin ir…

Al atardecer, después de un calor agobiante, comenzó a refrescar con una suave brisa y la tarde se hizo agradable. Las niñas, después de merendar, salieron a jugar al jardín. Pedro, mientras, andaba muy agitado alimentando gallinas, cerdos y perdigones de reclamo. La ilusión del muchacho era terminar pronto para ir a jugar con ellas. Entre tanto, María, la sirvienta, Petra y la señora organizaban la casa. Cuando la señora se ausentó, Petra aprovechó para preguntar a María:

—¿Qué novedades hay en el pueblo, María?

—Yo salgo poco, pero cuando voy a hacer la compra, oigo algunos comentarios. El último comentario es que Sebastián ha toreado a Doroteo; se encontraron en un camino y Sebastián, con una manta que llevaba en la tartana, se apeó y lo toreó.

—Ese tío es un sinvergüenza. Les está haciendo la vida imposible. Primero se inventó lo de Josefa, y ahora, cuando la gente había dejado de hablar, se mete con él para que sigan hablando del tema.

—No creas que la gente cree que eso fue verdad. Desde que Sebastián tuvo el lío de la chica esa… la criada, la gente piensa que con Josefa lo intentó, pero no lo consiguió.

—¿De qué lío estás hablando?

—¿Es que no lo sabes?

—No.

—Dicen que ha violado a la hija de Jesús. Una criatura con quince años. Al salir la muchacha de la casa, llevaba parte de la ropa destrozada y él ha tenido arañazos en la cara. ¡Que ésos sí los he visto yo!

—¡Pobre criatura!... y de Francisco… el detenido, ¿qué se sabe?

—Nada. Se lo llevaron del pueblo y la mujer está desesperada. No sabe dónde lo tienen.

—¡Otra injusticia! Francisco nunca se ha metido con nadie y mucho menos amenazando con una escopeta.

—¿Sabes, Petra? Josefa se muda de casa. Dejan ese cuchitril. Se van a una casa de vecinos; pero es una vivienda muy curiosa y con mucha luz.

—Me alegro por ella y por su familia. No se merecen lo que están sufriendo.

Al día siguiente, amaneció nublado y pronto empezó a llover. Los trabajadores que habían salido temprano, tuvieron que volverse y emplearon el día en tareas de limpieza dentro de la casa: llenar las pajeras, cepillar las mulas… Don José, después de visitar con el guarda el palomar, ordenó al cochero que preparase el carruaje para irse al pueblo después de comer. La casa de los señores estaba limpia y ordenada, dispuesta para habitarla después de haber estado cerrada todo el invierno. Ahora que ya era primavera sería habitada a intervalos de tiempo, hasta principios de otoño, dependiendo de las circunstancias climatológicas.

En el pueblo algunos mozos que estaban de temporal se organizaban para jugar a la tángana. Otros disfrutaban viendo las riñas de perros y apostando en ellas por los perros preferidos y más valientes.

En la tángana todo era concordia y sana competición. Las apuestas eran de pura miseria: diez o quince céntimos por persona, lo que suponía una o dos pesetas, en cada jugada, que después se repartían entre aquellos que más se acercaban al dinero con el tejo o volandera. La tángana era un palo de unos treinta centímetros de alto que se colocaba en posición vertical y sobre él se depositaban las monedas que se apostaban. Cuando derribaban la tángana, el dinero se repartía por el suelo. Cuando el tejo daba en la parte de arriba de la tángana, era «pingas» y el dinero se desparramaba lejos de ella. Era muy difícil que el dinero fuese para un solo jugador. Cuando el tejo daba en la parte baja, la tángana caía lenta, dejando el dinero al final de donde caía; pero cuando le daba en el centro, a «media caña» el dinero solía caer junto al tejo que la derribaba o encima de él. El juego era casi siempre individual, aunque a veces se formaban grupos con el fin de que, si ganaban, harían una comilona o «zurra».

La riña de perros, más que competición, era disputa: agresividad entre unos grupos y otros que siempre pagaban los animales. Eternos perdedores, tanto el vencido como el vencedor. Los dos terminaban llenos de mordiscos y con alguna oreja desgarrada cuanto menos, porque a veces llegaban a la muerte. Así eran algunos juegos cuando no existían las asociaciones protectoras de animales y maltratar a un animal no se consideraba delito.

Era la una del mediodía cuando los niños salían de la escuela, por separado, como siempre, niños y niñas. Lo que sí se mezclaba inevitablemente era el alboroto, la alegría y la vitalidad que derrochaban al verse sueltos, libres de obligaciones y de la autoridad del maestro. Las escuelas eran como jaulas que se abren a pajarillos cautivos, deseosos de volar para derramar esa energía contenida en las horas de clase.

Habían venido al pueblo unos frailes para decirle una novena a la Virgen y los niños y niñas de las escuelas asistían llevando flores a María, por ser el mes de mayo. Según el maestro, eran padres trinitarios descalzos. Llevaban puestos en los pies unas sandalias sin calcetines, igual en invierno que en verano. Visitaban las escuelas comprobando el grado de enseñanza religiosa que recibían los niños, preguntando a su antojo a cualquier niño o niña, señalándolos a dedo sin saber a quién preguntaban.

—Estos son los padres trinitarios descalzos que antes os he dicho —dijo el maestro cuando se habían ido— y cada uno de ellos es nuestro padre, igual que el cura de la parroquia: vuestro padre espiritual. Ellos tienen la misión de ayudarnos a encontrar a Dios, a seguir su camino, a llegar a Él por medio de sus enseñanzas, sus oraciones y sus obras. Debéis tratarlos con respeto, pero sin temor y pedirles cualquier cosa que os haga falta. Ellos, si pueden, os la darán y, si no, os enseñarán el camino para conseguirla. Pero eso sí… lo que le pidáis ha de ser muy necesario. Algo que solo pueda venir de Dios.

Los niños creían a ojos cerrados todo lo que el maestro les decía. Además, lo explicaba con tanta pasión que cualquiera hubiese pensado que el maestro también lo creía.

Juanito era un muchacho ingenuo e inocente. Oía decir a su madre que si el pan se caía al suelo había que cogerlo, darle un beso y seguir comiéndolo, pues el pan era de Dios y no podía quedarse en el suelo tirado. Juanito vio a un fraile que venía por la misma calle que él, en sentido contrario, y como algunos días en su casa no había pan y el pan era de Dios, y el fraile era su padre y además, intermediario entre él y Dios, según el maestro, pensó que debería pedirle pan, por si llegaba a su casa y no había. Por lo que, mirando fijamente al fraile, le dijo:

—¡Padre, dame pan!

El fraile lo miró, pero no dijo nada. Se quedó con la cara del muchacho y después debió decírselo al maestro, porque a la vuelta, cuando el niño llegó a la escuela por la tarde, se encontró con una sorpresa. El maestro lo llamó y le dijo sin más explicaciones:

—¡Pon las manos con las palmas hacia arriba!—y cuando las tenía puestas, le dio en ellas con una regla gruesa y después le dijo:

—¡Toma pan!

Después de un día de lluvia lucía el sol. El nublado del día anterior se fue desvaneciendo poco a poco, dejando un cielo limpio y azulado, con un sol radiante, propio del mes de mayo. Los enjalbegadores se veían por aquí y por allá con la brocha, el cazo y el cubo de la cal, enjalbegando esta o aquella fachada, los patios y algunos corrales de las casas adineradas; porque en las casas pobres, las mujeres, con la brocha y el «escobón», de sobra se bastaban para enjalbegar los corrales. Incluso el patio, las cámaras y la bajada a la cueva. La fachada y las habitaciones las dejaban para el maestro enjalbegador; pero lo demás era cosa de ellas.

Eran las cinco de la tarde y los niños salieron de la escuela. Ese día Juanito se fue solo a casa porque estaba avergonzado por lo del día de antes y no quería que ningún muchacho le dijese —como ya le habían dicho algunos— aquello de… ¡toma pan! Iba por una calle estrecha donde había un enjalbegador subido en una escalera, con una brocha de palo largo, dándole cal a las boquillas del tejado. El muchacho, al salir de un recodo que hacía la calle, vio al enjalbegador, se quedó bobo mirándolo y andando al mismo tiempo hasta que llegó a un metro de distancia de la escalera, donde estaba el cubo de la cal y tropezó con él derribándolo. El blanqueador, al oír el tropel, miró gritándole al mismo tiempo: ¿Es que no ves? ¡Estás tonto! Juanito no dijo nada, siguió calle adelante con el paso algo más ligero, las zapatillas y las piernas salpicadas de cal, dejándose al enjalbegador refunfuñando, mientras él hacía oídos sordos a lo que le decía.

Juanito llegó a su casa pensativo y acongojado. Pensaba: «ayer una cosa… y hoy otra. Si se lo digo a mi madre, me reñirá. Me dirá que no voy a espabilar nunca». Así, guardó el secreto y pasó directamente al corral, donde había siempre una pila con agua. Allí se lavó las salpicaduras de cal y con un trapo de limpiar, lo humedeció, limpió las zapatillas y no se hizo presente ante su madre hasta que no se habían secado. La madre notó algo raro, sobre todo el olor de la humedad de la cal, pero por más que le preguntó, él se hizo el tonto, manteniendo el secreto.

El barrio de la vivienda de Josefa y Doroteo era un barrio de ricos. Unos terratenientes, otros comerciantes y otros industriales. Solo había tres o cuatro casas habitadas por gente pobre que, aunque eran propietarios de las casas, no tenían más capital que esa vivienda. En la casa de vecinos de Josefa y Doroteo había un matrimonio de ancianos que, por sus años, casi no podían valerse por sí mismos. No tenían hijos: dependían de la caridad de alguna gente rica, de algunas vecinas que les ayudaban a hacer las tareas del hogar. Las hermanas del asilo los visitaban llevándoles siempre cosas útiles: jabón para lavar la ropa, legumbres o vales de pan que alguien donaba para gente necesitada.

Desde hacía algún tiempo, las hermanas les proponían que se fuesen con ellas, pero ellos contestaban siempre con una negativa, diciendo que era pronto, que todavía podían valerse por sí mismos. Después, a solas los dos, pedían a Dios con lágrimas en los ojos, que se los llevase con Él antes de llegar a esos extremos.

Cada tarde, después de dejar Josefa el trabajo en casa de la señora, iba a preparar su vivienda recién alquilada, a enjalbegar o limpiar las diferentes habitaciones. Faltaba poco para terminarla y habitarla. Ahora su preocupación era que no tenían muebles; solo cuatro sillas deslucidas y gastadas, con algún cordón de enea suelto o amarrado con hebras de hilo. Los muebles de recién casados (heredados o regalados excepto la cama) los vendieron al marcharse de su casa alquilada cuando se hicieron caseros. Con el dinero, comprarían otros cuando fuera necesario. Nunca pensaron que dejarían todo aquello arrebatadamente, impulsados por un acto ofensivo de esa magnitud ni que gastarían sus pocos ahorros en mantenerse mientras encontraban un nuevo trabajo.

Había en el pueblo un guardia civil ya jubilado, con una edad muy avanzada, que se trasladaba a su tierra natal y vendía los muebles, todos juntos o por separado, pero cobrados en el mismo instante que se retirasen. Josefa se enteró y fue a verlos sin contar con el marido, al que informó por la noche de lo que había visto y del precio. El marido, cuando supo lo que valían, se echó las manos a la cabeza diciéndole:

—¡Estás loca! ¿Dónde vamos a por ese dinero?

—Tienes tres carros de leña sin cobrar —dijo ella—, que es la mitad de lo que valen.

—¿Y el resto, de donde lo sacamos?

—Voy a hablar con la señora y seguro que nos lo prestará; pero cuando vayas a cobrar la leña, dile que te adelante el pago de dos carros más. Tú le has fiado a él…

—Él, si yo no le fío, le encarga la leña a otro; y yo, si él no me la compra, no me la compra nadie. Me he tenido que ir a un pueblo forastero donde no me conocen para poderla vender. Además, los animales tienen que comer y para eso necesitamos dinero.

—¡Estamos en mayo… que coman hierba! —dijo Josefa—. ¡No podemos vivir de la manera que estamos viviendo! ¡Hay que hacer algo!

Josefa le hablaba al marido con autoridad, como si estuviese enfadada; pero no era enfado, era preocupación. Pensaba que tenían derecho a vivir mejor.

La cena fue ligera. Lo que había traído ella para cenar de casa de la señora fue para los niños y ellos dos cenaron ensalada: agua, sal y vinagre en una cazuela de barro y en el caldo de la cazuela, una cebolla, un tomate y sopones de pan hecho con harina de cebada, todo esto troceado.

Por la mañana, los niños se fueron a la escuela, Josefa a casa de la señora y Doroteo al pueblo donde llevaba la leña con intención de cobrar. Lo que le había aconsejado su mujer se lo transmitiría al panadero si él lo veía conveniente; si no veía buena cara, no le diría nada. Pero el panadero no estaba.

—¿Cuándo podré verlo? —preguntó Doroteo.

—Está haciendo el reparto —respondió la esposa—. Si te urge verlo, puedes dar una vuelta por el pueblo, a estas horas estará cerca de la plaza. O si no, espéralo. Él tardará una hora más o menos en venir.

Doroteo dudó sobre si esperarlo o buscarlo, pero al fin decidió esperarlo. El panadero, al llegar, lo saludó y le dijo:

—¡Hombre! De ti me estaba acordando. Pasa y hablamos.

—Venía para cobrar los tres carros de leña. Me hace falta el dinero.

—¿Todo? —preguntó el panadero preocupado.

— Sí, señor… todo.

—Ya sabes que te dije antes de descargar que te pagaría poco a poco.

—Lo sé. No se me ha olvidado, lo que pasa es que nos mudamos de casa… ya sabe usted la historia. No tenemos muebles y nos ha salido una ocasión buena, pero hay que dar el dinero al mismo tiempo de llevarnos los muebles.

—Yo había pensado que me trajeras algunos viajes más; pero si te hace falta el dinero… ya no sé qué decirte. Tú verás…

—Yo estoy conforme con el trato que hicimos —dijo Doroteo— pero mi mujer está empeñada en comprarlos y la verdad es que tiene razón; nos hacen falta los muebles y esta es la ocasión. Se va a su tierra un guardia civil jubilado. El hombre es muy viejo y dice que quiere volver a su pueblo. Los muebles son baratos, pero no nos llega el dinero, ni siquiera cobrando los tres carros de leña.

—¿Qué guardia es? —preguntó el panadero—. Yo conozco a algunos guardias de allí. Les llevaba pan recién acabada la guerra y a veces les fiaba hasta que llegaba el sueldo del mes.

—Se llama Jesús. Jesús el cordobés.

—Lo conozco. Espérame esta tarde en tu casa.

—Mejor nos vemos en la plaza —dijo Doroteo.

Doroteo llegó a su casa a mediodía, cuando los dos niños llegaban de la escuela; pero Josefa no había llegado todavía de casa de la señora. Dejó dos panes y medio de los tres que le había dado el panadero y le dijo a los niños que le dijesen a su madre que iba al campo a segarle hierba a los burros y que no estaría para comer. Cuando vino con la hierba, Josefa se había ido a la casa de la señora y los niños no habían venido de la escuela. Se descalzó las abarcas, se puso las alpargatas y se fue a la plaza a esperar al panadero. Cuando él llegaba, entraba el carro entoldado con el que repartía el pan, con una mula más ligera que la que llevaba a diario en el reparto. Fueron a casa del guardia jubilado y éste, al ver al panadero, no pudo disimular su cara de sorpresa.

—¿Qué te trae por aquí? —le dijo el guardia.

—Un asunto a tratar contigo.

—Tú dirás…

—Este hombre quiere tus muebles, pero no tiene dinero para pagártelos porque se lo debo yo.

—¿Y qué quieres decir con eso?

—Que se los des y yo me hago responsable de pagarte cuando pueda.

—Todavía no nos vamos. Por lo tanto, mientras no me vaya, los muebles me hacen falta. De todas maneras, al irme quiero llevarme el dinero. Si donde voy estuviese cerca o tuviese que venir en otra ocasión, no me importaría fiaros; antes lo hiciste tú por mí.

—¡Recuérdalo! Los muebles quedan comprometidos, dentro de un mes nos vemos y si es antes, avisa a este hombre.

Iba Doroteo a su casa satisfecho del negocio que había hecho, cuando vio venir a Elvira que llevaba dos gavillas debajo del brazo. Elvira era viuda sin descendencia. Había sido buena moza, alta, morena clara, aunque algo tostada por el sol y el aire; pero guapetona y atractiva. Ahora llevaba un moño en su pelo canoso y, aunque estaba algo deslucida por los años, todavía llamaba la atención de los hombres de su edad y mucho más de aquellos que la habían conocido en su juventud. Vivía de su trabajo aprovechando las recolecciones; pero, con sus años, cada vez podía menos y los patronos buscaban gente joven antes que a ella y, si alguno se acordaba de ella, era porque no encontraba a otra más joven o era para pocos días, lo que hacía que, a veces, el dinero no le llegase de una temporada a otra.

Al principio del invierno fue a comprar gavillas pagándolas cada vez que iba —como cada año— pero cuando llegó enero, el dinero se le había acabado y nadie la buscó para coger aceituna. Volvió a comprar gavillas a la bodega del tío «Cachete» pidiéndole que le fiara. «Cachete», bodeguero y labrador adinerado, todas las tardes iba a la bodega hasta la hora de llegar lo gañanes y, cada vez que iba Elvira, la miraba de arriba abajo recordando su juventud y las veces que la había deseado siendo él joven. Y pensó que las gavillas podían ser un cebo si Elvira al fin no podía pagar. Desde entonces, con el mayor agrado del mundo, la invitaba a que se llevase todas las que le hiciesen falta.

Pasó el invierno y ya Elvira iba muy de tarde en tarde a por una o dos gavillas para guisar. El bodeguero la echaba de menos y, cuando iba, la entretenía hablándole con agrado y confianza, pero sin saber cómo decirle aquello que rondaba por su cabeza. Ese día que la vio Doroteo, iba seria y pensativa; algo extraño en ella, que por naturaleza era de carácter alegre y abierto. Doroteo, aunque extrañado, pensó que, con sus años, iría cansada de llevar las gavillas; pero el asunto era otro. Aquel día, después de mucha conversación, Elvira le había dicho a «Cachete»:

—Anota cada gavilla que me llevo, que no haya trabacuentas ni confusiones.

— No llevo nada anotado.

—¿Por qué...? —preguntó ella extrañada.

—Porque si tú quieres, no me debes nada. Estoy dispuesto a regalártelas.

—Y eso... ¿a cuenta de qué?

—De nada, si tú quieres.

—¿Qué tengo que querer?

—Cuando éramos jóvenes me gustabas y aún me sigues gustando. Yo creo que he estado siempre enamorado de ti.

—Puede ser, pero me lo dices un poco tarde... creo yo...

—Lo pensé mucho de joven. Estaba dispuesto a pretenderte, pero al final no lo intenté. Mis padres no me hubieran dejado casarme contigo ni con cualquier otra que fuese pobre. Además, ya estaba todo decidido por nuestros padres y mi mujer y yo no tuvimos valor para negarnos. Fuimos obedientes, como buenos hijos que éramos. Al principio hubo conformidad y con la ilusión de tener hijos había armonía en la relación entre los dos. Necesitaba una mujer y la tenía; después, todo fue rutina, monotonía y desilusión al comprobar que los hijos no venían. Nunca hubo emociones que animasen la convivencia; aunque, gracias a Dios, tampoco hubo discordias.

—¿Por qué me cuentas todo eso?

—Estoy deseando tener algo contigo... si tú quieres.

—Y a tu mujer... ¿qué le piensas decir?

—Mi mujer hace años que me rehúye. No quiere tener relaciones conmigo. Las únicas atenciones que tengo de ella son las de tenerme la ropa y la comida a punto. Yo creo que está viviendo en una nube de tristeza y todo lo que ocurra a su alrededor le da igual.

Elvira se fue turbada y pensativa, sin responder a la propuesta del bodeguero.

CAPÍTULO 4

Habían pasado dos semanas. Hacía un día espléndido. Era domingo. La casa de campo estaba dispuesta. Mientras don José, doña Felicidad y las niñas oían misa, el cochero y María preparaban para irse a la finca. Pasarían allí el resto del día y a la tarde se vendrían, porque las niñas al día siguiente tenían que ir al colegio.

Cuando llegaron, Pedro y las niñas se fueron al jardín a jugar. A las niñas, desde el día en que Pedro les enseñó el calendario, les picaba la curiosidad por saber más cosas de él.

—¿No has vuelto a ir al pueblo?—preguntó Rosa a Pedro.

—No. Desde que fuimos en Semana Santa, no he vuelto a ir.

—¿Te gusta esa fiesta?

—Me gusta ver las procesiones, las imágenes y tanta gente como se agrupa en las calles. Mi tía Felisa dice que debería haber más fiestas como esta y como la de Navidad, porque sirven para acercar a las personas a Dios y a sí mismas. Mi madre piensa igual que ella con respecto a la Navidad, porque es una fiesta de alegría. En Semana Santa es distinto: la virgen con su cara angustiada, y Jesús lleno de golpes y de injurias.

Las niñas prefirieron cambiar de tema. Primero porque veían a Pedro triste y después porque comprendieron que tenía razón.

—Y la feria… ¿te gusta la feria? —preguntó Luisa intentando desviar el tema.

—Sí, es muy bonita.

—¿Qué es lo que más te gusta de la feria? —preguntó Rosa sonriente.

—Todo. Las luces de colores, el tren de la bruja, los columpios, los «caballitos» y también los polos y las patatas fritas.

Al mismo tiempo que Pedro hablaba de las cosas de la feria, la tristeza de su cara iba desapareciendo y una sonrisa afloraba a sus labios mientras sus ojos chispeantes destellaban fulgores de alegría. María rompió ese momento mágico llamando a las niñas

—Nos llaman —dijo Rosa.

—¡Ya vamos! —contestaron las dos.

Por la tarde, cuando Rosa y Luisa salieron de siesta, Pedro estaba ocupado dando de comer a los animales. Salieron al jardín y, a la sombra de un árbol grande y frondoso, dibujaron un truque o rayuela para jugar: un rectángulo trazado en el suelo dividido en casillas, donde se pasaba un tejo de unas a otras, empujándole con el pie a la pata coja. Rosa solo pensaba en el juego que estaba realizando. Era feliz disfrutando de él y de la naturaleza que le rodeaba. Luisa también disfrutaba del juego, pero su pensamiento estaba en otra parte. Rara vez preguntaba por aquellas cosas que ignoraba sobre sus padres. Mientras, forjaba infinidad de conjeturas que pasaban por su mente como si fuesen sueños, a los que adjuntaba un sinfín de preguntas sin respuesta en el interior de su mente infantil. ¿Cómo eran? ¿Por qué no había fotos?

Embebida estaba Luisa en el martirio de su pensamiento, cuando exclamó Rosa:

—¡Mira, Luisa, una mariposa! ¡Es muy bonita! ¡Vamos a cazarla!

Luisa empezó a correr detrás de su prima siguiendo el vuelo de la mariposa, que, agitando sus alas, iba de rama en rama esquivando las manos de las niñas, con más astucia que prisa.

El desasosiego de correr detrás de ella y el ansia de cazarla, borró de su mente el golpe tenaz que martilleaba su pensamiento. Las risas sonaban como un eco dentro de la espesura del bosque mientras la alegría se derramaba como un manantial que nacía de sus corazones. El bosque para ellas era un paraíso encantado, aislado de las preocupaciones. Un mundo lleno de fantasías, lleno de felicidad, donde un hada buena les hacía ver maravillas con su varita mágica.

Una nubecilla blanca y débil se dibujaba en el horizonte y poco a poco iba creciendo y formando cortinas aisladas y trasparentes que se descolgaban sobre la sierra. Las niñas iban distraídas corriendo detrás de la mariposa y no se daban cuenta de que se alejaban cada vez más del jardín, adentrándose en el monte sin mirar el camino de regreso.

Las nubes, cada vez más tupidas y oscuras, avanzaban como un caballo desbocado sobre el horizonte oscureciendo el monte a su paso. Las primeras gotas de lluvia, aisladas y frías, hacían impacto en el suelo. Olía a tierra mojada y, a lo lejos, después del primer relámpago, sonaba lento y perezoso el trueno. Las dos niñas exclamaron a un tiempo:

—¡Llueve! ¡Está lloviendo! ¡Vámonos a casa!

Las dos corrían con desesperación y al cabo de un cuarto de hora, el bosque les parecía infinito. El agua las azotaba en la cara con tal fuerza que apenas podían abrir los ojos. El viento, cada vez más fuerte, no les dejaba avanzar. La magia del bosque se había vuelto pesadumbre. A duras penas podían caminar. El ansia de encontrar un camino de regreso hacía más espeso el bosque.

—Hay que buscar un refugio y esperar a que pase la tormenta. Nos estarán buscando. Si seguimos, podemos irnos más lejos haciendo más difícil nuestro encuentro.

Mientras, en la casa:

—¿Dónde están las niñas? —preguntó la madre.

—No sé… estaban en el jardín —dijo María preocupada.

Pasaba el tiempo. La madre empezó a llorar entre exclamaciones de angustia. El padre no dejaba de repetir:

—¡Dios mío! ¿Dónde estarán con esta tormenta? Hay que buscarlas.

—Sí, ¿pero dónde? —dijo la madre.

—¡Allí las vi por última vez¡ —exclamó María señalando hacia la parte oeste de la casa.

—Nos haremos dos grupos —propuso don José— y buscaremos por separado, hasta juntarnos en el *tronco viejo*, cerca de la fuente si no las encontramos antes.

—¡Yo también voy! —dijo María.

—Tú no puedes venir —dijo don José— la casa no puede quedarse sola porque las niñas pueden volver en cualquier momento, llegarán mojadas y necesitarán ayuda, eso cuanto menos, porque seguro que estarán asustadas y, si llegan a la casa y no ven a nadie, se asustarán más todavía.

—¡Agárrate fuerte! —se decían una niña a la otra— ¡No te sueltes pase lo que pase!

En la ladera de un pequeño montículo, se esforzaban por alcanzar su cima las niñas. Una ráfaga de viento al llegar a la cumbre les hizo perder el equilibrio y, al caer, rodaron en retroceso. Rosa vio una peña inclinada hacia arriba que sobresalía a más de un metro de altura ofreciéndoles cobijo. El viento y la tormenta se quedaban a su espalda. Emocionada, la voz se le ahogaba en la garganta mientras intentaba llamar a Luisa. Luisa, al oír su voz, se arrastraba en su busca. La luz de la esperanza brillaba allí debajo de la peña. Las dos exclamaron a un tiempo llenas de alegría gritando: ¡un refugio, un refugio!

Familia y criados caminaban en dos grupos inmersos en una misma tarea. La esperanza de encontrarlas pronto se desvaneció igual que el eco de las voces en el silencio del bosque. El agua, nada más caer, corría buscando las vaguadas naturales que tiene el suelo, donde turbia y presurosa se reconcentraba formando infinidad de turbulentos arroyuelos que hacían cada vez más difícil el caminar. Las voces de un grupo y otro parecían ser el eco entre sí.

—¡Rosaaa! ¡Luisaaa! —pero las niñas no respondían.

Al abrigo que les ofrecía la peña en el ladero de ese pequeño montículo, las dos niñas descansaban. Los vestidos mojados les hacían sentir destemplanza y frío. Se acurrucaban entre sí y el sueño las vencía. Cada vez llovía con menos fuerza. En el horizonte se iban descubriendo ventanas de luz. Las nubes blancas y redondas parecían montones de algodón que huían ligeros con el viento. El sol filtraba sus rayos entre dos nubes por donde más tarde se asomaba tímidamente. Luisa despertó sobresaltada y nerviosa.

—¡Rosa! ¡Rosa!

Rosa abrió los ojos e intentó tranquilizarla:

—¿Qué pasa? ¿Por qué gritas? Tranquilízate… mira, ha dejado de llover y luce el sol.

—Estaba soñando y al despertar sentí miedo.

—¿Has tenido un mal sueño?

—He tenido un sueño, pero ha sido un sueño bonito.

—¿Y eso te dio miedo? —dijo Rosa extrañada.

—No. El miedo lo sentí al despertar, cuando vi que todo se desvanecía: parecía que iba a morir en el sueño.

—¿Qué has soñado?

—He soñado con mi madre. He hablado con ella. Venía en una barca de cristal y al llegar, me cogía y me llevaba en sus brazos. El mar en sus olas traía azucenas, claveles y rosas que se mecían en el agua hasta chocar con la barca. Las aguas se inclinaban hacia el cielo y la barca subía y subía hasta él, donde un arco iris lleno de ángeles nos esperaban.

—Mira, Luisa, el arco iris ¡qué bonito! —dijo Rosa.

—Sí, es muy bonito. Es mi sueño. Mira Rosa, ¿no ves los ángeles como te he dicho?

Rosa, perpleja, no entendía lo que estaba pasando. Ella solo veía un arco de colores. Luisa, con la cara roja clavaba las rodillas en el suelo y mirando fija al arco iris, adoraba a las supuestas imágenes que veía en él, hablándoles como si de una realidad se tratase. Rosa, al ver a su prima aferrada a tal visión, dudaba de su realidad, pero pronto se dio cuenta de que Luisa estaba delirando.

Un tropel de gente sonaba a lo lejos. Los dos grupos se habían juntado en la fuente y con desesperación hacían nuevos planes para seguir buscando. Un sol radiante lucía, pero su claridad no disminuía el pesar.

Rosa les estaba oyendo. Su alegría era inmensa; comenzó a gritar: ¡aquí!, ¡aquí!, ¡aquí!, pero no la oían. El bullicio era tan grande y su voz tan débil que la pobre niña se esforzaba en vano. Entonces siguió insistiendo: ¡aquí!, ¡aquí!, pero sin querer separarse de Luisa, que, en su delirio, igual juntaba las manos y empezaba a rezar que caminaba de rodillas en dirección al arco iris, que ella sentía muy próximo.

Al fin, uno del grupo creía haber oído a la niña. Pidió silencio. Todos la oyeron y corrieron en la misma dirección hasta llegar a ellas. Rosa, al verlos, echó a correr en dirección a sus padres; pero Luisa siguió de rodillas hablando y adorando aquello que era invisible para los demás, sin escuchar a nadie. Don José la cogió en brazos e intentó calmarla. Por fin emprendieron el camino de regreso. Las ropas mojadas, los pies con gran cantidad de barro y el suelo resbaladizo dificultaban la fluidez del paso al caminar. Don José, preocupado cada vez más por Luisa, mandó aligerar el paso a Juan José para que enganchase el carruaje y volviese a su encuentro.

Cuando llegaron a las casas, María los estaba esperando con el agua caliente para que se lavaran. A Luisa la lavaron con agua fría; aun así, al terminar, todavía seguía con fiebre.

El cochero, con las vestiduras casi secas, esperaba la orden de don José para emprender el camino de vuelta. Cuando salieron, arreaba al caballo con energía impaciente, intentando aligerar el paso del animal para llegar lo antes posible al pueblo donde el doctor pudiese reconocer a la niña.

El guarda, que había salido antes, hizo el camino con rapidez. Llegó a casa del médico, llamó a la puerta y una mujer de edad avanzada, con el pelo blanco y ropas de color oscuro, abrió y preguntó a Juan José que qué deseaba.

—Traigo recado urgente de don José García para que el doctor vaya a su casa del pueblo. Una de las niñas viene mal y don José quiere que la asista.

—Mi hijo está en el casino —dijo la mujer— puedes llevarle el recado tú mismo.

Juan José fue al casino y le dijo al conserje que llamase a don Marcial, que por favor le dijese que tenía una urgencia.

—¿Qué ocurre? —preguntó el médico a Juan José mientras caminaban por la calle a por el maletín.

—Una de las niñas de don José tiene fiebre y delira.

Cuando llegaron Juan José y el médico a la casa, el coche subía calle arriba con el caballo al trote y en unos minutos llegaron. María bajó del coche la primera y mientras bajaban los demás, abrió la puerta. Don José y su señora entraron directamente a la alcoba de las niñas y dejaron a Luisa en la cama. El médico abrió el maletín y se dispuso a reconocerla. Empezó mirándole la garganta; después le tomó la temperatura y contó las pulsaciones, por fin le registró el tórax muy detenidamente.

—¿Es grave, doctor? —preguntó doña Felicidad.

—No. Es un simple resfriado y algo de agotamiento —dijo el médico con parsimonia moviendo la cabeza negativamente—. Si hoy conseguimos bajar la fiebre, mañana se encontrará mejor.

Al oír la respuesta, se tranquilizaron, aunque seguían preocupados, sin saber cuánto duraría la desesperación de ese delirio que sin cesar repetía: ¡Es mi madre! ¡Está en el cielo!

Doña Felicidad intentaba calmarla cogiéndole las manos, acariciándola y hablándole con voz sosegada y tierna. Por fin se calmó. La medicación y los paños de agua fría habían hecho bajar la fiebre y la niña se quedó sosegada y dormida.

Al día siguiente el cielo estaba completamente limpio y un sol radiante lucía en una mañana tibia de primavera. Rosa, después de levantarse, abrió la ventana de su alcoba. La niña, al descubrir que el día era espléndido, sintió ganas de jugar y fue corriendo hasta la alcoba de Luisa para que la acompañase; pero al abrir la puerta, la madre, que velaba el sueño de la niña enferma, con el dedo índice puesto verticalmente en la boca, le indicó silencio. Ella se sobrecogió y frenando la carrera volvió de puntillas pausadamente para no hacer ruido. Luisa, entre sueños, escuchó el picaporte de la puerta y se despertó nerviosa y alterada. Con voz atolondrada en la oscuridad de la alcoba exclamó: ¡madre! Doña Felicidad corrió a abrir la contraventana y dejó una pequeña rendija por donde se filtraba un resplandor de luz tenue. Luisa pidió a su tía que abriese de par en par. Necesitaba luz. Necesitaba separar la realidad del delirio en el que había estado sumida desde el día de la tormenta. Felicidad abrió y volvió junto a la niña. Luisa, al verla, la miró absorta y en una nueva exclamación le dijo: era usted… mi madre era usted…

—¿Qué dices Luisa? ¿Acaso sigues delirando?

—No. No deliro. Ayer tuve un sueño. Soñé que estaba con mi madre. Parecía una virgen. Ahora veo que la imagen de mi madre en el sueño, era usted. Yo creía haberla visto y pensaba guardar su imagen en mi mente para siempre. Dígame cómo era. Hábleme de ella. Quiero saberlo todo. Son tantas sus atenciones, que me siento hija suya sin ninguna duda. Pero no puedo evitarlo, echo tanto de menos a mi madre, que no hay hora del día que no piense en ella. Cuando me acuesto y me da usted el beso de buenas noches, cierro los ojos y pienso que es ella quien me lo da y me duermo feliz pensando que está conmigo.

—Ese sueño que has tenido y que ahora acabas de contarme es muy bonito y en algunas cosas se asemeja a la verdad. La imagen que has visto bien podía ser la de tu madre y no la mía. Tu madre y yo éramos exactamente iguales. Dos hermanas gemelas como dos gotas de agua. Lo único que nos diferenciaba era el peinado. Ella tenía el pelo ondulado y yo lo he tenido siempre completamente liso. Para ser su misma imagen, solo tendría que ondulármelo.

—Entonces, sí, era mi madre. Ahora recuerdo que el pelo tendido sobre su espalda y sus hombros tenía ligeras ondulaciones.

—Tu madre era alegre, llena de vida y de ilusiones: Ilusión por ti, por tu padre… Hubiese vivido feliz solo con teneros junto a ella. Erais su ilusión de vivir; pero al no regresar tu padre, esa ilusión se fue desvaneciendo. Esos tiempos de guerra recién pasados han sido difíciles para todos; pero para algunas personas lo han sido más que para otras. Yo, por ejemplo, he sufrido; pero ahora la vida me vuelve a satisfacer, me da cosas bonitas. Estás tú, está mi hija, mi marido, mi casa… Tu madre tenía estas cosas: una casa, un marido y la ilusión de que llegases tú, que ya estabas en su vientre; pero durante la guerra, poco a poco, lo fue perdiendo todo. Tu padre se fue y jamás supimos de él. Tu madre vivió los casi tres años de guerra con la esperanza de que vendría. Ella pensaba que, si hubiese muerto, se lo habrían comunicado. Muchas familias recibían cartas confirmando la defunción de algún ser querido. Ella mantuvo la esperanza hasta terminar la guerra, pero una vez terminada, cada día que pasaba sin saber nada de él, se desanimaba un poco más. Cuando empezó la guerra, ella y yo nos fuimos a vivir a casa de mis padres. Mi marido, igual que tu padre, también estaba en la guerra. Este pueblo estaba dentro de la zona roja. Mandaban unos señores que estaban en contra de la gente acomodada como nosotros y un día llegaron y nos echaron de nuestra propia casa, alegando que era necesaria para la causa. También nos despojaron de las tierras. Nos mudamos a una casa de pocas dimensiones que poseía el abuelo en las afueras del pueblo y eso dio lugar a que una desgracia sobre otra fuese martirizando a la familia. La abuela, enferma y con la tristeza de sentir el miedo del peligro que existía en cualquier lugar donde se viviese, murió poco después de mudarnos a esa casa. El abuelo, viejo, sin su esposa y despojado de sus bienes, empezó a comer poco y a estar triste, lo que hizo que enfermase, muriendo dos años después.

El último invierno antes de acabar la guerra, tu madre se resfrió, pero no quiso ir al médico. Cada día tosía más y los esputos eran de color oscuro, hasta que por fin iban manchados con sangre. Llamé al médico y después de reconocerla, le recetó unas inyecciones que le hicieron mejorar algo, pero después de algún tiempo, comenzó a estar mal otra vez y el médico aconsejó el ingreso en un sanatorio. Ella se negó rotundamente a irse. Yo insistía, pero decía que no quería dejarme sola y mucho menos separarse de ti. El tiempo pasaba y tu padre no volvía. La tristeza y la enfermedad se fueron apoderando de ella hasta que un veintidós de junio, cuando tenías tú dos años y tres meses, murió, quedándote entonces a mi cargo, como una hija más y así es como te considero.

—¿Y mi padre? Hábleme de él.

—Tu padre era de estatura mediana, moreno y alegre. Estaba ilusionado con su trabajo de agricultor y solo pensaba en conseguir lo mejor para tu madre. Cuando se marchó, no sabía que ella estaba embarazada. Tener hijos era su mayor ilusión; lástima que nunca supiese que ya venías de camino. Tu madre esperaba noticias suyas para comunicárselo, pero nunca las tuvo. Imagínatelo siempre sonriente, de buen humor. Reía por cualquier cosa y era incapaz de negar un favor a nadie, si estaba en su mano hacerlo. ¡Cuántas buenas personas han desaparecido! ¡Cuántas familias destrozadas por esa maldita guerra! Yo pienso en ellos muchas veces y su recuerdo me entristece; pero luego, al verte a ti, se me ensancha el corazón y cambio esa tristeza por la alegría de tenerte. Muchas veces te he observado y te he notado distante. No sabía qué te ocurría, pero presentía que algo te obsesionaba.

Rosa había desayunado y estaba ansiosa por ver a su prima. La curiosidad de saber lo que pasaba dentro de esa alcoba la llenaba de impaciencia. Al fin llamó en la puerta con unos golpes suaves y María, que recogía los restos del desayuno, le reprendió, pero al mismo tiempo escuchó la voz de la señora diciéndole que podía pasar.

Luisa, al ver a su prima, intentó levantarse. Estaba mejor y las dos necesitaban correr al aire libre. Rosa pidió permiso para salir a jugar al patio de carros y su madre se lo concedió. En él, corriendo y riendo como locas iban rozando las plantas de las jardineras y esparciendo el aroma por el aire, perfumando el ambiente del patio con una mezcla de rosas, toronjil, hierba buena, lilas…Los espesos nubarrones que enturbiaban la mente de Luisa se iban desvaneciendo. Nuevos rayos de luz iluminaban día a día su pensamiento. La luz de sus ojos, su risa y sus rosadas mejillas revelaban que por fin era completamente feliz. Sólo de vez en cuando recordaba aquel arco iris que vio en su sueño con la imagen de su madre y los ángeles, imaginando con alegría que aquello que vio era el camino del cielo.

CAPÍTULO 5

Doroteo, Josefa y sus hijos, estaban ya en la vivienda nueva durmiendo en sacos de paja. La paja de los sacos iba mermando a medida que los burros iban comiendo. Estaban a la espera de que Jesús se marchase y dejase libres los muebles. Al fin se fue y Doroteo con el carro y la ayuda de Josefa transportó los muebles a su casa. El primer día colocaron las camas: una cama metálica de matrimonio y otra más pequeña para los niños. La niña dormiría con los padres. Al día siguiente, colocaron el resto: seis sillas de madera con asiento de enea, un sofá, una cómoda, un armario pequeño, un palanganero de madera con espejo y un árbol perchero.

Josefa había congeniado bien con los vecinos, en especial con el matrimonio de ancianos y con Inés. En esos veinte días que llevaban juntándose, Josefa se había ganado la confianza de Inés. Había pasado de ser una extraña a ser su punto de apoyo, su confidente, alguien en quien desahogar tanta pena reprimida como arrastraba a pesar de su juventud. Una tarde cuando Josefa estaba sola, Inés subió a la vivienda para hablar con ella. Una cortina hecha de saco cubría la puerta de entrada a la vivienda. Inés llegó seria y preocupada. Josefa, al verla, comprendió que algo le pasaba y con una mirada interrogante, le dijo:

—Siéntate y cuéntame lo que pasa.

Inés, con la cabeza agachada, la cara casi escondida entre sus manos, rompió a llorar. Luego, con una voz apagada, ininteligible, exclamó: «estoy embarazada». Un sentir extraño recorrió el cuerpo de Josefa erizándole el pelo y removiéndole el estómago. Como en una pesadilla, recordó aquel mal momento en que estando sola en la casa de la finca, tuvo que defenderse de Sebastián, que la obligaba por la fuerza a hacer aquello que en otras ocasiones no había conseguido con proposiciones de palabra. Inés lloraba temblorosa mientras Josefa la tranquilizaba, susurrándole al oído palabras de sosiego. Cuando Inés se había tranquilizado, Josefa le preguntó:

—¿Qué piensas hacer?

—Nada. Callarme hasta que se empiece a notar. Esta es la segunda falta. De momento, solo lo sabemos tú y yo. No podía aguantar más. Tenía que decírselo a alguien.

—¿Por qué no se lo has dicho a tu madre?

—Tiempo tendrá de padecer y de llevar la vergüenza a rastras.

—¿Ha sido él… Sebastián?

—Sí. Me forzó. No fui capaz de deshacerme de él. Estaba barriendo el pasillo que va desde los soportales del patio hasta el corral, cuando vino el señor…

—¡El señor de las narices! ¡El cerdo, querrás decir! —interrumpió Josefa mientras enrojecía de ira.

—Pues eso… vino y empezó a tocarme por detrás. Yo di un respingo y me aparté diciéndole que no tenía vergüenza. Después se arrimó a mí y quise huir, pero tenía cerradas las puertas y, como el pasillo era estrecho, no tenía por donde escaparme. Grité al mismo tiempo que me cogía. Cuando sentí sus manos encima de mí, me retorcí y antes de que pudiese escapar me rodeó con sus brazos por detrás, dejándome inmóvil. Entonces empecé a encogerme y a temblar. Después creo que perdí el conocimiento; solo recuerdo a la señora chillando mientras yo temblaba de miedo y sentía un dolor terrible en todo el cuerpo.

—¡Bestia! Conmigo quiso hacer lo mismo; pero no pudo. Le di con las tenazas en sus partes y se quedó retorciéndose en el suelo como una sabandija.

Inés estaba algo más rellena de carnes y le habían crecido los pechos, pero nadie sospechaba que estaba embarazada, porque en su edad, en pleno desarrollo, era algo normal. Los mozos la piropeaban con picardía, sin intención de contraer ninguna relación formal con ella. Desde los rumores aquellos, que cada corrillo narraba su antojo, ningún mozo la había pretendido. Solo la piropeaban por el morbo de aquellos rumores, imaginándola una conquista fácil. Antes de haber ocurrido el suceso, aún sin haber cumplido los quince años, se le amontonaban los pretendientes; hasta tres y cuatro juntos esperaban algunos sábados en la esquina cercana a su casa para tener ocasión de pretenderla; pero ahora, nada. Requiebros y picarescas estúpidas con doble intención, que esquivaba la muchacha con rubor, avergonzada y llena de congoja.

Por las tardes, Inés ayudaba a Josefa a colocar la casa y hablaban. Josefa la miraba y pensaba que pronto sería público el secreto guardado por las dos con tanto celo y que ya era hora de informar a la madre antes de que alguien se diese cuenta y se lo dijese.

—¿Por qué no se lo dices a tu madre?

—Sí. Voy a tener que decírselo. Está preocupada y me hace preguntas que no sé cómo responder. Observa a ver si tengo trapos que lavar y como ve que no, pregunta. Pero… ¡no sé cómo decírselo! ¡Se va a morir del disgusto! ¡Qué vergüenza!

—¿Quieres que te ayude?

—Sí… ¡por favor!

Al día siguiente, por la mañana temprano, Josefa se pasó por la vivienda de Inés. Pepa, al verla, se extrañó y le dijo que donde iba tan temprano.

—Vengo a llamar a tu hija para ayudar a Cirila como cada mañana.

—Cirila aún está acostada y tú lo sabes.

—Sí… pero es que…

—Tenemos que hablar contigo, madre —dijo Inés que salía de su alcoba al oír a Josefa.

—¡Algo interesante será… que no puede esperar, según veo!

—Sí, es interesante —dijo Josefa— .Tu hija tiene algo que decirte y no sabía cómo hacerlo. Me ha pedido que le ayude y… por eso estoy aquí.

—¿No sabe cómo hacerlo…? Pues es muy sencillo, sincerándose con su madre. Llevo casi dos meses esperando que me diga algo y ha confiado más en una vecina que en su propia madre, ¿o es que creéis que estoy ciega? ¿Crees que no me preocupo por mi hija? Después de lo ocurrido, casi no duermo pensando en que esto podía ocurrir y últimamente estaba casi segura. ¿Es eso… verdad? ¿Estás embarazada?

—Si —dijo Inés llorando avergonzada, con la cabeza agachada.

Por la tarde, cuando vino Jesús de trabajar, esperaron a que se descalzase las abarcas y se lavase. Después, cuando calcularon que había terminado y que el hombre estaba tranquilo descansando, bajaron.

—Buenas tardes —dijo Josefa al pasar a la cocina donde estaba el matrimonio.

—Buenas tardes —contestó Jesús—. Siéntate, si vienes de asiento.

Inés y Pepa estaban muertas de miedo y miraban a Josefa sin saber por dónde empezar. Jesús las miraba a las tres, intuyendo que pasaba algo, pero sin saber qué era.

—¿Vais a hablar o tengo que adivinarlo? ¿Me queréis decir qué pasa?

—Inés tiene algo que decirte —dijo Josefa muy nerviosa.

—¡Pues que lo diga! ¿A qué viene tanto misterio?

—Estoy embarazada —dijo Inés soltándolo como el que tiene algo candente en las manos y se quema.

—¿Cómo…? ¿De quién, mala hija?

Inés agachó la cabeza avergonzada y empezó a llorar. La madre también lloraba cohibida sin atreverse a decir nada.

—Ella no tiene la culpa —dijo Josefa queriendo tranquilizar a Jesús.

—¿Y a ti quién te ha dado vela en esto…?

—Tu hija, porque está muerta de miedo, temiendo que no la comprendas.

—¿Qué tengo que comprender? ¿Mi deshonra?

— Tu hija no te ha deshonrado, es una víctima. El que te ha deshonrado es Sebastián.

—¡Ese me las va a pagar! Va huyendo de mí, pero cuando me lo encuentre, ¡lo mato!

—No lo hagas —suplicó Pepa—. Si lo matas, iras a la cárcel y después ¿quién nos ayudará?

Jesús recapacitó comprendiendo que su mujer tenía razón: él era la única ayuda.

CAPÍTULO 6

Los últimos días de mayo habían sido pardos y junio había llegado contagiado. En el campo, el viento ondeaba a su capricho el fruto del cereal formando olas, donde se mecían las espigas que granaban sin prisa su tesoro escondido, como una madre que guarda con amor el fruto de su vientre. Mientras tanto, la gente más pobre, la que vivía de su honrado trabajo, se ilusionaba con un futuro que prometía abundancia de jornadas: pan…

Por fin los cereales tornaban a verde limón. Pronto estarían dorados, en plena madurez, a punto para la siega. Los patronos buscaban cuadrilla y se aseguraban de que sus cosechas iban a ser recogidas en su punto.

Mauricio salió de su casa hacia la plaza en busca de segadores. Desde que había denunciado a Francisco, había obreros que rehuían trabajar con él, por lo que se vino sin poder contratar a nadie. Cuando iba hacia su casa, se encontró con Ramona, la mujer de Francisco. Al cruzarse con ella, la mujer lo miró a la cara con ojos encendidos por el odio y le escupió en los pies.

—¿No tienes suficiente, que me estás provocando?

—No tengo nada que perder, porque en los tres meses que falta mi marido lo he perdido todo. He dejado la casa donde vivía por no poder pagar el alquiler y estoy viviendo en un corral de animales, gracias a una familia que nos ha recogido. ¡Así te pudras! —le dijo. Y siguió su camino satisfecha de haberle hecho el desprecio que según la opinión de mucha gente merecía. Mauricio, viendo que no encontraba a nadie, comprendió que no solo tenía en contra suya a la mujer de Francisco, por eso desistió de buscar en los sitios donde se concentraban los obreros para ser contratados. Visitó a uno de los jornaleros que le trabajaba en ocasiones y al solicitarlo, este le dijo que ya estaba comprometido. Después fue a otro, después a otro y todos estaban ocupados. Al último comenzó a rogarle haciéndole promesas.

—Ahora que nadie quiere trabajar contigo, prometes; cuando encontrabas obreros más baratos no te acordabas de mí. Pero para que veas que no te quiero mal, te voy a socorrer.

Mauricio, con cara de alegría preguntó:

—¿Qué segadores vas a llevar?

—Paco y su hijo; mi hijo y yo.

—Los muchachos son muy jóvenes, Rogelio.

—Los muchachos tienen trece años y llevan dos años segando. Así es que… saben segar.

—Pero cobrarán media jornada.

—Los muchachos saben segar y cobran entera. Si ellos hacen un poco menos, nosotros haremos un poco más y saldrán cuatro peonadas cada día.

—Lo ajustamos y no se hable más —dijo Mauricio desconfiando.

—Vale. ¿Cuántas peonadas hay?

—Cuarenta… pienso yo —respondió Mauricio.

—Mañana las veo y después hablamos.

Al día siguiente, Paco y Rogelio —que así se llamaban los dos segadores— fueron a ver las parcelas y aunque al tasarlas se les hicieron un poco grandes las cuarenta peonadas, accedieron al contrato.

Don Juan era el mayor terrateniente del pueblo. Poseía, además de varias parcelas pequeñas cercanas al pueblo, otras dos fincas grandes. Una a seis kilómetros dirección este, de unas cinco mil hectáreas y otra a unos treinta kilómetros en la misma dirección, con unas trescientas hectáreas aproximadamente. Don Juan y su familia vivían en Madrid, pero tenían la casa señorial en el pueblo, además de una vivienda privada en cada finca, separada del conjunto de casas que utilizaban los obreros.

El manigero ya tenía las cuadrillas hechas para la siega. Más de noventa personas, entre hombres y mujeres, harían la tarea de la siega en las fincas de don Juan. En una de las cuadrillas iban Manuel «El Tipo» y su mujer, Regina. También los padres de Inés, Jesús y Pepa y también Ramón.

El curso escolar estaba a punto de terminar y algunos muchachos, de entre siete y diez años, ya estaban comprometidos para trillar o para ayudar a la familia en la larga y penosa tarea de la recolección. El hijo mayor de Doroteo y Josefa trillaba con el ama de Josefa y su padre iba como segador. Por fin Doroteo podría demostrar que era trabajador como lo había sido siempre.

La mayoría de los muchachos desde once o doce años ya no iban a la escuela. Eran jornaleros diarios. Aprendices de cualquier oficio y fijos en las recolecciones que ofrecían gran cantidad de jornadas.

Las cuadrillas de segadores comenzaban la siega escalonadamente. Al despuntar el día andaban los polvorientos caminos para ir a los tajos. En la casa de don Juan, «LA CASA GRANDE» como la llamaban en el pueblo, Manuel y Jesús, con sus mujeres, iban en la misma cuadrilla además de otros quince; también Ramón, que era el responsable del grupo o «segundo manigero», porque en la Casa Grande, por la gran cantidad de obreros, cada cuadrilla era dirigida por un segundo manigero. Desde el primer día que habían empezado la siega, Manuel esquivaba a Ramón a consecuencia de la pelea que hubo en el zurra. El rancho y el agua era por cuenta de la casa; pero el vino y el pan, lo llevaba el obrero.

Los primeros días fue todo bien; pero cuando llevaban cuatro o cinco, Manuel empezó desde el almuerzo a beber vino sin control. Cada vez que paraban a beber agua, él iba a la bota y bebía vino. La mujer le regañaba y él la miraba de malas maneras, hasta que estalló en gritos sobre ella, amenazándola con la hoz en la mano. Ramón, que iba detrás de la cuadrilla, al oír el escándalo, acudió al lugar de la disputa y cogiéndole con una mano la muñeca, le retorció el brazo hacia atrás y le hizo soltar la hoz.

—¡Vete! Duerme la borrachera y después hablamos —le dijo.

—Ahora mismo nos vamos mi mujer y yo.

—Yo no me quiero ir —dijo la mujer.

—¡Tú te vienes!

—¡Yo no me quiero ir! Y menos como estás.

Quiso cogerla para llevársela, pero algunos de la cuadrilla, entre ellos varias mujeres, se pusieron delante, impidiéndoselo. Se fue a donde estaba la bota del vino y bebió otro trago. Después la tiró con rabia contra el suelo, se arrodilló y fue cayendo lentamente hasta que quedó en el suelo hecho un ovillo. Cuando despertó era la hora de dejar el trabajo y al ver a la gente que se iba, agachó la cabeza y caminó junto a ellos sin hablar con nadie. Al día siguiente, cuando al comenzar la faena, lo llamó Ramón y, apartados de la gente, le dijo:

—Piénsalo bien antes de hacer lo que hiciste ayer porque no vas a tener más oportunidades.

—No te preocupes —dijo él avergonzado— no volverá a pasar, porque mientras dure la siega, solo beberé agua.

Poco a poco Josefa y Doroteo iban recuperando la confianza perdida en tiempos pasados, no muy lejanos. No olvidaban los malos momentos, pero confiaban plenamente en un futuro mejor, en el que, a fuerza de trabajo, se abrirían camino sin tener que pasar por la escasez que habían padecido; y lo que era aún peor: las ofensas que aquel desvergonzado difundió, sin el menor escrúpulo sobre su falsa deshonra. Estaban contentos porque tenían trabajo y, además, la gente empezaba a tenerles consideración y aprecio. Quizá el más satisfecho era Mariano, el hijo mayor, porque estaba ganando sus primeros salarios, sintiendo con orgullosa alegría que ayudaba a la casa como un hombre.

En la finca de don José hacían falta «arrancadoras». Buscaron a las que habían estado escardando y además, a Inés, Ramona, Elvira y Petra.

Don José miraba con satisfacción a sus obreros como lo hacía siempre; pero aquel verano, los trataba también con agradecimiento por el interés que habían demostrado todos en el suceso de las niñas. Llevaban arrancando una semana lentejas y Manuela era muy observadora. Miraba a Inés una y otra vez sin decir nada, hasta que le dijo a Petra que si notaba algo raro en la muchacha, a lo que Petra respondió:

—Será que se está haciendo mujer…

Manuela no quedó convencida de la respuesta, pero no dijo nada.

Los primeros días de recolección, Pedro —el hijo del guarda— se iba con su madre al tajo de las arrancadoras; pero cuando empezaba la faena en la era, al menor descuido se iba a subir en las trillas con los trilladores. Su ilusión era ser trillador y montar en las mulas cuando iban a la era o a darles agua al abrevadero.

La era estaba sobre un montículo a unos doscientos metros de las casas, en la parte sur de estas. Aquel asentamiento estaba hecho desde tiempos antiguos e ideado de forma que por su altitud y la distancia hasta el bosque y hasta las viviendas, todos los aires eran aprovechables a la hora de aventar, al quedarse las casas más bajas. Juan José, a veces, pasaba por la era y, al ver a Pedro allí, le regañaba diciéndole:

—No haces nada más que zascandilear, ¿qué haces que no estás con tu madre?

—Déjalo que trille —dijo el mayoral.

—Ya tienes los trilladores que necesitas. Tiempo tendrá de trabajar

—Tú verás. De todas maneras, va a estar aquí todo el día montado en la trilla. No te lo digo por darle gusto al muchacho; a mí me vendría bien. Además, yo me encargo de él. No va a hacer lo que no pueda. Su misión será trillar y nada más.

—Lo que tú digas… —dijo el guarda poco convencido.

Desde ese día siguió Pedro como trillador. Por la noche, cuando lo supo la madre, lo abrazó compadecida y, mirando al padre con ojos de rabia, le dijo:

—¡Pronto le has puesto el yugo!

Él bajó los ojos avergonzado y dijo:

—Si tú no quieres, mañana no va, pero tenlo contigo. No quiero que esté en la era.

Pedro se quedó serio y en un pronto de enfado le explicó lo ocurrido a su madre diciéndole:

—Soy yo el que quiere ir…

Por las tardes al ponerse el sol, llegaban todas las cuadrillas a las casas, excepto los pastores que aprovechaban hasta bien entrada la noche para que las ovejas comiesen con el fresco y de madrugada volvían a pastar hasta que entraba la mañana y volvía a calentar el sol. Entonces regresaban a las casas porque, con el calor, las ovejas se amodorraban y no comían.

Las mujeres en verano salían a lavarse a un corral pequeño que había en la quintería dentro de la casa de Petra. Primero se lavaban las chicas jóvenes y después Petra, Manuela, Elvira y Ramona. Las tres muchachas que pasaban a lavarse con Inés envidiaban la exuberancia de sus pechos tersos y prominentes. Se lavaban primero de cintura para arriba y después de cintura para abajo, pero siempre sin desnudarse por completo. Entre risas y jugueteos, se gastaban bromas y ese día todas las bromas apuntaban a los pechos de Inés y a la exuberancia de su cuerpo en general. Ella callaba y enrojecía de vergüenza, pero aquel día, que las bromas iban solo con ella y duraban más que otras veces, se puso nerviosa y empezó a llorar. Una de las compañeras, Blasa, le cogió la barbilla, le levantó la cabeza y mirándola fijamente a la cara le preguntó:

—¿Por qué lloras? Yo sé que no es por las bromas. Dinos qué te pasa y te ayudaremos.

Ella, después de pensarlo, llegó a la conclusión de que pronto no podría ocultarlo y volviendo a agachar la cabeza dijo: estoy embarazada.

Las compañeras al momento recordaron el suceso que hacía algún tiempo había revolucionado el pueblo con el caso de Inés y Sebastián.

—Ahora, en mi estado, cuando se sepa, nadie querrá darme trabajo —dijo Inés llorando.

—Será nuestro secreto —dijeron las compañeras.

Manuela no dejaba de mirar a Inés y, como el que deja de caer una broma, dijo:

—A saber…lo que hacen estas cuando se encierran allí… Esta tarde voy a pasar con ellas.

Las muchachas miraban a Manuela serias y con desconfianza, hasta que a las tres o cuatro veces de decirlo, Blasa contestó diciéndole seriamente que no iba a pasar con ellas.

—¡Cuando no quieren que pase, por algo será…!

A lo que Elvira, ya molesta de oír la broma, le dijo:

—¡Y a ti qué te importa lo que ellas hacen o dejen de hacer!

Los segadores de Mauricio segaban a destajo no habiendo apenas linde entre día y noche. Dormían en el rastrojo y para los muchachos era la primera vez. Ellos dejaron las hoces clavadas en un haz y se acostaron. Los padres al verlas les dijeron:

—Las hoces, debajo de la almohada. Ahí nadie las podrá coger sin despertaros. Estando ahí clavadas, cualquiera nos puede cortar el cuello mientras dormimos.

Les quedaban dos días para terminar cuando fue Mauricio a visitarlos y, sin dar siquiera los buenos días, empezó a gritar como un energúmeno porque tenían dos burros en la cuadrilla.

—¡Yo digo... que por qué lleváis dos animales para cuatro «micos» que estáis aquí! Hay cuadrillas de veinte que llevan los mismos animales que vosotros. Dos bestias comiendo a mi costa todos los días me cuestan por lo menos una peonada diaria.

—Danos tu mula y tu carro y así no tenemos que traer bestia alguna. ¡Aprovechado! ¡Que eres un aprovechado!

—Las mulas y el carro me hacen falta a mí.

—Y a nosotros los dos burros. ¡Te lo advierto! Faltan dos días para terminar, pero como te pongas borde, acabas de segar tú.

Mauricio, temiendo que se fuesen sin terminar, subió a su carro, arreó la mula y se fue.

En las cuadrillas de don Juan hubo algunas disputas de poca importancia: cosas normales cuando hay tanta gente junta de costumbres diferentes y genios contradictorios. Un día comiendo, Ramón le ofreció la bota de vino a Manuel y, aunque este se negaba a aceptarla, al final se convenció y desde entonces compartieron el vino y siguieron siendo amigos como antes. Manuel, cuando no estaba bebido, tenía buenas razones; pero cuando bebía demasiado, perdía el control de sus actos arrasando todo lo que encontraba a su paso. Las personas que lo conocían, no se explicaban ese cambio tan brusco. No sabían qué pensar de esa actitud: dudaban entre si era el vino el que lo trastornaba o es que en su interior era así y el vino le hacía perder la vergüenza.

Era mediados de julio cuando una tarde comenzó a ponerse nublado, descolgándose el gris del cielo sobre el horizonte en forma de cortinas plomizas, cada vez más oscuras y tupidas, que corrían con relámpagos impetuosos e intermitentes. La gente en los tajos miraba al cielo de reojo, unos indiferentes, otros nerviosos y preocupados, con temor y ocultando el miedo para no ser objeto de burla. Al final empezó a llover y los gañanes de las eras desengancharon las mulas y se fueron a las casas. Pero los segadores y las arrancadoras se refugiaron donde pudieron allí en el rastrojo. Unos debajo del carro, otros al abrigo de una mata de encina o de un olivo. Después de que hubiera escampado, recogieron todos los utensilios y subieron al carro para irse a las casas, porque era imposible seguir la faena. Cuando llegaron, los gañanes que acarreaban la mies hasta las eras, daban la noticia de que a un hombre que iba subido en un burro, lo había matado un rayo: al burro y a él.

Las arrancadoras de don José estaban lejos y llegaron después que los demás, mojadas hasta los huesos igual que todos. Se bajaron del carro, pasaron a la casa de Petra y, en el cuarto donde dormían, empezaron a quitarse la ropa para secarla. Manuela esperaba que Inés se desnudase como todas, pero al ver que no lo hacía, le dijo que si le daba vergüenza o es que tenía algo que ocultar. Al decirle eso, Inés se puso roja. Petra, al verla, la cubrió con una manta y le dijo que se desnudase debajo de ella para que no la viesen. Petra miró a Manuela con enfado, mientras recogía la ropa de las muchachas para secarla. Las muchachas se quedaron dentro de la habitación hasta que Petra les llevó la ropa seca; pero Ramona, Manuela y Elvira, salieron a la cocina envueltas en sus mantas y allí le dijeron a Manuela que dejase a Inés en paz.

—¿No puedo gastar una broma?

—¡No! —dijo Petra—. Bastante tendrá ella con lo que le pasó en casa de Sebastián. Y si es lo que tú piensas… suficiente motivo hay para no gastarle bromas. Así es que, de aquí en adelante, se acabaron las bromas.

CAPÍTULO 7

En el pueblo, aparte del suceso del rayo, pasaban pocas cosas. La gente estaba embebida en las faenas de recolección y salvo alguna trifulca en la plaza donde se instalaba el mercado, todo estaba tranquilo. En la casa de Sebastián hacía meses que buscaban nueva criada. A su esposa, acostumbrada a tener siempre sirvienta, se le hacían pesadas las faenas de la casa, pero ninguna quería ir allí a servir. A veces, a fuerza de insistir, la mujer del gañán y la del manigero se compadecían y le ayudaban en lo más trabajoso; pero siempre las dos juntas: una sola ponía cualquier excusa para no ir.

—¿Por qué no queréis venir una sola? —preguntó Asunción.

—Viniendo juntas, la gente no tendrá ocasión de hablar.

—¿Hablar de qué...? —dijo Asunción.

—Desde que se fue la última sirvienta, la gente está pendiente de lo que pasa en esta casa y nosotras no queremos andar en lenguas, por el bien de usted y el nuestro propio.

—¡La gente que se meta en sus cosas! —dijo Asunción con soberbia—, ¿es por eso por lo que no encuentro criada?

—Sí, señora. Las muchachas y sus padres piensan que servir en esta casa puede dar lugar a comentarios injuriosos para ellas.

Por fin llegó la feria. El día de la inauguración se trabajaba. La feria empezaba esa noche. Dos días de descanso y tres noches de feria, salvo en algunos oficios, como el de pastor, solo se paraba uno o ninguno.

Alejandro, un muchacho de doce años que trabajaba de pastor en una finca a doce kilómetros del pueblo, vino con descanso el último día de feria, ilusionado y contento, pero cansado. Llegó a su casa y después de lavarse se echó a siesta diciéndole a su madre que lo llamase al anochecer para ir a la feria. La madre fue varias veces a llamarlo, pero él no respondía. A ella le daba lástima zarandearlo y lo dejó que siguiese durmiendo. Cuando lo volvió a llamar, era ya por la mañana para irse otra vez al trabajo. Él, pensando que era anochecido en vez de madrugada, se puso la ropa de las fiestas y cuando la madre lo vio salir, le dijo que se quitase esa ropa porque ya no había feria. Él se reía pensando que era una broma; entonces llamaron a la puerta y fue a abrir, quedándose sorprendido y serio al ver al mayoral que lo esperaba para irse otra vez con las ovejas.

Inés no fue a la feria. Las compañeras de trabajo la invitaron a que saliese con ellas, pero ella sin dar explicaciones se negó a salir.

Dentro de la fiesta, los mozalbetes que habían estado segando en la finca de don José, no le quitaban ojo a las tres arrancadoras que habían estado en la misma finca que ellos. Buscaban la ocasión de hablar con ellas haciéndose los encontradizos, pero ellas simulaban no haberles visto, hasta que coincidieron en la ola, atracción muy solicitada por la gente joven. Allí, entre risas, palabras esporádicas y haciendo ellos girar a un bombo, surgió el comienzo de una amistad deseada por todos. Los mozos, Juan, Patricio, Roberto, José y Santos, habían escogido cada uno a la que sería su pareja; ahora hacía falta conquistarla.

Después de la coincidencia —fortuita o provocada— siguieron paseando ellos y ellas por separado, pero sin perderse de vista. Aquella misma noche empezaba la conquista de la mujer que cada uno había escogido.

Pedro y su madre vinieron al pueblo el día de la inauguración. El padre vendría por la noche. Cuando llegó Pedro a casa de su abuela, era media tarde y fue a buscar a sus amigos, pero no los encontró. En casa de José le dijeron que estaba en la era trillando. Cuando salió de allí, vio un grupo de muchachos jugando; entre ellos, aquellos a los que tanto les gustaba gastar bromas de mal gusto y Pedro pasó sin decir nada. Uno de ellos lo invitó a jugar y Pedro estuvo jugando media hora, hasta que salió su madre a llamarlo para lavarlo y ponerle la ropa limpia de las fiestas, para ir a la inauguración de la feria. Cuando se fue, uno preguntó que quién era Pedro.

—Es nieto de Basilia —contestó el que lo había llamado.

—¿Y tú de qué lo conoces?

—Es amigo de José y de Ambrosio.

—¡No quiero que lo llames nunca más! Si quieres jugar con él, te vas tú y jugáis los dos.

—Y eso… ¿por qué?

—¡Es un pobre muerto de hambre y está salvaje como los animales del campo! ¿No ves que si se junta con nosotros, nos van a comparar con él?

El que decía esto era de gente rica, igual que el resto del grupo. Por eso estaban jugando en plena recolección. Los hijos de los pobres estaban trillando. Únicamente jugaban en la calle por la noche hasta la hora de cenar.

Las mozas tenían un horario puesto por los padres para llegar a sus casas a pesar de ser feria. Una hora después que un domingo normal; así que, a las diez, en casa. Los mozos tenían vía libre para llegar a la hora que les apeteciese. Uno hombre… era un hombre. Una mujer tenía que *protegerse*; no solo de lo que pudiera pasarle a su persona, sino que también tenía que mirar por su honra. O mejor dicho: tenía que evitar que las malas lenguas *la manchasen*. Porque las mujeres que iban solas a deshora de la noche sin sus padres o alguien de respeto que las vigilase, según el criterio de la gente, eran unas *perdidas*. Si no, de qué… ¿qué buscaban solas a esas horas? Convencidas de eso hasta ellas mismas, se iban con dolor de su alma perdiéndose los mejores momentos de la feria, con la única esperanza de volver con sus padres: si a ellos les apetecía ir.

A la hora de irse, los jóvenes segadores las siguieron. El primero que rompió la cuadrilla de las muchachas fue Roberto, que, poniéndose delante de ellas, se dirigió a Blasa diciéndole:

—Buenas noches, ¿me haces el favor…? Las demás se apartaron dejándolos solos. Él le propuso un compromiso formal de noviez, que ella rechazó agradablemente. Él, al despedirse, le aconsejó que lo pensase, porque volvería.

Juan se dirigió a Aurora, dándole las buenas noches; pero ella, en vez de contestarle, lo esquivó bruscamente y él tuvo que insistir para que se parase. Cuando le hizo la propuesta, ella le dio un no seco, casi desagradable. Mientras, Patricio hablaba con Rosa, que también le decía que no; pero sonriente y casi agradecida de tenerlo delante de ella. José y Santos, los dos al mismo tiempo, se acercaron a Lucía y a Juana. Juana contestó a las buenas noches seria, aunque parada y escuchando lo que Santos le decía; negando con la cabeza, para confirmar lo que ya había dicho antes con una voz débil, parecida a un susurro. Lucía, sintiéndose superior en madurez y distanciada económicamente, al mismo tiempo que le hablaba José, lo esquivaba diciéndole: ¡no quiero trilladores! Y echando a correr, se fue. Él se quedó sorprendido por la forma de recibirlo y no se molestó en seguirla.

Aprovechando los días de descanso de la feria, Paco y José fueron a cobrar la siega a casa de Mauricio. Él no los esperaba tan pronto, por lo que les dijo sorprendido:

—¿Pasa algo?

—No. Ni Dios quiera... venimos a cobrar la siega.

—¿No queréis hacer tarde? —dijo Mauricio con sorna—. No sé a cómo se va a pagar.

—Don José ya está pagando las peonadas de cebada. Dos pesetas más caras que las jornadas normales de este año.

—¡Ese es muy generoso! Se ve que le sobra el dinero. Yo... hasta que no sepa a cómo van a pagar los demás, no pago.

—Esperarás a saber de los que pagan menos.

—¡Te equivocas! Si queréis cobrar, vais a cobrar ahora mismo; pero una peseta más que las jornadas normales ¡No dos...! No voy a esperar a nadie, pero tampoco voy a dar lo que da ese... Si él quiere tirar el dinero, que lo tire.

Mauricio pasó a una habitación y sacó la cuenta ajustada.

—Toma. Esta es la cuenta. Esto tuyo y esto tuyo.

Paco y José se miraron diciendo a un tiempo:

—¿Qué es esto? ¿Qué cuenta nos das?

—Treinta peonadas. Los días que habéis trabajado. Diez de cada uno de vosotros y cinco de cada muchacho.

—Lo ajustamos en cuarenta peonadas y había al menos cuarenta y tres. Hemos segado doce y hasta catorce horas diarias, y ahora nos sales con estas… Danos lo que falta, si no quieres que haya algo que sentir.

—¡Ojo con lo que dices! No sea que te tengas que arrepentir.

—¿Qué vas a hacer? ¿Nos vas a mandar al cuartel de la Guardia Civil como a Francisco?

—¡Iros de mi casa! ¡A la calle!

—Páganos y nos vamos.

Mauricio pasó a la habitación de donde había salido antes con el dinero y después salió con el resto, equivalente a las diez peonada que faltaban; pero en vez de darles el dinero en la mano, lo tiró al suelo con rabia, desparramando las monedas y diciéndoles: ¿no son vuestras…? ¡Ahí las tenéis! ¡Y ahora, fuera de mi casa!

Pedro y sus padres bajaron por la noche a la feria y se encontraron con Josefa y Doroteo. Pedro empezó a jugar con Mariano, Luis y Lucía, que corrían entre las casetas por los paseos. Petra preguntó a Josefa que dónde había que ir para apuntar a Pedro a la escuela.

—Creo que al Ayuntamiento —dijo Josefa— pero si vas a ver a don Sebastián, que es el director, él te lo dice con exactitud. Antes de irte al campo, ve a ver mi casa: te invito.

Ramona y Elvira tampoco fueron a la feria. Los tres niños de Ramona querían ir, pero la madre, disgustada por no estar Francisco y, además, con el dinero tan escaso, intentaba convencerles diciéndoles que al año siguiente, cuando estuviese su padre, irían. Al final, los dueños del corral donde vivían, llegaron a invitarlos para que los acompañasen. Ramona se negó rotundamente, pero sí permitió que los niños se fuesen con ellos. Dichos niños destacaban en pobreza al lado de los hijos de sus parientes. Vestían ropas viejas y unas alpargatas roídas de usarlas a diario, por ser las únicas que tenían, pero eso sí: limpias igual que la ropa, y ellos, lavados y aseados oliendo igual que tres jazmines.

Pasados los días de fiesta, la gente volvió a sus faenas. Se fueron, como dice el refrán, «cada mochuelo a su olivo». Ramona, Elvira, Manuela y Petra subidas en el carro, hablaban del trabajo que habían tenido en sus casas después de tantos días sin estar en ellas. También del hombre que había matado el rayo, que por fin ya sabían quién era. Las más jóvenes relataban sus vivencias en la feria y la novedad de los pretendientes. Inés no decía nada. A veces sonreía con las cosas que decían sus compañeras y otras veces, se mantenía seria con la mirada perdida y triste. Quizás pensando en su problema o anhelando esas aventuras que habían corrido sus compañeras.

Aquel primer día de trabajo, las arrancadoras habían empezado la recolección de los garbanzos: legumbre de mata recia, raíz profunda y dura de arrancar. El día fue agotador por la nueva faena, pero aún más duro por el asfixiante calor de los últimos días de julio. Las tres muchachas, que aún no sabían lo que era estar embarazadas, se preocupaban por Inés, preguntándole en susurros cómo se encontraba. Entonces Inés sonreía, diciéndoles que a ella no le pasaba nada y lo demostraba arrancando más ligera, agachándose y levantándose con agilidad para que ellas no se preocupasen.

Cuando llegaron a las casas los segadores, ya con la puesta del sol, las arrancadoras más jóvenes estaban en el pozo sacando agua para lavarse. Ellos, al verlas, fueron a lavarse a la pila donde bebían agua las mulas y, después de saludarlas, empezaron a quitarse las camisas y a echarse agua unos a otros mientras se lavaban. Ellas, al verlos sin camisa, empezaron a cargar el agua con prisa, mirándose unas a otras, ruborizadas. José, en vez de ir a lavarse, fue a hablar con Inés. Llegó sonriente y amable, diciéndole:

—No te he visto en la feria.

—No he salido.

—¿Por qué?

—Cosas mías.

—Quiero hablar contigo… pero aquí no. Ya nos veremos en el pueblo.

—No tengo nada de qué hablar contigo.

—Yo sí. Te buscaré.

Cuando Inés vio que las demás se iban, se fue con ellas a la casa. Cuando llegaron, Petra, Elvira, Manuela y Ramona, se estaban lavando en el corral a puerta cerrada y las muchachas se quedaron esperando a que saliesen para pasar ellas a hacer lo mismo.

—¿Qué te ha dicho José? —preguntó Blasa a Inés.

— Quería hablar conmigo, pero yo le he dicho que no tengo nada de qué hablar con él.

—Será que le gustas —dijeron Aurora y Rosa—.Te mira mucho.

Ella se encogió de hombros, como diciendo que no lo sabía o que le era indiferente.

En el pueblo, Lucía y Juana se vieron por la calle cuando iban a la plaza a hacer la compra a los puestos del mercado. Las dos eran hijas de patronos yunteros, que se dedicaban a la labranza de tierras propias. No eran extremadamente ricos, pero sí lo suficiente para reservar a su mujer y a sus hijas de las duras faenas del campo. Sin embargo, no tenían criada. Hacían ellas los trabajos de la casa ayudando a sus madres y por las tardes cosían, bordaban o hacían trabajos manuales propios de una señorita.

—¿Qué te pasó la otra noche con tu pretendiente?—preguntó sonriente Juana a Lucía— ¿A mí...? ¡Nada!— contestó ella con precipitación.

—¿Es que no te gustó?

—¡Ni siquiera lo miré!

—Pues no está mal —dijo Juana—, tiene buena hechura y no es feo.

—¡Es poca cosa para gente como nosotras! Un don nadie sin más capital que sus brazos. Tú deberías de pensártelo con ese que tanto te gusta; es otro igual, no tiene donde caerse muerto.

—No me importa. Con él me basta —dijo Juana casi arrepentida de haberle preguntado.

Al llegar a la plaza, cada una se dirigió a un puesto diferente, sin despedirse ni ponerse de acuerdo para regresar juntas. La escasa conversación que mantuvieron por la calle, dejó a Juana preocupada por lo que le había dicho Lucía; para ella, no tenía importancia que Santos fuese pobre, pero... ¿qué pensarían sus padres cuando lo supiesen?

El invierno había sido duro para el que no tenía un trabajo fijo, pero a partir de empezar la recolección, pocas casas carecían de los alimentos más básicos. Los panaderos fiaban, los patronos daban dinero a cuenta para comprar pan, ya que los guisos iban por cuenta del patrono. Las tiendas, viendo la prosperidad del año, también fiaban, salvo excepciones. Todas las casas tenían alimentos, menos aquellas que sin saber por qué, no habían encontrado trabajo. Desde últimos de julio, se comentaban algunos pequeños robos en las eras: bien sacos de paja sin aventar, bien medios sacos de grano casi limpio o incluso algunos haces, que después el ladrón machacaría en cualquier otro sitio, llevándose a su casa solamente el grano.

Juan, un borriquero que trillaba en una era alquilada, estaba aventando la última parva y pensaba dejar el grano limpio para llevárselo a su casa; pero tuvo la mala suerte de que a media mañana se echó el aire y, hasta más de las cinco de la tarde, no volvió a soplar, por lo que se le hizo de noche sin haber pasado el grano por la criba, y optó por dormir en la era y acabar a la mañana siguiente. Cenaron él y un sobrino suyo que era el trillador. Se acostaron sobre el grano casi limpio, con el fin de que si alguien iba a robarles, los viese y no llegase a ellos. A las dos horas, más o menos, despertó el hombre y vio a uno con un saco medio lleno, que lo llevaba a las espaldas y corría hacia el pueblo. Corrió detrás de él a bastante distancia diciéndole: ¡ladrón… que le has robado a un pobre!, pensando que al oírlo, soltaría el saco para huir; pero el ladrón corrió y corrió sin dejar el saco. Cuando el hombre llegó al pueblo, el ladrón ya se le había perdido.

La recolección había acabado. Las mujeres volvían a las faenas de sus casas y algunas iban a espigar desde la madrugada hasta medio día. Los hombres espigaban, encerraban paja o la rebuscaban en las eras que ya estaban vacías, bien para el burro, bien para la lumbre de invierno en las casas. Las mozas volvían a las sastrerías o a la modista para aprender a coser. Otras ayudaban a sus madres a hacer las faenas de la casa y por la tarde cosían prendas para el ajuar, bordaban o cosían prendas de vestir que luego lucirían en fiestas señaladas. Cuando iba llegando el otoño y anochecía más temprano, los mozos esperaban a la hora de salir las mozas de la sastrería para ir a pretenderlas.

Aurora, Rosa y Blasa iban al mismo taller. Al salir se miraron sonrientes. Juan y Patricio las esperaban para después hablar con ellas. Roberto, esperaba a Blasa en su esquina, se plantó delante de los cinco dirigiéndose a Blasa y ella se separó para hablar con él a solas.

—¿Qué has pensado con respecto a lo que hablamos?

—Nada. No he tenido tiempo de pensar.

—Entonces... ¿no me vas a dar contestación?

—No. Vuelve y la próxima vez la tendrás.

—Entonces... hasta el domingo. Piensa que te quiero y creo que no podría vivir sin ti.

Ella, al oír esas palabras, se ruborizó y contestó con un adiós tímido.

Aurora llegó hasta su casa e intentó pasar, pero Juan le cortó el paso diciéndole:

—Espera, tenemos que hablar.

—¡Hablar aquí... tú estás loco! Y si sale mi padre, ¿qué le digo? Otro día hablamos. Ahora quiero que te vayas.

Juan, al verla tan nerviosa y preocupada, se apartó pensando que tenía razón.

—Ya hemos llegado —dijo Rosa a Patricio—. Desde aquí te vuelves.

—Y de lo que te he dicho... ¿qué me contestas? —dijo él.

—Ahora mismo no sé qué decirte. Mis padres saben que me has pretendido y piensan que es pronto para tener novio. Mi madre me lo ha dicho sin pedirle opinión.

—¿Y tú qué piensas?

—Que llevan razón. Déjame que lo piense —dijo ella fingiendo dudas.

Santos no había vuelto a ver a Juana desde la feria. Él rondaba por las esquinas de la casa de ella, pero ella no salía. Una noche, cuando ya se iba cansado de esperar, vio que Lucía venía por la calle y se acercó para preguntarle por Juana. Ella lo esquivó bruscamente.

—Solo quería preguntarte por Juana.

—Juana no va a salir a verte. «No se hizo la miel para la boca del asno».

Él agachó la cabeza, desilusionada, y siguió calle adelante sin decir nada más.

Lucía llegó a casa de Juana y le contó todo.

—Lo sé —dijo ella con una voz que apenas pudo oírsele.

—¿Quién te lo ha dicho? —preguntó Lucía sorprendida.

—Nadie. Lo he visto yo. Estaba en la habitación de arriba asomada al balcón con discreción. Mis padres no ven conveniente esta relación; pero es superior a mis fuerzas. Mientras él estaba en la esquina, yo lo contemplaba desde aquí. Cuando se ha ido, he estado mirando hasta que se ha perdido a lo lejos.

—Tus padres quieren tu bien. Ya te dije yo que no te convenía.

—¿Y cuál es mi bien? ¡Estar pensando en él toda la vida! Desde que mis padres se opusieron, lo he pensado detenidamente: o él... o nadie. Si ellos no quieren, seré una hija obediente, pero tendrán una hija soltera para siempre.

CAPÍTULO 8

Después de cobrar las jornadas de arranque, Elvira fue a la bodega del tío «Cachete» a pagarle las gavillas, pero él no quiso cobrarlas. Ella insistió con el dinero en la mano.

—¡He dicho que no me debes nada! —dijo el bodeguero retirándose hacia atrás.

Elvira intentó echarle el dinero en el bolsillo de la chaqueta, pero él volvió a retirarse y el dinero se derramó por el suelo. Al agacharse ella a cogerlo, él la cogió de la parte de arriba de los brazos para que se levantase y cuando estaba en pie, la abrazó diciéndole:

—¿No ves que el dinero no me importa? ¡La que me importa eres tú!

Al verse abrazada, ella dio un respingo, pero al mismo tiempo se estremeció, sintiendo su cuerpo como una adolescente y no pudo negarse a las caricias. Pasó lo inesperado. Cuando habían terminado y ella se disponía a irse, él le preguntó que cuando volverían a verse.

—¡Nunca! —dijo ella— Esto ha sido un accidente y no volverá a ocurrir. No sé cómo he podido ser tan frágil. Olvídate de lo que ha pasado. Nunca me volverás a ver por aquí.

—Espera. Toma el dinero —dijo él agachándose a recogerlo.

—Ese dinero es tuyo, cógelo tú y guárdalo, no quiero deberte nada.

Asunción, la mujer de Sebastián, todavía no había encontrado criada. Al terminar la recolección de cereales y semillas leguminosas, pensó que encontraría; pero todas las muchachas que recibían el aviso ofreciéndoles trabajo como sirvientas en su casa, se negaban a irse con ella. Elvira, que sabía lo que estaba pasando, fue a ofrecerse y Asunción, desesperada ante la imposibilidad de encontrar una mujer joven, la aceptó. Elvira era una mujer limpia, pero además se esforzaba por hacer las cosas aún mejor de lo que era su costumbre para que no diesen lugar a quejas de la señora, porque a sus años ese trabajo era la solución de su vida aunque ganase poco más que la manutención. Asunción, acostumbrada a tener muchachas jóvenes que le duraban poco —unas porque eran inexpertas en las tareas del hogar y otras porque se las espantaba el marido— admiraba entusiasmada las cualidades de Elvira. Ya no era solamente una criada: era una compañera, como una madre que en los momentos de duda le aconsejaba. Elvira sabía coser, sabía cocinar y había sido bordadora en sus años jóvenes. Asunción llegó a tenerle tanta estima, que la consideraba imprescindible. Hasta le hizo confesiones que nunca había dicho a nadie, confiando con absoluta certeza en que Elvira jamás lo contaría. Asunción con ella se sentía acompañada. Tenía tantos reproches de su marido y tantas infidelidades sufridas en la soledad, que le dolía el sentimiento en lo más profundo. En el corazón ya no le cabían más penas, porque había guardado tantas en los últimos veinte años que estaba a punto de estallarle y Elvira era, en estos momentos, la persona con quien podía desahogarse. Con bastantes más años que ella, era una mujer segura, discreta y compasiva, una luz que se encendía en un camino tenebroso como era el de Asunción.

José, desde que había terminado la recolección, buscaba a Inés. Esperaba en las esquinas de su casa cada noche, pero ella no salía. José preguntó a Blasa y esta le dijo:

—No la busques. Ella no puede comprometerse ni contigo ni con nadie.

—Si es por lo que le ocurrió en casa de Sebastián, dile que no me importa. Yo confío en ella y sé que no tuvo culpa.

—No es solamente eso. Hay algo más que aún no se sabe, pero pronto se hará público. Entonces comprenderás el motivo que la obliga a no hablar contigo.

Inés, después de mucho tiempo, seguía sin salir de casa. El hecho de estar encerrada y el cambio de su cuerpo, dio lugar a murmuraciones. Algunas de las vecinas que vivían en la misma casa, ya no suponían, sino que… aseguraban que estaba embaraza.

La noticia corrió como pólvora que se quema y en todo el pueblo se volvía a hablar de aquella mañana que salió Inés de casa de Sebastián llorando. No había duda. La criatura que esperaba Inés era de Sebastián.

José apenas salía de su casa. Los amigos echaban de menos su compañía y su carácter alegre, por eso Roberto fue a buscarlo para intentar sacarlo de la tristeza. Al despedirse de los amigos, dijo uno de ellos:

—Me da pena. Cuando se entere del estado de Inés, será aun peor.

Roberto llegó a casa de José, llamó y José salió a abrir. Estaba serio y reservado, Intentando que su pena no aflorase al entendimiento de los demás. No se avergonzaba de sus sentimientos, pero no quería que nadie lo compadeciese.

—¿Te ha llegado la noticia de lo que pasa con Inés? —preguntó Roberto.

—Sí. Las malas noticias vuelan.

—¿Cómo te sientes?

—Ya te puedes imaginar… mal. Había puesto mis cinco sentidos en ella, pero… «mi gozo en un pozo». Y lo peor de todo es que ella no es culpable. Si fuese culpable, sería más fácil olvidarla; pero así, no sé si la olvidaré algún día.

—¡Ánimos¡ Verás cómo al final todo se arregla!

—Gracias —dijo José— te agradezco que me des ánimos. Lo que no te perdonaría es que me tuvieses compasión.

Varios días después del bombazo que había ocasionado la noticia de Inés, Asunción recibió la visita de dos amigas a las que hacía algún tiempo que no veía. Desde el escándalo de Sebastián con Josefa y poco después con Inés, algunas amistades dejaron de visitarla; aunque no de hablarle. Se veían por la calle o en misa y se saludaban, e incluso hablaban; pero luego, en visita de cortesía no iban.

Asunción, al verlas, se extrañó, pero no se imaginó el motivo de la visita. Las dos saludaron muy sonrientes y le dieron un beso. Ella les ofreció asiento y esperó expectante a que le dijesen el motivo por el cual estaban allí. Las dos amigas, indecisas a la hora de hablar, se miraron mutuamente sin saber qué decir, hasta que una de ellas, viendo que Asunción no decía nada, rompió el silencio y hablando precipitadamente, dijo:

—¡Cuánto tiempo sin vernos! Ayer le dije a Luisa... teníamos que ir a ver a Asunción. ¡Cuánto vas a pasar entre unas cosas y otras!

Al escuchar eso, Asunción sintió que algo le subía por el interior de su cuerpo, presionando el corazón y después la cabeza, dejándole un nudo de disgusto en la garganta. En esos momentos sintió deseo de echarlas fuera de su casa, pero se contuvo tragándose su orgullo sin saber por qué... Quizá para no darles motivos de salir hablando mal de ella, porque lo que es amistad... ya no las consideraba bajo ningún concepto amigas suyas.

María —que así se llamaba la que había hablado— quería decirle lo que pasaba con Inés; pero no sabía cómo decírselo. De pronto hizo una exclamación diciendo:

—¡Esta vida está loca! ¿Sabes la nueva noticia?

—No —contestó Asunción sorprendida.

—Esa muchacha soltera que está embarazada... ¿De verdad que no sabes nada?

—No. No sé nada.

—¡Es una criatura...! Todavía no ha cumplido los dieciséis años!

—¿Sabes quién es? —dijo Luisa que hasta entonces había estado callada mientras hablaba María— Inés... la hija de Jesús y de Pepa. ¿No estuvo de criada contigo?

Asunción volvió a sentir la misma pólvora de antes, pero esta vez no se resignó. Se puso en pie y tiró de un cordón que hacía sonar una campanilla. Elvira, al oírla, pensó que algo inesperado pasaba y acudió inmediatamente.

—¿Qué desea la señora? —dijo mostrándose sumisa y obediente, guardando las formas.

—Estas señoras se van —dijo Asunción seria y autoritaria— acompáñalas hasta la puerta de la calle.

—Sí, señora. Por aquí, tengan la bondad —dijo Elvira indicándoles con la mano abierta y la palma hacia arriba, el pasillo que conducía a la puerta de la calle.

Ellas, sorprendidas y enfadadas, respondieron:

—¡No te molestes, conocemos el camino!

—No es molestia, señoras —volvió a decir Elvira con voz socarrona— es un placer.

Cuando regresó Elvira, Asunción se quedó seria mirándola y le preguntó:

—¿Qué pasa Elvira? ¿Hay algo que yo no sepa?

—Algo… ¿de qué…?

—De Inés: me han dicho que está embarazada.

—Sí. Es cierto.

—¿Qué dicen los comentarios de la calle?

— Que la criatura que tiene Inés en su vientre es de Sebastián.

—¿Y tú qué opinas?

—Yo no opino, aseguro que esa muchacha no ha estado nunca con ningún hombre; bueno, quiero decir… aparte de lo que ya sabemos todos.

—¿Qué más se dice?

—¡Qué importa lo que se diga! —dijo Elvira queriendo quitarle importancia.

—¿Tú conoces a la muchacha?

—Sí, la conozco, y ahora más que antes. Hemos estado arrancando juntas esta recolección en casa de don José.

—¿Cómo es?

—Es buena. Un modelo de muchacha. ¡Una víctima! Y perdona la expresión por la parte concerniente que te toca.

—¿Tú piensas que fue forzada?

—Si la conocieses bien, tú también lo pensarías.

Asunción quedó en silencio y al cabo de unos segundos, dijo:

—Quizá fui injusta con ella.

—¿Te preocupa eso…? —preguntó Elvira

—No sé… Lo que me preocupa es que lleva en su vientre un hijo de Sebastián. Un hijo que yo no he podido darle y eso significa que lo voy a perder más de lo que lo tengo perdido. En cuanto a la muchacha, la compadezco. Cuando Sebastián se entere de que está embarazada, no la dejará en paz hasta quitarle a su hijo. Su mayor deseo es tener descendencia. Quizá haya sido eso lo que le ha inducido a ser como ahora es. Cuando éramos novios y después, de recién casados, no era así. Me mimaba y solo tenía ojos para mí. Puede ser que la frustración de no tener hijos haya sido la culpable de ser como ahora es.

—¡No lo justifiques! —dijo Elvira— tú no tienes la culpa. Tu voluntad era de tenerlos; si no los has podido tener, debería conformarse si es verdad que te quiere. Yo sé lo que es padecer esa frustración: no pude tener hijos, pero mi marido nunca me lo recriminó. Decía que, sí Dios no había querido darlos, sus razones tendría.

CAPÍTULO 9

Pedro ya tenía plaza en la escuela. En septiembre empezaría el curso.

Juan José aprovechó la visita de don José a la finca para decirle que, a partir de septiembre, Petra y Pedro no estarían en la casa. Don José, sorprendido, le dijo:

—Yo pensaba que Petra no se iría. Comprendo que el niño debe ir a la escuela, pero podía quedarse con su abuela y Petra no dejaría de atender la casa. Hace mucha falta aquí.

—Yo lo entiendo —dijo el guarda— pero los hijos son para estar con las madres. Ya está decidido, a partir de septiembre los dos se van y si usted necesita aquí un matrimonio, me busco otro sitio para trabajar y tan amigos.

—¡De ninguna manera! Tú te quedas. Ya nos las arreglaremos. No te preocupes.

Agosto iba casi mediado. El jueves era quince, festividad de la Asunción de Nuestra Señora. Un día especial para venerar a la Madre de Dios. Ese jueves, después de la procesión, Juan, Roberto, Patricio y Santos se fueron al barrio de sus futuras novias. Al llegar ellas, al primero que vieron fue a Roberto. Él se puso delante y antes de que le dirigiese la palabra, Blasa ya se había separado de sus amigas.

—Buenas noches. Estaba deseando que llegase este día —dijo él con una sonrisa emocionada no pudiendo disimular su impaciencia.

—Hoy no es domingo —dijo ella sonriente, pero dando a entender que hasta el domingo no tendría contestación.

—¿Qué me quieres decir con eso?

—Que el domingo es dentro de tres días y la cita era para el domingo.

—¿No da igual? —preguntó él, azaroso y desilusionado.

—Si dijimos el domingo, es el domingo —dijo ella con cachaza, provocándole la impaciencia.

—Entonces, hasta el domingo —dijo él algo disgustado.

—Hasta el domingo —contestó ella satisfecha al ver que lo tenía en sus manos, dispuesto a acatar su voluntad sin objeciones.

Juan se apercibió y, dos esquinas antes de llegar a la casa de Aurora, se detuvo y le dijo:

—Hoy no me voy sin que me des contestación. Cada vez que te hablo de lo nuestro, me rehúyes y te sales por la tangente.

—¡Lo nuestro! —contestó Aurora molesta— ¡Lo tuyo, querrás decir! Yo no te he llamado ni te he dado esperanzas. Así que, si no te conviene, no vuelvas.

Juan, al ver que no podía dominarla, se retrajo y comenzó a decirle zalamerías, pero ella se mantuvo seria y le dijo que no volviera.

Patricio se dirigió a Rosa sin pararla. Se puso a su lado acompañándola y hablándole, aunque sin mencionarle nada del compromiso que otras veces le había propuesto. Una conversación cordial, pero ajena a la verdadera razón que lo llevaba a estar allí con ella. Cuando ya estaban llegando a su casa, él le dijo:

—¿Has convencido a tus padres?

—No. Ni siquiera lo he intentado. Vamos a dejar que las cosas caigan por su peso. La fruta, cuando madura, cae sola y está más sabrosa.

—¿Qué me quieres decir?

—Pues eso, que vamos a esperar un tiempo y después, ya veremos.

—Pero… ¿podré acompañarte? —preguntó él.

—Si tú quieres, sí. Pero ya sabes, desde aquí te vuelves. Aunque sepan mis padres que nos vemos, no quiero que nos vean juntos.

Santos se puso delante de Juana y esta se detuvo. Lucía siguió el camino sola, mirando atrás con ganas de volver para apartar a Santos de su amiga, pero al ver a Juana atenta a lo que él le decía, pensó que haría el ridículo, y no volvió.

—He esperado muchas noches en tu esquina y no te he visto salir —dijo él queriendo averiguar el motivo—. ¿Qué es lo que te ha sucedido?

—Nada. Solo que no tenía ganas de salir.

—Yo pensaba que no querías verme —aseguró él intentando que Juana le aclarase lo que le había dicho Lucía a él.

—Me daba igual verte que no —mintió llena de pudor.

—Alguien me ha dicho que no querías verme. ¿Es eso cierto?

—Quien te haya dicho eso, miente. Yo no he dicho que no quiera verte.

—He pensado mucho en ti —afirmó Santos—. Viendo que no salías, me hacía mil juicios. Unas veces pensaba que no querías verme, otras que tus padres no te dejaban salir para que no pudiese hablarte y mientras tanto, la incertidumbre de no saber si los comentarios que andan por ahí, son ciertos o no. Alguien ha dicho que soy poca cosa para ti. Que tu familia no querrá emparentar con la mía. ¡Yo te quiero! Si tú me rechazas, lo entenderé. Pero si tú me quieres y la que me rechaza es tu familia, lucharé hasta conseguir que estemos juntos. ¿Qué me dices a eso?

—No tengo nada que decir. Si alguna vez pasa eso, ya veremos lo que hay que hacer, pero ahora no es el caso. Soy yo la que no quiero comprometerme.

—Piénsalo, volveré. Para mí no hay más mujer que tú.

—Adiós —contestó ella echando el primer paso para irse a su casa.

El día de la Virgen de Agosto, Juan José lo hizo fiesta. Petra había comunicado a su marido que, después de siete años, volvía a estar embarazada y él, lleno de alegría, pensó que había que celebrarlo. Por eso, él, su esposa y su hijo, después de ver la procesión, pasear por el parque y comprar una ración de cacahuetes, garbanzos tostados, almortas y chufas, se fueron al cine. Echaban dos películas, como siempre, después del Nodo. La primera era de bandoleros. Los caballos corrían por las serranías de Andalucía y Pedro disfrutaba viéndolos, imaginando que aquellos caballos estaban allí realmente, que eran de carne y hueso. Cuando terminó la película, se inició el descanso y, sin decir nada a nadie, lleno de curiosidad y ansioso por ver los caballos más de cerca, Pedro fue a la pantalla y se asomó por detrás de ella, pensando que los animales estarían allí. Al no verlos, volvió con sus padres serio y desilusionado, preguntando que dónde estaban los caballos. El padre comenzó a reírse y acariciándole el pelo, le explicó el funcionamiento del cine. Después fueron a la habitación donde estaba la cámara instalada y cogió un recorte de película y la puso delante de la luz para que Pedro pudiese verla. El muchacho vio en ella los caballos en posición de galope y comprendió, con las explicaciones del padre, que esas imágenes pasadas a gran velocidad hacían verse el movimiento sobre la pantalla. De esa manera, dejó de ser desde entonces un misterio para él los montajes de ficción, del arte del cine.

El domingo, Roberto volvió a hablar con Blasa. Le dio las buenas noches y le dijo:

—Hoy es domingo, así que, tú dirás.

—Hoy sí. Pero te encuentro algo molesto y si, cuando estemos juntos, no te voy a poder gastar una broma, es mejor que lo dejemos.

—Lo que tú quieras —dijo él— porque si, cuando estemos juntos, crees que me vas a manejar a tu antojo, te estás equivocando.

—¿Entonces, lo dejamos aquí? —preguntó ella.

—No. Únicamente quiero que sepas, que conmigo se hacen las cosas de mutuo acuerdo. No consiento que nadie me maneje.

—Yo no intentaba manejarte, solo era una broma.

—Entonces, ¿qué me dices de lo que tenemos hablado?

—Estaba convencida y dispuesta a decirte que sí, pero ahora, no sé… tengo dudas.

—Dudas ¿de qué? No ha pasado nada. A veces es mejor dejar las cosas claras para que no haya sorpresas después. Además, si tú dices que fue una broma, como broma lo tomo. Si estoy aquí es porque te quiero. Si no estuviese tan seguro de mi cariño, no hubiese vuelto.

—Vale —dijo ella— te creo y te entiendo.

—Entonces, ¿qué me dices?

—Que sí. Estaremos un tiempo de espera hasta que nos conozcamos mejor y después hablaremos de un compromiso más serio, como tú quieres.

Juan se dirigió a Aurora sonriente, como si no hubiera pasado nada la última vez que se vieron. Ella, sin embargo, se mostró esquiva y silenciosa.

—¿No me vas a dirigir la palabra? —dijo él preocupado.

—¡Te dije que no volvieras!

—Tú lo ves muy fácil. Estoy aquí porque me importas. ¿Qué crees, que lo que siento por ti es un capricho? He estado preocupado todos estos días y aquí estoy, dispuesto a hacer lo que tú quieras que haga.

—No sé si te importo, lo único que sé es que tú no me importas a mí. Así es que, te lo vuelvo a repetir, no insistas: ¡no te quiero!

Juan, al escuchar esas palabras, se quedó serio y se apartó de ella; pero antes de marcharse, con voz entrecortada y grave le dijo:

—No sabes cómo me duelen tus palabras. Perdóname si alguna vez te he molestado, no era mi intención. Si es verdad que no me quieres, no te volveré a molestar.

Patricio saludó a Rosa con la confianza que ella le había dado. Se pararon y siguieron hablando. Ninguno de los dos tenía ganas de separarse del otro. Pocos minutos después, sonó el reloj de la plaza.

—¡Las diez! —exclamó ella— Mi padre me mata cuando llegue a mi casa.

—No será tanto —dijo él sonriendo con sorna y cogiéndole la mano por primera vez, mientras que ella se separaba poco a poco para irse.

Santos se dirigió a Juana algo tímido, recordando la negativa que ella le había dado a su propuesta de compromiso. Dio las buenas noches y ella contestó con un hola y una sonrisa. El, al ver aquella sonrisa, se sintió más tranquilo, recuperando esa alegría que desde hacía tiempo tenía perdida.

—Al fin sales y te veo sonreír —dijo él con voz dulce— me tenías preocupado. Pensaba que nunca volvería a hablar contigo.

—Pues ya ves que no es así. He pensado mucho en lo que me dijiste la última vez, y aunque no puedo prometerte nada, quiero que sepas, que estoy contigo.

—Con eso, es suficiente para mí. Verás como el tiempo nos da la razón —dijo Santos.

Al llegar a la puerta de su casa, ella se paró. Él hasta entonces no se había dado cuenta de donde estaba y sorprendido de que ella no hubiera dicho antes nada, le dijo:

—Quizá hemos avanzado demasiado camino juntos. No quiero que por esto tengas problemas con tus padres.

—No te preocupes, no los habrá y, si los hay, cuanto antes salgan, antes se resolverán.

—Hasta mañana —dijo él.

—Adiós —dijo ella con una mirada tierna, que chocó con la dulzura de los ojos de él.

Cuando se fue Santos, Juana llamó en la puerta de su casa, su madre salió inmediatamente a abrir y Juana se sorprendió.

—Estaba usted cerca —dijo Juana a su madre.

—En esa habitación.

—¿A oscuras? —preguntó Juana aún más sorprendida que antes.

—Sí. Estaba en la ventana viéndote desde que has llegado. Si tu padre se entera de que has venido con ese, vas a tener «misa y sermón».

—No me importa, si no se entera, dígaselo usted. Cuanto antes lo sepa, mejor.

—¡Hija! —exclamó la madre sorprendida—. ¡No te reconozco! ¿A qué viene ese descaro?

—Perdone, es superior a mis fuerzas. Mi padre lo tiene que entender. ¡Convénzalo usted! Dígale que no puedo dejarlo.

—Primero tendré que convencerme a mí misma; aun así, no te preocupes, pondré de mi parte todo lo que me sea posible.

Lucía siguió caminando sola. Apenas veía por la escasa luz que desprendían las bombillas del alumbrado de la calle. Al fijar la vista, vio una sombra en la esquina. Sintió algo de miedo y preocupación; sin embargo, siguió adelante con cautela por si tenía que salir corriendo; pero no, esta vez no corrió.

Un mozo rubio, vestido de traje y corbata, con un palmo de estatura mayor que ella, le interceptaba el paso dándole las buenas noches. Al mirarlo, quedó atónita, pasmada. Contestó a las buenas noches mecánicamente, como si flotase en una nube. Así fue contestando a todas las preguntas que él le hizo, mirándolo a intervalos fugaces de tiempo y asegurándose bajo la escasa luz de que sus ojos eran azules. Así hasta el final y, en la última pregunta, cuando le proponía comprometerse con él, entonces, a punto de decirle que sí, reaccionó y le contestó con una negativa: algo normal en la primera vez que un hombre pretendía a una mujer.

—Piensa en lo que te he dicho. Mi propuesta es sincera —dijo él al despedirse.

Ella bajó los ojos y dejó de mirarlo, echando el primer paso para irse sin decir nada. Flotando en esa misma nube donde había estado mientras él le hablaba y de la que, a pesar de haberse separado, aún no había bajado.

CAPÍTULO 10

Agosto había finalizado y algunos gañanes recibían ofertas de trabajo para el veintinueve de septiembre, día de San Miguel, fecha en la que se hacían los ajustes o contratos de trabajo anuales para los gañanes.

En la casa de don Juan había dos tipos de trabajadores. Los gañanes de la finca más lejana, que venían de descanso al pueblo cada quince días, un sábado sí y otro no y los de la finca más cercana, que descansaban todos los sábados. Los primeros se quejaron de la desigualdad y pidieron al mayordomo descansar también todos los sábados.

—Eso no puede ser —dijo el mayordomo— se necesitan dos jornadas para ir y venir.

—Si hay que madrugar el lunes, se madruga; y el sábado, si hay que llegar de noche a casa, se llega. Pero el sábado y el domingo dormiremos en nuestra cama —aseguraron ellos.

Dos semanas después vinieron de la quintería y fueron todos a la oficina donde estaba el mayordomo, llamó el mayoral en la puerta abriendo una rendija y dijo:

—¿Da usted su permiso?

—Adelante —dijo el mayordomo.

Pasaron y al verlos a todos juntos, dijo:

—¿Qué pasa, que estáis todos reunidos?

—De sobra lo sabe usted —dijo uno de ellos—. Queremos contestación a nuestra propuesta.

—Dice el señor que eso no puede ser, que hay que seguir la costumbre de siempre.

—Dile al señor que faltan tres semanas para San Miguel, que si en ese tiempo no accede a nuestra proposición, nos vamos.

—Que más os da, si los días de trabajo son los mismos. Ahora hacéis el camino en horas de trabajo y conforme lo queréis hacer, la mitad del camino lo tenéis que hacer de noche o de madrugada.

—Eso nos da igual —dijo uno de ellos—, lo que no nos da igual es seguir como estamos. Mis hijos se asustan de mí cuando llego con la barba, después de estar quince días sin verme. Si me ven todas las semanas, me tendrán más confianza y, si me viesen todos los días, hasta jugarían conmigo. ¡Me tienen miedo! Díselo al señor, a ver si lo entiende.

—Yo se lo diré. No os preocupéis. La semana que viene van los albañiles. Hay que arreglar los tejados y remendar las paredes antes de que leguen las lluvias de otoño. Iremos el señor y yo y os daremos contestación.

El lunes, dos horas después de llegar la galera con los materiales y con los albañiles, llegó el coche del señor. Un Citroën 7ª-TRACTION AVANT de color negro que utilizaba casi exclusivamente para visitar las fincas. El gañán que llevaba la galera con los materiales, se quedó con los albañiles por orden del mayordomo, para ayudarles a recoger el escombro y llevarlos al pueblo el último día después de que hubiesen acabado. Don Juan ordenó al cochero —ahora chófer desde que había comprado el automóvil— que lo llevase por los caminos de siempre para ver la finca y al mayordomo le pidió que lo acompañase. El mayordomo iba temeroso pensando que pasarían cerca de las yuntas de labor, aun así no dijo nada. Sin embargo, don Juan iba tranquilo, pensando en que pronto llegaría la simienza, por lo que había que empezar de inmediato a preparar la simiente y pedirle opinión al mayoral de la labor para sembrar en cada hoja de barbecho aquello que fuese más rentable o conveniente, según el terreno y las necesidades de la casa.

Las yuntas estaban labrando repartidas en dos hojas de barbecho. En una, el mayoral, un gañán y un zagal; en la otra, el ayudador y otros dos gañanes. Al pasar al lado de ellos, don Juan ordenó al chófer que se detuviese y una vez parado el coche, se bajó para hablar con el mayoral, al contrario que otras veces, que requería la presencia de él sin bajarse del coche. El mayordomo palideció al ver en don Juan una actuación tan distinta, sabiendo que el mayoral le preguntaría por la propuesta pendiente.

—Don Juan, deberíamos de seguir.

—¿Por qué?

—Están esperando contestación a la propuesta que le dije la semana pasada y aprovecharán para preguntarle a usted que cual es su decisión.

—No te preocupes; si preguntan, yo les responderé.

Al llegar el mayoral al camino, paró su yunta y dio los buenos días al señor.

—Buenos días —contestó don Juan.

—¿Quería usted hablar conmigo?

—Quería decirte que ya puedes ir calculando la simiente que necesitamos, para irla preparando. Ponte de acuerdo con Aniceto el mayordomo para concretar la cantidad que se va a sembrar de cada semilla y en qué parcelas.

—Primero tengo que ponerme de acuerdo con usted sobre la propuesta que hemos hecho. Si no accede a nuestra propuesta, no hay simienza por parte nuestra. Si no hay acuerdo, para San Miguel nos vamos.

—No entiendo por qué hay que cambiar algo que se ha estado haciendo toda la vida.

—Muy sencillo —dijo el mayoral— porque usted duerme todas las noches en su cama y ve a sus hijos todos los días. Los nuestros, cuando llegamos después de quince días, se asustan de nosotros, nos miran como si fuésemos extraños. Así es que, se lo piensa usted; pero dentro de esta semana. El domingo tenemos que dar contestación en otra casa.

Don Juan ordenó al chófer continuar sin dar ninguna respuesta.

El segundo sábado de septiembre regresaban los gañanes de la quintería y el domingo, después de atender a los animales, fueron otra vez a la oficina.

—¿Da usted su permiso…?

—Adelante —dijo el mayordomo— Qué… ¿otra vez hay congregación?

—Y las que hagan falta, todos tenemos derecho a estar informados, por eso estamos aquí.

—Pues no tengo contestación… el señor no ha llamado.

—Entonces, no cuente con nosotros —dijeron todos a un tiempo.

—Esta tarde tendréis contestación.

Cuando se marchaban todos de la oficina, el mayordomo llamó al mayoral.

—¿Qué desea usted?

—No hace falta que vengáis todos esta tarde, con que vengas tú es suficiente.

Los gañanes esperaban al mayoral en la calle y en cuanto llegó a ellos le preguntaron por el motivo que le había llevado al mayordomo a hablarle a solas.

—Ha dicho que no vengáis esta tarde. Que con que vaya yo es suficiente.

Un tumulto de voces y protestas empezó a sonar, formando confusión en lo que decían hasta que el mayoral los tranquilizó.

—¡Calma…calma…! No me va a convencer de nada que no sea lo que nosotros queremos.

—¡Y si te convence, te vas a ir tú solo! —dijo uno de ellos señalándole con el dedo índice.

Anochecido, bajó el mayoral a hablar con el mayordomo. Al pasar por la portezuela, estaba el casero sentado en una silla baja en la puerta de su vivienda y le preguntó:

—¿Ha venido don Blas?

—Sí. Hace un momento —contestó el casero.

—¿Da usted su permiso? —se anunció el mayoral llamando en la puerta de la oficina.

—Adelante. Pasa. Lo habéis conseguido, aunque con una condición.

—¿Cuál?

—Que uno de vosotros se quede cada sábado en la finca para que no tengan que venir todos los animales al pueblo.

—No queremos condiciones, venimos todos o no seguimos en esta casa.

—Don Juan no quiere que se vaya nadie, aun así, no sé lo que piense de esto.

—Dígale a don Juan que tiene una semana más para decidir si nos vamos o no.

Después de dos semanas, el domingo por la mañana hubo otra vez reunión. Llegaron a la casa del patrono y, antes de atender a los animales, fueron en busca del mayordomo. El mayoral llamó en la puerta para pedir permiso antes de entrar, como lo hacía siempre; pero esta vez el mayordomo no le dijo que pasase, salió él para hablar con ellos.

—Os habéis empecinado en una cosa que no tiene justificación. No queréis arreglo.

—¿Qué quiere usted decir con eso…—dijo uno de ellos.

—Que no habéis cedido en nada.

—Queremos las mismas condiciones que el resto de los trabajadores de la casa. Que, por cierto, dejando el trabajo a la misma hora que nosotros, llegarán al pueblo tres horas antes.

—Diga usted que sí o que no. Están esperando contestación en otra casa para empezar a trabajar en San Miguel. ¡Decídase!

—Está bien, las mulas vendrán al pueblo, las precisas; pero vosotros vendréis todas las semanas. Ya se le buscará solución a ese problema.

CAPÍTULO 11

En la Mancha había pueblos que vivían casi en su totalidad del cereal. Sin embargo, en otros, eran viñedos los que cubrían gran parte del total de su término, como Tomelloso o Valdepeñas. Estos pueblos necesitaban paja y cebada para sus animales y se abastecían de otros pueblos.

Juan era un carrero importante. No solamente acarreaba con su propio carro, sino que buscaba carreros ajenos para trabajar a su servicio cuando él no podía cumplir con todos los encargos que tenía pendientes. Jeremías era corredor, un hombre vividor, capaz de convencer a cualquiera en un trato de compraventa. Iba los domingos al zurra y hasta en los días festivos su negocio estaba abierto y él dispuesto para el trabajo. José, otro amigo de zurra, tenía algunas fanegas de «guijas» —almortas— que pensaba vender y Jeremías, al momento, se ofreció para comprárselas.

—Mañana si quieres, voy a por ellas.

—Mañana no voy a estar yo, me voy de quintería y hasta el sábado no vengo.

—No importa, se lo dices a tu mujer y nosotros las pesamos. ¿O no te fías de mí?

A José le dio vergüenza decirle que la verdad era esa, que no se fiaba. Cuando José llegó a su casa, le contó a su mujer lo que habían hablado el corredor y él, y le dijo:

—Si viene a por las «guijas» y no te sale el peso que tenemos hecho, que no se las lleve.

—Descuida, a mí no me va a dar vergüenza decirle que las deje.

Al día siguiente, aún no eran las ocho de la mañana cuando se oyeron voces en el patio de José. La mujer había estado barriendo la calle y ahora barría el portal. Al oír las voces, se asomó al patio y vio a Jeremías con otros dos que le acompañaban. El corredor, al verla, le dijo:

—¿Está el esposo?

—No. ¿Para qué lo quieres?

—¿No te ha dicho nada?

—No… no me ha dicho nada.

—Venimos a por las «guijas». Ayer lo hablamos en el zurra y le dije que vendría hoy.

—Vale, pero no sé qué hacer… Yo no sé nada de esto.

—¿Dónde las tiene?

—En la cámara. Subid conmigo.

Subieron las escaleras detrás de ella, abrió la puerta de la cámara y le dio paso a los tres. Al pasar a la cámara, estaban los sacos en hilera apoyados en la pared. El primero de ellos, muy cerca de la puerta de entrada. Jeremías dejó la romana y empezó a hablar con la mujer de temas familiares, con ese don de palabra que Dios y el oficio le habían dado. Uno de los obreros le dijo:

—¿Pesamos… o qué?

—Si… claro —dijo el corredor.

Empezaron a pesar sacos y según los pesaban, los colocaban en las primeras escaleras al salir de la cámara. Los ayudantes sujetaban el palo donde colgaba la romana y el corredor hacía el peso. La romana era de comprar (estaba trucada). En cada peso de cuarenta kilos se perdían más de dos. El peso real de las almortas pesadas por el dueño era de seiscientos noventa y ocho kilos, envasadas en dieciséis sacos. El corredor terminó de pesar, hizo la suma y dirigiéndose a la mujer le dijo:

—Toma. Esta es la cuenta, repásala.

La mujer, al ver la cantidad de kilos, vio que no coincidía con el peso que había hecho su marido Salió de la cámara a las escaleras y contó los sacos, y efectivamente, eran dieciséis.

—Ya podéis ir cargando —dijo el corredor a sus empleados.

—¡Esperad! No carguéis —dijo la mujer—. No vais a llevaros las «guijas».

—¿Por qué…? — preguntó el corredor.

—Porque no tengo ganas de disgustos con mi marido. Él no me ha dicho que ibais a venir, entonces, no sé yo si se le ha olvidado decírmelo o es que no quería que os las llevaseis.

—Si es por el dinero, no te preocupes: lo tengo en la cartera, enseguida te lo doy —expresó el corredor.

—No es por el dinero, es que no tengo el consentimiento de mi marido y cuando venga, puedo tener un disgusto.

El corredor, viendo que no la convencía, le dijo:

—Lo que tú quieras, mujer… Y cogiendo la romana en una mano y el palo en la otra, se fueron sin cargar las almortas.

El domingo siguiente, José y Jeremías se volvieron a ver en el zurra, pero ninguno de los dos mencionó nada de lo que había ocurrido el lunes anterior.

Jeremías llevaba el corretaje de una casa próspera, donde se sembraban miles de hectáreas entre cereal y leguminosas. Juan era el carrero que transportaba los encargos que tenía el corredor. Llevaban quince días haciendo viajes a otros pueblos: él y Diego, otro carrero que tenía empleado; pero con los dos no era suficiente. Juan buscaba carreros pero todos estaban ocupados. Al no encontrar transportistas, pensó en los leñadores.

Doroteo era leñador y Juan lo conocía, por eso fue a contratarlo, para que le hiciese portes. El grano lo cargaban en una bodega propiedad del dueño de la casa. En una nave que utilizaban de almacén. Allí se almacenaban los kilos por millones. Pascual, el bodeguero, era hombre de confianza en la bodega. Comenzó a trabajar allí cuando era niño y en ella seguía después de cuarenta años. Cada carro que salía cargado, él lo pesaba, lo apuntaba y le daba una copia del tique de la báscula al corredor y el original se lo llevaba al mayordomo. La bodega solo la abría y la cerraba él. A la hora que le dijese el corredor, él estaba dispuesto.

Cuando Pascual llegaba para hacer su trabajo, colgaba la llave en un clavo que había en un rincón casi oscuro, detrás de una tinaja. El corredor y el arriero principal eran dos hombres vividores, acostumbrados a aprovechar los descuidos de la gente, para «arrimar el ascua a su sardina»; en este caso, a su negocio. Cada vez que pasaban al almacén, se les llenaban los ojos de aquella abundancia y decían: aquí cargar un carro más o un carro menos, no se nota.

Un día pasó Jeremías a la bodega buscando al bodeguero y vio la llave colgada. Tuvo la tentación de cogerla, pero por temor a que lo viese, no la cogió: prefirió esperar un momento más propicio. Otro día que Pascual tenía faena dentro de los pocillos, aprovechó para llevársela y hacer una copia. Le dijo al herrero que era de la portezuela de su casa y que le hacía falta enseguida. El herrero buscó en las que ya tenía forjadas y encontró una similar, solo tuvo que darle una forma idéntica a la muestra que le había presentado.

Volvió pronto y, al pasar a la bodega, comprobó que el bodeguero seguía en el pocillo y aprovechó la ocasión para dejar la llave en el mismo sitio. Lo que él no sabía era que el bodeguero había salido para respirar el aire, ya que el trabajo en el pocillo era asfixiante. Pascual echó la llave de menos, pero no dijo nada. Después comprobó que ya estaba en su sitio, lo que le hizo pensar que algo se estaba tramando.

Cuando volvieron los carreros del viaje, Jeremías y Juan hicieron planes. Esa misma noche cargarían a las dos de la madrugada y a las tres ya irían de camino. A Diego y a Doroteo les dijeron que el cambio de horario era debido al calor sofocante del día. El corredor y el carrero principal pensaron que, haciendo los planes con naturalidad, sus empleados no sospecharían.

Cuando Pascual acabó de cenar, eran casi las once de la noche. Durante la cena, su cabeza no dejó de pensar en la desaparición de la llave. Cogió las botas y se las puso.

—A dónde vas —dijo su mujer sorprendida.

—A la bodega. Voy a dormir allí. Tengo sospechas.

—¿Qué pasa?

—Esto que te voy a decir, no debe saberlo nadie. Si alguien sospechase, mi plan podía irse al traste. Ayer desapareció la llave de la bodega y después volvieron a colocarla en su sitio. Con una doble llave, quien haya sido puede ir a robar. No tienen que forzar nada, solo abrir, cargar y cerrar de nuevo al salir.

—Pero si van a robar y te ven, pueden hacerte daño —dijo la mujer preocupada— son capaces de matarte para que no los denuncies.

—No te preocupes. No me verán. Saldré cuando se hayan ido, así los cogerán con los carros cargados si son ellos y van a eso...

El bodeguero salió de su casa y se dirigió a la bodega sin prisa, como si fuese dando un paseo. La bodega estaba situada en un arrabal del pueblo donde las casas habitadas eran pocas. La mayoría de los edificios eran bodegas, almacenes y corrales cercados de tapias. Cuando llegó a la bodega, miró a ambos lados de la calle y no vio a nadie. Abrió la puerta, pasó dentro y volvió a cerrar echando las dos vueltas por dentro y se guardó la llave. Cuando llegó al patio, miró la hacina de gavillas que había en un rincón, justo enfrente del almacén; se subió en lo más alto, hizo un hueco en el centro, se metió dentro y las gavillas que sacó de dicho hueco las colocó para taparse. Allí estaba decidido a esperar hasta una hora antes de que amaneciese si fuese preciso.

La noche estaba serena, pero después fue refrescando. Cuando llevaba escondido algo más de media hora, empezó a tener sueño y, aunque él se resistía, algunos ratos el sueño llegaba a vencerlo, despertando unos minutos después. Estaba en duermevela cuando oyó un tropel de carros y bestias. Al momento reaccionó despejándose por completo. A continuación percibió el sonido de la llave que abría la cerradura y se quedó completamente quieto conteniendo a veces la respiración.

Cuando estaban abriendo la portezuela de la bodega, Doroteo llegaba a la esquina, paró a los animales, se asomó, fijó la vista en dirección a la bodega y vio que solo había tres personas. Después vio como una de ellas se ocultaba dentro de las jambas de la portezuela y al poco volvía a aparecer. Entonces pasaron los dos carros y el hombre que se había ocultado antes, miraba a ambos lados de la calle y desaparecía.

Doroteo desconfiaba del horario que tenían para cargar, pero desconfió mucho más cuando vio que no aparecía la figura corpulenta del bodeguero. Se volvió a su casa pensando en el día siguiente, en lo que diría si no ocurría nada de lo que él sospechaba. Diría que se había dormido, justificando así no haber llegado a tiempo para hacer el viaje. Cuando entró Jeremías, le dijo a Juan:

—¡Este no viene!

—Se habrá dormido —dijo Juan sin darle más importancia.

—Lo peor es que venga ahora y escandalice llamando a golpes. Estaré pendiente.

—Vamos a cargar —dijo Juan—, que el tiempo apremia y a las tres hay que ir andando.

Doroteo llegó a su casa y se acostó. La mujer entre sueños le preguntó:

—¿Dónde vas? ¿Qué pasa? ¿Por qué has vuelto?

—Duérmete. Mañana te cuento.

A las tres y diez minutos salían los dos carros por la portezuela de la bodega. Jeremías echaba la llave con las dos vueltas y se iba a su casa a dormir. Diez minutos después, el bodeguero bajaba de la gavillera, salía de la bodega y cogía la calle más recta para ir al cuartel de la Guardia Civil. Al llegar, se encontró con la puerta cerrada, pero apenas había tocado con la mano en ella, se abrió y un guardia le preguntó por el motivo que le llevaba allí a esas horas.

—Vengo a denunciar un robo. Dos carros han cargado cebada en una bodega.

El guardia enseguida cogió el teléfono y llamó a los cuartelillos de los pueblos más próximos para que vigilasen las llegadas de carros a esos pueblos. Cuando acabó, le dijo al bodeguero que podía irse a dormir. El bodeguero contestó:

—¿Qué va a pasar con el que ha hecho la copia de la llave? Él no va con los carreros.

—No te preocupes, pagarán todos por igual.

Nada más irse Pascual a su casa, la Guardia Civil fue a casa de Jeremías, llamó en la puerta y él, que ya estaba dormido, despertó sobresaltado.

—¿Quién va a estas horas?

—¡La Guardia Civil! ¡Abre la puerta!

Jeremías abrió y preguntó qué pasaba haciéndose el ignorante.

—Tú sabrás —dijo el guardia— ¡Andando para el cuartel, que tenemos que hablar!

Mientras detenían a Jeremías, otra pareja de guardias esperaba en la carretera de La Solana a Tomelloso, escondidos a unos cien metros del segundo pueblo. Cuando los carreros llegaron a ellos, los guardias salieron de su escondrijo. Juan y Diego dieron los buenos días; entonces, los dos guardias se llevaron la mano al tricornio y saludaron. Después comenzaron a seguirlos a poca distancia hasta llegar al pueblo. Diego miraba nervioso de reojo, hasta que no pudo aguantar más y le dijo a Juan:

—Nos siguen. Vienen detrás de nosotros desde que nos han saludado.

—¡Y qué…! ¿Has hecho tú algo malo para que temas?

—No.

—¡Pues entonces…! ¿De qué temes?

Cuando se adentraron en el pueblo, la Guardia Civil se adelantó hasta ellos y les indicó el camino hacia el cuartelillo para interrogarlos.

—¿De dónde procede el grano que lleváis en los carros? —preguntó el cabo a Juan.

—De un almacén donde llevamos dieciocho días cargando. ¿A qué vienen estas preguntas? —dijo Juan queriendo disimular la preocupación que sentía en su interior.

—Aquí las preguntas las hago yo —contestó el cabo.

Después se dirigió a Diego preguntándole con brusquedad por la hora a la que habían cargado. Diego temblaba sin poder hablar. El cabo alzó la voz, diciéndole:

—¡Que me contestes, coño! ¿A qué hora habéis cargado?

—A las dos de la madrugada.

—¿Por qué a esa hora?

—No sé… yo hago lo que me mandan.

—Los animales van mejor con el fresco de la noche —dijo Juan— vienen muy cargados.

—¡Tú te callas! Cuando te hable, contestas.

—¿Quién te manda? —preguntó el cabo a Diego.

—Este —dijo Diego señalando a Juan—, él me buscó para este trabajo y él me manda.

—¿Tú sabías que la cebada era robada?

—¡La cebada no es robada! —exclamó Juan con rapidez y ahínco.

¡Plaf! Sonó una bofetada en la cara de Juan al tiempo que decía el cabo:

—¡He dicho que te calles! ¡Tú, contesta!

—No es robada, señor.

—¿Quién os ha cargado?

—Nosotros mismos, como siempre.

—¿Quién os abrió el almacén?

—El corredor.

—¿Abría siempre el corredor?

—No, señor, es la única vez que el corredor ha abierto. Las demás de las veces era el bodeguero —dijo Diego tembloroso.

—A él, al corredor es a quien tienen que preguntar —exclamó Juan.

¡Plaf! Sonó otra bofetada y la voz del cabo que decía:

—¡He dicho que te calles! A ver, dame la hoja de ruta y el justificante de compra de esta mercancía.

—No llevo nada. A mí me cargan y el corredor se encarga de los papeles. Yo llevo en cuenta los portes que hago para cobrar, de lo demás no sé nada; de eso se encarga él.

—Jeremías dice que no sabe que hubierais cargado. Niega que os haya abierto. Dice que a las once estaba acostado y que no se ha movido de su casa hasta que llegaron mis compañeros a buscarlo.

—¡Miente! —dijo Juan—. Él fue quien nos abrió. A las tres y diez minutos se iba a acostar, después de cargar los carros.

—Lo sé —dijo el cabo— me lo ha dicho un duende que os ha visto salir. Lo que no me ha dicho el duende es si mientes tú. Yo sé que habéis estado cargando los tres, lo que no sé es si estabais los tres de acuerdo y eso me lo vas a decir tú; por las buenas o por las malas, tú decides.

Estaba amaneciendo cuando despertó Doroteo. Josefa, al notar que su marido se rebullía, comenzó a preguntarle por el motivo que lo llevó a volverse.

—No me gustó lo que vi —dijo Doroteo— puede que sean figuraciones mías; pero me resultó extraño que no estuviese el bodeguero. Pascual no suelta la llave así como así...Jeremías y Juan son dos lobos de cuidado, y pensé que si era cierto lo que estaba imaginando, andaríamos todos de cabeza.

—Pero si no es así, ¿qué piensas decirle a Juan cuando te pregunte por el motivo que tuviste para no acudir?

—Que me dormí. No querrás que le diga la verdad.

Estaba Doroteo recién levantado de la cama, cuando una pareja de guardias civiles llamaron en la puerta, aunque estaba abierta. Cirila, que vivía en la planta baja salió a abrir y al verlos, se sobresaltó y empezaron a temblarle las piernas. Uno de los guardias preguntó:

—¿Vive aquí Doroteo Martínez?

—Sí señor… en la planta de arriba.

—Dígale que salga.

—¡Doroteo, te buscan! —gritó la mujer asomándose al patio.

Doroteo bajó y al llegar a los guardias preguntó que qué pasaba.

—Cuando vayas al cuartel lo sabrás —dijo uno de los guardias— no hace falta que vengas con nosotros, allí te esperamos.

Cuando llegó Doroteo estaban interrogando a Jeremías. Avisó de que había llegado y un guardia le dijo que pasase donde estaba el corredor. Pasó y detrás de él pasó otro guardia.

—¿Conoces a este hombre? —preguntó el guardia.

—Sí —dijo Doroteo sin ninguna duda.

—¿De qué lo conoces?

—Es vecino del pueblo y además era el corredor de donde cargábamos la cebada.

—¿Por qué no fuiste anoche a cargar?

—Me dormí —mintió como ya tenía previsto—, fui después; pero ya se habían ido.

—¿A qué hora fuiste?

—A las tres y media de la madrugada.

—¿Sospechaste algo debido a la hora de cargar?

—No, señor. Habíamos hablado de madrugar más por los animales. Cuando me pidieron ir a cargar a esa hora, pensé que el motivo era ese, andar tres horas más con el fresco de la noche para quitarles a los animales tres horas de calor.

—Está bien, puedes irte. Si hace falta, ya te llamaremos.

—¿Qué es lo que pasa? —preguntó Doroteo.

—Algo que no te incumbe. Tú vete y que no te tengamos que llamar. Será señal de que has dicho la verdad.

Mientras seguían interrogando a Doroteo, dos guardias volvían a casa de Jeremías, llamaron y abrió su esposa. Tenía los ojos rojos de llorar y, al verlos, se puso muy nerviosa.

—¡No te asustes mujer! —dijo uno de los guardias— solo te haremos unas preguntas.

Mientras uno preguntaba, el otro registraba la casa.

—¿A qué hora vino tu marido a acostarse?

—No sé. Yo ya estaba acostada.

—¿A qué hora te acostaste?

—Lo estuve esperando hasta las doce y viendo que no venía, me acosté.

—Entonces, ¿a las once no vino?

—No señor, a esa hora estaba yo levantada.

—¿Sabes dónde estuvo?

—No sé. A veces se junta con los amigos y viene muy tarde.

El otro guardia salió con una llave en la mano.

—¿Conoces esta llave? —le dijo a la mujer mostrándosela.

—No. No la conozco. Esa llave no es de la casa.

—Vamos —le dijo el que tenía la llave a su compañero.

Salieron de casa de Jeremías y se fueron en dirección a la bodega para hacer las comprobaciones y, efectivamente, la llave abría la portezuela de la bodega. Cuando llegaron al cuartel, todavía interrogaban a Jeremías y, a cada pregunta que le hacían, negaba con obstinación que él hubiera estado esa noche en la bodega.

El que traía la llave, le hizo una seña a los que estaban interrogando; entonces salió uno y se acercó a él. Hablaron en secreto y el recién llegado le entregó la llave.

—Conque no sabes nada. ¿Esta llave te dice algo? —dijo el guardia enseñándosela.

—No. No la he visto nunca.

—Entonces… ¿Qué hacía en tu mesita de noche entre tu ropa?

—¡Yo no sé nada de esa llave! ¡Me estáis tendiendo una trampa para que diga que he estado allí; pero no he estado! —decía Jeremías a gritos.

¡Plaf! Sonó una bofetada y después la voz del guardia que decía:

—¡Estoy harto de tus mentiras! ¡Y aquí no grita nadie nada más que yo! ¿Está claro? Y si no has estado en la bodega, me da igual. Esta llave abre la bodega y estaba en tu casa, así es que, si hablas como si no, vas a la cárcel.

Juan y Diego estaban asustados, pero de diferente manera. Juan tenía miedo de que la Guardia Civil supiese la verdad; pero por si acaso no la sabía, estaba inventando una historia para culpar a Jeremías. El corredor había hecho lo mismo, pero tuvo mala suerte de que encontrasen la llave de la bodega en su casa. El caso de Diego era diferente. Él era inocente, pero lo difícil era demostrarlo. Él tenía miedo, no a que descubriesen la verdad: sencillamente tenía miedo.

El guardia siguió interrogando a Juan y él siguió mintiendo con testarudez, hasta que el cabo cogió una correa por la punta contraria a la hebilla y cada vez que respondía con una mentira evidente o una evasiva, le daba con ella en las espaldas, diciéndole:

—Esto no ha hecho nada más que empezar, tú decides hasta cuándo te doy con ella.

Cansado de darle con la correa, lo llevó al pilón donde bebían agua los caballos y le metió la cabeza en el agua un buen rato, se la sacaba y volvía a zambullírsela, después otra vez y otra y otra, dejándole cada vez menos tiempo para que respirase, hasta que por fin confesó.

Cuando se los llevaban para entregarlos en su pueblo, Juan miró a Diego, que no levantaba la cabeza de tanta pena como llevaba, y se compadeció de él, llamó al cabo y le dijo:

—Este hombre no es culpable. Él trabaja para mí y no sabía nada de esto.

—Sin embargo, iba contigo y habrá quien piense que era cómplice tuyo, eso no soy yo quien lo pueda dictaminar; si es culpable o no, lo dirá el juez.

—¡No es culpable! No merece la ofensa de verse en un juicio. Entrégueme a mí y líbrelo de una vergüenza que no merece.

El cabo estaba seguro de que aquello que decía Juan era cierto porque en el interrogatorio comprobó la inocencia de Diego, por eso lo soltó diciéndole:

—Encárgate de que los carros vuelvan al almacén de donde salieron, ya te llamarán a declarar cuando se celebre el juicio.

Jeremías siguió negando haber participado en el robo de la cebada, pero ya daba igual; Juan lo había aclarado todo. Además, estaba la llave como principal acusación.

CAPÍTULO 12

Sebastián a veces merodeaba por el barrio de Inés. Era ahora cuando empezaba a darle importancia. Esa muchacha podía haber estado después con otro hombre, pero ¿y si no había estado con nadie más?, pensaba con inquietud e incertidumbre. La duda lo martirizaba; aun así, pensar que el crio podía ser suyo, lo llenaba de alegría. Esperaba la ocasión para hablar con ella y proponerle que le consintiera reconocer a la criatura como hijo suyo cuando naciese. A cambio, le daría lo que pidiese, incluso reconocerse a sí mismo como único culpable del incidente; eso sí, solo ante Inés y Asunción.

Un día, cuando Asunción y Sebastián estaban comiendo, reinaba un silencio absoluto. Él la miraba mientras ella comía distraída y después de pensarlo mucho, le dijo:

—Podíamos adoptar una criatura —niño o niña— no importa el sexo. Esta casa está triste sin críos que corran por ella.

Asunción callaba mirando a su plato, ignorando las palabras de él.

—¿Me oyes? —le dijo él con voz pausada mirándola fijamente.

—Sí, te oigo, pero en mi casa no quiero críos que no sean míos.

—¡Entonces no los habrá nunca! —dijo él alterado—. Si siendo joven no los has tenido, no creo que los tengas ahora. Llevo veinticinco años esperándolos.

Ella comenzó a sollozar, se levantó de la silla con gran impulso y abandonó el comedor. Él, más preocupado por sus planes que arrepentido, fue a buscarla y la encontró en la alcoba, sentada en la cama llorando.

—Mujer, no te pongas así… Yo pensaba que a ti te gustaría. Y como ahora dicen que hay una muchacha joven embarazada, pensé que, si ella no puede criarlo, podíamos proponerle que nos lo diera en

117

adopción. Recién nacido sería una ventaja para nosotros. Lo educaríamos a nuestra manera: como si fuese nuestro.

—¿Tú sabes quién es esa muchacha? —dijo Asunción recalcando las palabras.

—No —mintió él, haciéndose el desinformado.

—Pues esa muchacha es la última criada que tuve antes de Elvira.

—¡Qué más da que sea esa u otra la que nos ceda la criatura!

—Si quieres un hijo y te da igual de quien sea, iremos a una casa de cuna; así no conoceremos nunca a sus padres.

—Mira... déjalo. Estás nerviosa y estando así, no nos entenderemos.

Elvira oía la conversación a medias desde la cocina. Algunas palabras se oían bien; sin embargo otras, eran ininteligibles. Elvira volvió al comedor para recoger las cosas de la mesa y limpiarla, entonces vio a Sebastián que se iba. Cuando había una contradicción o disputa entre su mujer y él, hacía siempre lo mismo: salía como un relámpago, daba un portazo al cerrar la puerta y desaparecía. La sirvienta había colocado el paño central de la mesa y se disponía a colocar el florero cuando llegó Asunción con un pañuelo en la mano enjugando las lágrimas.

—Quiere que adoptemos la criatura de Inés cuando nazca, y lo peor es que no es capaz de confesar el motivo que le lleva a obrar así. A mí no me importaría si fuese sincero, pero tiene el cinismo de decir que lo hace por mí.

—No te preocupes, Inés no abandonará a su criatura.

—Tú no conoces a Sebastián. Cuando quiere algo, no para hasta conseguirlo. Le ofrecerá dinero y hasta pondrá al juzgado en contra de ella, si con dinero no lo consigue.

Sebastián, viendo que era imposible encontrarse con Inés, pensó en mandarle recado solicitando la adopción y custodia del crío cuando naciese; pero el temor de ver rechazada su propuesta le hizo pensar de una manera más fría y calculadora. Él era concejal de agricultura y habló con su homólogo el concejal de beneficencia. Le puso al corriente del caso que le preocupaba. Le informó, más como amigo que como concejal, preguntándole que si esa muchacha —Inés— tendría derecho a que la atendiese una comadrona de la beneficencia cuando diese a luz. El amigo le informó:

—Siendo madre soltera, por su corta edad y su pobreza, sí; pero no hace falta examen ni estudio para saber si tiene derecho o no a que la comadrona la atienta, basta con que me lo pidas tú, para que sea atendida. Si entre nosotros no nos hacemos favores, ¿de quién los podemos esperar? Dalo por hecho.

—Pero no quiero que ella lo sepa —dijo Sebastián.

—No te preocupes, seré discreto.

Durante el año, mucha gente obrera eventual, cuando no había trabajo o venían grandes temporales, se dedicaba al esparto colaborando en las tareas mujeres y niños. Hacían pleita para hacer capachos, espuertas, aguaderas, serones, esteras… Las piezas pequeñas, como cestos y aguaderas, eran casi siempre de encargo, por lo cual estaban vendidas. Las espuertas y capachos para la vendimia se hacían en más cantidad y era imposible venderlos todos en el pueblo, por lo que se cargaban en carros para transportarlos a otros lugares donde se vendían en ferias o en las plazas. Jesús, el padre de Inés, había estado con un amigo dedicado a este trabajo. Los viajes eran largos y una persona sola no tenía tiempo de descansar. En cambio dos, se turnaban. Habían estado en varios pueblos: Torrenueva, Castellar, Viso del Marqués, Torre de Juan Abad... Cuando llegó a su casa, estaba convencido de traer la solución para el problema de su hija. Después de meditarlo mucho, esa misma noche, cuando estaban cenando, sin pensarlo más veces, dijo:

—En cuanto des a luz, nos vamos del pueblo.

La madre y la hija se miraron, pero no dijeron nada. Él siguió explicando lo que tenía pensado y dirigiéndose a Inés, volvió a decir:

—El crío será nuestro: de tu madre y mío. Tú lo criarás, pero como la gente de allí no nos conoce, creerán que es tu hermano y todo arreglado.

—Las mentiras tienen las patas muy cortas —dijo Inés—, pero aunque no fuese así, yo no consentiré nunca una mentira. ¡Mi hijo será siempre mío, estemos donde estemos!

El padre la miró serio y después le habló en un tono enfadado.

—¡No hay otra solución! ¡Es lo mejor que podemos hacer!

—Gracias, padre, por preocuparse por mí; pero la mejor solución es ir con la verdad.

Josefa llevaba varios días queriendo decirle a Inés que Sebastián merodeaba por el barrio, pero no se decidía pensando en que podía preocuparla. Al fin se convenció de que tenía que saberlo.

—¿Sabes que Sebastián pasa a diario por esta calle, y algunos días dos o tres veces?

—No —dijo Inés sorprendida—. No lo he vuelto a ver desde el día que me forzó.

—Ese busca algo, estoy segura —dijo Josefa—. Si no, ¡a qué iba a pasar por aquí!

Viendo Sebastián que era imposible hablar con ella, pensó en una estrategia: informar a la comadrona de la beneficencia, para que hablase con Inés. A través de ella prepararía su plan: ella la convencería para dar al crío en adopción sin descubrir para quién. Un día, al salir Sebastián del Ayuntamiento, se encontró con la comadrona. La saludó afectuosamente parándose para hablar con ella y en un tono casi inaudible, le dijo:

—Tenemos que hablar, pero en privado.

—Sí, me lo ha dicho el concejal, Ismael. Pero no sabía que tú eras el interesado.

—Pues ya ves —dijo Sebastián—. Luego hablamos, este no es el sitio adecuado.

La comadrona tenía la consulta en su casa. Sebastián fue a hablar con ella y, cuando lo vio llegar, le invitó a pasar mostrándole una sonrisa de agrado.

—Vengo a hablarte sobre esa muchacha. Quiero que la atiendas y la vayas mentalizando de que lo más conveniente para ella es que dé el crío en adopción cuando lo tenga.

—Eso va a ser difícil tratándose de ti —dijo la partera—, se negará como la mayoría de las madres; pero esta tiene un doble motivo: el daño que le has hecho.

—No tienes que decirle que se trata de mí; convence primero a sus padres y ellos te ayudarán a convencerla. Prométele que podrá verlo siempre que quiera. Dile que la familia que quiere adoptarlo lo cuidará bien y le dará un porvenir próspero. Sabrá que soy yo cuando haya firmado el consentimiento. De gestionar los papeles me encargo yo.

—¿Y yo qué gano con todo esto? —dijo la partera.

—Si lo consigues, te doy lo que me pidas, si lo que pides está en mi mano.

—Un consultorio con todos los utensilios necesarios para mi profesión en un sitio céntrico y de mi propiedad. Con la obligación por mi parte de atender sin remuneración todos los casos que surjan de mujeres desamparadas, como el de esa muchacha. No creas que estoy pensando en enriquecerme, lo hago por ellas: por las mujeres del pueblo.

—Ya. Por eso quieres que el local sea de tu propiedad —dijo Sebastián con sorna.

—¡Para que no podáis quitármelo! No me fío de ninguno de vosotros. Prometéis, prometéis y luego se os olvida cumplir.

—Tú consigue lo que te he dicho y te aseguro que tendrás lo que quieres.

La casa tenía la puerta de la calle abierta. Al pasar la comadrona, vio a Inés que cruzaba el patio de columnas en dirección al corral, pero no la llamó. Se fue hacia la vivienda de Pepa y llamó. Al momento salió la mujer, que quedó sorprendida al verla, sin saber qué decir.

—Vengo para hablar con vosotros sobre la situación de tu hija.

—No sé qué hay que hablar, para el parto falta mucho y problemas no tiene.

—Quiero informaros de que, por su edad y su condición de madre soltera, la beneficencia se hace cargo del parto y de la asistencia médica que necesite.

—Gracias —dijo Pepa desconfiando—, pero ahora no necesita nada.

La comadrona siguió la conversación esperando que volviese Inés, que apareció unos minutos después con tres huevos de gallina en una mano y dos en la otra. Al verla tan joven, con una barriga de cinco meses y esa cara de inocente aturdida, se preocupó de verdad.

—¿Son ponedoras? —preguntó la comadrona a Inés con una sonrisa.

—Sí —contestó ella extrañada de verla allí hablando con su madre.

La comadrona siguió hablando con las dos unos minutos y después se fue. Cuando se había ido, Inés preguntó a su madre:

—¿Qué quería?

—Ofrecerte sus servicios si te hacen falta y atenderte en el parto cuando llegue.

—¿Le ha dicho a usted por qué motivos quiere ayudarme?

—Es cosa de la beneficencia. Ayudan a gente pobre, a gente que tiene problemas y que por su pobreza no pueden salir de ellos sin ayuda.

—¿Qué es la beneficencia? —preguntó Inés.

—El Ayuntamiento supongo, no sé...

—Pues ¿sabe lo que le digo madre?, que si es el Ayuntamiento, son ellos mismos. Quieren cubrir con su dinero las faltas que cometen. ¡Porque lo mío es un abuso! ¡Un abuso por el que no va a pagar nadie!

—Ayudan a gente pobre —dijo Pepa con voz conformista.

—¡Ayudan a gente pobre a la que le pasa lo que a mí!, y a cambio quieren tapar sus faltas con el dinero. Eso es lo que quieren hacer conmigo.

—¡No te atormentes más, hija mía! —añadió Pepa abrazándose a Inés con una congoja que terminó en un llanto inconsolable para las dos.

Habían pasado cuatro semanas desde que la partera estuvo en casa de Inés. Sebastián estaba nervioso pensando en que la comadrona no se tomaba suficiente interés por el caso. Desesperado, fue a visitarla y a pedirle explicaciones. Iba alterado, prepotente y dispuesto a decirle lo que tenía que hacer. Ella al verlo así esperó a que hablase. Él, al verla callada, se sintió más seguro de sí mismo y empezó a hablar con voz autoritaria:

—¿Qué haces que no te estás ganando la confianza de esa gente?

—¡No te consiento que me hables en ese tono: me estás humillando! Te recuerdo que estás en mi casa y aquí la que tiene derecho a alterarse, soy yo.

—Si no te interesa, me lo dices y yo busco la forma de conseguir lo que quiero.

—No es eso, sí me interesa. Lo que pasa es que hay que ir con tacto. Si yo estoy allí todos los días insistiendo, terminarán sospechando. Si voy de vez en cuando, solo pensarán que me preocupo por ella y cuando esté el parto a punto, será más fácil convencerlas.

—Tú verás, pero no te duermas —dijo Sebastián más sosegado.

—Esa muchacha es fuerte y sabe lo que quiere, no va a ser fácil —dijo la partera.

Ese mismo día por la tarde, María, la comadrona, fue a visitar a Inés y después de hacerle varias preguntas referentes a su estado, le preguntó:

—¿Qué piensas hacer con el crío cuando nazca?

—Criarlo. Él no tiene culpa de mi desgracia. No pienso abandonarlo.

—Yo te lo decía porque hay matrimonios sin hijos que están dispuestos a adoptarlo. Si alguna vez piensas darlo, quiero que cuentes conmigo. Yo puedo ayudarte.

CAPÍTULO 13

Los hijos de Doroteo y Josefa, desde que acabó Mariano de trillar, iban a las eras a rebuscar paja. Los primeros días era paja buena para comer los burros; luego llovió y después de mojada tenía un color moruno y olía a podrida, por lo que únicamente valía para la lumbre o para el basurero cuando estaba vacío de basura. Cuando tenían llenos tres sacos, los cargaban en el burro sobre la albarda, uno a cada lado y otro en el centro. Mariano se subía en la parte trasera del burro y la llevaba a su casa mientras Luis seguía amontonando la que rebuscaba. Una de las veces que iba a llevar la paja subido en el burro, un grupo de muchachos de los que iban con él a la escuela estaban jugando en la calle cuando él pasaba y como individualmente ninguno podía con él, entre todos quisieron tumbar al burro estando él subido. Unos tiraban hacia un lado agarrando el rabo del animal y otros empujaban a los sacos de paja con el mismo fin. Mariano, viendo que caían, se subió encima de los sacos tumbado boca abajo y se abrazó al cuello del burro desenganchando el ramal de cadena que llevaba en el hocico. Después se sentó encima de los sacos y empezó a repartir golpes con la cadena sobre sus agresores, que pronto dejaron al burro en paz. Pero al ver los agredidos que se distanciaba, empezaron a coger piedras y a tirárselas. Mariano arreó al burro y se volvió a tumbar encima de los sacos, cubriéndose la cabeza con las manos para que no le diesen las piedras en ella. A la vuelta, venía precavido con la cadena en la mano y subido en el burro, pero ya no se metieron con él y él tampoco les dijo nada.

Juanito, aquel muchacho ingenuo que pidió pan al fraile y tropezó con el cubo de cal en la calle cuando venía de la escuela, también fue al cine el día de la Virgen de Agosto. Había ido algunas veces con sus padres y el cine ya no era un misterio para él, como lo fue para Pedro hasta que su padre se lo explicó. Pero sí le entusiasmaron los caballos y sobre todo las navajas con que peleaban los bandoleros. Algunas tardes, cuando salía de la escuela, iba a casa de su abuelo donde lo esperaba su madre. Ese día había en el portal cinco costales de trigo que había preparado su abuelo para llevarlos al panadero a cambio de vales de pan. Juanito se subió en un costal a horcajadas agitando las piernas y arreando al supuesto caballo. Con una mano simulaba llevar los ramales y en la otra, una navaja que cogió de encima de la mesa. De pronto, comenzó la lucha con el imaginario enemigo, agitando la navaja a ciegas en todas direcciones, hasta que se clavó en un costal que estaba encima de los demás, justo delante de él. Al notar el navajazo, se sintió satisfecho y se relajó. Había vencido a los bandoleros en la pelea. Poco a poco se fue dando cuenta de la tragedia y se bajó del costal para dejar la navaja donde la había cogido. Sin decir nada, se fue a la calle a jugar huyendo de la regañina o pescozón que le esperaba. El trigo se deslizaba por el corte del costal como la arena de un reloj, lento pero continuo. El abuelo llegaba de la calle y vio cómo caía el chorrillo de grano al suelo y se llevó las manos a la cabeza, diciendo:

—¡Este muchacho es un demonio! ¡No se le ocurre nada bueno!

La madre de Juanito salió al oír las exclamaciones de su padre.

—¿Qué pasa con tantos gritos? —dijo la hija.

—¡Tu hijo, mira lo que ha hecho!

—Será un enganche —lo disculpó la madre sin darle importancia.

—¡Un enganche! ¡Es un corte de navaja!

El abuelo se fue a la cocina refunfuñando, pero a Juanito no le dijo nada. Jamás le regañaba por sus travesuras. El niño, desde el patio estuvo oyendo las quejas del abuelo. Se sentía culpable y arrepentido sabiendo que el daño no tenía remedio si no era zurciendo el costal.

Después de unas vacaciones prolongadas, los niños volvían a la escuela. Pedro estaba contento de asistir y cada día llegaba a su casa con noticias nuevas. Lo que no le gustaba era cantar todas las mañanas el «Cara al sol» y entrar en esa formación casi militar que les hacía formar un maestro con camisa azul y cinco flechas rojas sujetas a un yugo, bordadas sobre el bolsillo del lado izquierdo de la camisa. Esa rutina diaria lo aburría enormemente, hasta el extremo de levantar el brazo con pereza y desgana cuando el maestro les mandaba cubrirse para formar una correcta alineación en la formación del grupo.

Las niñas de don José iban al colegio de las hermanas Hijas de la Caridad. El primer día de clase fue de entretenimiento y adaptación. Después de unas vacaciones tan prolongadas como las que disfrutan los escolares, los primeros días eran pesados y la profesora les estuvo leyendo un fragmento de la vida de Santa Teresa y algunos poemas buscados al azar en un libro de poesía adecuado al tema que estaba leyendo. La profesora les propuso que escribiesen una redacción en prosa o en verso, de cualquier vivencia que hubiesen tenido reciente durante las vacaciones o incluso de antes, si la consideraban importante.

Cada niña eligió un tema. Rosa escribió la historia de aquella aventura que tuvieron en el bosque durante la tormenta, emocionándose al leerla como si hubiese ocurrido unos días antes. Luisa escribió un poema, con sus aún escasos conocimientos, que había compuesto unos días después de aquella aventura y que conservaba en su memoria, después de haberlo leído infinidad de veces. El poema era:

MI MADRE EN UN SUEÑO

Este sueño de ardiente delirio
lo he vivido como una realidad
haciéndome tan feliz y dichosa
que no podré olvidarlo jamás.

He soñado que estaba navegando
con mi madre en un inmenso mar,
con olas de azucenas y claveles
que besaban nuestra barca de cristal.

Más dichosa no estuve en mi vida,
yo sentía que el mar se inclinaba

y la barca subía hacia arriba
por un camino que hasta el cielo llegaba.

Y allí, sobre el lejano horizonte,
donde se juntan el cielo y el mar,
un arco iris lleno de ángeles
que no cesaban de subir y bajar.

Cuando llegamos al cielo
nos recibió un coro celestial
y la posaron sobre el arco iris
como a una virgen que está en el altar.

Mi madre, me tendía los brazos.
Su mirada era de un dulce mirar
y su voz me decía con ternura:
ven conmigo, no dejes de soñar.

Acunada sobre su regazo
fui feliz hasta el despertar,
por eso, cuando me duermo,
quiero con ella soñar.
Para sentir otra vez su cariño.
Para quererla cada vez más.
Para sentirme otra vez en sus brazos.
Para poderla de nuevo besar.

El primer día de clase, después de las vacaciones de verano, Mariano y Luis llegaron a la escuela con su hermana de la mano. Lucía, al llegar, vio a otras niñas compañeras suyas que jugaban en el patio de recreo hasta la hora de pasar a clase. La niña se separó de sus hermanos y salió corriendo con la alegría de reencontrarse con ellas de nuevo. Mariano y Luis pasaron al patio de los niños que estaba al lado, separados ambos totalmente por una pared gruesa de tapia. Al pasar, se encontraron con los agresores de Mariano que jugaban al lado de la puerta, uno haciendo de burro y los demás saltando por encima de él. Los que saltaban miraron de reojo con recelo, como si temiesen alguna represalia. Los dos hermanos siguieron andando hasta el otro extremo del patio donde estaba Pedro, Ambrosio y José, ignorándolos por completo, como si no los hubiesen visto.

A las diez en punto llegaba al patio del recreo el maestro que formaba a los niños de todas las clases, para cantar el «Cara al sol». Serio y autoritario los formaba e iniciaba el cántico diario con un entusiasmo firme y marcial, finalizando con un ¡Arriba España! y un ¡viva! a su Caudillo. Mientras tanto, los demás maestros abrían sus aulas y preparaban las clases para empezar el trabajo.

Lo primero que hacía el maestro era escribir con tiza blanca en la pizarra grande de la pared el nombre de la población y la fecha. En la pizarra estaba escrita la consigna actual, que se cambiaba cada cierto tiempo y en este caso era: «Nadie es pequeño en el servicio de la Patria». Después indicaba a los niños que lo copiasen mientras él repasaba los trabajos pendientes para ese día. Primero, lectura en voz alta. Después, estudio del tema de la lección correspondiente al día: Historia de España, Historia Sagrada, Geometría, Aritmética, Geografía, Lengua Española... El maestro, para preguntar la lección del día que los niños tenían que saber de memoria, formaba un semicírculo con todos los niños de la clase delante de su mesa y preguntaba uno por uno, siempre de izquierda a derecha. El que se sabía la lección correctamente, guardaba su puesto en el número de orden que tuviese en la fila. El que no la sabía retrocedía tantos puestos como niños la hubiesen sabido correctamente después que él, ganando estos así un lugar hacia delante.

Mariano y Luis, en pocos días, habían pasado de los número veintisiete y veintiocho, al nueve y diez, donde se mantenían estables. Habían adelantado a varios de los que fueron sus agresores cuando Mariano iba con el burro y eso hacía que el rencor hacia los dos hermanos fuese mayor, demostrándoselo con desprecios, que ellos pagaban ignorando por completo a sus adversarios.

Desde que Pedro iba a la escuela, Mariano, Luis y él eran inseparables en el recreo, a pesar de ir a clases distintas. Jesús a veces jugaba con ellos, lo que hizo que sus propios amigos de él empezasen a tomarle ojeriza y a veces, cuando iban en cuadrilla por el parque, al menor descuido o distracción, lo dejaban solo sin darle ninguna explicación. Él, ignorante de lo que estaba pasando, los buscaba y se unía otra vez a ellos; pero a la tercera o cuarta vez que lo dejaron solo, pensó que lo hacían a propósito y, apartado del grupo, preguntó a uno de ellos por qué lo perdían.

—No sé —respondió el amigo, enrojeciendo de vergüenza.

—Sí lo sabes, a mí no me puedes engañar. Se te ha puesto la cara roja cuando te lo he preguntado.

—Es que, si te lo digo, me van a decir chivato y no van a querer que me junte con ellos.

—No va a pasar nada de eso, porque no se van a enterar. Yo no se lo voy a decir a nadie. Te doy mi palabra.

—Francisco no quiere que te juntes con nosotros, pero no quiere decírtelo. Quiere que te vayas por aburrimiento al ver que te dejamos solo.

—¿Por qué? —preguntó Jesús sorprendido.

—Porque eres pobre y te juntas con esos que huelen a cuadra, según dice él.

—No te preocupes, tú sigue con ellos. Yo tengo nuevos amigos que en vez de rehuirme están deseando estar conmigo.

Desde entonces, Jesús formó parte del grupo de José y sus amigos. El otro grupo, capitaneado por Francisco, seguía molesto con Jesús. Quizá ahora más que nunca, porque ya no podían humillarlo y además, tenía amigos, aunque no eran de su agrado.

El bullicio del patio de recreo de las niñas se oía desde el patio de los niños. Ellos conocían el patio femenino vacío y sentían curiosidad por verlo con ellas jugando. Pero sabían que si alguno se atrevía a asomarse, el castigo era seguro.

El grupo de Francisco jugaba como siempre al lado de la puerta de entrada, en un rincón que había entre la pared de la calle y la de los retretes. Si tenían que correr, lo hacían por todo el patio. Mariano, Ambrosio, José, Luis, Pedro y ahora Jesús, jugaban en la parte totalmente opuesta, siempre lo más lejos posible de ellos. Jesús tenía ganas de orinar y fue a los servicios. Francisco lo vio pasar y mandó a dos de sus «secuaces» para que lo esperasen hasta que saliese de ellos, con la orden de llevarlo donde estaba él. Al salir le dijeron:

—Francisco quiere que vengas con nosotros, quiere verte.

—Dile que no quiero ir.

—Ven por las buenas, por las malas será peor para todos.

—Está bien, iré.

—¿Qué quieres? —dijo Jesús con la mirada desafiante.

—Que hagas de burro, para subirme en ti y mirar por encima de la pared y ver a las muchachas.

—Para eso ya tienes suficientes «bacines» que lo harán con gusto si tú se lo pides.

—Pero quiero que esta vez, el «bacín» seas tú —dijo Francisco con una sonrisa burlona.

Jesús dio media vuelta para irse haciendo caso omiso a las bravuconerías de Francisco, pero al mismo tiempo de volverse, notó las manos de dos de sus antiguos amigos que lo agarraban, obligándolo para que doblase el cuerpo y tomase la posición de burro. Mariano miró hacia los servicios, pensando que Jesús había tenido tiempo suficiente para volver y vio la trifulca que había en el rincón al lado de la puerta de entrada; pero a Jesús no lo veía. Sí vio a Francisco incorporándose encima de algo que él no podía ver. Mariano imaginó lo que estaba pasando, cruzó el patio de recreo como un rayo y, al llegar, vio a Jesús doblegado bajo los pies de Francisco y creyó estallar de ira. Lo cogió del jersey con la mano izquierda por el centro del pecho y, enseñándole la mano derecha con el puño cerrado, le dijo amenazándolo:

—¡A este… ni me lo toques!

El jaleo se escuchaba desde lejos. Los maestros se asomaron al patio y vieron el alboroto de la disputa. Dos de ellos se fueron abriendo paso entre los niños que estaban agrupados alrededor de la pelea. Llegaron a ellos y don Sebastián cogió a cada uno de una oreja y los llevó dentro de la clase para interrogarlos.

—A ver, ¿quién comenzó la pelea?

—Yo —dijo Mariano.

—¿Por qué motivo?

—Porque me estaba molestando con impertinencias.

—¿Por qué lo estabas molestando?

—Yo no lo he molestado. Ha sido él, que se ha metido donde no lo habían llamado.

El otro maestro, que había llegado hasta el lugar de la pelea, se había quedado preguntando a los alumnos testigos. Pronto supo lo sucedido. Algunos, por agradar al maestro, explicaron con todo detalle lo sucedido y él informó al director llamándolo para hablar a solas. Cuando regresó el maestro, Mariano y Francisco estaban discutiendo; pero al verlo llegar, los dos se callaron.

—Bueno, vamos a ver… —dijo don Sebastián—. Ya sé el motivo de la pelea. Me lo ha dicho un pajarillo que no me engaña nunca.

Los dos pensaron que no había sido un pajarillo, sino un pajarraco, informado por varios pajarillos piones que lo cacareaban todo.

—Tú, a ese rincón y tú, a aquel. De rodillas, cara a la pared y con los brazos en cruz.

Cuando estuvieron colocados en esa posición, les puso el maestro un libro en cada mano de más de kilo y medio. Mariano mostró una sonrisa irónica pensando que era una birria de castigo. No pensaba igual cuando llevaba media hora con los brazos en cruz, soportando los libros.

CAPÍTULO 14

Los niños de Ramona estaban muy contentos porque habían tenido noticias de su padre después de cinco meses sin saber nada de él. Los dos pequeños, uno con siete años y otro con nueve, habían comenzado el curso escolar; pero el mayor, con doce, después de haber estado ayudando todo el verano a pastar las ovejas que había en el corral donde vivían, se había quedado definitivamente de pastor, por lo que nunca volvió a la escuela.

Ramona aprovechaba las recolecciones, pero aun así, no cubría gastos para vivir sus hijos y ella. Después de cada recolección, rebuscaba lo que quedaba de cada cosecha en el campo. Rebañaba paja de las eras para la lumbre del invierno, acarreándola a sus espaldas, cargada como un burro. Trozo de madera que veían sus ojos, con derecho o sin él a cogerla, se la llevaba para la lumbre. Algunos propietarios le habían dicho que era más ladrona que una gata criando, a lo que ella respondía:

—Soy ladrona por necesidad. Nunca lo he sido, pero mientras mi marido esté detenido y yo tenga estas dos manos, mis hijos no van a pasar hambre ni frío.

Septiembre estaba finalizando. Ramona, desde que había terminado en la casa de don José de arrancar leguminosas, apenas había vuelto a trabajar. Doce días espigando cebada, trigo, algunos kilos de garbanzos y veinte sacos de paja mala, rebuscada. Desde últimos de agosto cogía uvas que camuflaba dentro de los sacos de espigas y otras veces debajo de la saya. Los guardas rurales se colocaban a la entrada del pueblo, en los caminos más principales para registrar a la gente que volvía de trabajar en el campo. Ramona huía de esas entradas, buscando siempre para entrar al pueblo los sitios más apartados;

pero esa vez la treta no le sirvió de nada. Un guarda rural, avisado por un guarda de viñas, la esperaba en la entrada al pueblo, en la zona más próxima al barrio donde vivía.

—¿De dónde vienes? —preguntó el guarda a Ramona.

—¡Y a ti que te importa!

—Me importa, porque sé que llevas uvas.

—Es cierto: las llevo en el estómago; pero a ver cómo haces tú bueno que las llevo.

—Tengo que registrarte.

—¡A mí no me tocas!

—No seas testaruda. Las llevas debajo de esa saya. Sácalas si no quieres que te registre.

— Si te atreves a tocarme, te arranco los ojos —dijo ella con rabia.

—No voy a tocarte. Te vas a venir al cuartel de la Guarda Civil, a ver si allí eres tan fiera.

—¡Entérate de una vez. No voy a ir a ningún sitio contigo y mucho menos al cuartel!

El guarda, viendo lo imposible, se marchó directamente al cuartel. El jefe de puesto al verlo llegar, le preguntó extrañado por el motivo de su visita.

—Hay una mujer que está necesitando un escarmiento. Hay varias quejas sobre ella. Pequeños hurtos en el campo. Hoy llevaba uvas escondidas debajo de una saya. Le dije que las sacase o que viniese aquí conmigo, pero se reveló contra mí y no quiso venir.

—¿Quién es esa mujer?

—La mujer de Francisco: el detenido.

Ramona llegó al corral donde vivía con sus hijos y sacó dos racimos de uvas de una talega que llevaba debajo de la saya, atada a la cintura a forma de faltriquera; le dio un racimo a cada niño y les dijo que se lo comiesen pronto, advirtiéndoles que el escobajo del racimo, una vez comidas las uvas, lo envolviesen en la basura. La Guardia Civil no fue aquel día a casa de Ramona; sin embargo, a partir de ese día, se encargó de vigilarla.

Septiembre terminaba sus días con el comienzo de la vendimia. Ramona volvía al campo para vendimiar en la misma casa donde había estado arrancando y con ella iban las demás arrancadoras, menos Elvira, que seguía sirviendo en casa de Asunción. Inés, que con sus cinco meses de embarazo continuaba sin salir de su casa, y Manuela, que vendimiaba en otra casa junto a su marido. Petra, con sus dos meses de embarazo, también fue a vendimiar.

En la finca de don José, el cuarto grande de la casa del guarda volvía a estar habitado. Las mujeres que iban a vendimiar volvían a dormir en él. Ramona congeniaba bien con las demás mujeres de la cuadrilla. Gastaba bromas con las jóvenes y trabajaba sin pereza. La mujer aquella que había dejado Francisco llorando, temblorosa y sin decisión, se había hecho fuerte. En los cinco meses que había estado sin saber nada de su marido, había descubierto un carácter valiente. El miedo que la cohibía había desaparecido. Desafiaba a cualquiera que se interpusiese en su camino, como lo hizo con el guarda; con la valentía y la decisión de quien sabe que no tiene a nadie que la defienda.

Desde que había tenido noticias de Francisco, esperaba impaciente la segunda carta. En la primera, le decía que pronto volvería a escribirle y que en la siguiente carta enviaría una dirección para comunicarse mutuamente. También decía a sus hijos que fuesen buenos y obedientes; y al final escribía: «*No sé cuánto tiempo queda para veros. Nunca me han dicho cuánto durará la condena, ni cuándo será el juicio, si es que lo hay. Solo se oyen rumores de que aquel que se porte bien tendrá por cada dos días de trabajo, uno menos de condena y yo pienso portarme bien, como lo he hecho hasta ahora, porque tengo muchas ganas de veros y de abrazaros. Besos de este que os quiere. Francisco*».

La vendimia seguía su curso normal. Los primeros días de octubre eran frescos en las horas matinales y templados en las horas centrales del día. Un ambiente propio del otoño manchego que seguiría así hasta que llegasen las primeras lluvias. Aurora, Rosa y Blasa vendimiaban en la cuadrilla, igual que Roberto, Patricio, José y Santos. Rosa y Blasa iban contentas porque veían a diario al hombre de su vida. Hablaban con ellos como compañeros de trabajo. De sus amores no hablaban nunca mientras trabajaban, aunque su compromiso fuese ya un secreto a voces. Estar juntos, como estaban ahora, hacía que se fuesen conociendo aún mejor. Se miraban mutuamente a escondidas, hasta que notaban que alguien los observaba y con una sonrisa escondían la cara entre los pámpanos de la vid para seguir cortando los racimos. Por las noches, las visitas de Roberto y Patricio al guarda eran seguras. Con el pretexto de hablar con él y hacerle compañía, todas las noches iban a visitarlo, aunque todos sabían que la verdadera razón de esas visitas, era estar cerca de ellas, incluso mantener alguna conversación si se daba la ocasión.

Los niños de Ramona estaban solos en aquel corral de animales donde vivían. El mayor, José, se levantaba temprano para atender a las ovejas y salir después con ellas al campo a pastar; unas veces solo y otras con el dueño. Los otros dos hijos de Ramona, Manolo y Francisco, se quedaban acostados durmiendo y algunos días hacían novillos y no iban a la escuela. El maestro notó la falta de asistencia de los niños, pero pensó en la vendimia y en la ausencia que ocasionaba a muchos niños, por eso no les dijo nada, ni a ellos, ni a Ramona. Otra cosa hubiese sido si él hubiera sabido que estaban en su casa y que no iban por el descontrol de estar solos, sin nadie que los obligase.

Cada tres o cuatro días, Ramona venía al pueblo después de dejar el trabajo. Siete kilómetros de camino andando desde la quintería donde estaba vendimiando hasta el pueblo y otros siete por la mañana de vuelta, saliendo de su casa una hora antes de amanecer, para estar en el trabajo a la salida del sol. Por la noche, cuando llegaba, lavaba la ropa de los niños y la suya. Barría y limpiaba la única habitación que tenían para todo. Entonces, dejaba ropa limpia sobre el respaldo de una silla para ponérsela al día siguiente antes de volver al trabajo. Después cenaban ella y sus hijos, les dejaba comida preparada para los días siguientes y se acostaba rendida pasadas ya las doce de la noche. Por la mañana, la ropa de los niños tendida al lado de la lumbre, ya estaba seca; la planchaba se la dejaba preparada encima de una silla y después se iba para coger el camino de vuelta.

Pedro había hecho un nuevo amigo al que veía cada día en el nuevo camino que recorría para ir a clase. Zacarías era un muchacho bonachón, algo retrasado y retraído ante la multitud de niños que pasaban por su casa. El primer día que Pedro lo vio se fijó en él. Zacarías, al sentirse observado, le sonreía sin decir nada, hasta que Pedro le preguntó que si no iba a la escuela.

—No —contestó él, algo tímido.

—En la escuela aprendemos muchas cosas y jugamos en el recreo —dijo Pedro.

—Yo no sé…tú amigo. Mi madre no quiere… ellos se ríen…mi madre no quiere…

Pedro, apenas había escuchado las primeras palabras, comprendió el problema y el porqué de no ir a la escuela. Sintió pena y se hizo amigo de él igual que se hubiera hecho amigo de otro cualquiera; pero este era especial: necesitaba más atención, merecía más atención. Desde entonces, Pedro hablaba con Zacarías todos los días. Por las tardes, cuando salía de la escuela, jugaba con él: corrían uno detrás del otro intentando pillarse; otras veces al escondite los dos solos y a veces todo el grupo que formaba la cuadrilla de Pedro. También le enseñaba juegos individuales, que le costaba más aprender, pero aun así, Zacarías disfrutaba enormemente y no se rendía a pesar de tanto como le costaba aprender. Una tarde, cuando salió Pedro de la escuela, iba con la intención de jugar con él. Jesús, Luis y Lucía también iban. Al volver la esquina donde empezaba la calle de Zacarías, una pandilla de muchachos se reía de él diciéndole *tonto* y dándole pequeños empujones que le hacían tambalearse. Zacarías, al ver a Pedro, salió corriendo hacia él, refugiándose detrás de los cuatro que iban en cuadrilla. Lucía miraba a Zacarías contagiándose del temor que sentía el muchacho, pero sin llegar a temblar como él lo hacía. Pedro lo cogió de la mano y le dijo:

—No temas. Vente con nosotros hasta tu casa.

—No quieren… —decía Zacarías apretando la mano de Pedro— no quieren… no quieren…

—No te preocupes. Si ellos no quieren, quiero yo.

Unos metros más adelante, estaban taponando la calle para que no pudiese pasar. Al llegar a ellos, Pedro les dijo que abriesen paso.

—Abre paso a los tontos —dijo uno de los que taponaban la calle.

—¡Tonto serás tú! No hay mayor tonto que el que se ríe de otro.

Al decir esto, el otro fue a pegarle y Pedro lo sujetó y le dijo a Zacarías:

—Vete a tu casa. Corre y no pares hasta que estés dentro.

Zacarías salió corriendo y se metió en su casa sin mirar atrás. Cuando llegó a ella, la pelea estaba en pleno apogeo. Los cartapacios tirados en el suelo y Lucía arrinconada en la jamba de una portezuela mirando la pelea con temor. Observaba cómo su hermano Luis repartía bofetadas con decisión. Jesús daba con el puño cerrado y Pedro tendía en el suelo panza arriba a uno de sus contrarios, subiéndose encima de él con la pierna puesta en el pecho, la rodilla encima de la garganta y sujetándole los brazos. Los que habían comenzado la pelea, también daban golpes. Jesús y Luis seguían peleando, pero se sentían acorralados al ser un grupo superior a ellos. Peleaban ya casi en desventaja, cuando asomaron a la esquina José y Ambrosio, que, al ver la pelea, fueron corriendo a meterse en ella. Los otros, al ver que llegaba refuerzo, cogieron sus cartapacios y salieron huyendo.

Zacarías llegó a su casa asustado y nervioso. La madre le preguntó por el motivo de su nerviosismo, pero él no supo dar explicaciones. La mujer, al oír el escándalo en la calle, se asomó y, al ver la pelea, llegó a la conclusión de que ese era el motivo por el cual su hijo había llegado asustado. Lo que no sabía era que la pelea se había iniciado por defenderlo a él.

Ramona seguía viniendo al pueblo igual que antes. Ese día llegó a su casa y lo primero que hizo fue ir a la tienda a comprar alimentos antes de que cerrasen. La tienda de donde ella se abastecía y que a veces le fiaba en los momentos difíciles, se hallaba en la misma calle donde ella había vivido y, para llegar allí, tenía que cruzar la plaza: era el camino más corto. Al llegar a la puerta de la iglesia, vio a Mauricio y a su esposa, que salían de ella. Mauricio sacó la cajetilla de tabaco, se puso un cigarro en la boca y buscó el mechero en un bolsillo de la chaqueta. Su esposa se quitaba el velo de la cabeza para recogerlo cuando oyeron detrás de ellos a Ramona que decía:

—Muchos golpes de pecho y el corazón más negro que el sebo del eje de un carro. No creo que exista ningún Dios; pero nunca he deseado que exista tanto como ahora para que cuando llegues a Él, des cuenta del daño que estás haciendo.

A Mauricio le cogió por sorpresa y tardó en reaccionar, pero Eulalia, su esposa, al ver quién hablaba, empezó a llamarla gentuza y ordinaria.

—¡Gentuza…vosotros! Que vais a la iglesia disfrazados de corderos siendo lobos. Peor que los lobos: porque los lobos atacan por hambre; vosotros estáis ahítos de todo lo bueno y sin embargo atacáis, y todo por egoísmo y por rencor.

Después de decirles todo eso, Ramona siguió camino a la tienda y cuando hubo comprado lo que necesitaba, volvió a su casa. Al día siguiente, una hora antes de amanecer, cogió el camino que conducía al trabajo. Cuando llegó, el resto de la cuadrilla iba camino de la viña y se agregó a ellos, subiéndose al carro con las mujeres.

Mauricio era visita diaria en el cuartel de la Guardia Civil. Todas las tardes llevaba noticia de los sucesos cotidianos que surgían en el pueblo, teniendo informados a los guardias de todo aquello que él creía interesante, aunque en realidad no lo fuese. Primero la visita al cuartel; después, anocheciendo, la visita al Señor en la iglesia, él y su esposa y luego, hasta la hora de cenar, la partida en el casino. La tarde que Ramona los insultó llegó al cuartel con poca gana de conversación. Fue directamente a hablar con el jefe de puesto para poner una denuncia a Ramona. Explicó el caso y dijo que no quería volver a encontrarse con ella en ningún sitio.

—Quiero que la detengan, pero además solicito su destierro para cuando cumpla la condena que le imponga el juez. No quiero ser víctima de más afrentas ni más espectáculos como el de esta tarde.

El cabo lo tranquilizó dándole la razón, pero no consideró el caso tan importante como para ir inmediatamente a detenerla. Mañana iremos, pensó.

Al día siguiente muy temprano, una pareja de la Guardia Civil salía al campo con los caballos. Cuando se iban, el cabo les dio la orden de que avisasen a Ramona para que se personase en el cuartel. Llamaron y salió a abrir el dueño del corral, que estaba ordeñando con José, el hijo mayor de Ramona. El hombre, al verlos, se sorprendió y preguntó preocupado por el motivo que les llevaba hasta allí.

—Dile a tu inquilina que salga.

—No está. Está vendimiando.

Los guardias montaron en sus caballos y se fueron. Ellos sabían dónde estaba. Si fueron a buscarla al sitio donde vivía, fue porque pensaron que, estando en los últimos días de octubre, ya habría terminado de vendimiar.

La Guardia Civil tenía el paso obligado por la finca de don José. Allí podían refrescar los caballos cuando hacía calor, almorzar a la sombra en verano y al calor de la lumbre en invierno; pero ese día no pasaron por las casas quintería: fueron directamente a la viña donde estaba la cuadrilla vendimiando. Llegaron derechos a donde estaba el manigero para que dijese a Ramona que tenían que hablar con ella.

—Te buscan.

—¿A mí, por qué?

—Tú sabrás. Últimamente eres un cúmulo de sorpresas.

Ramona fue hacia ellos y, antes de que hablase, le dijeron con gesto autoritario:

—¡Antes de mediodía te personas en el cuartel!

—¿Y eso por qué? — preguntó ella sin temor.

—Allí te lo dirán. ¡Antes de mediodía! —recalcó el guardia— de lo contrario, esta tarde irás a paso ligero delante de los caballos.

Ramona no rechistó. Recogió la ropa de la cual se había despojado al comenzar el trabajo y se puso en camino antes de que los guardias se hubiesen ido. Hizo el camino ligera con mil dudas en la cabeza, pensando si sería algo referente a su marido o a consecuencia del desahogo permitido el día anterior con Mauricio. En cualquier caso, su intención era volver al trabajo lo antes posible. Llegó al cuartel y la pasaron a una habitación sin ventanas, alumbrada con una bombilla sucia y de bajo voltaje. Cerraba la estancia una puerta de madera de diez centímetros de espesor con labrado de cuarterones y que aislaba de los sonidos hacia el exterior, evitando oír desde fuera lo que se decía o hacía allí dentro.

—¡Siéntate! —le dijo el guardia—. ¿Por qué insultaste a Mauricio y a su esposa?

—Yo no he insultado a nadie. Solo le he recordado que algún día tiene que pagar el daño que está haciendo.

—Me han dicho que no crees en Dios, ¿es eso cierto?

Ella agachó la cabeza y se mantuvo callada.

—¡Contesta! ¿Es eso cierto?

—No es cierto, yo creo a mi manera. Solo digo que, si Dios existe, ¿por qué consiente tantas injusticias?

—¿Injusticias? ¡Injusticias lo que tú estás haciendo! —replicó el guardia—. ¿Te parece poca injusticia insultar a la gente pacífica y decente que va por la calle? ¿Te parece poca injusticia robar en el campo todo lo que ven tus ojos? ¿Te parece poca injusticia dudar de la existencia de Dios nuestro Señor? ¿Te parece poca injusticia poner en peligro la reputación y seguridad de tu marido, que se está comportando como una persona decente, solo por el ansia de estar contigo y con sus hijos? No me hables de injusticias. A saber dónde hubiésemos llegado si no os hubiésemos parado los pies. Injusticia la vuestra, que confundís la libertad con el libertinaje. Libertad es esto que tenemos ahora, libertad para el que la merece.

Ramona, al oír mencionar a su marido, rompió a llorar.

—¡Llora!, qué motivos tienes para llorar. Vas a pasar una temporada entre rejas, a ver si te entra en la cabeza que hay que ir por la vida decentemente. Como Dios manda.

La presencia de la Guardia Civil en la cuadrilla de don José era la noticia fresca del día. Los comentarios, ya adulterados, corrían de boca en boca. Ramona, según los comentarios de alguna gente, había amenazado de muerte a Mauricio y a su esposa.

Don José quiso saber de buena mano lo ocurrido y se dirigió al cuartelillo. Al pasar, el jefe de puesto lo vio y salió a recibirlo.

—¿Qué se le ofrece, don José?

—He oído comentarios de que una trabajadora de mi finca está aquí detenida.

—Sí, señor, es cierto.

—¿Qué ha hecho?

—Insultar a Mauricio.

—¡Ah! Mauricio otra vez —dijo don José poco sorprendido—, ¿cuándo volverá esa mujer al trabajo? Ha estado esta noche en el calabozo; creo que con eso ya es suficiente.

—No irá. Hoy se pondrá a disposición del juez.

Don José no replicó. Se fue a su casa y llamó por teléfono al gobernador, antiguo amigo suyo y, después de saludarlo, preguntó por la familia y recordó algunas vivencias en común. Le pidió como favor personal que ordenase la liberación de Ramona.

—¡No puedo hacer eso! Esa gente necesita de cuando en cuando un escarmiento. Hay que atarlos cortos, porque si no, se desmadran.

—Yo me hago cargo de ella. Tiene tres hijos menores a quien les hace falta. Además, puedo asegurarte que no es mala persona. La detención de su marido la ha desquiciado, pero nada más. Yo me hago cargo, confía en mí.

Media hora después recibían en el cuartel la orden de libertad para Ramona.

—¡Buen padrino tienes!—dijo el guardia al abrir la celda—; si no, de qué. ¡Anda vete!

Ramona fue a ver a sus hijos. Pasó la noche con ellos y al día siguiente emprendió camino hacia el trabajo. Mientras caminaba, iba pensativa rebuscando en su cabeza a ese padrino que había hecho posible su libertad, sin acertar ni imaginarse quién había podido ser.

En los últimos días de octubre la vendimia iba finalizando, el viernes por fin la acabaron y el sábado había una comida especial para los vendimiadores. Todos los años, al terminar la recolección, don José los obsequiaba el día que se lavaban los capachos. Este día no era obligatorio: asistía quien quería y no se cobraba, pero nadie quería perdérselo.

El domingo después de misa, don José empezó a pagar a los empleados. El dinero se recibía de su propia mano, como administrador que era de su hacienda. Cuando pasó Ramona a cobrar, don José le dio el sobre con el dinero correspondiente y su nombre escrito en él, igual que a todos, pero a ella le dijo que se sentase, porque tenía que hablarle de un asunto. Ella quedó sorprendida, pero no preguntó nada, se sentó y esperó a que él le hablase.

—Necesitamos una mujer —dijo don José—. María está mayor y es hora de que la cuidemos. Mi esposa y yo hemos pensado en ti. Queremos que trabajes en la casa.

—Lo haré con gusto, pero antes quiero que sepa que he tenido problemas con las autoridades y no es nada extraño que vuelvan a molestarme. Mauricio tiene empeño en ello.

—No te preocupes. Yo sé que estás pasando por un mal momento; pero aquí, en mi casa, si te portas bien, nadie te molestará. Quiero que sepas que no te vamos a regalar nada. Aquí hay mucho trabajo y yo confío en ti, porque sé que eres cumplidora.

—Gracias —dijo Ramona mientras enjugaba sus lágrimas en un pañuelo recordando el día en que Mauricio acusó a su marido.

Mauricio era motivo de crítica por muchas causas, pero sobre todo, por causas relacionadas con entorpecer los derechos de la clase obrera. Esta vez su nombre corría de boca en boca por lo siguiente: había tenido seis vendimiadoras a las que mantenía. Todos los días almorzaban gachas de harina de almortas, que él les llevaba cada mañana para seis raciones escasas. Las mujeres pensaron ahorrar de sus raciones una paletada diaria, para hacer al final de la vendimia «paparajotes» y celebrar una fiesta de despedida en una de sus casas. Los «paparajotes» se hacían generalmente con harina blanca. Ellas, a falta de harina blanca y medios económicos para comprarla, decidieron hacerlos con esa harina que ahorraban. Mauricio era desconfiado y registraba a diario por si había sobrado algo de los víveres que llevaba para aportar menos el día siguiente. Ellas, conociéndolo, guardaban cautelosamente la harina dentro de una saca de paja donde dormían; la envolvían en un papel grande de estraza y después lo metían en una talega bien atada. El último día, a Mauricio se le acabó la paja que tenía para las mulas y fue casualmente a coger de la saca donde estaba la talega de la harina. La vio, la cogió y lleno de curiosidad la abrió y, al comprobar lo que contenía, enfureció y fue hecho un energúmeno a enseñársela a las vendimiadoras, llamándolas ladronas.

CAPÍTULO 15

Inés, con sus casi siete meses de embarazo, hacía mucho tiempo que había dejado su figura de adolescente desarrollada. Su vientre voluminoso, la anchura de sus espaldas y sus caderas le hacían representar más edad; sin embargo, su cara seguía siendo de niña.

Josefa seguía siendo un punto de apoyo para ella, igual que su madre. De cuando en cuando, le daban ánimos intentando subirle la moral mientras Josefa le gastaba bromas o le contaba cuentos y refranes que la distraían y le hacían reír. Inés no pensaba abandonar a su criatura cuando la tuviese, pero carecía de ilusión. En cambio, Josefa cada día estaba más ilusionada. Confeccionaba en secreto ropas de bebé para cuando llegase la ocasión y animaba a Inés diciéndole que iba a ser la criatura más hermosa del mundo. Desde que había estado la partera a verla unos días antes, la veía pensativa. Inés no había cambiado de opinión, sin embargo tenía una duda que a veces le preocupaba. Carecía de medios económicos y no sabía si, después de dar a luz, alguien iba a querer darle trabajo; porque a las perdidas, nadie quería dárselo si era un trabajo decente… y ella era una perdida; sin culpa, pero una perdida ante los ojos de mucha gente.

Sebastián y su esposa iban todos los domingos a misa. Él llevaba meses sin confesar y el párroco de vez en cuando se lo recordaba con indirectas; pero él callaba haciendo oídos sordos, como si las indirectas no fuesen para su persona. En una de las últimas discusiones que tuvo Sebastián con su esposa, ella le recriminó que no confesase ni comulgase con más frecuencia.

—¿No será —dijo Asunción— que no tienes la conciencia tranquila y te avergüenzas de tus acciones hasta el extremo de no atreverte a confesarlas? O lo que es peor: que no te arrepientes de ellas.

El domingo siguiente a la discusión fueron a misa. Después de coger agua bendita y santiguarse, Sebastián se separó de ella sin decir nada y se fue al confesionario. Llegó y se arrodilló.

—Ave María Purísima.

—Sin pecado concebida —contestó el sacerdote con satisfacción al verlo—. Dime, hijo.

—No sé por dónde empezar, padre. Siento vergüenza de mis pecados.

—Piensa que es Dios el que te escucha y Él perdona a todo el que se arrepiente. Arrepiéntete y no sientas vergüenza. Dime qué te preocupa.

—Me acuso de haber discutido con mi esposa, siendo yo el único culpable. Me acuso de haber difamado y calumniado a una mujer casada, sin ninguna razón, y de haber ofendido a su marido por venganza de algo que deseé con lujuria y no pude conseguir.

—¿Algo más, hijo mío?

—He pecado contra el sexto mandamiento y lo peor es que me acuso, pero no me arrepiento. Hubo un tiempo en que estuve arrepentido, pero ahora que Dios ha querido que esa mujer conciba un hijo mío, quiero que me perdone, pero también que me permita tenerlo conmigo cuando nazca. Mi mayor deseo es que esa criatura me quiera y sea mi sucesora cuando yo me vaya: que lleve mis apellidos.

—Dios no querrá darte tanto cuando tú no le das ni siquiera tu arrepentimiento.

—Ayúdeme, padre, a conseguir a mi hijo y yo sabré compensar con buenas obras el daño que hice. No me pida que ignore a esa criatura. ¡Es mía! y conmigo quiero tenerla.

—Arrepiéntete y espera la voluntad de Nuestro Señor.

—Me arrepiento de mi conducta, pero no de haberlo engendrado.

Aquel domingo Sebastián comulgó. Al salir de misa miró a su esposa amorosamente y ella, orgullosa de él, se agarró a su brazo como si hubiese sido feliz toda la vida. En los días siguientes fue un modelo de marido, pero poco a poco se fue despistando y, al cabo de un tiempo, volvió a ser lo mismo que había sido antes del domingo de su confesión. Él quería ver soluciones. El sermón del cura le sonaba a *música celestial*: muy bonito, pero poco práctico.

Los padres de Inés solo iban a la iglesia en ocasiones señaladas: bautizos, bodas, entierros…Sin embargo, creían en Dios, en la virgen y eran fieles a la religión católica. Para ellos cualquier miembro de la iglesia merecía todo el respeto del mundo y Sebastián lo sabía. Por eso visitó el asilo de las Hermanas de los Desamparados interesándose por las necesidades que pudieran tener y ofreciéndose para ayudar. Ellas lo conocían como a tantos otros que vivían desahogados económicamente con una hacienda próspera, porque cada mes recorrían las casas de las familias más acomodadas en busca de limosnas para mantener a sus ancianos y la casa de Sebastián era una de ellas. Las hermanas comentaron al sacerdote la visita que habían tenido y el sacerdote pensó con satisfacción que su penitencia y sus consejos estaban empezando a dar frutos. En una de las siguientes visitas que hizo Sebastián al asilo, comentó a las hermanas, simulando pena y resignación, que su casa no estaba completa.

—No tenemos hijos. Dios no nos los ha querido dar y ahora con la edad que tiene Asunción, es imposible que vengan. Yo adoptaría una criatura; pero mi esposa no está conforme con lo que yo quiero. Quizá si fuese recién nacida y esa criatura viniese por mediación de ustedes, conseguiría convencerla. Le haría ilusión cristianarla y educarla ella misma según la fe católica, como lo manda la Santa Madre Iglesia. En una de las casas que frecuentan ustedes hay una chica soltera próxima a dar a luz. Esa familia tiene escasos recursos económicos y ese crío pude ser una carga para ellos. Sin embargo, en mi casa no le faltaría de nada: ni al crío ni a la madre. Si ustedes consiguen que lo dé en adopción, yo seguiría ayudando como lo hago ahora. No le digan que soy yo el interesado. Ya lo sabrá a su debido tiempo. Lo importante es que ustedes la convenzan.

En la siguiente visita que le hicieron las hermanas a Cirila, también se interesaron por Inés sin dar a conocer el verdadero motivo. Las puertas de las viviendas de Cirila y Pepa estaban una al lado de la otra, separadas por un rincón en los soportales del patio. Las hermanas se dirigieron a la vivienda de Pepa, llamaron anunciándose con un Ave María Purísima.

—Sin pecado concebida —contestó Pepa abriendo la puerta—. No sé qué puedo darles.

No tengo dinero. Sé que el dinero es más útil, pero no tengo, esperen…

Al poco rato salió con un cuenco medio de lentejas, que vació en una talega grande que llevaban las hermanas para recoger los donativos.

—Todo es útil, Dios se lo pague. ¿La niña está bien?

—Sí, hermana, está bien.

—¿Cuánto falta para que dé a luz?

—Dos meses, si nace en su tiempo.

—Dios lo quiera —dijeron las hermanas—. Nosotras podemos ayudar cuando nazca. Será una boca más y, conociendo vuestra pobreza, lo que sin duda es una bendición de Dios puede llegar a ser una carga para vosotros. La niña podía redimir su pecado haciendo una obra de caridad. Haría feliz a un matrimonio sin hijos dando la criatura en adopción.

—Mi hija no ha cometido ningún pecado, es víctima del pecado de otra persona. De cualquier forma, será ella quien decida lo que hay que hacer cuando nazca la criatura.

Por la noche, durante la cena, la madre comentó la conversación con las hermanas. A Jesús —el padre de Inés— le pareció bien. Dar el crío era una solución. Inés quedaría libre y quién sabe si, con el tiempo, encontraría un marido. Un hombre que la hiciese feliz. Aún tenía quince años y, cuando naciese la criatura, serían dieciséis recién cumplidos. Seguía siendo una niña, una adolescente, a pesar de su embarazo y su amarga experiencia.

Inés estaba aturdida y llena de dudas, por lo que no dijo nada sobre la opinión de su padre. Solo sintió tristeza. Una tristeza que llegaba a su pecho arañando, porque sentía que el cariño hacia esa criatura que llevaba en su vientre era cada vez más grande y de eso sí que estaba completamente segura.

CAPÍTULO 16

El mozo rubio que había pretendido a Lucía no era conocido en el pueblo. Al día siguiente de pretenderla, Lucía comentó a Juana lo sucedido.

—Es alto, guapo, atractivo y una dulzura en la voz, que al oírlo, me hace flotar en una nube.

—¿Es rico? —preguntó Juana sabiendo que Lucía, por su forma de pensar, no se comprometería con un pobre.

—No sé —contestó Lucía indecisa.

—Y si no lo fuese, ¿qué harías?

—No lo he pensado. No se me ha ocurrido pensar en eso. Además, puede que me haya ilusionado para nada. No lo conozco.

Lucía se marchó pensativa. No podía olvidarse de él, pero al mismo tiempo sentía desconfianza por no conocerlo. No le importaba si era rico o pobre, solo le importaba él.

Desde aquel domingo de agosto, el mozo rubio no había vuelto a aparecer. Algunas amigas habían dicho que «de ilusión también se vive», que por su carácter agrio era la única que no tenía pretendientes y que, con sus miramientos sobre la riqueza y la pobreza, no siendo muy abundante el capital de sus padres, ella se quedaba *larga para chaleco y corta para levita*. Es decir: mucho para un pobre y poco para un rico.

El domingo ocho de diciembre, día de la Inmaculada Concepción, se juntaron todas las amigas en misa de diez. La iglesia estaba abarrotada en todo su espacio: bancos, pasillos laterales y también en el pasillo central que confrontaba con los cinco escalones que subían al altar mayor. Al salir el sacerdote para decir la misa, todos los feligreses se pusieron en pie. Una figura esbelta de hombre destacaba por su cabello rubio en la segunda fila del lado izquierdo de los bancos. Las amigas de Lucía se miraban sorprendidas en silencio y después miraron hacia ella con una mirada interrogativa. Lucía, tan sorprendida como ellas, asintió con la cabeza, afirmando que era él.

Después de oír misa, la gente salía por ambas puertas de la iglesia, situadas una enfrente de la otra en las paredes laterales de la parte trasera, sin llegar al fondo. Una salía a la plaza, la otra confrontaba con una calle orientada al medio día, en un rellano llamado lonja, que bordeaba la iglesia en la parte exterior de atrás. Las cinco amigas salieron por la puerta que daba a la plaza y esperaron a que la iglesia se vaciase, movidas por la curiosidad de ver al mozo rubio. Cuando vieron que ya no salía nadie, se fueron decepcionadas hacia la calle principal, para pasear igual que otra mucha gente joven. Era el lugar de encuentro de cada día festivo desde que terminaba el verano hasta que llegaba la primavera. Al volver a su casa las cinco amigas, ya pasadas las doce del mediodía, tres mozos entre diecisiete y veinte años venían por la calle hablando sin prisa. Dos de ellos eran conocidos. Eran los hijos de don Juan, el mayor terrateniente del pueblo. El otro que les acompañaba era primo, pero para Lucía y sus amigas seguía siendo un desconocido. Sabían que había venido con ellos, pero no el nombre, ni qué relación les unía. Al llegar al punto de encuentro, el desconocido dirigió a Lucía una mirada y una sonrisa, al tiempo que iba hacia ella como si fuesen amigos desde hace mucho tiempo. Para él, habituado a las costumbres de la ciudad, era normal saludar a una persona —hombre o mujer— que ya conocía y con la que había hablado anteriormente. Sin embargo, ella, hecha a las costumbres arraigadas del pueblo, enrojeció de vergüenza al ver que el chico venía hacia ella en plena calle y en pleno día, como si ella le hubiese dado confianza para ello, cuando solo había hablado con él una vez. Con este saludo, descarado según el criterio de algunas de sus amigas, estaba en juego su reputación y, a pesar de sentirse halagada, fingió un carácter agrio, diciéndole en un tono despectivo que no tenía nada de qué hablar con él. La contestación de Lucía dejó a su pretendiente confuso, haciéndose una pregunta a sí mismo en voz alta.

—¿Por qué? ¡No lo entiendo!

—No te preocupes —dijo uno de sus acompañantes—, las pueblerinas son así. Tienen reparos y prejuicios inexplicables; pero luego sienten y desean como todas. Seguro que espera verte esta noche ante ella suplicando que te ame como le amas tú. Y al final te dirá que no, aunque piense y desee lo contrario.

—¡No estoy para bromas! —dijo Alberto, que así se llamaba el mozo rubio.

—No es broma, es la verdad. No te dirá que te quiere hasta que no esté completamente segura de tus buenas intenciones, aunque lo esté deseando.

Ese mismo día por la noche, Alberto fue al barrio de Lucía guardando la tradición como sus primos le habían aconsejado. Allí la esperó para hablar con ella. Ella, al verlo, sintió cómo se le aceleraba el corazón y le flaqueaban las piernas. Deseaba tenerlo cerca, pero al mismo tiempo, tenía que ser fuerte y disimular lo que sentía. Una tarea difícil y contraria a sus sentimientos, pero obligada. De ella dependía su honor y su reputación. Ya desde niña le había dicho su madre: «Una mujer vale lo que ella se hace de valer, ¡Recuérdalo siempre hija mía! De ti depende que puedas ir con la frente muy alta.»

Lucía se había quedado atrás hablando con Alberto, con la misma o quizá con más ilusión que la primera vez; pero con los pies puestos en la tierra. Los casi cuatro meses que había estado sin verlo impedían que flotase en esa nube que la vez anterior la había transportado a un estado maravilloso y desconocido para ella.

—¿No te alegra verme? —dijo él desilusionado al oír una tras otra las contestaciones negativas y contundentes.

—Ni me alegra ni me deja de alegrar. No te conozco. No sé cómo te llamas. No sé de dónde vienes, ¿por qué debería alegrarme?

—Tienes razón, no me he presentado. Me llamo Alberto, resido en Madrid, soy sobrino de don Juan por parte de su esposa y estoy enamorado de ti. Ese es el motivo que me trae a verte y a querer hablar contigo. Durante estos cuatro meses no he dejado de pensar en ti.

Lucía estaba desbordante de gozo oyendo esas palabras y no era poco el deseo de corresponder a tanto halago; aun así, se mantenía firme sin sacar a la luz sus sentimientos recordando los consejos de su madre y «haciéndose de valer» como indicaba el refrán.

Los comentarios del reencuentro de Alberto con Lucía fueron la comidilla de todas las amigas y de algunas madres, que, al enterarse, lo comentaron con sus amistades, sorprendidas, más por la diferencia que existía entre ellos en la escala del estatus social, que por el hecho de ser forastero. Sin embargo, no faltó quien recordó un refrán con desconfianza que decía así: «A pueblo forastero vas a pretender…vas a pegar el perro o a que te lo den».

—¡No habrá mujeres en quien fijarse que reúnan las condiciones morales y sociales equivalentes a su familia! ¡A saber lo que busca ese mozo! —dijo la del refrán.

—Lo que buscan los señoritos —sentenció otra—, encandilar a las mujeres y divertirse con ellas.

—¡Lo que hay que ver! —exclamó una tercera en tono irónico.

CAPÍTULO 17

Ramona había recibido la segunda carta de su marido. Un empleado del Ayuntamiento la llevó abierta. Al cogerla, miró al empleado con rabia y, sin más miramientos, preguntó:

—¿Por qué está abierta?

—No sé, me han ordenado entregarla tal como está y así lo he hecho. No sé el motivo.

Ramona se llenó de ira y a punto estuvo de maldecir en voz alta y en público al empleado y a toda la corporación del Ayuntamiento; pero se contuvo pensando en su marido. Si hacía eso, podían mandar malos informes a la prisión y salir todos perjudicados: ella perdería el trabajo que tanta falta le hacía para mantener a sus hijos y don José, que tanto había confiado en ella, se sentiría decepcionado.

La primera carta que recibió de su marido fue censurada en el penal donde cumplía condena y después, abierta y leída en la alcaldía del Ayuntamiento antes de ser entregada. Fue abierta y cerrada con tal maestría, que Ramona no advirtió nada. La segunda fue entregada abierta intencionadamente, para que supiese que estaba controlada.

María, la vieja sirvienta de doña Felicidad, seguía trabajando en la casa; pero solo en trabajos leves. Los trabajos pesados los hacía Ramona. María organizaba los trabajos del servicio, aunque cada día confiaba más en Ramona por la eficacia de su trabajo y la capacidad de organización que tenía. Ramona no solo era trabajadora, también era limpia y constante.

Los dos niños pequeños de Ramona y Francisco ya iban a diario a la escuela. En los últimos días se juntaban a jugar con los hijos de Doroteo. Una tarde, al salir Ramona del trabajo, fue a recoger a sus hijos a casa de Josefa. Al pasar, vio a Inés que bajaba las escaleras.

No la había visto desde que acabó la recolección de leguminosas y, al verla, se quedó sorprendida a pesar de saber en el estado en que se encontraba. Inés, al verla también, se ruborizó y agachó la cabeza avergonzada.

—No te avergüences y levanta la cabeza —le dijo Ramona—, son otros los que deberían avergonzarse y no nosotras. Eso es lo que ellos quieren, que nos humillemos ante nuestras desgracias, siendo ellos los culpables. Se dan golpes de pecho fingiendo una compasión que no sienten para demostrarnos después a cada paso, con orgullo, que son dueños de todo, hasta de las personas, si nos dejamos manejar. Unas veces lo intentan por las buenas y otras por las malas cuando por las buenas no lo consiguen, como hizo ese mal nacido contigo.

En los dos meses que llevaba Ramona sirviendo en casa de don José, había recuperado la serenidad que hacía tiempo tenía perdida. La seguridad de cobrar cada mes y la ración diaria de comida que le daba María para la cena por orden de los señores, después de mantenerla a ella durante el día, la tranquilizaba. Además, José, el hijo mayor, seguía trabajando de pastor. El sueldo del zagal era pequeño, pero suficiente para pagar el alquiler de una vivienda modesta, aunque digna y habitable, puesto que la manutención del muchacho era por cuenta del patrono, dándole por la noche una ración para cenar en su casa. Ramona, aunque preocupada por la suerte que pudiese estar corriendo su marido, nunca flaqueaba. Se mantenía firme. No podía quitárselo de la cabeza, pero eso no le impedía mantener los ánimos de luchar con todas sus fuerzas para conseguir lo mejor para sus hijos. Hacía seis meses que vivía en ese corral en condiciones infrahumanas, revueltos con los animales oliendo a basura y pisando el estiércol cada vez que entraban o salían del cuchitril donde se aposentaban. Por eso ahora que, a pesar de todo, la vida les sonreía, aunque modestamente, su empeño era alquilar una vivienda donde pudiesen vivir en mejores condiciones de higiene y tranquilidad, sin oler a estiércol. Las viviendas en alquiler eran escasas. Las pocas que había disponibles, eran muy caras o eran casi inhabitables: lóbregas, llenas de humedad y con alguna gotera.

Llevaba un mes buscando. Las lluvias de invierno encharcaban la basura, formando un baturrillo pegajoso e intransitable que hacía

la habitabilidad casi imposible. Por fin encontró una vivienda pequeña, pero digna. En la casa donde vivía Inés y Josefa, uno de los seis
vecinos se había mudado a casa de sus padres, ya ancianos, para vivir allí y cuidar de ellos. Josefa informó a Ramona y ella la alquiló
encantada. Primero, por dejar aquel lugar asqueroso y segundo, por
acompañarse de gente conocida y de su misma condición social. Comenzó a mudarse después de avisar y agradecer al dueño del corral
el haberles permitido el alojamiento con absoluto desinterés durante
todo el tiempo que estuvieron allí.

Desde que Ramona trabajaba en casa de doña Felicidad, había dejado de ser vigilada por las autoridades. La protección de don José hacia ella y su familia generaba confianza en la corporación municipal
y en la Guardia Civil haciéndoles ignorar las quejas de Mauricio, que
insistía en su destierro. De lo que no desistieron nunca fue de abrir y
leer las cartas de Francisco, aun sabiendo que ya venían censuradas
por el jefe de prisiones antes de enviarlas. En la última carta de Ramona a su marido, le decía que cualquier día le iban a dar una sorpresa presentándose los niños y ella a verlo. Solo dependía de la señora,
de que le diese unos días de permiso cuando tuviese el dinero ahorra-
do para el viaje. También le explicaba que se cambiaban de casa. Lo
que no le dijo nunca fue que estaban viviendo en un corral de ovejas.

Inés estaba encantada de tener a Ramona como vecina. Josefa ayudaba a Ramona a cambiar y colocar muebles. Inés también ayudaba, pero sin salir de la casa. Con este trajín, Inés parecía en algunos
momentos olvidarse del problema que venía arrastrando desde hacía
ocho meses, sonriendo en algunos casos y riendo a carcajadas cuando
Ramona y Josefa decían algo gracioso, con esa frescura y ese carácter
abierto y espontáneo que les caracterizaba.

Doroteo transportaba los muebles en su carro. El último día tenía
que llevar las camas. Cuando llegó a por ellas, el corral estaba intransitable. Después de haber estado lloviendo toda la noche, el suelo
estaba encharcado con un baturrillo caldoso, de unos seis centímetros
de espesor. Ramona, temerosa de que en un descuido alguna pieza
cayese al suelo y se deteriorase, decidió dejar el traslado para otro
día. El dueño del corral, sabiendo que el suelo tardaría varios días en
secarse, si no volvía a llover, decidió tender paja seca encima de la

basura mojada alrededor del carro, con el fin de cubrir el «gachín» y poder cargar los muebles sin temor a que se deteriorasen, en caso de caer alguna pieza al suelo.

Una vez cargadas las camas, emprendieron camino a la vivienda nueva. Ramona volvió a darle las gracias al dueño del corral. Al salir por la portezuela, miró hacia el cuchitril donde habían vivido y rodaron dos lágrimas por sus mejillas, mientras pensaba que nunca olvidaría las noches y días de hambre y tristeza vividas en aquel lugar, zurciendo las ropas gastadas de ella y de sus hijos en la penumbra de la luz de un candil, mientras los niños dormían. Y todo para tenerlas a punto al día siguiente cuando se levantasen.

Cuando llegaron a la casa, las hermanas del asilo salían de ella apresuradamente, hablando entre sí y mirando hacia atrás como si algo las hubiese espantado. Ramona y Josefa pasaron con las primeras piezas de las camas y se encontraron a Pepa y a Inés llorando. Ellas comenzaron a enjugarse las lágrimas y se fueron a ayudarles.

—¿Qué pasa? ¿A qué vienen esos llantos? —preguntó Josefa.

Inés no dijo nada, pero Pepa les fue contando todo lo ocurrido con las hermanas. Cuando Pepa terminó de contar, cogió Josefa a Inés y le dio un beso con fuerza y entusiasmo, diciéndole:

—¡Bien hecho, muchacha! ¡Esta es mi niña, sí, señor!

Lo que había pasado es que las hermanas habían ido a visitar a Cirila y al mismo tiempo a la madre de Inés, animándola a que diesen la criatura en adopción cuando naciese; diciéndole que no solo haría bien al matrimonio que estaba dispuesto a adoptar, sino que también a la criatura misma y a ellos en sí, porque los adoptantes estaban dispuestos a ayudarles económicamente. Inés, que estaba en la habitación contigua barriendo, tiró la escoba y salió a la habitación donde estaba su madre hablando con las hermanas y encarándose con ellas, les dijo:

—Si vienen ustedes a ponerle precio a mi criatura, sepan que no está en venta. Si están aquí con ese propósito, no vuelvan a pisar esta casa. No pienso deshacerme de ella. ¿Está claro? Y ahora, ¡fuera, a la calle!

Pepa, que tenía mucho respeto a las hermanas, se sintió avergonzada y les pidió perdón por la conducta de Inés. Las hermanas se fueron haciendo espantos y santiguándose como si Inés fuese el mismo demonio.

El hecho del desplante de Inés, hizo que la madre le reprendiese, diciéndole que, además de ser una falta de respeto, podía perjudicarla, cosa que no le convenía, siendo las hermanas unas de las primeras que podían ayudarle.

—¡No quiero ayuda de esa gente! Lo único que quieren es quitármelo.

Pepa, al ver a su hija que lloraba, se abrazó a ella para consolarla y en un susurro, con voz cariñosa, le susurró al oído:

—Yo no quiero que te separes de esa criatura, aunque quizá fuese la mejor solución para los dos. Cuando se trae un hijo al mundo, hay que buscar lo mejor para él.

—¡Lo mejor para él soy yo! —dijo Inés a su madre, separándose con brusquedad de sus brazos y mirándole a los ojos con desconsuelo. En esos precisos momentos, Ramona y Josefa entraban a la casa cargadas con las piezas de la cama, viendo a las dos —madre e hija— cómo lloraban.

CAPÍTULO 18

Desde el suceso de Elvira con el tío «Cachete,» ella no había vuelto a verlo. Las primeras semanas, él la esperaba, pero después, viendo que no iba, el amor tan grande que sentía por ella se lo traspasó a la criada que trabajaba en su casa cuidando de su esposa, que, además de anciana, estaba enferma. La criada, una pícara cuarentona zapeada de otras muchas casas por las señoras, vio su porvenir resuelto y accedió a la propuesta del tío «Cachete», con la absoluta seguridad de que la señora no se enteraría, por su estado enfermo y distraído. Así transcurrieron varios meses, siendo además de criada quien manejaba la casa, a su antojo con decisión y responsabilidad; agradando y satisfaciendo al señor en todo cuanto le apetecía, siendo coqueta y cariñosa con él.

La señora estaba cada vez más enferma. Poco a poco se fue agotando, hasta que por fin, en la madrugada del día diecinueve de diciembre, murió. La pena del tío «Cachete» duró el mismo tiempo que duró el funeral. Al día siguiente de enterrar a su mujer, pensó que ya no era necesario buscar a la criada a escondidas. Estaban solos y podían hacer lo que quisiesen, sin necesidad de esconderse como cuando estaba su esposa; pero la criada no pensaba igual que él: sus planes necesitaban una nueva estrategia para seguir asegurando su futuro. Ahora la señora no estaba. Ya no la necesitaba como antes. Podía cansarse de ella y en cualquier enfado echarla a la calle y despedirla. Romualdo fue hacia ella y empezó a acariciarla e intentó besarla mientras le palpaba los pechos por encima de la ropa, pero ella se separó de él con brusquedad diciéndole:

—¡Un respeto a la señora, que aún se siente su presencia!

—Y antes, ¿no se sentía? —preguntó el tío «Cachete» riendo a carcajadas— no digas tonterías y ven aquí.

—No voy. Además, lo he estado pensando, y me voy.

—¿Cómo que te vas? —dijo él sorprendido.

—Sí. Me voy. Ahora hablarán de mí. Estamos solos y la gente es muy mal pensada.

—¡Pero a mí me haces falta!

—Pues si le hago falta, se lo digo a una amiga y venimos las dos.

—¡No digas más tonterías! ¿Quién va a pensar que tú y yo…?

—No son tonterías, está en juego mi reputación.

—¡Tú reputación! ¿Qué reputación?

Al oír esas palabras, Teresa —que así se llamaba la criada— empezó a llorar.

—Vamos, vamos, no llores. Perdona, no quise decir eso, lo he dicho sin pensar.

—Usted se está riendo de mí y yo le quiero —dijo la criada entre sollozos.

—Venga, tranquilízate. Ya veremos cómo solucionamos esto para que nadie hable de ti.

—Si usted quiere, hay una solución para seguir con usted.

—Dime qué solución hay. ¡Y no me digas más de usted, coño! Al menos estando solos.

—Casándose conmigo.

—¡Pero qué dices! Casarme yo a mis años y con una criada.

Teresa prorrumpió a llorar de nuevo en un llanto repentino y aparatoso, que poco a poco fue remitiendo entre suspiros intermitentes mientras se quitaba el delantal y se ponía la rebeca para irse a su casa. Él, se quedó serio y pensativo, pero la dejó marchar pensando que en unos días volvería.

Cuatro días estuvo Teresa sin acudir al trabajo y, cuando lo hizo, llevaba con ella a una amiga. Llegó, llamó y el tío «Cachete», al oír el repiqueteo del llamador, conoció que era ella y le dio un vuelco el corazón latiéndole con fuerza a un ritmo acelerado. Fue a abrir apresurado, casi a paso ligero, contento y temeroso al mismo tiempo: como el niño que espera una golosina y teme que al final se la nieguen. Abrió la puerta y la frustración conmocionó su estado de ánimo; enrojeció su rostro al tiempo que clavaba sus ojos en ella: mezcla de ira y reproche.

—¿Qué queréis? —preguntó despectivo.

—Venimos a hacerle la limpieza…si usted quiere —dijo Teresa algo cortada al ver el carácter agrio del señor.

—¡Ahora vienes!, después de estar cuatro días sin hacer lo que era tu obligación. Yo te necesito todos los días, no cuando tú quieras venir.

—Si no quiere que siga haciéndole la limpieza, nos vamos.

—Venga, pasad. Pero que quede claro que hay que venir todos los días. Yo no puedo hacer las cosas de la casa ni las comidas, tengo otras obligaciones.

Después de cuatro días sin limpiar, la casa era un desastre: trastos en cualquier sitio, platos sin fregar, la cama deshecha, servilletas de tela manchadas dentro de la panera, la ropa sucia como la de un mendigo... Las dos sirvientas se pusieron manos a la obra barriendo habitaciones y portales para seguir después con el resto. El tío «Cachete» estaba esperando que Teresa se quedase sola para poder hablar con ella y en cuanto vio que la amiga se adentraba en el pasillo que conducía a los corrales, se acercó y le dijo:

—¿Esa qué es, tu mascota o tu carabina?

—Ni una cosa ni la otra. Le dije que no vendría sola. Si lo quiere lo toma y si no, lo deja.

—¡Pero bueno! ¿A ti qué te pasa? —dijo el tío «Cachete» enfadado.

—A mí no me pasa nada, solo que soy la criada y quiero que me trate con respeto.

—¿Ahora quieres respeto, y antes qué? ¿Antes el respeto te daba igual?

—Antes no podía ser otra cosa: estaba la señora, pero ahora usted está libre.

—¡Tú estás tonta! Cómo me voy a casar contigo siendo treinta años mayor que tú.

—A mí no me importa, yo le quiero. ¿O es que se cree que me entrego a cualquiera? Yo solo me entrego por amor y si me entregué a usted, fue porque estaba enamorada.

—¿Entonces? —preguntó él para salir de dudas.

—Si quiere que venga, vendré con mi amiga. Y si no, me lo dice y en paz.

Él quería seguir hablando, pero vio a la otra criada que regresaba del corral y desistió de hacerlo; se alejó de Teresa con disimulo para no levantar sospechas. Al retirarse, Teresa le habló seria, diciéndole con aire:

—Cámbiese de ropa para cuando lavemos: la que lleva puesta está sucia.

Él asintió con la cabeza sin mirar atrás y se adentró en su alcoba.

—¿Qué te decía el señor? —preguntó la amiga a Teresa.

—Nada. Cosas de viejos. Está enfurruñado como no he venido estos días; pero le he dicho que, si no le interesa, que me lo diga y en paz.

—Ya lo he oído. Lo que no sabía era por qué le dabas esa contestación.

Cuando iban las dos criadas por la calle después del trabajo, le dijo María a Teresa con una sonrisa hueca, de guasa:

—El señor te mira mucho.

—No me extraña. Estos viejos verdes, cuando se quedan solos, son peligrosos. Por eso quiero que vengas conmigo, para evitar habladurías y la ocasión de que me provoque.

CAPÍTULO 19

Algo más de un mes faltaba para que Inés diese a luz. Las visitas de la comadrona eran más frecuentes y los consejos más concretos con respecto a dar al crío en adopción.

—Yo tengo que saber lo que piensas hacer —dijo la partera con voz tranquila, pero exigente—. Hay una familia que lo quiere adoptar.

—¿Quién es esa familia?

—No puedo decirte qué familia es. No quieren que se sepa si tú no te decides a darlo. Lo sabrás cuando estés decidida. Tienes que confiar en mí, en esa casa tendrá todo lo que necesite. Lo tratarán como a un hijo y estará cerca de aquí. Lo verás siempre que quieras, te lo prometo. Su futuro está asegurado; vivirá lejos de la miseria.

—Las hermanas de la caridad también me lo han propuesto, dicen que puedo hacer feliz a un matrimonio sin hijos. Y a mí ¿quién me hace feliz? Fui muy desdichada cuando sentí por primera vez que estaba dentro de mi vientre. Ahora, mi única dicha es sentirlo. Mi deseo es tenerlo en mis brazos y mi preocupación, no tener medios económicos para criarlo. Mi mayor desdicha sería separarme de él o de ella si por mi pobreza alguien considera que no soy digna de tenerlo. Dile a esa familia que me dé trabajo y mi hijo será la alegría de su casa y yo su esclava; pero si estamos los dos juntos. ¡Mi hijo será mío! Lo puedo compartir: regalarlo o venderlo, jamás. No me perdonaría nunca a mí misma si lo diese.

Sebastián se había convertido en un marido modelo. Un lobo disfrazado de cordero, calculando cada paso para estar más cerca de su presa. El paso siguiente fue ir el Registro Civil. Acostumbrado a andar por los edificios públicos como «Juan por su casa,» llegó para hablar con el funcionario principal del Registro. Éste, al verlo llegar, fue inmediatamente hacia él y favoreciéndolo sobre las personas que estaban esperando, le invitó directamente a pasar.

—¿Qué se te ofrece? —preguntó el funcionario con confianza.

—Escucha con atención. Dentro de un mes, nacerá una criatura y quiero darle mis apellidos: el mío y el de mi esposa. Quiero adoptarla. Se trata del crío que dará a luz esa chica soltera, la hija de Jesús.

—¿Ella está de acuerdo?

—Ella no sabe nada

—No podemos hacer eso sin su consentimiento.

—Ya lo sé. No quiero que se haga mal. Quiero que estés prevenido. Lo más probable es que venga el padre a inscribirlo y, como ella es menor, con que firme el padre será suficiente.

—¿Por qué ese crío y no otro?

—Porque ese crío es mío y quiero tenerlo conmigo.

—¿Por qué no hablas con esa familia, con respecto a esa adopción?

—Hablaré con ellos si es necesario, pero luego. Ahora solo conseguiría crear tensión.

Sebastián seguía con sus artimañas para lograr su objetivo; sin embargo, con Asunción seguía portándose bien. Ella, convencida de que la criatura de Inés sería la felicidad de su matrimonio, sentía curiosidad por saber la intención de Inés. Por eso mandó a Elvira, advirtiéndole que en ningún momento mostrase el verdadero motivo de la visita.

—Invéntate cualquier excusa para hablar con ella —dijo Asunción a Elvira— quiero saber qué pensamiento tiene.

—Quizá el señor pueda informarte —dijo Elvira queriendo eludir el encargo—, dicen que no le pierde la pista. Y también que las Hermanas de la Caridad son aliadas suyas.

—¿En qué te basas para decir eso?

—Son los comentarios de la calle; la gente habla, yo escucho y callo. No he querido decirte nada por no enturbiar esa cara de felicidad que tienes desde hace algún tiempo.

—¡A Sebastián, ni una palabra de esto! —dijo Asunción.

—No te preocupes, no se enterará. Mi visita no va a ser a Inés, se la voy a hacer a Ramona y a Josefa. Ramona me invitó hace unos días a ver su vivienda.

Así lo hizo Elvira.

—Empuja, está abierta —dijo Josefa respondiendo a la llamada.

Elvira entró y al pasar vio a Inés sentada hablando con Josefa. Al verla con el vientre voluminoso, se sorprendió a pesar de saber que estaba embarazada y no pudo evitar seguirla mirando, sintiendo pena y envidia al mismo tiempo. Pena, porque en plena adolescencia le habían arrebatado su juventud, su inocencia. Y envidia, porque iba a ser madre, cosa que ella había deseado con todos sus sentidos y nunca lo había conseguido. Inés, al sentirse observada, bajó la mirada y empezó a enrojecer. Elvira, se puso incómoda y culpable al notar la reacción que había provocado en ella.

—¿Qué te trae por aquí? —preguntó Josefa a Elvira.

—He venido a visitar a Ramona. Me invitó a ver su vivienda. Está muy ilusionada.

—Motivos tiene, yo sé lo que es vivir como ha vivido ella.

—Y tú, ¿cómo estás? —dijo Elvira a Inés.

—Bien, algo molesta, pero bien.

—¿Qué piensas hacer cuando nazca?

—Hacer, ¿de qué?

—De la criatura. He oído decir que te la han pedido en adopción.

—Sí. Alguien tiene empeño en separarme de esta criatura. Alguien que no da la cara. No sé por qué. Pero me es indiferente quien quiera que sea, porque no pienso dársela a nadie.

—Haces bien, lucha por ella y demuéstrale, a quien quiera que sea, lo que vale una madre y lo que es capaz de hacer por un hijo. No dejes que nadie lo arranque de ti.

Al día siguiente, Elvira llegó temprano a casa de Asunción, llamó y salió Sebastián a abrir. Al poco rato, apareció Asunción, llegó hasta ella y dio los buenos días.

—Buenos días señora. ¿Los señores quieren desayunar?

—Sí —dijo Sebastián en un tono seco.

El tuteo entre Asunción y Elvira solo se producía cuando estaban solas; en presencia de Sebastián o de otras personas, el trato era de usted por parte de Elvira. Cuando desayunaron, Sebastián se marchó como de costumbre. Nada más irse su marido, Asunción preguntó a Elvira por el resultado de la visita simulada a Inés.

—¿Hablaste con esa muchacha?

—Sí. No tiene intención de darle la criatura a nadie. No sabe quién está solicitando la adopción, ni le importa. Está completamente segura de que quiere criarla ella; pero teme que alguien se lo pueda impedir. Tiene celos de la gente que intenta mimarla. Sentimientos de madre indefensa, algo que las Hermanas de la Caridad no pueden entender porque, para entenderlo, hay que llevarlo en el vientre como ella lo lleva. Las que no lo hemos llevado, no sabemos lo que se siente, por mucho que nos esforcemos en imaginarlo.

Asunción se ruborizó oyendo las últimas palabras de Elvira, reconociendo que tenía razón, aunque guardó silencio al respecto.

CAPÍTULO 20

María, la mujer a la que le habían matado un hijo en la guerra, seguía practicando espiritismo. Aprovechaba la ausencia de su marido y de otro hijo que tenía para hacer las sesiones en su casa. El marido y el hijo estaban la mayor parte del año en la quintería. Se iban el lunes por la mañana hasta el sábado siguiente. Por eso, el grupo de espiritistas visitaba la casa con plena libertad, practicando a sus anchas sin miedo a que nadie estorbase las sesiones. El marido y el hijo, cuando cobraban el sueldo, entregaban el dinero a María con la absoluta confianza de que ella lo administraría bien, como era su costumbre; pero esta vez estaban equivocados. La mujer, agradecida por las facilidades que ella creía que le daban sus compañeros espiritistas para hablar con su hijo fallecido, les regalaba presentes de comida que ellos recibían prometiéndole que en las próximas sesiones no solo hablaría con él, sino que llegaría a tocar su mano. La pobre mujer, convencida de que todo lo que le decían era verdad y no una sarta de mentiras, les obsequiaba después de cada sesión quedando, además de agradecida, deseosa de que llegase la próxima para conseguir acercarse un poco más a su hijo.

Diciembre estaba lluvioso. El martes estuvo lloviendo toda la mañana, por lo que Tomás, el marido de María, decidió venirse al pueblo. Cuando llegaron a su casa, abrieron la portezuela y pasaron la burra. Mientras el hijo le ponía de comer en el pesebre, el padre se fue a la cocina para ver a su esposa y decirle que habían venido. Cuando abrió la puerta, la sorpresa fue enorme. Un corro de gente estaba en penumbra con la luz de tres velas, sentados alrededor de una mesa redonda, agarrados de la mano formando un círculo. El silencio era absoluto; solo de vez en cuando, una voz débil y atormentada lo rompía invocando al espíritu del hijo fallecido de María y Tomás. A intervalos irregulares de tiempo, la mesa se movía y una mano suave y fría palpaba el brazo de la mujer buscando su mano y diciendo algo ininteligible, parecido a la palabra madre. Tomás, al ver aquella escena, dio una voz que sobresaltó a todos. La mano que salía por entre las faldas de la mesa se escondió con rapidez, pero Tomás ya la había visto. Enfadado, en un ataque de ira, arremetió contra todos, excepto contra su mujer, por la que sentía pena a pesar de la crispación. El que estaba debajo de la mesa no salió, pero Tomás la volcó con brusquedad y apareció hecho un ovillo con la cara pálida y los ojos cerrados; en realidad, parecía propiamente el cuerpo del espíritu que representaba en la comedia que habían montado. Tomás, después de echarlos a todos a la calle, volvió y se encaró con su mujer diciéndole:

—¡Eres tonta! Te crees cualquier cosa que te digan. Y lo peor es que esta gente no hace nada sin interés. Seguro que te están sacando el dinero.

—No cobran nada —dijo la mujer— solo aceptan regalos; pero exigir, no exigen nada.

—¿No ves que te están engañando?

—No me están engañando. Cuando tú has llegado, nuestro hijo me hablaba y buscaba mi mano. Tú lo has espantado. Después de oír tus malos modales, no querrá volver.

—Convéncete —dijo Tomás con voz suave y conmovida—, quien cogía tu mano era el que estaba debajo de la mesa. Te están estafando. ¡No te das cuenta! Los muertos no vienen.

—Quien viene es su espíritu —dijo la mujer entre sollozos— el espíritu nunca muere.

—¡El espíritu no viene, convéncete! El cuerpo va a la tierra y no hay más.

—Dios te va a castigar por decir esas cosas.

—¿Más? ¿No nos ha castigado bastante? Primero, nuestro hijo en esa maldita guerra y ahora tú, dejándote llevar por esos farsantes desaprensivos. Si quieres sentirte cerca de tu hijo, mantén vivo su recuerdo y reza por el descanso de su alma como yo lo hago cuando pienso en él. A veces sueño que está conmigo y lo siento cerca igual que cuando era niño y a oscuras se metía en la cama con nosotros en medio de los dos. El recuerdo es lo que te puede mantener cerca de él. Lo demás son farsas, embustes, mentiras, da igual cómo se les llame, porque después de la vida solo hay una verdad: ¡muerte!

María quedó pensativa, y aceptó que, efectivamente, ella había visto salir a un hombre que estaba debajo de la mesa cuando su marido la volcaba. Esto le hizo recapacitar, considerando que su marido tenía razón. Sin embargo, no lo reconoció ante él.

Uno de los tres matrimonios que participaban en las sesiones de espiritismo con María, eran de los que no habían encontrado trabajo en la recolección de la siega y en la vendimia solo habían trabajado quince días, por lo que el dinero que tenían era escaso. Este hombre tenía fama de conflictivo y de vago. De ahí que muchas veces no tuviese trabajo. Era un gran aficionado al vino y su mujer le acompañaba a beber cuando él se lo permitía. Las peleas eran frecuentes, sobre todo cuando estaba la bota de vino vacía, culpándose el uno al otro de haberla vaciado. Esta vez estaban los dos pensando en cómo llenarla. Ningún bodeguero les fiaba y ella decía que sin dinero no iba a la bodega.

—Discutiendo no vamos a encontrar la solución.

—O sí… —dijo ella sonriendo—, tengo una idea. Voy a salir de aquí corriendo y llorando con la bota escondida debajo de la pelerina y tú sal detrás de mí insultándome hasta que llegue a la bodega. Allí pasaré abajo como si fuese a esconderme y llenaré la bota en el grifo que tiene el bodeguero para llenar las bombonas. Después saldré con ella cuando tú te hayas ido.

Salieron discutiendo, ella delante y él detrás insultándola. Al llegar a la bodega, él alzó la mano simulando que le iba a pegar y ella se pasó directamente a la cueva donde estaba la bodega y empezó a llenar la bota, con la sorpresa de que no tragaba, porque se había pegado la pez, al estar tanto tiempo vacía.

El marido seguía insultándola al pie de la escalera para que el bodeguero se fijase en él y no bajase. Ella empezó a exponer el problema que tenía, gritando:

—¡Pez «pegá»!

—¡Sopla y soba! —contestaba él a grito lleno, repitiendo la misma frase varias veces.

El bodeguero cogió al marido y lo echó a la calle, después bajó a la bodega para decirle a su mujer que podía salir. Se asomó a la calle de nuevo para asegurarse de que se había ido el maltratador y luego, con un gesto compasivo le indicó a ella que podía marcharse, porque estaba el camino libre. Así la mujer llevó la bota llena debajo de la pelerina sin levantar sospechas.

CAPÍTULO 21

Petra cumplía los cinco meses de embarazo. Los síntomas eran distintos de cuando estuvo embarazada de Pedro y eso le hacía pensar que sería una niña, por lo que estaba cada vez más entusiasmada y contenta con su embarazo.

Pedro seguía siendo agradable como siempre y dispuesto a hacer amistad con cualquiera. Desde hacía algún tiempo conocía a Federico, un muchacho bonachón como él, que era el menor de cinco hermanos de una familia acomodada. Federico fue el que le explicó a Jesús porqué lo dejaban solo en los paseos de los días festivos.

El padre de Federico era concejal del Ayuntamiento y tenía informados a sus hijos de que las conversaciones que mantenían él y su esposa sobre asuntos de la concejalía, eran secreto y, por lo tanto, no debían contarse a nadie. Pero Federico se sentía tan satisfecho con las cosas que decía su padre, que tenía que contárselo a alguien para sentirse importante él también.

Un día que iban Pedro y él solos, le comentó:

—Mi padre va a ir al Pardo, pero es un secreto. Tienes que jurar que no lo dirás a nadie.

Pedro cruzó el dedo pulgar con el índice formando una cruz y, después de besarla, dijo:

—¡Lo juro!

Pedro ignoraba qué era el Pardo, sintió curiosidad por saberlo y se lo preguntó.

—¿No lo sabes? Es el palacio del Generalísimo.

—¿Quién es el Generalísimo?

—Franco. El Caudillo.

—¡Ah!, ese señor de la foto vestido de militar que está en la escuela junto al otro —dijo Pedro muy convencido, pero sin darle la mayor importancia.

—El otro es José Antonio Primo de Rivera y ese señor vestido de militar es el Generalísimo de todos los ejércitos y Caudillo de España por la gracia de Dios. Es el que más manda. Mi padre dice que, gracias a él, podemos vivir en paz.

—Vale —dijo Pedro sin entender por qué le daba tanta importancia a ese señor. Para él, los que más mandaban eran los policías, el cura, la Guardia Civil, el maestro y su madre. Sobre todo su madre. Cuando él estaba jugando en la calle y su madre lo llamaba para ir a la tienda o a la zapatería, a Pedro no le gustaba, pero tenía que obedecer. Otras dos cosas que no le gustaban eran cantar El Cara al Sol y besarle la mano al cura. De lo primero no tenía escapatoria; en cuanto a lo segundo, se la besó una vez que salió todo el grupo de amigos corriendo al encuentro del sacerdote y, al pasar junto a él, el cura le ofreció la mano y él se la besó: más como un cumplido obligado que como una devoción voluntaria. Desde aquel día, lo rehuía pasando desapercibido. En realidad, no tenía nada en contra del sacerdote, únicamente que no le gustaba besarle la mano.

Don Sebastián explicaba las cosas pausadamente, pidiendo atención y mirando por encima de las gafas a los niños de la clase. En especial a aquellos más revoltosos y que menos atención prestaban a sus palabras. Explicaba máximas de buena conducta y buena educación. Les estaba diciendo que había que escuchar a las personas cuando nos hablasen. Bajarse de la acera para ceder el paso cuando nos cruzásemos con una persona mayor. Ayudar a los que soliciten un favor o ayuda de necesidad. Ceder el asiento a los mayores, especialmente a ancianos, enfermos y mujeres embarazadas. Ayudar a las los impedidos si lo necesitan. Obedecer a los padres, madres y maestros. Besarle la mano al sacerdote en señal de respeto. Sonreír siempre cuando una persona nos salude y saludar o devolver el saludo recibido. Ser puntuales en los horarios de clase o de trabajo cuando se sea mayor. Respetar siempre al más débil. Actuar con humildad. No perturbar el orden público. Aprovechar el tiempo en la escuela y en el trabajo…

—¡Aprovechad el tiempo en la escuela y en el trabajo! —gritó don Sebastián fijando la vista en dos niños que se intercambiaban por debajo de la mesa estampas por huesos de albaricoque.

—¡Venid aquí! —les dijo—. ¿Para qué me molesto yo en explicaros las cosas, si no me escucháis? ¿Para qué? Dejad lo que tenéis en los bolsillos encima de la mesa. Yo os digo: «por la sombra, por la acera y con la manta al hombro». ¡Pues no hombre, no! «Por el sol, por mitad de la calle y con la manta arrastra».

El maestro los cogió de una oreja y empezó a tirarles hasta que juntó las dos cabezas.

—En este recreo vais a regar los huertos del patio y después, aquí encerrados, a ver si aprendéis.

Cuando don Sebastián se disponía a seguir explicando, una mano se alzaba por la parte de atrás de la clase.

—A ver, Federico, ¿qué quieres?

—¿Puedo ir a orinar, señor maestro?

—«Entre prisa y prisa, un zancajo y tocando a misa». ¿No puedes esperarte hasta que salgas al recreo?

—No, señor.

—¡Anda, ve, pero no tardes! Bueno, como os iba diciendo… hay que aprovechar el tiempo en los trabajos y ser responsables de nuestros actos. Hay que ser limpios y aseados. No hay que ser glotones. No hay que tener avaricia, ni ser egoístas. No hay que ser embusteros: la mentira es perjudicial igual para el que miente que para el que recibe la mentira. Y para terminar, os diré: respetad y seréis respetados. No lo olvidéis nunca. Ahora, recoged y al recreo.

CAPÍTULO 22

Diciembre llegaba a su fin y, con él, acababa un año que no se olvidaría en décadas por su abundancia, sobre todo en la cosecha de cereal. Un año próspero después de varios de sequía y escasez. El día de Nochebuena, se pudo celebrar la cena tradicional de maitines, al menos con pan blanco. En los años anteriores, por su escasez, era sustituido por pan de harina de cebada que a veces escaseaba, habiendo gente condenada a pasar hambre y a morir por inanición. Por fin, algunas familias salían del hambre, aunque aún había todavía otras muchas sobre las que la noche agobiante de la miseria se cernía encima de ellas sin dejarles ver la luz del final de ese túnel paupérrimo y agobiante que azotaba sin piedad desde antes de terminar la guerra. El año mil novecientos cuarenta y seis terminaba siendo el más próspero de todos los anteriores que aquella gente había conocido. El trigo, por su abundancia, abarataba y con él, el pan, haciéndose más accesible para la gente pobre.

El matrimonio que había hecho el montaje de la discordia para llenar la bota de vino, seguía discutiendo y esta vez era de verdad. El vino de la bota se había terminado y lo que era peor: el chollo que tenían con María después de las sesiones de espiritismo también había terminado. Ahora no solo estaba la bota vacía, también estaba la cesta del pan. Desde los días de vendimia no habían vuelto a trabajar. Ella iba a veces a hacer limpieza a la casa del patrono donde habían estado vendimiando, pero llevaba algún tiempo que no quería ir. El marido la obligaba dándole empujones para que saliese de la casa. Ella se encaró con él diciéndole:

—¿Por qué no buscas tú trabajo?

—Sí busco, es que no encuentro.

—¿No encuentras? No encuentras porque eres vago y no te quiere nadie para trabajar.

—Lo que no entiendo es por qué no quieres ir a casa del patrono. Nos ofreció dinero prestado si nos hacía falta.

—Me lo ofreció a mí y no prestado. ¡Que no te enteras! ¿Es que no te das cuenta de lo que ese quiere?

—El dinero nos hace falta. No sé por qué no lo coges.

—¿No te importa lo que haga con tal de que traiga dinero? ¡Pues lo vas a tener!

Se fue y se entregó a ese hombre llena de rabia. Se vengaba así de él por obligarla a que cogiese ese dinero sucio, pensando que sería una vez nada más; pero no: fue esa, otra y otra, hasta que, el que tanto la había solicitado, la empezó a despreciar y a presumir de lo que estaba haciendo con ella, dando explicaciones a sus amigos. Entonces llegaron otros a solicitarla y ella accedió no viendo otra fuente de ingresos, ante la indiferencia del marido. A él solo le importaba vivir sin trabajar cogiendo el dinero fácil que ella traía. Hasta que un día, asqueada de esa mala vida y de lo poco que era valorada a consecuencia de la mala fama que había obtenido, se fue del pueblo desapareciendo para siempre.

Un año nuevo comenzaba y con él nuevas perspectivas de vida para todos en general.

Los Reyes Magos estaban a punto de llegar y los niños y niñas pondrían los zapatos en la ventana, se acostarían temprano ilusionados con la esperanza puesta en que al pasar por allí, les dejasen algún juguete o algún dulce, tan escasos el resto del año. En su ilusión inocente y sin malicia, soñaban con infinidad de cosas que habían viso en algún escaparate, sin saber que los Reyes Magos, a pesar de considerar a todos los niños iguales y con los mismos derechos, dejarían los regalos según la calidad de los zapatos. Los mejores regalos serían para los zapatos y botas de charol. Los medianos, para las zapatillas de material hechas por el zapatero del pueblo. Y los regalos más míseros, para aquellos que habían puesto en la ventana alpargatas, dándose el caso de quedarse algunas de ellas vacías.

Lo más común en dulces eran las figuras de mazapán; unas con forma de pez, otras de caracol, de zapato, de pato, y guitarras de unos diez centímetros de longitud con las cuerdas blancas confitadas y una pluma pequeña de colores adornando la figura. En los escaparates de las confiterías, había cajas circulares de varios tamaños, desde diez o quince centímetros de diámetro hasta cuarenta, conteniendo una serpiente de mazapán adornada también de confitería y plumas. Pedro iba de visita con sus padres y, al pasar por el escaparate, se paró a verlo. La boca se le hacía agua al ver tantos dulces de varias clases, formas, tamaños y colores, pero lo que le cautivó fue una de esas serpientes grandes adornadas. Al llegar sus padres al escaparate, les dijo:

—Podíamos comprar esa caja grande de la serpiente.

El padre le acaricio el pelo y, con un tono casi de tristeza, le contestó:

—Eso lo compran los ricos. El pan es una necesidad, el mazapán es un lujo, una golosina.

Pedro pensó en Federico. Se lo imaginaba comiendo mazapán a dos carrillos. Pedro nunca supo si Federico había comido serpiente de mazapán. Lo que sí vio al día siguiente de los Reyes, fue que Federico tenía para jugar un conjunto de labranza en miniatura: dos caballos de cartón preciosos con sus aperos, una galera, un arado de vertedera, otro común, una toza y una cuba para el agua en las bolsas de la galera. Al ver todo aquello, Pedro sintió envidia. Una envidia sana que fue desvaneciéndose conforme iba integrándose en el juego con Federico, que lo había invitado a jugar con él.

CAPÍTULO 23

José no podía olvidar a Inés. Él la quería y sabía que era inocente. Pero sabía también que esas dos razones eran incomprensibles en una sociedad educada bajo las costumbres rígidas, tenaces e intolerantes del machismo, donde el hombre era libre de romper su virginidad y perder su castidad cuando le viniese en gana, siendo por ello ensalzado, en vez de criticado. Sin embargo la mujer, si estaba «deshonrada», aún sin culpa, era una perdida: alguien en quien no se podía confiar, poniendo en duda su honestidad.

Los pensamientos de José eran un secreto. Las ideas y temores se retorcían en su mente como un remolino formando una vorágine de sentimientos que no le dejaban pensar con claridad. La madre estaba preocupada por él y el padre, más que preocupado estaba enfadado por su pasividad y aturdimiento. Enfadado, le decía que estaba tonto, que tenía la sangre como la horchata: blanca y fría. La madre sin embargo, era más comprensiva. Lo observaba y callaba sufriendo la tristeza de su hijo como si fuese propia.

—Es por ella. Es por Inés —le dijo la madre mirándole a los ojos.

Él agachó la cabeza y no respondió.

—Da igual que respondas o no, es por ella. Esa muchacha no te conviene.

—No se preocupe madre, ella piensa igual que usted.

—¿Y tú qué piensas?

—Yo pienso que el que no tiene culpa, merece todo el respeto. El que no es culpable, no necesita perdón: necesita justicia.

—Yo sé que tienes razón, pero nadie piensa como tú y mucho menos los hombres.

—Lo sé, pero no me importa. No es culpable y la quiero: no puedo evitarlo, madre.

El parto de Inés se acercaba. Solo faltaba una semana para cumplir los nueve meses de gestación. Para el que espera algo importante, los días son eternos: como si el tiempo estuviese dormido y las horas sujetas a una fuerza invisible que las detuviese eternamente. Inés estaba impaciente esperando a que pasase la última semana de gestación según sus cuentas. Esperaba temerosa, pero valiente y decidida a pesar de las dudas. Estaba segura porque cada vez que sentía a esa criatura moverse en su vientre, se llenaba de fuerza, valentía y decisión para luchar por ella y defenderla a toda costa como lo hace una madre. Seguía esperando sin verle el fin a ese estado. Soportando el lastre que la condicionaba desde hacía varios meses, deseando verle el fin por dos cosas: aliviar su cuerpo y conocer a esa criatura que tanto amaba. Cinco días después de haber cumplido los nueves meses de gestación, Inés empezó a sentirse molesta, con dolores intermitentes. Después, cuando se pasaban, se relajaba.

Estaba amaneciendo cuando Jesús se iba a trabajar. Pepa se levantó para preparar la merienda mientras Jesús encendía la lumbre cuando se escuchó un quejido proveniente del dormitorio de Inés y Pepa gritó: ¡mi hija! Corrieron los dos al dormitorio y vieron a Inés que se encogía de dolor. Pepa avisó a Josefa y a Ramona, que fue a buscar a la partera. Inés, asustada e inexperta se agarraba a su madre con fuerza, mientras que esta la tranquilizaba con voz temblorosa —no asustada— pero preocupada por aquella hija de sus entrañas que sufría los dolores de un parto, por un embarazo «obligado». Cuando llegó la partera, Inés hacía nuevos gestos de dolor y ella la tranquilizó dándole consejos.

—Respira hondo y después expulsa el aire despacio. Ahora relájate, voy a reconocerte.

Nada más verla, la partera miró a Pepa y le dijo:

—Ya viene de camino.

Josefa tenía preparada agua caliente y Ramona preparaba paños: trozos de tela desechados, pero limpios, cuidadosamente doblados y guardados para la ocasión. Jesús no se fue. Sentado al lado del fuego, fumaba inquieto queriendo desvanecer su preocupación expulsando con fuerza el humo del cigarro. Cuando la partera le decía a Inés ¡empuja!, él absorbía el humo ansioso y mientras se le clavaban en lo más hondo de su ser los quejidos que lanzaba su hija, él lloraba como lloran los hombres: con el corazón. Así se educaba a los hombres entonces, en la dureza.

Pepa, Ramona y Josefa se afanaban ayudando a la partera con la experiencia de haber sido madres en varias ocasiones. Pepa había sido madre solo una vez. Sin embargo, tenía la mala experiencia de varios abortos que la dejaron inutilizada para volver a tener más hijos.

Después de un tiempo —para Jesús interminable— empezó a oírse el llanto de una criatura que, a juzgar por la fuerza con que lo hacía, dio a entender a Jesús que era una criatura sana. Entonces suspiró emocionado y en sus labios se dibujó una sonrisa. Después salió Pepa a darle la notica y, con lágrimas en los ojos, le dijo:

—Es un niño. Nuestra hija está bien y el niño se ve sano. Ya tienes el hijo que yo no he podido darte. Ese niño es nuestro, de los tres. Será la alegría de esta casa. Ven a conocerlo.

Jesús arrojó la colilla del cigarro a la lumbre y se levantó de la silla con parsimonia, disimulando la inquietud y el nerviosismo que le producía el deseo de ver a su hija y conocer a su nieto. Caminó en silencio hacia la puerta de la alcoba, se acercó a la cama y le preguntó:

—¿Cómo estás?

—Bien —contestó ella mientras miraba a su hijo con ternura.

—Hay que inscribirlo en el Registro Civil antes de veinticuatro horas —dijo Jesús— si se hace después tiene sanción económica. ¿Cómo le vas a llamar?

—Jesús. Igual que usted, padre.

—Después del almuerzo, iré a inscribirlo.

El reloj de la plaza daba las once cuando Jesús llegaba a la puerta del Registro Civil. Abrió la puerta de entrada y pasó a la sala de espera. Había dos personas esperando y pidió la vez. El funcionario con el que había hablado Sebastián lo vio, apresuró el trabajo que estaba haciendo y unos minutos después, lo invitó a que lo acompañase.

—Estas dos personas están antes que yo —dijo Jesús.

—No importa, tú acompáñame. ¿Qué se le ofrece a este hombre?

—Quiero inscribir a un niño que ha nacido esta mañana a las ocho.

El funcionario cogió el papel pertinente que necesitaba para inscribirlo y preguntó:

—¿Cómo se va a llamar?

—Jesús.

—¿Nombre del padre?

—No tiene. Yo haré las veces de padre.

—¿Cómo que no tiene padre? No hay nadie que no tenga padre.

—Este niño no tiene padre conocido. Es de mi hija y no conocemos al padre.

—¡Pero ella sí debe conocerlo! Puede pedirle que reconozca a esa criatura.

—Mi hija no tiene interés en que ese padre reconozca a su hijo.

—Mira, Jesús, habla con tu hija y hazle recapacitar. Dile que hable con él. Si él se niega a reconocerlo, entonces lo hacemos así; pero si él lo reconoce y se responsabiliza de la criatura, mejor. Yo solo quiero ayudaros. Entiéndelo, así es mejor.

—¿Por qué no tuve esta ayuda cuando vine al juzgado a denunciar la violación de mi hija?

—No sé de qué me hablas. Yo no sé nada de esa denuncia. Mira, Jesús, te repito que yo solo quiero ayudarte. Si ese hombre —quien quiera que sea— reconoce a esa criatura, tu hija seguirá siendo la madre. Solo tendrá que compartirlo con él.

—¡Compartirlo! ¿Cómo? Ese hombre está casado. Es treinta y cinco años mayor que ella y además la forzó. ¿Cómo puede compartirlo? ¡Explíquemelo usted que lo entienda!

—Bueno, vale, no te excites. Dile a tu hija que venga por aquí. Será mejor que hable conmigo.

—Ella no puede venir ahora. Tendrá que reponerse.

—Ya sé que ahora no puede. Que venga cuando pueda. Verás cómo todo se hace bien.

—Entonces, ¿el niño queda inscrito?

—Si hombre, si, no te preocupes.

—Es que no quiero problemas habiendo venido dentro del plazo que marca la ley.

—No te preocupes. Toma, firma aquí y aquí y vete tranquilo. El día veinticinco de enero, a las diez de la mañana, que venga tu hija. Verás cómo todo se arregla.

Jesús salía del Registro Civil pensativo y preocupado. No porque su hija tuviese que ir el día veinticinco —que era lógico siendo la madre— sino por el empeño que tenía el funcionario en la implicación de ese padre que no encajaba para nada en la vida de su hija. Llegó a su casa serio y de mal humor maldiciendo a todos los funcionarios chupatintas que solo estaban al servicio de los caciques. Pepa, al verlo enfadado, le preguntó el motivo por el cual estaba así.

—¡Esto pinta mal! Quiere que Inés hable con ese mal nacido para que reconozca al niño.

—¿Quién te ha dicho eso? —preguntó Pepa sorprendida.

—El funcionario del Registro. Yo pienso que trama algo.

—No digas nada a Inés —aconsejó Pepa a Jesús— ya lo sabrá cuando llegue el momento.

—No te preocupes. Solo le diré que el día veinticinco tiene una cita con el funcionario.

El parto de Inés despertó comentarios que parecían olvidados. Algunos hombres en su perversidad pensaron que aún podían conseguir de ella lo que antes no habían conseguido. En la cuadrilla donde trabajaba José se comentó la noticia. José sintió que algo le subía al pecho para después llegar a la garganta formándole un nudo de angustia; pero resistió y siguió haciendo su trabajo sin participar en la conversación. El comentario terminó pronto. Sin embargo, uno de los jóvenes comenzó a tirar indirectas con palabras socarronas, soeces e insultantes para Inés. Los demás lo miraban y miraban a José que iba rojo de ira, pero aguantando por no señalarse como autor de una riña. El otro seguía zumbando como un moscardón que intenta penetrar en el oído.

—Habrá que probar a mojar en la sartén de Inés cuando esté limpia —dijo el que hablaba.

La ira que se iba inflamando dentro de José explotó como si fuese dinamita y le asestó un puñetazo en la boca que le temblaron los dientes y comenzó a sangrar. El agredido fue a devolverle el golpe, pero se encontró con otro puñetazo en la mejilla izquierda que le derribó al suelo. El capataz se puso en medio de los dos, diciendo:

—¡Vale!, o salís los dos zumbando a vuestra casa.

—Él me ha dado primero —dijo el agredido— y me las tiene que pagar.

José seguía callado sin perder de vista a quien intentaba devolverle los golpes.

—Él te ha dado primero —respondió el capataz enfadado— y tú, baboso… ¿qué le has hecho? Mejor fuera que te callases. Lo has estado quemando hasta que le has hecho explotar. Y ahora te quejas… ¡Como vuelvas a abrir la boca, mañana no vienes a trabajar!

Volvieron los dos al trabajo sin decir una palabra. José iba disgustado por el suceso, pero sereno y desahogado, después de haber dejado claro que con él no se podía jugar.

Una hora después de haber dado Inés a luz, la partera esperaba a Sebastián para informarle de que todo había salido bien, que la criatura era un niño y que profesionalmente ella había cumplido su misión, lo demás llevaría tiempo. Ahora Inés estaba aferrada a su hijo y nada ni nadie le harían separarse de él. Eso le diría la partera a Sebastián cuando fuese a verla, para salir del paso, porque otra cosa no había logrado conseguir. Pero Sebastián no acudió. Avisado por el funcionario de lo ocurrido, fue al Registro para informarse y hacer planes.

—¿Qué has conseguido? —preguntó Sebastián al funcionario.

—Mucho. El documento de renuncia para la adopción está firmado por Jesús.

—Entonces… ¿cuándo podemos ir a por el crío?

—¡Espera…! Está firmado sin saberlo él. Lo firmó en blanco, igual que el de inscripción.

—¿Entonces? Acláramelo, porque no lo entiendo.

—El día veinticinco de este mes tengo citada a Inés para intentar convencerla de que lo mejor para ella y para el niño es que te lo dé a ti. Si no lo consigo, entonces hablas tú con ella, a ver si la puedes convencer. Si no se convence, entonces usamos ese documento; pero primero hay que intentarlo por las buenas.

Las hermanas del asilo, al saber que Inés había dado a luz, decidieron ir a verla para ofrecerle ayuda. A pesar del mal comportamiento que había tenido con ellas, sentían compasión igual que la sentían por ancianos, inválidos, pobres y marginados. En una caja le prepararon ropa para el crío además de pañales. También le llevaron jabón casero, polvos para la piel del niño cuando le cambiase los pañales, y víveres: queso, lentejas, judías, garbanzos, patatas, una lata de leche condensada y azúcar.

Pepa las vio llegar y pensó que iban a visitar a Cirila; pero no: fueron directamente a su puerta, llamaron y, con un sonoro Ave María Purísima, esperaron a que abriese. Abrió y no supo qué decirles. Avergonzada todavía por el trato que les había dado Inés, tímidamente les invitó a pasar.

—Venimos a ver a la niña y a traerle estos presentes —dijeron las hermanas sonrientes.

—Mi hija no se merece estas atenciones. Les pido que la perdonen. La pobre ha sufrido mucho, por eso estaba rebelde y nerviosa.

—No se preocupe. Si Nuestro Señor perdona, quién somos nosotras para no hacerlo.

Inés estaba en la cama y el niño en una cuna vieja de madera a su lado. La misma cuna que le dio cobijo a Inés hacía ya dieciséis años. Pepa alzó la cortina que cubría la puerta y, esforzándose por demostrar esa alegría que sentía con la visita de las hermanas, le dijo a Inés:

—¡Mira quién viene a visitarte!

Inés se incorporó sentándose en la cama entre sorprendida y asustada, desconfiando al recordar aquella proposición que unos meses antes había recibido de ellas.

—Tranquila, niña —dijeron las hermanas a un tiempo—, te traemos unos presentes. Pero no te asustes; no queremos nada a cambio. Si alguna vez consideras aquella proposición que te hicimos, queremos que nos tengas en cuenta. Pero si tú has decidido tener contigo a tu hijo, nosotras no vamos a ser quien te separe de él. Rezaremos para que Dios te ayude en tu tarea y también para que las personas respeten tu decisión.

—Gracias —dijo Inés sonriente y más relajada.

Una semana después de dar a luz Inés, Pepa pensó hablar con don Anselmo, el párroco, para cristianar al niño. Llegaron a la iglesia Josefa y ella y, al pasar, vieron que un corro de chicos prestaba atención a una catequista que les hablaba de temas y oraciones de religión católica, esenciales para hacer la Primera Comunión. Se adentraron en la iglesia buscando al cura sin encontrarlo. Se volvieron por los mismos pasos para preguntar a la catequista por él y la catequista, al verlas despistadas, salió a su encuentro y con amabilidad les preguntó:

—¿Buscan a don Anselmo?

—Sí. Queremos hablar con él.

—Ha salido un momento. Espérenlo, no tardará.

La catequista, viendo que esperaban ya largo rato, supuso que el cura había pasado por la puerta trasera que daba paso desde la calle a la sacristía y decidió ir a buscarlo.

—Voy un momento a buscar al sacerdote —les dijo a los niños—. Quiero que seáis buenos y no os mováis de aquí.

La catequista pasó a la sacristía e informó a don Anselmo que dos mujeres querían verle. Al salir el cura y la catequista de la sacristía, el cura se echó las manos a la cabeza. El fondo de la iglesia parecía un gallinero cuando se espantan las gallinas: muchachos corriendo unos detrás de otros jugando a pillarse, otros discutiendo por el canjeo de cuentos y tebeos y los más pacíficos, preocupados por el castigo que les esperaba. Al ver de lejos al cura y a la catequista, cesaron de correr formando de nuevo el corro. La catequista quiso saber qué había pasado, pero nadie dijo nada, lo que hizo que castigara igual a *justos* que a *pecadores* por ese escándalo.

—¿Qué quieren estas dos mujeres a las que nunca veo por esta iglesia, por desgracia? —dijo el párroco con una sonrisa forzada.

—Queremos bautizar a mi nieto y venimos para que nos diga cuándo puede ser.

—Necesito el libro de familia para saber el nombre del padre, de la madre y del niño que se va a bautizar. También hacen falta los nombres del padrino y la madrina.

—Mi hija no tiene libro de familia, no se lo han concedido. Además, mi nieto no tiene padre conocido. Mi marido hará las veces de padre.

—¿Cómo que tu nieto no tiene padre conocido? —dijo el cura con espanto—. Entonces…es hijo del pecado.

—Sí, padre, del pecado de otra persona, no del de mi hija.

—Eso no importa. Lo que importa es buscar a ese padre que se responsabilice de la criatura. Además, yo para cristianarlo necesito que esté inscrito en el Registro Civil. Necesito unos padres con un libro de familia para hacerle el libro de familia cristiana y que ellos figuren en él. No podemos saltarnos todo eso a la torera. Cuando tengáis todo eso, vienes y concertamos día.

Pepa no dijo nada, se agarró al brazo de Josefa y salieron las dos de la iglesia. Josefa, criticando al cura por la poca atención que les había prestado y Pepa preocupada por los obstáculos: primero su marido en el Registro Civil y ahora ella con el sacerdote.

Inés se recuperaba con rapidez del parto. Su cuerpo volvía poco a poco a su estado normal; sin embargo, sus pechos y sus caderas ya no eran las de aquella muchacha de quince años que empezaba a tener formas de mujer, sin dejar del todo de ser niña.

Después del parto, Rosa y Blasa fueron a verla y a conocer a su niño. Las demás amigas no fueron; quizás por temor al qué dirán, pensando que podían verse envueltas en los comentarios que había sobre Inés, poniendo así en peligro su impoluta honestidad.

El día veinticinco de enero, Inés se afanaba en las tareas del hogar con más rapidez que otros días. Preocupada y nerviosa por la cita pendiente en el Registro Civil, su mente estaba llena de dudas y temores. Antes de irse fue a amamantar al niño.

—¿No está padre, verdad? —preguntó Inés.

—No…no está. Se fue al trabajo.

—Entonces, ¿iré sola?

—¡No, hija, me tienes a mí!

—Y el niño ¿con quién se quedará?

—En su cuna. Cirila se hará cargo de él.

—¿Por qué se fue padre? Con él hubiera ido más tranquila.

—El patrono no quiso dejarlo. Tuvo que irse. Se vio obligado. Ahora no estamos para despreciar el trabajo. Tenemos una boca más. Mira con qué ansia chupa.

Cuando terminó de amamantar al niño, lo dejó en la cuna casi dormido y se fueron hacia el Registro.

—No voy a saber qué decir —dijo Inés—. No he estado nunca en un sitio de esos.

—No te preocupes. Tú responde a lo que te pregunten; pero eso sí, si acaso te dicen algo que sea contrario a lo que tú quieras hacer, no te enfades, pero que no te convenzan. Haz lo que tú quieras, no lo que ellos te digan.

Nada más llegar al registro, el funcionario salió a recibirlas. Pasaron a una habitación y les ofreció asiento. Después se dirigió a Inés diciéndole:

—¿Qué has pensado de lo que le aconsejé a tu padre?

—No sé de qué me habla: mi padre no me ha hablado de ningún consejo. Solo me dijo que viniese hoy a las diez, y aquí estoy.

—Entonces, ¿no has hablado con el padre de tu hijo?

—Mi hijo no tiene padre.

—Pues dime tú quién es el que ha venido aquí a reclamarlo.

—No sé quién haya podido venir, pero el padre de mi hijo, no.

—Creo que deberías pensarlo bien. Ese hombre quiere lo mejor para ti y para tu hijo.

—Lo mejor para mí y para mi hijo es que nos deje en paz, quien quiera que sea.

—Sabes de sobra quién es. No sé por qué eres tan testaruda. Si se lo cedes por las buenas, tenéis los dos el porvenir asegurado. Por las malas te lo puede quitar y entonces, no tendrás ni una cosa ni otra.

Inés, al oír esto, rompió a llorar. Pepa se levantó y cogiendo a su hija del brazo, le dijo:

—Vámonos hija, que ya hemos oído bastante.

—Sebastián está ahí, quiere hablar contigo —dijo el funcionario.

—Yo no tengo nada de qué hablar con él.

—Mi consejo es que hables. Dile lo que piensas, lo que quieres; pero habla con él. Si él quiere, te lo puede quitar. Eres menor de edad y no tienes medios económicos para criarlo.

—Hablaremos con él —dijo Pepa.

—Tú no. Ella sola.

—Yo iré —dijo Inés—, no se preocupe, quiero dejarle las cosas claras.

Inés pasó acobardada a donde estaba Sebastián; pero al verlo, recordó la humillación de aquel día que, indefensa y acorralada en el pasillo, no pudo escapar de sus abusos. Entonces sintió rabia, se llenó de coraje y se puso a la defensiva sacando las uñas como el gato que se ve acorralado. Él, al verla seria y callada taladrándolo con la mirada y guardando la distancia, no encontraba palabras para empezar a hablar. Después de casi un minuto de silencio, le dijo:

—Perdóname. No sabes las veces que me he arrepentido antes de saber que estabas embarazada; pero desde que lo supe, he anhelado tanto que llegase este día para tener a mi hijo, que parecía que nunca iba a llegar. Si me lo cedes, te daré lo que me pidas.

—No quiero nada tuyo. Quiero a mi hijo

—Te advierto que también es mío —dijo Sebastián.

—¿Y si yo te dijese que no lo es?

—¡Mientes!

—¿Cómo sabes que miento? ¿Lo tendrías con la duda de no saber si es tuyo?

—Lo tendría, porque sé que mientes. Si me lo das, tendrás tu propia casa y no tendrás que trabajar.

— No pienso ser concubina de nadie. Te lo vuelvo a repetir: tú no eres el padre.

—Yo no busco nada de ti. Trabaja en mi casa y podrás tenerlo cerca y cuidarlo.

—Ya lo hice una vez y abusaste de mí y tu mujer me echó a la calle como a un perro.

—Piénsalo con calma. Mi esposa está dispuesta a pedirte perdón y yo quiero tener a mi hijo. Quiero tenerlo conmigo y que sepa que soy su padre.

—Mi hijo sabrá a su debido tiempo quién es su padre y también sabrá lo que hiciste conmigo. ¡Que no te quepa duda! —recalcó Inés abriendo la puerta para marcharse.

Sebastián consideró aquella conversación como un triunfo. Ya estaba todo aclarado. Solo faltaba que el tiempo ablandase a esa madre que, como cualquier hembra recién parida, defendía a su cría empujada por el instinto maternal.

Inés llegó a su casa disgustada y preocupada por el encuentro inesperado que había tenido con Sebastián. El miedo a que pudiese quitarle a su hijo, empezó a apoderarse de ella, por lo que temblaba entre sollozos y lágrimas, mientras cogía al niño en brazos. La criatura empezó a llorar con agitación y entonces Inés, arrimándoselo a la cara, lo besó y empezó a cantarle.

Duérmete, niño mío,
que viene el coco
y se lleva a los niños
que tienen poco.

Duerme, que yo te velo;
Duerme, mi niño,
que tu sueño es tan bello
como el armiño.

Con el ogro que acecha
no estoy segura
porque quiere alejarte
de mi ternura.

Y las brujas malvadas
lo enredan todo
manejando los hilos
siempre a su modo.

A tu lado presiento
un hada buena
que por arte de magia
borra mi pena.

Ahora, duerme tranquilo;
Duerme, mi niño,
que nadie ha de robarte
este cariño.

El niño quedó dormido en los brazos de su madre. Inés se sentía feliz y más sosegada sin pensar en los peligros que antes la habían acobardado. Un silbido del cartero la sorprendió. Inés dejó al niño y salió a recoger la carta; pero cuando vio que era para Ramona, se la dio a sus hijos que corrían hasta ella ilusionados.

Cogieron la carta, leyeron el remite y se miraron los dos rebosantes de alegría.

—¡Es de padre! Y es otra dirección —dijo el mayor de los dos.

Pocos minutos después llegaba Ramona a su casa y al no ver a sus hijos jugando se extrañó. Al pasar, los vio sentados junto a la lumbre, sonrientes.

—¿A qué vienen esas caras de alegría y de misterio? —dijo Ramona.

—¡Hay sorpresaa… hay sorpresaa…! —dijeron los dos a un tiempo con el mismo tono cantarín.

Ramona, al oír a los niños, dirigió la mirada con avidez a la cornisa de la chimenea y vio el sobre encima de ella. Desgarró el borde superior con los dedos dejando un corte quebrado y desigual. Extrajo la carta con precipitación nerviosa y empezó a leer:

Querida familia:

No os extrañéis de la corrección con que va escrita esta carta. Un buen amigo me está corrigiendo y dirigiendo en ella con mucha amabilidad y paciencia.

Estoy en un nuevo destino totalmente diferente al anterior. Aquí le llaman «el purgatorio», aunque su nombre propio es otro. Por la diferencia que hay entre este sitio y aquél, he llegado a la conclusión de que estoy más cerca de la gloria. En el mes que llevo aquí, he podido comprobar que, aunque el trabajo es duro, el trato, la higiene y la alimentación son mejores que allí, siempre y cuando te mantengas sumiso y obediente.

Las nuevas señas van en el remite, como ya habéis podido comprobar; si alguna vez podéis hacer ese viaje que me anunciabais en la carta anterior, veréis por las señas que ya estoy más cerca. Madrid dispone de mejores condiciones de transporte que otros lugares, pero si no podéis venir, lo principal es que estemos bien y podamos comunicarnos por medio de correos. Las cartas son mi alegría, son las que me dan fuerza para sobrellevar esta condena a la que no le veo el fin. Mi verdadera alegría sería abrazaros y estar con vosotros para no separarnos jamás.

Espero que disfrutéis de la nueva vivienda. Sabía que sería imposible mantener por mucho tiempo la antigua, por su elevado coste de alquiler. Y he de deciros, que me alegro del cambio, porque de esa manera no estaréis solos, además de estar lejos de ese energúmeno que solo piensa en perjudicarnos. Que no dejen los niños de ir a la escuela. Ellos son la fuerza del mañana, el reposo de nuestra vejez, nuestra fe y nuestro descanso. Desde que recibo vuestras cartas escritas por ellos, presumo de lo que saben y de lo que espero que lleguen a ser algún día. Desde que mi amigo me instruye en la lectura, la escritura y otras cosas, valoro mucho más lo que ellos están aprendiendo y lo importante que es saber. No permitas, Ramona, que falten a la escuela.

Como siempre, hijos míos, portaros bien. Si alguna vez hablan de vosotros, que sea para bien, por un motivo de alabanza.

Sin nada más que deciros en el día de hoy, besos para todos de este que lo es.

Francisco

Lo que Francisco no sabía era que su hijo mayor, José, ya no iba a la escuela y que desde hacía seis meses trabajaba de pastor. Lo mantenían en secreto, igual que haber vivido en el corral. Ya lo sabría a su debido tiempo, pensaba Ramona.

CAPÍTULO 24

Entre los niños de la catequesis estaban Mariano y Luis. A Luis le correspondía hacer la Primera Comunión ese año, igual que al resto del grupo. Mariano era un año mayor y debería haberla hecho el año anterior, pero no la hizo porque aún no estaban escolarizados. La señorita que les daba catequesis era bellísima y además, iba perfumada. También era agradable, simpática y paciente, nunca se enfadaba. Por eso no se explicaban que, reuniendo tantas buenas cualidades, a sus treinta años aún no tuviese novio, sabiendo ellos que los hombres admiraban su belleza. En un momento que no estaban con los temas de la catequesis, la catequista les preguntaba cosas acerca de las costumbres de sus casas y ella les contaba cosas suyas para ganarse la confianza de los niños y conocerlos mejor. Pedro aprovechó la ocasión para preguntarle:

—¿Cuántos años tiene usted, señorita?

—Eso a una señorita no se le pregunta —dijo sonriente, pero roja de rubor.

—¿Tiene usted novio? —volvió a preguntar Pedro.

—No. ¿A qué vienen estas preguntas, Pedro?

—Es que algunos niños dicen que se va a quedar usted para vestir santos.

El resto de niños que formaban el corro empezaron a reír a carcajadas.

—¡Silencio! —dijo la catequista más roja aún que antes.

Pedro enrojeció también. Dentro de su ingenuidad, comprendió la indiscreción de sus preguntas y el poco recato al descubrir los comentarios de algunos de sus compañeros, que en gran parte venían derivados de los comentarios de sus mayores.

La historia de amor de la catequista tenía en sí varias versiones, pero el principio era siempre el mismo. Cuando la señorita Emilia tenía dieciocho años, conoció a un mozo de su misma edad de una familia honesta, pero simpatizante de izquierdas. Desde la primera vez que habló con ella, le gustó. Cuando ella dijo a sus padres que quería contraer un compromiso de noviez, el padre quiso saber quién era el mozo y de qué familia procedía. Al saberlo, se negó rotundamente a consentir esa relación, ordenando a su hija que no lo volviese a ver.

—Ese hombre no te conviene —le había dicho el padre—. Lo único que puede hacer es traernos problemas. Lo que tú quieres es una locura. Tienes que dejar de verlo, olvidarte de él. Esa familia tiene ideas perniciosas, son contrarios a nosotros. Te prohíbo que hables con él.

Emilia lloraba casi convencida de que su padre tenía razón, pero estaba tan enamorada, que cuando volvía él a buscarla, se olvidaba de las palabras paternas, volviendo a su casa convencida de que el único hombre de su vida era Ramiro. El padre, viendo que era imposible convencerla, le prohibió salir a la calle sin su permiso y mucho menos sola. La madre era partidaria de la decisión del padre, pero no era tan dura. Mediaba entre los dos, suavizando los momentos de tensión y tapándole a su hija algunas cosas que para ellos eran intolerables. Sin embargo, era centinela de Emilia en todo momento, hasta hacerle sentir a veces, que no era digna de la confianza de sus padres.

—¡Tienes que razonar! —le decía el padre.

—Ella callaba, pero pensaba que le era imposible obedecer.

El hombre, soberbio, la miraba despectivo y dirigiéndose a la madre le espetó:

—Vigílala y métela en «varas». Demuestra que eres una madre digna de esta casa.

Así pasaron casi dos años: hablando los enamorados poco y a escondidas. Cruzándose miradas cuando se veían por la calle y mandándose recados confidenciales escritos o verbales, a través de su amiga Andrea a escondidas de los progenitores, hasta que en julio de mil novecientos treinta y seis, estalló la Guerra Civil y él se marchó para ingresar en filas. Diez años después, aún seguía esperando su vuelta casi convencida de que no volvería, por dos razones: la primera porque podía estar muerto; la segunda porque, en caso de estar vivo, no vendría por temor a las duras represalias del nuevo régimen.

A principios del año mil novecientos cuarenta y siete, Emilia recibió una carta sin remite de manos de su amiga Andrea. Ésta, al salir de la iglesia, abrió el misal y extrajo de él un sobre doblado y le dijo:

—Toma, esto es para ti. Quien me lo ha dado me ha dicho que la leas y consideres la proposición que se te hace en ella y, si estás dispuesta a acceder a la proposición, dentro de una semana tendrás instrucciones por medio de la misma persona.

—¿Quién es esa persona? —preguntó Emilia.

—No la conozco. Es una mujer morena, de pelo negro y ojos vivarachos. Me rogó absoluta discreción.

—¿Te dijo algo del contenido de la carta?

—No, únicamente me dijo lo que te he dicho.

—Tanto misterio me da miedo.

—Suerte —dijo la amiga, separándose de ella.

—No me dejes ahora, necesito alguien con quien compartir esta intriga.

—Pasa a mi casa, en mi alcoba nadie nos va a molestar.

Dentro de la alcoba de Andrea, abrió Emilia la carta y empezó a leer para sí misma y en los primeros instantes palideció, sufriendo un ligero desmayo que impresionó a su compañera y la puso en alerta abrazándola para que no cayese al suelo. Andrea no alertó a nadie de la casa. Recostó a Emilia en la cama y fue a por un vaso de agua. Cuando vino, la desfallecida se despertaba. En unos minutos estuvo repuesta, pero aturdida y pensativa intentando asimilar la inesperada noticia. Recuperada del impacto, volvió a coger la carta, pero en vez de seguir leyendo, se la dio a su amiga.

—Es de Ramiro. Me pide que vaya con él. Toma, léemela: yo no tengo fuerzas.

Andrea comenzó la lectura y, conforme iba leyendo, sentía que un nudo de angustia le apretaba la garganta. Los detalles de las andaduras de Ramiro, durante la guerra y después, eran espeluznantes, sus ruegos conmovedores y la nostalgia de los recuerdos vividos antes de esta tragedia impregnaban la carta de tristeza. El aislamiento de su gente lejos de su tierra le producía una tremenda tristeza e impotencia. Querer y no poder era su única gran pena, igual ayer que hoy. Ayer, su pobreza y las ideas encontradas entre su familia y la de Emilia. Hoy, el encono de una guerra perdida que le acusaba de desafecto al nuevo régimen, instalado después de la victoria del ejército rebelde, capitaneado por el general Francisco Franco Bahamonde. Al terminar de leer la carta, las dos amigas lloraban sin consuelo.

—¿Qué piensas hacer? —preguntó Andrea.

—No sé. Mi mayor ilusión ha sido siempre estar con él; pero ahora lo veo difícil. Ardo en deseos de reunirme donde quiera que esté; pero eso supone dejar mi familia y la misión de ayudar a los más necesitados. Y todo para ir sin garantía a un mundo desconocido. Si me voy, solo llevaré la esperanza de que él me sigue queriendo y que no ha cambiado después de diez años rehuido y una guerra llena de encono y crueldad.

—Tienes una semana para pensarlo.

—¿Tú qué harías si estuvieses en mi situación?

—Yo me iría sin pensarlo —contestó Andrea—, pero no creas que te estoy diciendo que te vayas; esa decisión debes tomarla únicamente tú.

Después de una semana, llegó el día señalado. Patricia, la mujer que había traído la carta, volvió a por una respuesta sobre la proposición que le hacía el exiliado. Ella se iba a Francia a buscar a su marido y quería saber si Emilia la iba a acompañar. No venía a convencerla, solo quería una contestación clara y concisa. Igual que la vez anterior, no fue directamente a verla a ella; también ahora se sirvió de Andrea como confidente. Ramiro, en las cartas que enviaba un compañero suyo, también exiliado, a Patricia, su esposa, le facilitaba a ésta datos completos de Andrea asegurándole que era de absoluta confianza, siendo la única persona capaz de conectar con ella sin levantar sospechas.

Esta vez patricia quiso conocer a Emilia personalmente y hablar con ella. La salida sería en clandestinidad, y con un destino falso en caso de que alguien las sorprendiese.

—¿Dónde puedo verla? —le preguntó a Andrea.

—Esta tarde a las cinco en la iglesia. A esa hora la iglesia está vacía.

—Vale. ¿Cómo sabré quién es?

—Irá conmigo.

A las cinco, Emilia y Andrea pasaban a la iglesia. Tres minutos más tarde, lo hacía Patricia con un velo negro largo y raído que no dejaba ver su cara. Llegó al banco donde estaban las dos amigas y se arrodilló simulando que rezaba y sin mirarlas siquiera, dijo:

—Confía en mí. Toma, esta carta es de mi marido, pero la escribe Ramiro. Verás que la letra es de él. Esta noche a las doce, habrá un carro donde comienza el camino de Toledo. Él nos llevará a la estación de tren de Manzanares; allí nos darán instrucciones. ¡A las doce en punto! Si a esa hora no has ido, no vayas, el carro no esperará.

—Iré —aseguró Emilia.

La mujer desconocida se levantó y se fue sin santiguarse, igual que cuando llegó. Para ella la iglesia era un edificio más y los santos una mera representación del supuesto teatro montado por la Religión Católica para mantener a la gente sumisa y temerosa ante sus demandas.

Emilia y Andrea siguieron rezando, quizá esperanzadas en que el Altísimo encendiese una luz que les indicase el camino a seguir ante las dudas de este suceso inesperado. Las dos amigas vieron a don Anselmo cruzar desde la sacristía a una de las capillas laterales que había en la iglesia. Emilia, impulsada quizá por su conciencia, fue hacia el sacerdote y le rogó que la confesase.

—¿Ahora? ¡Pues sí que los pecados que tendrás tú!

—Don Anselmo, lo necesito.

Don Anselmo se pasó al confesionario diciendo: todo sea por Dios.

—Ave María Purísima.

—Sin pecado concebida. Dime hija, de qué te acusas.

—He recibido carta de mi prometido. Quiere que vaya a Francia para casarnos y me voy.

—Ese hombre no te conviene. Nunca se casará contigo y mucho menos por la Iglesia. Vivirás con él en pecado toda la vida.

—Ese hombre me quiere y hará por mí lo que yo le pida. Me prometió que se casaría conmigo por la Iglesia, según nuestra fe. Solo le importo yo y nuestra felicidad.

—¿Por eso se fue a luchar contra los nuestros? —dijo el cura— ¡Estás ciega! No ves que ese hombre es un mercenario de Satanás. Te dejó una vez y no le importaría volver a dejarte si sus ideas se lo exigiesen. Satanás te está tentando, hija mía, igual que lo hizo con Jesús en el desierto. De tu fortaleza depende tu salvación.

—Recuerde, padre, que es secreto de confesión. Solo lo podrá decir cuando me haya ido.

—No puedo dejar que te condenes. Tus padres deben saberlo. Ellos te ayudarán.

Emilia salió de la iglesia confundida: por un lado estaba la felicidad que tanto había deseado, por otro las dudas sobre aquello que le había dicho el cura y la seguridad con que se lo afirmaba, y por si fuese poco, su conciencia, que no la dejaba tomar una decisión clara y precisa. Porque, si era verdad lo que le decía el sacerdote, se condenaría para siempre. Pero además estaban sus padres, que se quedarían solos. Una pregunta y una afirmación oscilaban entre la conciencia y el deseo. La pegunta era: ¿quién cuidará a mis padres si yo me voy? La afirmación era: tengo derecho a ser feliz y, si no me voy, nunca lo seré.

Don Anselmo sabía que no podía faltar al secreto de confesión, pero estudiaba la forma de advertir a los padres. Esperaba impaciente que la madre de Emilia fuese como cada día a hacerle la visita al Señor y, al verla, le advirtió:

—Tu hija me preocupa. Vigílala noche y día.

—¿Qué pasa, don Anselmo?

—No puedo decirte más, es secreto de confesión.

El tiempo que faltaba para la cita fue un ir y venir entre el sí y el no. Los deseos la llevaban a irse y, a los pocos minutos, la conciencia la rescataba. La madre la vigilaba y, en un arrebato en que Emilia cogió la maleta y echó a andar para irse, la madre salió a su paso y con los ojos llenos de lágrimas, le dijo:

—¿Te vas sin despedirte? ¿Nos dejas solos? Nadie te va a querer como nosotros.

—No lo sé —dijo Emilia—, nunca habéis dejado que me quiera nadie y, si no me voy, nunca sabré si él todavía me quiere.

—Tu padre se morirá del disgusto. No lo podrá soportar y yo tampoco.

—¡Mi padre tiene el corazón duro como el pedernal! Si le sucede algo en mi ausencia, no va a ser de pena, va a ser por la rabia de no haberme podido someter y la vergüenza de reconocer ante sus amistades que me he fugado.

—Si lo llamo ahora mismo, impedirá que te vayas; pero no lo voy a hacer. Vuela, si es eso lo que quieres. Yo rezaré por ti hasta el día de mi muerte, echándote de menos como si me faltase un trozo de mi corazón. Porque eso es lo que eres, un trozo de mi corazón.

Emilia miró el reloj, tenía el tiempo justo para llegar puntual a la cita, pero no se fue: esta vez estaba atrapada por la conciencia. El deseo era incapaz de rescatarla. Dejó la maleta en el suelo y se abrazó a su madre llorando y repitiendo una y otra vez: no te voy a dejar… no te voy a dejar… Me quedo por ti, mi padre no lo merece. Él solo se quiere a sí mismo, lo que cuenta para él es su voluntad.

CAPÍTULO 25

Teresa, la criada del tío «Cachete», seguía haciendo la limpieza acompañada de su amiga, que no perdía detalle de la actitud del señor. La predisposición de Teresa era mandar y disponer como si fuese dueña y señora de la casa. Igual le pedía a Romualdo dinero para artículos de limpieza y comida, que le proponía comprarse ropa nueva argumentando que la que tenía estaba muy usada y roída. Le recriminaba su tacañería y le animaba para que disfrutase del dinero, porque no se lo iba a llevar cuando se muriese. Él callaba y obedecía, sintiéndose orgulloso de ir siempre hecho un pincel, con la esperanza de que Teresa volviese a caer en sus brazos como un pez en la red. El tío «Cachete» aprovechaba las ocasiones en las que Teresa estaba sola para proponerle el despido de su amiga. Ella, sonriente y amable, pero inflexible, le recordaba las condiciones que le había propuesto el día que se fue llorando.

—Yo no le voy a abandonar, ya sabe usted por qué: le sigo queriendo; pero mientras siga siendo la criada, vendré acompañada. Si alguna vez se decide a casarse conmigo, nadie podrá dudar de mi honradez y usted podrá presumir de mí con la frente muy alta.

Un día, cuando Teresa hacía la comida y su amiga andaba en los corrales, el tío «Cachete» intentó acariciarla. Ella, al sentir la mano en el cuello debajo de la nunca, dio un respingo y le atizó con la paleta recién sacada del guiso en los *hocicos*.

—¿Qué haces? —dijo «Cachete» al sentir el golpe.

—¡Perdón! —exclamó ella con fingido arrepentimiento—. Me sobresalté y le di sin pensar. El susto me hizo reaccionar, lo siento.

—Si es verdad que lo sientes, ven y dame un beso.

—Las criadas no besan a los señores.

—Pero sí pueden atizarles con la paleta.

—Ya le he pedido perdón y le he dicho que lo siento.

—Más lo siento yo, que se me va a hinchar el labio con el golpe. ¿Y a ver por qué?

—Porque los señores no deben tocar a las criadas para que no se asusten.

—Qué pasa, ¿te estás cachondeando de mí?

—No, señor. Dios me libre…

En esos momentos se escuchó el picaporte de la puerta que conducía al corral y el señor se dirigió al comedor a esperar que le sirviesen la comida. Romualdo iba enfadado, pero también triste. Lo que él pensaba que sería una liberación para campar a sus anchas con la criada al morir su esposa, se había convertido en un obstáculo constante. No entendía esa resistencia de Teresa y esa manía de quererse casar con él, cuando le dejaba disponer a su antojo como si fuese dueña de la casa. Él no podía entenderlo, pero la verdad es que era muy fácil de imaginar: mandaba y disponía a su antojo como si fuese la dueña, pero no lo era. Casada sí lo sería y, al mismo tiempo, evitaría el riesgo de que en cualquier enfado la despidiese. EL desengaño recibido con la sorna y la frialdad de Teresa le hizo pensar en estratagemas para dominarla, incluso pensó en el despido; pero después recapacitó sabiendo que quizá otra criada, si es que quería servir en su casa, no reuniría sus condiciones. ¿Mejor casado con una criada que solo sin una mujer que lo cuidase y lo tuviese atendido, asistencial y sentimentalmente? Aunque llegó a esa conclusión, no lo reveló inmediatamente, esperó por si encontraba otra solución más conveniente.

Él no se había fijado en la otra sirvienta, pero un día que estaba ella en la cámara cogiendo un cuenco de cebada para las gallinas, subió y al llegar arriba la vio agachada, viéndole los muslos por detrás hasta muy arriba. Él, incitado por la exhibición —por supuesto involuntaria— se fue hacia ella y tocándole la entrepierna le dijo: «mini», a lo que María contestó dándole con el cuenco en la cara: ¡zape!

El tío «Cachete» cayó de espaldas y ella salió corriendo escaleras abajo diciéndole tío guarro. La criada llegó abajo descompuesta gritándole a Teresa que se iba, que no aguantaba al tío petardo. Él se quedó entretenido en la cámara sin intención de dar la cara, pero Teresa subió a buscarlo y al verlo, le dijo:

—¡Conque en esas andamos, viejo verde! ¡Te vas a ver solo! Como digamos lo que has hecho, aquí no va a pisar ninguna mujer para hacerte la limpieza.

—Ha sido una broma —dijo él sumiso.

—¡Ha sido una falta de respeto! —contestó Teresa—. ¡Ándate con ojo y que no vuelva a ocurrir, porque nos vamos las dos y te quedas solo!

Teresa bajó pensando en convencer a su amiga para que no se fuese, pero cuando bajó, ya se había ido. Él fue detrás de ella y al verlo, Teresa le dijo:

—¡Ve, ya lo ha conseguido. Se ha ido!

—Mejor —contestó él— así no nos estorba.

—¡Seguro que no, ni ella ni yo, porque yo también me voy!

—Espera —dijo el tío «Cachete»— me caso contigo.

—No pienses que me vas a convencer con promesas falsas.

—No son promesas falsas. Si quieres, salgo a la calle y lo pregono a los cuatro vientos.

—No hace falta tanto, con que le pidas perdón a mi amiga y le digas que lo has hecho para darme celos, me conformo.

Él accedió sin mucho entusiasmo, pero comprendió que el pez, o lo que era igual, Teresa, se le escapaba de las manos. Ella se agarró al brazo de él y le dijo:

—Vamos ahora mismo. Mi amiga, con la ofuscación, empezará a divulgar la noticia y, si le pides perdón y le dices que lo has hecho por darme celos, tendrá una razón para no hacerlo.

Así caía en la red el tío «Cachete». El pescador se volvió pez, eso sí, a cambio de que Teresa cayese en sus brazos. Cuando llegaron a la casa de la otra criada todavía no había divulgado la noticia. Solo lo sabía su madre, que se extrañó al ver a Teresa cogida de brazo de su señor.

—¿A dónde vas, tío sinvergüenza? —dijo la madre de María.

—A pedir disculpas a tu hija y a rogarle que vuelva a servir en mi casa, por lo menos hasta que Teresa y yo nos casemos. Lo he hecho para darle celos a Teresa y al fin ha surtido efecto. Se ha convencido de que nos queremos.

El suceso de María en la cámara del señor dejó de tener importancia. El bombazo de la nueva noticia acaparó toda la atención. En pocos minutos, la noticia corría de boca en boca. Teresa volvía a casa de su prometido satisfecha, porque sin haber salido de su boca, en menos de dos horas, la noticia de su compromiso estaba extendida por todo el pueblo.

Mientras que la alegría de Teresa volaba triunfal y juguetona por el paraíso del confort y la felicidad, la familia del tío «Cachete» sufría una decepción de dividendos futuros, que al cabo de algún tiempo imaginaban que llegarían a ser suyos.

Desde el funeral de su esposa, solo había recibido de su familia y de la de su esposa la visita casi obligada de pésame. La familia de su esposa tenía prevista una nueva visita para reclamar la herencia que les correspondiese, creyéndose herederos por ser hermanos o sobrinos carnales de la difunta. Esperaban que pasase algún tiempo por respeto a la recién fallecida y al marido, supuestamente afectado por la pérdida de su esposa.

Los remilgos y reparos que sentía la familia desaparecieron al tener conocimiento del compromiso de Teresa y «Cachete». Eso les hizo ir a pedirle explicaciones, tanto la familia de su esposa como la propia de «Cachete». Eran las diez de la noche cuando llamaron en la puerta. El tío «Cachete» había cenado, Teresa ya se había ido a su casa y él se disponía a acostarse. Pero salió, abrió la puerta y se quedó sorprendido, aunque no extrañado, porque los esperaba de un día para otro. Lo que no esperaba era que fuesen a esas horas.

—¿A qué se debe tanto honor a estas horas de la noche? —dijo el tío «Cachete» con guasa, disimulando la inquietud que le producía esa visita conjunta de los familiares de su esposa.

—¿Podemos pasar? —preguntó uno de los visitantes.

—Por supuesto que sí, adelante.

—Coged asiento. Aunque son malas horas de visita: me iba a acostar.

—¿Cuándo estás dispuesto para que arreglemos la herencia de mi hermana? —espetó uno de ellos sin miramientos.

—Tú puedes ir cuando quieras. Yo lo tengo todo arreglado: los bienes de tu hermana son míos, igual que los míos hubieran sido suyos si yo hubiese fallecido antes que ella. Lo hicimos para que nadie pudiese venir a disponer.

—Con la única diferencia —dijo un sobrino— que ella no se los hubiera gastado con nadie, como tú te los vas a gastar con esa furcia que te va a sacar los ojos.

—¡Mira tus palabras! —dijo Romualdo—. Esa mujer va a ser mi esposa y mis bienes me los gasto con quien yo quiero. ¡Y ahora, a la calle!

Cuando decía esto, llamaron otra vez y, sin pensar en nada, con las tripas revueltas por el enfado, fue a abrir. La familia de él al completo apareció al otro lado de la puerta.

—¡Hombre, los que faltaban! —exclamó— ¿venís a defenderme o a acusarme también?

—Venimos a advertirle y a aconsejarle sobre la pícara esa, que ha dejado de ser su criada para convertirse en su prometida. Queremos que entienda que solo busca su dinero.

—Y vosotros, ¿qué buscáis? ¡A la calle todos! No necesito consejos. Y mucho menos de lobos como vosotros. ¡Fuera! ¡Fuera de mi casa!

Las dos familias salieron a regañadientes, algunos hasta insultándolo; pero él se quedó tan ancho al verlos a todos desfilar con dirección a la calle.

La noche la pasó intranquilo Romualdo. El sofocón le hizo despertar varias veces sobresaltado; pero al día siguiente estaba tan fresco, como si nada hubiese pasado.

Desde que pactaron el compromiso Teresa y «Cachete», ella se quedaba por la tarde cuando María se iba y por las mañanas también llegaba antes que la otra criada. Cuando llegaba Teresa, ya estaba Romualdo de vuelta de la bodega, donde iba todas las mañanas a ver de salir a los obreros; pero ese día ella llamó y no le abrió nadie. Veinte minutos después, llegó María y volvieron a llamar, pero la puerta seguía sin abrirse. Al fin lo vio llegar a él subiendo calle arriba. Mientras esperaban las dos, el cabrero despachaba la leche en la casa de enfrente, ordeñando la cabra allí mismo en una medida de medio litro parecida a un búcaro, donde la leche, al caer con fuerza desde la ubre, formaba un colmo de espuma de más de cinco centímetros. El cabrero miró extrañado a las criadas, que cada día, una u otra, esperaban con la lechera en la mano mientras él despachaba en la casa anterior. El señor llegó, abrió la puerta, sacó la llave de la cerradura y le dijo a Teresa:

—Toma la llave, guárdala tú y así, si alguna vez no estoy, no tienes que esperar.

—Pero yo no quisiera… —dijo Teresa sorprendida y llena de gozo.

—Guárdala —insistió él—. Desde hoy, esta es tu casa. Puedes entrar y salir cuando tú quieras. Demuéstrale a la gente que eres digna de mi confianza.

Teresa no salía de su asombro, quería preguntarle por qué. Pero se quedó callada.

El día transcurrió con normalidad. Poco antes de anochecer, María se fue a su casa y entonces Teresa se acercó a él cariñosamente a darle las gracias por la confianza que había puesto en ella.

—No me des las gracias a mí, dáselas a mi familia y a la de mi difunta esposa.

—¿Y eso, por qué? —dijo Teresa.

—Anoche tuve visita. Vino mi familia y la de mi esposa.

—¿Y ellos te dijeron que confiases en mí?

—Al contrario. Según ellos, no te mereces mi confianza. Por eso quiero que les demuestres que eres digna de estar en esta casa.

—Lo demostraré, no lo dudes.

—Vamos a ir a la notaría —dijo el tío «Cachete» recalcando las palabras—. Quiero dotarte de algunos bienes y algo de dinero, por si a mí me pasa lo peor, que no te quedes desamparada.

—A mí no me hace falta dote —dijo ella— me haces falta tú. Quiero tener un hijo tuyo, esa es la mejor dote que me puedes dar.

A Romualdo le chispearon los ojos, le acarició la cara y con la mirada turbada le dijo dos palabras que Teresa aún no esperaba: te quiero. En esos momentos, los dos estaban deseando pasar la noche juntos, pero había que demostrar, aunque solo fuese en apariencia, que las cosas se mantenían en su sitio hasta que llegase el día del enlace.

Febrero completaba sus veintiocho días con un ambiente variable. El sol calentaba cuando las nubes, empujadas por el viento, dejaban llegar sus rayos a la tierra. Sin embargo, las noches eran destempladas, sus madrugadas serenas y cuajadas de escarcha. Eran las doce de la mañana cuando el trapero pregonaba su oficio, a la espera de que las mujeres saliesen a canjear trapos viejos y desechados por objetos útiles para la casa: pucheros y cazuelas de barro cocido, algún globo para los niños y algarrobas. El trapero paró el carro en las esquinas de un cruce donde se juntaban cinco calles formando una glorieta y al grito de: ¡traperooo cacharrerooo...! El carro se rodeó de mujeres curiosas para ver si les interesaba la mercancía.

Teresa iba por la calle camino de la plaza donde se instalaban los puestos del mercado de comestibles. Cuando las curiosas que rodeaban el carro la vieron venir, dejó de interesarles la mercancía. Empezaron a criticarle sin que pudiese oírlas, pero señalando con el dedo hacia ella, hasta tal punto de que Teresa se dio cuenta. Ella agachó la cabeza y pasó como si no las hubiese visto. Entonces escuchó una voz que decía:

—¡Lagarta, que eres una lagarta! Bien has engatusado al viejo para hacerte el ama de todo. ¡Pendón, pedazo de guarra!

Las mujeres que estaban con el trapero miraban a las dos: a Teresa y a la mujer que la insultaba desde una ventana. Teresa no miró hacia atrás, siguió su camino como si los insultos no fuesen con ella. A la vuelta pensó irse por otra calle, pero llegó a la conclusión de que ella no tenía por qué esconderse de nadie, y esos parientes de su prometido que la insultaban los podía encontrar en cualquier sitio. Esta vez los insultos no fueron de espaldas. Antes de llegar a la casa donde antes la habían insultado, volvieron a escucharse desde la misma ventana abierta, pero sin asomarse a ella la insultadora.

Teresa no se achantó, se quedó mirando hacia la ventana y le dijo:

—¡Baja, puta..., que me lo vas a decir en mi cara! Te voy a retorcer la lengua y después me vas a decir quién es más lagarta de las dos; tú y tu familia que habéis ido como lobos a querer devorar lo que no es vuestro o yo, que me lo han ofrecido en bandeja. Piénsalo antes de volver a insultarme, porque alguna vez nos veremos cara a cara y entonces te como.

La de la ventana no se asomó a la calle, se mantuvo en silencio y las últimas voces de Teresa empezaron a confundirse con el tintineo producido por el hojalatero o sartenero que chocaba un hierro contra una pequeña sartén formando un sonido rítmico y armonioso. Teresa llegó a casa de su prometido nerviosa, pero no dijo nada. Él, al mirarla, notó el nerviosismo y preguntó:

—¿Qué pasa, que te veo nerviosa?

—No es nada, no te preocupes.

—¿No es nada o es que no quieres que me entere?

—¡Qué tontería! ¿Por qué no voy a querer que te enteres?

—¡Tú sabrás!

—Bueno, sí pasa. Con el cotilleo de la gente ya contaba yo, con lo que no contaba era con los insultos de tu familia. Y eso sí que no lo aguanto.

—¿Quién te ha insultado?

—No le he visto la cara, pero por la voz, pienso que era la esposa de tu sobrino. Los insultos venían de arriba, de una ventana abierta en el primer piso, pero lo hacía sin asomarse.

—Entonces, sí era ella —dijo el tío «Cachete» convencido— mi hermana no es capaz de insultarte y, si alguna vez lo hace, no se va a esconder, lo va a hacer cara a cara. ¿Cuánto tiempo necesitas para preparar tu ajuar?

—El ajuar está hecho, solo me falta el vestido de novia.

—Pues de ti depende la fecha de la boda.

La cara de Teresa empezó a enrojecer de nuevo, pero esta vez de alegría. La rabia que había traído de la calle se evaporó por completo y sus ojos brillaron chispeantes de felicidad.

CAPÍTULO 26

A finales del año mil novecientos cuarenta y siete, todavía había mucha gente con carencias económicas, sociales y familiares, por causas ajenas a ellos y derivadas de la guerra civil que los condicionaba sin culpa.

Los fusilamientos de los años posteriores a la guerra dejaron viudas y huérfanos desamparados, muchos de ellos mal mirados y hambrientos, pagando una culpa que no era suya, si es que hubo culpa alguna vez. El «Tabardillo», apodado así por llevar casi siempre puesto un tabardo viejo y ancho, sin más ropa debajo que sus carnes y el «Farolillo» —hijo del farol, que era como se apodaba su padre—, eran hijos de fusilados. En abril de mil novecientos cuarenta y uno, cuando fusilaron a sus padres, los dos tenían seis años y a los ocho ya eran pastores que trabajaban todos los días solo por la manutención.

José el «Farolillo» tuvo buena suerte. Entró en una casa donde lo trataban bien. La señora, que había perdido a un hijo en la guerra, se compadeció de él y hasta le ofreció la cama vacía que, desde mil novecientos treinta y seis, nadie ocupaba.

Paco, el «Tabardillo» no tuvo la misma suerte. A los siete años se quedó sin madre y fue a vivir a casa de unos parientes que se lo llevaron a regañadientes por imposición de las autoridades. A las pocas semanas, lo mandaron a una quintería para ser pastor donde había otros cuatro pastores, ocho o diez años mayores que él, que estaban *salvajes* y su rudeza rallaba en la crueldad. Allí, en medio del monte, como un animal silvestre, recibía a diario humillaciones que le hacían a Paco temer más a los compañeros que a las inclemencias del tiempo, procurando dormir algunas noches a la intemperie o entre las ovejas escondido. Durante el día, lo mandaban hacer las cosas a patadas y pescozones y a veces, cuando iban a dar agua a los animales, lo mojaban aunque fuese en pleno invierno, solo por el placer de divertirse y cuando se arrimaba a la lumbre para secarse, lo mandaban a hacer tareas que no le correspondían con la intención de que no se secase. En una ocasión, al levantarse por la mañana, las albarcas que tenía para calzarse habían desaparecido. Preguntó por ellas y los compañeros se reían sin decir dónde las habían escondido, hasta que uno de ellos señaló hacia el monte indicando el lugar donde se hallaban: un lugar lleno de espinos de aliagas secas y verdes, imposible de llegar a él descalzo sin pincharse. El mostró una sonrisa queriendo agradar, pensando que esta vez se compadecerían y se las devolverían o le prestarían unas albarcas para ir a por las suyas, pero se encontró con una negativa. Salió sin temerle al frío, con sus pies blancos y tiernos, y avanzó hasta donde estaban. Entonces retiró las ramas tronchadas para llegar al lugar y, a pesar del cuidado que tuvo, numerosos espinos se le clavaron en las manos y en los pies. Pudo arrancarse algunos con las uñas, pero otros, que se habían tronchado a ras de la carne, se quedaron produciendo un dolor atroz hasta que por fin se fueron pudriendo dentro del propio pie. Algunos espinos se infectaron llenándose de pus y al apretar para que el pus saliese, salía también la espina. Varios días después, los pastores pensaban que Paco lo había asumido como otras muchas veces, pero a sus doce años, ya estaba harto de que lo puteasen. Esa noche, fría como casi todas las de febrero en este clima extremado y riguroso de La Mancha, la lumbre dentro del chozo era generosa: brasa y tizones gruesos de astillas de carrasca, que chisporroteaban en la oscuridad silenciosa del aposento después de haber apagado los candiles. Paco esperó a que sus compañeros se durmiesen y después quitó la tranca que aseguraba la puerta de la choza, cogió con cuidado los cuatro pares de albarcas con sus correspondientes peales y calzaderas, los echó a la lumbre y salió corriendo monte adentro. Desde que le gastaron la última «broma», no se quitaba las albarcas para dormir, por eso solo le bastaron veinte segundos para hacer lo que hizo y no volver. Uno de los cuatro que dormían despertó sobresaltado al oler a goma quemada y, mirando al resplandor de la lumbre, vio las albarcas que ardían. Zarandeó a los demás y se fue rápido hacia la lumbre. Cogió con las tenazas las albarcas y las arrojó al exterior de la choza, mientras que los otros les echaban agua para apagarlas. Las albarcas, aunque chamuscadas, se salvaron, pero los peales ardieron por completo. El mayoral dormía en la casa principal donde estaba el resto del ganado y, cuando llegó a la mañana siguiente al aprisco del chozo, los pastores compañeros de Paco le contaron el suceso, sin explicar los motivos que tenía el muchacho para hacer tal faena.

Paco había oído decir muchas veces que el frio se quitaba andando y él, esa noche, lo comprobó. A las cinco de la mañana ya estaba en el pueblo, pero no llegó a casa de sus familiares hasta que vio que su tío se iba a trabajar. Entonces, sin avisar a nadie, se metió en la cuadra y se acostó en el pesebre donde comían los burros. Cansado de la larga caminata, pronto se durmió.

El mayoral no estaba preocupado. Sabía que Paco, después de casi cinco años en el mismo lugar, conocía el monte igual que la palma de su mano y no se perdería. Fue al pueblo y habló con su esposa, después fue a buscar al muchacho a casa de sus familiares. Cuando llegó, el tutor de Paco estaba pasando los burros a la cuadra y el mayoral le preguntó por él.

—¿El muchacho? No lo he visto. Tú tendrías que saberlo, que eres el responsable de él.

—Se escapó anoche y no ha vuelto. Nunca se porta mal, pero anoche echó las albarcas de sus compañeros a la lumbre y se fue. Temerá las represalias.

—¡Represalias! Represalias las que yo le voy a dar cuando le eche la vista encima —dijo el pariente mientras Paco al oírlo se escurría desde la cuadra al corral por una ventana, con tan mala suerte que vieron moverse su sombra. El tutor se asomó al exterior. Al verlo, lo agarró de la cintura de los pantalones cuando andaba agazapado y le dio una patada en el culo que lo tiró de boca. Después empezó a darle manotazos en la cabeza hasta que el mayoral le dijo:

—¡No le pegues! Déjalo que se esplique y nos diga por qué se ha venido.

Paco contó las putadas recibidas durante esos años y, para corroborar lo que decía, se quitó las albarcas mostrando los pies con heridas infectadas, puntos negros de las espinas podridas dentro de la carne y caliches secos en los pies de otras heridas ya curadas.

El pariente, en vez de apiadarse de él, le dijo, gritando mientras le pegaba:

—¿Y tú dejas que te hagan eso? ¡Mierda, más que mierda!

El mayoral, viendo esos malos tratos, le puso al muchacho una mano en el hombro y cariñosamente le dijo: vámonos.

—¡No me voy! Allí no vuelvo. Ahora será peor que antes, se vengarán.

—No te preocupes, estarás conmigo. Nadie podrá hacerte daño; de eso me encargo yo —aseguró el mayoral empujándole con suavidad para llevárselo.

Cuando pasó la quincena y vino el muchacho con los dos días de descanso, no fue a ver a sus familiares. Se quedó en casa del mayoral donde le lavaron la ropa y le compraron prendas de vestir nuevas. Los familiares no le echaron de menos, pero en la próxima quincena que era fecha de cobrar, sí fue a buscarlo. El tío de primos hermanos, que ese era el parentesco del supuesto protector, se presentó en el atajo para hablar con el mayoral y, en vez de preguntar por el muchacho, le dijo con malos modales:

—¿Este mes no tiene que cobrar mi sobrino?

—Tu sobrino ya ha cobrado. Al verte, creía que venías porque estabas preocupado por él, pero veo que solo te preocupa el dinero.

—¡Ese dinero es mío! ¿Quién lo cuida y le da cobijo?

—El muchacho dice que no quiere volver a tu casa. Así no le pegarás más. También se ha comprado ropa, porque tú lo tienes vestido con harapos. Ahora piensa vivir aquí y cuando vaya al pueblo irá a mi casa.

—Tú lo que quieres es quedarte con el dinero, pero si va a ser así, me lo llevo.

—Al muchacho te lo podrás llevar, pero el dinero no. Se lo ha confiado a don Jesús: el dinero lo tiene el patrono, pídeselo a él.

—El patrono y tú sois dos ladrones. Dile que quiero el dinero, que es mío.

Paco estaba escondido escuchando todo, pero el tío, al terminar de hablar, se fue sin preguntar por él.

Unos días después, el tutor de Paco volvió a reclamar el dinero; pero esta vez fue a casa del patrono. Llegó, llamó y salió la criada a abrir. Él, sin dar siquiera los buenos días, preguntó por don Jesús y la sirvienta pasó a darle el aviso a su señor mientras que el visitante se quedaba en la calle esperando con la puerta abierta. Don Jesús lo recibió sin saber quién era. Sabía la historia del muchacho por boca del mayoral y conocía al pastorcillo, pero no a su familia. Pronto, por el inicio de la conversación, imaginó quién era el visitante.

—Mire, don Jesús, vengo a cobrar un mes de sueldo que le debe a mi ahijado y, si no se lo debe, es que el mayoral se está quedando con el dinero.

—No se lo debo, ni el mayoral se ha quedado con el dinero. El dinero está en una cartilla de ahorros a nombre del muchacho porque él no quiere volver a tu casa, dice que no le prestas ninguna atención, si no es para maltratarlo.

—Ese muchacho me tiene manía. Yo le juro que eso no es cierto.

—Tengo testigos de que sí lo es; además, va medio desnudo.

—Somos pobres, don Jesús, ya sabe usted lo mal que está la vida y lo primero es comer. Demasiado bueno he sido recogiéndolo y mire como me lo agradece.

—Ese muchacho, con lo que gana, puede ir bien vestido; y no va.

— Esto me pasa por bueno —se lamentó el falso protector—. ¿Quién me manda a mí criar hijos ajenos para luego esto?

—No te lamentes, ya estás libre de él. Vivirá de su trabajo, pero bajo mi protección.

—Mire, don Jesús… que usted no sabe lo que hace, que ese muchacho es muy rebelde y cualquier día le da un disgusto como a mí me lo está dando ahora.

—No te preocupes. Precisamente por ser como es, necesita ayuda y yo le voy a ayudar. Tú vete tranquilo. Si alguna vez quiere irse contigo, será su voluntad la que cuente, no la mía.

CAPÍTULO 27

A los treinta y siete días del encuentro de Inés con Sebastián en el Registro Civil, él había considerado tiempo suficiente para que Inés se hubiese tranquilizado, por lo que consideró oportuno volver al ataque, esta vez por medios oficiales. Inés recibió una nueva citación del Registro el día tres de marzo para que se personase allí el día cinco. Al ver de dónde procedía la citación se echó a temblar, pero intentó serenarse mientras firmaba el justificante de haberlo recibido.

Cuando se fue el recadero, Inés empezó a llorar. La madre intentaba consolarla, pero cada vez que lo intentaba, terminaban llorando las dos. Cuando llegó el padre de trabajar y le preguntó por el motivo de ese llanto, ella se abrazó a él y le contó lo que pasaba.

—¿Por eso lloras?...aún no sabes qué quieren. Espera a saberlo y después ya veremos. Anda, sécate esas lágrimas y prepara agua para lavarme.

—No quiero ir sola —dijo Inés.

—Nunca has ido sola, esta vez tampoco irás.

—Quiero que venga usted conmigo. Tengo mucho miedo.

—No te preocupes, iré contigo.

Jesús comunicó al manigero que al día siguiente no iría a trabajar.

—¿Qué te pasa para no poder venir?

—Mi hija tiene que ir al Registro Civil y no quiero que vaya sola.

El manigero lo comunicó al patrono que estaba cerrando la portezuela y este se dirigió a Jesús en un tono de altivez y soberbia, con frases irónicas.

—¿Qué te traes tú con el Registro?

—No es para mí, es para mi hija —contestó Jesús con humildad.

—Los negocios de tu hija te van a traer de cabeza. Aquí no se puede faltar al trabajo cuando tú quieras. Además, para lo que te va a servir, mejor que no vayas. «El que le echa el pan al perro ajeno, pierde el pan y pierde el perro» y ese perro no es tuyo. Así es que, lo que tardes en darle la criatura a Sebastián, eso vas a perder.

Jesús lo miró con rabia, y antes de que dijese nada, el manigero le puso una mano en el hombro y le empujó con suavidad para continuar el camino. Al empezar a andar, el patrono volvió a decirle:

—¡Mañana vienes! Si no quiere ir sola, que vaya tu mujer, que no se las van a comer.

—Otro día que tengas que quedarte, no avises —dijo el manigero— te quedas y punto. Al día siguiente dices que estabas enfermo y, si quiere creerlo, que lo crea, y si no, allá él.

—Estos cabritos se enteran de todo: prefiero perder el empleo a que me coja en una mentira.

Jesús acompañó a su hija. El funcionario que los había atendido las veces anteriores, había rellenado el impreso correspondiente al consentimiento de adopción que Jesús había firmado en blanco y estaba a punto para presentarlo cuando fuese necesario; pero esta vez no los recibió el mismo funcionario, sino otro. Aparentaba tener algo más de cincuenta años, delgado, de poca estatura, algo encorvado y con gafas, salió a la sala de espera y con voz decidida y grave, que no parecía propia de ese cuerpo tan diminuto, pronunció el nombre de Inés:

—Inés Delgado Ruíz.

—Servidora —contestó Inés algo nerviosa.

—Pase por aquí. ¿Usted quién es? —preguntó el funcionario a Jesús.

—Soy el padre de Inés y vengo a acompañarla.

—Bien, pasen. Me alegro de que haya venido, porque… ¿fue usted quien inscribió al niño?

—Sí, señor.

—Vale, siéntense.

Inés y Jesús se miraron preocupados, mientras que el funcionario ojeaba unos papeles.

—A ver. Este documento dice que Inés Delgado Ruiz, nacida el cinco de noviembre de mil novecientos treinta, hija de Jesús y de Josefa, es soltera y madre de un hijo varón, nacido el día diez de enero del presente año mil novecientos cuarenta y siete. En el presente documento dice: que Jesús, de acuerdo con su hija Inés, menor de edad, renuncian al niño recién nacido a favor de don Sebastián Díaz Mayordomo Morales y doña Asunción Díaz Roncero Palacios, que solicitan su adopción para legitimarlo como hijo propio en este Registro Civil. Firmado: Jesús Delgado.

—¡Eso no puede ser! —exclamó Jesús excitado y nervioso—. Yo no he firmado ese papel.

—Aquí hay dos firmas iguales de incorrecta caligrafía —dijo el funcionario—. Una está en la inscripción del crío y otra en este escrito. Mírelas con detenimiento a ver si son suyas.

Jesús las miró durante un espacio de tiempo y al fin se convenció.

—Sí, son mías; pero yo no he firmado ese papel.

—En qué quedamos, ¿son suyas o no son suyas?

—Sí, son mías, pero a mí me dijeron que firmaba la inscripción del niño, no dos cosas.

—¿Usted no leyó el documento antes de firmarlo?

—No podía leerlo, estaba en blanco. Me dijeron que firmase y yo firmé confiado.

Inés estaba seria, como si estuviese hipnotizada y de pronto empezó a respirar fuerte entre sollozos y movimientos convulsivos, hasta caer sumida en un desmayo.

El funcionario, viendo la gravedad del asunto, aplazó la consulta para unas horas después y ayudó a Jesús a reincorporar a Inés para sacarla a un patio del edificio, donde la reanimaron hasta que volvió a recuperar el conocimiento. Cuando Inés abrió los ojos, parecía una aparición: pálida, ensimismada y con la mirada turbada, había perdido la noción del tiempo. El funcionario al ver a Inés tan afectada, decidió aplazar la cita por segunda vez, pero ahora para varios días después.

—Esa gente puede esperar una semana más igual que ha esperado estos dos meses —dijo el funcionario—. La firma, voluntaria o involuntaria, le da derecho a ese matrimonio a llevarse al niño y con mucha más razón cuando el padre adoptivo asegura en su solicitud ser el padre biológico, motivo por el cual lo reclama como hijo suyo, y de su esposa, en adopción.

Jesús vio el caso como un nuevo duelo entre David y Goliat, pero esta vez con un Goliat tan poderoso que derrotarlo sería una causa perdida. En cambio, Inés reaccionó diciéndole al funcionario que aquello era una farsa para robarle a su hijo y que esa trama ya estaba preparada desde antes de nacer el niño, concluyendo con una sentencia: *al que intente ir a por mi hijo para llevárselo, le arranco los ojos.* Decía estas palabras con el dedo índice señalando a la cara del funcionario para después darle la espalda cogiéndose del brazo de su padre y dirigiéndose a la calle con energía y decisión, pensando que esta vez Goliat tampoco vencería.

—Hoy vendrá ese… ¿o también tiene negocios que atender? —preguntó el patrono al manigero.

—Hoy sí viene y le agradecería a usted que no le reprendiese como ayer. Bastante tiene él con lo que está pasando, para que encima le machaquemos nosotros.

—¿Qué me quieres decir? ¡Que no hable en mi propia casa!

—Puede usted hablar. Lo que quiero que entienda es que no se queda por capricho.

El manigero dejó de hablar cuando vio a Jesús que llegaba. Se precipitó a decirle que subiese al carro temiendo que el patrono tuviese algún reproche para él, pero el patrono cerró la portezuela como cada mañana y se pasó a su casa sin decir nada.

—Están conchabados los funcionarios con ese sinvergüenza —aseguró Jesús sincerándose con Pablo—. Lo peor es que tienen mi firma. Nos van a robar al niño y no podemos hacer nada.

Sebastián también estuvo en el Registro después de irse Jesús e Inés y, al saber lo ocurrido, enfureció.

—¿Has dejado que se vayan sin concertar una fecha para recoger a mi hijo?

—No he podido hacer otra cosa. Además, no he estado presente: he mandado a mi compañero para que los atendiera. Ha ido todo mal, pero si estoy yo presente, hubiese ido peor, porque me habrían recriminado el montaje engañoso de los papeles.

—¡Y eso qué más da! —le respondió Sebastián a voces—. No pueden demostrar que haya sido engaño, la firma es auténtica.

—Lo que queda lo tienes que hacer tú —dijo el funcionario—.

Denuncia el caso para que lo sometan a juicio. Con esa firma tienes todas las posibilidades de ganar.

Sebastián era prepotente cuando daba con gente débil, pero cobarde cuando sentía el temor de alguien que tuviese autoridad para reprenderle, por eso no le convino ir al juzgado, para que no llegase el escándalo a oídos de su esposa. El temor a que algo fallase y el alboroto que sin duda armaría Inés al ver que definitivamente la apartaban de su hijo, le hizo pensar en otras posibilidades que ya casi tenía descartadas. Decidió ir otra vez de nuevo a ver a la partera, haciéndose el desinformado y simulando una congoja que no sentía para que ella, conmovida, siguiese la labor y así conseguir su objetivo por las buenas, ya que el funcionario no lo había logrado de ninguna de las maneras. Antes, cuando Sebastián fue a ver al funcionario, pensó que si la trama del Registro le salía bien, se libraría del compromiso que había pactado con María, la comadrona.

—¿Qué te trae por aquí, gran señor? —dijo ella con sorna, desconfiando de esa visita.

—Vengo a hablar contigo del negocio que tenemos pendiente.

—Habla, soy toda oídos.

—Solo quiero que me informes sobre Inés y mi hijo y decirte que no lo dejes. No creas que me he olvidado.

La partera, que se sentía defraudada por no haber sabido nada de él en más de dos meses, sabiendo por Inés la trama confabulada en el Registro Civil, estalló en un ataque de desprecio y rabia hacia él.

—¿Ahora te acuerdas de mí? Yo prometí ayudarte, pero sin engaños ni mentiras. Jugando limpio. No sé en realidad qué te trae por aquí, porque contigo nunca se sabe, pero no necesito tus negocios sucios; allá tú con tus problemas.

—Acuérdate de que hicimos un trato —dijo Sebastián— y si mi negocio es sucio, igual de sucio era cuando tú entraste en él, pensando en hacer fortuna a costa mía y de esa criatura.

—Ya te lo dije en su día. Lo único que yo quería era una clínica para atender a las mujeres con una técnica profesional más sofisticada, solo por el bien de ellas, no con ánimo de lucro. Tampoco te ofrecí conseguir a esa criatura por medio de engaños, sino con el consentimiento de su madre.

CAPÍTULO 28

Emilia padecía una crisis anímica a consecuencia del suceso inesperado, producido por la carta procedente de Francia. A pesar de eso, seguía dando catequesis y haciendo su labor en las obras sociales organizadas por la iglesia del pueblo. La actitud de Emilia era seria y reservada, excepto cuando hacía las visitas a esa gente necesitada. A ellos intentaba darles consuelo, además de ayuda material. Con los menesterosos la sonrisa era espléndida, su voz dulce y sus manos repartían bálsamo en forma de caricias. Lo que hacía que una luz se encendiese en las pupilas de esa gente pobre, viendo en ella a un ángel. Andrea daba catequesis a niñas y atendía a personas necesitadas igual que Emilia. Amigas inseparables, Andrea intentaba animarla desde el día que decidió no irse por amor a su madre, más que por temor a perderse en manos del demonio, como le dijo don Anselmo.

El padre de Emilia al fin estaba orgulloso del comportamiento de su hija, pero lamentaba verla seria y distante. Le dolía esa tristeza sin aparente motivo para él. Ahora tenía plena confianza con ella, sin saber que los sentimientos de su hija no habían cambiado.

El bullicio de los chicos en la catequesis la llenaba de vida. Las travesuras divertidas e inocentes de los niños le hacían olvidar en esos momentos aquellas incidencias desagradables que le había aportado la vida. Valoraba positivamente la inocencia espontánea, libre y sincera, que les hacía, según ella, estar más cerca de Dios y condenaba la educación hipócrita y represiva que había recibido ella y que recibirían algunas de las criaturas hasta hacerlas personas reprimidas. Seres incapaces de manifestar sus sentimientos con la libertad que ahora los manifestaban. Frases represivas como: *No hagas eso, que es pecado. No hagas esto, que es malo. No digas esas cosas, que se van a reír de ti. No llores, «ganso», que los hombres no lloran. ¡Con esa poca idea serás siempre el último! ¡Con diez años y tienes cosas de tonto!* Ella pensaba que reprimir no era educar, era acomplejar. Por eso enseñaba con la verdad y castigaba también con la verdad, porque los buenos modales no se aprenden con amenazas, ni con malos tratos, se enseñan y se aprenden con el ejemplo, llamando a las cosas por su nombre; explicando el motivo y la razón, sin dichos dictatoriales como por ejemplo: «porque lo digo yo y punto». Emilia pensaba, que la venganza genera venganza, el menosprecio genera desprecio, el maltrato enseña a maltratar, la represión cohíbe y acompleja…

Cada fin de mes, Emilia, como cada catequista, regalaba vales con puntos por la asistencia a las sesiones de catequesis, para conseguir un regalo al final de temporada. A primeros de marzo, no habían recibido los vales correspondientes al mes anterior y los muchachos demostraban su queja poniendo poca atención en las palabras de la catequista.

—¿Qué pasa hoy, que veo poca animación? —dijo Emilia.

Todos la miraban sin decir nada, hasta que Pedro, espontáneo como siempre, dijo:

—Es que no nos ha dado los vales de febrero.

—Don Anselmo no me los ha dado, es el castigo por el barullo de aquel día. Yo os hubiese perdonado, pero él piensa que no lo habéis merecido y tiene razón: la iglesia merece mayor respeto. No es la calle, ni el recreo de la escuela; así que, ya lo sabéis para otra vez.

Las niñas eran más tranquilas que los niños y más consecuentes con sus actos, más atentas y más fáciles de convencer ante cualquier duda. Andrea, desde el centro del corro, impartía la enseñanza acaparando la atención de ellas, que era absoluta.

—A ver, niñas ¿qué es el Catecismo?

—El Catecismo es el resumen de la doctrina enseñada por Jesucristo, que todo cristiano debe saber y practicar —contestaron todas al unísono, con la armonía de un coro.

—¿Qué nos enseña el Catecismo?

—El Catecismo nos enseña la doctrina cristiana, que es la única verdadera.

—¿Cuántos son los Sacramentos y cuáles son?

—Los Sacramentos son siete:

El primero, Bautismo.

El segundo, Confirmación.

El tercero, Penitencia.

El cuarto, Eucaristía.

El quinto, Extremaunción.

El sexto, Orden sacerdotal.

El séptimo, Matrimonio.

—¿Qué sacramento recibiréis el día de vuestra Primera Comunión?

—Eucaristía.

—¿A quién recibiremos con la Eucaristía?

—A Cristo Nuestro Señor, hijo de Dios Padre, hecho hombre por la gracia del Espíritu Santo.

—¿Cuántas personas hay en Dios?

— En Dios hay tres personas: Padre, Hijo y Espíritu Santo, tres personas distintas y un solo Dios verdadero.

Una de las niñas levantó la mano indecisa, con timidez.

—Señorita, eso yo no lo entiendo; si son tres, ¿cómo pueden ser uno solo?

—El misterio de la Santísima Trinidad solo lo puede entender Dios —dijo la catequista—. Yo he pensado algunas veces que sería como un árbol, porque el tronco es árbol, la raíz es árbol y las ramas son árbol, pero al final veo que ninguna de las tres partes pueden estar en lugares distintos igual que Dios y al fin, en mi meditación, veo que se escapa a mi entendimiento y que mi inteligencia se queda corta para llegar a entenderlo. Un día, San Agustín paseaba cerca del mar pensando en este misterio; de repente, vio un niño que estaba en la playa transportando con una concha agua del mar a un hoyo que había hecho en la arena. San Agustín preguntó al niño, «¿qué haces?» y el niño respondió: «quiero ver lo que hay en el fondo del mar, para eso voy a pasar toda el agua a este hoyo».

San Agustín se sonrió y dijo: «Niño, ¿no ves que en ese hoyo tan pequeño no puede caber toda el agua del mar?» Y el niño respondió: «¿y cómo quieres tú que quepa en lo estrecho de tu mente la inmensidad de Dios? ¿Cómo quieres comprender lo que solo Dios sabe y ni lo ángeles son capaces de comprender?» Y al momento, el niño desapareció. El misterio de la Santísima Trinidad solo Dios puede entenderlo.

Andrea miró el reloj y vio que el tiempo se había pasado sin apenas darse cuenta y que por aquel día era suficiente. Con una sonrisa les mandó recoger el Catecismo y se despidió de ellas hasta el mismo día de la semana siguiente.

Una semana después de saber que febrero no había tenido recompensa, todo el grupo de niños fue a reunirse otra vez con Emilia. Esta fue una jornada de reflexión y de preguntas, para despejar algunas dudas acerca de los premios y los castigos que Dios nos manda.

—Hoy vamos a repasar los Mandamientos de la Ley de Dios, pero primero vamos a recordar algunas cosas importantes que todo cristiano debe hacer y recordar. Por ejemplo: el examen de conciencia. De vez en cuando, hay que repasar nuestros actos, nuestros pensamientos y nuestros deseos; todo aquello que influya en nuestra vida moral y espiritual, para corregir aquello que hemos hecho mal, consciente o inconscientemente, para rectificar y hacer propósito de enmienda. Hay que estar siempre preparados para cuando seamos llamados por Dios para comparecer ante su presencia, que no nos coja en pecado; entonces, nuestras buenas obras no habrán servido para nada, porque...

Al final de la jornada,
aquel que se salva sabe,
y el que no, no sabe nada.

La mano de Pedro se alzó.

—Dime, Pedro —dijo la catequista.

—Si una persona que ha sido siempre buena, por un error muere en pecado y el que ha sido siempre malo a la hora de morir se arrepiente y se confiesa, ¿cuál de los dos irá al cielo?

—El que muere en gracia de Dios, ganará el cielo —dijo Emilia.

—Yo, señorita, eso lo veo injusto, porque si pusiésemos en un platillo de la balanza la bondad de uno y en el otro platillo la maldad del otro con el arrepentimiento, pesaría más la bondad y eso Dios debería tenerlo en cuenta.

—Dios es justo —aseguró la catequista— y tendrá en cuenta nuestras obras, porque lo sabe todo y ante Él no cuentan las apariencias, solo cuenta la verdad. Bueno, niños, hoy repasaremos los Mandamientos de la Ley de Dios, como ya dije antes. El primero es…

—Amarás a Dios sobre todas las cosas.

—Hay que amar a Dios sobre todas las cosas, porque es nuestro Creador, nuestro Padre Celestial, Dios y Señor de todas las cosas, Creador del mundo y de la vida. El segundo es…

—No tomarás el nombre de Dios en vano.

—Toma el nombre de Dios en vano el que jura en falso o sin motivo, el que blasfema o usa el nombre de Dios sin el debido respeto. El tercero es…

—Santificar las fiestas.

—Santifica las fiestas el que utiliza la fiesta para oír misa y descansar, absteniéndose de trabajos corporales.

Uno de los niños levantó la mano.

—A ver, qué te ocurre —dijo Emilia.

—Si llueve durante toda la semana, los obreros del campo no pueden trabajar. Si después de no haber trabajado durante la semana, el domingo van a trabajar, ¿es pecado?

Emilia quedó confusa, sin saber qué contestar y al fin, para salir del paso, dijo:

—Habría que preguntarle a don Anselmo. Él sabe cuándo es pecado y cuándo no.

—Cuando un patrono obliga a trabajar a un obrero en un día festivo, ¿quién peca, el obrero o el patrono?

—No sé… supongo que los dos. ¿Por qué me haces estas preguntas?

—Porque el domingo denunciaron a mi padre y él dice que la culpa es del patrono por haberlo obligado a trabajar.

—Bueno, a ver, el cuarto es:

—Honrarás a tu padre y a tu madre.

—Hay que honrar a nuestros padres y madres, porque después de Dios, a ellos les debemos la vida. Honra a su padre y a su madre quien los ama, respeta y obedece. El quinto es…

—No matarás.

—El quinto mandamiento prohíbe atentar contra la vida propia o ajena. No solo es pecado matar a otra persona o suicidarse; también es pecado odiar, herir o herirse voluntariamente. El sexto es...

—No cometerás actos impuros.

—Pecan contra la pureza los que cometen acciones deshonestas o ponen en peligro a otras personas para que las cometan. Peca contra la pureza quien mantiene conversaciones pecaminosas, dirige miradas de deseo, lee libros prohibidos, luce modas escandalosas, asiste a bailes deshonestos y espectáculos prohibidos y sin censura.

—El séptimo es:

—No hurtarás.

—Hurtar es robar, pero además del robo hay muchas formas injustas de aprovecharse de los bienes ajenos, como son la usura y el fraude. También se peca contra este mandamiento no pagando el justo salario al que trabaja, no dando el debido rendimiento en el trabajo o aprovechando las miserias y necesidades ajenas, sobrevalorando lo que poseemos con el fin de enriquecerse a costa de los demás.

Esta vez fue Pedro quien levantó la mano.

—¿Qué significa el dicho... «quien roba a un ladrón tiene cien años de perdón»?

—Ese dicho está hecho por conveniencia de un ladrón para justificarse. Ladrón es el que roba, da igual a quién le robe y ninguno de los dos tiene perdón, mientras no se arrepienta y devuelva lo robado. El octavo mandamiento es:

—No dirás falsos testimonios ni mentirás.

—Peca contra el octavo mandamiento el que miente con intención de engañar o de difamar al prójimo. También el que calla la verdad en una acusación falsa a otras personas o hace juicio temerario sobre ellas sin tener ningún fundamento. El noveno mandamiento es:

—No consentirás pensamientos ni deseos impuros.

—Peca contra este mandamiento el que por voluntad propia se recrea en esos pensamientos y deseos sin intención de rechazarlos.

Esta vez fue Luis quien levantó la mano.

—Dime, Luis.

—Yo he deseado muchas veces el chocolate de otros niños cuando merendamos en la calle mientras jugamos, ¿es pecado, señorita?

—Es pecado, pero no atenta contra el noveno mandamiento de la ley de Dios. Eso es avaricia, porque deseas lo tuyo y lo ajeno.

—No, señorita, el chocolate que deseo es el de ellos, porque yo no tengo. Yo meriendo pan solo.

Emilia sintió lástima y, acariciándole la cabeza, le dijo:

—No te preocupes, eso no es pecado, es necesidad. Peca más el que tiene y no comparte que el que desea porque no tiene. El décimo mandamiento es:

—No codiciarás los bienes ajenos.

—¿Es lícito aspirar a una mayor distribución de bienes? Sí, adquiriéndolos de una manera lícita y honrada. Estos diez mandamientos se encierran en dos: amarás a Dios sobre todas las cosas y al prójimo como a ti mismo.

Bueno, ya es suficiente por hoy —dijo la catequista dando una palmada—. Salid ordenadamente, que no tenga que reprocharos nada don Anselmo. Recordad siempre que la iglesia es un lugar sagrado donde hay que estar con el máximo respeto y devoción.

El grupo de chicos de la catequesis había tenido una disputa con los chicos de otro barrio. La disputa vino a raíz de una competición de carreras que consistía en dar vueltas a una manzana de casas hasta llegar al agotamiento. Pasó que los dos grupos se agotaron al mismo tiempo, pero el grupo que procedía del barrio se proclamó vencedor por llegar un corredor suyo dos o tres segundos antes que el primero del otro grupo. El grupo de la catequesis quedaba perdedor y reclamó la victoria alegando que ellos tenían más corredores en pie y la competición era de aguante. Las dos pandillas se enzarzaron en una disputa hasta que uno de ellos dio una voz en seco aplacando el barullo. El que puso orden pertenecía al grupo de la catequesis y se hizo su cabecilla. Retó al grupo contrario a pelear en las eras en batalla campal, llamada «leva», que consistía en lanzarse piedras unos a otros hasta vencer o ser vencidos. El grupo del barrio aceptó el reto, que fue señalado para el día siguiente a las cinco y media de la tarde, después de salir de la escuela, ya que en ese mismo día tenían catequesis.

El cabecilla del grupo «catequesis» era fanático de la historia de España, sobre todo de las batallas de la Reconquista contra los moros infieles y del glorioso Alzamiento Nacional. Llegaron a las eras y el enemigo estaba escondido detrás de las paredes que separaban una era de otra, formadas en la ladera de un cerro. Al no ver a nadie, el cabecilla comenzó a gritar: «cobardes, hombres faltos de honor y de palabra; infieles a Dios y servidores del demonio que solo sabéis pelear a traición, dad la cara y pelead como los hombres».

Pedro, Luis, Federico y algunos otros estaban deseando que el enemigo no hubiese acudido al campo de batalla; pero, estando en ese pensamiento, empezaron a salir de detrás de los desniveles del terreno como si los pariera la tierra. Entonces, el cabecilla «catequesis» alineó a los suyos en una fila transversal para avanzar de frente sin resguardo ninguno, pero con la ventaja de tirar siempre desde arriba. Los contrarios tenían escondite donde resguardarse, pero, para lanzar las piedras, tenían que asomar el cuerpo por encima de las paredes cortadas en el desnivel y lanzarlas hacia arriba, costándole un mayor esfuerzo que a los otros, que avanzaban hacia abajo. Además, habían fabricado hondas para lanzar las piedras más lejos y con mayor fuerza. Los de abajo asomaban para tirar con precaución, con miedo y, cuando lo hacían, las piedras no llegaban al grupo contrario, mientras que los de arriba avanzaban saltando desniveles cada vez que lanzaban una lluvia de piedras sobre ellos. Al fin, los de abajo salieron en desbandada cada uno por un lado diferente y los de arriba empezaron a cantar victoria. El cabecilla «catequesis» se sintió eufórico, formó a su grupo como si fuese un ejército y lo llevó así por las calles del pueblo hasta la plaza. Para mayor representación, hizo una cruz con dos cañas y otra caña con un pañuelo en la punta atado de dos picos que ondeaba igual que una bandera. Por la calle iban cantando una marcha triunfal, pero cuando llegaron a la plaza, los formó bien alineados frente al Ayuntamiento y con el brazo en alto cantaron el Cara al Sol. Pedro, Luis, Mariano, Manolo y José iban al final del grupo, casi escondidos, sintiendo en su interior la vergüenza del ridículo y, al pasar por detrás de la iglesia, se quedaron escondidos evitando participar más, viendo cómo los demás llegaban a la plaza y cantaban.

Las niñas jugaban en sus casas con las muñecas y, en la calle, al truque, a la comba, al corro, a contras y cabezas con los alfileres y, a veces, al escondite o al pille; pero siempre juegos más pacíficos y comedidos que los de los niños. Sin embargo, no era solo prudencia y humildad. La educación y el comportamiento de las familias marcaba mucho en los niños y niñas a la hora de aprender. La clase alta y la clase media disfrutaban de una educación más refinada, pero a cambio, desde muy temprana edad, en algunas familias se fomentaba la prepotencia y la seguridad de ser más que la clase pobre, llamada clase baja, mirando casi siempre al más humilde como inferior y en muchos casos, con soberbia.

En la calle donde vivía Inés, Josefa y Ramona, la mayoría de las familias eran de las dos clases citadas, excepto algunas familias, que eran pobres aun siendo las casas de su propiedad. Jugando en la calle, se mezclaba la clase media con la pobre. En una ocasión, jugando las niñas y los niños cada uno en su grupo, pero cerca unos de otros, se formó una disputa entre las niñas, porque una de ellas había perdido varias veces consecutivas. La perdedora era de la clase media y fue a descargar su ira sobre una de las pobres diciéndole precisamente eso: que era pobre, rebajándola y humillándola hasta hacerla sentir vergüenza de su pobreza. Otra niña, más comprensiva y con menos orgullosa, a pesar de pertenecer a la misma clase social, aclaró:

—¡Pero no es pobre de pedir limosna!

La niña ofendida se sintió aliviada con esa defensa, porque aunque ser pobres era una vergüenza, era más vergüenza ser pobres de pedir.

Al lado, en el grupo de los niños, jugaba un hermano de la ofendida, algo mayor que ella y al oír el comentario, con respeto, pero con coraje, en un tono menos refinado que el que había utilizado la que ofendía, le dijo que se metiera su riqueza donde le cupiese, cogiendo a su hermana con cariño y separándola del grupo, a la que se unieron otras tres niñas, que, aunque la ofensa no iba contra ellas, al ser de la clase pobre se sintieron ofendidas. En los niños pasaba lo mismo. Prueba de ello era la faena que le hicieron a Jesús, cuando lo repudiaron sus amigos dejándolo solo a propósito en varias ocasiones porque era pobre.

La diferencia de clases estaba muy marcada a la hora de tener amigos y de contraer amistades. Y no digamos a la hora de buscar pareja para casarse. La mezcla de pobres y ricos, a la hora de contraer matrimonio, era casi nula y si en algún caso ocurría, era criticada hasta considerarla una bajeza para la familia rica, mientras que para la familia pobre se consideraba un triunfo. También había una creencia equivocada de que ser rico era sinónimo de ser bueno, religioso y compasivo, siendo en muchos casos todo lo contrario. Sin embargo, al pobre que era bueno siempre se le añadía la pega de que era pobre y a la hora de emparejar, se veía rechazado por la familia de él o de ella, si era de clase acomodada. De ahí aquellos versos carnavalescos que decían:

Sabemos que vuestro mozo
es un chico muy formal.
¿Y qué tenemos con eso
si no tiene capital?

Replicando el ofendido en defensa de lo ético moral, con otra estrofa que decía así:

Malditos sean los amores
que nacen de la ambición,
porque son mucho mejores
si nacen del corazón.

Las novieces entre niños y niñas eran frecuentes. Muchas veces ni siquiera se habían puesto de acuerdo para esa noviez; solo ocurría porque le gustaba ella a él o él a ella y, sin haber hablado nada, ya la consideraban su novia o su novio. A Jesús le gustaba Pilar y a Pilar le gustaba Jesús. Se miraban, se sonreían, pero sin pasar de aquellas atenciones dirigidas a distancia, con cariño, pero con pudor y recato. Cuando se encontraban por la calle, se paraban a hablar si nadie los veía, pero con el temor de quien hace algo malo. El tiempo les fue dando confianza, hasta que un día decidieron jugar juntos, eso sí, donde nadie los viese, porque no era de buena reputación que los niños jugasen con las niñas y mucho menos los dos solos, que era lo que ellos deseaban. En sus cabecitas infantiles e inocentes ya se habían grabado las frases de «los muchachos con las muchachas hacen malas gachas», si jugaban juntos. Si el niño jugaba con las niñas, era «mariquita». Si la niña jugaba con los niños era «marimacho».

Para jugar donde nadie los viese, inventaron una estrategia que, casi durante una semana, les salió bien. La cueva de la casa de Jesús estaba en el patio que había desde la calle a las habitaciones. El sol por la tarde daba casi de frente a la puerta de la cueva, por lo cual la luz penetraba dentro llenándola de claridad. La puerta de la casa estaba siempre abierta hasta la hora de cenar y por la tarde nadie bajaba a la cueva. Desde que salían de la escuela hasta que se ponía el sol, había una hora de claridad y hasta el final de las escaleras se veía bien. Entonces ellos acordaron verse allí todas las tardes, aprovechando el tiempo en que los demás niños merendaban o cogían la merienda para salirse a jugar en la calle. Pilar cogía su muñeca de trapo hecha por su madre y Jesús sus burros de cartón, que había hecho él mismo con las tijeras y una caja. Mientras que la madre de Jesús le preparaba la merienda, la muchacha, con cautela, se colaba en la cueva. Entonces, él con la merienda en la mano se iba hacia la calle; pero al llegar a la puerta de la cueva, miraba a su alrededor y si no había nadie, bajaba las escaleras corriendo para juntarse abajo con ella. Una vez abajo, los dos juntos compartían la merienda de Jesús, porque ella casi ninguna tarde llevaba. Si acaso, un mendrugo de pan que le había dado alguna vecina por caridad al verla que clavaba los ojos en la merienda de las demás niñas. Después de compartir la merienda, jugaban; ella con su muñeca imitando a una madre que cuidaba de su hijo y él, imitando al padre que trabajaba con los burros en el campo, dirigiéndose de vez en cuando unas miradas de alegría y conversando como un matrimonio feliz, que era lo que según la ilusión de ellos representaban. Así estuvieron todas las tardes de casi una semana, hasta que un día la madre de Jesús vio a su hijo bajar a la cueva y al poco rato, viendo que no subía, bajó ella y, aunque se escondieron al verla, la mujer los encontró acurrucados detrás de una columna temerosos de obtener algún castigo, como aquel que hace algo malo. Al descubrirlos, Pilar salió corriendo escaleras arriba y Jesús salió cohibido y temeroso, pero empezó a rehacerse cuando vio que su madre no le regañaba.

—¿Qué hacías ahí? —preguntó la madre.

—Jugar.

—Jugar ahí, escondidos. ¿Qué clase de juego estabais haciendo?

—Ahí… ninguno. Ahí nos hemos escondido cuando usted bajaba las escaleras. Antes, ella jugaba con su muñeca y yo con mis burros. Solo queremos estar juntos y nada más.

—¡Sube para arriba!... que te voy a dar yo «estar juntos».

Jesús subió delante de su madre con los burros en la mano. Cuando llegaron arriba, la madre se fue a planchar y Jesús, viendo que no le regañaba ni le decía nada, se fue a la calle a jugar.

Cuando salió, las miradas y sonrisas perspicaces e interrogantes de los demás niños, los de su edad y otros mayores, se derramaban sobre él considerándolo un machote, mientras que las niñas lo consideraban un pervertido al que miraban con rubor. Pero viéndolo interesante, sin poder evitar dirigirle alguna mirada a escondidas.

Nadie les había dicho lo que había sucedido, pero algunos de ellos habían visto desde la calle a Pilar salir corriendo desde la puerta de la cueva y no parar hasta llegar a su casa con la cara descompuesta y llorando. Después, vieron salir a Jesús muy serio y a su madre detrás de él. No hubo necesidad de explicaciones. La imaginación lo dijo todo y mucho más, porque Juana, la madre de Pilar, no tenía buena reputación. Todo porque buscaba el sustento para ella y cuatro criaturas más; dos suyas y dos de una hermana, fallecida un año antes enferma de tuberculosis. Al marido de Juana hacía más de un año que lo habían encarcelado y seis meses antes habían fusilado al marido de su hermana fallecida. Juana hacía los trabajos de noche y Alguna gente suponía que andaba en asuntos sucios, porque muchas veces llegaba a su casa de madrugada sin saber nadie a qué se dedicaba. Pensaban que sería estraperlo u otras cosas aún más deshonestas. Lo que si estaba claro era que, sacaba a su familia adelante a pesar de que nadie quería relacionarse con ella ni darle trabajo.

Al extenderse la noticia de Jesús y Pilar en la cueva, hubo quien no le dio importancia. Al fin y al cabo eran niños de ocho años, y a pesar del recato moral riguroso que se imponía, era normal que quisiesen jugar solos inocentemente, sin más pretensiones. Sin embargo, la gente que solo tenía ojos para ver lo sucio y que enturbiaban lo impoluto con la suciedad retorcida de su imaginación, criticó el caso diciendo que... «Lo que se ve, se aprende», que «de tal palo tal astilla», que «desde pequeña había tenido buena maestra», que «¡Dame raza y no me des enseñanza!». Y la niña, según esas malas lenguas, tenía las dos cosas, raza y enseñanza. ¡Esta, no falla! —decían otras. Dichos y refranes comparativos y de desprestigio que, a sus ocho años, marcaron a Pilar para toda la vida, haciéndole sentirse culpable de un acto sucio, cuando solo hubo inocencia en un sentimiento puro y limpio.

CAPÍTULO 29

El invierno de mil novecientos cuarenta y cinco fue duro. La miseria, las enfermedades y el hambre castigaron con dureza a la población, pero sobre todo a gente pobre, y mucho más a niños, ancianos y personas con algún problema de salud. Muchas veces, el poco alimento que conseguían se lo daban a sus hijos en la mayor parte, ayunando ellos varios días seguidos.

Rosa, la mujer de Blas, dio a luz el cinco de noviembre de ese año duro y difícil, donde las cosechas fueron escasas y por tanto, hubo poco trabajo y el pan se mantenía a un precio desorbitado. El parto vino con problemas, pero al fin, la criatura nació bien. Sin embargo, Rosa, después de varios días, no dejaba de sangrar, estando cada vez más pálida y débil, hasta coger una anemia grave. La preocupación del médico aumentaba y todo su afán era que le diesen comida de mucho alimento y que hiciese reposo. El reposo era fácil de hacerlo, pero la comida era difícil de conseguir, no solo la cantidad, sino también que fuese de mucho alimento, puesto que escaseaba lo más básico en alimentación y, lo más difícil de conseguir: el dinero.

El médico, preocupado, fue a hablar con el concejal de beneficencia exponiéndole el caso y solicitando una transfusión de sangre con la esperanza de salvarla; pero, aunque el tratamiento fue eficaz, no fue suficiente, ya que el derrame no disminuía. Al final, después de varias semanas, antes de terminar el año, falleció. Blas se quedó viudo con treinta y cuatro años y tres criaturas: una niña con siete años, un niño con tres y la recién nacida, que también era una niña. Después de algo más de un año, Blas aún tenía presente a Rosa, echándola en falta cada día como si fuesen los primeros después de su fallecimiento. Sin embargo, era consciente de que ya no la tendría nunca. Su hija, con tan solo ochos años, no tenía capacidad suficiente para ordenar la casa como una mujer. La niña, acostumbrada a ayudar a su madre, trajinaba con la ayuda de las abuelas y algunas vecinas, pero cuando se quedaba sola, todo le venía grande y se escapaba de su capacidad.

La madre de Blas llevaba varios meses insistiendo en que en esa casa hacía falta una mujer que fuese el timón y que llenase los huecos vacíos que había dejado Rosa hacía ya quince meses. El hijo lo reconocía y sentía la necesidad de tenerla, pero ojeaba las posibilidades de encontrar a otra mujer y siempre las consideraba muy reducidas. «Esa es muy joven y no querrá cuidar de hijos que no son suyos», pensaba. «Aquella es muy mayor para mis años»... Entonces retrocedía en su memoria y recordaba cada instante que había pasado con su esposa desde que se conocieron, hasta el día en que, con el corazón hecho pedazos, la despidió camino del cementerio, sintiéndose en parte culpable al haber fallecido a consecuencia del parto. Dudaba si congeniaría con otra mujer. Con su esposa, las diferencias se disipaban al instante; al fin y al cabo, el amor lo puede todo; pero aquí solo habría conveniencia, el amor y el cariño vendrían después con el tiempo, si todo funcionaba en buena armonía y lograban adaptarse unos a otros.

Febrero mediaba sus días con el carnaval, prohibido desde que comenzó el régimen instalado hacía ya casi ocho años. Al pueblo, cuando se le condiciona su libertad, se le prohíbe o se le niega un derecho, muestra con libre albedrío sus propios deseos, actuando como el árbol cortado que retoña con fuerza demostrando que existe, que sigue vivo y que no se resigna al control exigente del hacha que lo ha mutilado. Las máscaras, con precaución, pero sin miedo, recorrían las calles sin llegar a la plaza, salvo algunas atrevidas que buscaban divertirse corriendo delante de la policía para después reírse si no eran atrapadas. Era normal ver un grupo de ellas corriendo para ocultarse en cualquier casa abierta y esperar a que las autoridades pasasen para seguir el recorrido. Casi siempre iban a casas de familiares y amigos; por supuesto, sin dar por alto al transeúnte que ocasionalmente se encontraban por la calle, asediándolo con preguntas picarescas y consejos atrevidos que, a cara descubierta, jamás se hubieran atrevido a formular.

Venía Blas a su casa después de concertar con el patrono el tajo al cual tenía que ir a trabajar, cuando cinco máscaras lo cercaron blincando y cantando a su alrededor. Hicieron un corro cerrado en torno a él con las manos cogidas entre sí y Blas, sonriente, pero algo aturdido, las miraba sintiéndose preso y halagado al mismo tiempo. Cuando dejaron de bailar, una de las máscaras comenzó a cepillarle la ropa con serenidad y delicadeza, aproximándose a él hasta sentir el resuello caliente en su cara a través del antifaz. En un tono coqueto, comenzó a decirle al oído con una voz tierna, pero fingida, haciéndola diferente a la suya propia para que no la conociese:

—Necesitas una mujer que te cepille más a menudo.

Él, nervioso sin saber quién se escondía detrás de aquel antifaz, y al mismo tiempo por sentir a una mujer tan cerca después del tiempo de viudedad, clavó los ojos en los de ella y le dijo:

—Cepillas muy bien. Te doy permiso para que me cepilles siempre que quieras.

Otra abrió un manual donde había un gran número de consejos para solteros, solteras, viudos, viudas, casados, descasados, jóvenes, viejos y en especial, para viudos de mediana edad como era él. Los consejos eran obvios y sugestivos, a los que él asentía moviendo la cabeza afirmativamente con una sonrisa tímida, dándolos por buenos. Al final le mostraron una lista de nombres de mujeres solteronas y viudas jóvenes para que eligiese. Blas fue discreto y no eligió ninguna, pero sí paseó la vista por todas, comparando a unas con otras en honestidad, sensatez y belleza. Al final, cuando las máscaras por fin lo dejaron, se fue pensativo dándoles la segunda vuelta en su mente, sintiendo que siempre se detenía en la misma entre tantas como había leído en la lista. ¡Siempre la misma! Durante el resto del día, pensó multitud de veces en todos los consejos que contenía aquella página del manual. Por la noche se durmió pensando en ella y, al despertar por la mañana, supo que había soñado y que el sueño estaba lleno de fantasía.

Había un hada que se divisaba flotando en el espacio con una varita mágica y una estrella chispeante en la punta. Había hadas que giraban en torno suyo brillando en la oscuridad, desapareciendo al apagarse su estrella. Otras persistían, pero desaparecían al deslum-

brarse con la intensidad de su propia luz, para, unos segundos des-
pués, dejar un punto brillante y diminuto formando una corona sobre
la cabeza de la única hada que se mantenía sonriente en el mismo
sitio que había aparecido.

Desde entonces no tuvo duda, era ella. La cara de la imagen que
figuraba en el sueño era la cara de la mujer que hacía ocho meses se
había quedado viuda por culpa del rayo de una tormenta y, sin saber
por qué, desde aquel día del sueño, se había metido dentro de él sin
poder arrancarla de su interior. Se agarraba a ella como el náufrago
que se agarra a una tabla de salvación. Estuvo un tiempo dándole
vueltas a la cabeza hasta que se lo dijo a su madre. La madre fue a
hablar con ella para proponerle que «se arreglase» con su hijo, pero
ella se negó diciendo:

—No pienso meter a un hombre en mi casa, eso sería hacer de
menos a mi marido.

Cuando la madre le dio a Blas la contestación que había recibido,
él la comprendió, pero se puso triste pensando que quizá no fuese esa
la única razón y se sintió decepcionado.

—No te pongas triste —dijo la madre— «Zamora no se conquistó
en una hora» y «lo que no se hace en Santa Lucía, se hace otro día.»
Además… mujeres hay muchas y, ¿quién te dice a ti que no vas a
conseguir una moza más joven que tú y mejor puesta que ella?

Él callaba y pensaba rebuscando en su memoria cara y nombres,
pero solo encontraba uno y una cara: la de Verónica.

Al cabo de un tiempo, su madre volvió a recordarle que necesitaba
una mujer. Él callaba, pero la madre insistía incluso dándole nombres
de cada una de las mujeres a las que tenía opción, hasta que un día,
después de estar un mes oyendo la misma monserga, Blas dijo:

—Vamos a ir otra vez, los dos. Quiero ser yo quien le hable y
quien reciba la respuesta.

La madre no dijo nada, pero se alegró; tanto, que preparó la visita
ella misma, avisando a la madre de Verónica, para que los anunciase
y estuviese ella presente con su hija.

Verónica tenía treinta años y dos criaturas: un niño de siete y una
niña de cuatro. Ella trabajaba en las recolecciones del campo y, entre
una recolección y otra, hacía limpieza ocasionalmente en algunas ca-

sas, pero a veces no tenía donde trabajar, resultando una carga para sus padres, que, incluso en ocasiones, no podían ayudarle. Sus dos hermanas se compadecían de ella al ver a sus sobrinos hambrientos y en los momentos más difíciles se llevaban a los niños a la hora de comer; pero era tanta la pobreza, que el bocado que se comían los sobrinos, repercutía en la alimentación de sus propias familias. La noche que Blas y su madre fueron a hablar con Verónica, no solo estaba la madre de ella, también estaban sus dos hermanas, mayores. Cuando Blas expuso su petición, ella volvió a negar una y otra vez según iban haciéndole los cargos de la conveniencia de ese enlace. Al fin rompió a llorar sin poder pronunciar una palabra a raíz de ese llanto. Entonces él habló con serenidad dirigiéndose a ella y, con voz pausada pero firme, le dijo:

—Piénsalo bien, mi propuesta es seria. Tengo muy claro que, mientras tú estés sin compromiso, yo no voy a buscar a otra mujer: quiero que mi compañera seas tú.

La propuesta quedó hecha, firmada y rubricada con las últimas palabras que había pronunciado él, salidas de lo más profundo de su corazón.

Desde aquella noche, triste para ella y desconsolada para él, pasaron siete meses hasta que él volvió a recordarle que su propuesta seguía en pie. Blas aguardaba paciente, como el labriego aguarda la lluvia tan necesaria para dejar de ver marchitarse los campos. La miraba a ella como se mira al cielo cuando, implorando un milagro, se cuentan los días y se deshojan las noches en un calendario borroso, sin fechas concretas, con la esperanza de conseguir aquello que se desea. Aquella noche tan emotiva, fraguó entre las dos familias una amistad que antes no existía y que, a partir de entonces, formó un vínculo que en cada encuentro, se asemejaba más a un vínculo familiar que a una amistad ocasional como era aquella.

CAPÍTULO 30

En una tarde de marzo ventosa y fría, Doroteo mandó a Luis —su hijo pequeño — al pilar a dar agua a los burros mientras que él y el hijo mayor limpiaban la cuadra que estaba con basura de una semana, el tiempo que llevaban los animales sin salir de ella a causa del fuerte temporal de lluvias. Luis se puso contento de asumir esa responsabilidad y sin preguntar por qué había que ir al pilar, habiendo pozo en la casa, cogió un cubo de cinc y se montó en la burra vieja, llevando a la más joven del ramal. Había cogido el cubo porque sabía que la burra joven no pasaba al pilar cuando estaba inundado con una laguna desde la mitad del recinto hasta el pilón, donde bebían agua. Por una senda de piedras hecha a propósito para pasar hasta el abrevadero cuando se inundaba, Luis sacaba uno o dos cubos para darle agua a la burra joven, mientras la vieja bebía sola. Cuando estaba en esa faena, llegó un gitano que podía doblar en edad a Luis. Llevaba cinco mulas y una de ellas era de la misma opinión que la burra joven, por lo que el gitano, al ver el cubo, le dijo:

—Dame el cubo, que esta mula no quiere pasar a beber.

—Espera que termine de beber la burra y te lo dejo —dijo Luis amablemente.

—¡Te he dicho que me lo des! —le impuso el gitano tirando del cubo con malos modales y mojándole el pantalón y los pies al salpicar el agua. Después fue a pegarle y Luis, al verse solo e indefenso, pensó en las veces que había dicho su padre que los gitanos solo le temían a la Guardia Civil.

—Tú pégame —dijo Luis—, que cuando llegue a mi casa vamos a ir mi padre y yo al cuartel de la Guardia Civil y, por cada guantazo que me des, te van a dar a ti veinte.

El gitano, al oír eso, se cohibió, pero, en vez de darle el cubo, se lo tiró a la cabeza.

La familia del gitano estaba viviendo en un lugar a extramuros del pueblo. Pasaban a él para hacer tratos de cambio y compraventa de burros, mulas y otros enseres fabricados por ellos mismos, además de lencería. Cada persona llevaba su cometido. Los enseres o cacharros y la lencería los vendían las mujeres, ofreciéndolos de casa en casa con su palabrería diestra en regatear precios y convencer con su insistencia a gente indecisa: eran expertas en el tesón frente a las negativas.

Una de ellas, con su «liote» de lencería, iba llamando de casa en casa y ofreciendo el género. En una de las casas, salió una mujer de más de ochenta años, Remedios y, al abrir y ver a la gitana, dijo que ella no quería comprar nada.

—Señora, lo llevo «mu» barato —dijo la gitana desdoblando prendas para mostrárselas.

—No quiero nada —aseguró Remedios—. No tengo dinero y estoy sola. Vivo de la caridad.

La gitana empezó a recoger sin insistir lo poco que había desdoblado, pensando en un nuevo negocio que comenzó con la misma palabrería que utilizaba para vender.

—Señora, si me hiciese un favor, la trataríamos como a una reina, además de pagarlo.

—Yo puedo hacer pocos favores —dijo la mujer— pero si está en mi mano…

—Mis criaturas pasan mucho frío por las noches, porque dormimos en el campo debajo del carro los mayores, y dentro de él los pequeños. Vamos de paso, solo estaremos aquí una semana. Si quisiera alquilarnos las habitaciones que no utiliza, le pagaríamos un mes de alquiler y un plato de comida diario de nuestros guisos.

No puedo: la casa es pequeña.

—Venga, señora, respetaremos su alcoba. Y la cocina, solo la utilizaremos para guisar. Nosotros con una habitación tenemos para dormir todos. Por el amor de Dios, compadézcase usted de mis criaturas. Mire, le regalo estas dos sábanas para su cama.

Remedios, pensando que solo era una semana y compadeciéndose de las criaturas, accedió.

A media tarde, la familia de gitanos acudió a la casa, todos excepto el marido. La gitana madre iba con una niña de diez meses en los brazos y otra de dos años cogida de la mano. Detrás de ella, dos niños, uno de cuatro y otro de cinco años, una niña de doce, otro niño de catorce y otro de diecisiete años de edad, que era el agresor de Luis. La dueña de la casa, al irlos pasando, fue contando y cuando estaban todos dentro, dijo con voz de espanto:

—¡Siete!

—Sí, señora, siete, y tres que se me murieron los «probecicos» de hambre y de frío.

Una hora después llegó el padre con el carro y los trastos: sacos de paja, objetos para vender, mantas, cuatro burros y cinco mulas. Los dos muchachos mayores abrieron la portezuela, el padre pasó el carro y soltó las bestias en el corral. Los niños empezaron a pasar trastos a la casa, invadiéndola por completo, menos la alcoba de la dueña. La mujer, al ver esa invasión, sintió congoja, pero se consoló pensando que solo sería una semana y, estando su alcoba libre, solo tendría que verlos a la hora de comer.

El primer día, la mujer preparó su plato para que le echasen la comida, pero el plato se quedó vacío. A la noche reclamó la comida que le habían ofrecido y el gitano, con una sonrisa guasona, le dijo:

—El plato es «pa» los señoritos. En mi casa, el que quiere comer, come en el caldero. Así que, ya lo sabe; si quiere comer, acomódese a las costumbres de mi casa —dijo señalándose a sí mismo hacia el pecho con el dedo índice para que quedase claro que era su casa.

Las dos primeras noches durmió sola; pero a la tercera se metieron en la cama con la dueña la niña de doce años con la niña de dos y, en el lado de los pies, se acostaron los niños de cuatro y cinco años. Molesta, cohibida y con miedo, la dueña se acurrucó mirando al lado contrario de las niñas y casi a las cuatro de la madrugada se puso boca arriba mirando a la oscuridad del techo, sin haberse dormido todavía.

Así aguantó diez días, hasta que los vecinos se dieron cuenta de que los gitanos no tenían intención de irse, a pesar de haber pasado tres días más de lo que Remedios les había dicho. Entonces avisaron a un sobrino que fue inmediatamente a ver qué pasaba. Cuando el sobrino llegó a la casa, la puerta estaba abierta de par en par, pasó y solo vio a dos niños casi de la misma edad y un bebé andando a gatas. El sobrino preguntó a los niños que dónde estaba el resto de la gente y ellos se encogieron de hombros sin contestar. Entonces, al ver la casa llena de trastos y la cocina con sacos medios de paja tendidos en el suelo de haber dormido allí, pensó que su tía estaría en la alcoba. Alzó la cortina y allí estaba, acostada boca arriba, vestida y arropada con una sábana que le cubría la cara, como cuando se cubre a un difunto.

—¿Qué hace usted ahí? —le dijo el sobrino después de destaparle la cara.

—¡Déjame, quiero morirme!

—Venga, levántese y no diga tonterías. Vámonos, que ahora vengo y soluciono esto

—Yo no quiero irme de mi casa, que luego no me van a dejar pasar.

—Mañana duerme usted en ella pero ahora se viene conmigo.

Remedios, viendo que era su única defensa, lo cogió del brazo y se fue confiada a donde la quisiese llevar. El sobrino, después de dejarla en su casa volvió y al llegar, vio que la puerta seguía abierta igual que antes. Pasó precavido, pero sin miedo, y, al verlo, el gitano salió hacia él.

—¡A la paz de Dios buen hombre!, ¿qué le trae a mi casa?

—¡Esta no es tu casa! Y vengo a decirte que te vayas. ¡Ya!

—Usted se confunde, esta casa la he «alquilao».

—Te doy de plazo hasta mañana a las ocho. Si a esa hora no está la casa vacía, no voy a ser yo quien te eche: va a ser la Guardia Civil.

Cuando el día siguiente despuntaba, la casa quedó vacía: abierta de par en par, sucia y desordenada como si hubiese pasado por ella una manada de búfalos. A las diez de la mañana, un grupo de mujeres, familiares y vecinas, la ordenaban y a la noche ya pudo dormir la dueña en su cama sin miedo a que nadie la invadiese, pero con un pensamiento muy claro: que cuando llamasen en la puerta, se asomaría por la ventana y solo abriría a gente conocida.

Mucha gente sintió pena por la pobre anciana, alegrándose de que se hubiesen ido los gitanos. Sin embargo, nadie se alegró tanto como Luis, que a veces soñaba con el gitano en mitad de la noche, mirándolo con esa cara infernal y de pocos amigos. Por eso, la marcha de los gitanos fue para Luis sosiego y alegría al pensar que ya no vería más a su agresor.

CAPÍTULO 31

En los últimos días de marzo, ya se comentaba la proximidad de la boda de Teresa y el tío «Cachete», que, según la propia información de ella, sería en abril. La familia de él aseguraba que sería el día de San Marcos, para celebrar la onomástica del que sería su patrón desde ahora en adelante, por aquello de *los cuernos*.

La gente comentaba el acontecimiento con ironía, haciendo burla y considerándolo un iluso inocente que había sido engañado por una pícara que solo buscaba su dinero para vivir con el lujo y la pujanza que su familia o un casamiento de su condición jamás podría darle. Romualdo pensó lo mismo. No tenía nada de iluso ni de inocente, pero vio que se quedaba solo a una edad avanzada y una familia de «lobos» que no lo dejarían disfrutar a sus anchas de aquello que le apeteciese, estando él sano, con dinero y ganas de disfrutarlo. Él, al principio, no pensaba casarse, pensaba en tener criada para todo sin necesidad de comprometerse; pero al ver la exigencia de ella y el egoísmo de su familia, decidió asegurarse de que Teresa no le fallase porque le hacía falta como criada y como mujer y al mismo tiempo, ¿quién le decía a él que a su vejez no podía tener descendencia? Así tendría a quien dejarle sus bienes a la hora de su muerte, dejando a su familia sorprendida y desheredada, bufando de rabia y con la miel en los labios sin probarla.

La boda no fue el veinticinco como aseguraban con ironía la familia de «Cachete», porque estaban molestos al ver que la herencia futura se les escapaba de las manos. El día veintiséis de abril, sábado, a las once de la mañana, Romualdo García Roldán caminaba hacia la iglesia al lado de María Brusco Salcedo, su criada actual y única, ya que la otra criada, Teresa Reinoso López, caminaba delante de ellos del brazo de su padre, José Reinoso Román, vestida de blanco, luciendo con orgullo el vestido de novia como quien lleva intacta al altar la flor de su pureza. La acompañaban su madre, dos hermanos, dos tíos con sus esposas y cinco primos hermanos: tres varones y dos hembras. El acompañamiento era reducido. La familia del novio no asistió a la boda, entre otras cosas, porque no fueron invitados. Después del incidente de la noche que se juntaron las dos familias, unos a reprocharle su compromiso y otros a aconsejarle, pero las dos familias motivadas por el mismo interés (el de la herencia), Romualdo pensó que estaba mejor sin familia y no los invitó a la boda. María iba de madrina, cogida al novio recordando sin rencor ni reparo aquella escena de la cámara, cuando el señor le metió mano mientras ella cogía la cebada.

Después de la ceremonia, hubo invitación en la casa del novio. Tres cocineras habían preparado comida para dieciséis personas, con un vino excelente de la última cosecha elaborado por el novio y apartado para la ocasión de la mejor tinaja. Después de una tarde de fiesta comiendo y bebiendo, la gente se fue a su casa con el estómago lleno como no lo habían hecho en mucho tiempo, y mucho menos con una comida tan variada y exquisita como fue aquella.

—¡Por fin solos! —pensó él, mientras que Teresa empezaba a quitarse ropa.

La noche fue agotadora. Después de un día movido, sus setenta años necesitaban descanso aunque él no fuese consciente de ello por la euforia que le producía la ilusión de gozar de Teresa sin trabas, tapujos, ni objeciones de ninguna clase. El primer «asalto» fue triunfal. Después se relajaron los dos y al poco rato se durmieron, pero no habían pasado cuarenta minutos, cuando ella lo volvía a buscar más ansiosa y ardiente que antes, registrando el cuerpo de él y mordiéndole la oreja para despertarlo. A él le costó despertarse, pero al fin lo hizo, armó con lentitud y lo volvió a intentar, aunque esta vez los gases de la vasija no empujaron con la misma fuerza de antes, lo que hizo que el acto fuese como esos cohetes de lágrimas que nada más estallar, caen hacia abajo como las ramas de un sauce llorón. Después se durmieron hasta bien amanecido y, al despertar, volvieron a abrazarse los dos muy contentos, pensando ella en el tercer asalto, registrando el cuerpo de él con avidez hasta empuñar la vasija de nuevo y comprobar con desilusión, que ya no era de hueso como la primera vez, ni de ternilla como la segunda, sino carne blanda como el bofe que dormía plácidamente, como quien duerme el sueño eterno.

El domingo no madrugaron. Eran casi las once de la mañana cuando Teresa hacía chocolate para el desayuno y troceaba dos tortas en trozos rectangulares para mojar en él. Después, cuando desayunaron, él se vistió de traje y ella se engalanó con un vestido de estreno, como una auténtica señora que era desde que el día anterior se había convertido en la esposa de Romualdo García Roldán, uno de los patronos más prósperos de la agricultura vitícola y de cereal, con bodega propia. A las doce menos cuarto salían de su casa para ir a misa, presumiendo los dos de su triunfo: ella, de haberse convertido en una señora y él, de tener una mujer bien parecida de cara y de cuerpo, y treinta años más joven que él, inteligente, trabajadora y dispuesta a darle descendencia, que era —según ella— la mejor dote que podía obtener con su casamiento.

Por la calle, con paso señorial, sonrisa dulce y cara de felicidad, caminaban los dos satisfechos, haciendo caso omiso a las miradas: unas de burla, otras de admiración. Porque el tío «Cachete» aparentaba diez años menos que hace un mes, y ella, con su esbeltez, el vestido nuevo de una calidad extrema parecía una señora. Bien aprendido tenía aquel porte señorial y refinado en sus muchos años de trabajo sirviendo en casas de señoras, donde muchas veces las imitaba a solas haciendo burla de ellas delante de un espejo, pero haciendo la imitación con tal semejanza que ahora resultaba natural, como si fuese una señora de toda la vida.

El lunes, a la hora de todos los días, llegó María y las tres cocineras que condimentaron el menú de la boda. Fueron para fregar las sartenes, ollas y platos utilizados en la celebración y para barrer y colocar el salón donde habían comido. Porque al llegar la tarde, ya anochecido, el novio había ordenado cerrarlo tal y como estaba, después de recoger solamente las sobras y los desperdicios diciéndole a la servidumbre que se marchase hasta el lunes. Eso lo hizo con el único fin de quedarse a solas con Teresa y descansar.

La primera semana de casados fue generoso con la servidumbre. Les dio a los obreros un aguinaldo y dos botellas de vino —blanco y tinto— y la promesa de dos arrobas de mosto en la próxima vendimia para hacer mostillo, arrope y mistela. De esa manera, presumía de compartir su felicidad con ellos por ser parte de su hacienda. A partir de la segunda semana de casado, el tío «Cachete» volvió a economizar igual que lo había hecho siempre, con la única diferencia de que ahora Teresa ya no era la criada, era la señora y a ella no le negaba nada.

Los comentarios no cesaban. El matrimonio desigual, pero feliz, estaba en constante observación de alguna gente que disfrutaba hablando y componiendo cosas que no eran ciertas. Suponiendo e imaginando motivos para buscarle una explicación a todo aquello que, siendo lógico, había personas que no lo comprendían.

Antes de cumplir un mes de casados ya corrían murmuraciones de que Teresa estaba embarazada, dándole así una justificación a aquella boda que nadie acababa de comprender, excepto ellos dos, que habían tenido sus razones para hacerla, aunque hubiese sido por conveniencia. Las indirectas llegaban a él en el casino en forma de bromas y a ella cuando algunas mujeres curiosas le preguntaban por el estado de su nueva vida de casada, a las que Teresa contestaba con una sonrisa forzada, pocas explicaciones y escuetas, pero sin llegar a ser desagradable. Al mes de estar casada, tuvo la regla cuando ya no la esperaba porque llevaba diez días de retraso. Una decepción para los dos, porque ya se estaban haciendo ilusiones con el embarazo, pero al mismo tiempo fue una satisfacción para ella, que se consoló pensando que así podía desmentir los rumores que corrían de un embarazo anterior a su boda.

La familia de «Cachete» y la de su primera esposa no dejaban de criticarle. Recordaban a la mujer ya fallecida con elogios y alabanzas, recriminando a Romualdo al considerar a su primera esposa «escoba» y a la segunda señora, un dicho aplicable siempre a los viudos que se casaban en segundas nupcias.

CAPÍTULO 32

Abril despertaba el campo con un sol radiante después de las últimas lluvias, que, en rachas intermitentes, mojaron la tierra. Las nubes dejaban lucir al sol con algún que otro arco iris, parcial o completo, que desde la tierra subía al cielo sobre sus dos extremos, componiendo un cuadro natural impresionante. Las escardadoras, como cada año zurcían los sembrados limpiándolos de las malas hierbas que, al azar, habían nacido mezcladas con el único fin de reproducirse como cualquier ser vivo que cumple la misión que la naturaleza le exige.

En la cuadrilla de la casa de don José, Inés, que había estado en el arranque de las leguminosas, iba por primera vez después de que, avergonzada por su embarazo, no había ido en la vendimia. Los mozos también eran los mismos, salvo algún ingreso reciente para aumentar la mano de obra, con motivo de los trabajos que surgían, propios de esta estación de primavera. Por las tardes, en las casas quintería, mozos y mozas se veían, aunque a veces era a distancia, sin hablar. Otras se las ingeniaban para encontrarse ellos con ellas y cruzar algunas palabras casi a escondidas. Roberto y Patricio siempre se las ingeniaban para hablar con Blasa y Rosa, haciendo ellas la ocasión propicia para el encuentro. Después de nueve meses de relaciones para conocerse mejor y asegurar una relación futura más firme y consolidada, no les importaba que los viesen hablando porque sus relaciones eran un secreto a voces.

José buscaba a Inés tímidamente con la mirada, pero Inés temía encontrarse con él porque en las dos o tres veces que se habían visto de cerca sin poder hablar, ella había leído en su mirada que estaba ansioso por hablarle. Una tarde, cuando Blasa, Rosa e Inés sacaban agua del pozo para llenar los cántaros, Roberto y Patricio fueron donde estaban ellas y José se fue con ellos. Al llegar al pozo, ellas sonrieron; pero Inés, que estaba de espaldas a ellos tirando de la maroma para sacar el cubo, no vio a José. Cuando se volvió y lo vio, palideció y agachó la cabeza echando a andar para irse sin haber llenado el cántaro.

—Espera —dijo José interceptándole el paso— quiero hablar contigo.

—No tenemos nada de qué hablar —dijo ella, sin atreverse a mirarle.

— Si no quieres decirme nada, no hables, pero déjame hablar a mí. Deja que te diga lo que he querido decirte muchas veces y nunca he tenido ocasión de hacerlo.

Ella guardó silencio dispuesta a escucharle.

—Sé lo que estás pensando: que lo nuestro no puede ser. Yo te quiero y estoy dispuesto a hacer cualquier cosa por ti. Sé que eres inocente en todo y no te mereces este sufrimiento. Por eso, quiero ayudarte. Hablan de un juicio para quitarte al niño; si tú quieres, puedo declarar que soy el padre. Con que tú lo afirmes, no te lo podrán quitar. No creas que con esto quiero ganarte, es que me duele que te separen de él.

—Gracias —dijo Inés sin levantar la vista del suelo— no quiero que te comprometas por mí. Además, si haces lo que tú dices, pensarán que también he estado contigo. No sabía que el caso se iba a llevar a juicio. Nunca creí que llegaría tan lejos, pero si es así, ellos ganan siempre: la «justicia» son ellos.

Mientras que hablaba José, las compañeras de Inés no quisieron mirar hacia ellos por respeto a la intimidad de la conversación, pero a pesar de eso y de que hablaban con Roberto y con Patricio, escucharon algunas palabras, suficientes para sacar conclusiones y saber que José estaba dispuesto a hacer cualquier cosa por ella. Cuando llegaron las tres a la casa con los cántaros, Manuela miró a Inés como quien estudia una incógnita; mientras, Blasa la miraba a Manuela fijamente a la espera de que hablase para obstruir sus palabras, fuesen cuales fuesen; pero no hubo ocasión, porque Manuela no dijo nada.

Inés quedó preocupada por el supuesto juicio y, aunque no dijo nada, todas notaron su preocupación, sin saber cuál era el motivo, excepto las dos que estaban con ella en el pozo.

La noche fue pesarosa para Inés. A oscuras, tendida en el camastro debajo de la manta, lloró con un desconsuelo tan grande como si le hubiesen quitado el niño aquella misma tarde. El ir y venir de sus pensamientos hacía que aquellos casos ocurridos en el Registro Civil siguiesen vivos en su mente, con la angustiosa certeza de que los certificados de renuncia y adopción estaban firmados por su padre. Eso la llenaba de desesperación e impotencia. Hasta ahora no habían podido quitarle al niño, lo habían intentado por las buenas, pero no habían llegado más lejos. Ahora sería distinto: la sentencia de un juez sería tajante, eso le daría derecho a Sebastián a llevárselo, arropado por la ley y la fuerza del orden público, si fuese preciso.

José recapacitó sobre la propuesta que le había hecho a Inés y le pidió perdón, explicándole que lo había hecho con la mejor intención, sin pensar que dichas declaraciones podían perjudicarle a ella.

—No te preocupes —dijo Inés— yo sé que lo has hecho por ayudarme.

Ese intento de ayuda sensibilizó los sentimientos de ella sintiendo agradecimiento y afecto hacia él, pero tropezando su pensamiento con una barrera al pensar en quererlo de la manera que él la quería, viendo incompatible un enamoramiento por parte de ella, al no considerarse digna de ningún hombre aunque él la quisiese después de estar deshonrada.

El trato antes distante entre Inés y José, a partir de entonces se convirtió en una atención mutua y afectiva que fue derribando la timidez por efecto de la confianza que, a partir de entonces, fue surgiendo en los dos para hacerse efectiva.

En la última semana que duró la faena de la escarda, la sonrisa de Inés y de José al encontrarse hacía patente la complicidad de un afecto limpio y sincero, sin pensar en llegar más lejos. Sin embargo, la gente que avizora los movimientos ajenos con la intención de sacar conclusiones y divulgarlas sin miramiento, daba el compromiso por hecho. Cuando vinieron de la quintería, ya estaban supuestamente emparejados. La noticia voló como vuelan los malos olores que infectan el aire, causando sinsabores en la familia de él.

La madre de José lo miraba compasiva al ver a su hijo radiante y alegre, como no lo había visto desde hacía más de un año. El padre renegaba de él, maldiciendo hasta el día que lo había engendrado; preguntándole a voces el porqué de ese empeño en darle castigo, rebajando la honra de una familia impecable, como era la suya. Bufaba de rabia al ver que José no contestaba, afirmando o negando la noticia que había infernado su casa; y, en un arrebato de ira, le dijo cabrón y fue a darle una bofetada. José le sujetó la mano al padre empuñándole la muñeca y diciéndole con respeto:

—Dígame usted lo que quiera, insúlteme si así se siente mejor, pero no me pegue, porque no lo voy a consentir. No soy un niño, soy tan hombre como usted y a mí no me pega nadie.

El padre agachó la cabeza y aflojó el brazo que lo tenía en tensión y se volvió para irse; entonces José lo sujetó y lo abrazó diciéndole:

—No tema, todo es mentira, pero si fuese verdad, me gustaría que me comprendiese y me apoyase.

El padre no llegó a abrazarlo, puso las manos en los costados del hijo y cuando este lo soltó, se fue con la mirada baja, desconsolado y abatido, pero con una cosa muy clara: que su hijo era un hombre.

En la casa de Inés no hubo tensiones ni alborotos, solo preguntas que Inés fue contestando según se formulaban para asegurar que no existía nada entre ellos.

—Entonces… ¿a qué se debe tanta amistad? —preguntó la madre confiando en su hija, pero necesitando más explicaciones porque no terminaba de entenderlo.

—Es la única persona que me comprende, cree en mí y me apoya después de vosotros, de Josefa y Ramona. Los demás, unos me creen culpable y otros se mantienen al margen y, si no me acusan, es porque dudan y él no tiene dudas, me apoya en todo. Quiere ayudarme porque confía en mí y es el único hombre, después de mi padre, que piensa que soy inocente. Se ha ofrecido a ayudarme sin pedir nada a cambio.

El día cinco de mayo Inés recibió una citación a nombre de ella y de su padre para ir al juzgado el día siete. Ella, ignorante en estos casos, pensó que el día siete sería el juicio y se echó a temblar, llorando con tanto desconsuelo que el resto del día fue incapaz de comer y de moverse del sofá de enea y madera torneada instalado en la cocina, donde estaba recostada sin apenas fuerza para sostenerse en pie. La madre intentó animarla diciéndole que en la citación no ponía nada de juicio, por lo cual no era seguro que lo hubiese y, si lo había, no iba a ser el día siete. Ella siguió llorando, pero poco a poco fue retomando la serenidad y, cuando llegó el padre, estaba tranquila, solo tenía los ojos irritados a consecuencia del llanto. El padre, pendiente de las cosas de su casa y de su hija —sobre todo de su hija— preguntó que si había algo nuevo. Pepa cogió la carta que estaba en la cornisa de la chimenea y se la dio a Jesús.

—¿Qué quieren ahora? —dijo él mientras sacaba la carta del sobre.

—No lo sabemos, sólo es una citación.

—¿Del juzgado? —dijo Jesús con sorpresa al leer el contenido.

—Hay rumores de que Sebastián ha denunciado el caso exigiendo los derechos que tiene sobre el niño, pero la citación no lo confirma —dijo Pepa.

—¡Me lo van a quitar! —aseguró Inés entre sollozos.

—No llores —dijo el padre— «el llanto sobre el difunto» y aquí no se ha muerto nadie.

Dos días después, Pepa e Inés fueron al juzgado, instalado en el mismo edificio donde estaba el Registro Civil. Cuando llegaron, no había nadie esperando, por lo que pasaron directamente a hablar con el funcionario.

—¿Qué desean?

—Venimos por esta citación.

—¡Ah!, sí. Esto es para avisarles de que tienen una demanda puesta por don Sebastián Díaz Mayordomo Morales reclamando sus derechos sobre el niño Jesús Delgado Ruiz, tomado en adopción el día diez de enero de este mismo año mil novecientos cuarenta y siete, siendo firmado el consentimiento por Jesús Delgado Guzmán, el mismo día en el que se produjo el nacimiento del niño. Sebastián quiere concretar una fecha para recoger al niño, puesto que según él, ya no recibe como alimento el pecho de la madre, no habiendo por este particular ningún impedimento para recoger a la criatura a la cual tiene derecho legal, según estos documentos.

—Y yo, ¿qué derecho tengo? ¿Por qué no viene ese señor y me lo dice a mí? ¿Por qué no da la cara? Yo soy quien lo ha parido y, según ustedes, no tengo ningún derecho.

—Estos documentos están hechos legalmente y firmados por Jesús.

—¡Firmados por Jesús con engaño! Sin saber lo que firmaba —dijo Inés.

—Yo no sé nada de eso —aseguró el funcionario— si están de acuerdo, fijamos una fecha para que vayan a recoger al niño; si no, esto pasa a juicio y que el juez decida.

—¡Pueden hacer lo que quieran, pero sepa que no estamos de acuerdo! Esto es una farsa, un engaño. Ni mi familia ni yo hemos pensado dar a mi hijo y mucho menos a ese señor. Si se lo lleva diré siempre que ha sido un robo.

Madre e hija, al mismo tiempo, se levantaron de las sillas y echaron a andar hacia la calle. Inés recordaba el acta leída por el funcionario, sintiéndose ella misma culpable al recordar que, por no recibir el niño la alimentación del pecho de la madre, ya no había ningún impedimento para que se lo quitaran. Renegaba Inés por esta causa de su propio cuerpo, sin ver que ni su cuerpo ni ella tenían culpa, solo era una excusa para componer mejor el engaño y la decisión de llevárselo. Si acaso había algún culpable, aparte de Sebastián, era la mala alimentación, que hizo que Inés se quedase en los huesos dos meses después de nacer el niño, retirándosele la leche poco a poco antes de los tres meses.

Petra no formó parte de la cuadrilla de escardadoras. Sus casi nueve meses de embarazo le hicieron comprender que irse a la faena de la escarda era un atrevimiento porque lo más probable es que no completase la temporada, además de correr el riesgo de ponerse de parto en medio del campo. El primer embarazo de Petra fue tranquilo, hasta tal punto que dio a luz sin esperarlo en la casa quintería donde vivía con su marido desde que se habían casado. El segundo y actual embarazo, no era malo, pero sí algo complicado, (revoltoso), por lo que Petra pensó que sería niña, al ser tan diferente del primero, del cual había nacido Pedro.

El sábado doce de abril, Petra se sintió molesta por la mañana poco después de levantarse de la cama, pero no se alarmó porque, según ella, aún no era parto, puesto que no había dolores, solo malestar.

Juan José, preocupado por el estado de su esposa, venía todas las noches después de terminar la faena, trasnochando y marchándose temprano cada mañana. A media tarde, el malestar había aumentado. Petra tenía dolores intermitentes que anunciaban un parto inminente. Pedro jugaba en la calle cuando salió la abuela Basilia a llamarlo.

—Ve a casa de Josefa y dile que tu madre está a punto de dar a luz. ¡Corre y no te entretengas! ¡Ah!... y tú quédate allí con los hijos de Josefa, luego voy yo a recogerte.

—No hace falta que vaya usted —dijo Pedro— puedo venirme solo.

—¡Haz lo que yo te digo! —ordenó la abuela.

—Yo quiero ver al niño cuando nazca.

—Ya lo verás. Cuando nazca yo iré a por ti.

Pedro se fue refunfuñando sin entender por qué tenía que estar lejos en un caso tan importante para él. Cuando llegó a casa de Josefa, ella todavía no estaba, solo estaban Mariano, Luis y Lucía. Al decir Pedro a lo que iba, los hijos de Josefa le acompañaron a casa de doña Pura, la señora donde trabajaba. Josefa, al saber la noticia, dejó la faena y pidió permiso a su ama para marcharse, explicándole el motivo que tenía para irse. Salió y, sin que nadie se lo advirtiese, fue directamente a buscar a la partera imaginándose un parto complicado después de las molestias que le había provocado el embarazo. Los hijos de Josefa volvieron a su casa y Pedro, desobedeciendo a su abuela, volvió a la suya. Temiendo la regañina que le esperaba, se escondió en una habitación contigua a la que estaba su madre, aprovechando un descuido de Basilia que se ajetreaba con las mujeres en la preparación del parto que estaba a punto de producirse. Pedro había visto partos de animales, que en silencio depositaban sus crías sin el menor gesto de dolor, queja o molestia, por lo que él esperaba algo parecido. Pero cuando empezó a oír las quejas de su madre, se estremeció. Escuchaba los quejidos y se encogía aguantando la respiración. Cuando oía a la partera decir… ¡empuja!, él apretaba los puños y los dientes como si con eso pudiese ayudarle. Algunas veces, temiendo que le pasase algo malo a su madre, pensó salir, pero volvía un momento de tranquilidad y oía la voz de la partera que, animando a la parturienta, decía: tranquila que va bien; y Pedro se relajaba en su escondite para volver al poco rato a estar otra vez en tensión, temiendo por su madre. Por fin, el llanto de una criatura y la voz de su madre preguntando que si era niño o niña, le hicieron a Pedro relajarse del todo. Se clavó de rodillas en el suelo emocionado y contento, sintiendo que unas lágrimas rodaban por sus mejillas. Cuando llegó Juan José, Pedro todavía no se había dado a ver, temiendo que la abuela le regañase; pero, al ver a su padre, salió del escondite y fue en su busca agarrándose de su mano. La abuela no supo por dónde había salido, lo miró extrañada sin preguntar, al mismo tiempo que le decía a Juan José que era una niña y que las dos, madre e hija, estaban bien.

Juan José pasó a ver a su esposa y a conocer a su hija y Pedro pasó con él cogido de la mano y mirando con timidez a la madre y a la niña, hasta que Petra le dijo que le diese un beso a su hermana. Y se lo dio, pero con temor por si le hacía daño. En cambio a su madre la abrazó con fuerza y la besó recordando el trance por el que habían pasado los dos: la madre dando a luz y él, escuchando todo el sufrimiento allí escondido: un secreto que quizá guardaría todo la vida para él solo.

Cuando Inés supo que Petra había dado a luz, fue a verla. El comportamiento que habían tenido con ella Petra, Elvira y las demás muchachas jóvenes que habían guardado el secreto de su embarazo durante toda la recolección y aún después, hizo que Inés tuviese hacia ellas cariño y respeto, cosa que no hacía con Manuela, que aunque no le guardaba rencor, sí mantenía la distancia con ella por ser entrometida y chismosa. Inés llegó y con una sonrisa se abrazó a Petra. Después, se le quedó mirando y, alargando los brazos hacia la niña, como el que hace una súplica, le dijo:

—¿Puedo…?

—Claro que sí, mujer.

Entonces Inés cogió a la niña y, acunándola en sus brazos la besó. Después la miró con una mirada nostálgica, sintiendo en silencio el temor que la atenazaba desde que sabía que un juez decidiría sobre el destino de su hijo: sin ninguna duda, vencería Goliat. Petra intuyó la punzada de angustia que Inés sentía al comparar su suerte con la de ella, sabiendo que nadie le disputaría la custodia de sus hijos porque tenía a su lado un hombre que la quería y la defendería, como esposo y padre.

—Estás muy delgada —dijo Petra, mirándola con una sonrisa apagada—. Esa gente va a acabar contigo.

Inés empezó a llorar. Lamentaba su mala suerte preguntándose en voz alta por qué le pasaba a ella eso. Qué había hecho para merecer tanto sufrimiento después de ser víctima de un abuso en el que el culpable no solo no pagaría por su culpa, sino que la despojaría del único consuelo que tenía en la vida: su hijo.

CAPÍTULO 33

Emilia y Andrea seguían dando catequesis. Cada día estaba más cerca la celebración de la Primera Comunión, que se hacía en el mes de mayo, en un único acto para niños y niñas en la iglesia parroquial, pero separados por sexos igual que en la escuela. Iban en dos filas diferentes para recibir a Cristo, cuando en la inocencia, igual de niños que de niñas, no cabía malicia y mucho menos en ese día que su única ilusión era recibir a Cristo con el alma y el cuerpo limpios, sin pecado y en ayunas. Cumpliendo las normas con tal rigurosidad, que muchos de ellos no habían tomado ni agua antes de recibir a Nuestro Señor por primera vez en la sagrada Hostia.

En las Semanas Santas anteriores a esta última, los niños y niñas de la catequesis habían visto las procesiones como una representación seria y llena de tristeza, donde no se podía cantar, no proyectaban películas en el cine como no fuesen propias de la vida de Jesús y su pasión, y en Viernes Santo, ni eso. Un luto riguroso en todos los sentidos: cines, bares, música de diversión y, hasta los guardias civiles que acompañaba a Cristo custodiando el féretro, iban serios, con la cabeza descubierta, el tricornio en la mano y el fusil boca abajo en señal de duelo. En la catequesis les habían explicado a los niños toda la vida de Jesús, por eso esta última Semana Santa, celebrada la primera semana de abril, en cada paso de procesión, vieron la pasión real de Cristo; su sacrificio para redimir a la humanidad y hacernos comprender con su ejemplo los valores de la vida. Demostrándonos Jesús con su actitud, que hay que ser humildes, que hay que ayudar al prójimo y que el camino hacia Dios no pasa por la soberbia, no se adorna con el lujo, no se allana con la riqueza terrenal y no se gana con el egoísmo.

En los últimos días de catequesis, que eran ya los primeros de mayo, los ensayos para la ceremonia eran frecuentes. Explicaban las catequistas con detalles los pormenores a seguir para el correcto desarrollo de un acto importante, esplendoroso y único. Porque la primera vez siempre es importante en todo lo que hacemos y sentimos y mucho más cuando se tienen pocos años y la inocencia es pureza que está en el sentir nítido y natural que mana del corazón de las personas, invadiéndonos un intenso deseo de descubrir cosas nuevas que nos lleven a la aventura de imaginar con ilusión, que lo mejor está por llegar.

El domingo dieciocho de mayo por la mañana, la plaza era un hervidero de gente que celebraba, directa o indirectamente la celebración de la primera Eucaristía de niños y niñas por separado. Lucían sus mejores trajes para la ocasión. Caminaban hacia la iglesia, con ilusión, sonrientes y nerviosos al mismo tiempo. Iguales ante los ojos de Dios; pero tan desiguales y diferentes en este mundo terrenal, que hasta en un acto tan grande, tan noble y tan sencillo al mismo tiempo, donde debería imperar la humildad de Jesús, destacaba la arrogancia y el orgullo a medida del dinero y la posición social en la que, gracias a él, algunas familias estaban situadas. Las niñas caminaban hacia el altar igual que palomas blancas formando un hilo de pureza que, de vez en cuando, parecía romperse en la sencillez de un vestido de color, corto a la altura de la rodilla y que no rozaba el suelo con esa blancura propia de un vestido de Primera Comunión. Semejante vestido destacaba por su humildad como la margarita destaca en medio de la majestuosidad de los trigales.

En los niños pasaba lo mismo. Los trajes de marinero, de príncipe o de otras personalidades de alto rango contrastaban con la sencillez de los trajes normales hechos en casa, y mucho más si eran ropas de diario usadas y desgastadas por el tiempo. Federico llevaba un traje de príncipe, blanco con hombreras doradas, un cordón también dorado con una borla que le adornaba el pecho, guantes blancos, un rosario colgado en la mano izquierda y un misal blanco con los bordes dorados. Además, iba acompañado por toda su familia.

Pedro, Ambrosio, José y Jesús vestían camisa blanca, pantalón corto, chaqueta del mismo género y zapatos nuevos; diferenciándose entre ellos en el color y la hechura de las prendas, sin más adornos que su cara y sus manos limpias, su cabeza bien peinada y acompañados cada uno por su madre solamente. Otros, como Manolo —el hijo de Ramona—, Mariano y Luis —hijos de Josefa— vestían ropa de diario y alpargatas blancas, todo limpio como la patena que contenía la Hostia con el cuerpo de Cristo. Lavados y peinados, pero sin ningún acompañamiento. Se sentían acomplejados ante la gente bien vestida que ocupaba la iglesia, toda totalmente ajena a ellos. Sentían también envidia sana por la luminosidad que desprendía el lujo, y deseaban lo que era más importante para ellos: disfrutar de la compañía al menos de la madre para no sentirse solos, perdidos y abandonados como un perro callejero, en un día tan grande y tan especial.

Cuando terminó la misa, se unieron a sus padres —el que los tenía— para después visitar a la familia y algunas amistades, con el fin de que viesen al niño o niña vestidos con el traje de gala propio para esa celebración. Les obsequiaban con un recordatorio y una foto, según el parentesco de la persona a la que se le hacía la visita. Los niños que no fueron acompañados por sus padres, salieron de la iglesia directamente a jugar como un día normal, sin importarles arrodillarse en el suelo jugando a las canicas o revolcarse en él, si fuese preciso en una pelea amistosa, ya que era el atuendo de diario a pesar de ser un día tan señalado.

Federico y otros como él, al llegar a su casa celebraron una fiesta y recibieron regalos. Algo impensable e inalcanzable para aquellos que por su pobreza iban con ropa usada y que no tuvieron como ellos juguetes y cuentos de Roberto Alcázar y Pedrín, La Pandilla de los siete, El Guerrero del antifaz y el Pequeño luchador entre otros. Y para las niñas, Blancanieves, La Perla del hogar y La Buena Juanita, de «Calleja», además de alguna muñeca o de algún canastillo con dedal, aguja, alfileres e hilo, propio para la costura.

Al día siguiente, la vuelta a la escuela se hizo como un lunes normal, solo que en el recreo hubo menos rivalidad y más compañerismo entre los niños que el día de antes habían hecho la Primera Comunión, aunque en algunos casos se siguiese guardando la distancia, como la guardaban Pedro y sus amigos con el grupo de Francisco el rico. Ya que a pesar de haber estado juntos el día anterior recibiendo a Cristo, las diferencias seguían siendo iguales, porque ellos, aún después de haber comulgado por primera vez, seguían siendo pobres y el grupo de Francisco no. Ese lunes, el maestro quiso dar un repaso sobre algunos temas de religión para averiguar si realmente estaban bien preparados, porque cada año en mayo, con motivo del mes de María, venían unos frailes a decirle un novenario a la virgen y visitaban las escuelas para comprobar su formación religiosa. El maestro los fue clasificando y poniendo en la primera fila a los que habían hecho la Primera Comunión para cuando llegasen los frailes, por estar más recientes las enseñanzas recibidas por las catequistas.

—A ver, Manuel, ¿qué es la caridad?

—La caridad es amar a Dios sobre todas las cosas y al prójimo como a nosotros mismos.

La caridad es ayudar al que lo necesita por medio de limosnas o favores.

—Muy bien —dijo el maestro—. Si un mendigo llega a tu puerta pidiendo pan, porque tiene hambre, ¿tú qué harías?

—Nada.

—¿Cómo que nada? Tú le ayudarías dándole un trozo de pan.

—No, señor, porque si no está mi madre, no hay pan, y si está, no me dejaría dárselo, porque muchos días nos falta a nosotros.

—¡Da igual! —dijo el maestro— el pan es de Dios y hay que compartirlo. Si tienes poco, le das un trozo de ese poco que tienes: esa es la caridad.

Manolo quedó serio y pensativo pero no dijo nada. Sin embargo pensó que, si el pan era de Dios, no comprendía por qué, unas personas tenían mucho y otras pasan hambre. Si es suyo, ¿por qué no lo reparte Él? —se preguntó a sí mismo.

—El pan es de Dios, pero hay que merecerlo —dijo el maestro excitado—. No se lo merece el que no cree en Dios. No se lo merece el que no trabaja estando útil para hacerlo. No se lo merece el que no tiene temor de Dios y lo maldice, engaña en su nombre o maltrata a los demás.

—Mi madre dice que a Dios hay que respetarlo, no temerle. Que a quien hay que temerle es a quién engaña aprovechando que lleva su palabra.

El maestro, que solo conocía a Manolo desde que don Sebastián estaba enfermo, ignoraba a qué familia pertenecía y sintió curiosidad por saber quién era su madre.

—¿Quién es tu madre?

—Ramona.

—¿Y tu padre?

—Francisco.

—¡Diles que vengan a verme mañana! Y tú, quedas arrestado.

—Mi madre vendrá, pero mi padre no.

—¿Por qué?

—Porque está preso.

—Tu padre es Francisco... ¿Ese que está detenido por...?

—Sí, señor. Por culpa de las mentiras de otro.

—¡Tú padre está detenido por rojo! —dijo el maestro recalcando las palabras.

Manolo se mantuvo en pie avergonzado, hasta que el maestro le mandó sentarse.

—A ver, Mariano, ¿qué es la fe?

—Fe es la virtud que nos inclina a creer todo lo que Dios nos ha revelado y lo que la Iglesia nos propone para que lo creamos.

—Muy bien. ¿Tú tienes fe en todo lo que proviene de Dios y de la Iglesia?

Mariano se quedó callado, con los ojos mirando al suelo, indeciso y sin saber qué decir.

—¿Tienes fe o no? —dijo el maestro alzando la voz.

—Sí, señor.

—Entonces... ¿por qué dudas para responder?

—Porque mi madre se vio acosada por otra persona, pidió ayuda a Dios y Él no le ayudó. Si no hubiese sido porque había unas tenazas a mano y le atizó con ellas a quien la acosaba, no se hubiera podido deshacer de él.

—¿Y quién te dice a ti que no fue Dios quien puso las tenazas donde ella pudiese cogerlas? ¡La fe es eso... creer en Él ciegamente!

Mariano, al ver al maestro excitado, no dijo nada más, pero no quedó convencido.

—A ver, Francisco, ¿qué es esperanza?

—Esperanza es la virtud que nos inclina a esperar de Dios las gracias necesarias para alcanzar la vida eterna.

—¿Qué gracia esperas tú de Dios para que tu alma llegue en paz al reino de los cielos?

—Que desaparezcan de mi lado las personas indeseables, porque ellos pueden ser causa de mis pecados.

—¡La causa de tus pecados eres tú! —aseguró el maestro a Francisco—, porque te dejas atrapar por ellos dentro del odio.

El maestro quedó decepcionado con las respuestas, pero confiando en que, después de sus advertencias, ninguno sacaría sus miserias y sus rencores ante los frailes.

La afirmación del maestro sobre el padre de Manolo hizo que la palabra rojo se grabase en la mente de los niños y desde aquel día, Manolo y su hermano dejaron de tener nombre para aquellos que no simpatizaban con ellos. A partir de entonces serían los rojos, adquiriendo un mote que nunca habían tenido.

En algunas lecciones, el maestro había hablado del Alzamiento Nacional o Guerra de Liberación, de la que casi ninguno de esa edad sabía nada. Solo lo que les decía el maestro y el libro de estudio, que era poco. Cosas puntuales y de conveniencia, parecidas a una película de héroes y bandidos, donde el malo siempre era el perdedor.

Manolo y Francisco no consideraban malo a su padre y, si era rojo, ellos lo ignoraban. Jamás habían oído hablar en su casa de ese tema y mucho menos en reuniones, porque las reuniones anteriores a la detención de su padre, eran zurras y solo eso. Sin embargo en algunas casas, sí había reuniones clandestinas donde hablaban de política. En esas reuniones se decía que había que estar preparados para que, cuando llegase la ocasión, derrocar al régimen golpista. Para ello intentaban estar en contacto clandestino con las organizaciones de izquierdas, para atacar, si lo considerasen oportuno, cuando estuviesen otra vez unidas y organizadas.

En casa de Patricio, los «zurristas» no eran tal cosa: eran reuniones políticas clandestinas, eso sí, con unos vasos de zurra para amenizar el tiempo que estaban allí reunidos y, a la misma vez, para que sirviese de tapadera en caso de producirse un registro de la Guardia Civil. El hijo de Patricio —José— a sus trece años, alardeaba de hombre.

Fanfarroneaba de cualquier cosa que hacía o pensaba hacer y mucho más cuando era algo prohibido. Un día iba por la calle con sus amigos y se le ocurrió decir en voz alta varias veces, *somos comunistas* y, al ver la cara de temor que ponían sus compañeros, se reía y volvía con la cantinela, hasta que, a la tercera vez, asomó la policía a dos esquinas de donde estaban, unos cien metros de distancia, y se quedó con la frase recién empezada para cambiar el resto del contenido de ella y seguir la cantinela que ahora decía: *somos como nadie, somos como nadie*. La policía lo miró y le llamó la atención por el escándalo que llevaba por la calle, pero no debieron de oír la frase anterior, porque de eso no le dijeron nada. Pero cuando se alejaron, José volvió a reírse de los amigos que estaban un poco asustados y les dijo algo que seguro eran comentarios irónicos que había oído en su casa en alguna de esas reuniones clandestinas, y él, irresponsablemente, la repitió diciéndoles:

—Creen que van a acabar con nosotros, pero mientras nuestras «caperucitas rojas» sean capaces de criar, habrá rojos para controlar algún día a estos malnacidos.

Los amigos, todos de clase obrera, pero sin intereses políticos y respetuosos con las normas establecidas, en parte por temor, pero también por ignorancia, porque en sus casas no se hablaba de esos temas, se lo dejaron muy claro: *o te comportas o no vuelves a juntarte con nosotros. ¡Tú verás!* Él se reía como si no le importase la advertencia, pero nunca volvió a repetir un acto semejante.

Don Sebastián llevaba casi cuatro semanas sin ir al centro. Los achaques propios de la edad, junto a una dolencia reumática, lo tuvieron apartado de las clases más de veinte días. Cuando volvió, muchos niños celebraron su vuelta corriendo hacia él para saludarlo. A muchos de ellos no les hubiese importado besarle la mano como lo hacían con el cura, si hubiese existido esa norma. Pedro lo pensó, pero no dijo nada, solo cogió su mano y respiró hondo, para así, al expulsar el aire, ahuyentar el temor de que no volviese nunca. Cuando llegaban a él le preguntaban que si iba a seguir con ellos como antes y él, sonriente y ufano, respondía que sí. Con vosotros, siempre —pensaba—, con quién mejor.

El bullicio de niños jaleaba en competiciones y juegos en el patio del recreo, ajenos al corro que acompañaba a don Sebastián. Uno de los niños corría con desesperación para que no lo pillasen, tropezó con Manolo y perdió el equilibrio, lo que dio lugar a que el otro que lo seguía lo alcanzase.

—No vale —dijo el que había tropezado con Manolo—, la culpa es del «rojo» que se ha puesto delante. El otro insistía en que el juego era válido, si el «rojo» tenía la culpa como si no. Don Sebastián escuchaba la discusión con atención, sin saber a qué o a quién se referían cuando nombraban al «rojo», hasta que el perdedor se enfrentó con Manolo y le dijo:

—¡Por tu culpa he perdido, «rojo» de mierda!

Don Sebastián cogió de una oreja al que insultaba y le dijo que le explicase el significado de esa frase insultante y en qué se basaba para llamarle «rojo».

—Su padre es «rojo», don Joaquín lo ha dicho. Y si su padre es «rojo», él también lo es.

Don Sebastián le retorció la oreja y le dijo que no quería volver a oír a nadie llamar «rojo» a Manolo, a Francisco ni a ningún otro y después lo soltó dejándole la oreja roja.

El muchacho se fue molesto y a la noche le dijo al padre que don Sebastián le había retorcido la oreja, aumentando un tanto el maltrato recibido, lo que dio lugar a que el padre fuese a quejarse al maestro y director del centro que aún era.

Al padre le dolió el maltrato que había recibido su hijo, pero lo que más le dolió fue que había sido por un «rojo» de mierda, como el muchacho había dicho.

—¿Qué pasa con mi hijo? —dijo sin dar los buenos días el padre del agraviado.

—Tú sabrás, que eres el que viene ofendido.

—Has maltratado a mi hijo por defender a un «rojo» que no debería de disfrutar el derecho de asistir a la escuela. ¿Desde cuándo merecen más respeto que nosotros?

—Esos niños tienen su nombre y no son culpables de lo que haya hecho el padre, si es que ha hecho algo. Llamarles «rojos» ahora es un insulto para ellos, mañana pueden sentir orgullo de serlo. Si los tratamos bien, en el futuro podremos seguir viviendo en paz. Si los tratamos mal, nunca dejarán de ser nuestros enemigos.

—No será que eres de los suyos y estás camuflado por temor a las represalias —dijo el padre ofendido—. Ándate con ojo por si viene alguien a raspar esa máscara que llevas puesta y saca el «rojo» que llevas dentro.

—No me dan miedo tus amenazas, porque no tengo nada que esconder. Mi trabajo es educar y hacer hombres de paz. Mi deber es el de limar diferencias para hermanar a los hombres del mañana. Mi deseo, borrar el sufrimiento de la guerra. Y mi mayor ilusión, ver a mis alumnos con las mismas oportunidades para defenderse en la vida, sin distinción de ideas, razas, colores o procedencias: siempre que su comportamiento sea correcto y esté basado en el respeto a los demás. No soy partidario de poner la otra mejilla, pero sí de educar para que no se dé la primera bofetada. El entendimiento es la base de la convivencia y, si pensar así es delito, acúsame para que raspen en mí, a ver qué hay debajo de esta supuesta máscara que según tú, llevo puesta. Yo te advierto que, si raspan, no encontrarán ningún color concreto; si acaso, un arco iris lleno de luz y de esperanza.

Los demás maestros lo echaron en falta en el patio de recreo y fueron a la clase a ver qué sucedía temiendo que estuviese mal por su convalecencia. Al pasar, escucharon las últimas frases y siguieron ellos añadiendo cualidades que don Sebastián tenía: de amor y sinceridad, de humildad y sentimiento, de fe y resignación, de sacrificio y sencillez, de afán y laboriosidad, de respeto y paciencia y otra cosa más importante —dijo uno de ellos—: el respeto y la admiración de todos nosotros y de otra mucha gente dispuesta a descubrir todo aquello que no sean capaces de encontrar en la investigación, porque tiene muchas más cualidades buenas que las que acabamos de mencionar.

El ofendido no supo qué contestar y se marchó furioso, soberbio y amenazante, pero sabiendo que no bastaría su palabra para comprometerlo.

CAPÍTULO 34

Doña Felicidad, Rosa y Luisa fueron a visitar a Petra para interesarse por su salud y conocer a la niña. Petra no esperaba esa visita y, al verlas, quedó impresionada. Inquieta, les ofreció los mejores sitios para sentarse. Sabía que la humildad de su casa no estaba a la altura de una visita de tan alto rango. Sin embargo, no era la categoría social de doña Felicidad la que llenaba la casa de Petra, sino su sencillez, que la hacía grande a medida que sus palabras ponían a Petra a su misma altura tratándola como a una igual, sin mirar el escalafón social al que pertenecía cada una de ellas. Doña Felicidad valoraba solamente a la persona por sí misma: por sus obras y no por su posición social o su dinero.

Las niñas, encantadas con la recién nacida, sentían envidia de tener una muñeca semejante. Consideraban a Pedro un agraciado por tener una hermana tan preciosa para jugar con ella y acariciarla siempre que quisiese. Al final, después de tanto entusiasmo y sin abandonar su embeleso con la criatura, surgió la pregunta normal en la visita a un recién nacido.

—¿Cómo se va a llamar?

—Juanita —dijo Petra—. Mi padre se llamaba Juan y el empeño de mi madre y mío es que lleve su nombre, ya que a él no lo podemos tener presente.

—A Juanita quiero sacarla yo de pila —dijo doña Felicidad—. Nosotros seremos los padrinos, si vosotros sois consentidores.

—Es un honor, pero esta humilde familia no se merece tal honor.

—Esta familia se merece para mí todos los honores y el mayor de los respetos. Nunca olvidaré la labor que hicisteis aquella tarde hace un año, cuando mis niñas estaban perdidas y mi desesperación era como un pozo sin fondo, donde se perdían todas mis esperanzas. Gracias a vosotros, vi lucir el sol después de la tormenta. Mi ilusión es llevar a esta criatura a cristianar en agradecimiento a vuestra obra; pero, si no puede ser, al menos déjame vestirla para la ceremonia, es lo menos que puedo hacer.

Petra se sintió de nuevo aturdida, pero gozosa y agradecida por el ofrecimiento de la señora. Aquellos padrinos eran una garantía para su hija, porque estrenaría ropa nueva y de buena calidad en su bautizo, además de lucirse en los brazos más nobles que pudiesen acunarla, después de los de su madre. Convencida Petra de que su hija tendría los mejores padrinos que jamás hubiesen podido imaginar, accedió, después de contar con su marido, lo que hizo que Basilia —abuela de la niña— se llenase de gozo.

La noticia del bautizo de Juanita fue un bombazo. Mucha gente hizo elogios, mientras que otras, aunque solo fuese una minoría, criticaron el detalle no considerándolo propio de gente de tan alto nivel social frente a otra tan humilde. Sacaban conclusiones erróneas y ajenas a la realidad. Consideraban que ese favor se debía a que era una familia rebajada a la voluntad de los señoritos, que se humillaba ante sus caprichos y que anulaban su propia voluntad.

El último día de mayo, sábado, en una tarde soleada y primaveral, doña Felicidad, acompañada de su marido, su hija, su sobrina, Juan José y Petra —padres de la niña—, Pedro, Basilia y algunos familiares, caminaban hacia la iglesia para bautizar a Juana, nombre con el cual estaba inscrita en el Registro Civil y que a partir de hoy, sería también su nombre de pila.

El barrio donde vivía Petra era un barrio humilde. Las mujeres esperaban en la calle la llegada de los padrinos para después ver la comitiva cuando fuesen camino de la iglesia. Lo hacían con la misma expectación que cuando salían a ver una boda; pero esta vez con más interés, por aquello de comparar el aspecto y la vestimenta de cada una de las dos familias, para ver el contraste lógico que harían unos al lado de los otros. Al final, únicamente resaltaba la niña, protagonista del acontecimiento, en la que los padrinos no escatimaron a la hora de vestirla, siendo así, sin ella saberlo, la única reina de la tarde.

CAPÍTULO 35

El día seis de junio, Inés recibía una nueva citación. Esta vez sí era para un juicio que se celebraría el día veintiuno del mismo mes.

Inés estaba cada vez más flaca. La debilidad se iba apoderando de ella de tal manera que apenas tenía fuerzas para caminar. En los quince días que pasaron desde la citación hasta el día del juicio, su cara palideció, hasta tal extremo que parecía la de un difunto. La tos, que había comenzado con sesiones suaves, se convirtió en ataques fuertes e intermitentes y parecían ahogarla en momentos de tenaz persistencia, hasta que por fin conseguía arrancar esputos de color marrón, ramificados en sangre.

El día del juicio, a la hora indicada, se presentaron por una parte Inés, Jesús y Pepa, sin más acompañamiento que la tristeza y el miedo acumulado durante el tiempo que llevaban esperando este día. De la otra parte estaban Sebastián, Asunción y el funcionario que inscribió al niño. María, la comadrona, también estaba queriendo pasar inadvertida entre el público.

Inés y sus padres ignoraban cómo era el proceso de un juicio. Solo sabían que la inasistencia a él, los haría perdedores sin derecho a reclamación después de haberse celebrado. El juez puso orden en la sala y a continuación dio licencia para hablar al abogado que representaba a Sebastián, indicándole que leyese el texto preparado y escrito por él mismo, exponiendo el caso. En él reclamaba el derecho que legalmente tenía su cliente sobre esa criatura, facilitando al juez la documentación hecha falsamente y con engaño, pero firmada por Jesús. Cuando este terminó, el juez dio licencia al abogado defensor para que hiciese alegaciones, dando a conocer su versión y el motivo en el que se basaba su defensa. El juez miraba a Jesús expectante esperando la presencia del abogado y cuando este estaba a punto de decir que no lo tenía y que él pensaba que sería uno de oficio, alguien entró por la puerta diciendo:

—Perdone el retraso, Señoría. He tenido que preparar la defensa de este caso en un tiempo mínimo, lo cual justifica mi retraso. Aun así, pido disculpas.

El juez ya estaba informado de que aquel abogado representaría a la familia de Inés, lo que le extrañó es que no estuviese presente a la hora de comenzar el juicio; pero a pesar de su extrañeza, no dijo nada. Lo miró considerándolo un pelele despistado e hizo una mueca disimulada para contener la risa. Después asintió con la cabeza e indicó al otro abogado que volviese a leer el texto antes leído para que el abogado defensor supiese a qué atenerse

Cuando lo había leído, el juez indicó al abogado defensor que expusiese sus alegaciones si en algo de lo escuchado discrepaba o no lo tenía totalmente claro. También le dijo que fuese explícito en cada una de las alegaciones o discrepancias, si las hubiese.

—Lo primero que tengo que decir, Señoría, es que esa documentación presentada es fraudulenta, porque ha sido rellenada después de haberla firmado mi cliente, igual que la inscripción del niño en el Registro Civil. Por lo que quiero llamar a declarar a don José Santos Bermejo, funcionario del Registro Civil desde enero del año mil novecientos cuarenta y dos, hasta abril del año en curso, mil novecientos cuarenta y siete, que cesó por baja laboral.

—Don José Santos Bermejo, suba a declarar —ordenó el juez—. ¿Jura usted decir la verdad, toda la verdad y nada más que la verdad?

—Sí, juro.

—Mi cliente asegura que firmó esos documentos sin rellenar, ¿es eso cierto?

—En parte, sí. No estaba cumplimentada la inscripción del niño, solo anoté los datos principales: dejé el resto para cuando tuviese menos trabajo. El exceso de trabajo me obligó a hacerlo así. Solo lo hice para que Jesús no tuviese que esperar.

—Bien. Y el acuerdo de adopción firmado por Jesús, ¿también lo rellenó parcialmente?

—No. Ese documento iba totalmente cumplimentado antes de firmarlo. Se lo entregué y lo firmó sin leerlo ni poner objeciones. Yo ya le había explicado el contenido, después de decirle que era el padre del niño el interesado en adoptarlo. Él empezó a dudar y yo le sugerí que podían compartirlo y él me dijo que eso era imposible, por ser el padre un hombre casado. También le dije que hablase con su hija y que hiciesen las cosas de mutuo acuerdo con Sebastián; al final firmó y se marchó. Le di una fecha para que Inés fuese al Registro el día veinticinco de ese mismo mes, cuando ya estuviese recuperada. Cuando Inés vino a la cita, no sabía nada de lo que yo le había aconsejado a su padre; él no le había dicho nada a su hija, pero el documento ya estaba firmado. Mi único fin era ponerlos de acuerdo y nada más. Yo vi en Sebastián a un padre desesperado por tener a su hijo y en Inés, a una muchacha que posiblemente no podría alimentar a esa criatura. Solo quise ayudar desinteresadamente, sin más voluntad que ponerlos en contacto para que se entendiesen.

—He terminado con el testigo, Señoría.

—Puede retirarse —ordenó el juez al funcionario.

El abogado de Sebastián quedó satisfecho con la declaración del funcionario, por lo que no tomó la palabra, cediéndosela otra vez al abogado contrario para que siguiese aportando las pruebas que considerase oportunas para la recuperación del niño. El abogado que defendía a Inés no quedó convencido con la declaración del funcionario, pero vio que no podía hacer nada. La firma de Jesús hacía patente la legalidad del documento presentado, por eso no tenía más remedio que admitirlo. Sin embargo, sí pensaba pedir después su revocación, porque no había sido Inés quien lo había firmado. Pero, esa revocación no fue otorgada, al ser Inés menor de edad y estar bajo la tutela de su padre. Entonces pensó cambiar de estrategia y solicitó, para declarar, la presencia de María Velasco Rubio, la partera.

—María Velasco Rubio, suba a declarar —ordenó el juez—. ¿Jura decir la verdad, toda la verdad y nada más que la verdad?

—Sí, juro.

—¿Usted asistió a Inés Delgado Ruíz durante el embarazo y posteriormente en el parto?

—Sí, señor.

—¿Quién le encargó esa misión?

—El concejal de beneficencia.

—¿Con qué fin?

—Con el fin de ofrecerle asistencia gratuita por su pobreza, además de ser soltera y menor de edad.

—¿Es cierto que usted recibió una oferta económica de Sebastián Díaz Mayordomo Morales, para convencer a Inés de que diese al crío en adopción cuando naciese?

—Sí señor.

—¿Y usted, aceptó?

—Sí, con una condición: que en vez de darme dinero, se abriese un centro de tocología.

—Señoría, esa proposición de Sebastián Díaz Mayordomo, hecha a María Velasco, es delito, igual que presentar un documento en blanco para firmarlo, aprovechando la buena fe y la ignorancia de quien confía en un funcionario del estado, por lo que pido que conste en acta. No haré más preguntas a la testigo —expresó sin titubeos el abogado de Inés.

El abogado de Sebastián pidió la venia para interrogar a la testigo y cuando la tuvo concedida, le preguntó:

—¿Usted sabía que Sebastián era el padre de la criatura cuando él, según usted, le propuso ese negocio?

—No señor, no lo sabía… al menos con certeza. Solo había escuchado comentarios.

—Entonces, sí lo sabía. Por eso accedió: porque pensó sacar provecho embaucando a Inés para que diese al niño. Mi cliente tiene justificación, porque era su hijo. Usted, no la tiene.

—¡Se equivoca! yo nunca le propuse a Inés que diese a su hijo, y mucho menos con engaño. Únicamente le pregunté qué pensaba hacer cuando lo tuviese y que si pensaba darlo. Ella me dijo que no pensaba darlo y yo no insistí. Lo de sacar provecho, como usted dice, yo nunca lo quise. Solo le propuse —como concejal que es— abrir un centro de tocología para una mejor asistencia a las mujeres embarazadas o con algún problema ginecológico. Ese era mi único interés: preocuparme por las mujeres del pueblo y todos los problemas que pudiesen tener y que atañen a mi oficio.

—¿Sebastián le propuso entrar en parte en los beneficios de esa clínica si se construía?

—No, señor.

—Gracias. No haré más preguntas, Señoría. Solo quería dejar claro que para mi cliente esto no era un negocio, solo quería dar protección a Inés y a su hijo.

Otra vez volvía a tener la palabra el abogado de Inés y, haciendo uso de ella, pidió que subiese a declarar Sebastián.

Sebastián no estaba por la labor de exponerse a una interrogación; pero el juez le instó a que subiese, porque si no, tendría que atenerse a las consecuencias. Sebastián subió dando muestras de descontento y preocupación, un paripé montado entre el juez y él para hacer más real una verdad engañosa que solo tenía un fin: culpar a Inés de provocar a Sebastián aquel día que ella barría el pasillo como cada mañana inocentemente, sin ver el peligro que le acechaba. El abogado, después de que Sebastián hiciese juramento, le pidió que dijese lo que había ocurrido aquella mañana, cuando, según Inés, fue violada.

—Cada mañana, cuando volvía a mis habitaciones después de cerrar la portezuela por donde salían los gañanes, ella barría los corrales o el pasillo que daba acceso a ellos. Llevaba puesto un vestido corto que, agachada, le subía hasta mitad de los muslos y que yo veía cada día sin saber si era descuido de ella o provocación. Cuando la miraba, ella se daba cuenta y me sonreía, hasta que un día, sin saber cómo, llegué a tocarla y no encontré resistencia. A continuación, como cualquier hombre excitado que no encuentra una barrera que le haga retroceder, cometí un acto del que después, cuando fui consciente de lo que había pasado, me sentí avergonzado y arrepentido, pero ya era tarde y no tenía remedio.

—Entonces, si ese acto se hizo de mutuo acuerdo, ¿por qué mi cliente salió de su casa con la ropa destrozada, el pelo revuelto y llorando?

—La ropa, no sé… quizá con el ajetreo se rompió, igual que se le revolvió el pelo. ¿Por qué lloraba? De vergüenza o de rabia, porque después llegó mi esposa y, al ver la descomposición de nuestras ropas, se imaginó lo que había pasado y la echó a la calle.

—Recuerde que su declaración está bajo juramento —dijo el abogado.

—No lo olvido.

—No haré más preguntas, Señoría.

El abogado de Sebastián volvió a tomar la palabra y en este caso llamó a declarar a Inés, que, enferma y debilitada, hubiese podido excusarse por el estado en que se encontraba, pero no puso objeción ninguna con tal de esclarecer la verdad de lo ocurrido.

Inés subió ayudada por su madre. Flaca, débil y con una tos que le hacía estremecerse cada vez que le atacaba provocándole irritación bronquial y ahogo. Sin embargo, salió dispuesta a contestar con valentía y sinceridad cada pregunta que pudiera surgir durante la declaración. Las primeras palabras que formuló el abogado para Inés no fueron preguntas, fueron aclaraciones, propuestas y consejos que a Inés no le sirvieron de nada. Si acaso hicieron algún efecto, fue para reaccionar y aumentar su recelo al intuir la dirección que se pretendía dar al caso para que Sebastián saliese airoso de él, además de ganador. Eso sí, prometiendo que protegería a Inés en todo cuanto fuera preciso.

—En este caso no se buscan culpables —dijo el abogado de Sebastián, dirigiéndose a Inés—. Mi cliente solo exige que se cumpla el acuerdo de entrega de su hijo, legalmente firmado por la parte contraria, la que ahora se niega a cumplir, según el informe del Registro Civil. Ahora se arrepiente de lo anteriormente pactado negándose a la entrega del niño. Según la información del Registro, ustedes consideran que el derecho a tenerlo es solo de ustedes, ya que el padre de la criatura, del cual dice desconocer su identidad, nunca ha estado a su lado durante el embarazo. Pues bien… Yo, señorita, he de decirle que no sólo se siente padre, sino que además es el padre y usted lo sabe mejor que nadie. También quiero que sepa que ha estado siempre a su lado desde que supo que estaba embarazada. La asistencia que recibió usted de la matrona fue obra suya. Él fue quien se lo pidió al concejal de beneficencia, interesándose por su salud y la de su hijo. Durante todo el embarazo ha estado pendiente de usted. De incógnito… sí, pero por temor a que rechazase la ayuda al saber que provenía de él. Usted sabe que el niño estará mejor con su padre, pero su orgullo no le consiente admitirlo. Prefiere que el niño viva en la miseria antes que cederlo, y no es amor de madre, es rencor y venganza. Si el suceso fue un error, él está rectificando. Por el bien de su hijo, rectifique usted también. ¿O es que acaso la venganza va a corregir la falta, si es que la hubo?

—No señor. La falta no se corrige ni con venganza ni con el perdón ni con la compensación de bienes: porque a mí señores, han intentado comprarme, pensando que quería beneficiarme con mi desgracia, pero he demostrado que no es así. Esto no es una venganza, es amor de madre. Quiero que mi hijo crezca a mi lado. Si lo abandono, mi conciencia nunca estará tranquila. Viviría pensando en que un día mi hijo me acusará de abandono y ese pensamiento no me dejaría vivir en paz. Usted ha dicho que en este caso no se buscan culpables; pues bien, los hay y no hace falta buscarlos, están aquí. Mi hijo no fue engendrado de mutuo acuerdo, fue consecuencia de una violación. Él dice que no encontró resistencia, pero no es cierto. Corrió detrás de mí, cerró la puerta del pasillo para que no tuviese huida, me cogió la ropa y me retorcí queriendo escapar y al final, me cogió por detrás rodeando con un brazo mi cintura dejándome inmóvil y con la mano libre comenzó a bajarme la ropa interior; después debí de sufrir un desvanecimiento, porque solo recuerdo que tenía mucho dolor en todo el cuerpo y que la señora gritaba diciéndome que me fuese, que desapareciese de su vista. Mi única culpa es no tener fuerzas para deshacerme de él al quedar atrapada en sus brazos, como una mosca en la tela de una araña.

El juez permaneció impasible a la declaración de Inés. Después dio por finalizada la sesión, dando un plazo de dos horas para deliberar sobre el caso y dar el veredicto. Inés estaba cansada y disgustada por haber oído en la declaración de Sebastián esas mentiras que solo pretendían culparla, con el único fin de justificarse él ante la opinión pública. Pero lo que más le preocupaba era que su declaración no hubiese sido para el juez la verdad, sino su verdad.

A pesar de su preocupación, ella mantenía la esperanza de que su declaración hubiese calado en la sensibilidad del juez surtiendo efecto a su favor. Esperaba que tuviese en cuenta la falta cometida contra ella y que valorase el daño y el sufrimiento, además de considerar el amor de madre que ella había manifestado sin ningún interés material ni de venganza. Solo deseaba la custodia de su hijo y nada más. Sabía por experiencia que en una sociedad machista como era aquella que le rodeaba, Sebastián no recibiría ningún castigo, aunque ella lo hubiese deseado; pero la verdad es que no lo deseaba. Solo deseaba tener a su hijo, lo demás era agua pasada que un día había llegado turbulenta arroyando su dicha y su seguridad. Un suceso que había socavado su honestidad y el curso propio de su vida de adolescente. Pero que ahora, a fuerza de resignación y abnegada entereza, había conseguido dejar atrás aquel horroroso hecho sin resentimiento: quizá fuese porque, en la balanza que pesaba los acontecimientos positivos y negativos de su vida, el platillo donde estaba su hijo anulaba todo lo negativo que contenía el platillo contrario, sin dejar lugar para el rencor y la venganza.

Después de dos horas se reanudó el juicio para dar el veredicto y el juez, después de hacer los cargos pertinentes y valorar la situación de cada uno de los interesados, decidió darle la custodia a Sebastián. Aclarando que los dos tenían el mismo derecho; pero si se valoraba la situación enfermiza y de pobreza que arrastraba Inés, lo mejor para el niño era que estuviese con su padre, porque disfrutaba de una estabilidad familiar y económica beneficiosa para el niño, que al fin y al cabo, era en realidad al que había que proteger por ser el más indefenso y el único que no podía elegir su estado por sí solo.

Inés quedó decepcionada y abatida después del veredicto del juez. Pensó que sin su hijo no merecía la pena vivir y empezó a abandonarse en una constante depresión que no le dejaba reaccionar ante ningún suceso positivo o adverso. Esa energía que antes fluía de ella en torrentes había desaparecido en la oscuridad de una opaca penumbra que no le dejaba ver la realidad. No podía ver que tenía tan solo dieciséis años y una vida entera por delante para rehacerla y luchar por su hijo. Que tenía que vivir, aunque solo fuese para recordarle al mundo que ella era la madre de Jesús y que nunca lo había abandonado. Que su caso había sido un abuso y una aberración y la separación de su hijo, un robo.

Dentro de la tristeza y la preocupación de los tres componentes de la familia, no cabía ni un resquicio de luz que les hiciese pensar en alguna solución para mantener al niño a su lado. Solo cabía una mínima esperanza de conseguir una autorización para poder verlo y estar con él una o dos horas a la semana.

Jesús fue a ver al abogado que les había defendido para agradecérselo, a él o a quien le hubiese asignado el caso y, al mismo tiempo, informarse si tenían algún derecho para ver al niño. Quería estar seguro antes de entregarlo y así, cuando llegase la ocasión, poner sus condiciones.

Asunción y Elvira preparaban una indumentaria apropiada a su estatus social para lucirse por la calle cuando fuesen a recoger al niño. Asunción, inquieta e ilusionada, comentaba a Elvira los proyectos que tenía en su mente para el futuro miembro de la familia. Elvira no hablaba. Trajinaba en silencio como un robot que actúa automáticamente según la misión que le han programado. Desempeñaba la faena sin opinar ni diferir, al menos de palabra. Otra cosa era lo que guardaba en su cabeza escondido detrás de su silencio. Cuando llegó Sebastián, estaba todo a punto para emprender el camino: la ropa dispuesta, Asunción arreglada e impaciente por cogerse del brazo de Sebastián y emprender la marcha; pero Sebastián decidió ser más discreto y pensó dejarlo para cuando anocheciese. Mandó a Elvira para que avisase a la familia de Inés y le dijese a la hora que irían a recoger al niño.

Cuando llegó Elvira, Jesús ya estaba de vuelta de casa del abogado. Ya sabía que el abogado no había sido de oficio. María —la matrona— lo había contratado para defender a Inés y, además, le había informado de que mientras que Inés estuviese enferma y los médicos considerasen la enfermedad infecciosa, nadie que estuviese en contacto con ella podría acercarse al niño y mucho menos tocarlo.

El día veintitrés de Junio, dos días después del juicio, Sebastián, Asunción y Elvira llegaron a casa de Inés subidos en la tartana, limpia y reluciente. Adecuada para el traslado del nuevo miembro de la familia, sin dar más publicidad que aquella que era precisa para recoger al crío en una casa donde vivían seis familias; tan unidas, como si fuesen una sola. Cuando se bajó Sebastián de la tartana, era casi anochecido. Un muchacho de la casa, vecino de Inés, jugaba en la calle y, al verlo llegar, corrió como un relámpago hacia dentro para avisar a las mujeres que ya estaban allí.

Al pasar Sebastián y su esposa a la casa, vieron un corro de mujeres hablando entre dientes bajo la luz mortecina de una bombilla de escaso voltaje, pero no les sorprendió. En cambio Elvira se quedó rezagada y, en un susurro, les dijo a sus señores que se volviesen.

—¿Por qué? —dijo Sebastián.

—Porque esa gente les está esperando y el encuentro no va a ser agradable.

Sebastián siguió adelante sin hacer caso a las palabras de Elvira y, al ver que el corro de mujeres avanzaba, interceptaron el paso y, al mismo tiempo, una de ellas le llamó ladrón. Él se quedó sorprendido mirándolas sin retroceder, pero contemplando el guirigay que se había formado ante él, hasta que Josefa se adelantó y le dijo con rabia:

—¡Vete, ladrón de honras! Si no quieres catar las tenazas como aquella vez.

—¡Vengo a por lo que es mío!

—¡Vienes a robarle a una madre su hijo! ¡No te conformas con deshonrarla, que ahora quieres quitarle lo único que tiene!

Sebastián vio la rabia chispear en los ojos de Josefa y calculó esa rabia multiplicada por las seis mujeres que estaban en el portal taponando la entrada de acceso a la vivienda de Inés.

Inés, enferma, débil y aturdida, no se movió del sofá donde reposaba casi ajena a lo que estaba ocurriendo; pero Pepa sí se unió al grupo. Jesús escuchaba emocionado desde su vivienda todo lo que le decían a Sebastián, pero sin moverse de ella. Sentía ganas de salir y decirle todo aquello que no pudo aquel día que llamó en su puerta sin que nadie saliese a abrir; pero no salió, porque la decisión de las mujeres fue que los hombres no saliesen cuando llegase Sebastián, para que él no tuviese oportunidad de desafiar a ninguno y se fuese aburrido por el mismo sitio por donde había venido. Al ver tanta unión y tanta ira en aquellas mujeres, se dio media vuelta y le dijo a su esposa:

—Nos vamos. Esto necesita una solución que no está en nuestras manos. Mañana vendrá quien apague estos humos…

Al día siguiente, dos policías se presentaron en casa de Inés con una orden judicial exigiendo la entrega del niño; pero no a ellos, sino a Sebastián y en su propia casa. Entonces Pepa cogió a su nieto y sin decir nada a Inés lo llevó y al volver camino de su casa, se sintió abatida por un llanto reprimido que le partía el corazón.

La enfermedad de Inés avanzaba a pasos agigantados. Ahora eran esputos de sangre viva cada vez que se producía un golpe de tos. Delgada y pálida como una aparecida, solo se movía del sofá para ir a la cama o para hacer sus necesidades en un orinal colocado debajo de la cama, porque ya no tenía fuerzas para ir al corral.

La comadrona visitaba a Inés y, desde el juicio, lo hacía con más frecuencia. Esta vez fue a visitarla y coincidió con las Hermanas de los Desamparados, que preocupadas también por la muchacha, iban a visitarla. Al ver las hermanas que llegaba María, fueron a consultar con ella el estado de Inés, proponiéndole, después de hablarle con preocupación, que solicitase a la beneficencia el ingreso de Inés en un sanatorio. Veían que la enfermedad había llegado a un extremo irreversible, hasta tal punto de que ponía en peligro la vida de la muchacha.

—Yo no puedo hacer eso —dijo María— esa gestión no me corresponde a mí. Ese cometido corresponde a un médico.

—Pero usted es parte de la Corporación y puede hablar con él.

—Desde que se celebró el juicio, no estoy bien vista en la Corporación. Se me trata con desdén y pretenden expulsarme. No creo que hagan mucho caso a mis ruegos.

Las hermanas se fueron convencidas de que María tenía razón, pero pensando que Inés necesitaba una solución urgente. Iban dispuestas a hablar con un médico del Patronato Benéfico, pero recapacitaron inmediatamente al calcular el tiempo que pasaría después de hacer los trámites burocráticos, hasta que diesen contestación diciendo si lo aprobaban o no. Entonces pensaron en la disposición que tenía Sebastián en el Ayuntamiento y en las instituciones públicas. Además, pensaron en que tratándose de Inés, él reaccionaría inmediatamente. Estaban seguras de que se preocuparía, aunque solo fuese por quedar bien ante el cura que le había aconsejado que hiciese el bien con humildad. Y ante ellas mismas, que visitaban su casa, como una casa de bien. Además, estaba la promesa que hizo en el juicio, ofreciéndose a protegerla en todo cuanto fuese preciso.

La reacción de Sebastián fue como ellas esperaban. Una hora después, un médico de la Beneficencia reconocía a Inés y ordenaba que preparasen un coche para trasladarla a un sanatorio situado en la sierra de Madrid. Mientras, el mismo médico llamaba para preparar el ingreso.

—Yo no puedo pagar un coche a Madrid y mucho menos un sanatorio —dijo Jesús.

—Eso no importa, lo que importa es la vida de tu hija —dijo el médico, sin aclarar las órdenes que tenía.

—¡No tengo nada con qué responder al pago de esos servicios! —insistió Jesús.

—¡Haz lo que te digo! Yo me hago responsable.

Una hora después, un taxi esperaba en la puerta para trasladar a Inés al sanatorio, acompañada de sus padres y del médico que la había reconocido.

Inés, al saber cuál iba a ser su destino, reaccionó negativamente. En la nebulosa de su estado sintió miedo. No solo a que fuese un viaje sin retorno, sino también a no volver a ver a su hijo en mucho tiempo. Pensaba que cuando volviese, si volvía, él la iba a mirar como a una extraña. En cambio, si no se iba, ella haría por verlo e intentaría que él la viese a ella para que no la extrañase el día que le dijese que era su madre. Cuando estaba en esos pensamientos, tuvo una sacudida de tos y una crisis nerviosa que la dejó hundida. Al final, cuando cesó, se quedó exhausta y sin fuerzas para protestar, entonces entró en el coche sin objeción ni resistencia.

Cinco horas duró el viaje hasta llegar a ese lugar apartado, donde el aire era puro y el clima parecía no corresponder al mes en curso, al ser totalmente diferente al que habían dejado en las llanuras manchegas. En La Mancha el sol, desde que comenzó el verano, abrasaba y en las horas centrales del día, las piedras eran ascuas vivas imposibles de sostener en las manos.

Inés, al llegar y ver la atención recibida, perdió el miedo que había sentido durante todo el camino. Y aunque lo miraba todo con extrañeza, el agrado de los médicos y las enfermeras, que en su mayoría eran monjas, le hizo sentirse segura, por lo que se quedó conforme al despedirse de sus padres cuando emprendieron el viaje de regreso.

A partir del ingreso de Inés en el sanatorio, mucha gente sintió pena por ella. Gente que dudó de su integridad cuando sufrió los abusos, ahora creían en su honestidad y en su inocencia. Desde el día que ocurrió el caso de su violación, Inés se había comportado con una decencia absoluta, igual que lo había hecho siempre antes del suceso. No había dado muestras de ningún desvarío. Demostraba en muchas ocasiones el recato, la serenidad y la valentía de una persona adulta, a pesar de tantas desdichas y de su juventud.

La gravedad que conllevaba la enfermedad de Inés preocupaba a mucha gente. La preocupación no era solo por ella. En ese año ya habían fallecido en el pueblo y en pueblos limítrofes personas jóvenes afectadas de tuberculosis. Gente que no tuvo la suerte de una atención médica adecuada ni una alimentación generosa que le hubiese ayudado a vencer esa enfermedad, que, en muchos casos, era mortal sin remedio.

Después de llevar a Inés al sanatorio, todo quedó tranquilo. Los padres quedaron abatidos: como el que pierde una batalla y no tiene recursos para intentar la revancha. Se resignaban con su mala suerte pensando en ese nieto que ya no tendrían nunca, al menos como ellos pensaban: el hijo varón que Pepa nunca pudo tener y que Jesús tanto deseaba. A eso, se le agregaba la pena de pensar constantemente en su hija, que luchaba contra la enfermedad entre la vida y la muerte.

Al día siguiente de recibir al niño, Asunción habló con don Anselmo para bautizarlo y Sebastián fue al Registro Civil a inscribirlo como hijo suyo y de su esposa. Cuando llegó, inmediatamente lo atendieron en la habitación donde se había iniciado la trama. Allí donde Inés, llena de angustia, sintió su impotencia ante la supremacía de una institución corrupta, donde no le valió de nada decirles que todo había sido un engaño. Dos minutos después de estar Sebastián en la habitación, llegó José, el funcionario que era cómplice suyo.

—Te estaba esperando —dijo el funcionario— ¿Traes el libro de familia?

—Sí. El niño se va a llamar Gabriel, como mi padre.

—Será Jesús Gabriel —advirtió el funcionario—. No puedo borrarle el nombre con el que está inscrito. Tú después puedes llamarle como quieras.

Cuando llegó Asunción a la iglesia, don Anselmo iniciaba la misa y ella esperó a oírla, como lo hacía tantos días. Cuando acabó la misa, fue para hablar con él.

—¿Qué quiere esta mujer? —dijo el cura.

—Queremos bautizar al niño.

—¡Ya era hora! Si ese niño hubiese tenido la desgracia de morir, que ocasión ha tenido por los peligros que le rodeaban, ahora su alma estaría en el limbo. Sin culpa, solo por vuestras desavenencias.

Asunción miraba al suelo avergonzada sin pronunciar palabra, preocupada y aturdida por el *chaparrón* que había iniciado don Anselmo.

—No te veo muy radiante —dijo el sacerdote—. ¿No será que algo te reconcome?

—Mi conciencia no está tranquila, padre. No sé si hemos hecho bien con separar al niño de su madre.

—Según se mire… En las circunstancias que está la madre ahora, al niño le habéis hecho un favor. A Inés, no tanto, la separación de su hijo será un agravante para la enfermedad y quién sabe si un atenuante que disminuya su capacidad de recuperación. Pero eso es Dios quien lo decide. Confiemos en Él. Necesito el libro de familia con el niño inscrito. Y el día, elegidlo vosotros; eso sí, cuanto antes, mejor.

El día veintiocho de junio, Asunción, acompañada de su esposo y algunos familiares, caminaba hacía la iglesia acunando al niño en sus brazos. Iba dichosa de ser madre o hacer las veces de serlo; pero ruborizada ante las miradas de los transeúntes o curiosos que esperaban el paso de la comitiva, imaginando que, aunque no todas, gran parte de las miradas eran condenatorias. Sin embargo, Sebastián iba ufano, triunfal. Como quien gana, no el combate, sino la batalla final. Orgulloso de haber conseguido su sueño. Un sueño imposible si no hubiese sido por la bellaquería miserable y cobarde de quien, como él, tiene el poder y la «justicia» de su parte. Poderes con los que humillaba a todo aquel que era un obstáculo para conseguir su objetivo. Eliminando sin escrúpulos al más débil, como quien juega al ajedrez saltándose las reglas del juego a su antojo para hacer jaque mate.

Pepa —la madre de Inés— no fue a la calle a ver la comitiva camino de la iglesia, pero sí fue a la iglesia para ver de bautizar a su nieto. Ajena a la ceremonia y camuflada entre mucha gente que había ido por curiosidad a ver el bautizo, miraba con ansiedad cubierta con un velo negro hasta los hombros que casi le tapaba la cara prendiéndolo con la mano izquierda, mientras que en la derecha empuñaba un pañuelo donde enjugarse las lágrimas. Cuando el niño recibía el agua bautismal, Pepa vio la cara de su nieto y, en ese momento, se dibujó en ella una tímida sonrisa y, a pesar de su tristeza, sintió en su interior una luz de fe que le llenaba de esperanza, conformidad y resignación.

CAPÍTULO 36

Faltaba poco más de un mes para que llegase la feria del pueblo. Para entonces, Rosa y Patricio, Blasa y Roberto, Juana y Santos, llevarían un año hablando, y entre ocho y diez meses de espera en calidad de relaciones amistosas. Los tres pretendientes ya le habían propuesto a sus respectivas parejas formalizar su relación, en un compromiso de noviez el domingo anterior a la feria, para poder salir juntos a ella.

Rosa y Blasa estaban de acuerdo con sus respectivos compañeros; pero Juana, aunque lo deseaba igual que sus amigas, sentía miedo en comunicárselo a sus padres temiendo una negativa y, lo que era aún peor, una negativa rotunda con su correspondiente autoritarismo, que le exigiría que lo abandonase y se olvidase de él, si no quería ver restringidas sus salidas.

Dos semanas estuvo Juana dándole vueltas a la cabeza, pensando cómo decirlo en su casa. Sentía el temor de una disputa que solo serviría para llevar las cosas a peor situación de lo que estaban ahora. Pero al fin se revistió de valor y expuso el caso a su madre. La madre no se sintió sorprendida, solo preocupada por la reacción que causaría en su marido si ella no era capaz de convencer a su hija para que desistiese en el plan o, por lo menos, que lo aplazase hasta que ella convenciese al padre, si era capaz de convencerlo.

—¿Qué me dice usted de mi propuesta? —preguntó Juana a su madre.

—No puedo decirte nada. Aún no le he dicho nada a tu padre; pero no te preocupes, desde esta noche empezaré a darle asomos. Sé que pondrá peros y se negará a consentirlo, pero intentaré convencerlo. Solo te pido que me des tiempo y, mientras tanto, te aseguras tú de tus sentimientos y lo pones a él a prueba. Si te quiere, esperará.

—Ya lo puse a prueba una vez sin proponérmelo y aguantó, no será menos ahora que estamos los dos convencidos de lo que queremos. Yo estoy segura de lo que siento, y sé lo que quiero —dijo Juana a su madre—. Y en cuanto a él, sé que aguantará; tengo plena confianza.

El día veinte de julio, el domingo anterior a la feria, Rosa y Patricio, Blasa y Roberto, salieron al paseo con un compromiso de noviez formalizado. El compromiso no solo era de palabra. Para corroborarlo, él novio entregaba una cantidad de dinero que la novia guardaba para comprar enseres para el ajuar, gastándolo siempre de mutuo acuerdo con él.

Juana, para esa fecha, no tenía ninguna solución. La madre aún le pedía tiempo y paciencia. Ella estaba haciendo todo lo posible, pero sin querer forzar a su marido; temía que se enfadase y la respuesta fuese un no rotundo. Una noche recién acostada, que era cuando ella aprovechaba para hablarle de aquellas cosas que solo le concernían a los dos, le dijo con gesto cariñoso:

—No me has dicho nada de lo que me ha planteado la niña.

—Aún es muy joven —dijo él— solo tiene diecisiete años. Tiempo tendrá. No hay que precipitarse.

—¿No quieres saber quién es él? —dijo ella aprovechando el buen talante que veía en su marido.

—No creas que estoy en Babia. Sé de lo que va y no creas que me gusta: no me hace ninguna gracia. Hazle tú los cargos, a ver si lo entiende y se desengaña.

—Ya lo he hecho y no he conseguido nada. Esto es más serio de lo que tú te crees. Está completamente segura de lo que quiere y si le das un no por respuesta, se revelará, como ya lo ha hecho conmigo.

—No hace falta que le digas que no, solo que espere a cumplir al menos un año más. En un año pueden pasar muchas cosas: que se canse él de esperar, por ejemplo. Él es dos años mayor que ella y, después del año que llevan hablando, es mucho esperar, y más con las dudas que él tiene sobre si nosotros somos consentidores o no de esa relación.

—Estás bien informado, ¿quién te ha puesto al corriente de todos esos pormenores?

—Los cotilleos abundan —dijo él— y yo tengo amigos que lo saben por medio de sus mujeres, a las que sus hijas les han informado y, pensando en que me hacían un favor, ellos me lo han dicho a mí.

La primera tarde de feria paseaban en el parque Rosa y Patricio, Blasa y Roberto, con cierta timidez. Ruborizándose ellas cuando alguien les interceptaba el paso para darles la enhorabuena por su compromiso. La dicha era desbordante a pesar de las restricciones en el horario de vuelta a casa, que era el mismo de antes, cuando no había un compromiso formal: «¡a las nueve en casa y por ser feria, a las diez, pero ni un minuto más!» A partir de esa hora, era el tiempo ideal para disfrutar de la feria, pero órdenes son órdenes, y había que obedecer.

Juana, Lucía y Aurora salieron juntas. Juana sintió envidia al ver a sus dos amigas pasear felices con sus parejas en dirección a las atracciones que la feria ofrecía, para subir a ellas. Lucía y Aurora paseaban tranquilas, pero ilusionadas por ver todo el contenido de elementos que formaban el conjunto ferial, sin intuir la sorpresa que a cada una le aguardaba. La tarde pasó para todas ellas como un suspiro. El reloj de la plaza hacía sonar como una sentencia los tres cuartos de hora posteriores a las nueve y el deseo de seguir disfrutando de la feria competía con la obligación angustiosa de tener que regresar. Apuraban cada segundo que les permitía el tiempo que necesitaban para estar en sus casas a las diez, salvo aquellas a las que los padres esperaban en un sitio concreto de la feria, antes de esa hora. Juana, Lucía y Aurora emprendieron el camino de regreso. Cuando salieron de las primeras calles cercanas al recinto ferial, repletas de gente, Santos salió a su encuentro para acompañar a Juana, con la que habló a solas para aclarar el motivo por el cual tenían que posponer su compromiso. Él no preguntó nada, pero ella, seria y resignada, comenzó a darle explicaciones.

—Hay que esperar —dijo con voz débil y acongojada.

—¿Mucho?

—Al menos un año. Mi padre dice que aún soy muy joven.

—¿Sólo eso?...

—Solo eso. Al menos que yo sepa. Si hay más, mi madre no me lo ha dicho. ¿No te importa? —preguntó ella preocupada.

—No, no me importa. Si hay que esperar, esperamos.

Juan, al ver a sus amigos con sus recientes novias, sintió envidia y al mismo tiempo nostalgia de aquellas noches que habló con Aurora para pretenderla, considerando que quizá no había agotado todas sus posibilidades, por lo que volvió a intentarlo otra vez. Se puso a esperar en la esquina anterior a la casa de Aurora; se acercó a ella y le pidió por favor que le escuchase. Ella, al contrario que la última vez, se paró tranquila, pero indiferente, pensando igual que antes, ahora con más motivos, porque había empezado a sentir que estaba enamorada de Félix, un dependiente de comercio textil cercano a su casa. Ella hubiera querido decírselo a Juan para desengañarlo, pero se lo guardó para sí por recato. Pensaba que el dependiente ni siquiera se había fijado en ella y hacer público ese sentimiento era tanto como ofrecerse a él y eso no podía hacerlo porque mancharía su honestidad. Ella, al declararse él de nuevo diciéndole que no podía olvidarla, le dijo que no podía complacerlo porque no sentía nada por él. Y así, con las mejores palabras, le agradeció su cariño y lo despidió rogándole que no volviese y sintió compasión por Juan al verlo entregado a su voluntad sin condiciones.

Al día siguiente de la inauguración de la feria, era el día de Santiago, el santo patrón. Las tres amigas, igual que otra mucha gente, fueron a la misa celebrada en su honor, y en ella, Lucía recibió una sorpresa que no esperaba: Alberto, el mozo rubio de ojos azules, volvía a estar en misa y esta vez buscaba con la mirada algo que sin duda encontró al llegar a ella. Al verla, le mostró una sonrisa que la dejó turbada de gozo. Ella respondió con una sonrisa tímida, casi imperceptible, pero que él captó volviendo a sonreírle al ver que bajaba la vista ruborizada.

Durante la tarde–noche, en las idas y venidas de las amigas dentro del recinto ferial, Alberto y Lucía no se quitaban ojo entre sí y al final, cuando se iban ellas a sus casas, él las siguió y se puso junto a Lucía para acompañarla. La conversación fue fluida y en ningún momento Lucía rechazó la compañía de él. Las dudas vinieron cuando se quedaron solos y Alberto quiso cogerle la mano. Ella la deslizó suavemente sin ninguna protesta, pero dejando claro que aún era pronto para mayores confianzas.

—Mañana me voy —dijo él—. Por mí, me quedaría siempre contigo, pero tengo que estudiar. Si no apruebo lo que me ha quedado, mis padres no me dejarán venir nunca más, y yo no quiero dejar de verte aunque solo sea cada cierto tiempo.

Ella callaba, pero sentía que tuviese que irse tan pronto y a punto estuvo de acercarle la mano para que volviese a cogerla, pero al fin reprimió su deseo por si alguien la veía y se formaban murmuraciones. También desconfiaba de lo que pudiese pensar él, al ser esta vez ella la que hubiese tomado la iniciativa. La despedida fue romántica, sin contacto físico alguno: solo con palabras y miradas que hubieran derretido las piedras, si hubiesen sido dirigidas a ellas.

Teresa estaba embarazada de dos meses. En el segundo mes de casada tuvo la primera falta. Al principio dudaba, pero ahora, con dos faltas y el extraño revuelo que sentía en su cuerpo, estaba completamente segura. El tío «Cachete», al saber la noticia, sintió la alegría mayor de su vida. Más que la cosecha abundante del año anterior. Más que haber disfrutado de Elvira, a la que tanto había deseado desde su juventud. Y mucho más que haber conseguido que Teresa se hubiese quedado con él. La ilusión de ser padre era algo que no tenía comparación con nada de todo aquello que le había surgido en la vida.

Cuando, con dos meses de embarazo dio la noticia a su madre y a María la criada, éstas, en apenas dos días, la divulgaron por todo el pueblo: la madre, feliz porque iba a ser abuela y María, porque se sentía como de la familia por el trato que recibía de su amiga y del señor, que ahora la trataba como a una hermana.

La gente consideraba que era una suerte para Teresa haberse quedado embarazada, a sus cuarenta y algunos años, a punto de llegar a la menopausia. Veían el acontecimiento como un triunfo para ella, porque ahora, cuando naciese el crío, sí que tendría su porvenir asegurado. En el casino, igual que en la calle, los amigos y conocidos de «Cachete» le daban la enhorabuena y, cuando no estaba él presente, hablaban del suceso elogiándolo. Aseguraban que, aquello que al principio parecía extravagante, al final sería de lo más común, incluso haría feliz a Romualdo en sus años de vejez. El cambio producido en la vida de «Cachete» hizo que los amigos sintieran admiración hacia él. Sin embargo, la familia de él no sentía la misma alegría. Al saber la noticia, perdió todas las esperanzas que aún tenía puestas en la herencia. Todos pensaban que, cuando naciese el crío, la pérdida sería aún mayor que la de aquella noche en que salieron discutiendo con Romualdo, perdiendo las amistades.

La ira que produce el egoísmo cuando no consigue lo que quiere, es terrible: aún peor que la envidia. A raíz de esa noticia, la familia de él dio rienda suelta a las habladurías. Afilando la lengua para que fuese más cortante a la hora de contar los chismorreos que se habían difundido de Teresa, antes de ser la criada de «Cachete», como lo llamaban ahora todos ellos, nombrándolo solo por el apodo, excepto su hermana, que a pesar de todo, se sentía ufana con la felicidad de su hermano. Lo primero que difundieron fueron las dudas sobre el crío que esperaba Teresa, diciendo que a saber si sería de Romualdo o no.

—Esa… esa no tiene bastante con un viejo. Está claro. Esa pájara le ha sorbido el seso. Con su mujer no tuvo hijos y con esta… «a la vejez cuernos de pez». Y así hasta un sinfín de frases, algunas de ellas paradojas inconcebibles y ridículas, que, más que difamar al matrimonio, los ridiculizaban a ellos mismos.

CAPÍTULO 37

Desde que había llegado la recolección de cereales y leguminosas, la gente se afanaba con ilusión. Las familias aprovechaban al máximo la abundancia de trabajo. Iba toda la familia útil: el cabeza de familia, la esposa y los hijos e hijas mayores de once años. En esta recolección, se invertía gente de otros oficios que en los meses de verano eran menos rentables. Así, algunos herreros, carpinteros, zapateros, albañiles… aprovechaban, solos o con su familia, porque ese sueldo era más seguro que esperar a que el cliente fuese o no fuese a hacer el encargo necesario. Además, quien necesitaba encargar algún trabajo de estos oficios, casi siempre esperaba: bien porque comprendía el abandono forzoso de ese profesional o también porque al terminar la recolección, tendría dinero para pagarlo.

Blas, como otros muchos, buscaba gente para formar una cuadrilla y pensó en la familia de Verónica, pero Verónica no accedió. Las hermanas vieron una oportunidad para sacarla de su ensimismamiento y que en ese tiempo de faena, observase el comportamiento de él y se adaptase a su presencia, todo esto sin mencionarle nada de la propuesta de Blas y mucho menos, de la conveniencia de ese compromiso.

—Yo ya tengo amo para toda la recolección… y vosotras también —dijo Verónica— ¿Qué ganamos con irnos con él? Os lo voy a decir: ponerme a mí en un compromiso. ¿Es eso lo que buscáis? ¡Dije que no y sigue siendo que no! Si vosotras queréis ir, iros: yo no me voy.

En estas tierras áridas de La Mancha, el sol es abrasador y los días de verano, agotadores. Y mucho más cuando se practican faenas del campo con poca alimentación y agua caliente, a pesar de estar resguardada a la sombra de un olivo o debajo del carro.

La gente en cuadrillas avanza en el tajo haciendo la faena. Entre ella hay niños y niñas que al llegar septiembre, no regresaran a la escuela. Las maestras y maestros, entre ellos don Sebastián, sentirán a cada niño que no vuelva con la desilusión de haber dejado un trabajo inacabado, dejando una sensación de vacío que el tiempo no logrará borrar. Mientras tanto, la incultura de algunas personas justifica con refranes inventados toda esa ausencia de conocimientos tan precisos y beneficiosos para todas las personas; sobre todo, para aquellas que por su temprana edad tienen que emprender la tarea forzosa de la lucha por la vida.

Las justificaciones más comunes que oye don Sebastián cuando reclama a sus alumnos perdidos, son: «Para ir detrás de una yunta, no hace falta estudiar», «El pastor tiene que saber ordeñar, conocer a sus animales y manejar el garrote, lo demás sobra». Otros se justifican con razones convincentes, como por ejemplo: «En casa somos muchos para comer y para trabajar estoy solo. Como padre, me duele que el muchacho no vuelva a la escuela, pero hay días que no nos llega la comida. El será una ayuda y al mismo tiempo se hará un hombre competente para el trabajo. Los pobres, ya se sabe…, lo que tardes en trabajar, es perder».

Los estudios, salvo alguna excepción, estaban destinados a gente adinerada que, en algunos casos, después de estudiar una carrera, no ejercían en ella por una razón muy sencilla: era más cómodo administrar su hacienda, ocupar un cargo en el Ayuntamiento o en alguna institución pública, donde el poder político era patente y beneficioso para sus intereses. El pobre sin cultura estaba dominado y destinado al trabajo rudo, sin contar para nada en las decisiones públicas. Su única preocupación era la de mantener a sus hijos sin otra ambición que conservar su empleo día a día, siempre sumiso por el temor de que cualquier exigencia al reclamar sus derechos, se tomase por rebeldía costándole el despido, mala fama de revolucionario y la falta de trabajo. Una situación que solo le acarrearía desesperación y hambre para su familia. Y todo a consecuencia de una petición justa, pero mal vista por aquel que no veía más allá de sus intereses y su ambición. El pobre no tenía más remedio que acatar órdenes con un «sí señor» o un «no señor», mostrándose siempre obediente. Tolerando las injusticias con resignación, igual del señorito que del político. Sin más objeciones que pensar en silencio que aquello era injusto, porque de lo contrario, tendría que atenerse a las consecuencias. El mundo era de los poderosos. Tenían el poder y el dinero, y con el dinero, el pan. Salvo algunas excepciones, el pobre, para muchos de ellos, era como el que tiene un animal de compañía y quiere adiestrarlo a su voluntad: «Si te portas bien, comes, si no, ayunas. Para que aprendas y no se te olvide que el pan está en mis manos». Si algún pobre intentaba prosperar para darle a su familia algo mejor, sonaba el refrán de: »Hasta los gatos quieren zapatos». Si el cambio a mejor era en vestimenta, el refrán decía así: «Aunque la mona se vista de seda, mona se queda». La sociedad estaba clasificada por escalafones más de riqueza que de cultura. Pesaba más el dinero que la sabiduría. Un señor con capital y dinero pesaba más que un maestro de escuela con todos sus conocimientos y más que un escribiente bien preparado.

El miedo a caer en el hambre y la miseria hacía que lo ganado en temporadas de recolección se administrase al máximo; viviendo a veces con media dieta de alimentación para evitar, dentro de lo posible, una escasez futura que los hundiese en la desesperación. Verónica y su familia eran de este último peldaño. Trabajaban las temporadas de recolección y durante el resto del año hacían jornadas eventuales cuando algún patrono los solicitaba. En cambio, Blas era jornalero fijo y, además, poseía unas parcelas de pequeña extensión que cultivaba en sus días libres. Después las recolectaba con la misma cuadrilla del patrono donde él trabajaba; lo que hacía que, aparte del sueldo, tuviese otros ingresos extra. Eso era, además de ser considerado buena persona, lo que llevaba a las hermanas de Verónica a aconsejarle que se uniese a él en matrimonio; porque junto a él no le faltaría nada de lo imprescindible para vivir: a ella y a sus hijos.

En la cuadrilla donde trabajaban Verónica y sus hermanas, el único hombre que había era el manigero, que, aparte de ordenarles y cuidar de que el ritmo de trabajo fuese el adecuado, no hablaba de nada con ellas, pero tampoco ponía objeción a que ellas hablasen, mientras que el rendimiento de trabajo no disminuyese.

Las mujeres se gastaban bromas mientras trabajaban y muchas veces iban dirigidas a Verónica. Unas veces disfrazadas de consejos, y otras mezcladas con picarescas que terminaban en risas, a las que Verónica, cada vez más serena, callaba, pero mostraba una sonrisa de conformidad y agrado que demostraba su consentimiento.

Las coincidencias, cuando no son premeditadas, causan una extraña sensación, de tristeza, de alegría o de indiferencia. La tarde del jueves treinta y uno de julio, la cuadrilla donde trabajaba Verónica terminaba la recolección de una parcela, cambiándose a otra de un paraje distinto. Cuando llegaron, otra cuadrilla realizaba su faena en la parcela colindante, pero en el extremo contrario. A una distancia intermedia entre una y otra cuadrilla, se divisaba una casa blanca, impoluta, donde los rayos del sol se reflejaban deslumbrando con su luz. La tarde transcurría con un calor intenso, sofocante. La luz del sol deslumbraba. Los ojos impregnados de sudor escocían y la visión se hacía borrosa por la salobridad del sudor y el polvo amasado en él. Un nubarrón oscurecía el ambiente y lo refrescaba aliviando el intenso sofoco. Poco a poco se fue ensanchando como un globo y de él se descolgaron ramalazos grises que fueron cubriendo el horizonte. Un relámpago iluminaba el cielo y el primer trueno retumbaba ensordecedor mientras caían las primeras gotas de lluvia. La cuadrilla vecina, de vuelta en la besana, corría hacia la casa y el manigero de la cuadrilla donde iba Verónica decidió refugiarse también allí sabiendo con seguridad que no tendría ningún impedimento. Al llegar, Verónica se vio sorprendida al comprobar que ese manigero era Blas. La coincidencia la dejó aturdida. Se escondió detrás de las demás mujeres sin saber dónde colocarse. En esos momentos, deseaba que pasase pronto la tormenta para marcharse y desaparecer. La sorpresa la había dejado impresionada, pero no indiferente. Verónica, camuflada entre sus compañeras, observaba a Blas de reojo, sin atreverse a mirarlo descaradamente, pero sí con cierto interés. Nunca, en las dos veces que se habían visto, se había preocupado de saber cómo era. La pena y el pudor le habían hecho agachar la cabeza, negándose a cualquier comunicación sin escuchar ningún razonamiento, ni de Blas, ni de sus hermanas.

Blas la buscaba también con la mirada. Ante tanta gente, no quería dar muestras de su interés y mucho menos aturdirla a ella más de lo que ya estaba.

—Las cosas son como son y se hacen como hay que hacerlas. Ya llegará mejor ocasión para hablar —esto lo pensaba Blas sin dejar de mirarla.

Cuando pasó la tormenta, cada cuadrilla se fue a su tajo. Verónica, pensativa y sus compañeras, intercambiando opiniones y comentando las miradas cruzadas de él y de ella. Las hermanas de Verónica —una a cada lado— iban sonrientes diciéndole al oído:

—¡Te mira! ¡Te quiere!

—¡Y qué… ! —dijo ella alterada.

—¡Que tienes que rehacer tu vida! —dijeron las dos hermanas al mismo tiempo.

—¡Tengo dudas! Tengo miedo. No es solo él: son sus hijos, son mis hijos… ¿Quién me dice a mí que todo va a salir bien? Si fuésemos él y yo solos, sería todo diferente. Si saliese mal, sufriría yo sola. Así, si sale mal, sufriremos todos: sus hijos, mis hijos…y eso no me lo perdonaría jamás.

—No precisamente tiene que salir mal. Vemos justos tus temores y tus dudas. Pero tienes que pensar en positivo. Sin embargo, eres tú quien tiene que decidir si aceptas o no esa proposición.

—No creáis que no lo he pensado; pero me da miedo. Además… no me hago a la idea de estar con otro hombre teniendo tan presente a mi marido. Sería un agobio añadido a mis temores. Necesito tiempo para estar segura de lo que me conviene. Así, si luego me equivoco, nunca me recriminaré a mí misma que fue consecuencia de una decisión precipitada.

Como siempre, el sol lució después de la tormenta quedando una tarde esplendida, un cielo despejado y una temperatura agradable; donde los únicos nubarrones existentes estaban en la cabeza de Verónica, que, después de observar a Blas, le aumentaron las dudas retándose entre sí: unas defendiendo sus temores y las otras, alentando los deseos recién nacidos de rehacer su vida, después de contemplar a Blas detenidamente.

CAPÍTULO 38

Mauricio, por sus contrariedades y recelos era mal visto en el pueblo: él y su familia. La soberbia era una de sus «cualidades». Otra era el egoísmo. En el casino, eran pocos los que se consideraban amigos suyos y menos los que querían jugar o conversar con él a solas. Los trabajadores que contrataba eran eventuales. Los que iban a trabajar con él era por estricta necesidad, porque sabían que les pagaría poco y a regañadientes. Lo más criticado eran sus visitas al cuartel de la Guardia Civil, donde iba con sus cuentos —verdaderos o imaginados—. Pensaba que así ayudaba a mantener la ley y el orden, sin darse cuenta del daño que hacía a alguna gente con sus sospechas infundadas. Eulalia, que tenía un tipo renqueante, cuando salía a la calle, era objeto de burla para mucha gente que, a su vez, habían sido víctimas de sus humillaciones, abusos e impertinencias. Cuando iba la hija con ella cogida del brazo, culona y renqueante igual que la madre a pesar de su corta edad, se oía un dicho burlesco y comparativo que decía así: «El andar de la madre lleva la hija, le parecen los cascos a la botija».

Ramona, después de quince meses sin ver a su marido, sentía la necesidad de verlo, pero no encontraba el momento oportuno. La escasez de dinero y las dudas para pedir un permiso laboral y un préstamo en la casa donde trabajaba, hacía que el tiempo pasase sin realizar ese viaje que tanto deseaba. María, conmovida por las cosas que le contaba Ramona, tenía informada a la señora del contenido de algunas de esas conversaciones. Al narrarlas, María lamentaba el estado desfavorable de esa familia destrozada por Mauricio. Doña Felicidad, aunque callaba al oír los lamentos de María, sentía compasión por Ramona y pensó que en el próximo viaje que hiciesen a Madrid, la llevarían a ver a su marido. El inicio del próximo curso escolar llegaría en tan solo algo más de un mes y este año, las niñas de don José comenzarían una nueva etapa en sus estudios. Irían a un colegio privado e interno en Madrid. Por tal motivo, toda la familia tenía un viaje previsto para mediados de agosto, con el fin de conocer el colegio y concretar aquellos requisitos propios y necesarios para la incorporación de las niñas a él. El colegio era católico. Unas monjas desempeñaban el trabajo de profesoras y también residían en él junto a las niñas, por lo que estaba abierto todo el año.

Este viaje iba a ser una sorpresa para Ramona. La señora sabía por María que Ramona deseaba hacerlo y como el coche era de cinco plazas, quedaba una libre, igual a la ida que a la vuelta. Tres días antes de iniciar el viaje, María le dijo a Ramona que la señora quería hablar con ella.

—Me ha dicho que pases antes de irte a tu casa.

—¿Da usted su permiso, señora?

—Pasa, te estaba esperando.

Ramona pasó indecisa, con timidez. Suponía que lo que tenía que decirle la señora era importante, porque si no lo fuese, se lo hubiese hecho saber por medio de María; pero jamás podía imaginarse que lo que iba a decirle fuese tan importante para ella.

—Dentro de tres días tenemos previsto ir a Madrid y hemos pensado que puedes venirte con nosotros, si tú quieres.

Ramona, al oír esas palabras, se emocionó. Sintió que algo le invadía el corazón para subirle después a la garganta, para aflorarle a los ojos unas lágrimas de alegría contenida y, de haber estado sola o con gente de su clase, hubiese dado saltos como una loca.

—¿Qué me contestas? —preguntó la señora, al verla sobrecogida por la sorpresa.

—Sí, señora. Si no es molestia para ustedes, sí me voy. Gracias, señora, que Dios se lo pague. Es usted muy buena conmigo. Nunca olvidaré esta atención. Estaré siempre agradecida, además de estar a su servicio sin condiciones.

Los niños de Ramona sintieron alegría al conocer la noticia; una alegría agridulce al saber que ellos no irían.

Todo el camino hasta llegar a Madrid, Ramona fue pensativa. Ella nunca había estado en la capital y no sabía si sus señores la llevarían hasta donde estaba su marido o la dejarían en el colegio para que ella después fuese a buscarlo con el papelote en la mano, donde iban las señas apuntadas. Cuando llegaron al colegio, Ramona se quedó indecisa, sin saber qué hacer: al final optó por preguntar para que la orientasen sobre la calle y el centro donde se encontraba su marido recluido.

—No te preocupes, nosotros te llevamos —dijo don José— está lejos. Además, no sabemos el régimen de visitas existente. Puede que encuentres algún problema para verlo y, si vas sola, no conseguirás resolverlo.

—Gracias —dijo Ramona satisfecha—. No sé cómo podré pagar todo el bien que están haciendo conmigo; pero no dude que lo pagaré en la medida de mis posibilidades.

—Ya lo estás pagando con tu conducta —dijo la señora—. Has demostrado que no eres rebelde, sino que tu comportamiento se debía a la opresión que estabas recibiendo por parte de las necesidades y la autoridad pública. Cualquier animal acorralado se defendería con el coraje que tú te has defendido; hacer lo contrario sería de cobardes.

Cuando salieron del colegio, fueron en busca de la calle escrita en el papel recortado del remite de una carta. Cuando llegaron, una pareja de la Guardia Civil custodiaba la entrada del centro. Ramona, al verlos, se quedó retraída e indecisa, aquí no estaba en su pueblo, no conocía a nadie y su marido estaba dentro sin saber ella en qué condiciones.

Don José se adelantó para hablar con los guardias, exponiendo el motivo por el cual estaban allí. Al momento llamaron al jefe de puesto, que salió al instante. Don José se acercó hasta él, diciéndole lo mismo que les había dicho a los guardias.

—Las visitas son los domingos y fiestas de guardar, después de oír misa en el patio del centro. Ahí pueden verse vis a vis, durante toda la mañana, sin ninguna celosía que los separe. Es un privilegio del cual disfrutan estos reclusos por su buen comportamiento dentro del centro y en el trabajo. Estas personas, más que reclusos, son trabajadores con plenas libertades: dentro del centro, claro está. Ellos están ayudando a reconstruir España, al tiempo que redimen su condena. Por cada dos días de trabajo, uno menos de condena.

A don José todo aquello le pareció estupendo, pero el fin que les llevaba hasta allí era otro. Ellos no habían ido solamente a por información, sino a hacerle una visita a Francisco, por lo que don José volvió a insistir en verlo, explicándole al cabo, que esa mujer no tenía medios económicos para hacer un viaje de doscientos kilómetros de ida y doscientos de vuelta, porque tenía tres hijos que mantener a consecuencia del estado en que se encontraba su marido.

—Eso no es de mi incumbencia —dijo el cabo— las reglas son las reglas, y yo estoy aquí para cumplirlas. Aquí las visitas son los domingos y fiestas de guardar.

Don José, al ver la rotunda negación del cabo sin haberles pedido ni tan siquiera el DNI, echó mano al bolsillo interior de su chaqueta y sacó su documentación para identificarse. Al ver el cabo quién era y el rango que había ocupado en la jerarquía de oficiales en el Ejército Nacional durante la guerra recientemente pasada, se cuadró ante él pidiendo disculpas. Después le facilitó el paso hasta su despacho, solo a él, y el resto de los visitantes los acomodó en la sala de espera próxima. Después de dar don José el nombre de Francisco, el cabo buscó su ficha en el archivo y al ver su cara en la foto, mostró una sonrisa.

—Este hombre no ha recibido nunca una visita desde que está aquí —dijo—. Sin embargo, se le ve más feliz que a muchos otros que ven a su familia cada domingo. Se interesa por aprender, trabaja a pleno rendimiento y nunca muestra disconformidad con aquello que se le ordena. He llegado a la conclusión de que su comportamiento se debía a que no tenía a nadie que lo esperase. A veces sentí curiosidad por leer el informe de su ficha, pero nunca lo hice.

—Pues ya ve, tiene esposa y tres hijos. Quizá sea ese el motivo de su buena actitud. Aparte de que nunca ha sido conflictivo.

—Entonces, si no ha sido conflictivo, ¿por qué está aquí? —preguntó el cabo sorprendido.

—Por una falsa acusación.

Don José miró el reloj sin hacer ninguna referencia a la hora avanzada de la mañana, cercana ya a la hora de descanso del mediodía.

—Faltan pocos minutos para la hora de la comida —dijo el cabo—. Aquí se madruga y a medio día termina el horario de trabajo. Las tardes son para su aseo personal, para escribir a la familia y para juegos de entretenimiento.

La sorpresa de Francisco fue mayúscula cuando, a la salida del trabajo, le dijeron que tenía visita. Nervioso, pero lleno de alegría, fue a asearse y a cambiarse de ropa, para causar mejor sensación a su esposa, que esperaba impaciente sin poder imaginar el aspecto que tendría su marido después de dieciséis meses sin verlo.

Después de un registro exhaustivo a Ramona, la llevaron donde estaba Francisco. El encuentro fue emocionante. El ansia de verse y abrazarse les hizo olvidar por un momento la difícil situación por la cual estaban pasando. El interés de Francisco por saber de sus hijos anuló el resto de preocupaciones. Al preguntar por ellos, Ramona emocionada no supo fingir como lo hacía en las cartas. Le fue relatando con toda la verdad el estado en que se encontraban y todo lo que habían pasado desde su ausencia. Le confesó que su hijo José estaba trabajando. También le dijo con quién y desde cuándo lo hacía. Solo quedaba decirle aquello que había guardado con tanto celo y que él ya imaginaba: que su hijo mayor no iba a la escuela. Sin embargo, se lo dijo. No estaba allí para mentir, ni para guardar tapujos que tarde o temprano el terminaría sabiendo. La sinceridad es la mejor muestra de cariño que un matrimonio puede darse. Así que, Ramona fue contando punto por punto cada suceso ocurrido desde la detención de él sin dejarse ningún detalle. Ni siquiera aquellos días de lluvia cuando la basura se hacía «gachín», formándose un baturrillo que hacía intransitable el acceso a la vivienda donde vivían revueltos con las ovejas.

El tiempo permitido para la entrevista fue de casi dos horas, que pasaron para ellos como un suspiro. El sonido de un silbato y el anuncio de que el tiempo de visita había terminado les hizo salir de su ensimismamiento, para caer ella en un llanto desconsolado y él, en una congoja producida por una represión emocional sin llanto, al menos sin llanto exterior; donde las lágrimas internas eran como zarzas que arañaban el corazón, al pasar en busca de un escondite seguro en las entrañas del sentimiento.

El viaje de vuelta fue silencioso. Ramona no habló hasta llegar a la casa de los señores, donde los colmó de gracias antes de irse al encuentro de sus hijos. Solo las niñas hablaban de sus proyectos para el nuevo curso, en un colegio alejado de su pueblo y de su familia; donde la nostalgia iba a ser su mayor enemigo y, el sentido del deber, el guerrero que vencería todas las dificultades que surgiesen en esta etapa de intenso trabajo intelectual. Ellas serían fuertes y vencerían las recaídas emocionales que a veces llegan silenciosas, traicioneras y cobardes.

Los hijos de Ramona esperaban impacientes a su madre y encerrados en su casa. Ese día, José —el hijo mayor— no había dormido la siesta en casa del patrono. Esperaba junto a sus hermanos la llegada de su madre, antes de volver con las ovejas. Los niños, según vieron llegar a Ramona, corrieron hacia ella preguntando cosas que no tenían respuesta y que ella intentaba acomodándolas a las que sus hijos querían oír.

—¿Cuándo viene padre? —fue la primera pregunta, hecha por el mayor, mientras que los otros dos clavaban los ojos en su madre esperando la respuesta.

—Todavía no se sabe, pero pronto. Ahora está trabajando.

—¿Lo tienen atado para que no pueda venirse? —preguntó el pequeño.

—No hijo, está libre.

—Y si está libre ¿por qué no viene?

—Está libre dentro del centro. Allí trabaja, allí come, es donde vive; pero no puede venir.

—Cuando has hablado con él, ¿tú también estabas encerrada o habéis hablado por una ventana con reja?

—No. Hemos estado juntos y libres, en un patio grande. No había nadie que nos vigilase.

—¿Por qué ser rojo es malo? —preguntó de nuevo el pequeño.

—No, hijo. Ser rojo no es malo, es que a alguna gente no le gusta, porque su egoísmo no les deja compartir ideas.

—Entonces, ¿por eso está en la cárcel?

—Sí, por eso: porque somos diferentes en nuestra forma de pensar.

—¿Qué ha dicho para nosotros? —preguntó el mayor, serio y preocupado al ver que ninguna respuesta era concreta y satisfactoria.

—Lo mismo que dice en las cartas, que seáis buenos, que no dejéis de ir a la escuela y que tiene mucha gana de veros.

—¿Sabe que no voy a la escuela?

—Sí, se lo he dicho. Ya no hay ningún secreto. Tarde o temprano tenía que saberlo.

—¿Qué ha dicho de todas nuestras calamidades?

—Nada. Le ha dolido mucho, pero se lo ha guardado para él. El dolor estaba reflejado en su cara, pero ha preferido no decir nada. Solo ha tragado saliva para deshacer el nudo que tenía formado en la garganta. Ahora se ha quedado conforme. Nuestra situación actual le ha dado tranquilidad. La única espina que le punza ahora el corazón es que tú no vayas a la escuela.

CAPÍTULO 39

Faltaban solo tres días para la Asunción de nuestra Señora María Santísima, Madre de la Iglesia. En este día, Lucía fue a oír misa con sus amigas como cada día de precepto y esta vez, fue ella quien buscó con la mirada a ver si Alberto estaba allí, pero no lo vio. En el transcurso de la misa, miró varias veces en distintas direcciones, hasta que por fin vio que estaba arrodillado rezando, cumpliendo la penitencia después de la confesión. Después, cuando llegó el tiempo de comulgar, él estaba en la fila para recibir la comunión.

La alegría que sintió Lucía al verlo fue desbordante. Solo hacía veintiún días que Alberto había estado con ella y estaba allí de nuevo; y esta vez, para tres días, pensó ella ilusionada.

Alberto había venido solo; por eso buscó compañía en el grupo de amigos que ya conocía de cada noche que había pretendido o acompañado a Lucía. Ellos lo aceptaron como uno más de la cuadrilla y a partir de ahí, creció la amistad y la confianza. La compenetración surgió sin ninguna dificultad a pesar de ser diferentes en cultura, educación y clase social, algo que se tenía muy en cuenta a la hora de adquirir amistades.

La tarde del día quince de agosto, se hizo la procesión de la virgen como era tradición. Un acto restringido y cuestionado, como tantos otros, durante la república, hasta tal punto que fueron prohibidos y retomados en el año mil novecientos treinta y nueve después de acabar la Guerra Civil.

Alberto pasó la tarde alegre y satisfecho con sus nuevas amistades, sin advertir las miradas críticas y de extrañeza dirigidas hacia él por gente de la clase media, que no compartían la decisión de haberse juntado con unos muchachos de clase humilde. Pensaba esa gente que solo obtendría de ellos costumbres burdas, además de rebajar y poner en cuestión su clase social y la educación recibida.

Al terminar la tarde, ya oscurecido, Juana, Aurora y Lucía cogieron camino hacia su casa y los chicos las siguieron hasta alcanzarlas. Cuando llegaron a casa de Juana, Aurora cogió una travesía que iba directa a su casa y Juana se quedó hablando con Santos sin ninguna preocupación por que la viesen sus padres. Lucía y Alberto siguieron su camino hablando sin prisa. Él iba serio y pensativo. Contestaba a las preguntas de ella y le seguía la conversación mostrando una tímida sonrisa a veces; pero sin contagiarse de la alegría y el entusiasmo de ella, que no había parado ni un segundo de hablar y de reír desde que llegó Alberto para acompañarla. Lucía advirtió su seriedad y lo observó durante unos minutos, suficientes para darse cuenta de que algo pasaba.

—¿Qué pasa? —preguntó ella—. Me preocupa tu seriedad.

—Mis padres han convenido mandarme a Inglaterra a estudiar en un colegio interno. No sé por qué razón. Ha sido una sorpresa para mí. Algo imprevisto.

—¿No han contado contigo?

—No. Nunca lo hacen. Ellos mandan y yo obedezco. Son las normas, ordeno y mando. Siempre por mi bien, claro está: por lo menos, eso dicen ellos.

—¿Entonces…? —dijo ella esperando una explicación.

—Lo nuestro sigue. Si no puedo verte, te escribo.

—Me escribes, ¿a dónde? A mi casa no. Mis padres no lo consentirán sin un compromiso formal. Y yo no quiero disgustos con mis padres, ni verme en coplas de carnavales por hacer algo que no está bien visto.

—Dime tú la solución —dijo él confuso.

—Dejarlo estar, y cuando vengas, hablamos.

—Eso, no. Te olvidarás de mí.

—Nunca me olvidaré de ti. Esperaré a que vuelvas. Pero si no vuelves no pasará nada. Sin embargo, si nos carteamos sin un compromiso y no vuelves, quedará en entredicho mi honestidad y eso no se vende a cualquier precio.

—Entonces, ¿qué puedo hacer para que no se interrumpa nuestra relación?

—Formalizar nuestro compromiso y hacerlo público después de que tus padres den el consentimiento y hayan ido a mi casa a conocerme: son las costumbres de este pueblo. Si no es así, mejor lo dejamos.

Alberto quedó sorprendido al ver cómo Lucía interponía con frialdad la cabeza en medio de los sentimientos, como si el corazón no tuviese lugar en aquellos proyectos. A pesar de aquel desengaño, Alberto quiso demostrarle que estaba dispuesto a todo con tal de no perderla. Prometió cumplir con esa exigencia, aun sabiendo que se vería entre la espada y la pared al decírselo a sus padres. Sin embargo, tenía que intentarlo.

El fin de semana, que se auguraba con tres días espléndidos para verse y estar juntos al final de cada tarde, se resumió tan solo a aquel momento. Después de ese relato inesperado, él se fue desilusionado y ella quedó pensativa con la duda de si volvería. Reconocía que había sido dura y fría y sentía por eso cómo esa alegría desbordante que había derrochado durante toda la tarde, se desvanecía en una tristeza llena de arrepentimiento.

Alberto llegó a su casa y después de ver a sus padres se encerró en su alcoba para estudiar; pero la preocupación de lo ocurrido y el constante replanteo de cómo les expondría aquello que le había impuesto Lucía, no lo dejaba concentrarse. Al final, ya casi anochecido, decidió acostarse. A la mañana siguiente se despertó aturdido y cansado, recordando el mal sueño que había tenido. Él buscaba a Lucía desesperadamente y cuando la encontraba, salía un monstruo de dos cabezas de una gruta y, en medio de los dos, soplaba en ambas direcciones con la fuerza de un huracán. Ese viento que los separaba cada vez más era gélido y al final los convertían en estatuas de hielo.

Confuso, se metió en la ducha y le dio al agua y, al caerle fría, sintió unas convulsiones que le hicieron expulsar gemidos entrecortados que parecían ahogarle, hasta que por fin reaccionó y recuperó la serenidad. Después del desayuno, se vistió de domingo y, cuando vio que sus padres se marchaban a misa, se fue con ellos. Los padres al verlo pensaron que iría como siempre a juntarse con sus amigos para oír misa, pero cuando vieron que caminaba junto a ellos en dirección a la iglesia, se miraron extrañados sin decir nada; sin embargo, sospecharon que algo raro pasaba. Después de misa, volvió con ellos y, ya dentro de la casa, les dijo que tenía que hablarles. Los padres se sentaron a la espera de que hablase, ellos pensaban que sería algo sobre el nuevo destino y los estudios. Cuando dijo lo que quería, se miraron entre sí, sin saber qué contestarle. Los primos de Alberto habían referido algo sobre esa chica; lo que no esperaban era que su hijo llegase a esos extremos. El padre, después de un momento de silencio, empezó a hablarle en broma, como si compartiese su aventura; pero al ver que su hijo hablaba en serio, le dijo:

—Tienes diecisiete años y una carrera por terminar, a la que tienes que dedicar tu tiempo. Es pronto para pensar en novieces. Antes de eso, has de labrarte un porvenir para estar a la altura de tu apellido y tu clase social. Después tendrás tiempo de buscarte una mujer, la que tú quieras, siempre y cuando esté a tu altura.

—Y esa chica no lo está —dijo la madre en un pronto de nerviosismo—. Su vulgaridad puede traerte consecuencias negativas, de las que tú mismo te avergonzarás cuando la tengas que presentar en sociedad. La que un día ha de ser tu esposa, ha de saber comportarse en sociedad. Ha de estar a tu altura, a la altura de gente como nosotros.

—¡Pero yo la quiero y no me importa el nivel cultural que tenga! Es educada, es inteligente y segura de sí misma; con eso me basta.

—Hoy sí —volvió a decir la madre—. El amor y la inexperiencia no te deja ver la realidad. Estos consejos que hoy parecen estar en tu contra, mañana, cuando empieces a vivir la vida que por tu posición social te corresponde, nos lo agradecerás. En esta vida cada uno debe estar en el sitio que le corresponde. Esa chica no puede estar a tu altura y tú no debes rebajarte a la suya, porque la desigualdad os haría infelices. Ahora piensa en tus estudios, relaciónate con gente de tu clase y verás cómo al final, lo ves todo de otra manera.

Alberto no quedó convencido, pero acostumbrado a obedecer ante la voz imperativa de su madre, se mantuvo en silencio y, mientras tanto, recordaba con desilusión las palabras de Lucía: *si no es así, mejor lo dejamos. No quiero ver en entredicho mi honestidad.*

Después de los consejos de sus padres y la postura tajante de Lucía, no se atrevió a volver a verla. Desilusionado como estaba, todo lo veía negativo. Solo pensaba en septiembre, para irse y desaparecer de los consejos de sus padres, sin importarle la distancia que iba a separarlos, ya que a Lucía tampoco la vería, ni se comunicaría con ella.

La huida de Alberto dio mucho que hablar en el pueblo, sobre todo en el entorno del vecindario de Lucía. Recordaban aquellas predicciones formuladas por las cotillas sobre los señoritos y sus aventuras con mujeres inferiores a su clase. Las amigas le preguntaban extrañadas después del interés que habían visto en él hacia ella y lo enamorado que se les veía. La madre de Lucía, que parecía estar ignorante de la relación de su hija, también se interesó por el caso preguntando a Lucía y maldiciendo a todos los señoritos que jugaban a enamorar a las mujeres que no eran de su clase.

Lucía, que hasta ahora no había dado explicaciones a nadie, dijo:

—He sido yo quien le ha puesto condiciones quizá inalcanzables para él. He velado tanto por mi reputación, que, posiblemente, él no ha podido cumplir mis exigencias. Y ahora, si vuelvo a verlo, no será antes de diez meses o quizá nunca. Sus padres lo mandan al extranjero a estudiar y él no ha tenido más remedio que obedecer.

Al escuchar eso, las amigas no dijeron nada, pero pensaron en que quizá mandarlo tan lejos fuese una artimaña de los padres para separarlo de Lucía, sin necesidad de prohibirle esa relación. También pensaron que el exceso de recato perjudicaba tanto como el descaro, solo que ese perjuicio ellas no lo valoraban por haber sido educadas en una cultura rígida y puritana, donde solo contaba lo moral para las mujeres, sin tener en cuenta ni valorar los sentimientos.

Lucía en su interior estaba arrepentida, pero si volviese Alberto proponiéndole las mismas condiciones, obraría de la misma manera, quizá con más picardía, más cautela para que no se espantase, pero sin ceder un tanto que pudiese dañar su reputación. Porque la ropa y los utensilios se lavan y quedan limpios, pero la honra no.

CAPÍTULO 40

A últimos de agosto, Jesús y Pepa ya habían recibido la segunda carta de Inés. La primera tenía letra desconocida, clara y con una caligrafía bellísima, además de una ortografía perfecta. Sin embargo, la segunda era la letra de Inés, pero más discontinua y desigual, más distorsionada, donde se observaba un desequilibrio atolondrado en su mano en el momento de escribirla. El contenido de las cartas —igual en la primera que en la segunda— era tranquilizador. Inés, según decía la primera carta, comía bien y caminaba sola. Además, su comportamiento era ejemplar y su estado emocional tranquilo a pesar de que echaba en falta a su hijo, por el cual derramaba algunas lágrimas emocionada cuando hablaba de él. Por lo demás, todo normal. Cada día que pasaba se la veía más tranquila y con más fuerza, decía la carta, intentando tranquilizar a la familia de Inés. En la segunda, Inés preguntaba por su hijo y le decía a sus padres que la comida era buena y abundante:

Me encuentro con más fuerza —decía la carta—. *Doy paseos dentro del centro después de hacer algunos ejercicios de gimnasia y cada día me canso menos. Mi ilusión es ir a las excursiones que se hacen por la sierra, pero aún es pronto para hacer ese esfuerzo, según dicen las monjas. Eso lo hace quien está casi curado, a punto de marcharse a su casa. El día que yo pueda hacerlo, os lo diré para que sepáis que está cerca mi regreso. Aquí el aire es puro y ayuda mucho a los enfermos a curarse. Dentro de la medicina que me dan, hay una que le llaman balsámica y cuando me la dan, siento en el pecho la frescura y el aroma del monte: como a tomillo, mentol o eucalipto y, después de tomármela, respiro mucho mejor. La tos es más suave y los esputos mucho más claros. Además, cuando tengo un golpe de tos, el dolor que me produce en el interior del pecho es menos intenso que cuando vine. En los veinticinco días que estoy aquí, he recuperado mucha fuerza. Lo único malo que puedo decir de mi estancia aquí es que me aburro sin hacer nada. El único trabajo que hago es ordenar mi cama. Yo quiero ayudar, pero no me dejan. Dicen que no debo hacer esfuerzos y mucho menos respirar polvo, por eso no me dejan barrer ni lavar. Así que, cuando alguna compañera me pide que le escriba una carta, lo hago con mucho gusto, porque así el tiempo parece que pasa más rápido y no me aburro.*

La preocupación de Pepa se bifurcaba en dos direcciones distintas, pero homogéneas. Una de ellas era su hija, que evolucionaba favorablemente; el único obstáculo era la distancia en que se encontraba sin tener ellos medios económicos para ir a verla. La otra era su nieto, que a pesar de estar a escasa distancia, no lo había vuelto a ver, ni a saber nada de él desde el día del bautizo. Pepa, a pesar de la rabia que sentía por las humillaciones recibidas por parte de Sebastián, vivía cohibida por el miedo. Temía que el «monstruo del poder» se sintiese ofendido al pedirle el favor de ver a su nieto y que por ese motivo, le cerrase aún más la oportunidad de verlo.

Sin atreverse a ir a casa de Sebastián para pedir que le dejasen ver al niño, pensó en una aliada para saber de él y que al mismo tiempo pidiese por ella el favor que ella no se atrevía a pedir. Para ello fue a visitar a Elvira, sabiendo de antemano que era la única persona que podía interceder por ella. Cuando pidió el favor, Elvira le dijo:

—Poco puedo hacer yo. Si dependiese solo de mi señora, sin prometerte nada, te diría que lo podía intentar; pero no depende solo de ella, ahí pesa más el señor que la señora. De todas maneras, haré lo que pueda. Pasaré el recado a Asunción, a ver qué me contesta.

—Pepa, la madre de Inés, fue ayer a visitarme —dijo Elvira a su señora.

—¿Qué quería? —preguntó Asunción, intuyendo la razón de la visita.

—Saber del niño y solicitar de vuestra benevolencia el permiso para verlo.

Asunción quedó pensativa, sopesando las contrariedades que tendría con su marido si hacía ese favor. Pero al mismo tiempo, consideró que un acto así le acercaría más a Dios para el perdón del pecado cometido por la injusticia hecha por su marido y consentida por ella. Después de considerar los pros y los contras, se sintió aún con más dudas que antes de valorarlos, por lo que decidió guardar silencio. Sin embargo, en todo el día no pudo quitarse la idea de la cabeza. Buscaba una solución para ayudar a esa mujer y quitarse así un cargo de conciencia que la carcomía desde el día que Pepa, con cara de pena y ojos llorosos, entregó el niño en casa de Sebastián. El problema no era hacer el favor, sino cómo hacerlo para que Sebastián no se molestase. Pasaron varias fechas sin que hablasen del tema, hasta que un día, al irse Elvira a su casa, le dijo a su señora:

—Pepa me visita todos los días y no sé qué decirle.

—Dile que un día a la semana te ayudará a barrer los corrales y a lavar. Los lunes, después de irse los gañanes, se te va toda la mañana en los corrales y tú haces falta aquí dentro: con la casa y el niño tienes suficiente.

—¿Eso, a cambio del favor? —preguntó Elvira.

—No. Eso para tener una excusa cuando mi marido la vea dentro de la casa. Dile que, además del favor, cobrará su trabajo.

Por la noche, Pepa fue a ver a Elvira, pero no le preguntó, le dirigió una mirada interrogativa, a la que Elvira respondió con una sonrisa y un sí. Pepa se emocionó y, sin poder evitarlo, se le humedecieron los ojos.

—¿Cuándo? —dijo Pepa.

—Los lunes, cuando se vayan los gañanes al campo. Acuérdate de esto: no vas a ver a tu nieto, vas para ayudarme a mí. Si Sebastián te ve y te pregunta, dile que he sido yo quien te ha buscado para este trabajo. Y, si te manda salir de su casa, obedece sin rechistar, ya habrá otra forma de que veas a tu nieto, lo importante es que la señora está por la labor.

El lunes siguiente, después de irse los gañanes, Pepa llegaba a la portezuela por donde salían los carros con las mulas. Allí, Elvira la esperaba con una escoba y un recogedor para que barriese la calle, igual el trozo de la portezuela como el de la puerta principal que estaba en una calle distinta. Pepa cogió los utensilios, y lo hizo. Después barrió los corrales y los pasillos que comunicaban la casa con el corral. Mientras, Elvira preparaba la ropa sucia en dos montones para lavarla. En un montón estaba la ropa de vestir, en el otro estaban las mantas de las mulas y la ropa que usaba Sebastián cuando visitaba a la servidumbre en las faenas del campo.

Pepa trabajaba como una burra, pensando en agradar para conservar el trabajo. Un privilegio que le permitiría ver a su nieto. La ilusión de ver al niño era más fuerte que el trabajo que estaba realizando. El único agobio era el tiempo y la impaciencia que sentía por verlo. Cuando llegó la hora del mediodía, ya con la tarea hecha, Pepa esperaba su recompensa: como el niño que ha hecho bien los recados y espera un caramelo como premio. Al pasar al portal, vio la puerta de la alcoba abierta y, en la penumbra de su interior, se veía una cuna y un canasto de mimbre al lado de ella. Al cruzar por la puerta, fijó la vista en el interior de la alcoba y vio cómo dentro de la cuna algo se rebullía, lo que hizo que Pepa sintiese que su corazón le latía con más fuerza, al tiempo que se estremecía todo su cuerpo. Emocionada, miró a Elvira que caminaba a su lado y esta le mostró una sonrisa asintiendo con la cabeza. Cuando llegaron donde estaba Asunción, Elvira pasó y le dijo:

—Señora, Pepa ha terminado y se va.

—Que te ayude a cambiar al niño mientras preparo el dinero de su paga —dijo Asunción cumpliendo así su promesa.

Conforme iban pasando las semanas, Pepa iba con más seguridad. La ilusión de tener a su nieto al menos diez o quince minutos en sus brazos, le daba la vida.

La siguiente carta que enviaron a Inés, Pepa daba noticia de todos los detalles vividos con su hijo. Le explicaba minuciosamente cada secuencia y le mostraba en la carta la desbordante alegría por aquel triunfo conseguido. Al leer la carta, Inés lloró emocionada y empezó a pensar que quizá aún podía haber una esperanza de recuperar a su hijo y, aunque no pudiese estar con él, al menos le podría explicar algún día que ella no lo había abandonado.

Pepa llevaba cuatro semanas seguidas viendo a su nieto cada lunes. El sentimiento de frustración que sintió cuando se lo arrebataron, se iba minimizando con esas visitas periódicas de cada lunes. Cambiarle los pañales, lavar su ropita y tenerlo en sus brazos, aunque solo fuese cuestión de minutos, era para ella una satisfacción. Un bálsamo consolador que endulzaba tanta amargura pasada desde el mismo día en que se produjo la violación de Inés.

Sebastián tenía lo que tanto había deseado, por eso se mostraba conforme con la presencia de Pepa. Solo preguntó a Asunción el porqué de esa mujer en la casa.

—Necesitaba a una mujer para que ayudase a Elvira y ella se encargó de buscarla. Cuando me dijo quién era, dudé en admitirla, pero luego accedí sin miramientos, porque ella no está enferma, es educada y limpia, además lo hace encantada, mientras que otras no quieren servir en esta casa. Consideré que no era un perjuicio, ni para el niño ni para nosotros.

Lo que no le dijo fue el verdadero motivo por el cual lo había hecho: quitarse ella un cargo de conciencia y así, a la hora de confesarse, mostrar al sacerdote con esta obra, los buenos sentimientos que albergaba en su corazón.

El niño, con sus ocho meses cumplidos, ya conocía a la gente de su entorno y, a pesar de que a Pepa solo la veía un día a la semana, cuando lo cogía en sus brazos, nunca la extrañaba. Asunción observaba el entusiasmo que ponía Pepa en el niño y hubo momentos en que sintió celos; pero después se arrepentía y seguía confiando en que nadie la iba a separar de Gabriel: estaba en su casa, lo habían inscrito en su libro de familia y cuando empezase a hablar, una de sus primeras palabras serían mama y papa y ella sería la única madre que estaría allí con él en esos momentos; su madre adoptiva, sí, pero la única madre que lo cuidaría siempre.

Inés estaba informada de la atención y cuidados que recibía su hijo, y se sentía conforme con que estuviese con su padre. Solo le entristecía pensar que el hogar que ahora habitaba su hijo no era temporal. Ahora estaba allí por su situación económica y la enfermedad que ella padecía y al final, cuando el niño fuese mayor, sería él quien no iba a querer abandonar esa casa, que al fin y al cabo, ya era su hogar desde unos meses después de haber nacido. Ese tiempo era el que contaría para él; porque la estancia de sus primeros meses de vida en el hogar de su verdadera madre, jamás la recordaría.

CAPÍTULO 41

Septiembre avanzaba y con él la maduración de la uva que rubia–rosada, colgaba de la rugosa cepa a punto de ser recolectada. Blas, lo mismo que en la anterior recolección, pensó en Verónica y sus hermanas, pero esta vez no aguardó a que nadie se adelantase. Dos meses antes de empezar la vendimia, ya les había hecho la proposición, y esta vez sus hermanas decidieron irse con él, por lo que Verónica, indecisa y nerviosa, al fin accedió.

Los primeros días fueron complejos para Verónica. Su estado emocional se alteraba cuando él le dirigía la palabra o la miraba, pero poco a poco se fue acostumbrando. Al fin se mostraba sonriente en aquellas ocasiones en que la conversación o algún gesto lo requería, hasta que llegaron los dos a un trato normal de personas adultas.

El trato de Blas hacia Verónica no era claramente especial, quizá por no dar ocasión a murmuraciones, pero sí atento y esmerado. Los pensamientos de Verónica eran un ir y venir a la proposición hecha por él. Estaba indecisa y confusa, aunque la balanza, que antes estaba inclinada fijamente en el no, ahora oscilaba predominando el sí, por el cual se hubiese decidido sin ninguna duda, si no hubiese sido por el temor de darle a sus hijos una convivencia inadecuada, con un padre que no era el suyo.

La niña de Blas iba poco a la escuela. Solo días sueltos cuando las abuelas podían quedarse el día entero cuidando de los pequeños. En cambio, el hijo de Verónica era un alumno asiduo con escasas faltas de asistencia. Los dos iban al mismo centro escolar, pero a distintas clases. Las normas existentes eran estrictas y separaban a los alumnos por sexos en aulas distintas. Los dos se conocían de verse en el centro, aunque jamás habían intercambiado palabra alguna. Sin embargo, a partir del día en que Blas fue a casa de Verónica a pretenderla, surgieron comentarios que los niños oían en la calle y de ahí sacaron para sí sus propias conclusiones. A partir de entonces, María y José se miraban sin mediar palabra, pero sí sopesando la probabilidad de vivir algún día juntos.

La cuadrilla de vendimiadores formada por Blas consistía en seis mujeres y dos hombres, además de él: Verónica, sus hermanas, una sobrina de Blas, un matrimonio, el gañán que acarreaba las uvas hasta la bodega y su novia.

En esta cuadrilla se guisaba y era costumbre nombrar una cocinera; o cocinero, si no había mujeres. La cocinera fue Verónica, muy a pesar suyo, pero no pudo excusarse porque lo hicieron por sorteo y le tocó a ella y a la sobrina de Blas. Esta le ayudaba a pelar patatas y a preparar avíos hasta que el guiso, bien fuese gachas, moje o caldillo de patatas, estuviese dispuesto para hacerse. Cuando el guiso estaba preparado y puesto en la lumbre, la cocinera ayudante volvía a la tarea de la vendimia, hasta que la cocinera principal los llamaba a todos para comer. Verónica, como cualquier mujer hábil de su casa, cocinaba bien, y Blas elogiaba con algún comentario el punto que Verónica daba a las comidas. No faltó la guasa de algunas bromas al respecto, diciendo: «que el amor que entra por el estómago termina en el corazón». Esos comentarios hacían que ella se ruborizase enrojeciendo como una amapola.

Quien conocía bien a Verónica sabía que la vida estaba siendo dura con ella y que en estos momentos su mente era un remolino de locura. Una vorágine que no le dejaba estabilizarse en una decisión concreta. En cambio la gente que no la conocía personalmente o la conocía poco, tenía opiniones diversas: unos pasaban del tema sin importarle lo que hiciese, pero la mayoría censuraban y criticaban esa relación.

La suegra de Blas y madre de la difunta Rosa escuchaba los comentarios en forma de crítica que alguna gente iba a «cocinárselo» específicamente a ella. Concepción comprendía la necesidad de su yerno, que, en ningún caso le había ocultado la intención de volverse a casar. Echaba mucho de menos a Rosa, pero necesitaba a una mujer que lo atendiese, a él y a sus hijos. Que Concepción comprendiese la necesidad de su yerno, no anulaba la tristeza del recuerdo y la falta de su hija, ni tampoco la pena de sentir que, si eso sucedía, ella sería una extraña en la casa de sus nietos, que eran para ella su única familia: sangre de su sangre.

Según las críticas, Blas sí necesitaba a una mujer. En cambio ella no necesitaba a un hombre. Una mujer joven podía trabajar para darle de comer a sus hijos y además, atenderlos. Verónica no necesitaba a nadie, a no ser… que echase de menos la compañía de un hombre en su cama.

¡Pobre Juan! Hace poco más de un año que se fue y ya como si no hubiese existido. ¡Qué poca consideración! —decían algunas personas con exclamación de pena—. Una pena falsa que en realidad no sentían, pero así la conversación se hacía más interesante y, al mismo tiempo, justificaban su conducta malsana al censurar la actitud de Verónica. Sabían que hacían mal al inmiscuirse en la vida de una persona totalmente ajena a ellas y que, por consiguiente, en nada les concernía; pero disfrutaban haciéndolo.

Los padres de Juan pensaban igual que el vulgo. Sin embargo, trataban la noticia con recato y resignación. Todavía lloraban la pérdida de su hijo como el primer día, y mucho más, al ver que a pesar de haber pasado apenas un año desde su muerte, ya tenía un posible sustituto. Aun así, decidieron no inmiscuirse ni criticar la posible actitud de su nuera, por temor a perder la relación con sus nietos, porque eran lo único que les quedaba de su hijo fallecido.

En esa época, eran muy comunes los enlaces matrimoniales entre viudos y viudas o entre viudos y «solteronas» (calificativo que recibían entonces las solteras de edad avanzada), que en la mayoría de los casos eran matrimonios de conveniencia. Ellos generalmente lo hacían por amparar a sus hijos y, al mismo tiempo, tener una mujer. Ellas, en algunos casos, lo hacían por motivos económicos, porque al no tener medios de subsistencia, tenían que servir o trabajar en casas ajenas y pensaban que era mejor servir en su casa que en casa de otro. Eso, cuando eran viudas. Las «solteronas», al casarse, realizaban el sueño de su vida: llegar al matrimonio y formar una familia, a pesar de que con esto no se salvaban de seguir estando al servicio a los demás.

En los veintidós días que duró la recolección de la uva, Verónica fue notando un cambio aparente al de un día de niebla. En el comienzo de esos veintidós días, sintió que se ahogaba en la penumbra de sus dudas. Tener tan cerca a Blas y saber que esperaba una respuesta la aturullaba. Estaba segura de que él no cedería en su proposición hasta conseguirlo o verla casada con otro y eso aturdía su pensamiento. Las palabras finales de aquella noche que Blas fue personalmente a pretenderla, se repetían en su mente como un eco: *si tengo que esperar, espero... Mientras que tú estés sin compromiso, no voy a buscar a otra mujer. Quiero que mi compañera seas tú.* Tres frases repetitivas que enloquecían a Verónica en medio de sus dudas. Sin embargo, conforme fueron pasando los días, fue recuperando claridad, hasta quedar su mente lúcida y despejada, como una tarde de sol después de una mañana de niebla. Ahora veía las cosas más claras, con más serenidad. Pensaba que, cuando llegase la próxima ocasión, no se encerraría en un no silencioso y acongojado, sino que hablaría y expondría sus condiciones con serenidad y franqueza.

El domingo veintitrés de Octubre, la cuadrilla acababa los veintidós días trabajados en la vendimia. Al salir Verónica y sus hermanas de casa del patrono, Blas la llamó para hablar con ella aparte, le mostró una sonrisa de agrado y, con un gesto de formalidad, le dijo:

—¿Podemos hablar?

—Ya estamos hablando —contestó Verónica.

—Bueno, si... Yo quería decirte que voy a hacerte una visita. Podíamos hablar de mi proposición ahora que te veo más serena y nos conocemos mejor.

—No vayas.

—¿Me estás rechazando?

—No. Solo te digo que todavía es pronto. Es verdad que estoy más serena, pero aún tengo muchas dudas. No quisiera que por precipitarme tuviese que arrepentirme después. Esto no es un juego que se pueda tomar o dejar cuando uno quiera. Si se hace, tenemos que estar seguros, y yo todavía no lo estoy.

—Nunca he pensado que fuese un juego —dijo él—. Mi decisión es firme y, si tú me das esperanzas, yo te aguardo el tiempo que haga falta.

—No puedo darte esperanzas, porque no sé lo que voy a hacer.

—Entonces, me dices que no.

—No estoy diciendo que no, solo digo que me des tiempo... aunque no quisiera tenerte entretenido sin saber qué va a pasar al final. Sé que tus hijos necesitan una mujer que los cuide y que los quiera y yo no estoy segura de poder darles tanto.

—Yo estoy seguro de que sí puedes, pero ante la duda, mejor esperar. Yo te quiero —dijo él clavando sus ojos en los de ella—. Solo falta que tú sientas lo mismo por mí. Si algún día llegas a quererme, verás que con cariño es fácil convivir.

Las hermanas esperaban apartadas unos metros más adelante. Estaban llenas de curiosidad y ansiosas por saber lo que habían hablado. Al llegar Verónica a ellas, después de separarse de Blas, las dos preguntaron a un tiempo.

—¿Qué...?

—Qué... ¿de qué? — contestó Verónica, haciéndose la desentendida.

—¡Qué va a ser mujer! ¿Qué de qué habéis hablado?

—De nuestras cosas.

—¿Entonces, sí?

—No. Entonces no —dijo ella con sorna.

—¡Chica, no sé en qué piensas! —dijo una de las hermanas haciendo espantos.

—Cada cosa necesita su tiempo para cocerse. Si sacas las cosas del horno antes de tiempo, salen crudas y si le atizas el fuego más de la cuenta, se quema o se arrebata. La fruta madura cae por sí sola. Por eso, lo mejor es dejarla que madure.

—¡Tú verás! —dijeron las dos a un tiempo resignadas y contentas al ver a Verónica confiada y segura.

Después de la recolección de vendimia, la gente desempleada invertía su tiempo en tareas ocasionales, unas veces lícitas y otras furtivas. La tarea más común era la rebusca de uva. También la leña, el esparto, la caza furtiva de cepos y lazos en cotos privados. Menos la rebusca, todo lo demás se hacía en horas de anochecida y madrugada, con el riesgo de caer en manos de los guardas o de la Guardia Civil.

Esos empleos eran los más comunes hasta que llegaba el invierno y empezaba la recolección de aceituna y la poda de las viñas: jornadas esporádicas que surgían y se aprovechaban a veces sin mirar qué clase de trabajo era, ni cuál sería el precio de la jornada.

Los montes existentes en el contorno de La Solana, Argamasilla de Alba, Tomelloso, Castillo de Peñarroya, Alhambra y toda la sierra desde Alhambra hasta San Carlos del Valle y el Peral, en el término de Valdepeñas, estaban, unos pelados de leña y esparto y otros, vigilados por guardas implacables que no solo denunciaban, sino que a las denuncias, en muchos de los casos, les seguían las palizas. A quien cogían en estas tareas —casi siempre de noche—, las palizas en pleno monte o en el cuartel de la Guardia Civil eran seguras, después de obligarles a entregar la leña en la Residencia de Ancianos correspondiente y el esparto en la casa quintería propiedad del dueño del monte. Eso, cuando no lo quemaba el guarda en presencia del espartero que lo había cogido y transportado sobre sus espaldas hasta el lugar donde había sido sorprendido.

Al estar las cosas tan difíciles en los montes próximos a estos pueblos antes mencionados, los leñadores se desplazaban a montes más lejanos, pero más accesibles, donde era más fácil cargar, bien en las «cortas» hechas por el dueño del monte donde se pagaba la carga, o furtivamente en horas nocturnas para salir de regreso en horas de madrugada y estar lejos del monte invadido cuando empezase a despuntar el día. Esos montes eran preferentemente los de Ruidera, Osa de Montiel y otros comprendidos entre Alhambra y Ruidera.

Doroteo seguía acarreando leña en días que no tenía empleo. Como tantos otros buscaba los montes más seguros para cargar sin problemas en «cortas» ya hechas, a falta solamente de atar haces y cargar. Pero, en algunas ocasiones, también aprovechaba la oportunidad de cargar furtivamente en noches que encontraba el monte solo, sin más ruido que el que pudiese hacer él y sus animales y alumbrándole la luna como único testigo.

Mariano, el hijo mayor de Doroteo, a punto de cumplir sus once años ya no era constante en la asistencia a la escuela. En los últimos días de octubre, cuando ya hacía mes y medio que el curso escolar había comenzado, todavía no había ido a clase: primero la vendimia, después iba a ayudarle a su padre a atar haces de leña y el día que tenía libre, «pobrecillo, que descanse» —decía la madre al verlo por la mañana dormido—. No veía el daño que le hacía al no mandarlo a la escuela.

En los primeros días de noviembre, don Sebastián fue a casa de Mariano a reclamarlo, pero se encontró con que no había nadie en ella. Entonces, un tanto enfadado, cogió a Luis y le dijo:

—Dile a tu madre que quiero verla mañana mismo, aquí, en la escuela. Dile que no admito excusas. Quiero saber por qué tu hermano no viene a la escuela.

—Está trabajando —dijo Luis.

—En la vendimia, entiendo que falte, pero ahora no.

Al día siguiente, Josefa pidió permiso a doña Pura y fue a hablar con el maestro. Aprovechó que los niños estaban en el recreo para hablar a solas con él. Cuando llegó Josefa, el maestro estaba repasando los temas del día que tenía sobre la mesa y al oír los pasos, miró por encima de las gafas y después siguió con su trabajo como si no hubiese visto a nadie.

—¿Para qué quiere verme usted? —dijo Josefa cuando estaba frente a él.

—Para que me des una explicación sobre la no asistencia de tu hijo a clase.

—Se va con su padre a trabajar.

—Eso no es una excusa que me convenza. Aún tienen diez años y…

—Casi once —aseguró Josefa.

—¡Diez! —dijo el maestro enfadado—. Y aunque fuesen once, no tiene edad de trabajar.

¿Para eso hemos invertido tantas horas de trabajo? Para que ahora que estamos viendo el rendimiento se vaya todo a la mier… Perdón

—Necesitamos el dinero. Ya ve, todavía no hemos podido pagarle los honorarios de las clases extra que usted impartió a mis hijos. Además, mis hijos no podrán estudiar una carrera; por lo tanto, lo que tarden en aprender a trabajar es perder el tiempo.

—¡No seáis burros! Aprender correctamente a leer y a escribir es tan importante como aprender a trabajar. Y no digamos de aprender a componer cifras, realizar cuentas y a descifrar y resolver problemas.

—Nuestros problemas se resuelven trabajando en cualquier ocupación.

—Si no voy a ser capaz de convencerte, es mejor que lo dejemos —dijo el maestro enfadado— pero os aseguro que un día os acordaréis de mí.

Josefa se encogió de hombros sin decir nada, después se metió la mano en un bolsillo, sacó un billete de veinticinco pesetas y lo puso sobre la mesa del maestro.

—Tome, estos cinco duros son a cuenta del dinero que le debemos. Cada mes le daremos un tanto, hasta amortizar la cuenta pendiente.

—¡Yo no te estoy pidiendo dinero! Lo que te pido es que tu hijo vuelva a clase. Y guárdate ese dinero, que falta os hace.

Josefa hizo caso omiso a las palabras del maestro y se fue sin recoger el billete que había dejado encima de la mesa. Por el camino de vuelta, Josefa fue recapacitando y, poco a poco, empezó darle la razón al maestro, pero en su interior, sin contárselo a nadie. Mariano siguió yendo a por leña con su padre y Josefa no trató de impedirlo. Por eso su conciencia no estaba tranquila y, a partir de esa charla que tuvo con el maestro, los días que el niño no iba con su padre, lo mandaba a la escuela.

Hacía una mañana otoñal, pero serena. De esas que, conforme va entrando el día, parece que la temperatura quiere imitar a la de los últimos días de verano.

Doroteo arreaba a las bestias para subir la primera cuesta que hay pasando Ruidera, en el camino de vuelta, dirección a Alhambra. Con la serenidad de la mañana, escuchó a distancia, que alguien lo nombraba a voz en grito preguntando:

—¡Doroteo! ¿Has almorzado ya?

—¡Sí! —contestó Doroteo—, ¿y tú?

—¡Me he comido a la pareja! Dos civiles y un cacho de pan.

Las voces resonaban con claridad como un eco en la serenidad de la mañana, llegando sus sonidos a gran distancia con la misma nitidez que en el momento de salir de sus gargantas. Al salir de una de las curvas más cerradas de la carretera, una pareja de la Guardia Civil esperaba la llegada de los carros. Al acercarse el primero, que era quien había presumido de comerse dos civiles, lo pararon y le pidieron el talón o tique que justificase la compra de la leña que llevaba el carro. Lo entregó, lo revisaron, se lo devolvieron y hasta ahí, todo bien. Pero cuando estaba guardando el tique, el guardia le preguntó:

—¿Qué ha desayunado usted?

—Dos cubanas y un cacho de pan.

¡Plaf, plaf! Sonaron las dos primeras bofetadas y la voz del guardia que decía:

—Eso no son cubanas, son sardinas arenques. A–ren–ques…

Al momento sonaban otras dos bofetadas y la voz del otro guardia que decía:

—Usted no se ha comido a ningún civil, solo se ha comido un trozo de pan y dos arenques. Y para que no se olvide, (¡plaf, plaf!), yo le vuelvo a decir que eran sardinas arenques (¡plaf, plaf!) Y yo le recuerdo que en lo sucesivo nunca se coma a la pareja, sino dos sardinas arenques, que no es igual; no, no lo crea. Y ahora ¡camine! Y no le vuelva a «buscar tres pies al gato» con metáforas ridículas que solo sirven para calentarle la cara y vaciarle el bolsillo si vuelve a repetirse.

Cuando Paco se iba, llegaba Doroteo y también le echaron el alto.

—Justificante de la carga que lleva usted.

Doroteo sacó el tique y lo presentó.

—¿Usted también ha desayunado?

—Sí, señor.

—¿Pero no han sido arenques?

—No, señor. Un trozo de pan con tocino y una cebolla.

—Mejor. Así no tiene ocasión de hacer alusiones comparativas que puedan calentarle la cara. ¡Andando!

En los montes cercanos a los pueblos antes mencionados, también había gente que, empujada por el hambre, probaba fortuna sabiendo que los sitios libres estaban pelados y no era rentable el esfuerzo de recoger leña o esparto; pero rebañaban lo que podían porque en los vigilados se corría el riesgo de perderlo todo. Incluso la vida, si en un intento de escapar después de ser sorprendidos por los guardas, estos disparaban la escopeta. Una mañana, cuando el sol anunciaba su salida, un grupo de esparteros transportaban haces de esparto sobre sus espaldas, después de haber estado parte de la noche andando hacia los montes próximos al castillo de Peñarroya. Allí cogieron esparto y después regresaron cargados con él hacia La Solana. En el camino de vuelta, tenían paso obligado por otros montes ajenos a aquel donde habían cogido el esparto y que estaba libre de prohibiciones. En el último monte, a unos ocho kilómetros antes de llegar a La Solana, uno de los guardas los vio de lejos y salió hacia ellos espoleando el caballo. Ellos, al oír el tropel, se separaron desparramándose por los senderos con el fin de no caer todos en las manos del guarda que, cuando llegó, solo vio a tres que corrían en direcciones distintas, por lo que solo pudo atrapar a uno. Los demás salieron por diferentes caminos al otro lado del monte, en un paraje que no correspondían a esa finca, donde atravesaron parcelas particulares poniéndose así a salvo. Una vez a salvo, cogieron el camino de «Renúñez», menos dos, que al llegar al «Caraval,» se cruzaron por la izquierda hasta llegar al camino del Lobillo, ya cerca de La Solana.

Cuando llegaban al pueblo, lo hicieron con tan mala suerte que la Guardia Civil estaba al acecho. No por ellos, sino por cualquiera que pudiese venir de lugares inciertos con negocios poco claros y pertenencias sospechosas de robo cuanto menos: cepos para conejos, lazos para coger liebres, hurones, «gatillos» o cepos de alambre acerado con muelles para coger palomas o perdices. Estos solo traían esparto, eso sí, de procedencia incierta para la Guarda Civil que los colmó de preguntas, que ellos respondían escuetamente con palabras cortas y precisas, algunas ratificadas por los guardias, mientras que en otras, insistían en preguntar una y otra vez por su dudosa veracidad. Al fin los dejaron marchar advirtiéndoles que, si recibían la mínima queja o denuncia de algún monte de esa zona de la cual procedían, serían llamados para responder por el daño causado. No tuvo tan buena suerte Juanillo, que quedó solo con el guarda en medio del monte, porque después caminaba hacia el pueblo con las espaldas vacías.

Tres kilómetros más adelante de donde se produjo la persecución, se encontró con los que caminaban por el camino de «Renúñez». Lo esperaban escondidos y, al verlo sin esparto, pensaron, por la experiencia que tenían de otras veces, en lo que había sucedido.

—¿Te lo han quemado? —dijeron varios del grupo al mismo tiempo.

—Sí. El hijo de puta no se ha creído lo que le he dicho a pesar de ser verdad. No me ha escuchado. Le he dicho que ojalá y un día se lo hagan a él y vea a sus hijos pasar hambre, aunque después me he arrepentido, porque sus hijos no tienen culpa. Él se ha justificado diciendo que cumple órdenes del amo, pero todo eso lo decía con una sonrisa burlona y se le veía disfrutar viendo el esparto de arder.

El rico, salvo alguna excepción era egoísta. En cambio, el pobre, que sufría calamidades, era más sensible a la hora de compartir. Así pasó cuando vieron a Juanillo que venía de vacío después de haberle quemado el esparto. Se pusieron todos de acuerdo y cada uno cogió una «maña» de su haz y se la dieron para que formase él un haz igual que el resto del grupo y él, al ver lo que hacían, les dijo:

—Esto, ¿por qué?

—¿Qué pensabas, que ibas a ir de vacío? Pues ya ves que no. Irás cargado como todos, no sea que te dé por reírte de nosotros.

Él acató lo que creía que era una broma y se cargó con el haz. Cuando llegaron al pueblo, quiso descargarse y darle a cada uno lo suyo, pero los demás le dijeron que el esparto era de él, porque él lo había traído. Y así, dándole uno de ellos un cachete cariñoso, le dijo:

—¿Qué cuentas vas a dar en tu casa si llegas sin nada? Anda, camina, que te lo has merecido con el disgusto de ver arder el tuyo. Además, nos has servido de cebo para poder escapar; si no te hubiesen cogido a ti, me hubiesen cogido a mí o a otro. Somos un grupo, ¿no?

CAPÍTULO 42

El marido de Cirila estaba paralítico desde el mes de abril. Siete meses estaba encamado con un mal que el médico achacaba a la edad, sin poder diagnosticar qué clase de enfermedad era, ni a qué se debía esa falta de movilidad en las extremidades inferiores. A veces lo levantaban de la cama, pero fuera de ella se encontraba más incómodo y con muchos más dolores, por lo que no aguantaba mucho tiempo sentado. Las Hermanitas de los Pobres Desamparados seguían socorriendo al matrimonio. Ahora mucho más desde que Fran, a sus ochenta y dos años, se había quedado inmóvil. Él no quería irse al asilo, a pesar de verse en la cama impedido dependiendo de su esposa, que tenía que ponerle una cuña cada vez que iba a hacer sus necesidades. Cirila estaba bien a pesar de haber cumplido ochenta años, pero no tan bien como para mover un cuerpo casi inerte, aunque solo fuese rodándolo en la cama para lavarlo y cambiarlo de ropa interior. Josefa y Ramona la ayudaban a barrer y a lavar desde que no estaba Inés, a la que echaban mucho de menos toda la vecindad de la casa. Sin embargo, lavarlo solo lo lavaba su esposa. Primero lo lavaba de medio cuerpo para arriba y después, de medio cuerpo para abajo, intentando tenerlo lo más limpio posible. De cuando en cuando le ayudaban las hermanas del asilo, pero solo para darle la vuelta, porque a Fran le daba mucha vergüenza que lo viesen desnudo mujeres que no fuesen la suya y no digamos si, además, eran religiosas.

Todo el empeño de las religiosas era llevárselos a la residencia, pero ellos estaban igual de rebeldes que antes de estar Fran impedido, aunque con menos excusas que poner a la hora de decir que no. Fran, últimamente pensaba más en su mujer que en él mismo. Él sentía que cada día perdía fuerzas y auguraba que el fin de sus días no estaba lejano. Por eso aconsejaba a su esposa que cuando él se fuese, lo mejor para ella era irse con las hermanas del asilo, porque allí no tendría que depender de nadie, solo de ellas que eran muy buenas y querían mucho a sus ancianos. Cirila reconocía que su marido tenía razón, pero miraba a las paredes de su vivienda y, al ver los cuadros, la foto de boda tostada por el tiempo y el cuadro colgado en la pared encima del cabecero de su cama, con Jesús Nuestro Señor y los niños jugando en torno suyo, se le partía el alma pensando en que tenía que dejar todo aquello. Porque dejar todo eso era para ella como dejar la vida; o quizá peor: era separarse de sus sentimientos y arrancar de raíz todo su pasado. Sabía que, si dejaba todo aquello, caería en un letargo indefinido aún peor que la muerte.

El trabajo que le ocasionaba a Cirila el estado de su marido era duro. Sin embargo, ella rezaba para que Dios no se lo llevase todavía y, si se lo llevaba, pedía que se los llevase a los dos juntos. Pero como eso casi nunca ocurre, el catorce de noviembre Fran dejó la vida sin esperar a su esposa.

En el último responso, que se hacía en el «volaíllo» de la ermita de Santa Quiteria situada en un extremo del pueblo camino del cementerio, el acompañamiento despidió a Fran y desde ahí se volvió. El cura y el monaguillo que lo acompañaba también se volvieron hacia la iglesia. Eran los únicos componentes del cortejo fúnebre por parte del clero, al ser un entierro de tercera, acorde con la extrema pobreza del matrimonio.

Una minoría de los hombres del cortejo, entre ellos Doroteo, Jesús y algunos parientes lejanos de Fran llevaron al difunto a hombros al cementerio en señal de aprecio y respeto. Allí le dieron el último adiós sin haber utilizado el coche fúnebre de tracción animal, puesto por el Ayuntamiento en todos los entierros, por si era necesario en caso de no haber nadie que lo llevasen a hombros.

Cirila volvió a su casa agarrada del brazo de Josefa y Vicenta, una sobrina de primos hermanos que, al enterarse de la defunción de Fran, decidió acompañarla para que no se sintiese sola. Algo que no sucedería, porque estaban con ella las cinco familias que habitaban en la misma casa.

La primera noche después de enterrar a Fran fue interminable para la pobre mujer. Los acontecimientos de toda su vida fueron pasando por su mente como una película interminable. A veces, al quedarse vencida por el sueño soñaba con el pasado y despertaba sobresaltada creyendo que los malos momentos volvían a producirse de nuevo. Después, cuando era consciente de lo que estaba pasando, respiraba hondo y se tranquilizaba. En poco tiempo desaparecieron las pesadillas, pero no la tristeza acumulada en dos días y dos noches que era el tiempo que hacía que su marido había fallecido. Estuvo sola en su casa hasta Navidad, pero, al llegar el invierno, vio que tendría muchos impedimentos para subsistir y ella no quería ser una carga para nadie. Comprendió que si Dios le daba unos años más de vida, el final sería irse con las hermanas, por lo que decidió irse de inmediato y abandonar su casa, aunque con el dolor de su alma.

Los enseres de Cirila eran pocos y viejos, aun así eran vendibles. En una época donde la economía era mísera y la escasez predominaba en las casas de los pobres, cualquier utensilio que se agenciase por poco dinero era bien venido y ella lo sabía. Por eso, antes de que las hermanas dispusiesen de venderlo, lo repartió entre sus vecinas en agradecimiento por lo mucho que le habían ayudado en los últimos años. Únicamente dejó el cuadro de encima del cabecero de la cama y la foto de su boda, porque pensaba llevárselo con ella. Las hermanas, al llegar y ver la vivienda vacía, se miraron una a la otra sorprendidas y al momento preguntaron por qué no estaban allí los muebles.

—Los he vendido para pagar el entierro y lo que debía a mis vecinas. El resto de lo que he cobrado lo tengo yo.

Las hermanas dieron por ciertas las palabras de la anciana y no hicieron objeción alguna. Solo cogieron el dinero de manos de Cirila y se fueron con ella al centro.

Las religiosas nunca ponían ninguna objeción a la hora de ingresar y cuidar a un anciano por muy pobre que fuese, pero sí exigían la aportación de algún bien a aquel que lo poseía. Toda aportación era poca para mantener a sus ancianos, teniendo en cuenta que no tenían otros ingresos que la caridad de la gente y alguna aportación que hacía el Ayuntamiento. También pedían de casa en casa y en las recolecciones, sobre todo en las eras en la recolección del cereal.

Cirila no había visitado nunca el asilo de ancianos desamparados y cuando llegó, quedó sorprendida al ver esos corredores que se adentraban en el edificio para llegar a cada departamento. Después de llegar y enseñarle la parte más común del edificio, le presentaron a otras ancianas para que se conociesen, compartiese su tiempo con ellas y conversasen.

Conforme fueron pasando los días, fue conociendo a más gente, además de las condiciones de la vida en el centro, como por ejemplo: el horario fijo de acostarse, levantarse por la mañana, comer y horas de visita, todo esto bajo un control rígido y austero del cual nadie podía olvidarse y mucho menos dejar de cumplir. Sin embargo, a pesar de estar recién llegada de una vida libre sin horarios, lo consideró normal. Lo que no vio normal es que hubiese allí personas ingresadas a la fuerza por sus propios hijos y, en algunos casos, ignorados por completo sin recibir ninguna visita de ellos. Eran historias conmovedoras, contadas por los propios internos a los recién llegados, después de hacerle la pregunta más común.

—¿Quién te trajo? —preguntó a Cirila una de sus compañeras.

—Nadie. Me vine yo por mi propia voluntad. No tengo casa propia, no tengo dinero ni familia y hace poco más de un mes que estoy viuda. Vivía de la caridad y la caridad más segura es esta: la de las hermanitas.

—En eso llevas razón —dijo María, una de las internas— mejor que la de mis hijos, seguro que sí. Yo vine engañada y estoy aquí a la fuerza. Tengo mi casa y mis bienes que se los han repartido entre mis hijos y me han traído aquí porque no pueden cuidarme. Seguro que aportan algo de dinero a la congregación. Quizá tanto como costaría cuidarme en mi casa, pero así no les estorbo. Ahora están enfadados conmigo y no vienen a verme porque les digo que, en sus casas soy un estorbo y en la mía no tienen tiempo para cuidarme. Total, que teniendo mis hijos estoy igual que tú que no tienes a nadie o peor, porque como tú no los tienes y no los echas en falta.

—Yo les pedí que me trajesen porque no quería molestar, y pusieron el grito en el cielo. ¿Qué dirá la gente si *te llevamos?,* me dijeron haciendo espantos, pero luego aprovecharon la ocasión para traerme. Ahora van diciendo que soy yo la que quiero estar aquí. Eso sí… vienen a verme con mucha frecuencia y yo soy muy feliz cuando los veo.

A los tres días de estar Cirila ingresada en el centro, fueron las vecinas en pleno a visitarla, con un regalo para ella: un jersey de lana hecho a su medida por las manos de Josefa, en el que habían colaborado todas económicamente.

—Toma, para que estés «calentica» este invierno. Esto es de todas —dijo Josefa.

—Pero hecho con tus manos —aseguró Cirila emocionada.

Después de coger el jersey las abrazó una a una, dándoles las gracias sin poder disimular el gozo que sentía en aquellos momentos. Cuando terminó el tiempo de visitas, Cirila quedó mustia al ver que se marchaban. Sentía en lo más profundo de su ser que una fuerza oculta la empujaba para irse con ellas.

—Decías que no tenías familia —le dijeron algunas compañeras después de despedir a sus vecinas.

—Y no la tengo. Bueno, sí —rectificó— mis vecinas son mi única familia: ¡la mejor!

A la pena de despedir a sus vecinas se le unía otra pena que le duraría hasta el día de su muerte. Era el retrato de su boda guardado en su taquilla, que miraba cada mañana al levantarse y cada noche al acostarse, sin poderlo colgar en un sitio exterior y visible, para poderlo mirar cuando ella quisiese. A cambio de esa desdicha, tenía el cuadro del cabecero de su cama colgado en un corredor de la residencia, donde las hermanas lo habían colocado con mucho esmero para que todos pudiesen verlo y ella, mientras lo miraba, le rezaba en silencio a Jesús rodeado de niños con la misma devoción que lo había hecho siempre. El único consuelo que tendría hasta que por fin se fuese a descansar junto a su marido.

CAPÍTULO 43

Diciembre llegaba a su fin y con él, una nueva Navidad. Un año nuevo auguraba la prolongación del camino hacia el progreso, con la ilusión de conseguir en ese año venidero todo lo deseado con la mayor alegría. Todavía había mucha gente que vivía en la miseria. El trabajo temporal en muchos oficios del pueblo hacía que la inconstancia en el empleo fuese la culpable de la escasez de lo más básico en muchos de los hogares. Muchos de los productos escaseaban por acaparamiento de unos pocos, que con la intención de enriquecerse, estraperleaban con ellos vendiéndolos a un precio fuera de lo común. El final del año mil novecientos cuarenta y siete, fue mejor que los anteriores a él desde el final de la guerra. El pan blanco estaba presente en casi todos los hogares gracias a la cosecha abundante del al año anterior, llamado año grande. Sin embargo, todavía había familias que no podían comprar alimentos básicos que acompañasen a ese pan, aun estando asignados en las cartillas de racionamiento y todo por falta de dinero. Existían comedores de auxilio social, pero esta ayuda solo alcanzaba a gente con problemas graves de salud, a los que además se les asociaba la pobreza.

Pocas eran las celebraciones gastronómicas opulentas en estos días de Navidad. Salvo excepciones, las preparaciones culinarias eran sencillas. Sin embargo, eso era lo menos importante en estos días de Navidad. Lo importante era reunirse en familia, celebrar los maitines con cualquier alimento y divertirse, ignorando —al menos por esa noche— la escasez, las miserias y las desventuras que de todo ello se derivaban.

La celebración de la misa del gallo era a las doce de la noche. La iglesia parroquial se llenó de gente, como decían las personas mayores se puso «de bote en bote». Mucha gente iba a misa por devoción. Sin embargo otra, lo hacía por diversión. Para muchos —sobre todo gente joven y vulgar— la noche era para divertirse y como los centros de ocio y de diversión eran escasos y costaban dinero, la diversión se buscaba a costa de lo que fuese o de quien fuese.

Aquella noche, sin saber quién, las baldosas blancas y negras del suelo de la iglesia colocadas como un enorme tablero de ajedrez, se llenaron de garbanzos, yeros y otras leguminosas redondas que, al pisarlas, la gente resbalaba y caía al suelo. Al caer, se agarraban unos a otros para mantener el equilibrio, por lo que las risas se producían a carcajadas entre aquellos que, sin moverse de su sitio, se mantenían en pie. El desorden fue monumental. El cura, enfadado por el poco respeto y la escasa atención a la misa, exigió silencio, respeto y atención absoluta a la ceremonia, sin opción a otra cosa que no fuese lo que él exigía. Los ediles políticos, entre ellos el alcalde, se mostraban aparentemente serios, pero conteniendo la risa a duras penas, al ver el espectáculo. La policía vigilaba la salida de la iglesia a la espera de descubrir —sin éxito— a los culpables; pero sin atreverse a pasar a la iglesia para buscarlos. También por el temor a don Anselmo, que era contrario a que las fuerzas del orden público pasasen a la iglesia en misión de servicio, porque decía que la iglesia era un lugar sagrado y, para atrapar a los delincuentes, estaba la calle u otros sitios de menor respeto. Poco a poco la gente se fue tranquilizando y la misa siguió su curso normal hasta el fin. Al terminar la ceremonia, la gente salía hacia la calle con extrema precaución; sin embargo, no faltó quien resbaló, por lo que se volvieron a producir algunas risas, pero menos que antes, porque la gente que aún quedaba en la iglesia dispuesta a salir, era gente mayor que iba pendiente de no caerse o de ayudar a aquella persona que caía cerca de ellos.

Las fiestas de Navidad pasaron como un suspiro y aunque el refrán dice que «hasta San Antón, Pascuas son,» el día veintisiete, después del segundo día de Pascua, la gente volvía al trabajo. Esa gente esperaba de que el año finalizase, con la esperanza puesta en que el año nuevo trajese prosperidad: tanta, que permitiese vivir mejor a todos, en especial a aquellos que no encontraban la salida del hambre y la miseria.

Los inviernos en La Mancha han sido siempre fríos y en algunos momentos crudos. La nieve no hacía presencia todos los años, pero cuando lo hacía, los mozos, que casi en ningún caso se dedicaban su tiempo libre a la lectura u otro entretenimiento cultural, organizaban juegos de destreza o de fuerza: tángana, lanzamiento de reja o el de hacer bolas de nieve. Comenzaban siempre en el punto más alto de una calle larga para bajarla rodando calle abajo hasta hacerla lo más gruesa posible. Al empezar, la empujaban solo con las manos, pero cuando se hacía mayor, tiraban de ella con sogas. Por su peso excesivo le costaba rodar y era preciso empujar y tirar de ella al mismo tiempo. Así la hacían avanzar hasta el punto elegido para dejarla. Cuando la bola al final quedaba hecha, a veces con un metro y medio de espesor, siempre colocada en el centro de la calle, obstaculizaba el paso de vehículos, generalmente de carros, por la escasez de vehículos a motor. Allí se mantenía hasta su desaparición, habiendo restos de ella hasta cuarenta o cincuenta días, si el invierno seguía seco y frío.

Aquella mañana de enero que amaneció nevada, no fue nadie al campo, excepto algún atrevido que, aprovechando la nieve, salió de caza en busca de rastros de liebres y conejos, que sobre el manto quedaban estampados al andar los animales errantes en busca de comida o refugio. La gente que estaba de quintería y no eran pastores, guardas o caseros, volvieron al pueblo al no poder realizar su trabajo. Mauricio fue uno de ellos y con él, un jornalero. Cuando llegó a su casa, mandó al jornalero con las mulas a la portezuela, que estaba en la calle opuesta a la de la puerta principal. Mauricio llamó para que le abriese su esposa. Cuando llamó, Eulalia le rezaba a San José, que estaba colocado en un rincón del portal, sobre un pedestal donde descansaba la peana del santo. Llamó y, como no le abrían volvió a llamar, pero ahora tres veces, cada vez con más fuerza conforme le iba subiendo el mal genio. Al abrirle su esposa, le recriminó no haberle abierto antes y ella, aparentando sumisión, le dijo:

—Perdóname, le estaba rezando la oración al santo.

—¡Tócale los pies al santo y luego me los tocas a mí, a ver quién los tiene más fríos!

Eulalia no dijo nada, pero mientras Mauricio iba a abrir la portezuela para que pasasen las mulas, ella mostró una sonrisa burlona y fue a la lumbre a calentarse.

Los Reyes Magos llegaron igual que el año anterior: mucho para los niños de zapato fino, menos para los de zapato basto y poco o nada para los niños de alpargatas. Sin embargo, eso no quiere decir que la ilusión y la alegría del niño pobre fuese menor que la del niño rico. Prueba de ello fue el caso de Luis —el hijo de Josefa y Doroteo— cuando el día de Reyes lucía unos pantalones de pana sobada y vieja mientras que se comía una «guitarrita» de mazapán con una pluma verde, amarilla y rosa de adorno. Un regalo de Reyes que algunos niños de su entorno envidiaban. Pero su mayor alegría fueron los pantalones de pata larga, como los de los hombres. Estaba tan contento que pensaba Luis para sí mismo con ganas de gritarlo: «ahora sí que estoy contento, porque me ha hecho mi madre unos pantalones nuevos de unos viejos de mi padre.»

Juan, licenciado de la mili en el año mil novecientos cuarenta y cinco y huérfano desde que tenía once años, al final veía la luz al otro lado del túnel de la miseria. Un trabajo fijo desde hacía dos años le permitía vivir con holgura. Cuando vino de hacer el servicio militar, después de estar en él más de tres años en sitios peligrosos bajo temperaturas extremas donde dormía sobre la nieve como fue en el sitio de la Junquera, en plena Sierra Pirenaica o en Jaca, donde fue destinado, como muchos otros, con la misión de vigilar y dar caza a los maquis, sin entender jamás qué daño le habían hecho a él esas personas. Lo peor de su vida fue a partir del año mil novecientos treinta y tres, cuando se quedó huérfano y solo, en años difíciles, hasta después de la guerra que se marchó al servicio militar en el año mil novecientos cuarenta y dos. Allí el rancho era mísero, pero seguro, por lo que desapareció el sufrimiento del hambre anteriormente padecida. Ahora, después de dos años trabajando en la casa de don Juan y acostumbrado a economizar por su constante pobreza, se disponía a casarse y a formar una familia. Al fin dejaría de estar solo y, aunque el sueldo era mísero, era seguro, porque cobraría cada mes durante todo el año. Eso le daba seguridad para sacar su casa adelante con la ayuda de su esposa, acostumbrada a trabajar y economizar. La ilusión era desbordante, porque empezaba a ver su futuro con claridad después de la miseria arrastrada desde el año mil novecientos treinta y tres hasta el cuarenta y cinco, que vino de la mili sin tener siquiera ropa para vestirse de paisano. Empezaba a brillar la luz augurando un año mil novecientos cuarenta y ocho más próspero y más seguro que todos los anteriores desde el comienzo de la guerra. En él podía ocurrir cualquier cosa buena o mala, pero con pan, y eso daba a la gente pobre seguridad.

La familia de Lucía, aunque no era de las más prósperas en capital, era lo suficientemente acomodada para vivir desahogadamente sin problemas ni preocupaciones económicas. Los problemas de Lucía no eran de dinero y de escasez: eran más llevaderos, menos agobiantes, aunque ella los considerase los peores, máxime cuando no había conocido otros, como el hambre y la miseria. Estos problemas eran sentimentales, de los que se clavan en el corazón sin encontrar remedio para solucionarlos o deshacerse de ellos. Desde que Alberto se fue, Lucía estaba apenada y arrepentida de haber sido tan tajante, austera y dura con él. Ahora pensaba que tenía que haberle dado un margen de confianza, donde los dos hubiesen podido decidir de mutuo acuerdo para que no fuese blanco o negro tal y como ella se lo había expuesto con rigor. Ella se hallaba arrepentida sin saber dónde escribirle para pedirle perdón y reanudar de nuevo esa relación que tanta alegría le había hecho sentir. No había tenido jamás una discusión ni una desconfianza por parte de él; siendo la amabilidad la principal cualidad en su comportamiento.

Lucía, agobiada en su tristeza, nunca pudo imaginar que los primeros días del año nuevo le iban a traer un consuelo para sus pesares. Un rayo de luz alumbraría en lo más profundo de su ser para borrar todas sus penas y sus sufrimientos. Con él, sus inquietudes y sus desvelos desaparecerían, porque ese amor que consideraba perdido, ahora se manifestaba atento, cariñoso y desenfadado; pero preocupado y triste por si no podía recuperarla, sin saber que Lucía lo estaba deseando tanto como él.

La mañana del día dos de enero el silbato del cartero sonaba en la puerta de Lucía mientras un repiqueteo en el llamador, rematado con un golpe seco, hacía temblar la puerta principal de la casa. Lucía salió corriendo hacia la calle para recoger la carta, sin saber que era para ella.

—Lucía Alhambra Palacios —dijo el cartero, mirando a la muchacha.

—Sí, soy yo.

Cogió la carta y sin atreverse a abrirla, se pasó a la casa.

—¿De quién es? —dijo la madre.

—No sé. No tiene remite.

—Dámela que la lea; por el contenido, la firma o la letra, deduciremos de quién es.

—Es mía. Lleva mi nombre y voy a ser yo quien la lea.

—Entonces… sí sabes quién te la envía. Será de ese señorito que aparece y desaparece cuando le viene en gana.

—Si es de él, lo va a saber usted y si no, también…

Lucía abrió la carta y comenzó a leer emocionada y nerviosa, pero al mismo tiempo que leía, iba cambiando su nerviosismo por sosiego y alegría, al ver que era de él, aunque no apareciese el nombre en ningún espacio de la carta.

Alberto, después de pedir disculpas por el atrevimiento, decía en su carta que la echaba mucho de menos y que su mayor preocupación era no saber nada de ella:

> Perdón por la cobardía de no haberme presentado ante ti para explicarte las contrariedades que tuve con mis padres al decirles que me acompañasen para conocer a tu familia. No sabes cuánto sufrí al verme solo, sin ningún apoyo para demostrarte lo mucho que te quiero y, lo peor de todo: verme sin tu confianza; porque tus exigencias, aunque hayan sido por razones justas, me han hecho saborear la amargura de la soledad, sin saber si aún me quieres o solo esperas de mí que cumpla ciertos requisitos para demostrarle a tu mundo, un mundo que se encierra en las costumbres de un pueblo, que soy digno de ti; para entonces, después de superar esas pruebas, empezar a quererme o por lo menos intentarlo por haber sido buen chico y haber hecho los deberes.
>
> No sé si me quieres. Nunca he visto pasión en ti. Sin embargo, yo te sigo queriendo cada día más. Sin contratos burocráticos, sin exigencias, sin compromisos, sin composturas ornamentales que adornen mi comportamiento. Te quiero, porque me sale del corazón y aunque quisiese hacer otra cosa no podría, porque mi amor es auténtico, natural y genuino como el agua de un manantial.

No me importa que tú me hayas puesto a prueba. No me importa que mis padres piensen que somos desiguales ni que la gente de tu pueblo piense que eres un capricho para mí porque pienso demostrarles que no es verdad. No me importa lo que piensen los demás: ni mis padres, ni la gente de tu pueblo, ni la burguesía que, según mis padres, con sus críticas harán que me avergüence de ti, porque, según ellos, no estás a mi altura. Yo no me avergonzaré nunca de estar contigo, por la sencilla razón de que te quiero.

Es tanto amor lo que siento
que amar no se puede más,
mis sueños son de amargura
cuando te busco y no estás.
Se muere mi corazón
si no consigo soñar
y, cuando sueño contigo,
empieza a resucitar.
Como no te veo, lloro
con la amargura del mar,
después pienso en tu sonrisa
y la amargura se va.
Antes, que no te veía,
me consolaba pensar
que faltaba menos tiempo
para volverte a encontrar.
Ahora, que no te veo,
mi consuelo es recordar
aquellos dulces momentos
que contigo pude hablar.
Después llega la tristeza
sin poderlo remediar,
que vivir sin tu cariño
solo es penar y penar.
Te buscaré, no lo dudes,
aunque tenga que llegar
al otro lado del mundo
o a los confines del mar.

Ahora, con mis mejores deseos para ti, FELIZ NAVIDAD.

—¿Qué te dice? Porque es de él, ¿verdad? —preguntó la madre.

—Para usted, lo que dice quizá no tenga importancia, para mí sí. Me quiere. Esta carta para mí es muy especial. Está llena de sinceridad. En ella aflora el sentimiento de su pena. Léala. Aunque no sé si su corazón tiene suficiente sensibilidad para captar esos sentimientos.

La madre, cuando cogió la carta, estaba roja, mitad vergüenza, mitad ira, por el descaro de Lucía al decirle aquellas palabras en un tono despectivo. La cogió y estuvo a punto de romperla, pero no lo hizo por desconfianza. Pensaba que en su lectura podía adivinar si había una doble intención en las declaraciones o proposiciones de amor que él le hiciese.

Comenzó a leer y, al poco tiempo de estar leyendo, se le desvaneció la ira y se sintió avergonzada por desconfiar de ese amor que, como el resto de la gente, ella también creía que era un capricho de señorito. Cuando terminó de leerla, la devolvió a Lucía con la vista baja y avergonzada, diciéndole:

—¿Qué piensas hacer?

—Prepararme para estar a su altura —dijo Lucía segura de su decisión.

—¿Cómo? —preguntó la madre confusa, sin entender nada.

—Estudiando como él lo hace y aprendiendo normas para un correcto comportamiento ante esa sociedad a la que pertenece él y su familia.

—Eso está muy bien, pero en capital nunca podrás igualarle y eso también cuenta.

—¡Eso no importa! Lo que quiero es demostrarles que en cultura y comportamiento puedo estar a la altura de ellos. Por lo demás, es posible que nunca me acepten. No lo hago buscando sacar partido, es mi dignidad lo que cuenta.

Aquella carta fue un secreto entre las dos —madre e hija—. A nadie le importaba. Con decirlo, solo conseguirían más chismorreos, y con los que había ya era suficiente.

Lucía había sido de las pocas muchachas que había ido al colegio hasta cumplir los catorce años, por lo que alguna gente pensaba que al terminar los estudios primarios seguiría estudiando para hacer bachillerato o que ingresaría en un noviciado por su asiduidad a las prácticas religiosas y su amistad incondicional con las hermanas del colegio.

En los dos años que llevaba sin ir a clase, no había olvidado los libros: bien lectura de entretenimiento como instructiva o de texto para repasar lo ya estudiado. A la noche, cuando llegó el padre del trabajo, le dijo que quería reanudar sus estudios. El padre, acostumbrado a verla en muchas ocasiones con un libro en las manos, no se sintió extrañado. Solo pensó que, si era así, pasaría gran parte del año careciendo de la presencia de la única hija que tenía; pero no se lo dijo a ella, se mantuvo en silencio y al final, con una sonrisa y un… «vale, lo que tú quieras», dio el consentimiento para que Lucía reanudase sus estudios.

CAPÍTULO 44

Teresa era feliz a pesar de que en algunas ocasiones echaba de menos a un hombre joven. La diferencia de edad entre ella y Romualdo influía mucho en la coincidencia de deseo y satisfacción a la hora de hacer el amor. En algunos casos se quedaba con las ganas y en otros faltaba intensidad; pero, al verse en un hogar de lujo, donde era ella dueña y señora sin ninguna cortapisa de su marido, se sentía feliz. Además, Romualdo la adoraba hasta tal punto que rebosaba de alegría cuando estaba con ella hablando del próximo miembro de la familia. Teresa se conformaba porque pensaba que otro hombre más joven quizá tampoco le hubiese dado la felicidad completa y mucho menos las riquezas que ella estaba disfrutando.

Romualdo no era hombre de carnaval. No se oponía a que lo hubiese, como el régimen que actualmente gobernaba la nación, pero lo veía ajeno a él y a su familia. Por eso, ni él ni su difunta esposa habían participado jamás en esa fiesta. Sin embargo, Teresa sentía pasión por la bulla carnavalera y no se pasaba ningún año sin disfrazarse junto a su amiga María. Este año era distinto: con sus casi ocho meses de embarazo, si se vestía de máscara, el recorrido sería mucho menor y a escondidas por si su marido se molestaba; pero suficiente para matar el gusanillo de su afición. Teresa y María habían salido disfrazadas de casa de su amiga. María llevaba una bata vieja de su madre, una chambra encima y un antifaz de tela azul. Teresa llevaba un faldellín largo, rojo, con una franja negra que bordeaba la parte baja del faldellín, haciendo juego con los adornos negros repartidos por toda la prenda, un chaleco negro encima de una camisa blanca y el antifaz de tela rosa. El faldellín era amplio y, cuando hablaba con gente, intentaba echar la espalda hacia delante para disimular mejor el volumen de su vientre. Al volver una esquina, vieron que subía calle arriba Romualdo y la primera intención fue de volverse; pero después pensó darle coba y sonsacarle cosas íntimas o algún descontento que tuviese sobre ella y que quizá pudiera esconder sin atreverse a decirlo por miedo a que se sintiese molesta y lo rechazase. Al llegar a él, las dos formaron un guirigay simulando una voz diferente a la suya y, cuando él miró, le dijeron:

—¿Dónde vas, «Cachete», tan solo? Que te vas a perder…

—No me pierdo. No te preocupes.

—¿Dónde está tu esposa que no te acompaña?

—En mi casa, que es la suya. Haciendo sus deberes. No como vosotras que estáis de «pendoneo» calle arriba, calle abajo.

—No pareces muy contento. ¿Es que no te trata bien Teresa?

—¡Te equivocas, estoy más contento que nunca, porque nunca tuve lo que tengo ahora!

—Perdona, hombre, que es broma. Si tú supieses cuánto te quiero, no te enfadarías conmigo.

—No hace falta que me quieras, ya tengo quien me quiere.

—Y dentro de poco más. ¿Porque vas a ser padre muy pronto, no...?

—Sí.

Que sea enhorabuena y no te enfades, hombre, que son bromas de carnaval.

Y así, con el mismo guirigay y la voz simulada, se fueron las dos dejándolo solo.

Teresa se quitó la ropa de carnaval en casa de su amiga y se fue. Cuando llegó Romualdo a su casa, ella ya estaba allí. Al llegar, empezó a preguntarle que de dónde venía y con quién había estado.

—En el casino —contestó él—. ¿Y tú, dónde has estado que te he estado esperando antes de irme?

—En casa de mi madre. Han llegado dos máscaras de visita y me he entretenido. Me han dicho que te han visto por la calle y que ibas muy serio.

—¡No querrás que vaya por la calle riendo a carcajadas! Me he puesto serio con ellas, porque han comenzado a meterse en lo que no les importa.

—A mí me han dicho que puedo estar orgullosa de ti, porque solo has tenido palabras de halago para mí.

—¡Como debe ser! —dijo él— ¿y quién eran esas dos?

—No sé, no las he conocido. No se han querido descubrir —dijo Teresa con sorna, orgullosa de no haber sido descubierta.

El día veintiocho de marzo, Teresa dio a luz a una hermosa niña a la que llamaron Gloria, que, al coincidir con el Domingo de Gloria, alguna gente pensó que era la razón por la cual le habían puesto ese nombre y no fue así: la verdadera razón fue que la madre de Romualdo tenía ese nombre y a él le gustaba, además de ser una tradición ponerle a los hijos el nombre de los abuelos.

La noticia del parto de Teresa formó de nuevo un revuelo de comentarios, sobre todo en la familia de «Cachete», que vieron la herencia totalmente perdida. Renegaban de Romualdo y de su hija, que la consideraban solo hija de Teresa; sin reconocer que era hija de él, única descendiente y heredera universal suya. Sin embargo, no todo fue rencor, la hermana de Romualdo había asumido el enlace matrimonial de su hermano con Teresa, hasta sintió alegría cuando supo que Teresa estaba embarazada y mucha más, cuando le llegó la noticia de que su hermano era padre de una niña. Su reacción inmediata fue ir a verla, pero dudó temiendo que su hermano la rechazase, como lo hizo con sus hijos y con la familia de su primera esposa.

Cinco días pasó Olaya, la hermana de «Cachete», entre el voy y el no voy, hasta que por fin se decidió. Pensaba que tenía poco que perder y sí mucho que ganar; porque si era bien recibida, ganaría a su hermano y a una sobrina, que era, sin lugar a dudas, la única que se merecía toda la atención, porque no era culpable de nada.

Olaya llamó en la casa de Romualdo, casi anochecido y salió María a abrirle.

—Buenas tardes, ¿está mi hermano? —preguntó Olaya a María, la crida.

—No. Solo está la señora.

—Pregunta si quiere recibirme.

—Vale, lo preguntaré, pero pase, no se quede en la puerta.

María pasó a ver a Teresa, tan contenta como si la visita hubiese sido para ella.

—¡Adivina quién está ahí! La hermana de Romualdo —dijo María antes de que Teresa pudiese contestar—. Dice que si la recibes.

—¡Pues claro que sí, mujer! Hazle pasar.

—Dice mi señora que pase.

Olaya entró con reparo, pero sonriente al saber que era bien recibida. Cuando estuvo frente a Teresa, le dijo:

—¿Cómo estás?

—Bien —contestó Teresa escuetamente, pero sonriente.

—Vengo a conocer a mi sobrina. Bueno, y a veros a vosotros también; porque pienso que mi hermano querrá recibirme.

—Por supuesto que sí —dijo Teresa—. Tu hermano recibe a quien lo trata bien, a él y a su familia, que somos su hija y yo.

Cuando estaba Teresa en esos detalles, se escucharon los pasos de «Cachete» por el portal. Romualdo pensó que estarían Teresa y la niña en ese lugar caldeado por un acogedor brasero. Abrió la puerta del salón y, al ver Romualdo a su hermana, el saludo fue una exclamación.

—¡Tú por aquí! Dichosos los ojos que te ven.

—No sabía qué hacer, pero al fin he decidido venir a conocer a tu hija. Temía que no quisieses recibirme. Como echaste a la calle a mi hijo, a mi nuera y a los demás…

—Porque no venían con los mismos fines que tú. En mi casa se recibe a todo el que viene con respeto y sin intención de disponer en ella, porque para disponer estoy yo, que soy el amo. Tu hijo David vino disponiendo en mi decisión de volverme a casar, porque él estaba en contra de que lo hiciese. Y a tu nuera dile que cuando tenga que decir algo, que dé la cara y que no haga lo que hizo con Teresa: insultarla por la ventana de arriba de tu casa; pero sin asomarse. Ahora vamos a dejarnos de tonterías y ven a darme un abrazo, que eres la única alegría que me faltaba y, desde hoy, mi alegría va a ser completa.

En los once meses que llevaban casados Teresa y Romualdo, no habían dejado de repicar las críticas sobre la gran diferencia de edad y de clase social que había entre un cónyuge y otro. Mucha gente no entendía los motivos de ese enlace, al menos en él, que podía haber buscado una mujer, quizá de más edad, pero más acorde con su estatus social.

Sin embargo Romualdo estaba satisfecho con ese tiempo de felicidad y miraba a su mujer y a su hija con la mayor ilusión. Solo echaba en falta tener treinta años menos o haber tenido antes una mujer como Teresa: hermosa, trabajadora, abierta de genio y que le hubiese dado hijos.

CAPÍTULO 45

Abril hacía despertar la flora llenándola de vida, abriendo sus ojos en cada flor. La primavera movía la savia que empujaba a los brotes para cumplir su misión obligada y natural, que es la de dar flores, frutos y semillas. Los pájaros se afanaban haciendo sus nidos, sintiendo que la sangre se alteraba en sus venas y que había llegado la hora.

Juan y Vicenta también preparaban su nido en dos habitaciones contiguas dentro de la casa de los padres de ella: una cocina para estar y guisar, una alcoba que se comunicaba con ella por medio de un hueco sin puerta cubierto por una cortina y una despensa rectangular de un metro cuadrado de superficie, donde había que entrar de cara y salir de espaldas, porque era casi imposible darse la vuelta dentro de ella, si no era una persona menuda o un niño.

La ilusión de Juan y Vicenta era desbordante a pesar de su pobreza. Ella tenía a sus padres y había podido hacer su ajuar, que lo tenía primorosamente cosido con algunas prendas bordadas: embozos de las sábanas para adornar la cama, una mantelería, una colcha y varias prendas de ropa interior suyas, que estrenaría el día de la boda.

Él, a falta de sus padres, solo tenía un hato de fiesta que cuidaba Vicenta como oro en paño y otros dos de quita y pon para trabajar. Cuando llegó la hora de preparar para la boda, ella se encargó de comprarle mudas nuevas y de ir con él al sastre para que le hiciese el traje de casar. Única prenda exterior que llevaría de estreno, además de la camisa y los zapatos, porque el traje de confesar fue un conjunto de chaqueta y pantalón, el hato que tenía él para los días de fiesta.

Los muebles, algunos fueron de segunda mano, revendidos por gente necesitada económicamente. Sin embargo, la alcoba fue nueva, a estrenar: una cama de matrimonio de madera, una mesilla de noche, un cuadro para encima del cabecero de la cama con un corro de niños jugando junto a un pozo sin brocal y el ángel de la guarda pendiente de ellos, un armario pequeño y seis sillas.

La boda se celebró en casa de los padres de ella —su casa desde ese día que se habían casado—. Un «banquete» compuesto por tres pollos de corral en pepitoria, pan blanco y fruta. Todo esto compartido en la más absoluta intimidad de la familia, a la que solo asistieron los padres de la novia, los hermanos y dos tías, hermanas de su madre. Por parte de él, asistieron tres hermanos: compañeros de penas y calamidades, que celebraban con él, dentro de la pobreza, el final del túnel de la miseria, además de su boda. También asistió un amigo que lo era desde la niñez. Compañero inseparable: un hermano más.

El segundo día después de la boda era lunes y Juan reanudó su trabajo. Su luna de miel fue la dura faena del campo y una saca de paja para dormir, mientras que su mujer dormía sola con media cama vacía de lunes a miércoles y de jueves a sábado, porque Juan partía la semana. Venía de la quintería el miércoles por la noche después de dejar el trabajo y el jueves de madrugada regresaba para empezar la faena al salir el sol. Ocho kilómetros de ida y otros tantos de vuelta andando de noche, después de un día agotador de trabajo.

Cuando bajó la fiebre de recién casado, se iba de lunes a sábado. Se llevaba esparto para hacer soguillas o «ramales», sogas trenzadas de esparto para coser o ensogar capachos de pleita y otros utensilios de la misma materia, que cosía en su casa cuando venía el fin de semana.

Ella hacía la pleita, un capacho diario: veinte varas de longitud, dieciséis metros y medio aproximadamente, y la faena de su casa. En las recolecciones, Vicenta aprovechaba para trabajar en el campo. Sin embargo, el resto del año solo hacía pleita. Le habían propuesto servir en algunas casas, pero no iba porque, igual su marido que ella, pensaban que no iba a quitarle las cascarrias al señorito y mucho menos las zurrapas.

No estaban en contra del señorío, pero sí del señoritismo. A esa parte de la sociedad presumida y ociosa la consideraban indigna de merecer lo que consumían. Una cantera de parásitos que nunca consideraban suficiente el rendimiento del obrero.

Después de dos años trabajando en la misma casa, Juan estaba muy bien considerado: era trabajador, formal, respetuoso y educado. Además, tenía un don de palabra que convencía, porque al hablar mostraba sensatez. Por eso Aniceto, el mayordomo, pensó en él para mozo de comedor. Ahora recién casado, él y su mujer formaban la pareja ideal para servir a los señores. El sábado cuando llegaron de la quintería, el mayordomo llamó a Juan para que pasase a la oficina.

—Escucha, Juan, voy a hacerte una proposición. Confío en ti y sé que reúnes las condiciones adecuadas para lo que necesitamos. El señor me ha encargado que busque un matrimonio joven para atender su vivienda y a ellos cuando estén aquí. He pensado en vosotros: en ti y en tu esposa. Ella no hará otra cosa que cuidar la casa y atenderlos a ellos cuando vengan. Tú, cuando estén los señores, serás su recadero: harás la compra y serás el cocinero, tu esposa servirá la mesa. Yo sé que cocinas bien y tu esposa es una mujer completa para las tareas de la casa: limpia, trabajadora y, si hay que coser, maneja bien la aguja, ideal para esta ocupación. Cuando no estén los señores, estarás solo a mí servicio.

—Hablaré con mi esposa —dijo Juan—, pero no creo que quiera comprometerse a un trabajo tan exigente.

—El que tiene que querer eres tú. La obligación de las mujeres es obedecer y acatar la decisión del marido.

—En mi casa se hacen las cosas de mutuo acuerdo.

—Pues antes de decidir, hazle los cargos a tu esposa. De ella depende tu puesto de trabajo. Si accede, sigues; si no, tu trabajo ha terminado en esta casa.

—Pues entonces, desde hoy no cuente conmigo, otro sitio habrá donde emplearme.

Cuando llegó Juan a su casa y le dijo a Vicenta lo que pasaba, ella se quedó seria pensando en el cambio económico que sufrirían si ahora se quedaba eventual. Esperar a quien quisiera avisarle para trabajar era un plan inseguro; pero no dijo nada.

—He pensado que no te gustaría estar toda tu vida a la voluntad de los señoritos, por eso he tomado esa decisión; pero, si quieres, digo que sí.

—¿Quieres tú? —preguntó Vicenta, suponiendo la contestación.

—Yo no. Ya sabes lo que pienso. »Cada cual que se limpie su cipote».

—¡Pues entonces... »Cada cual que se limpie sus zurrapas» —dijo ella contenta de que su marido no la obligase.

El lunes Juan se quedó en su casa ensogando los capachos que le habían quedado por falta de tiempo y a media mañana, cuando los terminase, pensaba ir a la plaza para ver si encontraba patrono para volverse a emplear.

Cuando Teófilo, el manigero, llegó el lunes por la mañana y no vio a Juan, se preocupó, porque era de los primeros que llegaba siempre y, mientras que llegaban los demás, fue a su casa y lo encontró faenando en la pleita.

—¿Qué pasa? —preguntó el manigero sorprendido.

—¿No sabes nada? —dijo Juan.

—No.

—No voy. El mayordomo me ha ofrecido un trabajo que no he querido aceptar y me ha dado a elegir: eso o dejar mi trabajo en la casa.

—¿Qué trabajo es ese?

—Cuidar de la vivienda de los señores y atenderlos a ellos en todo cuanto sea necesario cuando vengan a la casa.

—¿Por qué no has querido? En casa del amo estarás bien.

—Yo no tengo amo. Y tampoco valgo para aguantar a un señorito y mucho menos si tiene que servirle mi mujer. Además, ella tampoco quiere.

—Si yo lo arreglo, ¿te vuelves a venir?

—Sí.

—Entonces no busques trabajo, que esto lo arreglo yo.

Cuando llegó Teófilo a casa del patrono, el mayordomo ya estaba allí. Los lunes iba temprano para saber quién se incorporaba al trabajo.

—Juan no viene —dijo el manigero a Aniceto.

—Vendrá después. Tiene que hablar conmigo, tenemos un plan pendiente.

—No va a venir, ese plan no le interesa.

—Déjalo que medite, ya veremos si viene o no.

El sábado siguiente el manigero pasó directamente a hablar con el mayordomo.

—¿Da usted su permiso…?

—Pasa. ¿Qué se te ofrece?

—¿Ha hablado con Juan?

—Es testarudo. No ha venido.

—Ni vendrá. Y quiero que sepa que no estoy dispuesto a perder un trabajador como él.

—Pues lo has perdido.

—No, si usted no quiere.

—¡El que tiene que querer es él!

—De eso me encargo yo, si usted me da permiso.

—¿Para qué te tengo que dar permiso? ¡Para rebajarte a él!

—Eso es cosa mía…

—¡Y mía! Él no cede a mi petición y nosotros vamos a rogarle para que se salga con la suya. Y mientras tanto, yo ¿a quién busco de confianza para el encargo que me han hecho los señores?

—Si necesita un matrimonio para atender a los señores, puedo aconsejarle uno de confianza.

—¿Quién?

—Mi hermana Paula y su marido. Yo respondo por ellos. Sé que sabrán ganarse la confianza de los señores.

—En ti confío. ¡Pero no me hagas quedar mal, porque lo vamos a sentir todos!

—Descuide, confío en ellos.

Cuando salió el manigero de hablar con el mayordomo, fue directamente a hablar con Juan. Llegó a su casa y lo encontró en el patio con la puerta de la calle abierta tirando de la aguja de ensogar, para pasar la soga a través de los nervios de la costura de la pleita y así reforzar el capacho desnudo, formando únicamente con la pleita.

—¿Qué noticias traes? —dijo Juan al verlo.

—El lunes, a la hora de costumbre en la casa. Y si el mayordomo te dice algo, tú callas y no hagas caso.

—Depende de lo que me diga; porque si intenta humillarme, le contesto y me vengo.

—No lo hará, él sabe que vas a ir.

El lunes, nada más llegar Juan a casa del patrono, Aniceto se acercó a él y aparte de la gente, le dijo en tono moderado.

—Eres orgulloso y desagradecido.

—No es orgullo, es que no me identifico con esa responsabilidad y mucho menos teniendo que involucrar a mi mujer, que no está de acuerdo en asumirla.

—¡Pues tú te lo pierdes! En esa ocupación hubieses vivido como un señor; sin callos en las manos.

Juan no dijo nada, pero sí pensó que valía más su voluntad que el esmero de una ocupación impuesta, por muy refinada que fuese. Por eso pensaba que su negativa no era orgullo, era dignidad. En su forma de pensar tenía algo muy claro, que para vivir tenía que trabajar y estaba contento con su trabajo. Por eso su lema era: jornada y sueldo, pero siempre lo más lejos posible de los caprichos del señorito.

CAPÍTULO 46

Desde la recolección de la vendimia, Blas y Verónica habían hablado varias veces sin llegar a ninguna conclusión. No porque no estuviesen de acuerdo, que sí lo estaban, sino porque él al verla cada vez más segura, no la quería presionar. Sabía que ella esperaba a que se cumpliesen dos años de la defunción de su marido y él era conforme con eso.

El hijo de Verónica iba a catequesis con Emilia y la hija de Blas iba con Andrea, la amiga de Emilia. Verónica preparaba para su niño un hato nuevo para la Primera Comunión, compuesto por un pantalón, una camisa y una chaqueta, cortado y cosido todo por ella. También le había preparado unas zapatillas nuevas hechas por el zapatero del barrio. Todo sencillo, pero de estreno.

Blas, inexperto en esos acontecimientos, dejó la preparación en manos de su madre y de la abuela materna, que, apenada todavía por la muerte de su hija, parecía ausente —no molesta— pero sí ajena a ese acontecimiento que era tan importante para su nieta. Sin embargo, Blas sí ponía interés en los preparativos de su hija y le daba ideas a su madre hasta dejarla sorprendida en algunas ocasiones.

—¿Quién te ha dicho que la niña irá bien con esos detalles? —dijo la madre de Blas, extrañada.

—Yo, que me preocupo por mi hija para que vaya bien.

—Es Verónica, ¿verdad?

—Sí. Le he pedido opinión y me ha dado algunos consejos que podemos tener en cuenta, si está usted de acuerdo, claro.

—Me alegra que habléis de estos temas, es señal de que lo vuestro funciona.

La niña estaba ilusionada con su primera comunión y mucho más por el hecho de llevar un año de retraso. Con sus nueve años, casi diez, no solo por el deseo de hacerla, sino que además era consciente de la importancia que tenía hacerla. Sin embargo, en medio de tanta alegría, encontró una sombra inesperada con la que ella no contaba. La abuela Conce, envuelta en esa tristeza perenne, lloraba a solas cuando llegó María a verla. Vio llegar a la niña y siguió llorando sin reparo hasta contagiarla. La mujer no pensó que sus lamentos, al recordar a su hija en voz alta, hacían partícipe de ese dolor a su nieta y eso la haría entristecerse. María, en su llanto, comenzó a echar de menos a su madre mucho más de lo que lo hubiese hecho si nadie le hubiera recordado en ese momento tan importante de su vida que no la iba a tener a su lado.

—Si ella viviese, ¡cuánto hubiese disfrutado! —le decía la abuela— ¡«Pobrecica» mía, se fue en lo mejor de su vida! ¡Cuando más falta os hacía! Ella comiendo tierra, mientras otra va a disfrutar lo que por derecho le pertenece ¡Ay, Jesús bendito! ¿Por qué dejas que pasen estas cosas?

Y así llorando y diciendo abrazada a su nieta.

María salió de casa de la abuela sin llorar, pero con la pena reflejada en la cara. Al llegar a su casa, se encontró con la otra abuela que venía con la niña pequeña en brazos de casa de la modista, de ultimar detalles del vestido de comunión.

—¡Hala, al suelo! Andando como las mozas —dijo la abuela a la niña pequeña al ver a la mayor—. Ahora, de la mano con tu hermana y conmigo. ¡Uf! Pesa como el plomo. Mañana tienes que probarte el vestido, que no se nos olvide.

Al oír eso, la niña hizo una mueca.

—¿A qué viene esa cara? ¿Qué te pasa?

—No quiero hacer la Primera Comunión.

—¿Por qué? —preguntó la abuela extrañada.

—Porque no va estar mi madre conmigo.

—¿Quién te ha dicho eso?

—Yo que lo sé, porque está muerta.

—Tu madre te va a ver desde el cielo y va a estar muy contenta de que recibas a Cristo y reces por ella cuando estés en gracia de Dios. No sé a qué viene ese cambio. ¿Ayer no te acordabas de tu madre?

—Sí.

—Entonces… ¿a qué viene esa tristeza?

—Mi abuela Conce está triste porque mi madre no va a estar con nosotros.

—Pues alegra esa cara, porque tu madre, además de verte, bajará como todas las noches a darte un beso cuando estés dormida, a ti y a tus hermanos.

La niña siguió seria sin decir nada, pero más conforme que antes.

Al día siguiente, María fue a probarse el vestido, triste como el día anterior, pero cuando lo tenía puesto, la modista le dijo que caminase para ver cómo le quedaba. Al cruzar por el espejo se vio reflejada y al momento le cambió el semblante. Había dibujado una sonrisa en sus labios al recuperar la alegría perdida. A partir de ese día, su comportamiento fue normal. Solo se mostró seria el día de su primera comunión después de comulgar, que con una formalidad impropia de una criatura de su edad, al salir de la iglesia miró al cielo y dijo, lanzando un beso hacia arriba: ¡para ti madre!

En el bullicio de la plaza, nadie advirtió ese detalle, ni siquiera Blas. Él estaba pendiente de su futura esposa, que se acercaba a ellos con el niño vestido de comunión. Iba acompañada por sus dos hermanas y caminaban las tres detrás de José, el niño de Verónica.

La niña de Blas, iba acompañada por el padre y la abuela María. Al juntarse las dos familias, las sonrisas de Blas y Verónica fueron mutuas y la alegría desbordante. Cada uno presentó a su hijo para que los niños se conociesen, sin saber que ya se conocían. El primero fue Blas.

—Mira, María, este niño dentro de poco tiempo será como tu hermano. Se llama José y vivirá con nosotros, él y su madre. Además, tienen una niña que también será tu hermana.

—¿Te gusta que vayamos a vivir contigo? —le dijo Verónica.

María se encogió de hombros sin decir nada y después volvió a mirar al cielo recordando las palabras de su abuela: «Ella comiendo tierra…»

Aquel día María rezó por su madre más que lo había hecho en los casi dos años y medio que llevaba fallecida. La familia de Blas no era muy devota de la iglesia, por lo que la abuela nunca le decía a la niña que rezase. Blas y toda su familia solo iban a misa en casos excepcionales y en algunas ocasiones se les oía decir que «la misa y el pimiento, eran de muy poco alimento». Fue a partir de empezar la catequesis cuando Andrea comenzó a enseñarle oraciones con el conjunto del grupo y a sugerirles que rezasen cada noche al acostarse. Que le pidiesen a Jesús y a la virgen por su familia para que sus padres estuviesen sanos y pudiesen trabajar y cuidar de ellos.

—Yo rezo por mi padre y mis hermanos, porque mi madre no está —dijo María— si supiese una oración para las madres que están en el cielo, la rezaría, pero cuando me acuesto y pienso en ella, no sé qué decirle.

—La mejor oración para una madre, aunque esté en el cielo, es hablar con ella —aseguró Andrea—. Dile lo que piensas, lo que has hecho durante el día, lo que te gustaría hacer y sobre todo pídele que te guíe por el buen camino, que te ayude. El día de tu Primera Comunión, cuando estés a solas, enséñale el vestido, los zapatos y todo lo que lleves puesto. Háblale como si estuviese contigo, porque estará aunque tú no la veas. Háblale de tus cosas en silencio, cuando no estés sola y en la soledad; háblale con voz, eso te dará serenidad. Verás cómo después de hablarle te sientes más segura. Ella estará cerca de ti escuchándote. No olvides nunca que tu madre desde el cielo vela por ti para que tus pasos sean firmes aquí en la tierra y aciertes cuando tengas que tomar decisiones difíciles.

En los días siguientes a los de la Primera Comunión, María no dejó de darle vueltas en su cabeza a la decisión que había tomado su padre de vivir conjuntamente con una familia que no era la suya y, además, no vivirían como vecinos, sino como si fuesen una sola familia, hasta incluso hacer esa mujer las veces de su madre.

—¿Para qué...? —se preguntaba María—. Si en el puesto de mi madre están mis abuelas. Dos, por falta de una. ¿Para qué necesitamos a otra mujer y a sus hijos?

María pensaba constantemente en ese tema sin entenderlo. Con ganas de preguntar a su padre, pero sin atreverse a hacerlo. Ese pensamiento se convirtió en una obsesión, hasta que no pudo aguantar más y le preguntó a la abuela María:

—¿Por qué vamos a vivir con esa gente, abuela?

—Porque necesitáis una mujer que os cuide.

—Eso ya lo hace usted y mi abuela Conce.

—Pero no es igual. Ella estará siempre con vosotros y podréis vivir en tu casa. No como ahora, que estamos voy que vengo de un lado para otro, durmiendo fuera de vuestra cama o madrugando yo mucho para estar con vosotros cuando tu padre se va a trabajar. Así será mucho mejor, porque cuando yo sea más vieja y no pueda cuidaros, estará ella para hacerlo. Ella es joven y seguro que tiene mucha más vida que yo por delante.

—Pero en mi casa no hay camas para todos, ¿Dónde van a dormir? —dijo María.

—Ellos cambiarán sus cosas a tu casa, las camas también.

—La mujer ¿dormirá con sus hijos?

—La mujer dormirá con tu padre.

—¿Por qué, si no están casados?

—Pero se van a casar y entonces ya seréis una sola familia.

—Pero esos niños no pueden ser mis hermanos.

—Serán hermanastros, porque son hijos de la mujer de tu padre.

—¡La mujer de mi padre es mi madre!

—Ella también lo será cuando se casen.

—¡Pues vaya lío!

—Ten paciencia —le aconsejó la abuela— verás cómo poco a poco lo vas entendiendo.

El futuro enlace de Verónica y Blas ya se había hecho público, pero antes de eso, Blas había ido a comunicárselo a su suegra.

María iba casi a diario a ver a su abuela materna y le contaba cosas que le habían ocurrido y otras veces le preguntaba cuando tenía dudas; pero esta vez, informada por la otra abuela, no preguntó nada, al pasar le dio un beso y se sentó seria y callada.

—¿Hoy no tienes nada que decirme?

—Sí, muchas cosas; pero no le van a gustar —dijo la niña.

—¿Pero te gustan a ti?

—No, pero no sé lo que hacer. ¿Sabe que mi padre se va a casar y va a llevar a esa mujer y a sus hijos a vivir con nosotros?

—Sí, lo sé.

—¿A que no le gusta?

—No y sí. No porque estará en el sitio que ocupaba mi hija. Y sí porque si es buena, estaréis bien cuidados, en vuestra casa, sin necesidad de andar arriba y abajo.

—Yo quiero venirme a vivir aquí, con usted.

—Tú tienes que estar donde esté tu padre y tus hermanos. Tienes que ser obediente y cuidar de que tus hermanos estén atendidos y, si alguna vez no lo están, recuérdale a esa mujer que está allí para eso. Hazlo siempre con educación y respeto, pero con firmeza, porque dentro de muy pocos años, tú serás para trabajar en lo que haga falta, tan mujer de la casa como ella; pero eso sí, siempre colaborando, no siendo esclava. Que no piense esa que va de señorona. ¡Recuérdalo! Colaborar sí, esclava no.

María se fue a su casa convencida de que su destino era vivir con esa familia, aunque no le gustase. Además, tenía que ser obediente y responsable, pero firme en sus decisiones, aunque para eso necesitase mirar al cielo todos los días, para que su madre le ayudase.

CAPÍTULO 47

Junio andaba por la mitad de sus días cuando un año más se iniciaba la siega de la cebada mientras terminaba de granar el trigo. Culminaba el curso escolar justo a punto para que los niños se hiciesen trilladores unos, otros segadores que, desempeñando media jornada, se estrenarían en ese oficio duro donde se trabajaba de sol a sol. Sin embargo, los niños de gente rica pasarían ociosos los días venideros, hasta septiembre, cuando comenzase el nuevo curso.

Rosa y Luisa llegaban a casa cansadas, pero satisfechas. Con unas notas satisfactorias que no bajaban del notable, llegando algunas asignaturas al sobresaliente. Mariano aprobó el curso por los pelos, con una nota baja que don Sebastián pensó calificar con un insuficiente. Pero después pensó que el niño no tenía culpa de haber faltado tantos días a clase y que era justo darle la nota que se merecía según sus conocimientos. En su pensamiento, guardó el suspenso para Doroteo y Josefa, sus padres, que eran en realidad los que se lo merecían.

En los últimos días de junio, Alberto se presentó en el pueblo sin saberlo sus padres. Con el pretexto de hacer un viaje de excursión, desvió su camino para ver a Lucía. Después de dos días en el pueblo sin encontrarla, decidió hablar con Juana. Esta le dijo que desde unos días después de Navidad, Lucía estaba en Madrid estudiando.

Entonces pensó que al día siguiente volvería a su casa con sus padres, pero después de una noche desvelada y llena de dudas, decidió ir a hablar con los padres de Lucía. Quería aclararles que su hija no era un capricho para él y que lo demostraría si le daban tiempo y confiaban en su palabra. Se presentó en casa de Lucía, llamó y la mujer salió a abrir. Al verlo trajeado, con ese aspecto señorial, el pelo rubio repeinado y un vocabulario correcto y refinado, se imaginó quién era; sin embargo, prefirió asegurarse antes de hablar, para después, cuando estuviese segura de si era él o no, contestar en consecuencia.

—Buenos días —saludó Alberto atentamente—. Quiero hablar con ustedes.

—Mi esposo no está, y no vendrá hasta la noche.

—Pues esta noche vengo. Dígale que vendré.

—¿De parte de quién?

—De Alberto Cabello Ballesteros.

—¿De qué tiene que hablar con nosotros?

—El asunto es sobre Lucía. Quiero formalizar nuestro compromiso, si ella está de acuerdo, y al mismo tiempo, despejar dudas, porque hay muchas dudas sin fundamento.

—No es preciso que venga, para nosotros está todo claro. Lucía por el momento solo debe pensar en sus estudios y usted debería hacer igual, por lo que le ruego que no venga, mi marido no le va a recibir.

Alberto se fue desconsolado y sin esperanzas de volver a recuperar la comunicación con Lucía. Madrid era muy grande y no sabía cómo encontrarla. No dejaba de darle vueltas a su cabeza pensando a quién podía recurrir para informarse de su dirección; pero no encontró quien le diese información. Solo consiguió saber lo que le había dicho Juana: que estaba en Madrid recibiendo clases extra para recuperar el tiempo perdido desde septiembre a diciembre para poderse presentar a los próximos exámenes. Al día siguiente, Alberto cogió el autobús para regresar a su casa, pero sintió que no tenía ganas de volver y mucho menos antes de la fecha prevista, ya que la excursión era de una semana completa y estaba seguro de que si llegaba a su casa dos días antes de lo previsto, los padres lo agobiarían con preguntas: unas de preocupación y otras por curiosidad, sin saber él cómo cuadrar las mentiras para que las respuestas fuesen convincentes. Por eso decidió ir al encuentro de la excursión, que se desarrollaba por pueblos de Toledo y Ciudad Real.

Al consultar la ruta, comprobó que el grupo ya había visitado muchos de los pueblos. El primer día en Toledo y Talavera, el siguiente en Ciudad Real y Puertollano, el siguiente en Ruidera y el siguiente, después de ver el Castillo de Peñarroya, irían a Argamasilla de Alba y a Tomelloso para llegar ya anochecido a Alcázar de San Juan, donde dormirían. Al día siguiente irían a Campo de Criptana y a El Toboso. El último día lo pasarían en Aranjuez y de ahí, a Madrid para dormir en casa.

Así que Alberto dejó el autobús en Manzanares y cogió el tren hasta Alcázar. Allí esperó a que llegasen los excursionistas para unirse a ellos, puesto que su plaza estaba libre porque él tenía pagada la excursión completa, aunque en Valdepeñas pensase desplazarse al pueblo de Lucía para verla y estar con ella hasta el día de vuelta de la excursión para llegar a su casa el mismo día que llegaban sus compañeros de viaje.

Llegó a Madrid decepcionado. Aun así, al pasar a su casa, simuló alegría, como si llegase satisfecho del resultado de la excursión. Durante muchos días, Alberto estuvo distraído en la rutina del barrio, alternando con los amigos sin dejar de pensar en su chica, que era lo que más le preocupaba. Un día de mediados de julio, cuando iba caminando por la glorieta de Atocha, vio de lejos a una chica que transportaba una maleta y al instante, a juzgar por su físico, pensó que era Lucía; pero incrédulo, pensó enseguida que era producto de su imaginación obsesiva y decidió seguir su camino hacia la calle Santa Isabel. Cuando llevaba unos ochenta metros andando calle arriba, miró hacia atrás y vio que la chica cruzaba la calle y entonces no tuvo dudas: era ella. Corrió calle abajo y, al llegar a la esquina de la calle Santa María de la Cabeza, la alcanzó y cogiéndole el brazo, la detuvo. La sorpresa fue mayúscula y las ganas de abrazarse fueron desbordantes; sin embargo, se contuvieron. El respeto de él y el recato de ella reprimieron las ansias y lo que debería de haber sido una entrega de besos, abrazos y halagos, se quedó en un simple encuentro de alegría plena llena de ansias y deseos reprimidos. Desde el lugar del encuentro hasta la estación de autobuses, él le contó que había estado en el pueblo y que había hablado con su madre. Le explicó el resultado de la entrevista, recalcando con énfasis el rechazo que sintió cuando sugirió ir por la noche a hablar con ellos.

—No se fían de mí —dijo Alberto—. Si pensase engañarte, no hubiese ido a tu casa.

—Si se negó mi madre a que hablases con mi padre no fue por desconfianza, fue porque mi padre no sabe nada de todo esto; ni siquiera de la carta que me has enviado. Mi madre sí está enterada, porque la ha leído y ahora confía en ti. Solo que no sabe si yo estoy decidida a comprometerme contigo, por eso no quiso que hablases con mi padre.

—¿Pero tú sí estás decidida a que formalicemos nuestro compromiso? ¿O no?

—No. No hasta que pueda demostrarle a tus padres que soy digna de ti. No quiero que por mi culpa hagas el ridículo ante esa sociedad que te rodea y que tanto preocupa a tus padres.

—¡Eso no me importa! Tú ya eres digna de mí sin necesidad de que demuestres nada.

—Pero yo quiero demostrarlo y no solo eso, quiero formarme para ejercer una profesión y no tener que depender de nadie el día de mañana. Si algún día estamos juntos, si nos casamos, quiero decir, quiero que sepas que tengo que ser libre para tomar mis propias decisiones y, si decido trabajar, no me lo vas a impedir.

—Será lo que tú quieras. Entonces, ¿formalizamos nuestro compromiso? —preguntó él preocupado.

—No. Puedes verme cuando quieras, te recibiré como hasta ahora te he recibido: solo como amigo y sin escondernos de nadie.

Cuando llegaron a la estación, el autobús ya estaba allí. Lucía subió a él y se acomodó cerca de una ventanilla del lado derecho. Él, desde abajo, le dijo que se verían pronto y, al arrancar el autobús para emprender el viaje, se despidieron agitando la mano.

La llegada de Lucía al pueblo fue noticia. Alguna gente fue a verla para darle la bienvenida. Otra fue solo por averiguar sobre algunos comentarios que se hacían sobre ella desde que residía en Madrid. En esa época, pocas mujeres se separaban de su familia para desplazarse a la capital, si no iban acompañadas de sus padres, con los que volvían después de gestionar cualquier asunto pendiente, bien de carácter sanitario o de otra índole; pero jamás se quedaban solas, como no fuese en casa de un familiar o internas en un centro educativo, como las niñas de don José y la propia Lucía. Cuando acabó el curso, Lucía ocupó una pensión, por recomendación de las hermanas del colegio y profesoras suyas, para alojarse mientras recibía las clases extra de una profesora también recomendada por las hermanas. A partir de ahora estudiaría para recuperar las asignaturas que le habían quedado pendientes, para los próximos exámenes de septiembre. Sin embargo, lo que se extendió por el pueblo fue otra cosa: era cierto que Lucía estaba estudiando; pero, según los rumores, desde que habían cerrado el colegio, vivía con el señorito en un piso puesto por él para los dos.

—¡Qué valor de padres, dejar a una mujer sola en un Madrid! ¡A saber lo que hará allí sola! —dijo una de las que criticaban.

—¡Nos ha salido moderna la «monjita»! Estas suaves las matan callando —dijo otra.

—No, si va a ser lo que yo te dije, y al final el señorito se va a llevar el gato al agua y después, si te he visto no me acuerdo. ¿Quién te ha dicho que está con el señorito?

—Luciano, el de la María. Está haciendo la mili en Madrid y los ha visto juntos. Estaban en la estación de autobuses cuando se venía ella.

—Entonces…»ciertos son los toros». Si no estuviesen juntos, no hubiese ido él a despedirla. ¡Por eso se fue! Allí, como cree que no la ve nadie, vive a sus anchas. Veremos a ver los estudios lo que nos traen.

Si había alguna duda sobre esa supuesta aventura, la confirmaron ellos el domingo anterior a la feria, cuando Lucía y Alberto volvían del parque juntos, como si de una nueva pareja de novios se tratase. Acompañados por Juana y Aurora, pero juntos desde la salida del parque hasta su casa, sin esconderse de nadie. Igual que ellos, iban Juana y Santos y en el centro de las dos parejas, Aurora.

El tiempo impuesto a Juana para formalizar su compromiso había finalizado. Con sus dieciocho años recién cumplidos, ya no pedía el consentimiento de los padres: lo exigía. El padre quiso evitar el compromiso sugiriendo a Juana que lo aplazase hasta que él cumpliese el servicio militar, ya que en ese año se iría según las normas existentes.

—De todas maneras, no estaréis juntos hasta que venga —dijo el padre.

—Se equivoca usted —contestó ella— este año no se va a ningún soldado. Los soldados de mil novecientos cuarenta y ocho se irán en el cuarenta y nueve, o sea, el año que viene.

Como esa treta no le valió, empezó a hacer comparaciones de una familia con la otra, aunque solo de bienes materiales, porque en cuestiones morales, no tenía nada que objetar ni reprochar, solo era su pobreza lo que los diferenciaba.

El padre de Juana, al ver la firmeza en la decisión de su hija, accedió a la propuesta, pero con una condición: que no pasase el novio dentro de la casa en ningún caso, hasta que no estuviesen casados.

—¿Ni siquiera en casos de extrema necesidad? —preguntó ella preocupada.

—¡En ningún caso! —dijo el padre, pensando que con esa ofensa, la familia de él renunciaría al compromiso.

Juana salió disgustada y preocupada, aunque dispuesta a seguir adelante con su plan si Santos estaba de acuerdo con ella. Llegó a pensar que ya le daba todo igual, pero no era cierto. Sabía que el comienzo de su noviez, por la cabezonería de su padre, iba a ser un escándalo y eso le preocupaba tanto como la opinión de los padres de él. Cuando Juana le dijo a Santos las condiciones puestas por el padre, él se quedó serio sin decir nada. Entonces ella le declaró su intención de seguir adelante a costa de lo que fuese.

—¡Dime algo, por Dios! —dijo ella preocupada.

—¿Qué quieres que te diga? Tú no tienes culpa, pero mis padres no querrán ir a conocerte. Donde no quepo yo, ellos no van a pisar.

—Iré yo a conocerlos a ellos si es preciso y, cuando me conozcan, que formen su propio juicio. Sé que la gente hablará de mí, porque nunca se ha visto que vaya la novia a conocer a los padres del novio; quizá ellos mismos lo vean extraño, de poco recato; pero si no hay otra solución, iré. Si a ti no te importa, claro.

—Ya veremos —dijo él—, de momento vamos a seguir como si nada pasase. Mañana te traigo el regalo y el dinero, y en la feria salimos como novios. Después, el tiempo dirá lo que hay que hacer.

Juana le dijo a su madre lo acordado entre Santos y ella y la madre se echó a llorar.

—¡Qué escándalo! —exclamó—. Nos vamos a ver en lenguas por la cabezonería tuya y de tu padre. ¿No puedes esperar un tiempo a ver si lo convencemos?

—No se va a convencer. Por eso, cuanto antes vea la realidad, antes se convencerá. No quiero que mi historia acabe como otras que ya conocemos en soltería o casamiento de conveniencia: de conveniencia vuestra, no mía.

Santos y Juana salieron el primer día de feria juntos, como novios que eran, sin saber nadie los problemas que encerraba ese nuevo enlace. En un momento en que paseaban vieron a los padres de él que venían andando en sentido contrario y Santos advirtió a Juana del encuentro que se presentaba por si quería volverse antes de estar más cerca de ellos.

—¡No nos volvemos! —dijo ella— esta es la mejor ocasión para salir de dudas. Si nos volvemos y nos ven, pensarán que yo tampoco los quiero y no es así, yo estoy deseando hablar con ellos. De que me conozcan y sepan cómo soy.

Al llegar a ella, la madre de Santos mostró una sonrisa de felicidad y la hermana pequeña de Santos, al verlo, salió corriendo y se abrazó a él por la cintura. El padre estaba serio, pero orgulloso de ver a su hijo hecho un hombre y con una mujer, que a su juicio, valía un imperio. Al fin mostró una sonrisa para saludar y, aunque llevaba presente en su pensamiento el despecho de la familia de ella, no dijo nada y se mostró amable. Ella estaba roja como una amapola, casi sin saber qué decir. Hubiese querido decir muchas cosas que pasaban por su mente a la velocidad del rayo; sin embargo, habló lo preciso, eso sí, con agrado. El mismo agrado que recibió en el tiempo que duró el encuentro. Al despedirse, la madre se dirigió a los dos y les dijo:

—Cuando os vayáis, pasaros por casa.

Y luego, dirigiéndose expresamente a ella:

—Tengo algo para ti

A la hora de irse, un poco antes del horario señalado para llegar Juana a su casa, salieron del recinto ferial en dirección a casa de Santos. Ella iba preocupada, pensaba que su futura suegra le diría todo aquello que no le había dicho en la feria por no dar publicidad en mitad de la plaza; pero no fue así. Cuando llegaron, la madre de Santos sacó un estuche con una gargantilla de oro, unos pendientes y una sortija, todo a juego.

—Toma, este es el regalo que te hubiésemos dado al ir a conocerte, lúcelo desde mañana en la feria. Si no te gusta, puedes cambiarlo en la joyería por otro que te guste, yo puedo ir contigo.

—No es necesario —dijo ella emocionada— es precioso.

—Tú no te mereces ningún reproche, pero sí me gustaría que le dijeses a tus padres que una persona no es más que otra si no depende de ella y nosotros no dependemos de nadie, solo de nuestro trabajo, del que estamos muy orgullosos. Diles que el dinero no se pega. Las pulgas y los piojos, sí; pero de eso no tenemos, así es que de ese contagio, están libres.

—Yo no tengo culpa —dijo Juana avergonzada.

—Claro que no, no te preocupes.

Aurora seguía sin compromiso. Visitaba con frecuencia el comercio textil, incluso había pasado de ser simpática a ser coqueta con el dependiente, pero nada, Félix pasaba de ella ignorando sus atenciones; tanto, que a veces Aurora salía del comercio enfadada y triste.

Juan seguía enamorado de Aurora y, al ver que Juana y Santos se habían comprometido y que Alberto y Lucía iban juntos, fuese en las condiciones que fuesen, él volvió a hablarle, expresándole su pasión por ella. Aurora lo escuchó con atención y, aunque no le dijo que sí, dejó un resquicio que llevaba a él. Las palabras dulces y tiernas que escuchó de Juan hubiese querido escucharlas de boca de Félix; pero, de todas maneras, aunque no eran de esa boca, eran hermosas y además, provenían de un hombre que había demostrado con creces que la quería y en el que podía confiar sin ninguna duda. Él sintió el cambio de actitud de ella y, a pesar de la calabaza recibida, se fue contento y con ganas de contárselo a alguien. Aun así, decidió ser prudente callándolo, no fuese que estuviese engañado y al final hiciese el ridículo quedando por bobo e iluso. Las dudas de Juan se disiparon el primer día de feria, cuando, al llegar al recinto ferial, lo primero que se encontró fue la sonrisa de Aurora.

El encuentro fue fortuito y, mientras Juan daba la enhorabuena a Santos y Juana, Aurora lo miraba atentamente, observaba cada gesto, cada sonrisa y la armonía de su voz, que cada vez le parecía más dulce. Él sabía que ella lo observaba y al volverse le dirigió una mirada y una sonrisa que reflejaban a todas luces el influjo amoroso producido por la presencia de Aurora. Después de las felicitaciones, surgió un coloquio donde todos participaban mientras caminaban juntos hasta una caseta donde servían mistela, vino dulce y repostería. Allí invitó Santos y, al terminar la ronda, Alberto les propuso tomar una horchata y unos barquillos de canela, anunciando que ahora invitaba él.

La conversación se fue enrollando y la alegría se convirtió en la principal protagonista, haciendo que se sintiesen tan a gusto que las horas fueron segundos para todos ellos. Cuando quisieron darse cuenta, ya era de noche. Aurora escuchó que sonaban los tres cuartos de hora en el reloj de la plaza y anunció que se iba para estar en su casa a las diez. Juan hizo lo mismo y la acompañó desde el mismo recinto ferial hasta su casa. Las demás parejas se quedaron porque, siendo feria, además de ir acompañadas por el novio, ellas tenían una hora más para disfrutar de la fiesta, hasta las once, que tenían que estar en casa o juntarse con los padres en el recinto ferial. Los dos —Juan y Aurora— habían salido por separado de su casa, pero por las circunstancias y sin pensar en las consecuencias, pasaron toda la tarde juntos. Para ellos, como amigos de las dos parejas que celebraban su compromiso. Para la gente observadora, como una pareja más del grupo que celebraba su nuevo enlace.

La noticia se extendió por el pueblo dándole tanta o más importancia que al caso de Lucía, comparando, eso sí, un caso con otro y tratándolos de modernismo descarado. Algunas gentes aumentaron el horario de regreso a casa y fraguaron escenas inciertas. Según ellos, habían estado a escondidas los dos juntos por calles oscuras y otras historias semejantes, igual de falsas que esas. Así consiguieron echar por tierra la reputación de Aurora. Pronto llegó la noticia a oídos de ellos mismos y Aurora, avergonzada, dejó de salir los domingos al paseo. Juan rondaba las esquinas de su casa esperando que saliese, hasta que al fin, después de dos semanas, al regresar Aurora ya anochecido desde la iglesia a su casa, le habló, y ella le dijo:

—¡Déjame! No quiero más problemas ni más comentarios.

—Lo que dicen no es cierto —dijo él—. Tú y yo lo sabemos. No quiero que le des importancia a ese chismorreo. Lo que quiero es que dejes de pensar en eso y pienses en lo nuestro. Yo vengo dispuesto a comprometerme contigo formalmente, si tú quieres.

Ella, al contrario que aquella vez que al decirle «lo nuestro», reaccionó con coraje para decirle que ella no tenía nada con él, cambió su semblante de pesar por alegría y aunque con dudas, le dijo:

—Bueno, si tú estás dispuesto, yo también.

El día quince de agosto, día de la Asunción de Nuestra Señora, Juan y Aurora salían de paseo como novios. Estaban orgullosos de mostrarle a los curiosos su compromiso. Un compromiso sin mancha, a pesar de lo que pensase alguna gente. No faltaron las comidillas ni las sonrisas burlonas cuando se cruzaban con otras parejas en el paseo, que paraban el cotilleo en el momento de estar cerca de ellos.

—Hablan —dijo ella.

—Ya callarán —contestó él con una sonrisa complaciente—. La verdad la sabemos tú y yo, con eso es suficiente.

Desde que llegaron al parque, pasearon solos hasta que aparecieron Rosa y Patricio con Blasa y Roberto y media hora después, Juana y Santos.

Los padres de Lucía no veían con buenos ojos que saliese con Alberto sin un compromiso formal y mucho menos sabiendo que los padres de él la rechazaban. Se lo recriminaron y se lo prohibieron; pero ella se encogió de hombros y les dijo:

—Voy a estar dos meses aquí. ¡Que hablen, ya callarán! ¡De todas maneras, van a hablar! ¿No sabe usted lo que dicen? Que vivo con Alberto en Madrid.

—¡Pero eso no es cierto! —dijo la madre con preocupación.

—¡Claro que no! Pero, ¿cómo lo explicamos para que lo entiendan y se lo crean? No voy a preocuparme, madre; Alberto y yo vamos a ser amigos, hablen lo que hablen.

—¡Eso que has dicho suena mal, hija! Ser amigos está mal visto. Así no dejarán nunca de hablar de ti, será tu perdición.

—No me importa. Para lo que me van a ver en este pueblo, me da igual que hablen. ¿Sabe usted de quién hablan también?, de Aurora. Solo porque estuvieron los dos juntos con las demás parejas en pleno día, bebiéndose una horchata. ¿Eso es malo? ¡Dígamelo usted! ¿Es eso malo? Si quieren hablar, van a hablar de todas maneras, por eso no pienso vivir pendiente de lo que digan los demás. Voy a hacer lo que yo vea conveniente y, si hablan, que hablen.

Aurora seguía yendo a la tienda donde trabajaba Félix, pero solo cuando le hacía falta algún artículo que no encontraba en otros establecimientos y, cuando iba, lo hacía seria, sin darle ningún motivo a él para que se fijase en ella. El morbo producido en Félix por los comentarios recientes y el hecho de estar ya comprometida, lo indujo a proponerle una relación formal; pero con la doble intención de disfrutar de ella y luego dejarla tirada como un trapo.

—Me he enamorado de ti —le dijo cuando se disponía a salir ella de la tienda—. No sé lo que me pasa desde que te has comprometido con ese. Estaba ciego. Ha tenido que ocurrir esto para que me dé cuenta de que te quiero.

Ella, al oír esas palabras, sintió un temblor en las piernas y un aceleramiento en el compás rítmico del corazón que a punto estuvo de entregarse a sus brazos y desmayarse en ellos, para despertar después como la Bella Durmiente en presencia de su príncipe. Pero reaccionó a tiempo porque suponía que esa proposición era una artimaña, porque tiempo y ocasión había tenido para declararse antes y no ahora.

Pedro y sus amigos, con nueve años, casi diez, ya iban solos al paseo de los domingos. A pesar de sus pocos años, se fijaban en las muchachas enamorándose de esta o de aquella que más bonitas o más graciosas les parecía. Formaban en sus mentes unas escenas fantásticas que pensaban realizar cuando llegasen a mayores. Amores platónicos que luego se desvanecían con el tiempo. Al llegar una nueva primavera cuajaban nuevos amores. Nuevas flores que les parecían más hermosas que las escogidas anteriormente, hasta que por fin, con quince, dieciséis, diecisiete o dieciocho años, se enamoraban de verdad para formar pareja. Era la vida. Con sus costumbres, sus restricciones, sus prohibiciones, sus prejuicios, sus críticas y sus contrariedades; pero al fin y al cabo, la vida, que, como el río, sigue su corriente por más impedimentos que se le pongan, hasta desbordarse si fuese preciso para conseguir el objetivo impuesto por la naturaleza, que es cumplir con la misión de mantenerse a lo largo del tiempo.

Jesús seguía pensando en Pilar. Su único deseo era jugar con ella, pero nunca volvió a hacerlo. Las críticas y la censura de los mayores los tenían cohibidos. La madre de él, que en su momento no le dijo nada cuando los halló en la cueva, pero después le recordaba continuamente que no quería que jugase con ella. Las demás madres también advertían lo mismo, no solo a sus hijos, también a sus hijas, por lo que Pilar se vio repudiada por casi todas las niñas del barrio. Solo la mirada y sonrisa de Jesús siguió firme y fiel ante la presencia de Pilar, que aprovechaba cualquier encuentro ocasional para intercambiar algunas palabras, eso sí, siempre a escondidas.

CAPÍTULO 48

La recolección del cereal había terminado. Los gañanes volvían a los barbechos hasta que llegase el comienzo de la vendimia o San Miguel, que era cuando se hacía el nuevo ajuste para el año siguiente. Los jornaleros vaciaban los basureros de las casas antes de que llegasen las lluvias de otoño. Había que abonar la tierra con el estiércol y esa faena se hacía mejor en seco. De esa manera la tierra quedaba preparada para cuando llegase la simienza.

En casa de don Juan, el mayordomo había dado orden al manigero de enviar dos personas para sacar la basura de la casa en el pueblo; pero este año esas dos personas habían sido elegidas por él mismo. Aniceto le había dado nombres concretos y uno de ellos había sido el de Juan.

—¿Por qué esos y no otros? —dijo Teófilo mostrando disconformidad.

—¡Y a ti que más te da!

—No me da igual. Para sacar basura vale cualquiera; para otras faenas, no.

—Pues este año son esos, y no se hable más. Apáñate como puedas.

—Es que Juan es imprescindible si hay que partir la cuadrilla. Él es quien se encarga de la gente que no está conmigo. Yo no puedo estar en dos sitios a la vez.

—Pasaste sin él una semana entera cuando no quiso acceder a mi propuesta. Así agradeció mi confianza en él, con un desprecio. No supo valorar ni agradecer mi atención, cuando lo único que yo quería era tenerlo en la casa hecho un señor. Pero, según he oído decir, su orgullo no le permite servir a los señores. A ver si su orgullo le permite sacar retretes.

El primer día de sacar basura, Juan tuvo un compañero además del gañán que, cuando se llenaba la galera, iba a llevar la basura al campo para descargarla. En su lugar dejaba otra vacía para que la fuesen llenando mientras él volvía. Pero el segundo día, después de cargar la primera galera, vio el mayordomo que llegaban al fango del retrete. Llamó al compañero de Juan para que limpiase las cuadras, barriese el patio de carros y sacase agua del pozo para los animales que había en la casa.

—Aquí hace falta paja para mezclar con el fango —dijo Juan al mayordomo.

—La paja es para los animales —contestó Aniceto.

Juan siguió cargando hasta que por fin llegó a la zona del retrete, sitio perpendicular a los agujeros que había en él, donde el olor era insoportable. Hasta tal punto que cayó inconsciente dentro del basurero.

El compañero que barría el corral estaba pendiente de Juan porque sabía el peligro que suponía aquella faena y, al ver que no salía a descargar la espuerta, se asomó y lo vio caído. Al momento bajó, contuvo la respiración, lo agarró y lo sacó de allí. Le vació de golpe un cubo de agua en la cara y comenzó a reanimarlo. En ese mismo momento, llegaba el gañán con la galera vacía y, al verlo tendido en el suelo, preguntó:

—¿Qué ha pasado?

—Este, que ha perdido el conocimiento dentro del basurero y si no lo saco, se asfixia.

—¿Cómo no habéis echado paja para mezclar?

—Dice el mayordomo que la paja es para las mulas.

—¡Será cabrón! —exclamó el gañán—. Venid, que vamos a echar paja. Que no se crea este que vamos a echar mierda sola en la galera. ¡Su mierda! Que los señoritos estos, comerán gloria, pero cagan mierda, como tú y como yo; pero como ellos no la tienen que sacar…

A partir de entonces, fueron mezclando paja con la pasta putrefacta y maloliente, hasta terminar de sacar la basura. Cuando estaban dentro del basurero, contenían la respiración y procuraban salir rápido cada vez que cargaban la espuerta. Una vez fuera, respiraban con ansia el aire puro para aliviar el ahogo.

Aquellos dos días que estuvo trabajando en la casa del pueblo, al llegar la noche, Juan durmió con su mujer. Fue la única recompensa que recibió, aparte de su sueldo, por la dura tarea de sacar aquella basura. Cuando refirió a Vicenta lo ocurrido en el basurero, los dos se sintieron más satisfechos que nunca de no haber accedido al trabajo propuesto por el mayordomo, porque en él hubiesen estado siempre en sus manos y, en días adversos, las humillaciones hubieran sido seguras. Quizá más refinadas que esta de la basura, pero humillaciones al fin y al cabo.

Cuando Juan y sus hermanos se quedaron huérfanos, tuvieron que dar de casa en casa más vueltas que una peonza. Trompos que giraban de mano en mano en contra de su voluntad. Objetos de traslación alrededor de un grupo de personas que supuestamente eran sus tutores o protectores. Estas personas, en vez de mandar a esos ahijados a la escuela que, a la que, como niños que eran tenían derecho a ir, los mandaban a sus fincas con los jornaleros para que rindiesen el pan que se comían. Eso lo hacían los parientes ricos. Los parientes pobres no hacían nada. Cuando alguien les reclamaba su obligación, decían: *bastante tenemos con buscar el sustento para nosotros. Para pasar hambre, mejor que no se vengan.*

En una ocasión, un pariente tenía acogidos a dos de ellos, a Juan de doce años y otro de nueve. El pariente los llevaba a trabajar con él al campo casi todo el año, pero sobre todo en tiempo de recolección. Un día, cuando iban por el camino, pasaron por una parcela ajena segada y hacinada. El hombre mandó a los dos niños a coger varios haces de trigo de esa parcela para llevarlos a esconder dentro de un chozo cercano a donde iban a estar ellos segando. Si los veía el guarda, los ladrones serían los muchachos, no él. Si no los veía nadie, al regreso, ya casi anochecido, echarían los haces al carro con el trigo que ellos segasen ese día, así no se notaría que eran robados. Nadie sabía si habían segado cuatro haces más o cuatro haces menos. Cuando el supuesto protector les mandó coger los haces, el pequeño obedeció inocentemente sin rechistar, pero el mayor, con sus doce años, ya había pasado por trances semejantes y, escarmentado, le dijo al pequeño:

—¿Dónde vas? Si quiere robar, que vaya él.

El niño se volvió al amparo de su hermano y el hombre se enfadó con el mayor, que lo tuvo todo el día trabajando con solo pan y agua.

—¡Vas a comer tizne! —le dijo—. Si quieres comer, búscatelas largo de mi casa.

Él supuso que después de aquello le haría la vida imposible, por eso, al llegar al pueblo desapareció refugiándose en casa de una vecina de su antiguo barrio, que no los acogió a todos cuando se quedaron solos porque en su casa solo había hambre, además de un corazón que a la mujer no le cabía en el pecho. Cuando Juan llegó y le dijo lo que había pasado, lo abrazó y le ofreció su casa para quedarse el tiempo que quisiese, lo único que no podía hacer era darle para cenar. En los primeros días de su desaparición, nadie lo buscó. Comía de la caridad de la gente y por la noche dormía en casa de la vecina hasta que otro hermano mayor, informado por el pequeño, se enteró de lo sucedido y se lo llevó a la casa donde él estaba recogido, no sin antes pedir permiso a su tutor, que accedió con la condición de que el niño trabajase. La única ventaja de esa nueva casa de acogida fue que el trato recibido era de total corrección, igual en respeto que en ayuda humanitaria. Solo que había que ganarse el pan de cada día, daba igual la edad que se tuviese. Por eso Juan, cuando recordaba lo vivido en su niñez, no quería más sujeciones de amos a los que tuviese que decir sí señor o no señor, humillado siempre a lo que el señorito dijese sin contar para nada su opinión ni su voluntad. Prefería el trabajo que tenía, aunque fuese duro, porque en él era libre y solo tenía que convivir con gente como él, sin más sumisión que la que imponía el fuero del trabajo.

Cuando regresó a la quintería, no contó a sus compañeros el suceso del basurero, pero los otros dos que lo habían acompañado sí lo contaron. La gente de la cuadrilla criticó el encono del mayordomo y le dieron ánimos al chico. La mayoría de compañeros alababan la entereza de Juan al no ceder en la decisión de Aniceto. Él apenas dijo nada. Solo le advirtió al manigero diciéndole:

—A mí no me asusta sacar basura, pero si me hace otra de estas y me vuelve a humillar, me voy. Me busco otro patrono y este tío se va a la mierda.

CAPÍTULO 49

Después de acabar el trajín de recolección en la era, Blas fue a casa de Verónica. Cuando llegó, estaban allí sus dos hermanas y, al verlo, pensaron que iba a concretar la fecha de la boda. Ellas sabían que Verónica, al tomar decisiones y concretar acuerdos, no dejaría ningún cabo suelto y que hablaría con dureza, si fuese preciso, para dejar claro lo que ella quería, por creerlo más conveniente para la convivencia de la futura familia. Las dos hermanas, indecisas, no sabían si irse o quedarse, pero al final decidieron irse y llevarse a los niños, para que ellos dos pudiesen hablar sin reparo.

—No, no os vayáis —les dijo Verónica a sus hermanas—. Lo que tenemos que hablar no es un secreto, al menos para vosotras.

Las dos volvieron a sentarse y Blas siguió exponiendo lo que él creía necesario para emprender una nueva vida juntos.

—Viviremos en mi casa —dijo Blas—. Ya te he dicho que se hará todo de mutuo acuerdo. No creas que esta decisión de vivir en mi casa es una imposición, no, es solo porque creo que nos conviene. En mi casa no hay que pagar alquiler, mientras que en la tuya, sí. Además, en la tuya estaríamos más estrechos y los niños y las niñas tendrían que dormir en la misma habitación, así ellos tendrán una y ellas otra. ¿Estás de acuerdo?

—Sí —contestó ella.

—Es mi única decisión —dijo él— lo demás decídelo tú. Las mujeres sabéis mejor lo que es necesario en una casa, vosotras lleváis su manejo. Dime tus condiciones, solo para saber a qué atenerme, porque al no ser que pidas un imposible, yo accederé.

—No pienso pedir imposibles, solo algunas cosas que yo considero justas y necesarias y que hay que hablar ahora para que quede claro en caso de que algún día faltemos uno de nosotros o los dos. Esto que voy a proponer no tiene nada que ver con la organización de la casa, es más por nuestros hijos y por nosotros. Yo podía pedirte que me asignases una cantidad de dinero como dote, por si algún día falleces antes que yo. Así lo exigen otras que se casan con un viudo siendo ellas viudas también; pero yo no te lo voy a exigir. Solo quiero que dejemos claro ante notario que nuestros hijos —tuyos y míos— sean iguales en derechos y deberes en nuestra nueva unión, y también en caso de faltar nosotros dos. Por lo que, a la hora de heredar nuestros bienes, no haya ninguna diferencia entre ellos.

—Estoy conforme —contestó él—, siempre que se respeten los bienes de mi primera esposa, que solo corresponden a mis hijos. Si tú y yo tenemos descendencia, tendrán los mismos derechos que los hijos que van a formar la familia en estos momentos. Sin embargo, los bienes que tus hijos puedan heredar de su padre, serán solo de ellos.

—De acuerdo —dijo ella—. La riqueza que se genere será todo ganancial, donde tus hijos y los míos tendrán los mismos derechos después de haber fallecido tú y yo. Mientras tanto, el que quede de nosotros dos, será dueño de lo que haya en la casa.

—De acuerdo, aunque no entiendo el porqué de estas condiciones —dijo Blas—. Nunca pensé que nuestro matrimonio fuese de interés y conveniencia, pero ahora veo que sí lo es, por las cláusulas y condiciones que en él me expones. Estas condiciones solo se exigen en matrimonios de segundas o terceras nupcias por egoísmo, en las primeras casi nunca media el interés, solo el amor y el deseo de estar juntos; pero si tiene que ser así, así será.

—Si hubiésemos estado tú y yo solos, no hubiese puesto condiciones, pero tienes que darte cuenta de que tus hijos y los míos no llevan la misma sangre y ahora son críos que se manejan fácilmente, mañana serán mayores y velarán cada uno por sus propios intereses y no quiero discusiones ni riñas entre ellos y mucho menos que, al fallecer uno de nosotros, el que quede de los dos, se vea despojado de lo que es nuestro porque los hijos del fallecido pidan la herencia del padre o de la madre, según el caso. No sé si recordarás el caso de la hermana Remedios —Blas quedó pensativo—. Sí hombre... aquella mujer que no tenía hijos, la que se compadeció de los gitanos y después de alquilarles tuvo que irse ella con un sobrino porque le hacían la vida imposible.

—Sí, ya me acuerdo… —dijo Blas.

—Esa mujer no tenía hijos y el marido murió sin hacer testamento. La familia del difunto se presentó a por la herencia. Se repartieron el gorrino recién matado, se repartieron las gallinas y los huevos que habían puesto en los últimos días y el gallo del corral lo mataron y se repartieron las tajadas y, mientras que la mujer acobardada y triste lloraba a su marido, ellos se repartían cada utensilio que había en la casa sin mirar que la verdadera dueña era la pobre viuda. Al terminar con aquel reparto, se fueron y la pobre mujer se quedó sola con su llanto pensando con alivio que no volverían, pero volvieron. Al día siguiente fueron a partir la casa por la mitad y, pocos días después, se presentó un abogado farfullero a pedirle papeles para vender la parte de casa que le habían quitado y las escrituras de dos viñas que poseían para partirlas también. La mujer esperó tiempo y tiempo el regreso de papeles y escrituras y cuando al cabo de muchos meses tuvo noticias del asunto, supo que las viñas ya no eran suyas, la media casa de los herederos de su marido estaba vendida y la media suya pronto pasaría a manos del abogado mediador, que era el hombre que se había llevado los papeles y las escrituras y que ahora negaba que se las hubiese llevado. Desesperada la pobre viuda, sin tener nada más que perder, fue en busca del hombre que la había engañado y en la plaza, lo agarró de las solapas de la chaqueta y lo zarandeó mientras que lo trataba de botarate, falso y tramposo. Al final, hablándole al oído con rabia, lo amenazó diciéndole:

—Ya no tengo nada que perder, si me quitas la casa, te mato.

—¡Esta mujer está loca! —decía el abogado acobardado de miedo—. Yo no te he quitado nada, lo que se han llevado era de tu marido.

—¡Ladrón! —volvía a decir la mujer— Me has robado a mí y también a los otros. Piénsatelo, mi casa vale tu vida, si me la quitas, te mato.

—¡Está loca! ¡Está loca! —decía tembloroso el letrado.

—Sin embargo, por eso, por volverse loca la mujer, salvó su casa —recalcó Verónica—. Probablemente no será ese nuestro caso; pero hay que tener en cuenta que tus hijos no son míos, ni los míos tuyos, por eso hay que hacer las cosas bien, para estar seguros de que nadie pueda hacerle daño a esta familia. Dices que este matrimonio es de conveniencia, por supuesto que lo es; como todos si no son obligados. A mí me convino casarme con mi novio porque lo quería. A ti te convino casarte con tu novia porque estabas enamorado. Todo conveniencia, pero conveniencia sin intereses materiales. ¿Quién te dice a ti que yo me caso contigo por interés y no por amor? Me ha costado mucho decidirme: por interés me hubiese decidido antes, pero si tú piensas que es por interés, lo dejamos.

—¡Yo te quiero! Te elegí entre muchas y he sido paciente en la espera, ¿qué más muestras de cariño tengo que darte?

—¡Ninguna! Solo quiero que te des cuenta de que yo también te quiero, aunque no te lo haya dicho nunca; aun así, hay que ser realistas, porque es mucho lo que nos jugamos.

Blas reconoció que Verónica tenía razón y zanjó la cuestión con un gesto de conformidad.

—Bueno… ya está todo hablado —dijo una de las hermanas de Verónica, que hasta entonces habían estado en silencio— ahora solo falta la fecha de la boda.

—Yo te esperaba antes —dijo Verónica a Blas—, mi ilusión estaba puesta en la primera semana de septiembre, y así, a la llegada de la Virgen Nuestra Señora, hubiésemos podido presentarle esta nueva familia para que ella nos diese su bendición, pero ya no da tiempo.

—¿Por qué? ¿Qué nos falta? Está todo preparado —dijo él inquieto.

—¡Tiempo, ya lo he dicho!

—Tenemos dos semanas enteras. Solo nos falta hablar con el cura y eso podemos hacerlo ahora mismo.

—¿Así, con apretujamientos?

—Claro —dijo Blas—, lo que se piensa mucho, a veces no es lo mejor.

Y así, convencidos los dos y empujados por la ilusión, sin pensar en otra cosa que ver realizado el acontecimiento que los uniría en una sola familia, fueron a hablar con el cura.

—Faltan las amonestaciones —dijo don Anselmo—. Yo sé que no hay ningún impedimento; pero no nos podemos saltar ese requisito a la torera. Además, primero hay que gestionar todo lo necesario en el Registro Civil. De todas maneras, venid mañana, veré qué se puede hacer. Ahora podéis ir al Registro a gestionar vuestro matrimonio.

Al día siguiente fueron a ver al sacerdote y al llegar a él, los dos preguntaron con timidez, pero nerviosos por saber si había fecha.

—¿Os da igual el día y la hora? —preguntó el cura.

—Sí —contestaron los dos a un tiempo—. La ceremonia se va a celebrar en la intimidad de la familia. Vendrán los padrinos y poco más.

—El viernes día ocho de septiembre a las ocho de la tarde.

—Y las amonestaciones, ¿cuándo las pondrá usted al público?

—Ya las he puesto hoy, están en el atrio. Al salir podéis verlas.

Los dos se fueron contentos haciendo planes de futuro sobre lo más esencial, como por ejemplo los niños.

—¿Cómo hay que repartir a los niños en la vendimia? —dijo ella.

—De ninguna manera, tu trabajo ahora será ese: la casa y los niños. Si acaso vienes a vendimiar, será solo un día o dos a lo nuestro.

—¿A tu viña? —dijo Verónica sorprendida.

—A nuestra viña, de los dos, tuya y mía.

La ceremonia se celebró en absoluta intimidad. Solo asistieron la madre de Blas y los niños por parte de él. Por parte de ella, el padre, la madre, los niños y las dos hermanas de Verónica; una de ellas con sus hijos, la otra con el marido, que a petición de Verónica y Blas, fueron los padrinos.

El mismo día del enlace por la mañana, Blas fue a visitar a su suegra —la madre de Rosa y abuela de sus hijos—. Al verlo llegar, la mujer rompió a llorar y él se abrazó a ella sin decirle nada que mencionase el acontecimiento previsto para la tarde. Tampoco le dijo que, a pesar de estar contento por haber tenido la suerte de encontrar una mujer que reunía condiciones inmejorables para él y para sus hijos, hubiese preferido no tener que pasar por esto, porque en estos días tenía a Rosa más presente que nunca la había tenido en los casi tres años que hacía que la había perdido. Blas, con una pena agridulce que lo transportaba a un tiempo pasado y feliz no muy lejano, susurraba palabras de consuelo al oído de su madre política. Compartía con ella la pena de haber perdido a la mujer que mejor le había comprendido en la vida y que, a pesar del tiempo y la felicidad que sentía por el nuevo enlace, la tendría presente en cada acontecimiento que surgiese en su vida.

El segundo domingo de septiembre, la nueva familia esperaba a la virgen cerca del altar donde la posaban los romeros para descubrirla antes de pasar al pueblo. El sol calentaba con fuerza en un ambiente casi veraniego. Sus rayos mandaban caricias amorosas sobre el fruto de la vid al filtrarse entre las rendijas de los pámpanos verdes, para madurar el fruto y ponerlo rubio y hermoso antes de ir a la bodega.

Bajo ese sol deslumbrante, Verónica miraba a lo lejos mientras rezaba en silencio. Un deseo anhelante inflamaba su corazón mientras pensaba que iba a tener frente a ella a la virgen. Hoy tenía que mirarle a los ojos como siempre, pero esta vez para pedirle que le ayudase en la nueva tarea que tenía pendiente y que no dejaba de preocuparle. Blas, a pesar de no ser muy religioso, cuando tuvo a la virgen presente, también la miró como nunca lo había hecho y, sin que nadie lo supiese, también le pidió ayuda envuelto en un remolino de sentimientos que no dejaban de inquietarle, a pesar de esa felicidad alcanzada.

María, la hija mayor de Blas, al ver el rostro sonriente de la virgen, se centró en ella aislándose mentalmente del resto de la gente. Como si la virgen y ella estuviesen en una misma burbuja, en un mundo aparte. La niña hablaba en silencio como si lo hiciese con su madre. Veía en la sonrisa de Nuestra Señora la sonrisa de Rosa cuando en sus muestras de cariño cogía a sus hijos entre sus brazos, igual que María Santísima llevaba al niño Jesús. Recordando sus caricias, comenzó su relato y, emocionada, mirando fijamente al rostro de la virgen, se contagió de esa mirada sincera y acogedora que no daba lugar a dudas de que la escucharía en sus ruegos. Y en su pensamiento decía así:

Abrázame, madre mía,
en este triste momento,
que quiero sentir tus brazos
alrededor de mi cuerpo
para calmar esta pena
que llevo en mi sentimiento.
Siento el dolor de una espina

clavada aquí, en el pecho,
que solo puedo arrancarla
con tenerte y no te tengo.

Abrázame, madre mía,
y dime tú que no es cierto
esto que me está pasando…
¡Dime que solo es un sueño!
Dime que estás a mi lado,
que tú has bajado del cielo
para estar aquí conmigo
y darle a mi mal consuelo.

Abrázame, madre mía,
para romper el tormento
que me agobia cada día
con tu ausencia y tu silencio.
Ayúdame cada día
en los caminos del tiempo
a decidir con firmeza
y a caminar sin tropiezos.
Y no dejes nunca, madre,
de regalarme en mi sueño
esa sonrisa tan bella
de tus labios entreabiertos.

Abrázame, madre mía,
y dime que en este encuentro
le darás a esta familia
en los días venideros
manantiales de cariño
y sentimientos sinceros.

Y tú, Virgen Milagrosa,
Madre de todo consuelo,
acógenos en tu manto

como el ave a sus polluelos:
a mi hermanilla y a mí
y al chatillo de tus sueños.
Abrázanos, Madre mía,
acógenos en tu seno
y quiérenos con ternura,
que nosotros te queremos.

Cuando empezaron los romeros a andar con la virgen a hombros, una explosión de vivas rompió la burbuja que envolvía a María y ella volvió a la realidad de su entorno y al bullicio de la gente que a su lado hablaba y lanzaba sus vivas para Ella. También volvía a la realidad de su nueva familia, asimilándola con satisfacción al ver la buena armonía en la que hablaban y caminaban todos sus componentes, incluida su hermana pequeña, que sonreía a las palabras y caricias amables de Verónica, como si de su propia madre se tratase.

En el camino de la romería, desde la ermita hasta el altar donde mucha gente esperaba a la virgen y también en la vuelta a casa, la nueva familia se encontró con gente conocida que le dio la enhorabuena y todos les desearon suerte en su nuevo estado. Ellos amablemente agradecían las atenciones y presentaban a sus hijos a aquellos que, conociendo al nuevo matrimonio, no conocían a los niños. En las presentaciones, Verónica trataba por igual a sus hijos que a los hijos de Blas, pero hacía especial distinción en María. La presentaba como una aliada suya en las ocupaciones de la casa y la realzaba presumiendo de ella como si de su propia hija se tratase. María se sintió halagada con ese trato privilegiado, lo que hizo que en días sucesivos se sintiese estimulada para ayudar y conversar con Verónica con tal naturalidad que parecía que llevaban juntas años.

La abuela Conce no volvió a pisar nunca más la casa de Blas. Sin embargo, Verónica sí mandaba a los niños a visitar a su abuela. Sabía que se exponía a un examen exhaustivo, pero no le importaba; ella hacía las cosas como las tenía que hacer, sin importarle las críticas, porque sabía que las críticas surgirían de todas maneras. Unas buenas y otras malas, pero que al final irían desapareciendo conforme se fuese acostumbrando la gente a ver a esa familia como lo que era, una familia normal. La abuela Conce también terminó por acostumbrarse, sin salir nunca una alabanza de su boca para ellos; pero tampoco una crítica, porque nunca encontró motivos para hacerlo. Solo suspiraba cuando los veía juntos y después de ese suspiro quejumbroso, solía decir en un susurro: ¡hija mía, qué pronto te fuiste! Que poco has disfrutado de la vida y de tus hijos.

Verónica, no solo mandaba a sus hijos a visitar a sus abuelos paternos, sino que a veces, ella los acompañaba. Para los padres de Juan, era duro asimilar el contenido de esa situación, al ver la mezcla de aquellas dos familias, que, según su punto de vista, excluían el recuerdo de su hijo Juan, para hacer de la vida matrimonial con Verónica, borrón y cuenta nueva. Sin embargo, nunca dieron ninguna queja por temor a perder lo único que les quedaba del hijo perdido: sus nietos.

CAPÍTULO 50

Los reclutas que no se fueron en el año mil novecientos cuarenta y ocho, fueron llamados para ingresar en filas en el cuarenta y nueve. Santos, José, Juan y Roberto eran de ese reemplazo y habían sido llamados para hacer el servicio militar. José y Roberto fueron destinados a Madrid. Sin embargo, a Juan y a Santos les tocó ir a África, a Melilla concretamente: uno a Regulares y otro a Artillería.

En los tres meses de instrucción, José y Roberto estuvieron juntos, pero después de jurar bandera, fueron destinados a sitios diferentes. No obstante, se veían casi a diario siempre que tenían oportunidad de hacerlo y ahora lo hacían con más frecuencia desde que Roberto era asistente de un teniente médico en el hospital de Gómez Ulla y José recorría las calles de Madrid con un camión de intendencia repartiendo víveres a varios cuarteles.

José no había dejado de pensar en Inés desde agosto del año cuarenta y siete que había ingresado en el sanatorio y, ahora que callejeaba por Madrid, todo era darle vueltas a la cabeza buscando la manera de entrevistarse con ella. El problema era saber dónde se encontraba. En una de las cartas que José escribió a sus padres, le pedía a su madre que viese a la madre de Inés y le pidiese las señas del centro donde se encontraba ingresada, pero al leerla el padre, le prohibió a su esposa que lo hiciese.

—¡Este muchacho está tonto!, no puede olvidarse de esa desgraciada. No se da cuenta de que va a ser su perdición —decía el padre enfadado.

La madre, sumisa ante la decisión de su marido, lloraba sin atreverse a ayudar a su hijo ante el temor de que el marido tomase represalias en contra de ella o del muchacho. Cuando José recibió contestación de sus padres, vio que no iban las señas que él había pedido y además, la madre no hacía mención alguna de su petición; como si nunca hubiese pedido tal información, lo que le hizo pensar que algo raro pasaba. Al día siguiente, recibió otra carta donde la madre le explicaba el problema, diciéndole que lo sentía mucho, pero no podía ayudarle, porque su padre le había prohibido que lo hiciese y sabiendo que estaba en contra de esa relación, temía que reaccionase mal si descubría que le había ayudado.

José pensó en Roberto para que, por medio de Blasa, consiguiese las señas del sanatorio, pero advirtiéndole que se inventase cualquier pretexto creíble para hacerlo sin desvelar el verdadero motivo que la llevaba a tal petición. Blasa pensó en varios pretextos, pero ninguno creíble, hasta que por fin dio con el verdadero motivo que tenía para solicitar esas señas sin necesidad de mentir ni engañar a nadie, solo decir que quería comunicarse con ella y callar la petición que le había hecho su novio. Así consiguió Blasa las señas sin levantar sospechas y, al mismo tiempo, inició ella una correspondencia con Inés, algo que había deseado muchas veces y nunca se había atrevido sin saber el porqué de esa indecisión.

Inés se había adaptado perfectamente al centro y la mejoría era palpable, no solo en la enfermedad, sino también en los ánimos y en la alegría que derrochaba diariamente ayudando en las labores del centro que las monjas le recomendaban. Todo ello en una convivencia radiante que no mostraba ningún indicio de trastorno psicológico, a pesar de la mala experiencia de un embarazo vivido entre los quince y los dieciséis años.

La primera carta que recibió Inés de Blasa fue una alegría tremenda para ella. En los dos años que llevaba allí ingresada, solo había recibido correspondencia de sus padres. Recuerdos de fulanita o de menganita, pero correspondencia, solo de ellos. Por eso aquella carta le hizo tanta ilusión que en los primeros días de recibirla no dejó de enseñársela a todas las personas de su entorno. En la carta, Blasa le hablaba de sus cosas, de la feria recién pasada y de cómo la había visitado solo un día acompañada por sus padres, porque Roberto estaba en Madrid haciendo el servicio militar, él y José. Pero calló que ella les había proporcionado las señas para que fuesen a visitarla, para que no estuviese nerviosa durante la espera y así fuese mayor la sorpresa.

Las monjas, después de saber la tragedia de Inés contada por ella misma, comenzaron a darle un trato especial, primero por compasión y también por observar su comportamiento intachable. Además, después de haberse apoderado el violador de su hijo, pensaron que ya no le quedaba nada y mucho menos si volvía al pueblo; porque allí sería siempre, para unos, una desgraciada inocente, para otros la fulanita que se acostó con el amo. Por eso preveían para ella un futuro mejor dándole en horas libres clases de Enseñanza Primaria. Las monjas pensaron que después, cuando aprendiese lo básico en lectura y escritura, podía comenzar estudios universitarios y así irla preparando para ingresar en una congregación religiosa cuando estuviese curada. El fin que ellas buscaban era que dentro de unos años pudiese desempeñar funciones similares a las que ellas hacían para que, además de hacer el bien a la humanidad ejerciendo en esas funciones, todos la recordasen en su pueblo como una mujer de Dios y no como una perdida.

Al recibir las señas Roberto, vio que el centro estaba ubicado en plena Sierra de Guadarrama, algo distanciado de sus destinos, pero totalmente factible de visitar en un día festivo. A mediados de agosto, precisamente el día de la Asunción de Nuestra Señora, José y Roberto fueron a ver a Inés.

—Inés, tienes visita —le dijo la monja que estaba de celadora.

—¿Quién es?

—Dos militares: José y Roberto.

Inés, al oír los nombres, enrojeció, pero al mismo tiempo, mostró una sonrisa y dijo emocionada:

—¿Puedo ir a verlos? Son de mi pueblo.

—¡Claro que sí, mujer! Yo te acompaño.

El encuentro fue emotivo. La sorpresa impactó igual en Inés que en ellos dos. El recuerdo de aquella muchacha flaca, débil y tostada por el sol y el aire en las faenas de la recolección del campo, se desvanecía ante esta nueva imagen de Inés más proporcionada, más esbelta, con más brillo en la piel. Conservaba su tez morena, pero mucho más esclarecida y más tersa. El brillo de sus ojos negros y su sonrisa hacía notoria su alegría. Había desaparecido aquel rostro atormentado por el sufrimiento del daño recibido y la incapacidad de defenderse ante la prepotencia de quien se creía dueño de todo lo que le rodeaba. Una persona prepotente y con poderes para convertir en marionetas a todas las personas de su entorno y manejarlas a su antojo sin que nadie pudiese poner impedimentos porque la ley estaba en sus manos: «La ley del embudo.»

Al verlos, Inés mostró una sonrisa abierta que ellos desconocían o al menos no recordaban y, al saludarse, José clavó sus ojos en los de ella concentrado en su belleza sin decir palabra. Quedó ensimismado en los recuerdos de aquella muchacha que tanto había sufrido y a la que él había acompañado en el sufrimiento en secreto, sin que nadie lo supiese aparte de su madre.

Un hola tímido rompió el hielo del encuentro. Después, los saludos y las preguntas propias de interés personal y, a continuación, una conversación tranquila sin aquellos reparos que mostraba Inés en el pueblo cuando José intentaba hablar con ella.

La conversación se centró en la curiosidad de saber cosas sobre su enfermedad, la ocupación en la que invertía su tiempo y el trato que recibía allí en el centro. Ellos pensaban, al ver a las monjas tan serias y respetuosas, que, aún sin ser malo, el trato sería estricto y rígido como el servicio que prestaban ellos al Ejército en los cuarteles.

Inés, sin embargo, se centró en preguntar cosas del pueblo, con especial interés en la vida de su hijo y en la de sus padres. Ellos solo le contaban las alegrías obtenidas y no las penas. Pero Inés sabía que mucho tenían que haber cambiado las cosas en la vida de sus progenitores para que solo obtuviesen alegrías.

—Habladme de mi hijo y de mis padres —dijo aprovechando una pausa en la conversación.

—Están bien o al menos lo estaban cuando nosotros salimos del pueblo —dijo Roberto—. Tu padre trabaja, como siempre, sin salirse de la rutina de sus obligaciones; pero apartado de sus aficiones de ocio, como antes de venirte tú. No salen a nada que no sea preciso: ni a fiestas, ni al zurra con los amigos… Y en la calle, con la gente, el saludo propio y preciso, buenos días y anda con Dios; pero nada de conversaciones con nadie. A tu madre se le ve más alegre, al menos da esa sensación. Cuando viene los lunes de lavar de casa de Asunción, cuenta cosas de tu hijo y ríe cuando las cuenta. Ese crío le da la vida. Se llena de energía hablando de él y presumiendo de lo que hace y dice. No hace falta que diga el cariño que le tiene, se ve que vive por él.

—¿Lo tratan bien? A mi niño digo… ¿Que si lo tratan bien?

—Sí. De eso se encarga Elvira.

—¿Y Asunción no?

—A veces. No lo trata mal, solo que en ocasiones lo ignora cuando tiene desavenencias con Sebastián, que son muchas. Después de conseguir al niño, ya no se esconde para hacer de las suyas. Además, como luego es zalamero y generoso con el cura, las hermanas del asilo y la camarilla que le rodea, le toleran cualquier camándula que exponga como excusa o disculpa, y rule la bola, que todo vale. La pobre Asunción es la que sufre, una santa. Aunque no le tolera sus ordinarieces y no se las calla; pero a él le da igual, pasa de ella y desaparece de la casa cada vez que le echa en cara su comportamiento.

—Total, que no ha cambiado nada —dijo Inés—. Será, sin duda por lo que escucho, un mal ejemplo para mi hijo. Aprenderá sus mismas costumbres y al final será como él.

Después de una hora, que para ellos fue como un suspiro, apareció la monja por el pasillo para anunciarles que la visita terminaba. Esta vez fue Inés quien clavó los ojos en José mientras que él, con la mirada perdida en ningún punto fijo, no sabía qué decir, ni cómo despedirse, hasta que por fin Roberto, le dijo a Inés que si le permitía un beso de parte de Blasa y ella le dijo que sí y se lo dio. Acto seguido, José hizo lo mismo sin mediar palabra ni pedir permiso y, al concluir el beso, las mejillas de Inés eran dos rosas de un rojo vivo a punto de reventar.

—Adiós —dijo José emocionado.

—Adiós —contestó Inés, con la mirada chispeante y la boca sonriente rebosante de alegría por el encuentro de aquella visita inesperada.

La monja que acompañaba a Inés, aunque inexperta en amores de pareja, observó la reacción de la chica y de José en la despedida y no dudó que algo se guardaba dentro de aquella amistad tan afectuosa, dado que los ojos hablan por sí solos sin necesidad de palabras. En aquel momento la monja no dijo nada; sin embargo, esperaba la ocasión más propicia para preguntar sobre esa amistad que le unía a sus paisanos.

A partir de la visita, Inés hacía mención sobre algunas cosas de José y Roberto, realzando cualidades de ellos y mostrando agradecimiento por el comportamiento que habían tenido con ella. Entonces fue cuando la monja, tentada por la curiosidad, preguntó:

—¿Esos chicos son vecinos cercanos a tu casa?

—No. Roberto es el novio de una amiga mía y el otro es amigo.

—Amigo, ¿de quién?

—De Roberto —dijo Inés algo retraída.

—¿No es algo más…? Algo tuyo, quiero decir.

—No.

—Pues a mí, por la forma de mirarte, me pareció que sí.

—No. No hay nada entre nosotros. Bueno, sí. Es el único hombre —aparte de mi padre— que ha intentado ayudarme después de dar a luz a mi hijo. Es uno de los pocos que ha creído en mi inocencia, por eso le estoy tan agradecida.

—Yo pienso que él siente por ti algo más que amistad. ¿No te has dado cuenta? Debes estar ciega para no verlo. ¿De verdad que no lo has notado?

—Sé que me quiere, porque me lo ha dicho él. Me pretendió cuando aún no sabía nadie que estaba embarazada, pero le rechacé, porque yo no puedo ser novia de él, ni de nadie.

—¿Por qué, criatura?

—Porque tengo un hijo. Además, no puedo entregarle mi amor limpio y puro como yo pensaba entregárselo al hombre que se casase conmigo.

—Pero tú… ¿también le quieres?

—No lo sé. Tengo dudas y, como no es posible, no quiero pensar en ello.

—Pues deberías pensarlo, porque si no quieres quedarte con nosotras, ese hombre es tu solución, si le quieres. Tu recuperación ya es un hecho, pronto tendrás que abandonar este centro y tienes que ir pensando en cómo vas a enfocar tu vida. Aquí con nosotras hay un sitio para ti, solo tienes que prepararte para ocuparlo. Ingresarás en un noviciado y después de tu ordenación podrás ocupar un puesto semejante al que ocupamos nosotras, pero tienes que estar segura antes de emprender ese camino. Piensa en ello y piénsalo bien, porque a pesar de tu juventud, tu vida ya no va a ser como antes. Solo tienes un pulmón sano, el otro está obstruido y jamás volverá a funcionar, por lo que algunas faenas de las que hacías antes no podrás desarrollarlas. Tu sitio está en las labores del hogar o en tareas de poco esfuerzo corporal, lejos del polvo y la contaminación; por lo tanto, olvídate de las tareas del campo y similares. Esas tareas conllevan riesgo para tu salud, como sobreesfuerzo corporal y contaminación, bien sea de polvo o de gases. Tu enfermedad está casi curada y pronto lo estará totalmente, pero las secuelas te van a dejar condicionada a una capacidad de trabajo inferior a la que tenías antes de estar enferma; por lo tanto, tienes que ser consciente de tu problema y decidir en consecuencia.

—Ya soy consciente. Nadie mejor que yo sabe la realidad de mi problema, pero tengo que seguir luchando para hacerle frente a los problemas que surjan. Además, si todavía no estoy totalmente curada, aún puede aumentar mi capacidad de trabajo y quién sabe si mi pulmón sano va a ser capaz de responder a mis necesidades. Los pobres no podemos elegir, solo adaptarnos a las situaciones y esquivar lo malo en la medida de lo posible.

—No te equivoques, tu capacidad no va a ser mucho mayor de lo que es ahora y tú sí puedes elegir. Ahora tienes la oportunidad de elegir entre coger el camino de Dios o volver al pueblo al lado de la miseria, de los comentarios injustos, de la esclavitud que te originará tu pobreza, y quién sabe si no tendrás que volver a soportar a aquellos que tanto te han humillado.

—También estaré al lado de mi hijo, que es lo que más quiero en este mundo y, si para estar cerca de él tengo que humillarme, lo haré; los caminos del Señor son infinitos y se pueden encontrar en cualquier parte. Yo quiero estar al lado de los míos para poderles ayudar y al mismo tiempo ampararme en ellos. No hay mayor consuelo que el calor de los tuyos. Para hacer el bien, hermana, no hay que pertenecer a ninguna congregación, ni religiosa ni benéfica, basta con que quieras hacerlo, porque menesterosos nunca faltan y con voluntad se puede servir a Dios desde cualquier parte.

—Llevas razón —dijo la monja— tú decides; pero te recuerdo que la mujer pobre y mucho más en el pueblo, no tiene más horizonte en su porvenir que el matrimonio o servir al que le quiera dar trabajo y cualquier ocupación de las dos puede ser un suplicio para ti, por el esfuerzo corporal que conllevan; en cambio, el camino de Dios, además de ser infinito, es alentador, en él nunca te encontrarías ni perdida ni desconsolada.

—No se preocupe, hermana, la persona propone y Dios dispone y yo confío en Él. Lo que tenga que ser, será, y bienvenido sea si viene de su mano. Cambiar nuestro rumbo en la vida no es cambiar la voluntad de Dios: la voluntad de Dios no es cuestionable. Nosotros podemos elegir, pero nunca sabemos qué camino es o hubiese sido el mejor. Él sí lo sabe, por eso confío en Dios y me dejo llevar por mis sentimientos y, si estoy aquí, es porque Él lo ha querido.

—Está bien —dijo la monja con resignación—. Yo solo quería advertirte de las consecuencias de tus secuelas y ayudarte, porque no te espera una vida fácil en cualquier camino que elijas de los dos que te he mencionado. El mejor sería casarte si ese muchacho te quiere; pero siendo el mejor, puede ser duro si te cargas de hijos. Y de las faenas del campo, olvídate.

Juan y Santos, después de haber estado juntos en el campamento haciendo la instrucción, ya estaban cada uno en su destino. Santos en el Grupo de Fuerzas Regulares de Infantería de Alhucemas nº 5 y Juan en Artillería 32. Las primeras cartas enviadas desde Melilla ocasionaron amargas lágrimas en las madres de ambos, al considerar que las posesiones de España en África conllevaban un peligro para los soldados que allí cumplían su servicio militar. Los moros tenían fama de traicioneros y en algunas ocasiones había reyertas entre las tropas españolas y los guerrilleros nativos que reclamaban los territorios coloniales que España poseía allí, como era Sidi Ifni, el Sáhara y otros. Sin embargo, Melilla y Ceuta eran plazas españolas, que, a pesar de estar en África, eran más seguras que otras que estaban más lejos de la península y, por lo tanto, más adentradas en el continente africano; pero eso las madres no lo sabían. Solo sabían los comentarios trágicos y funestos que llegaban a la península. Ahora había en el pueblo una noticia reciente que alarmó a las madres. Un soldado legionario natural del mismo pueblo de Santos y Juan, estaba destinado en esa colonia y había caído por Dios y por España a manos de un moro traicionero.

Juana sintió mucho la marcha de Santos y contaba los días desde el momento de su partida, no como uno más, sino como uno menos en el tiempo de espera.

Aurora sintió la ida de Juan, pero pronto se acostumbró a su ausencia y cuando leía las cartas lo hacía como una rutina, sin sentir ninguna emoción. A veces se pasaban hasta tres o cuatro días sin darles contestación, lo que hacía que tuviese que contestar a varias de él en una de las suyas, abreviando al máximo las respuestas.

La pasión de Aurora por Félix seguía siendo la misma y ahora, con la ausencia de Juan, había crecido a pesar de reprimirse y pelearse ella misma con sus sentimientos, aunque sospechaba que Félix sólo buscaba aprovecharse de ella en una aventura pasajera. Las dudas invadían su seguridad y ella, consciente de su estado, rehuía de ir a la tienda por evitar el peligro. Sin embargo, no se puede huir constantemente de lo que está cercano y en un momento u otro se interpone en nuestro camino por coincidencia o a propósito de alguien.

La madre de Aurora necesitaba unas telas y fue al comercio donde estaba Félix, pero no encontró lo que buscaba. Después recorrió el resto de comercios textiles de todo el pueblo y nada, no le agradó ninguna pieza, ni en color, ni en estampado. Al irse a casa, volvió a pasar por el primer establecimiento y preguntó al muchacho que si volvería a tener el tejido que ella buscaba o si podía pedírselo. Él le contestó que estaba agotado, pero podía hablar a la casa, a ver si tenían algún retal o alguna muestra de las que mandaban a los comercios por medio de los representantes y que a veces la devolvían porque no le interesaban.

—Mañana, poco antes de mediodía, viene el representante —dijo Félix—, yo llamo y, si hay, al mediodía puede recogerla.

—Vale —contestó la madre de Aurora ilusionada.

Al día siguiente, la mujer tuvo toda la mañana la tela en el pensamiento, pero, a la hora de ir a por ella, se le olvidó. El reloj de la plaza dio las dos y eso le hizo recordar que tenía que ir al comercio; se miró en el espejo y, al verse con la ropa de faena, pensó que no estaba presentable para salir a la calle.

—Anda, hija, ve al comercio a ver si ha venido la tela —le dijo a Aurora, que estaba más presentable que ella.

—Esta tarde va usted, ahora estará cerrado.

—Terminan de dar las dos; mientras que cierra, llegas Está cerca, anda corre.

Aurora no puso más peros y fue. Cuando llegó, Félix echaba el cierre y, al verla, volvió a abrir y le indicó que pasase. Ella pasó y se quedó cerca de la puerta, temerosa de la soledad del lugar y él fue a la trastienda a por el tejido, que después envolvió en un papel encima del mostrador. Luego salió hacia donde estaba ella y se lo entregó. Al dárselo, le cogió la mano y, mirándola con ojos de zorro, le dijo:

—¡Te quiero! No he dejado de sufrir desde el día que supe que te habías comprometido. Lo peor es que tú no me crees y desconfías de mí —todo esto susurrándole las palabras al oído, acariciándole el cuello y rozando sus labios por la mejilla, hasta llegar a su boca. Ella rendida, se dejaba hacer como si flotase en una nube, hasta que dejó caer al suelo el lío de tela y se abrazó a él sin voluntad respondiendo a sus caricias con ferviente deseo. La pasión fue subiendo con intensidad, hasta llegar a la cumbre con la misma fuerza que estallan las burbujas de un caldo espumoso cuando al agitarse consiguen desprender el tapón de la botella. Roja por el ajetreo de esa actividad recién concluida, abandonó el establecimiento, no sin antes mirar a la calle con cautela a ver si alguien la veía salir, dado que a esa hora y ya con el cierre puesto, de verla alguien hubiese levantado sospechas. Por la calle iba azarosa y pensativa, pero no arrepentida. Poco a poco se fue tranquilizando y cuando llegó a su casa, iba serena y la madre no le notó nada. Solo le dijo extrañada que cómo había tardado tanto y ella mintió diciéndole que el representante llegaba al tiempo que ella y habían estado desembalando varios paquetes hasta que le dieron el suyo. Desde aquel día, Aurora iba a la tienda con frecuencia y en ocasiones, a la hora del cierre. Sabía que don Claudio, el dueño del establecimiento, siempre se iba antes de cerrar. Ella llegaba después y aprovechaban para solazarse en un tiempo prudencial sin que nadie sospechase lo que estaba sucediendo. Así pasaron dos meses hasta que Aurora, creyendo que Félix estaba dispuesto a comprometerse con ella, le anunció que iba a escribir a Juan para romper con él antes de que la gente sospechase y se armase un escándalo.

—Espérate un poco más, para eso hay tiempo —dijo Félix.

—¡Esperar! ¿A qué...? ¿No querrás que me vea otra vez en lenguas, verdad?

—No. Caro que no... Solo que si le dejas a él, van a hablar de todas maneras y más con los antecedentes que tienes.

—¿Qué antecedentes tengo yo? —dijo ella enfadada—. Lo que dijeron era mentira. Yo no he estado con nadie antes de ser novia de Juan.

—Sí, ya lo sé, pero la gente hablará de todas maneras, mejor seguimos así hasta que venga y luego, ya se verá...

—¿Qué hay que ver? ¿Que me estás engañando?

—No. Pero si te vas a poner así, lo dejamos.

—¡No quieres prometerte conmigo! Está claro que no. Hasta meter, todo es prometer, y ahora...

—Pues ahora que lo dices, no, porque lo mismo que lo estás haciendo conmigo lo puedes hacer con otro.

Ella empezó a llorar y salió del establecimiento sin mirar a ningún sitio, era tan grande el desengaño que no le importaba que la viesen salir de allí llorando.

Juan, ignorante de lo que estaba pasando, siguió escribiéndole incluso con más frecuencia al estar varios días sin recibir carta. Ella, llena de remordimiento, no se atrevía a contestarle, hasta que por fin se decidió a hacerlo para explicarle todo lo ocurrido, pedirle perdón y cortar con él.

Aquella carta, escrita entre lágrimas, se llenó de sinceridad y de arrepentimiento. Cuando la había terminado, cogió las cartas que le había mandado él durante todo el tiempo que estaba en la mili y se dispuso a devolverlas todas juntas junto a la carta de su confesión; pero, al cogerlas, sintió nostalgia de ese amor tan grande que Juan le había demostrado hacia ella y, llena de remordimiento, comenzó a leerlas una por una. Al terminar, consideró que Juan no se merecía todo eso, ni el engaño inconsciente producido por ella, ni el desengaño que sufriría al recibir esa carta unida a todas las demás. Entonces recapacitó y rompió la carta escrita, después guardó el resto de cartas y se prometió a sí misma que no volvería a hacerlo. El problema era Félix si se iba de la lengua: adiós honra, adiós a casarse, salvo que se fuese donde no la conociese nadie, adiós a sus amigas que la rechazarían por su conducta, adiós al respeto de la gente hacia ella y lo que era peor: lástima de sus padres y lástima de Juan, que lo había dado todo por ella a cambio de desprecios y ahora recibía el engaño.

Aurora no pensaba volver jamás a la tienda y de hecho no volvió. Solo fue cuando Juan anunció que regresaba. Ella aprovechó un día cuando Félix echaba el cierre en la tienda y allí en la calle, le dijo que Juan venía y que «ojico» con que saliese nada de lo ocurrido de su boca, porque ella diría que la había estado acosando; Juan la creería sin ninguna duda y, conociéndolo, no le dejaría hueso sano en su cuerpo ni lugar en él donde no dejase estampadas sus manos.

—¡«Ojico»…, te lo advierto!

—Descuida —dijo Félix sopesando la reacción de Juan si se enteraba.

CAPÍTULO 51

En abril del año cincuenta, Inés regresaba al pueblo llena de ilusión porque iba a ver a su hijo, aunque no lo recuperase como tal. Cuando llegó, al instante se llenó la casa de gente que quería verla y saludarla. Entre toda esa gente estaba María, la comadrona, dispuesta a seguir ayudándole sin condiciones.

Algunas personas fueron a visitarla por ella misma, porque se interesaban por su estado de salud. Otras, sin embargo, sentían curiosidad sobre lo que haría a partir de ahora en cuanto a su hijo. Cuando la conversación tomó auge, algunas de las cotillas pensaron que ya se podía preguntar sin reparos sobre cualquier tema y sin más remilgos. Una de ellas le dijo a Inés:

—¿Qué piensas hacer sobre el caso de tu hijo, lo vas a reclamar? Porque si lo vas a hacer, dicen que, como lo diste, tienes todos los derechos perdidos.

—¡Yo no lo di, me lo robaron! —dijo Inés molesta— y no creo que todo esto sea de tu incumbencia. Si has venido a poner malos cuerpos, ¡aire! En tu casa estás haciendo falta.

—Sigues igual de agria que antes de irte.

—Contigo y con la gente como tú, sí.

El lunes, Pepa fue a casa de Asunción y, después de acabar la faena, pasó a despedirse de la señora y al mismo tiempo le dijo que Inés había venido; pero Asunción hizo caso omiso a sus palabras. Pepa, al ver que no le contestaba, se fue despidiéndose hasta el lunes siguiente. Elvira, cuando estaba a solas con Asunción le preguntó que si pensaba dejar a Inés pasar a la casa para que viese al niño.

—¿Tú qué crees? —le contestó molesta.

—Creo que, si no la dejas, buscará los medios para verlo y volverá a formarse el escándalo.

—Y si la dejo, será como meter a la zorra en el gallinero.

—Que lo vea y que le hable, antes o después va a ser inevitable, porque el niño no va a estar siempre encerrado y ella va a estar al acecho. Será hoy, será mañana, pero al final ella le contará la verdad. Si le dais facilidades para verlo, esperará a que sea mayor y eso será una ventaja para ti.

Asunción no quedó convencida, pero no dijo nada, prefirió zanjar el tema guardando silencio y Elvira no volvió a insistir.

Sebastián todavía no había visto a Inés desde que había vuelto, a pesar de merodear por las calles por donde acostumbraba a andar ella para ir o venir a su casa. Sin embargo, cuando menos lo esperaba, se cruzó con ella cuando iba camino del asilo a ver a las hermanitas. Iba a darles las gracias por el interés que habían mostrado por ella desde las vísperas del parto hasta su ingreso en el sanatorio. Sebastián, al verla, se acercó sonriente y prepotente, la saludó con cortesía preguntándole por su salud y le ofreció ayuda al mismo tiempo que le pedía perdón por todo lo sucedido. Inés no puso mucho entusiasmo en el encuentro, pero tampoco fue desagradable con él, solo al despedirse le dijo que quería ver a su hijo y él, al oír eso, se quedó sorprendido, pensando que ya no era su hijo, sino el hijo de él y de su esposa. Ella, al verlo lleno de extrañeza intentando balbucear una excusa, le dijo: *por las buenas o por las malas.*

—¡Vale, mujer!.. sea lo que tú quieres. De qué valdría haberte pedido perdón si ahora coacciono el deseo de ver al niño; eso sí, con una condición: que el niño no sepa nada de lo ocurrido. Tampoco que eres su madre, eso deber ser un secreto para él, por su bien.

—Por ahora, sí —dijo Inés no muy convencida—; después, ya veremos.

Inés siguió su camino hacia el asilo y él volvió la cabeza para mirarla por detrás inducido por el morbo. Mientras el encuentro, la había estado observando de arriba abajo y ahora, al mirarla por detrás, consideraba que estaba hecha una mujer y mucho más apetitosa que antes, por lo que fue forjando en su mente formas por las cuales pudiese llegar a conseguirla: ahora por las buenas, para poder saborear mejor los placeres que ofrecía su cuerpo estando ella de acuerdo.

Cuando Inés llegó al asilo, lo primero que hizo después de hablar con las hermanas fue preguntar por Cirila. Para la anciana, el encuentro con Inés fue un arrebato de locura. La alegría de verla fue tan grande que se abrazó a ella emocionada y con lágrimas en los ojos la presentó a sus compañeras como la hija que nunca había tenido. Les explicó con todo detalle cuánto le había ayudado Inés en las tareas de la casa y el amparo que tenía con todas sus vecinas.

Sebastián últimamente hablaba poco con su esposa. Las diferencias entre él y ella habían aumentado desde que él había vuelto a las andadas de antes: engaños, atropellos a gente indefensa por motivos de interés material y escándalos con mujeres, que siempre terminaban sabiéndose por mucho que él quisiera taparlos.

Como no quería dirigirse a su esposa por temor al enfrentamiento, se dirigió a Elvira en presencia de ella. Elvira lo miró extrañada, pero atenta a lo que le decía:

—Cuando venga la lavandera, dile que puede venir su hija con ella y, si alguna vez viene sola, tú te encargas de atenderla y acompañarla mientras que esté en la casa.

—¿Con qué fin tiene que venir? —dijo Asunción.

—¡Con el que tú sabes, no creo que tenga que darte explicaciones!

Desde aquel día, las cosas fueron a peor entre el matrimonio, hasta tal extremo de no dirigirse la palabra en días enteros, incluso durmiendo él a veces en la alcoba de invitados, que así le llamaban a una alcoba preparada para tal uso, aunque esos invitados nunca llegasen por considerarlo a él de poco respeto. Solo en el entorno de sus negocios y en alguna institución donde era presidente, gozaba de confianza y reverencia —falso respeto— porque a sus espaldas, cuando en vez de sugerir imponía, sacando el cacique que llevaba dentro, después, algunos que no estaban de acuerdo con sus órdenes, decían que iba como siempre: *«a Dios rogando y con el mazo dando»*.

Diez días llevaba Inés en el pueblo cuando por fin pudo ver a su hijo. Avisada por Elvira, el primer lunes después del encuentro inesperado con Sebastián camino del asilo, Inés fue a la casa de Asunción Ilusionada, pero muy nerviosa. Con una vorágine de palabras en su mente que no podía dominar para formar una oración ordenada y correcta. Solo tenía un amontonamiento de ideas y sentimientos en su cabeza que giraban como un torbellino dentro de ella, a tal velocidad que a veces sentía miedo.

Cuando llegaron a la casa, Pepa preparó el tiesto y empezó a lavar la ropa áspera que habían utilizado las mulas en la semana anterior. Inés comenzó a lavar al mismo tiempo que su madre con el desparpajo propio de una persona activa y acostumbrada al trabajo desde muy niña; pero quizá también empujada por los nervios que sentía al pensar en el encuentro con su hijo, sin saber qué decirle teniendo tantas cosas guardadas en su corazón para él y que por su bien, según Sebastián, tenía que dejarlas guardadas en el «tintero».

A la hora escasa de estar lavando, Inés comenzó a fatigarse y la madre, que frotaba la ropa en la losa frente a ella, la vio que cambiaba de color. El rojo de sus mejillas, producido por el esfuerzo del trabajo, pasaba a tono pálido propio del desmayo. Al momento se fue hacia ella y la cogió para llevarla a un banco de piedra que había en el patio de carros, al lado de la esquina del cobertizo donde estaban lavando.

Mientras la madre terminaba de lavar, Inés se reponía de aquel contratiempo; pero, a la vez que volvía a la normalidad, también volvía a ella la preocupación del encuentro con su hijo, que en parte parecía haber olvidado por el ajetreo del trabajo de frotar en la losa esa ropa áspera y pesada. Al final llegó la hora esperada y Pepa cogió a Inés del brazo y la llevó hacia la vivienda en busca de Elvira para que trajese al niño como era costumbre; sin embargo, Elvira apareció por el corredor sin la criatura y con una mueca en la cara que mostraba disgusto. Al llegar a ellas, movió la cabeza negativamente dando a entender que el niño no venía.

—Está celosa —les dijo— no quiere que lo veáis.

Sebastián no había hecho acto de presencia en toda la mañana, por lo que todos creían que se había ido temprano, aunque Elvira sospechaba que andaba escabullido en graneros, la bodega u otros lugares apartados donde solo él y algún sirviente de confianza entraban en ocasiones. Y efectivamente, así era. Arriba en el granero había un ventanuco que daba justo enfrente del cobertizo donde lavaban, y desde allí estuvo contemplando a Inés y vio con cierto alboroto en su sangre cómo movía el cuerpo al restregar la ropa en la losa del tiesto, sintiendo ardoroso deseo mientras imaginaba ciertas escenas con ella. También vio la escena de cuando se fatigó y la madre la llevó para que se sentase en la piedra y ahí fue cuando, después de unos minutos, dejó de observarla.

Imaginando Sebastián que su esposa se opondría a que Inés viese al niño, bajó del granero y vio a las tres hablando. Entonces él mismo fue a por el muchacho y lo sacó al corredor que llevaba a los corrales, el corredor donde Sebastián violó a Inés aquella mañana de abril y que tan malos recuerdos le traía a ella. El niño, al ver a Elvira y a Pepa, salió corriendo a lo largo del pasillo hacia ellas. Mientras, Inés lo observaba emocionada, sin poder articular palabra. Lo vio besar a las dos sirvientas. Luego, se sobrepuso de la emoción y con voz pausada le dijo:

—Y a mí, ¿no me quieres dar un beso?

El niño se retrajo pegándose a Elvira y agarrándose a la saya.

—Esta señora es amiga nuestra y también te quiere como nosotras —dijo Elvira.

—Es mi hija —le dijo Pepa— y debes quererla igual que a mí.

—Bueno —dijo el niño y se acercó a Inés para darle un beso.

Inés lo besó con fuerza y después lo mantuvo en sus brazos durante unos minutos mirándolo con ternura. En su emoción sentía que tenía en sus brazos el trocito de corazón que le faltaba desde hacía casi tres años y, en ese momento, dos lágrimas rodaron por sus mejillas.

—Lloras —dijo el pequeño.

—No, es de alegría. Estoy emocionada. Me había hablado Pepa mucho de ti y tenía ganas de verte, porque ¿sabes…? Yo no te había vuelto a ver desde recién nacido y me ha dado mucha alegría saber que estás tan mayor, casi un mozo. ¿Tú quieres que volvamos a vernos?

—Sí. Si quiere mi madre…

Inés volvió a besarlo y lo dejó en el suelo. Después se despidieron de él y, al salir a la calle, Pepa miró a Inés y le dijo:

—¿Cómo te sientes?

—Bien. Bueno, bien y mal. Bien porque he visto a mi hijo: está bien atendido y con un porvenir que yo nunca hubiese podido darle y mal porque no lo puedo tener conmigo ni decirle quién soy. Siento el dolor de pensar que el día que se lo diga, no me va a creer. Esa mujer va a estar tan arraigada a su vida que a mí no me va a hacer caso y, lo que es peor, si me cree, pensará que lo abandoné.

—Cuando te he preguntado que cómo te sentías me refería a tu salud, no a tus sentimientos, porque sé que son momentos difíciles y aunque también me preocupan, me preocupan menos que tu salud.

—Mi salud está bien; pero he comprobado que mi capacidad de trabajo es más reducida que antes, por lo que tengo que hacer las cosas con más sosiego y esta mañana no he tenido en cuenta esa limitación; ese ha sido mi fallo, por lo demás, estoy bien.

CAPÍTULO 52

A los dos meses de irse Cirila al asilo, la vivienda que ocupaba ella fue alquilada a una familia forastera procedente de Puertollano. Era una familia humilde que se dedicaba a la venta de carbón y tenía dos hijas y un hijo. El hijo era el mayor y los tres estaban en edad de ir a la escuela. Las niñas fueron a la misma clase donde iba Lucía, la hija de Josefa y Doroteo, y el niño a la clase de don Sebastián.

La llegada de aquellos niños a la escuela fue menos conflictiva que la de Mariano y Luis. Los nuevos llegaron a ella con humildad y con un nivel cultural capaz de competir con el resto de la clase; además, en el recreo convivían con cualquier grupo que se prestase a admitirlos. El problema vino cuando Martín, el niño del carbonero, comenzó a juntarse con el grupo de Mariano y Luis, solo por el hecho de vivir en la misma casa que ellos, aquella casa de vecinos. El grupo que capitaneaba Francisco, comenzaron a hacerle la vida imposible al muchacho, hasta el extremo de que no se atrevía a ir a la escuela si no iba junto al resto de los que se habían hecho amigos suyos. Una tarde que Pedro, Luis y los demás quedaron arrestados en la escuela desde las cinco hasta las seis, Martín se fue solo por una calle distinta a la que se iba siempre. El temor a Francisco y sus secuaces le hizo dar un gran rodeo, pero no por eso se libró de ellos. En una calle, dos manzanas antes de llegar a su casa, lo estaban esperando para impedir que pasase. Él, al verlos, se volvió. Entonces una parte del grupo bordeó la manzana de casas y lo esperó en la otra esquina y le hizo volver otra vez por los mismos pasos. Al llegar a la esquina de la primera vez, tres del grupo lo esperaban y lo asediaron y Martín, acobardado, empezó a llorar mientras lo aturdían y lo abucheaban tratándolo de ganso e indeseable. En esos momentos, la pandilla de arrestados volvía de la escuela y de lejos vieron el corro y oyeron los abucheos, por lo que se imaginaron lo que estaba pasando y salieron corriendo hacia ellos para socorrer al hijo del carbonero. Sin avisar, empezaron a dar puñetazos y revolcones sobre el grupo que lo abucheaba. Martín, al ver a sus amigos, se animó y comenzó a dar leña a sus contrarios. Cuando acabó la riña, todo el grupo dio ideas para proteger al nuevo amigo sin tener que llegar al extremo de armar esas peleas. También querían investigar el porqué de ese ensañamiento repentino hacia Martín sin haber ningún motivo, al menos aparente. Estaban en esas reflexiones cuando llegó Federico, que, como amigo incondicional de Pedro, a veces se juntaba con la pandilla. Él sí sabía los motivos del ensañamiento con ese muchacho, pero no dijo nada hasta que se quedó a solas con Pedro.

—Yo sé por qué no quieren a Martín —dijo Federico.

—¿Sí?… ¿Por qué?

—Porque han venido desterrados de su pueblo por desafectos al régimen de nuestro Caudillo.

—¿Y tú, cómo lo sabes?

—Lo ha dicho mi padre. También dice que el padre de Martín no está en la cárcel a pesar de no haber tenido a nadie que lo avalase después de haber estado en zona roja durante la guerra, porque no tiene antecedentes de haber estado afiliado a ninguna organización de izquierdas y además, ha sido siempre pacífico. Sin embargo está vigilado por si tiene contacto con gente sospechosa. Esto es un secreto entre tú y yo, ¡júramelo!

—Lo juro —dijo Pedro cruzando el dedo pulgar con el índice y besando la cruz formada por ambos. Pedro no entendió nada, solo que habían venido desterrados y que las autoridades lo vigilaban siendo pacífico, ¡ah!, y que eso era un secreto entre los dos. Esto último lo entendió, pero no le gustó, porque no se lo podía decir a los demás.

Después de la pelea donde los dos grupos salieron zapateados, con gran cantidad de patadas y zapatazos de unos y otros, nunca volvieron a molestar a Martín y, aunque lo miraban con indiferencia, le guardaban respeto. A pesar de las contrariedades existentes entre los dos grupos, tenían que estar juntos en la escuela, en el patio de recreo y a veces en la calle. Una tarde, cuando estaban jugando en un callejón ancho, pero cortado por un muro al lado de las escuelas, Mariano dio una patada en la pared del edificio y, al darla, se derrumbó un trozo de pared donde quedó una abertura por la que cabía el cuerpo de una persona agachada. Ante aquel descubrimiento, se acabaron las rivalidades. Varios componentes de los dos grupos se adentraron en aquel boquete y vieron un pasadizo que se metía por debajo de las escuelas, pero ocurrió que, a los pocos metros, la oscuridad era tan grande que les dio miedo seguir. Se volvieron, pero no con pocas ganas de explorarlo. Uno de ellos fue a su casa donde tenía dos suelas de goma de unas alpargatas viejas. Las guardaba para hacerle ruedas a unos carros que pensaba construir con latas de sardinas. Con una caja de cerillas prendió la goma e hizo una antorcha con la que pudieron internarse en el túnel hasta una profundidad considerable. De la galería principal salían varios ramales que se bifurcaban a cada veinte o veinticinco metros. La ilusión de descubrir algo desconocido en aquel subterráneo iba acompañada de emoción, nerviosismo y miedo, que crecía conforme se adentraban cada vez más en las entrañas de esos subterráneos. Los primeros investigadores, sobre todo el que llevaba la antorcha, veía por dónde caminaba y veía también cada ramal que salía de aquella galería central. Los otros diez o doce restantes le seguían los pasos casi a oscuras sin advertir aquellos ramales. Cuando llevaban unos sesenta o setenta metros andados, tropezaron con una piedra esférica de algo más de un metro de gruesa que taponaba la galería casi en su totalidad. Por las rendijas que había entre la piedra y la pared, corría el aire, señal inequívoca de que la galería seguía y que en algún punto se comunicaba con el exterior. Intentaron mover la piedra y después de mucha brega inútil decidieron unos regresar al exterior y otros explorar los ramales que habían ido dejando atrás.

La armonía que reinaba al comienzo de la aventura desapareció por completo. El grupo que quería explorar los ramales era el de Mariano. Él llevaba la antorcha en sus manos y no la soltaba porque era suya. El grupo de Francisco quería volver al exterior por los mismos pasos que habían andado y para eso querían que el de la antorcha los acompañase o que se la diese. Al fin salió la rivalidad que existía entre ellos y, tras la discordia, se formó la pelea. Mientras la disputa, Mariano resguardaba la antorcha para que no se apagase. Uno de la otra pandilla dio un manotazo a la antorcha y, al caer al suelo, la pisoteó hasta apagarla. Al quedarse a oscuras, cesó la pelea y algunos empezaron a gemir. Mariano sacó del bolsillo la caja de cerillas e intentó volver a encenderla, pero la corriente de aire las apagaba antes de que la goma prendiese. Al quedarse sin cerillas fue cuando más cundió el pánico y se formó un alboroto que no se entendía nadie. Mariano dio una voz en seco que hizo callar a todos y a continuación les indicó que se agarrasen de la mano unos a otros y que no se soltasen por ningún motivo, ni siquiera para rascarse. Francisco decía que no le daba la mano a nadie que no fuese de su grupo.

—Tú vas a ser el último de la fila, si no te da miedo —le dijo Mariano.

—¡Miedo a mí, miedo tú, que quieres ir el primero!

—Quiero ir el primero porque creo que sé salir sin perderme. He contado los ramales de galería que hay desde que salió el primero y las curvas a izquierda y derecha que tiene esta galería. También he contado los pasos que hemos dado desde el principio hasta el final.

Mariano, con sus once años, era casi un experto en andar de noche por los montes. A veces, yendo con su padre, habían hecho en sitios desconocidos algunas señales y sobre todo, tenían en cuenta cuántos caminos se desviaban a izquierda y derecha del que ellos seguían; así, al volver nunca se equivocaban en la salida al camino principal, porque en medio del monte y más de noche, todos los caminos eran iguales.

—¿Estáis agarrados? —preguntó Mariano.

—¡Sííí! —contestaron todos al unísono—. Cada uno es responsable del compañero que vaya detrás de él, siempre el de delante agarra al de atrás, así el último nunca se puede perder porque él no podrá soltarse.

Mariano, antes de emprender el regreso, organizó las ideas en su mente y dibujó en ella la galería, recordando las curvas tal y como eran. Cuando estuvo orientado, emprendió el camino de vuelta y a los quince o veinte metros sintió, al tocar la pared del túnel, que se estrechaba y perdía altura. Entonces comprendió que era el último ramal, el primero que había que encontrarse de regreso y que confrontaba con el último tramo de la galería principal. Pensó que si esa curva al venir giraba a la izquierda, al regreso lo haría a la derecha, por lo que giró dejando la entrada del ramal a la izquierda y comprobó que la galería seguía teniendo más o menos la misma altura y anchura que al principio.

En ese momento, se armó un guirigay que sobresaltó a Mariano. Entonces él reaccionó con una voz autoritaria que cortó en seco el escándalo y después advirtió que no quería oír un ruido ni una voz más. Siguieron caminando y, a partir de ahí, Mariano empezó a contar los pasos y cambió de pared palpando ahora en el lado derecho de la galería, que era donde esperaba encontrar el penúltimo ramal, y efectivamente, a los treinta y cinco pasos sintió que la mano se adentraba en el vacío de un hueco y un metro más adelante volvía a palpar la pared de la galería. Siguieron así, despacio, con tiento y, al cabo de unos quince minutos que para ellos tuvieron casi la duración de un siglo, vieron la luz mortecina del día que ya empezaba a anochecer.

La alegría de verse en la calle y la satisfacción de haber corrido una aventura de esa magnitud hizo que todos se mirasen como amigos y, aunque siguieron teniendo sus rivalidades, nunca más hubo peleas entre ellos. Ninguna travesura anterior había sido tan arriesgada como esta de la cueva que había debajo de las escuelas, que, por su longitud explorada, llegaba al convento colindante con ellas y seguro que se adentraba más allá de él. Lo demostraba la continuación del túnel taponado por la piedra esférica, que giraría a izquierda o a derecha para empotrarse en algún hueco lateral y así dejar el paso del túnel libre. Ellos, por sus pocas fuerzas o quizá por alguna clave que desconocían, no pudieron girarla.

Cuando llegaron a sus casas, iban con la cara tiznada del humo que desprendía la goma que les sirvió de antorcha, la ropa estaba manchada de moho y con olor al aire denso y corrompido que existía en aquellas cuevas. La madre de Pedro empezó a hacerle preguntas. Preguntas que él esquivaba dentro de lo posible, hasta que se puso seria para que le dijese la verdad; pero no se la dijo: no le mintió, únicamente no le dijo nada. Si aquella aventura hubiese sido única y exclusivamente de él, no le hubiese importado decírselo, porque Pedro jamás mentía a su madre; pero al declararse, también implicaba a los demás y seguro que todos estaban de acuerdo en que aquello fuese un secreto, así evitarían consecuencias peores que una regañina. Algunos, al día siguiente, quisieron explorar esos ramales que no habían explorado; pero al salir de clase, el hueco por donde habían pasado el día anterior estaba tapiado. Quizá para evitar alguna tragedia como la que estuvo a punto de suceder el día anterior si Mariano no hubiera estado tan seguro del regreso y hubiese entrado allí a la buena de Dios, sin preocuparse de nada como los otros.

Era mediados de abril y como cada año era tiempo de coger grillos, buscar nidos y coger hierbas comestibles aún verdes, pero granadas para comérselas. Unas eran silvestres, como los brísoles, y otras cultivadas como los garbanzos o las guijas.

Los muchachos salían al campo buscando la libertad como un juego más, casi siempre sin saberlo sus padres y, cuando volvían, llegaban a sus casas igual que indios, desaliñados y zarrapastrosos —¡húngaros!, decían algunas madres—; aun así eran morroñas normales que a las madres no les causaba ninguna sensación al verlos llegar con los grillos.

Muchas veces andando de un sitio a otro encontraban sorpresas inesperadas, unas buenas y otras no tan buenas. En una ocasión, venían de las eras y vieron a gente que pasaba a una casa abierta de par en par y, al llegar a ella, oyeron decir que allí había un muerto —un ahorcado, más concretamente—.Todos ellos sintieron curiosidad por verlo y pasaron a la casa hasta el mismo sitio donde estaba el difunto. El hombre ya estaba amortajado y colocado dentro del ataúd, con un pañuelo puesto de barbillera para que al enfriarse no se le quedase la boca abierta, un trozo de cinta atada a los tobillos para que no se abriese de piernas y un plato sobre el pecho con sal y unas tijeras abiertas dentro del él formando una cruz. Al ver aquella escena, todos quedaron serios y al momento salieron corriendo hacia la calle, con tanta desesperación que ninguno quería quedarse el último por si el muerto salía detrás de ellos a cogerlos. El recuerdo de aquella escena permaneció durante mucho tiempo en sus mentes. Les afectó hasta tal punto que en algunos casos llegó a ser un trauma, como fue el caso de Luis.

Luis, después de ver al muerto, no podía quitárselo de la cabeza, pero a veces se distraía con juegos o con los temas de la escuela y entonces desaparecía esa imagen de su mente por unos momentos. Lo malo para Luis fue cuando cayó enfermo por culpa de un resfriado y tuvo que estar varios días en cama con fiebre. Entonces ocurrió que, allí encamado, no podía quitarse al muerto de la cabeza y cada vez que se dormía veía entre sueños una mano de color blanco pálido flotando encima de la cama y, cuando despertaba, seguía viéndola en la parte trasera de la habitación a una altura de metro y medio del suelo, más lejos que durante el sueño, pero exactamente igual que la veía en él. De cuando en cuando, llamaba a su madre con desesperación y la madre iba hasta donde estaba él, le hablaba, lo tranquilizaba con mimos y caricias y él le contaba lo que veía, diciéndole de una forma atolondrada que no lo dejase solo, porque aquella mano le daba mucho miedo. Las primeras veces, la madre achacaba esas visiones al delirio derivado de la fiebre, pero al tercer día la fiebre había desaparecido y él seguía con las mismas visiones y los mismos temores. Josefa no practicaba espiritismo, pero creía en la venida de los espíritus y, preocupada por si era algún ser querido de los varios que habían fallecido en su familia en los últimos años, le dijo a Luis:

—Cuando veas la mano, háblale. Pregúntale qué es lo que quiere, que yo cumpliré con gusto sus deseos igual que cada año encargamos una misa por su eterno descanso.

Luis, que sabía el origen de su problema, aunque no había sido consciente de él hasta ese día que estaba totalmente despejado y sin fiebre, pensó en aquello que le había dicho su madre. Entonces recordó aquel caso de María y los espiritistas cuando llegó Tomás y los espantó a todos poniendo patas arriba los muebles de la habitación, de donde salió el supuesto hijo que se aparecía debajo de la mesa. Entonces pensó que a él no se le aparecía nadie, porque las apariciones de los espíritus de la gente que se moría no venían, como lo había demostrado Tomás y que lo suyo era la obsesión de aquella escena macabra del muerto. Así que, convencido de ello, salió de la cama y se fue a jugar con los amigos, algo pachucho, pero con el convencimiento de que el juego y el aire libre lo despejarían por completo.

Los demás también tuvieron sus malos momentos recordando al finado igual que Luis. Ambrosio se levantaba por las noches sonámbulo y caminaba hacia los rincones de la habitación pronunciando estas frases: tres chinas, tres patatas, tres peales. Al llegar al rincón decía inconscientemente: *ya no están*. Y es que, según él, habían desaparecido.

Lo que vivió José fue aún peor. Dos días después de ver al muerto, se fue al campo con su padre y ocurrió que la perra que tenían —aquella que parió a los cachorros que tanto gustaron a Pedro— salió corriendo a ladrarle a dos guardias civiles que iban por una carretera cercana al camino donde estaban ellos y uno de los guardias, al ver cómo le ladraba la perra, le dio con el pie en el hocico para espantarla y la perra, en vez de irse, se puso más rabiosa y le mordió la bota. Entonces el guardia se bajó de la bicicleta y la perra se tranquilizó, se fue al lado del carro donde iban subidos José y su padre y los guardias dedujeron que la perra era de ellos. Le echaron el alto y el hombre paró las mulas.

—¿Es ese perro suyo?

—No señor —contestó el padre de José aparentando seguridad.

—Entonces, ¿por qué se ha ido al amparo del carro?

—No sé, será por temor. Para huir de ustedes.

—Anden los dos diez o doce metros por el camino como si se fuesen —dijo el guardia.

Al echar a andar padre e hijo, la perra se fue detrás de ellos y el guardia comenzó a escribir en la libreta de denuncias. Al terminar de escribir dijo:

—Firme aquí.

—Esto, ¿por qué?

—Por no llevar el perro atado y puede dar gracias a Dios que no me ha puesto de mal humor cuando me ha mordido la bota, porque, además de la denuncia, merece dos bofetadas por mentiroso. Y átelo, porque un perro suelto en la carretera es un peligro para los transeúntes y mucho más este que muerde.

El padre de José no dijo nada al respecto y lo ató en presencia de los guardias; pero su cara mostraba disgusto. La denuncia serían cincuenta pesetas, lo que equivalía al importe de dos jornadas de trabajo.

El animal era dócil con ellos; sin embargo, con la gente extraña era arisca y lo peor no era cuando ladraba, sino cuando agazapada sin hacer ningún ruido, andaba hacia la persona que el animal sospechaba que quería llevarse algo del hato y a traición, le mordía. El padre de José estaba harto de esos problemas; pero la perra era el capricho del niño, criada a propósito para él cuando era más pequeño y el padre sobrellevaba el problema por no darle un disgusto a su hijo. La denuncia sobrepasó los miramientos del padre. En el momento de guardársela, sentenció a muerte a la perra y, al llegar al tajo, cogió una soga fina y la ató al cuello del animal con un nudo corredizo y la llevó hasta un olivo donde la colgó.

José quedó serio y, con un nudo en la garganta a punto de llorar, oía al animal que se quejaba y bregaba con las asuras de la muerte. De momento, la soga se rompió y el animal volvió a donde estaban ellos. José, sin poder quitarse la pena, le mostró una sonrisa de alivio y pensó que su padre no tendría valor para volver a colgarla; pero se equivocó. Esta vez la cogió y el animal, dócil como siempre, se entregó a su voluntad y, con una soga más recia, hizo la misma operación que antes. José quería protestar, decirle a su padre que era injusto, que el animal no sabía que había hecho mal. Que si hacía todo aquello era por lealtad a ellos, por instinto de protección, por el afán de guardar las propiedades y que la culpa de la denuncia era de él, por no haberla atado; pero no dijo nada, sabía que era inútil lo que él dijese, era la voluntad de su padre y su protesta no le haría cambiar de opinión. Esta vez, el animal, por más que bregó, no pudo soltarse y, a la media hora de haber expirado, el hombre la descolgó, hizo un hoyo al pie del olivo y la enterró.

José iba detrás de su padre arrancando malas hierbas, disgustado y quedándose atrás para que no lo viese llorar. A la hora de la comida, apenas comió. Estuvo todo el día serio y callado y a la noche, cuando llegaron a la casa, fue derecho a acostarse.

—¿Qué te pasa? —le preguntó la madre.

—Nada, tengo sueño.

—¿No cenas?

—No tengo hambre.

La madre preguntó a su esposo que si sabía el motivo.

—¡Toma! —le dijo el marido entregándole el papel de la denuncia—. Esta semana solo tendré cuatro días para cobrar mi trabajo, los otros dos son para pagar la denuncia.

La mujer empezó a leer y vio el motivo de la multa y comprendió por qué estaba José disgustado.

—¿Qué has hecho con el animal?

—¡Ahorcarla, así no nos dará más problemas!

—No has mirado los sentimientos de tu hijo —dijo la madre dolida y enfadada—. Lo has hecho a la tremenda, como lo haces todo cuando algo te molesta. Solo cuentas tú y tu voluntad.

—Solo era un animal. Un estorbo lleno de complicaciones —dijo él queriéndose justificar.

—Eso eres tú, un animal lleno de complicaciones —dijo la mujer mirándole con furia.

Los días posteriores fueron fatales para José. Durante el día pensaba con tristeza en el momento de sufrimiento que padeció el animal en su agonía hasta morir. Añadía a todo eso la pena de no volver a tenerla nunca más. Por la noche se dormía con el mismo pensamiento y a veces despertaba con pesadillas porque soñaba con ella colgada en plena brega por las ansias de la muerte. Pero la cara no era la de un perro, era la del muerto que habían visto unos días antes con el pañuelo puesto de barbillera. José, según iban pasando los días, se encontraba más estable, más seguro de sí mismo. Con el dolor consiguiente, pero sintiendo el sufrimiento de una manera distinta: como el dolor del callo endurecido que queda después de cicatrizar una vejiga en las manos tiernas de quien nunca las ha castigado con el trabajo duro.

Nunca se olvidan con facilidad los momentos trágicos; sin embargo, en la niñez pronto se quedan nebulizados, como en un letargo que ni entristece ni alegra. Incluso los malos tratos físicos cicatrizan pronto y, aunque siempre quedan secuelas, bien es cierto que un niño es «como un animal doméstico» que lame la mano de aquel que le pega, si el que lo maltrata le da de comer o lo halaga con caricias o golosinas. Y aunque no olvida el sufrimiento recibido vuelve a las manos del maltratador, como lo hizo la perra de José cuando volvió a ellos después del primer intento de ahorcamiento. Eso mismo le pasó a José. Después de algunas semanas volvió a sonreír al lado de su padre motivado por sus bromas y sus halagos, casi sin tenerle en cuenta la mala acción que tanto le hizo sufrir. Pero también es cierto que en ningún momento llegó a olvidar a su fiel compañera y, mucho menos, los momentos de sufrimiento que padeció el animal hasta morir.

Al cabo de dos semanas de la aventura de la cueva, la visión del muerto, las pesadillas y la muerte de la perra, todo volvió a la normalidad. Las bromas, los juegos, las diferencias entre las dos pandillas… y los trabalenguas, a veces inventados para darle jocosidad a cada momento, para hacer el tiempo más divertido y ganarle la partida a esos momentos macabros.

Ese día, en la escuela, tocaba una lección de historia sobre los romanos: en concreto, la romanización de España. En ella se hablaba de Viriato, caudillo lusitano que se levantó contra los malos tratos de los romanos y los venció en numerosos combates por medio de la guerra de guerrillas y solo fue vencido por la traición de tres de sus capitanes que lo asesinaron mientras dormía. La lección también hablaba de Numancia, de Séneca como intelectual y de emperadores, como Trajano, Adriano y Teodosio.

Las bromas empezaron cuando uno de los alumnos repasaba la lección mentalmente durante el recreo y, al nombrar a los emperadores, se equivocó y en vez de Teodosio, dijo «Teodioso» y desde entonces ninguno lo nombraba por su nombre propio, sino por el nuevo nombre, tan jocoso. Mientras daban la lección de memoria, cada uno tuvo cargo de no equivocarse; pero surgió que uno de los que más dudas tenía sobre ese tema, se le amontonaron los nombres en la cabeza, más por lo raros que eran que por la cantidad y al preguntarle el maestro, dijo de carrerilla sin pensarlo:

—Trajano, Adriano y «Teodioso.»

Todos los niños de la clase excepto él, comenzaron a reír a carcajadas y don Sebastián tuvo que poner orden, aunque en realidad él también se estuviese riendo por dentro.

Esos casos jocosos hacían suavizar los momentos adversos y las escenas desagradables y, aunque se recordasen a veces, ya no causaban la horrorosa sensación que tuvieron en su día. Sin embargo, no por eso se olvidaban: se guardaban como una experiencia útil y, en nuevos casos, se utilizarían para evitar nuevos errores; porque las experiencias vividas son una ciencia más de la vida, tan valiosa o más que las ciencias estudiadas, por ser una ciencia experimental basada en los acontecimientos ocurridos a lo largo de toda nuestra existencia.

CAPÍTULO 53

La familia de Blas y Verónica era feliz. Todos habían congeniado bien y hora, después de casi un año de matrimonio, Verónica comunicaba a su marido que estaba embarazada. La noticia fue una alegría para todos, incluyendo la madre de Blas, los padres de Verónica y sus hermanas. A los niños casi no les afectó, excepto a María, fue una intriga para ella. A partir de entonces le daba al magín cada día sin poder enfocar claramente lo que sería para ella esa criatura, hasta que nació. Cuando la tuvo acunada en sus brazos, sintió la misma alegría o más que el resto de la familia y tuvo claro que lo sentía como un hermano más. Después de que Verónica diese a luz, la gente veía la unión de esa familia más consolidada.

María, con sus doce años, iba despejando muchas dudas. Ahora comprendía que era necesaria esa unión por el bien de todos, incluidas las abuelas que habían encontrado la tranquilidad. Su padre estaba contento y ella también, porque veía que Verónica era una persona excelente. Gracias a ella, todos tenían un apoyo visible, porque aunque su madre le ayudase desde el cielo, bien sabía María que algunos momentos era preciso ver y tocar a la persona que le prestaba ayuda, para poderse agarrar a su brazo y sentirse más segura.

Verónica era seria y responsable en sus actos y sobretodo en la educación de los niños; pero al mismo tiempo también era cariñosa. La gente de su entorno alababa su condición de mujer eficaz, seria y tolerante. Capaz de controlar con delicadeza y temple cualquier contradicción o brusquedad de genio, igual en sus hijos que en los hijos de su marido. Esos elogios llegaron a oídos de Concepción, la madre de Rosa y abuela de los hijos de Blas. Concepción reconoció los dones de Verónica ante la mujer que la alababa y confesó que desconfiaba de las madrastras porque ella tuvo una y nunca se portó bien, ni con ella, ni con sus hermanos.

—Lo bueno era para sus hijos —explicaba Concepción— y a mis hermanos y a mí nos ignoraba. No nos atendía bien, era vaga y cuando llegaba mi padre del trabajo cambiaba su actitud. A veces era mi padre quien lavaba y cosía los rotos de la ropa, mal cosidos, porque nunca lo había hecho. Cuando mi padre empezó a darse cuenta de lo mal que nos trataba, estaba siempre enfadado. Cada día pensaba más en mi madre y maldecía haberse casado en segundas nupcias con esa mujer. Entonces mi padre empezó a estar triste y, al cabo de un tiempo, enfermó y murió. Un infierno de sufrimiento, suciedad, piojos y hambre para mis hermanos y para mí, mientras que ellos comían bien en una habitación aparte donde no nos dejaban pasar. Por las noches, cuando llegaba mi padre del trabajo, guisaba él y entonces comíamos todos. Cuando murió mi padre, ella quiso apoderarse de todo: la casa, las pocas tierras que tenía y el dinero, que con ese sí que se quedó. Después, como el dinero se lo había quedado ella, hubo que darle más de la mitad de la casa a cambio de los gastos que ocasionó la partición. A partir de entonces nos ignoró por completo y utilizó la casa y las tierras hasta nuestra mayoría de edad, sin podérselas quitar por un falso documento que mi padre firmó engañado cuando estaba moribundo. Así rodamos de mano en mano hasta la mayoría de edad de mi hermano el mayor, que se hizo cargo de todos y, a partir de entonces, yo cuidaba la casa y ellos trabajaban. Así empezamos a salir adelante en la parte de casa que pudimos recuperar de mi padre. A ella tuvimos que soportarla durante quince años, teniéndola presente sin hablarnos, hasta que nos fuimos casando. Allí vivió veinte años más, treinta y cinco después de morir mi padre, hasta que murió con ochenta y cinco y ahí se acabó la maldad de esa mujer.

Por esa mala experiencia desconfiaba yo, y me alegro de haberme equivocado; por mis nietos y por el marido de mi hija, que es una bella persona y se merece lo mejor, porque a mí siempre me ha tratado como a una madre, eso lo digo con satisfacción y a mi hija sé que la lleva en el corazón; pero la necesidad obliga y él necesitaba una mujer para cuidar su casa, y mis nietos necesitaban una madre. Siempre he tenido mala opinión de cualquier madrastra, ahora me doy cuenta de que no hay razón para pensar así, el mal no va con la madrastra, sino con la persona.

CAPÍTULO 54

Juan y Vicenta, después de dos años de casados, tenían un niño de once meses. Él seguía trabajando en la misma casa y Vicenta aprovechaba el tiempo en la pleita, cuando no había recolecciones en el campo.

El mayordomo nunca le perdonó que no se sometiese a aquella ocupación que él le había ofrecido y, aunque tenía el problema resuelto con la hermana y el cuñado del manigero, nunca se sintió a gusto. Pensaba que Juan y Vicenta hubiesen desempeñado mejor el cargo. Además, eran ajenos al manigero, por lo que algunas cosas hubiesen pasado desapercibidas para ese aliado suyo que no terminaba de convencerle, porque Aniceto sabía que entre Teófilo y su hermana no había secretos.

En toda hacienda administrada por manos ajenas hay aliviaderos, aunque no exista ningún motivo de desbordamiento o superávit. Hijuelas ocultas que se derraman en beneficio de aquél o aquellos que manejan las riendas del negocio y que, a expensas de él y del dueño, sacan beneficio. Para que esos beneficios indebidos no saliesen a la luz, había que «untar» al que estuviese en el entorno o mediase colaborando, como quien unta de grasa el eje de un carro o el engranaje de una maquinaria para que no chille; en este caso, para que no hubiese subversión o chivatazo.

El hijo del manigero y la hija de su hermana hacían la Primera Comunión y el mayordomo le hizo un regalo digno de señores a cada niño. A la niña, un rosario con un crucifijo de oro y al niño, un reloj dorado chapado en oro con la cadena calada a juego de una marca de las mejores.

El mayoral llevaba muchos años en la casa, era fiel al patrono y además recto y cabal en todo. Si tenía que defender al obrero, lo defendía a capa y espada, como lo hizo cuando querían equipararse los de la quintería más lejana con el resto de gañanes de la casa: todos con los mismos horarios, deberes, obligaciones y remuneración. Y si había que defender la hacienda de su señor, la defendía con el mismo entusiasmo que si fuese suya. Por eso el mayordomo lo mantenía al margen del «tejemaneje» que traía, sabiendo que con él no valían chanchullos.

En ese mismo año se casó una hija del mayoral y fueron invitados a la boda todos aquellos que ostentaban un cargo en la casa, además del señor y su familia. El señor no fue. Cumplió económicamente como si hubiese ido por medio del mayordomo que se excusó en su nombre, alegando que el dueño estaba muy comprometido y no podía asistir. Los demás sí lo hicieron, entre ellos Aniceto, que también cumplió económicamente con el compromiso; pero no fue nada comparable con los regalos que hizo a los niños. Cuando terminó la cena, el mayordomo y su esposa se marcharon. Pensaban que la vulgaridad de aquella gente no estaba en consonancia con su condición y eso les hacía sentirse incómodos. Se despidieron excusándose con mentiras creíbles para la ignorancia de los obreros que, con haberlos tenido allí, se sentían privilegiados con respecto a los de su clase. Los demás se quedaron copeándose con zurra y sangría y al mismo tiempo hablando de diferentes temas de trabajo y criticando las faltas de alguna gente, sin ver las propias.

Cuando la boca se calienta con el vino, no dice solo lo que sabe, también dice lo que imagina y que antes no se atrevía a decir porque no era conveniente. Ahora, al calentarse la cabeza con los vapores del alcohol, sin más reparos, la lengua derramaba lo que sabía y lo que imagina, sin mirar consecuencias. En la conversación salió a relucir la asistencia de Aniceto a la boda y el mayoral sonreía satisfecho y orgulloso de haberlo tenido en su casa. Entonces el manigero cargado de zurra, empezó a presumir de los regalos que el mayordomo les había hecho a sus niños; porque él consideraba a la niña de su hermana como suya. Y con sorna, fue diciendo todas las atenciones que tenía el mayordomo con él y con su familia. Se sentía arrogante por esos detalles que recibía de Aniceto y, para sentirse más importante, empezó a presumir también de los regalos que él le había hecho a la familia del mayordomo. Regalos impropios de un sueldo, aunque ese sueldo que él cobraba fuese algo mayor que el de un jornalero normal. Después de aquellos relatos, Teófilo quedó satisfecho de verse por encima de todos aquellos que ocupaban un cargo de responsabilidad en la casa y que se hallaban allí presentes en el remate de la cena. En ese mismo instante, empezó el cuchicheo entre los allí presentes, sobre todo entre los sirvientes de la casa, porque llagaban a sacar conclusiones, unas erróneas y otras acertadas. Las erróneas eran que el mayordomo se acostaba con la mujer del manigero, con su hermana o con las dos. Y la acertada era que estaban conchabados los dos para sacar «tajada» en su propio beneficio. Así, si en alguna ocasión don Juan, como dueño de la hacienda, preguntaba a Teófilo para que le diese información sobre las jornadas invertidas en esta u otra faena de recolección, que era cuando se podían meter goles en cuanto a jornadas que había que pagar estando ellos de acuerdo, coincidiría la información facilitada con los apuntes del mayordomo. A cuenta de eso, el «piujar» o pegujal del manigero era mucho mayor que el de los demás, aunque contase que era igual para todos. Además, recibía un dinero semanal para comprar los víveres necesarios para la quintería y ese dinero era sobrado. El mayordomo apuntaba lo que le daba y no le pedía las vueltas y con ellas tenía para abastecer su casa de comida para su mujer y sus hijos toda la semana. Así, cuando llegaba la ocasión, se obsequiaban con buenos regalos.

Los comentarios llegaron a oídos del mayordomo y se sintió molesto, por lo que el sábado, nada más llegar la gente de la quintería, llamó a Teófilo para hablar con él a solas. Cuando pasó a la oficina, ni siquiera lo invitó a que se sentase y bastante enfadado le dijo:

—¿Has oído los comentarios?

—Sí. Esta semana ha habido recochineo en la cuadrilla. Es envidia. Las bromas y las indirectas venían mayormente de parte de los gañanes: estará molesto el mayoral y habrá hecho comentarios.

—Si no hubieras sido bocazas, no hubiesen hablado. Dile al mayoral que pase.

—Don Aniceto te llama —dijo el manigero al mayoral saliendo de la estancia.

—¿Qué quiere usted?

—No me gustan los comentarios que se están haciendo, puede haber malos entendidos y el más perjudicado puedes ser tú por tus antecedentes, así es que tienes que acallarlos.

—¿Por qué tengo que acallarlos? Si se dijo, se dijo.

—Acállalos —dijo el manigero— te tendrá cuenta.

—¿Por qué? ¿Por mis antecedentes? Acállalos tú que eres el culpable.

—¡Culpable! ¿Por qué? —exclamó Teófilo enfadado.

—Porque igual que lo bebes, lo meas. Lo mejor es callar y, si no sabes beber, no bebas.

—¡Acállalos! —dijo el mayordomo—, para el señor no estás bien visto, si siguen estos comentarios tu puesto no está seguro. Tratándose de ti, pensará que esta patraña es para revolucionar a la gente, como lo hiciste con los gañanes de la finca Los Chozos. Si llega a sus oídos y sabe que eres tú el culpable, puede que salgas zumbando.

—De que no pase eso se va a encargar usted. El señor nunca me ha dado quejas y, si se entera de esto y me culpa, es porque usted le diga que he sido yo. Por eso, si me da quejas, tengo anotaciones de varios años atrás sobre el grano que se siembra y el que se coge en cada recolección y, mientras nada me obligue, ahí estarán; pero si algo me obliga a sacarlo, será mejor que coincida con su contabilidad, no sea que al haber alguna diferencia, las sospechas de revolucionario, que según usted hay contra mí, se vuelvan en su contra.

El mayordomo quedó serio y pensativo. Nunca nadie le había tirado indirectas de ese tipo tan a las claras. A los pocos días, se presentaron Aniceto y su esposa en la casa del mayoral con un regalo para su hija recién casada.

—¿Esto qué es? —dijo el mayoral sorprendido.

—Un regalo para la niña, para que veas que no eres menos que los demás que tienen un cargo de responsabilidad en la casa.

—Es un jarrón de porcelana —dijo la esposa del mayordomo— estará bien sobre una rinconera o un pedestal.

—Es precioso —exclamó la madre de la recién casada.

—Pero en la pobreza de la casa de la niña desentonaría —dijo el mayoral—. Si piensas que me vas a comprar con esto, te equivocas.

—¿Me tuteas? —dijo Aniceto soberbio.

—Estoy en mi casa y aquí el señor soy yo.

—¡Vámonos! —dijo la esposa del mayordomo.

Los dos, marido y mujer, salieron arreando como rata por tirante mientras que envolvía el jarrón. Ella, retorciendo el «morro» y él, sacando el pecho airado como un ser engreído que era. Con ese gesto quería demostrar que era superior a ellos, aún después del planchazo recibido. Al salir a la calle, el mayoral lo nombró y le dijo:

—Don Aniceto, siempre que nos veamos fuera de mi casa, le diré de usted y contará con todos mis respetos. Si nos mantenemos cada uno en nuestro sitio.

Desde aquel día, quedó zanjado el tema y, aunque los dos se miraban de soslayo, el respeto aparente era mutuo.

Juan, aunque enterado de todo lo que había pasado en casa del mayoral, jamás le mencionó nada al manigero, en consideración a la amistad y estima que le tenía y la confianza y el buen trato que recibía de él. Sin embargo, no veía con buenos ojos las artimañas de los dos, mayordomo y manigero; por eso, cuando se enteró del desaire que le hizo el mayoral a Aniceto, se sintió a gusto al saber que alguien les había puesto las cosas en su sitio.

CAPÍTULO 55

Algunos de los soldados que se fueron en enero del cuarenta y nueve, vinieron en septiembre del cincuenta a punto de comenzar la vendimia. Juan y Santos regresaron un lunes por la mañana. El tren llegó poco antes de las cuatro de la madrugada a Manzanares y en algo más de dos horas y media, se presentaron en su pueblo andando. Quince kilómetros paso a paso hasta cumplir su mayor ilusión en aquellos momentos: estar junto a su familia. José y Roberto habían venido dos días antes. Roberto dispuesto a quedarse en el pueblo, pero José en unos días volvería a Madrid. La incomprensión de su padre con respecto a su relación con Inés le haría tener conflictos y por ese motivo buscó trabajo en Madrid. Sus miras eran convencer a Inés para casarse y vivir allí en la capital los dos juntos. La proposición de José no se hizo esperar. Aquella misma noche fue a hablar con ella; pero esta vez no se quedó en la esquina esperando a que saliese. Llegó a la casa y, al alzar la cortina para llamar, se encontró la puerta abierta, llamó con los nudillos de la mano derecha y pidió permiso para pasar.

—Adelante —dijo Jesús.

Al verlo, Pepa y su marido pensaron que aquella visita tenía que ver con su Inés.

—¿Qué quiere este mozo? —preguntó Jesús para salir de dudas.

—Hablar con su hija. Ya he sabido que está en el pueblo. La última vez que estuve en el sanatorio me dijeron que se había venido.

—No está, pero puedes esperarla, no tardará. ¿Dices que fuiste al sanatorio a verla?

—Sí señor, varias veces. Roberto y yo.

—¿Estabais cerca de donde estaba ella?

—No. Nosotros estábamos en Madrid capital. Era los domingos cuando íbamos a verla.

—Y ahora… ¿quieres hablar con ella?

—Sí. Con el consentimiento de usted.

Cuando José pronunciaba esas palabras llegó Inés y, al verlo, enrojeció; pero no rehusó hablarle, al contrario, se mostró amable y se interesó por saber si estaba con permiso o había venido con el servicio ya cumplido.

—Sí, ya he cumplido —dijo él—. Mañana me voy y quiero hablar contigo.

—Pues tú dirás.

Jesús lo vio algo retraído, como que no le salían las palabras y decidió salir de la estancia. Con un ligero movimiento de cabeza indicó a Pepa que lo siguiese, para que pudiesen hablar sin reparos.

—Me voy a trabajar a Madrid y quiero saber si puedo contar contigo. Yo te quiero y, si tú estás dispuesta, podemos comprometernos y en dos o tres años nos casamos.

—¿Lo has pensado bien? —dijo ella—, tú te mereces otra cosa. Además, no quiero irme lejos dé mi hijo ahora que lo tengo ganado.

—Puedes intentar que te vuelvan a dar la custodia para llevarlo contigo, con nosotros.

—Eso es imposible, a todos los efectos es hijo de ellos. Lo que se dijo en el juicio fue puro cuento, puro teatro para quedar bien. Si en vez de estar enferma, hubiese estado sana, el cuento hubiese sido otro, pero el final el mismo.

—Pero tú tienes derecho a ser feliz, no te puedes parar ahí siendo esclava de ellos por unas migajas de tiempo que te den para verlo, sin poder decirle quién eres. Cásate conmigo y los dos lucharemos para que tu hijo sepa que eres su madre y te quiera. Yo sé que me quieres, me lo dicen tus ojos cuando me miran.

—No puedo, no puedo, no puedo… —repetía Inés llorando.

Al marcharse José, los padres de Inés preguntaron que qué quería.

—¡Imposibles! —dijo Inés con inquietud—, ¡quiere imposibles!

—¿Y por eso lloras? ¿O es que tú también lo quieres?

—¿Ha estado usted escuchando?

—Claro que sí; pero aunque no hubiese escuchado, a mí no puedes engañarme. Y te voy a decir más: lo que él quiere es posible si tú te convences de que es el mejor camino para ti.

—No puedo. Él se merece algo mejor que lo que yo le puedo dar.

Juan, Roberto y Santos hablaron con el manigero de don José para decirle que querían vendimiar. El manigero les confirmó el ingreso, por lo que salieron contentos, sobre todo Juan y Roberto, porque en la misma cuadrilla iban Aurora y Blasa.

Aurora recibió a Juan cuando vino de Melilla sin entusiasmo; pero fingió lo contrario y cada día al llegar la noche cuando él iba a verla, suspiraba y no era precisamente de amor: era de alivio porque al verlo llegar, descargaba esa preocupación que la tenía tensa durante el día. Aún le preocupaba que se supiese la aventura con Félix. Temía que el mismo Félix se fuese de la lengua, a pesar de la promesa que le hizo.

El segundo día de vendimia, Santos se despidió de la cuadrilla excusándose ante el manigero con que su suegro estaba enfermo y le habían pedido por favor que se hiciese cargo del grupo y también del acarreo. Era un voto de confianza hacia él por parte de quien hasta este momento lo había rechazado y no podía desaprovecharlo ahora que la balanza cedía a su favor, aunque solo fuese por conveniencia.

En el año cincuenta y uno y años anteriores a él desde el final de la guerra, muchos niños iban a escuelas «clandestinas». A pesar del empeño del Gobierno de erradicar, o al menos disminuir el analfabetismo, faltaban plazas en las escuelas nacionales, por lo que muchos niños no ingresaban hasta los seis o siete años. El que no había ido a ninguna clase «clandestina» o privada, era totalmente analfabeto y al llegar a las escuelas nacionales tenía que empezar de cero, mientras que los que ya habían ido a algún tipo de escuela, se unían a las clases que ya tenían un nivel cultural básico. En esas clases se hacían cuentas hasta multiplicar, dictados, lecciones de memoria y lectura en voz alta en presencia del maestro.

Empezar desde párvulos en las escuelas nacionales era una suerte, igual que ir a un colegio privado. Un privilegio que mucha gente no podía pagar. Algunos niños no llegaban a ir nunca a la escuela o solo iban uno o dos años, por lo que salían de ella casi analfabetos. Gabriel o Jesús Gabriel, era un privilegiado. Primero fue a un colegio privado y luego fue uno de los primeros de su edad que empezó a ir a párvulos en las escuelas nacionales. Todos los días Elvira lo dejaba y lo recogía por la mañana y por la tarde. Inés aprovechaba para verlo a distancia, incluso algunos días se hacía la encontradiza y hablaba con Elvira y con su hijo y al mismo tiempo aprovechaba para darle un beso: un beso recíproco. Hacía un año que Inés iba todos los lunes con Pepa a casa de Sebastián a pesar de que a Asunción no le gustaba. Se sentía arrepentida de haber consentido a Pepa que fuese a lavar. Ahora no podía echarlas, porque gozaban del consentimiento de su marido.

Sebastián era demasiado amable con Inés y a ella no le hacía ninguna gracia; pero aguantaba por temor a que le prohibiese ver al niño. Él, al ver que no se oponía a esas atenciones, pensó que sería consentidora en más acercamiento y empezó a intimar con ella; pero poco a poco, con cautela. Al cabo de algún tiempo, al no encontrar ninguna protesta, supuso que ya era tiempo para las proposiciones y en un momento que Pepa fue a por agua limpia para aclarar la ropa, le dijo:

—Si tú quieres, puedes vivir con más comodidad y con menos trabajo, por algo eres la madre de mi hijo.

—¿Sí...? pues no lo parece. Demuéstrame que lo soy.

—¿Cómo? —dijo él sorprendido.

—Dándomelo igual que me lo quitaste.

—Si tú quieres lo podemos compartir.

—¿De qué manera? —dijo ella con asombro.

—Viviendo tú independiente de tu familia, yo correría con los gastos de la casa y te llevaría al niño para que estuvieses con él más tiempo.

—¿Y qué le diríamos cuando estuviésemos los tres solos?

—Nada. No hay por qué decirle nada.

—Claro que no —dijo ella enfadada— se lo dirían en la calle y en la escuela. Tu madre no es tu madre. Tu madre es esa que está liada con tu padre. ¿Tú qué te has creído?

—No me he creído nada, solo es que estoy enamorado de ti —esto lo decía abrazándola y queriéndola besar.

—¡Quita, cerdo! —protestó Inés gritando.

Al oír Pepa el grito, dejó los dos cubos de agua y corrió hacia el cobertizo donde lavaban y se encontró a Inés forcejeando con él. Entonces Pepa cogió la losa del tiesto y se la estampó en la cabeza a Sebastián. Éste la soltó y salió huyendo. Ellas terminaron de aclarar la ropa, buscaron a Elvira para ir a ver al niño y a cobrar su trabajo. Inés cogió a su hijo en brazos y se despidió de él sin decirle que posiblemente no se verían en algún tiempo, lo que sí le dijo fue que si la quería.

—Sí —dijo el niño.

—¿Y te vas a acordar de mí si no nos vemos?

—Sí.

—Yo también te quiero, que no se te olvide nunca.

A la noche, madre e hija fueron a casa de Elvira para decirle que no volverían a ir ningún lunes a lavar.

—¿Y eso? —dijo Elvira extrañada.

—Tu amo sigue siendo un cerdo y piensa hacer conmigo lo mismo que hizo hace cinco años; pero, eso sí, esta vez con más delicadeza; porque ahora está enamorado de mí.

—Cuando llegué la tenía abrazada —dijo Pepa— e intentaba besarla mientras que ella forcejeaba.

Al día siguiente, Elvira informó a Asunción de lo ocurrido sin dar detalles concretos, solo que no irían por no ver a su marido.

—¡Mejor! —dijo ella—. Así no habrá peligro de que el niño se encariñe con ellas.

—Peligro el que tiene tu marido —dijo Elvira con énfasis.

—¿Con qué derecho me tuteas? —le recriminó Asunción enfadada.

—Con el mismo que la señora me ha otorgado; pero si usted no quiere que la tutee, no volveré a hacerlo. Sabe usted que, con tuteo o sin él, siempre tiene todos mis respetos.

Asunción la miró seria y arrepentida, pero no dijo nada, se guardó su arrepentimiento y dejó prevalecer su orgullo, a pesar de ser consciente de que había descargado su rabia sobre la persona más inocente: como el animal que, preso en una trampa, ataca a quien por compasión se atreve a liberarlo.

Elvira, disgustada por aquel trato inusual e inesperado, no pudo aguantar la humillación y con rabia, dio rienda suelta a la lengua y le relató de carrerilla todo lo ocurrido en el cobertizo, incluido el enamoramiento de Sebastián y el golpe de la losa propinado por Pepa.

Cuando Sebastián llegó a su casa, Asunción lo esperaba para recriminarle su acción. Él, en vez de avergonzarse, reconoció su autoría y con una sonrisa falsa se justificó diciendo que quería espantarlas, para que no volviesen.

—Por el bien del niño y el de mi esposa, que eres tú. Esa gente quería arrebatarte el cariño de nuestro hijo.

—¡De tu hijo, recuérdalo! Aun así, no es forma de hacer las cosas. En vez de hacer eso, se les despide y en paz.

—Tú no conoces a esta gente; si lo haces por las buenas, te calumnian al sentirse perjudicados y hubiésemos andado en lenguas. De esa forma, callarán. No hablarán de esto porque resurgirían las dudas sobre la honradez de la muchacha y eso no les conviene.

—A esa gente no la conozco; pero a ti sí y sé de lo que eres capaz de hacer por conseguir tu propósito, aunque ese propósito sea inmoral. Por eso pienso que lo que me estás diciendo es una patraña tuya para salir bien de este enredo, igual que lo haces siempre. ¿O es que te crees que no sé lo que hiciste para conseguir al niño? Buscaste aliados en varios sitios para adoptarlo por las buenas, pero como no lo conseguiste, hiciste cómplice tuyo al funcionario del Registro Civil y luego al juez. Al principio dudaba si la muchacha había sido consentidora o no, ahora estoy segura de que fue forzada: una violación.

—¿Cómo puedes pensar eso de mí? —dijo Sebastián con cara de cordero manso.

—De ti se puede pensar cualquier cosa y mucho más si es inmoral o perniciosa. Cuando algo te interesa, no tienes escrúpulos a la hora de conseguirlo, aunque para ello tengas que pasar por encima de lo más sagrado. Por eso, déjame en paz, ya no te creo aunque me estés diciendo la verdad.

Después del trance que pasó Inés en el cobertizo, ella sabía que Sebastián no dejaría de acosarla, además de impedir que viese a su hijo. Por eso, decidió irse lejos de él y dónde mejor que a Madrid, donde sus enfermeras, las monjas, podían ayudarle.

Dos días después, sin darle explicaciones a nadie salvo a sus padres, se marchó. Únicamente fue a ver a Blasa para que Roberto le diese las señas de donde vivía José, por si necesitaba ayuda en la capital antes o después de ir a ver a sus enfermeras. Para ella, Madrid era una jungla de edificios y gentes que desconocía y que solo de pensar qué sería de ella en un lugar tan vasto y desconocido, sentía miedo. Le cohibía.

Inés llegó a Madrid a la una de la tarde y fue a buscar el autobús que la llevaría al sanatorio donde ella había estado ingresada. Las monjas, al verla llegar, se extrañaron; aun así, no dijeron nada, la acogieron con alegría sin mostrarle esa extrañeza. Las primeras preguntas fueron sobre su salud, después le preguntaron por el niño; pero a partir de ahí comenzaron a profundizar en otros temas.

—¿Vienes a vernos o a quedarte?

—No. Ninguna de las dos cosas —dijo Inés—. Tenía gana de visitarlas; pero no vengo por eso, vengo porque no sé qué hacer ni dónde ir. No quiero estar en el pueblo. No quiero, porque no puedo. Allí tengo todo lo que me haría feliz, pero también está la persona que nunca me dejará llegar a esa felicidad.

—¿El padre de tu hijo no te deja acercarte a él?

—Sí me deja. Sí, si me hago concubina suya. Lo ha intentado con proposiciones de palabra y, al no conseguirlo, lo intentó por la fuerza. Sé que si me tiene cerca no cesará nunca de acosarme, por eso estoy aquí, porque necesito ayuda.

—Tu camino es el del Señor, con Él estarás segura y feliz. Sus caminos son infinitos y llegan a todas partes. Esos caminos te pueden llevar a la felicidad que buscas. Y quién sabe si, estando con Él, algún día llegues a ese acercamiento que ahora no puedes tener con tu hijo.

—No tengo vocación, no será mi camino cuando Dios no me ha puesto en él. De todas maneras, sigo pensando que no hay que pertenecer a una congregación religiosa para estar cerca de Él haciendo el bien. Yo solo pido ayuda para encontrar un trabajo y vivir de él sin depender de nadie.

—Intentaremos ayudarte —dijo una de las monjas—. Ven mañana, quizá tengamos algo para ti.

Inés quedó pensativa sin saber qué decir ni dónde ir. No tenía a nadie en la capital, solo las señas de la pensión donde vivía José, que ella pensaba utilizar como último recurso; mientras tanto, salvo extrema necesidad, no quería comprometerlo en su aventura.

Las monjas notaron la indecisión de la muchacha a la hora de irse y, suponiendo que había otro problema, le preguntaron que a qué se debía ese semblante de pesar.

—No tengo a dónde ir. Yo pensé que me invitarían a pasar aquí la noche y mañana me buscaría una pensión y trabajo, si ustedes no podían ayudarme.

—Aquí no puedes quedarte, no hay camas. Además, la estancia en este centro no te conviene, porque las enfermedades que aquí se tratan son infecciosas y, aunque ya estás curada, tus pulmones están muy sensibles y cualquier anomalía les puede afectar.

—Buscaré pensión, tengo unas señas donde quizá pueda encontrar aposento —dijo Inés afligida sin desvelar de donde eran las señas.

Al salir, se encontró con el médico que la había tratado durante su enfermedad. Un hombre de avanzada edad, algo encorvado de la espalda, el pelo blanco y la cara pecosa. Enseguida se interesó por su salud y por ella misma en cuanto a su forma de vida. Inés se sinceró con él contándole toda la historia, desde que salió del sanatorio hasta ese mismo momento en que hablaban. El médico sacó sus propias conclusiones al juntar la parte primera de la historia de Inés, que él ya sabía de antes, con esta última y sintió pena por aquella muchacha que había tratado durante casi tres años. En ese tiempo tuvo ocasión de conocerla como persona y valorar en ella su sinceridad, su afán de ayudar y su personalidad recta y positiva. Por eso sintió la necesidad de ayudarla y para ello la mandó a su casa.

—Toma —le dijo, entregándole una nota que había escrito—, esta es la dirección de mi casa, ve y entrega esta nota a mi esposa y hazle compañía esta noche: yo tengo guardia y no iré hasta mañana.

Inés, al oír esas palabras, mostró una sonrisa, le dio las gracias y a punto estuvo de brincar de alegría; pero se contuvo por no causar sensación de persona alocada delante de aquel hombre que era un ídolo para ella y que ahora intentaba ayudarla otra vez.

La muchacha llegó contenta a la casa del médico, pero inquieta porque iba a encontrar a una persona desconocida para ella. Llamó y le abrió una mujer de unos sesenta años, de figura esbelta, tez blanca y pelo ondulado castaño con algunas canas y recogido atrás por un pequeño moño. La mujer leyó la nota mientras que Inés le daba explicaciones.

—Me manda el doctor Moraleda, don Santos Moraleda.

—Es mi esposo, pasa, me vendrá bien tu compañía. Esta noche él no viene. ¿Qué asuntos te traen a Madrid?

—Busco trabajo.

—¿Y a qué te quieres dedicar?

—Siendo un trabajo decente, cualquiera me vale.

—En tu pueblo, ¿a qué te dedicabas?

—A las recolecciones del campo y a servir; pero ahora no puedo hacer las faenas del campo, tengo una lesión pulmonar que no me deja hacer esfuerzos ni estar en ambientes viciados y, para servir, nadie de allí me quiere contratar.

—¿Por qué, muchacha?

—Por mi pasado. Uno de los caciques del pueblo me violó y ahora me acosa. El resto de gente que puede contratarme no se atreve. Él solo busca su gusto, que es mi perdición.

—Por eso te has venido.

—Sí. Mi historia es larga y complicada. Si al menos tuviese conmigo a mi hijo, me compensaría este sinvivir; pero así, para qué verle la cara a ese canalla si nunca voy a conseguir lo que más me importa: mi hijo.

—¡Ah, qué tienes un hijo!

—Sí, fruto de la violación de ese sinvergüenza, que después me lo quitó.

Inés contó su historia a esa mujer que, a pesar de ser una desconocida, le inspiraba confianza. Al terminar de hablar Inés, la mujer le dijo:

—Tu historia tiene suficiente argumento para escribir una novela, un drama en todos los sentidos. Ahora, a dormir, vamos a descansar y mañana Dios dirá.

—Mañana quiero madrugar para ir a ver a las monjas y buscar trabajo si ellas no tienen nada para mí.

—Mañana cuando venga mi marido, lo primero es desayunar y después hablamos, puede que él tenga algo que decir con respecto a tu situación. Venga, a dormir, que estarás cansada después de un día de tanto recorrido.

Inés durmió a pierna suelta y, cuando se levantó, el médico ya estaba allí.

Después de desayunar, fue a recoger las cosas de la mesa y a limpiarla y el médico le indicó que se sentase, porque tenía que hablar con ella.

—Quieres trabajar, ¿no?... —dijo el médico mirándola.

—Sí señor, eso quiero.

—A mi esposa le van pesando los años y yo ni tengo tiempo ni maña para ayudarle en la casa. Además, ¡qué carajo! La casa es cosa de mujeres; así es que, si tú quieres, aquí tienes trabajo, vivienda y comida. A Matilde le vendrá bien tu ayuda y tu compañía. ¡Ah! El sueldo lo ajustas con ella. Las mujeres sabéis más de esas cosas.

—Muchas gracias, Dios se lo pague —dijo Inés radiante de alegría.

—Con que te portes como una buena hija, me sentiré satisfecho, no pido nada más.

Poco a poco, Inés se fue familiarizando con la casa. Las primeras veces que limpiaba los muebles miraba las fotos sin conocer a nadie, pero al cabo de una semana le resultaban todas familiares. Matilde le fue aclarando el significado de cada retrato y quién eran cada una de esas personas: un hijo del matrimonio, que ejercía la medicina en Valencia; otro que era militar y ejercía el mando en una comandancia de Melilla y un tercero caído por Dios y por España durante la guerra. Así lo definía el médico y padre de aquel caído. La madre, sin embargo, pensaba que su hijo había muerto por la sinrazón de los hombres. Un mártir del fanatismo humano que Dios tendría en su gloria por su inocencia. También estaban las fotos de las niñas del médico de Valencia, que eran la alegría de la casa. Estaba la foto de boda del hijo médico, otra del grupo familiar en la boda. Entre las otras, una era del hijo desaparecido y otra de las nietas de Santos y Matilde, las tres juntas. Tres niñas que cada una de ellas merecía y tenía el cariño de aquella hija que nunca tuvieron y tanto desearon.

Inés escribió a sus padres para decirles que ya tenía trabajo.

Mientras tanto, en el pueblo ya se había corrido la voz de que Inés se había ido de repente y que Pepa ya no iba a lavar a casa de Asunción. *Algo gordo tiene que haber pasado cuando ella no va a lavar y la hija ha desaparecido sin despedirse de nadie* —decían algunas de las vecinas del barrio.

Pepa volvía a su casa después de hacer unos recados y al pasar por un grupo de parlanchinas, una de ellas le preguntó:

—¿Y la niña, está bien?

—Sí, está bien —contestó Pepa.

—Como la vi el otro día de subir en la «pava», pensé que si se habría puesto mal.

—No. No está mal, solo que ha ido a ver a sus monjitas. Les debe tanto y está tan agradecida, que no ha podido resistir la tentación de ir a verlas.

—¿Se ha ido para mucho tiempo?

—Depende, las monjas quieren que se quede con ellas; pero no sabe qué hacer.

Cuando Pepa se separó del grupo que preguntaba, torció el gesto y cerró el puño de la mano derecha y con disimulo lo sacudió hacia atrás, como diciendo: *fastídiate «al que quiere saber, mentiras de él».*

Elvira seguía llevando al niño a la escuela. Un día, cuando venían de vuelta a su casa, el muchacho le dijo a Elvira que unos niños le llamaban Jesús.

—Se habrán confundido —dijo Elvira restándole importancia.

—No se han confundido, porque me lo han repetido muchas veces y también me han dicho que tengo dos madres.

—No les hagas caso, eso lo dicen porque te quieren enfadar.

—Entonces, ¿no es verdad?

—Bueno, que te llamas Jesús sí es verdad; pero no te llamas solamente Jesús, te llamas Jesús Gabriel. Aunque a tu papá y a tu mamá no les gusta ese nombre, por eso solamente te llaman Gabriel. Cuando te digan ese nombre, no les hagas caso, ya verás cómo se cansan y no te lo vuelven a decir.

Inés estaba satisfecha con su trabajo y, en los dos meses que llevaba en la casa del médico, todo era armonía y compenetración con Matilde. Tanto, que quien no sabía nada de ellas, pensaba que eran madre e hija. La mayor parte de las horas del día las pasaba dentro de la casa, a veces leyendo o conversando con la señora cuando no tenía faena, por lo que su piel había vuelto a adquirir ese color esclarecido que tenía cuando estaba en el sanatorio y que después perdió en el pueblo al tostarse por el sol durante el tiempo que había estado allí. Ahora su piel morena era rosada. Sus ojos castaños y su pelo negro daban brillo y esplendor a su cara que la hacía aún más bella, más atractiva.

Por su vestimenta, su piel bien cuidada, su vocabulario y sus modales de exquisito refinamiento, adquiridos a base de convivir con gente culta y educada en el sanatorio y ahora en la casa del médico, Inés se había convertido, sin lugar a dudas, en toda una señorita, sin más problemas que atender a sus señores y pensar en su hijo, que por su alejamiento era lo que a veces le robaba la alegría.

José trabajaba en una línea de autobuses con el mismo recorrido diario. Él ignoraba por completo que Inés estaba en Madrid. Un día, cuando iba de ruta, vio a dos mujeres mirando un escaparate, una mayor y la otra joven y, al verlas de espaldas, por la silueta de la joven le pareció que era Inés; pero no dio crédito a lo que había visto, él pensaba que era fruto de su imaginación; sin embargo, al cruzar por donde estaban las dos mujeres, miró y vio en el reflejo del cristal el rostro de Inés: más lustrosa, más rellenita, bien vestida, pero ella.

Aquella misma noche escribió a Roberto para informarse y este le contestó diciendo que sí, que estaba allí y que él pensaba que ella había ido a verlo, porque antes de irse había pedido sus señas. Lo que no le pudo decir es dónde estaba.

El primer día libre que tuvo José fue a ver a las monjas y ellas le orientaron; pero le advirtieron que antes de ir a buscarla, podía hablar con don Santos, que era quien le había dado el trabajo. José fue a ver al médico y, con algo de timidez, le explicó quién era él y el motivo por el cual quería ver a la muchacha.

El médico le hizo unas preguntas sobre la historia de Inés para asegurarse que era cierto lo que le decía y, al contestarlas con conocimiento de causa, dedujo que no le mentía y que, se viesen o no, no era cosa suya.

Pensó que mejor lo llevaba y que lo decidiese Inés. Don Santos lo citó a la hora que salía él del trabajo, pero no le dijo lo que pensaba hacer.

El doctor nunca llevaba llave de su casa y, al llegar, llamó como siempre. Al abrir Inés y ver a José, palideció y al momento se puso roja como una amapola. El médico, al ver la reacción, estuvo seguro de que se conocían y que tendrían muchas cosas que contarse, al menos eso parecía por la reacción de los dos.

—Este muchacho quiere hablar contigo, ¿lo conoces? —dijo el médico.

—Sí. Es de mi pueblo.

—Pues tú dirás, ¿quieres hablar con él o no?

—Sí, no me importa.

—Bueno, ahora vamos a comer y esta tarde la coges libre y así podéis hablar: en el cine o paseando, donde vosotros queráis. Eso sí, antes de anochecido, aquí en casa.

Inés no dijo nada, se quedó en el suspense de algo que ella creía que ya estaba hablado y no había nada que decir al respecto; pero se equivocaba, José tenía que decir y mucho, aunque de entonces en adelante lo diría con la mirada y con el corazón.

El paseo de Inés y José fue ameno. Recordaron aquellos momentos difíciles cuando José le ofreció su apoyo incondicional, del cual ella todavía estaba agradecida; pero lo más importante estuvo en la despedida. Ella pensaba que él volvería a las proposiciones, pero no fue así; al llegar se despidió hasta otro día clavando sus ojos en los de Inés. Ella sintió que se le aceleraba el corazón mientras que sentía el deseo de besarlo.

—¿Por qué has venido a buscarme? —le dijo cogiéndole la mano.

—Quería verte.

—¿Nada más?

—Nada más. Eso y tenerte cerca.

—¿Como amiga? —dijo ella.

—Como tú quieras. ¿Quedamos?

—Vale.

—Me tendrás siempre —dijo José acariciando su cara.

—¿Como amigo?

—Como tú quieras; pero has de saber que, de cualquier forma, seré siempre tu amigo, no lo dudes.

CAPÍTULO 56

En las navidades del año mil novecientos cincuenta y uno, Francisco regresaba a su casa por sorpresa. La alegría en la familia fue inmensa, incluso en la gente ajena la noticia causó sensación de alivio. Volvían a despertar las críticas sobre la condena injusta que había cumplido ese hombre. Quien no se alegró fue Mauricio, que al enterarse fue al cuartel de la Guardia Civil a informarse de si era cierto el regreso de Francisco.

—Sí, es cierto —le informó el jefe de puesto.

—Ahora ¿qué hay que hacer con él?

—Dejarlo que trabaje. España necesita mano de obra y este hombre viene con el informe del penal limpio: igual en comportamiento cívico que en cuestión de trabajo. Trabajo que ha desempeñado allí durante cinco años sin ningún informe contradictorio.

—¡Pero ahora me lo tengo que encontrar por la calle! Y quién sabe si vuelva a amenazarme. Se podía pedir el destierro y así evitábamos la ocasión.

—No hay razón para eso —dijo el guardia— si te vuelve a molestar, vienes y lo denuncias; pero que sea verdad que te molesta. Esta vez lo vamos a controlar sin que él sospeche y vamos a saber si es cierto o no lo que dices. La mayor parte del pueblo está a favor de él y, según informes de personas fiables, ese hombre ha sido siempre pacífico.

Francisco estaba contento, pero preocupado por si había rechazo en la patronal y no encontraba trabajo. Además, después de cinco años encerrado, estaba desorientado y aturdido. Empezar de nuevo después de tanto tiempo ausente era como si llegase a un mundo extraño. Aun así, no tenía miedo. Estar con su familia le daba tranquilidad y, en cuanto al pasado de su condena, no sentía recelos porque él no había estado en un trato continuo de penalidades, hambre y palizas como otros que, después de llegar a sus casas, se sobresaltaban por cualquier revuelta temerosos de que volviesen a encerrarlos. Él, excepto los ocho meses primeros que estuvo en un batallón de trabajadores durmiendo al descampado y pasando penalidades, fue un preso privilegiado al ser trasladado a Madrid. Un trabajador sin libertad, pero sin malos tratos. Un trabajador de taller donde se trabajaba la madera, con un tiempo de ocio para su aseo personal y una alimentación segura aunque no de muy buena calidad ni abundante; algo que muchas personas libres hubiesen querido tener en su mesa a la hora de comer. Ahora tenía que empezar de cero ganándose la confianza de todos aquellos que habían dudado de él porque, en su nuevo comienzo, algunos de esos serían sus patronos.

José, el hijo mayor de Francisco, seguía trabajando de pastor. Con sus diecisiete años era todo un hombre, aunque Francisco solo viese en él el niño que dejó hacía cinco años junto a tantos proyectos que nunca llegaron a cumplirse.

La primera preocupación que sintió por sus hijos fue comprobar si realmente habían aprovechado el tiempo en la escuela y para ello fue a ver al maestro, que le informó de los altibajos e irregularidades del principio de su detención. También le dijo que la estabilidad había llegado al comenzar Ramona su trabajo en casa de don José.

—Mucho ha hecho ese hombre por tu familia —dijo el maestro—. Si él no hubiese intervenido, nunca hubiesen dejado a Ramona en paz. Es valiente tu mujer, no creas que se asusta.

—La necesidad obliga —dijo Francisco orgulloso de ella—. Por fin ha terminado esta pesadilla, ahora lo que me preocupa son mis hijos, pronto empezarán a buscarse la vida y no quiero que sean analfabetos como yo. El que más me preocupa es mi José, porque él ha sido el más perjudicado al tener que dejar la escuela antes de tiempo. Ahora tan mayor, no cabe en ningún sitio donde pueda aprender si no es pagando y dejando su trabajo, dos cosas incompatibles en la economía de mi casa.

—Padres como tú necesita este país —dijo don Sebastián—. Es una injusticia que padres, incluso con buena economía, saquen a sus hijos de la escuela con diez, once o doce años para llevárselos a trabajar. Y niños con esa misma edad y hasta con menos, que deciden no asistir a clase y sus padres son consentidores sin ver el daño que les hacen a esas criaturas. Si quieres que tu hijo el mayor aprenda, mándamelo en cuanto empiece el año. Voy a abrir un aula para los arrepentidos o faltos de oportunidades, para que aprendan todo aquello que no pudieron aprender cuando les correspondía. Será de noche, después de dejar el trabajo.

—Irá, no lo dude —dijo Francisco ilusionado.

Esas navidades fueron las más felices para la familia de Francisco y Ramona. No las más felices de esos últimos cinco años que estuvo preso, sino las más felices de todas las que habían vivido juntos. Porque las navidades anteriores, desde la primera que fue en el año treinta y tres, cuando llevaban once meses casados, todas fueron incompletas, revueltas o faltas de alegría. Ese primer año de casados fue el principio de un desajuste social que llevaría a la ruina a la nación. El paro obrero se intensificó bruscamente y los atentados y desmanes surgían en cualquier parte de los pueblos y ciudades, igual en plena calle que en el campo. Francisco era simpatizante de la Casa del Pueblo; pero al ser clausurada después de los enfrentamientos con la patronal y la Guardia Civil, surgieron detenciones en ella y él, que aún no estaba fichado, pensó pasar desapercibido. Los tres años siguientes no fueron buenos, sin embargo ninguno fue comparable al año mil novecientos treinta y seis, donde empezó a arder la mecha que haría saltar por los aires toda posibilidad de convivencia cívica y ordenada durante casi tres años: desde julio de ese año, hasta abril del treinta y nueve. Cuando acabó la guerra, Francisco regresó al pueblo al lado de su familia después de haber luchado al lado de la República. Durante algunos meses, estuvo con miedo por las represalias que se estaban tomando contra aquellos que se habían pronunciado con las izquierdas y, aunque él intentaba tranquilizarse a sí mismo porque nunca se había declarado como tal públicamente, temía que lo llamasen a declarar por haber estado en las filas republicanas. Algo que no podía negar. Y eso podía ser un agravante en su defensa a la hora de que alguien pidiese informe de su conducta; porque aunque no tenía ningún delito reconocido, tampoco tenía a nadie que lo avalase y su declaración tendría poca fuerza si nadie lo avalaba. Al fin lo llamaron a declarar y la primera pregunta fue que si había luchado con el ejército de la República.

—Sí, señor.

—¿Por qué motivos?

—No tuve opción. Me reclamaron y no me pude negar.

—¿Alguna vez sentiste la tentación de abandonar y cambiarte al ejército de liberación?

—No había posible escapatoria, desertar se pagaba con la muerte. El que lo intentaba moría en el intento. Como yo, había otros paisanos que han estado conmigo, pueden preguntarles, no había más remedio que obedecer.

—Todos decís lo mismo, igual los que hemos cogido huyendo que los que habéis venido por vuestra voluntad. Ninguno estaba a favor, pero todos estabais allí.

—Yo no he sentido la necesidad de huir, no tengo ningún delito.

—¡Eso lo decidiremos nosotros!

Después del interrogatorio, le dijeron que se marchase y no volvieron a molestarlo. En el informe, lo declararon imparcial, no desafecto: algo que él nunca supo.

Los años siguientes a la guerra fueron duros para todos; pero para una familia de cinco personas como era la de Francisco, sin casa propia ni dinero para comprar comida, la subsistencia era un martirio.

Francisco había sido guarda en una finca varios años y conocía cada rincón de esa finca y otras colindantes, por lo que algunas noches cazaba furtivamente para llevar algo de dinero a su casa. No se comían lo que cazaba, la caza la vendía confidencialmente a gente que podía pagarla y no le preocupaba de dónde venía. Con ese dinero compraban otra clase de alimentos con la cartilla de racionamiento que les facilitaba la adquisición de los víveres que menos escaseaban.

Cuando detuvieron a Francisco, fue cuando empezaban a pasar menos necesidades, porque a pesar de haber escasez, había más alternativas de alimentación que en los primeros años de posguerra. Además, Francisco combinaba los trabajos que le surgían con la caza que, como experto que era, le contrataban para organizar cacerías en fincas grandes, para recreo, solaz y disfrute de los señoritos. Al detenerlo, su familia se quedó desamparada y a partir de ahí, todo fue un cúmulo de penalidades: para él, por su falta de libertad y la preocupación por los suyos. Y para su familia, represión, hambre y escasez de todo al faltar el protector que los suministraba. Por eso, ahora que estaban todos juntos y que gracias al trabajo de José y Ramona tenían para comer, era la Navidad más feliz desde el comienzo de su matrimonio, porque en él no habían tenido más alegrías que las de ver nacer a sus tres hijos, que eso fue siempre una alegría para ellos, por más penurias de escasez que se estuviesen pasando.

Después de Navidad, los mismos patronos con los que había trabajado Francisco antes volvieron a buscarlo, lo que fue un consuelo para él y para su familia. Nada había cambiado. Aquellos que volvían a darle trabajo no tenían poderes para haberlo librado de la cárcel. Sin embargo, sí podían ratificar su conducta anterior y sus cualidades de hombre trabajador y respetuoso, por eso volvieron a confiar en él igual que lo habían hecho siempre.

En enero de mil novecientos cincuenta y dos, tres semanas después de que volviese Francisco, regresaban de la cárcel Jeremías y Juan, corredor y carretero que ejecutaron el robo de la cebada. Al contrario que Francisco, estos sí eran culpables, por lo que su presencia no causó ningún entusiasmo, salvo en sus casas y en sus familias. Al poco tiempo de llegar, intentaron rehacer su vida y reemprender su actividad laboral sin encontrar apoyo de ninguna clase. La desconfianza de la gente, sobre todo hacia Jeremías, cuyo oficio requería en muchos casos pasar a los graneros a examinar y valorar la mercancía, estaba presente, porque decía un refrán que, «quien hace una, hace ciento, si tiene oportunidad de hacerlo».

Juan se defendía con menores resultados que antes del robo, pero suficiente para vivir de su trabajo. Sus servicios no requerían más atención que observarlo mientras cargaba o descargaba y muchas veces ni eso, porque la mayoría de los trabajos que hacía eran sacar escombros, transportar piedras, basura o paja, cosas que no tenían riesgo de engaño que mereciese la pena. Además, Juan estaba arrepentido y él mismo se fue encargando de demostrarlo. Jeremías era todo lo contrario. Cierto es que no pensaba dar otro golpe como el de la cebada, pero sí pensaba seguir con el rateo de siempre si nadie lo controlaba. El tener trucada la romana o correr el peso antes de que se nivelase la balanza, formaba parte de su oficio y habían sido muchos años de práctica con una habilidad tan precisa, que nadie advertía esas maniobras a la hora de pesar, a no ser alguien que lo conociese bien, como lo conocía José, el dueño de las almortas.

Cuando empezó a ofrecerse, tuvo un aviso del Ayuntamiento para que sin demora se personase en él con la romana y cualquier utensilio que sirviese para pesar y lo utilizase en su oficio, para allí comprobar su correcto funcionamiento. Así lo hizo y salió bien de la inspección, porque el truco estaba en las pesas y tenía dos de cada romana o balanza que poseía. Una original y exacta y otra trucada. Al salir de la inspección le dijeron que se anduviese con ojo, porque tendría inspecciones en cualquier lugar y en cualquier momento. Entonces pensó que, entre las inspecciones y la desconfianza de la gente, no se recuperaría nunca, por lo que pidió permiso a las autoridades para emigrar a Valencia donde emprendería una vida nueva.

Doroteo seguía haciendo portes cada vez que tenía ocasión y ahora los hacía con dos mulas y un burro que enganchaba delante de ellas cuando era preciso, porque a veces en cargas pesadas, como por ejemplo piedras, tierra de arcilla, piedra caliza, escombros o grano de cereal, enganchaban un arre (que así se le llamaba al burro que iba delante de las mulas) para ayudarlas y animarlas a tirar de la carga. Desde que se llevaron preso a Juan, que era quien organizaba la mayor parte de los portes en la población, la gente que recurría a él se diversificó y algunos carreteros que antes trabajaban para Juan, tomaron auge en el negocio del transporte y uno de ellos fue Doroteo.

Cuando Juan empezó a trabajar después de cumplir condena, a veces coincidía con sus antiguos empleados y en una de las veces coincidió con Doroteo. Al principio, ninguno de los dos mencionó nada de lo ocurrido hacía ya cinco años; pero Juan no pudo aguantar más y dirigiéndose a Doroteo, le dijo:

—¿Quién te avisó?

—Nadie, fue suerte. Me dormí. Cosas del destino. Se ve que aquello no era para mí.

—Tú no te has dormido nunca; si nadie te avisó, algo te hizo sospechar. ¿O fuiste tú quien denunció?

—No. Yo no ganaba nada con denunciar y menos sin saber lo que ibais a hacer.

—Entonces, ¿quién denunció? Cuando llegamos a Tomelloso, dos guardias nos estaban esperando, alguien tuvo que avisar. Nadie nos vio llegar a la bodega y mucho menos salir. El único que lo sabía eras tú y te libraste.

—Te equivocas, Pascual estaba escondido en la bodega mientras cargabais y al poco de iros avisó a la Guardia Civil. Yo no me dormí, estás en lo cierto. Fui a la hora acordada, solo que me quedé una esquina antes de llegar observando quien abría la bodega y, al ver que no era el bodeguero, sospeché y me volví.

—Entonces, ¿quién avisó al bodeguero? —dijo Juan queriendo despejar dudas.

—Nadie. Echó en falta la llave y después cuando volvió y la vio colgada en el mismo sitio, pensó que algo se estaba tramando.

—Fue un error dar el golpe tan pronto. Si hubiéramos ido solos después de haber pasado un tiempo, no nos hubieran pillado.

—Te equivocas, Pascual hubiese puesto señales para saber si alguien tocaba en el almacén y a la corta o la larga hubieseis caído en la trampa. El error estuvo en hacerlo y, por tu parte, el error fue hacer caso de ese truhan. Con gente como Jeremías hay que mantenerse al margen y, sin decir del todo que no, hay que esquivar las fechorías, por lo que pueda pasar. No puedes «comerte el pan y cagarte en el morral», porque una vez u otra llegan a cogerte.

—Yo pensaba que habías sido tú el denunciante.

—Pues te equivocas. Yo, ante la sospecha, esquivé el golpe; pero yo no tenía nada que denunciar, también me podía haber equivocado.

Jeremías emigró a Valencia y pronto contactó con la gente de los mercados de abastos para hacer de intermediario entre hortelanos y comerciantes o hacer de proveedor directo de ellos. También hacía de corredor en la venta de casas, fincas rústicas y traspasos, donde empezaba a ser muy conocido. Allí, igual que en el pueblo, sufría inspecciones. Avisadas las autoridades por la Guardia Civil de su pueblo de los antecedentes que tenía, de cuando en cuando le hacían una inspección sin previo aviso, además de estar vigilado continuamente; pero al no encontrársele nunca ninguna infracción ni engaño en sus actividades, poco a poco fue disminuyendo la vigilancia. Eso hizo que pudiese trabajar con más libertad con esa gente que nada conocía de su pasado y que, por su labia y su precisión a la hora de abastecerlos, los tenía ganados por completo. Así fue como Jeremías volvió a ver la luz del sol después de la tormenta.

CAPÍTULO 57

Manuel «El tipo» seguía bebiendo y, cuando lo hacía, pocas veces dejaba de maltratar a su esposa, aunque solo era de palabra y amenazas que nunca cumplía.

Sus hijos —un niño con trece años y una niña con diez— se habían hecho a las voces y ya no temblaban al oírlo como cuando eran más pequeños. Los dos, unidos a la madre, sobrellevaban la carga de esa sinrazón de Manuel. A veces lo ignoraban y él se excitaba aún más. Entonces, la niña se acercaba a él con una sangre fría impropia de su edad e intentaba tranquilizarlo y, cuando lo conseguía, cesaban sus gritos y sus amenazas; en ese momento, lo acompañaba a la cama y se acostaba. Cuando se le pasaba la borrachera, salía serio y callado, avergonzado de su ensañamiento, y Regina suspiraba con alivio; pero el hijo lo miraba con desprecio pensando en las barbaridades y amenazas que le había dicho a su madre. Además, pensaba también que estaría poco tiempo tranquilo. Sabía con seguridad que volvería a hacerlo, porque últimamente esas escenas ocurrían cada día. A pesar de lo enfurecido que se ponía, jamás se ensañaba con sus hijos, toda lo tormenta caía siempre sobre Regina. Desde hacía algún tiempo, no se encontraba bien y él mismo, cuando estaba sereno, lo achacaba al vino; pero, a pesar de ese razonamiento, pronto dejaba de estar sobrio, porque el malestar le hacía beber otra vez y, conforme iba bebiendo, se sentía mejor y al final, cuando se encontraba aparentemente bien, la bebida empezaba a afectarle a la cabeza y comenzaban de nuevo los insultos.

Hasta entonces el hijo no había protestado a pesar de que no le agradaba oírlo, pero esa vez no aguantó más y le dijo que por qué no se callaba. Él, al oírlo, se enfureció más de lo que estaba y se puso agresivo; pero en vez de agredirlo a él, fue a agredir a su esposa. El hijo se puso en medio de los dos para sujetarlo, lo que hizo que «El Tipo» encontrase resistencia con el muchacho que, con sus casi catorce años, igualaba al padre en estatura y fuerza. Manuel en el estado que estaba, al darse el encontronazo con su hijo, cayó de espaldas y apenas pudo levantarse y, cuando lo hizo, encontró al hijo delante de él con un palo de un metro de largo en las manos y diciéndole mientras lo miraba con rabia:

—Si le pegas a mi madre o la vuelves a insultar, te lo estampo en la cabeza.

El padre se volvió dando trompicones y se fue en dirección al corral.

Después de diez o quince minutos, madre e hijo se asomaron pensando que estaría caído durmiendo como acostumbraba; pero, al asomarse, la sorpresa que recibieron fue apabullante: estaba subido encima de un tiesto de lavar la ropa que había debajo de la «gavillera» y había metido la cabeza en el aro hecho en la punta de una soga con nudo corredizo. La soga la había atado a un palo de la «gavillera» con intención de ahorcarse. Enseguida salieron madre e hijo corriendo hacia él y el hijo se abrazó a las piernas evitando que se dejase caer y la mujer se subió al tiesto y, con un brazo desde atrás, le bordeó el cuerpo y con la otra mano le quitó la soga del cuello. Él bregaba sin cesar para deshacerse de ellos; pero al final se rindió y cayó hecho una bola dentro del tiesto, donde estuvo hasta que se le pasó la borrachera y decidió incorporarse. Al incorporarse, vio a Regina y a Miguel que hacían guardia a su lado y, con una voz serena, como el que acaba de recuperar el juicio, les dijo:

—No deberíais de haberlo evitado, es la única forma de descansar, vosotros y yo. Por favor, que no se entere la niña de lo ocurrido.

Al día siguiente, nada más desayunar, empezó con las molestias y pensó en el vino; sin embargo, no fue a beber, le comunicó a su esposa lo que le pasaba y esta lo convenció para ir al médico.

El facultativo, después de reconocerlo, le hizo varias preguntas, le puso un tratamiento, le retiró el vino y le aconsejó que no fumase. Él no dijo nada, solo miró a su esposa con cara de pena mostrando un estado anímico bajo. La mujer intentó animarlo. Así estuvo una semana, tranquilo y tomándose la medicina según le había dicho el médico, lo que hizo que todos recuperasen la calma.

El tratamiento no le quitaba totalmente las molestias y, además, echaba de menos la bebida, por lo que empezó a pensar que la única solución para sus males era el vino, porque con él el malestar se calmaba y a partir de ahí empezó a beber a escondidas además de tomarse la medicina.

Al principio bebía poco y la mezcla de alcohol y fármacos le producía una euforia que se hacía sentir en la convivencia familiar. La mujer y los hijos se admiraban de ese cambio inesperado; pero aquello duró poco. Al pasar el efecto del vino y la medicina, volvían las molestias y él volvía al vino, hasta que un día se puso totalmente loco y, lo mismo la mujer que los hijos, pensaron que había vuelto a beber. Registraron la casa de arriba abajo y encontraron escondida una garrafa de cuatro litros media de vino y desde entonces lo tenían controlado. Aun así, a veces se escapaba y cuando acudía a su casa iba borracho. Entonces la situación volvía a hacerse insoportable y él, en los pocos ratos que estaba sereno, veía que era incapaz de controlarse, por lo que tomó la decisión de alejarse de su familia para evitarles disgustos.

Cuando anunció que se iba, la mujer se llenó de espanto y evitó por todos los medios que se fuese; pero, según iba pasando el tiempo, la convivencia era cada vez más dura, casi insoportable. Por las mañanas, cuando se levantaba, estaba sereno y se mantenía callado; pero a partir de las diez y media o las once, ya estaba borracho y comenzaba a insultar a todo el que veía, hasta que caía al suelo y dormía la borrachera allí donde estuviese: unas veces dentro de su casa, otras en la calle al lado de la puerta sentado en el poyete y otras tumbado en la acera hasta que lo recogían o despertaba, porque nadie que no fuese de la familia se atrevía a acercarse a él. La situación era cada vez más insoportable, hasta que un día Regina decidió coger a sus hijos y marcharse a casa de sus padres. Al principio, iban por la mañana temprano la niña y ella cuando aún estaba sereno. Barrían la casa, recogían los trastos y, a la hora de ir la niña a la escuela, lo dejaban solo, ya casi borracho, pero sin insultar a nadie todavía.

El muchacho, con sus catorce años, trabajaba todos los días, por eso Miguel llevaba algún tiempo sin ver a su padre. Por la mañana, cuando iban la madre y la hermana, él estaba trabajando y por la noche, no se podía hablar con Manuel, porque anochecido a veces dormía y, si no, era peor, porque no tenía razones para hablar con nadie si no era maldiciendo y discutiendo. Los domingos, Miguel estaba libre para ir a verlo y así lo hizo al principio; pero dejó de ir, porque cuando lo veía, el padre se ponía hecho una fiera. Poco a poco, el muchacho se fue desarraigando de él por ese trato áspero que recibía cada vez que iba a verlo.

Regina y la niña seguían yendo cada mañana a barrer y a llevarle ropa limpia cada vez que lo veían sucio. Sin embargo, también dejaron de ir, porque atrancaba la puerta por dentro y no las dejaba pasar, además de insultar a Regina desde dentro. Manuela —que así se llamaba la niña— no le tenía miedo y una mañana, después de irse la madre al trabajo, fue ella sola a verlo. Llamó y Manuel, al ver quién era y ver que iba sola, abrió la puerta. Después de abrir se fue a una habitación de la casa a esconderse y la hija le siguió los pasos hasta llegar a él. Ella esperaba el alboroto que acostumbraba a montar; sin embargo, ese alboroto no llegó, se mantuvo sentado en una silla baja, con la cara escondida entre sus manos sin decir palabra. Manuela empezó a acariciarlo y a darle buenas razones para que se portase bien y no tratase a la gente de esa forma tan brutal e indecorosa.

—Su perdición es el vino —le dijo la niña como advertencia cariñosa, sin acusarlo—. Si lo dejase, podíamos estar todos juntos.

—No puedo dejarlo. No puedo… Si lo dejo, me muero.

—Se morirá antes si no lo deja. El vino le hace perder la razón. No le deja ver el daño que le hace: a usted y a nosotros. El vino le produce esa obcecación, hágame caso.

La niña llegó a su casa satisfecha de esa entrevista. Le dijo a la madre de dónde venía y también le dijo los razonamientos que había tenido con el padre.

—¿Y no te ha chillado? —dijo la madre.

—No. Al contrario, ha estado sereno y he visto humedecérsele los ojos. Él también sufre.

Al día siguiente fueron las dos, llamaron en la puerta y al momento oyeron la ventana que se abría y a él, que miraba alzando la persiana. Al ver que eran ellas, atrancó la puerta para que no pudiesen abrir. La mujer insistió y, al momento, empezaron las voces y los insultos.

Dos años llevaba Manuel solo en la casa y atendiéndolo Regina y su hija. Pero hacía ya un mes que solo lo atendía la niña, que ahora iba sola. Era la única persona que podía pasar a la casa sin que Manuel se opusiese ni perdiese la calma. Manuela, con sus doce años, era experta en las tareas del hogar y, a pesar de su mala experiencia familiar, estaba psicológicamente centrada. Quizá porque el padre nunca la había maltratado a ella directamente. Cuando no estaba bebido demostraba que sentía pasión por sus hijos. Además, desde que la niña tenía ocho años, había perdido el miedo, porque veía que el maltrato era solo de palabra. Pero el padre solo se sosegaba con ella. Ahora con tan solo doce años, era el puente entre su padre y el resto de la familia, asumiendo una responsabilidad que no era propia de su edad. Se entregó a esa misión como si hubiese sido una persona mayor, por lo que con doce años recién cumplidos, dejó de ir a la escuela para siempre.

Manuel tenía cada vez menos fuerzas y, aunque bebía menos, se emborrachaba con más facilidad. Cuando Manuela a veces intervenía para que no bebiese más de lo que ya había bebido, nunca se enfadaba con ella, callaba y esperaba a que no estuviese para beber. Incluso a veces le decía en broma algún chascarrillo o refrán con respecto al vino, como por ejemplo: «quítame el trago del jamón, pero no me quites el del melón», si estaba con el postre. «Los albañiles antes de remendar, riegan», si era el comienzo de la comida. «El agua rompe caminos, lo que nunca hace el vino, por eso es desatino beber agua y no beber vino», si era cualquier hora del día.

Una mañana, cuando llegó la muchacha, estaba caído en el suelo en medio del portal y al verlo pensó que estaba borracho, aunque se extrañó porque aún era temprano para estar caído. Se acercó a él y, al cogerlo, él la miró con cara de pena y le dijo:

—No he bebido. Estoy aquí desde anoche y no he podido levantarme. No tengo fuerzas.

La niña intentó ayudarlo, pero no pudo; entonces salió a la calle a pedir ayuda y dos hombres que pasaban por allí lo levantaron y lo llevaron a la cama. La niña avisó a su madre y Regina volvió a su casa; pero, temerosa del escándalo y los insultos, solo se acercó a él para ayudar a la niña cuando era estrictamente necesario. Ella ignoraba que ahora no estaba nunca agresivo porque nunca llegaba a estar borracho. Manuela le daba el vino racionado para que estuviese tranquilo cuando sentía necesidad de beber, pero en tan poca cantidad que no llegaba a alborotar, incluso a veces después de beber se tranquilizaba y se dormía.

Tres meses habían pasado desde que la niña encontró a Manuel caído. Tres meses de resignación y pena para la familia al ver cómo se agotaba. Cómo pasaba la tormenta dejando a un lado el desasosiego a cambio del sufrimiento. Sentían que, a pesar de todo, el cariño tenía más fuerza que la maldad y la sinrazón. Y que, a pesar de haber padecido lo insufrible con él, su muerte se sentía como si hubiese sido el hombre más bueno del mundo. Como si al morirse, la felicidad se marchase con Manuel y no hubiese otro sol que a ellos pudiese alumbrarles el resto de sus días.

CAPÍTULO 58

Desde aquel primer paseo de Inés y José en Madrid, la pareja no había dejado de verse. Cada semana, el día que libraba él salían a divertirse o simplemente a pasear para hablar de sus cosas. Después de más de un año, seguían haciéndolo como amigos, con una amistad tan grande que no cabía ningún secreto entre ellos, dada la lealtad y compenetración que existía entre los dos. Ninguno de los dos había vuelto al pueblo desde su primera salida después de que José cumpliese el servicio militar e Inés huyese de los acosos de Sebastián. Él no iba porque su trabajo no le dejaba tiempo libre: solo un día a la semana, y en un día únicamente tenía tiempo de ir y volver sin demorar la estancia en un pueblo que estaba a casi doscientos kilómetros de distancia; le permitía quedarse, si acaso, dos horas como mucho, porque «la pava» —que era el autocar de línea que hacía el recorrido— tenía la hora de llegada a la una del mediodía, y el regreso a Madrid a las tres de la tarde. Si Inés hubiese pedido permiso para ausentarse del trabajo unos días, se lo hubiesen concedido, sin embargo no lo pidió. A pesar de las ganas que tenía de ver a sus padres y a su hijo, rehusaba volver al pueblo temerosa de las proposiciones de Sebastián y, lo que era aún peor, sabía que ahora no la dejaría que viese a su hijo y mucho menos que hablase con él, si no accedía a sus proposiciones. Solo lo vería a distancia aprovechando las ocasiones a escondidas.

Julio iba por la mitad de sus días en este último encuentro en que Inés y José paseaban al caer la tarde en el parque del Retiro. El gusanillo de la nostalgia se justificaba con la llegada de la feria de Santiago y, aunque era una razón para volver, ellos sabían que no era la más importante.

—Voy a ir al pueblo —dijo José a Inés—. ¿Tú no vienes?

—No.

—¿No añoras todo lo que has dejado allí?

—¡Con toda mi alma!

—Entonces, ¿qué te impide ir?

—La impotencia de no poder hacer nada con respecto a mi hijo.

—¿Y si te lo pido yo, vendrás?

—Lo siento por ti; pero no puedo.

—Aún faltan diez días, piénsalo y ven. Sigue mi consejo, no tienes nada que perder y tus padres están deseando verte. También verás a tu hijo aunque solo sea de paso y eso, no me digas que no lo estás deseando.

Inés no dijo nada, agachó la cabeza y empezó a sollozar; entonces José le acarició el pelo y ella inclinó la cabeza sobre su hombro mientras que él le susurraba al oído: *tranquila, tranquila, verás cómo algún día se arregla todo, ahora deja de llorar y considera mi propuesta. Además, si tú no vienes, yo tampoco voy. Lo sentiré por mi madre, pero ya la veré en navidad.*

Con estas palabras y un beso de amigos, se despedían hasta la semana siguiente, en la que Inés debería llegar sin dudas sobre si iba o no al pueblo.

En la mente de Inés se formó un remolino de ideas que se contradecían entre sí. A veces estaba distraída y confusa y saltaba a la vista de los demás su preocupación.

—¿Qué te pasa muchacha, que estás distraída? ¿Es ese chico que viene a verte? —le dijo la señora

—No.

—¿Entonces…?

—Bueno, sí. Va al pueblo la semana que viene y quiere que me vaya con él.

—¿Y tú qué piensas hacer?

—No voy. No puedo dejarlos a ustedes.

—Pues tú verás. Si no quieres ir a tu pueblo, te vienes con nosotros a Valencia. Vamos a pasar unos días con mi hijo y con mis nietas y tú no te puedes quedar aquí sola.

Inés vaciló en aquel momento sobre qué destino coger, aunque poco rato después, lo tuvo claro: se iría al pueblo.

El viaje de regreso al pueblo lo hicieron Inés y José juntos; pero al bajar del autobús se separaron y cogieron cada uno el camino que conducía a su casa. José vivía cerca de la parada y pronto llegó. Inés vivía en la parte del pueblo opuesta a la parada del autobús, lo que dio lugar a que la viese mucha gente en el recorrido hasta su casa. Nada más verla pasar, había gente que cuchicheaba a sus espaldas removiendo comentarios que ya estaban casi olvidados. Los mezclaban ahora con la intriga de qué haría en Madrid y le buscaban algunas ocupaciones que nada tenían que ver con la que realmente desempeñaba. Lo que sí tuvieron totalmente claro fue que estaba más guapa que nunca, más mujer, y que el brillo de su piel y la elegancia de su ropa la hacían más señora que cualquier señora rica del pueblo. Eso aumentaba la intriga de la gente, mostrando extrañeza al verla lucir ropas elegantes y caras que no eran propias de su clase.

Inés no se olvidaba nunca de su hijo, por eso compró un cuento y un balón que le entregó al niño en una entrevista preparada por Elvira a petición de Inés. Jesús, al verla, la abrazó con más fuerza que nunca emocionado con los regalos.

—Esto te lo regala Elvira —le dijo al niño queriendo evitarle a la sirvienta el disgusto que le esperaba si se sabía la verdad.

—¿Y por qué me lo das tú?

—Porque ella me ha pedido que lo traiga de Madrid.

Cuando llegó Jesús Gabriel a su casa, le enseñó los regalos a Asunción y esta le dijo que quién le había dado eso.

—Yo —dijo Elvira con precipitación, antes de que el niño hablase.

—¿Y por qué?

—Yo sé que el niño tenía ganas de un balón y he pensado que, como estamos en feria, era la mejor ocasión de hacerle un regalo y aquí está.

—¿Pero tú no has ido a la feria, verdad? —preguntó Asunción después de un momento de suspense—. ¿Quién lo ha comprado en tu lugar?

—Fue por encargo.

—¿Y por qué tanto secreto? Si me lo hubieses dicho a mí, yo misma lo hubiese comprado. Hasta el niño hubiese podido elegir aquel que más le gustara en la feria.

—Sí, señora, lleva usted razón; pero pensé que si lo compraba usted, no me dejaría pagarlo y, si no lo pagaba yo, no sería mi regalo. Además, en la feria seguro que no lo hay igual, este es de reglamento, igualito al que utilizan los futbolistas profesionales.

—Entonces, si no hay en la feria, ¿dónde lo has comprado? —dijo Asunción suponiendo su procedencia—. Dime, ¿dónde?

Elvira no dio respuesta y Asunción, segura de su procedencia, le arrebató el balón al niño cuando le daba patadas en el patio tan ilusionado y que, al arrebatárselo, comenzó a llorar.

—¿Qué pasa? ¿Qué locura es esta? —preguntó Sebastián que llegaba en el momento del enfado de Asunción y el llanto del niño.

—Que te lo explique esta —dijo Asunción señalando a Elvira— ella te lo va a explicar mejor que yo.

—He sido yo quien le ha regalado ese balón —dijo Elvira algo nerviosa.

—¿Y qué tiene de malo? Explícate a ver si lo entiendo.

—Que no he ido a comprarlo yo, ha sido por encargo.

—Bueno y qué, ¿qué pasa por eso?

—¡Que ha venido de Madrid! El encargo lo ha traído Inés —dijo Asunción roja de ira.

Sebastián se volvió hacia donde estaba Asunción y le dijo:

—¿Y eso qué más da?, el regalo es de Elvira y si ella era eso lo que quería, alguien tenía que traerlo. En el pueblo no hay y en la feria son peores. No vas a privar al niño de esta maravilla de juguete porque tú estés celosa.

Sebastián cogió el balón de donde lo había dejado Asunción y se lo dio al niño y al volverse miró a Elvira y, mostrando una sonrisa burlona, le dijo:

—Caro regalo.

—Sí, señor. Para mí el niño es el hijo o el nieto que nunca he tenido.

Desde que Inés estaba en Madrid, había perdido todos los reparos que tenía en el pueblo y, lo mismo que a Lucía, le resbalaban las críticas y las censuras maliciosas de una cultura hipócrita y retraída, donde la mujer no solo tenía que ser honesta, sino también precavida a la hora de mostrar su forma de ser o de sentir. Tenía que mostrar recato ocultando sus verdaderas predilecciones y teniendo siempre en cuenta la compostura.

En los días de feria, todas las parejas amigas de José e Inés se juntaron como cada domingo. Inés se puso de acuerdo con Lucía y salieron juntas; sin embargo, José salió solo, con la esperanza de encontrarse con ella.

Estaban todos en un grupo cuando pensaron subir en la ola. En uno de los bombos iban Roberto, Blasa, Santos y Juana; en el otro Juan, Aurora, José, Inés y Lucía. Cuando iba la atracción marchando, ellos empezaron a girar el bombo y ellas sintieron el mareo propio de girar una y otra vez a una velocidad de vértigo. Las risas se mezclaban en una alegría desenfrenada que casi rayaba en la locura. A la vez que ellos giraban y giraban, ellas, en las que el mareo era más intenso, empezaron a querer frenar el bombo al mismo tiempo que volcaban la cabeza hacia adelante para mitigar el mareo. Inés, en vez de echar la cabeza hacia adelante, la recostó sobre el hombro de José llena de felicidad. Lo hizo sin pensar. Además, no le importaba el qué dirán de aquellos o aquellas que sin duda miraban para hablar después.

Antes de que diesen las once, las tres parejas que estaban comprometidas dejaron la feria para llegar a las casas de ellas a la hora convenida con los padres; pero José, Inés y Lucía se quedaron sin importarles la hora y, cuando volvieron Roberto, Juan y Santos, casi a la una de la madrugada, entonces José las acompañó a las dos a su casa. Primero dejaron a Lucía y después José e Inés fueron juntos sin prisa hasta la casa de ella, donde se separaron. Al día siguiente, fueron la comidilla de todo el pueblo, lo que dio lugar a que los padres, igual de Inés que de Lucía, sintiesen vergüenza de ese comportamiento que habían tenido sus hijas y que, por consiguiente, recibieron la reprimenda propia de un padre y una madre dolidos por esa conducta que no veían correcta en la forma de actuar de sus hijas. José hubiese estado libre de esa reprimenda, si no hubiera sido Inés una de las compañeras que había estado con él esa noche. Para la mayoría de los padres, si su hijo se divertía con una mujer a deshora de la noche, ella era una perdida, pero él, era un machote, un hombre, y un hombre no tenía nada que perder, porque era libre de hacer lo que le pereciera. Sin embargo, José también tuvo reprimenda por parte de su padre, que no vio con buenos ojos esa compañía, porque para él, Inés era una «lagarta» que solo quería pillarlo para remendar su falta a costa de su hijo, que era un ignorante y no veía los perjuicios que eso le podía traer y la vergüenza que aportaba a la familia.

Aquel comportamiento desvergonzado —según la gente que criticaba— dio pie para que Sebastián volviese al ataque sobre el intento de conquistar a Inés y, dos días después de acabar la feria, con la excusa de darle las gracias por el balón que le había traído al niño, se acercó a ella cuando iba por la calle y, pidiéndole disculpas, le dijo:

—Por favor, ¿me escuchas un momento?

—Te escucho, pero a distancia. No quiero que te acerques a mí.

—¿Qué piensas que te voy a hacer, aquí en la calle?

—Nada, pero no quiero que te acerques.

—Únicamente quiero darte las gracias por el regalo que le has hecho al niño.

—No he sido yo, ha sido Elvira. Yo únicamente he hecho el encargo.

—A mí no me puedes engañar.

—No tengo necesidad de engañar a nadie y si fuese así como tú dices, es mi hijo y debería tener los mismos derechos que tú o más y no los tengo.

—Porque tú no quieres.

—En las condiciones que quieres tú, no.

—Yo tengo mucho que darte, incluso a nuestro hijo; no como el payaso ese con el que te estás abriendo de piernas.

—¡Yo nunca me he abierto de piernas con nadie! Ni siquiera contigo cuando me forzaste. Y ahora déjame en paz, ¡cerdo!

—Más vas a perder tú si no te vienes a buenas —dijo Sebastián amenazante.

—Ya lo veremos. De momento, mi hijo va a saber muy pronto quien soy yo, para que se vaya haciendo a la idea y, cuando sea mayor, va a saber de mi boca todo, hasta este acoso que ahora estás ejerciendo sobre mí.

Sebastián, al oír eso, se echó a reír y se fue tomándola por ilusa.

Hacía cinco días que estaba Inés en el pueblo, pero solo había visto a su hijo dos veces: una el día que le dio el regalo y otra en la feria, cuando iba de la mano de Sebastián y Asunción y allí, mirándolo entre la gente como un ladrón al acecho, se sintió la mujer más desdichada del mundo. Solo le quedaba el consuelo de haberlo tenido en sus brazos dos días antes viéndole la cara de felicidad cuando le daba el balón.

José estaba dispuesto a irse cuanto antes con tal de no oír los reproches de su padre; pero al mismo tiempo no quería irse sin Inés. Por eso le hizo saber la intención de marcharse y, a la vez, le preguntó que si ella pensaba quedarse el resto de días que tenía libres.

—Quiero hablar con mi hijo antes de irme. Voy a intentar por todos los medios que se quede con mi cara y no me olvide nunca. Además, no puedo irme, mis señores no están en su casa y no tengo dónde ir.

—Sí tienes, si tú quieres. En la pensión donde yo estoy hospedado hay camas libres.

—Pero esa pensión es solo de hombres.

—No. Hay un piso contiguo donde alquilan a chicas y matrimonios. Ahí puedes alojarte.

—No sé… Primero tengo que hablar con mi hijo.

El niño de Inés tenía tanto o más apego con Elvira que con su madre adoptiva, porque realmente Elvira hacía las veces de madre mucho más que Asunción. Ella lo lavaba, lo vestía, lo llevaba a la escuela, le preparaba la comida desde que llegó a la casa y desde que comía solo; a veces estaba pendiente, si era preciso, para hacerle la comida que él prefería. Ahora, con sus cinco años, iba con ella a cualquier recado siempre de la mano, a diferencia de antes que lo llevaba en brazos. En uno de estos recados, Inés aprovechó y se hizo la encontradiza con ellos. El niño, al verla, salió corriendo a su encuentro con los brazos abiertos para que lo cogiese, entonces ella también abrió los brazos y lo cogió al vuelo, alzándolo para arriba con una cara de alegría que revelaba sin lugar a dudas su felicidad instantánea. Una felicidad que guardaría en su corazón hasta el día que con un encuentro nuevo, volviese a abrazarlo.

—A ver, ¿cuánto me quieres?

—Mucho —le dijo el niño abrazándose a su cuello.

—Yo también te quiero, como tu madre o más. Porque ¿sabes? Yo tengo un niño igual que tú; pero no está conmigo. ¿Te gustaría ser tú mi niño?

El niño se encogió de hombros sin contestar, aunque sus gestos y su cara de felicidad declaraban que lo sería con gusto.

—Ahora tengo que irme —dijo Inés— pero cuando vuelva, nos veremos otra vez, porque ahora eres mi niño y me vas a querer como yo te quiero a ti.

Inés lo besó y lo dejó en el suelo, se despidió de Elvira y del niño con pena, porque otra vez dejaba a su hijo y con él, la alegría de su vida.

—Mañana me voy —le dijo a Elvira—, cuida de mi niño como si fuese yo misma.

—Lo haré, es mi deber, aunque también lo hago por el niño y por ti.

Al llegar a la casa, el niño nombró a Inés y Asunción miró a Elvira con un gesto interrogativo; pero Elvira ignoró la mirada y el gesto y se fue a reanudar la faena.

—¿Me vas a decir el motivo por el cual el niño ha nombrado a esa persona?

—Si usted lo prefiere, sí.

—Estamos solas, puedes tutearme.

—No señora, de aquí en adelante cada una estará en el lugar que le corresponde, así no tendrá usted que recordarme quién es la criada y quién la señora. Y en cuanto al niño, hemos visto a Inés por la calle, ella lo ha llamado y él, como la conoce, ha ido hacia ella y ella lo ha cogido en brazos.

—Y tú, ¿no has hecho nada para evitarlo?

—No, señora, porque Inés no le va a hacer nada malo, primero porque no es persona que haga daño a nadie y segundo porque es su madre y lo quiere.

—De aquí en adelante, no quiero que saques al niño a la calle.

—Si es por Inés, no se preocupe, se va mañana.

Después de hablar con el niño, Inés lo tenía decidido, se iba con José. Ahora solo faltaba avisarle para que lo supiese y se preparase para salir al día siguiente en el primer autocar que saliese con destino a Madrid. Para avisarlo, fue a ver a Blasa y le encargó que le dijese a José que se iba con él, pero con cuidado de que sus padres no supiesen que se iban juntos.

—Estáis muy unidos —dijo Blasa.

—Sí. Nunca encontraré a nadie que me entienda, me apoye y me dé cariño como él, para mí es como un hermano.

—¿Sólo eso? Yo pensaba que era algo más.

—Solo eso, un amigo que me entiende y me mima sin pedir nada a cambio.

—Pues desde ahora, para la gente del pueblo estáis juntos.

—Y lo estamos, pero como amigos, no como ellos se piensan.

—Él lo está deseando y tú deberías recapacitar y acceder a su deseo. Perdona la intromisión; pero creo que le estás haciendo daño sin que ninguno de los dos os deis cuenta. Si no piensas comprometerte con él, déjalo. Desengáñalo ahora, porque luego va a ser peor. Cuanto más tiempo pase, le vas a hacer más daño. Si no lo quieres, si solo es agradecimiento lo que sientes por él, no lo tengas entretenido. Háblale claro, que sienta la necesidad de buscar a otra mujer.

—¿Quién ha dicho que no lo quiero? Precisamente porque lo quiero he intentado muchas veces que se aleje de mí; pero a él no le importan las condiciones en las cuales estemos juntos, quiere estar conmigo sean cuales sean las circunstancias.

—Entonces, si le quieres, ¿por qué ese empeño de no querer comprometerte con él?

—Hay cosas que nos separan aunque él no las vea: está mi hijo, está su padre que no soporta vernos juntos y está mi conciencia. Yo no le puedo dar lo que él se merece: un amor de estreno, impoluto, sin estar deshojado y roto. Siendo amigos, él me tiene y yo lo tengo sin necesidad de cargos de conciencia. En la amistad más pura y más sincera, también puede haber amor; amor sin sexo, solo cariño.

—Puede que lleves razón; pero el amor de pareja desea más cosas y no será completamente feliz si no encuentra lo que desea. Puede que esas cosas que tú dices sean las más importantes, pero no son las únicas. Tú tienes a tu hijo y quizá nunca sientas la necesidad de tener más, él sí se planteará algún día tenerlos. Ahora todo le es indiferente con tal de estar contigo, sin embargo no dudes que él espera otras cosas. No sería un hombre normal si no fuese así. Él te quiere sin importarle las condiciones; pero también necesita la mujer que hay en ti y un día te planteará tener descendencia y entonces, si no te decides, será peor. Aun así, tú verás. Yo puedo opinar y aconsejarte, lo que no debo hacer es influir en tu decisión. Las decisiones debéis tomarlas vosotros libremente; pero que no se te olvide, él espera algo más. Por muy conforme que lo veas, si no te exige, es porque no quiere perderte.

Desde que llegaron a Madrid, hasta que regresaron el médico y su esposa, Inés ocupó una habitación en la pensión contigua a la que se hospedaba José. Así podían verse cada noche cuando él volvía del trabajo, incluso cenaban juntos de mutuo acuerdo con la dueña de la pensión, a la que le daba igual poner el plato de Inés en un comedor que en otro, porque, al estar contiguos los dos, la cocina comunicaba con ambos pisos por igual. Así pasaron tres días hasta que el médico y su esposa volvieron de Valencia. Tres días maravillosos, inolvidables, encantadores. Una imitación de lo que José imaginaba que sería su vida junto a Inés.

Al pasar aquellos días, sus vidas volvieron a la rutina, de paseo el día que libraba José y vuelta a empezar la semana con el trabajo, cada uno en lo suyo. Como una cadena industrial que fabrica en serie. Sin embargo no era así: la cabeza de Inés era un ir y venir a las palabras de Blasa. Repasaba sus consejos y sus advertencias y al mismo tiempo intentaba desliar el ovillo. Un ovillo que poco a poco había ido devanándose en torno suyo con esa relación platónica tan arraigada a los dos. A veces, cuando le daba al magín por pensar, sentía que ya no sería capaz de vivir sin él, si algún día esa relación se desbaratase. Él también pensaba: la tenía ganada aunque solo fuese como amigo y no pedía nada más aunque lo desease. El tiempo iría poniendo las cosas en su sitio. Inés al principio no quería hablar con José, luego se convenció de que era sincera su amistad y cedió. Después empezaron a salir juntos como amigos y la despedida era solamente un adiós o un hasta luego… pero ahora la despedida la hacían con un beso: un beso de amigos, sí, pero no dejaba de ser un beso.

CAPÍTULO 59

A veces la vida es injusta con nosotros y lo es cuando suceden cosas naturales derivadas de la vida misma o de su naturaleza. Sin embargo, cuando nos sucede algo ajeno a los hechos naturales, entonces no es la vida quien nos castiga o nos premia. Son las personas que encontramos en el camino, de paso por ella, y que a veces disponen y condicionan el proceso de esos sucesos buenos o malos. Si Josefa y Doroteo no se hubiesen encontrado en su camino con Sebastián, pensarían que la vida les había tratado mejor. Pobremente, pero mejor porque nadie, aparte de él, intentó en ningún momento hacerles daño. Por eso no fue la vida quien los trató mal, fueron las consecuencias derivadas de la actitud de Sebastián.

La familia de Josefa y Doroteo, después de aquel año nefasto que les hizo naufragar, siguieron navegando a fuerza de tesón y esperanza para sobrevivir a duras penas, siempre con el timón puesto fijo en el futuro para salir de ese túnel oscuro que los agobiaba. Ahora, al contrario de esos años adversos, el destino les sonreía. En parte, porque Sebastián se había olvidado de ellos; pero además, lo que motivó esa recuperación fue el esfuerzo de su trabajo, su sacrificio y el don de ir siempre con la verdad por delante.

El negocio del transporte que surgió a raíz del encarcelamiento de Jeremías y Juan, fue el que hizo que remontasen a un nivel de vida mejor y, por supuesto, el trabajo de todos, del mayor al más pequeño. Eso hacía que, además de vivir mejor, fuesen obteniendo bienes que nunca habían imaginado tener. Mariano, con sus quince años recién cumplidos, llevaba un año trabajando a diario. Unas veces con patronos que requerían sus servicios y otras con su padre y su hermano Luis, que, ahora con trece años, ayudaba a Doroteo en jornadas alternativas cuando hacía falta, igual que lo hacía Mariano en los años anteriores cuando don Sebastián lo reclamaba para que asistiese a clase. Ni Mariano, ni Luis completaron los estudios primarios. El penúltimo curso iban en días alternos y el último ni siquiera asistieron; pero con lo que habían aprendido en los años anteriores eran capaces de llevar las cuentas del negocio del transporte sin ninguna dificultad. Doroteo dejó de hacer palotes en el forro del librillo de papel de liar los cigarros para llevar la contabilidad de los viajes que hacía. También dejó de contar con los dedos los duros que importaban tantos o cuantos viajes, porque los dos muchachos lo ajustaban y en una hoja de libreta anotaban: tanto de fulano y tanto de mengano y, al cobrar, entregaban una factura a cada cliente.

Lucía, hija de Doroteo y Josefa, con diez años, aún iba a la escuela; pero, a pesar de ser todavía una niña, era experta en tareas del hogar. Tareas que realizaba antes y después de asistir a clase, porque Josefa, su madre, todavía trabajaba en casa de doña Pura y la niña, en parte, tenía que atender la casa además de al padre y a sus hermanos, mientras que la madre estaba ausente. Lucía, en sus ratos libres, jugaba con sus amigas, aunque la ocupación de las tareas de la casa casi siempre se lo impedía. Eso hacía que, a pesar de su corta edad, esa niña se convirtiese en una persona responsable que tenía que apartar su niñez y sus ganas de jugar para asumir un cargo que era propio de una persona adulta.

Muchas niñas y niños pasaban con esa rapidez de los juegos de infancia a las tareas de la edad adulta. Eso hacía que tuviesen que anular por completo su adolescencia. Una palabra casi desconocida en esa época en la cual acontecen estas historias. Eso les hacía sentir, con tan solo trece, catorce o quince años, la responsabilidad de una persona adulta sin serlo. Gracias a estas injustas y obligadas costumbres de trabajar los niños desde muy temprana edad, Doroteo y Josefa, igual que otras muchas familias, vieron por fin la luz al otro lado del túnel o lo que es igual: lució para ellos el sol después de la tormenta.

Pedro, con trece años, trabajaba en las recolecciones en casa de don José, igual que su madre. Petra seguía viviendo en el pueblo excepto las temporadas de recolección, que se iba a la quintería con su marido y su hijo. La niña se quedaba con la abuela para que no perdiese de ir a la escuela. Petra no estaba muy contenta de que su hijo trabajase, pero él estaba seguro de que podía desarrollar el trabajo que se hacía allí y quería ayudar. Juan José estaba de acuerdo con el muchacho, porque se acostumbraría al trabajo y se haría un hombre, además de ayudar en la casa; aunque esta familia poco numerosa no tenía demasiada escasez, porque, aparte del jornal fijo de Juan José como guarda, tenían «arrimos»: piezas de caza, setas, espárragos, además de hortalizas sembradas en el huerto del caserío para abastecer la casa del señor y la suya propia. Así pues, con catorce años, Pedro era jornalero y mozo de confianza de don José. El muchacho conocía la finca como la palma de su mano y además sabía de caza igual que el padre; por eso, cuando se organizaba una cacería, él era una pieza clave. Don José echaba de menos tener un hijo y, por la edad que ya tenía su esposa, sabía que no lo tendría nunca. Pedro se había criado allí en la finca y don José conocía sus cualidades como persona: bonachón, responsable y eficaz, algo ingenuo, pero inteligente e ingenioso; ideal para lo que él necesitaba. Al año de estar el muchacho ambulante en unas y otras ocupaciones de la finca, un día, cuando Juan José fue a dar novedades al señor, este le dijo:

—Tu hijo vale. Quiero hacerte una propuesta y espero que estés de acuerdo conmigo.

—Usted dirá…

—Quiero que esté única y exclusivamente a mi servicio, ayudando en mis asuntos personales. Para ello tendrá que estudiar algunas técnicas: cursillos para el progreso moderno que se avecina en la agricultura y algo de contabilidad. A veces se me resisten los números, no por su intrincada resolución sino por la cantidad de ellos. Y sospecho que pronto serán más, porque en pocos años será la nueva industria la que se imponga y habrá que adaptarse a ella con la mecanización.

—Lo que usted mande, don José. Solo que si mi hijo deja de trabajar para estudiar, no sé si podré asumir el gasto.

—Tu hijo seguirá siendo un obrero de la casa con su sueldo íntegro. Los gastos corren de mi cuenta. Y tú toma este libro: es el código de circulación. Si la finca se mecaniza, tú eres el primero que has de aprender a conducir, además de algunos gañanes; tu hijo también lo puede ir estudiando, y tiene tiempo: para obtener el permiso de conducir, hace falta tener al menos dieciocho años.

A partir de entonces, Pedro se convirtió en la sombra del señor, con las críticas de algunos compañeros de trabajo que sentían envidia. Creían que tenían derecho a las mismas oportunidades que él. Pedro estudiaba y trabajaba al mismo tiempo, solo que lo hacía en tareas propias de un mayordomo, excepto cuando había cacerías. Entonces se ocupaba de numerar los puestos y hacer el sorteo de ellos para indicar después a cada cazador qué puesto era el que le había tocado en suerte.

A los dieciséis años, Pedro conducía el automóvil nuevo que se había comprado el señor. El cochero del carruaje antiguo, a sus setenta y ocho años, había quedado en la casa del pueblo para hacer recados, regar los huertos, alimentar las gallinas, recoger los huevos que ponían a diario y barrer cada lunes el patio de carros cuando las mulas se iban a la quintería.

Finalizaba Junio del año mil novecientos cincuenta y cuatro. Las niñas Luisa y Rosa llegaban a casa con otro curso aprobado. Un curso más y tendrían terminada la carrera de Magisterio, igual una que la otra; pero esta vez Luisa tenía un plan nuevo para consultar con sus tíos y tutores. Luisa era retraída y meditaba las cosas hasta el extremo antes de exponerlas o de tomar una decisión, por eso se pasaron casi dos meses antes de informar a su tía de su idea.

—Quiero hablar con usted —le dijo Luisa algo nerviosa a Felicidad.

—Es importante lo que tienes que decirme ¿verdad?, porque te veo preocupada y nerviosa.

—No quiero volver al centro cuando empiece el curso. Tengo otros planes.

—¿Otros planes? ¿Cuáles? ¿Vas a dejar ahora los estudios a tan solo un curso de terminar la carrera?

—No. No pienso dejar los estudios, quiero terminarlos mientras que hago el noviciado: quiero ingresar de novicia.

—¿Ya no quieres ser profesora?

—Sí. Solo que a través de una orden religiosa. Quiero poner mi vida a disposición de la humanidad entregándome a ella por medio del Señor allí donde sea necesario: en la enseñanza, en el cuidado de niños desamparados, de ancianos menesterosos o de cualquier otro servicio que ayude a hacer un mundo mejor; pero siempre bajo la protección de nuestro Señor y su Santísima Madre.

Rosa sabía la decisión de su prima y la apoyaba. Sin embargo, le preocupaba la separación. Estaban tan acostumbradas a estar juntas, que este cambio le afectaría en todo; pero aún más en el próximo curso cuando ingresase en el colegio.

—¿Tú también tienes sorpresas? —dijo Felicidad a su hija.

—No. De momento no. Yo voy a seguir en el centro. Quiero ser profesora, es mi ilusión; eso y formar una familia si encuentro la persona adecuada que me ayude a formarla.

Felicidad no dijo nada; pero pensó en sus años de adolescencia y mocedad. Diferentes a esos en modas y estilos, pero idénticos en ilusiones, sentimientos y sueños. Daba por cierto que su hija y su sobrina se habían convertido en mujeres con ideas propias, con sentimientos propios, con sueños propios.

A don José, igual que a su esposa, aquel cambio lo cogió por sorpresa y lo tuvo toda la noche en vela. Después comprendió que la vida tiene sus etapas y cada etapa tiene su tiempo y que sus niñas serían siempre sus niñas, con diez, veinte o treinta años. Pero ahora habían llegado a la etapa que las convertía en mujeres, en personas adultas que, igual que él y su esposa, a los dieciocho años ya estaban comprometidos y hacían de mutuo acuerdo con la mayor ilusión, proyectos propios con planes de futuro.

La vida es así, cambian los tiempos, cambian las modas; pero las etapas de la vida no cambian nunca. Se es niño en la primera, adolescente en la segunda, adulto a partir de la mayoría de edad y anciano en la última; pero sin dejar de ser niño en todas ellas porque es la etapa que más marca a la persona. Es cierto que, cuando estamos en los últimos momentos de la niñez, deseamos salir de ella; pero luego, cuando somos adultos, hay muchos momentos que sentimos nostalgia de esa niñez y, si fuese posible, volveríamos a refugiarnos en su dulzura, en su sencillez, en su inocencia y en sus sueños. Unos sueños que al recordarlos, aun nos hacen felices.

Don José en su meditación, llegó a comprender que sus hijas habían llegado a esa etapa de la vida donde se empieza a volar, a decidir el propio vuelo. Volvió su mente atrás y recordó sus años mozos y se sintió orgulloso de ellos a pesar de haber sido conflictivos e inestables. Los comparó con estos que estaban viviendo y se sintió feliz al pensar que sus hijas no vivirían, al menos en su juventud, ese infierno que habían vivido él y los jóvenes de edades próximas a la suya. Un infierno de guerra, hambre, miserias e injusticias acaecidas por la sinrazón de la gente. Se relajó convencido y satisfecho de que la paz y la convivencia seguirían existiendo por mucho tiempo, se sintió contento y al final pudo coger el sueño cuando amanecía. Estaba seguro de que el cambio de sus hijas, sería para bien.

Pedro, a sus dieciocho años, era todo un señor. Vestido de traje y corbata cuando la ocasión lo requería y, cuando no, ropa de trajín, pero de tejido fino. Eso hacía que se distinguiese de la clase obrera que vestía pantalón de pana, camisa oscura y basta, blusa o chaqueta de género tosco más sufrida y apropiada para el trabajo del campo.

Don José ya no utilizaba el coche de caballos para ir a la finca, ahora hacían el camino más ligero con el automóvil y Pedro era el conductor con su permiso de conducir de estreno. Desde ahora se había terminado la limitación para conducir solo por caminos y calles del pueblo como antes y que, por ser el coche de don José, la Guardia Civil hacía la vista gorda con Pedro, sabiendo que no tenía edad, ni por supuesto licencia para conducir vehículos a motor.

El tiempo iba cumpliendo en cada persona sus etapas. Tres años después, Pedro hacía el servicio militar, Rosa tenía plaza fija en las escuelas nacionales de su pueblo, después de haber estado cuatro cursos haciendo suplencias como docente en pueblos pequeños como Alhambra y Luisa estaba a punto de cumplir su sueño, que era hacer el bien a la humanidad por medio de sus obras, llevando siempre con ella la palabra de Dios.

Don José y doña Felicidad se sentían satisfechos con lo que el destino les había deparado: Luisa, una elegida del Señor, Rosa desempeñaba el trabajo que siempre había deseado y por fin estaba cerca de ellos, y Pedro, que hacía la suplencia de ese hijo que nunca tuvieron. Ahora a quien tenían en mente era a Juanita, su ahijada, que con trece años empezaría los estudios en el mismo centro que habían estudiado las niñas de don José. Una propuesta hecha a Juan José y Petra por los señores, que ellos aceptaron encantados.

Todos estaban satisfechos de lo acontecido, pero sobre todo los señores, que en su prosperidad se sentían orgullosos de sus hijas, de su hacienda, incluso de sus criados. Y, aunque no olvidaban aquellos tiempos difíciles y conflictivos, daban gracias a Dios por todo lo que tenían y también por aquella tarde en la que, estando las niñas perdidas, lució el sol después de la tormenta.

CAPÍTULO 60

Jesús y Pilar seguían siendo amigos. Cuando iba ella al pueblo, se veía con él y hablaban sin esconderse de nadie, muy a pesar de Julia, la madre de Jesús, que ahora al ver a su hijo con diecisiete años y a Pilar con dieciséis, temía que se enamorasen.

La madre de Jesús no dejaba de advertirle a su hijo que esa chica no le convenía y que solamente hablar con ella con la estima y la confianza que lo hacía, podía perjudicarle; aunque el verdadero temor de Julia no era ese. Lo que temía era que no hubiese fuerza humana que lo separase de esa muchacha. Eso ocasionaría un problema irreparable para ella con dos opciones distintas para solucionarlo: aceptar a esa gente y emparentar con ella o negarse rotundamente. Con esto último, la familia de Jesús correría el riesgo de que fuese su hijo quien los aborreciese a ellos. A él no le importaba la opinión de la gente y además ignoraba las advertencias de la madre y, cuando se las hacía, Jesús le respondía con sorna, tomándose a chufla sus consejos.

—No quiero que te acerques a ella, ¿me oyes? —decía la madre.

—¿Por qué razón?, ¿por si me come? —decía él riendo.

Juana, la madre de Pilar ahora no hacía trabajos de noche. Desde que había salido su marido de la cárcel aprovechaban los tres las temporadas de recolección. El resto del año él apenas tenía trabajo y Juana iba de tiesto en tiesto lavando la ropa que nadie quería lavar por áspera y mugrienta: mantas de mulas, costales, esteras…

Pilar tenía pocas amigas y ninguna que no fuese rechazada como ella por las chicas que se consideraban de más remilgo y esmero, solo porque iban mejor vestidas y pertenecían a familias que tenían ideas políticas cercanas al régimen que gobernaba. Sin embargo, en el comportamiento, no tenían nada que envidiar a esas que se consideraban superiores, sino al contrario, su humildad valía mucho más que el orgullo de esa gente prepotente. Ese distanciamiento y esa marginación hacían que, en algunos casos, esa gente rechazada se hiciese rebelde y no aceptase las reglas de un comportamiento cívico respetuoso y actuaban mal como réplica al trato recibido por la sociedad. La familia de Pilar no hizo tal réplica, solo pagaba con la misma moneda: trato con quien los aceptaba y distanciamiento con quienes no lo hacían. Pero eso les generaba un desconsuelo casi insoportable, porque todas las personas necesitan sentirse valoradas y queridas y mucho más cuando el rechazo es injusto.

Carmelo, el padre de Pilar quería salir del pueblo, buscar nuevos horizontes para buscarse la vida económicamente y situar a su familia en un lugar donde pudiesen empezar de nuevo con dignidad, sin rechazos injustos ni marginaciones. Vivir en paz, hermanándose con el vecino, con el compañero de trabajo y con cada persona que encontrasen en la calle. Quería ser uno más en la sociedad de su entorno, sin que nadie les apartase ni les mirase de soslayo. Ellos soñaban con la igualdad y esos sueños le habían llevado a Carmelo a pensar políticamente de una forma contraria al régimen que actualmente gobernaba; pero ahora dependía de que las autoridades de ese mismo régimen anulasen la orden que lo tenía anclado en el pueblo desde que salió de la cárcel. Ahora no podía desplazarse a ningún sitio, sin una autorización previa antes de partir a otro lugar.

En una de las presentaciones periódicas que tenía que hacer en el cuartel de la Guardia Civil, expuso su caso y solicitó permiso para emigrar en busca de trabajo.

—¿Dónde quieres ir? —preguntó el comandante de puesto.

—A donde me den trabajo.

—Tienes que decir un punto fijo: el nombre de la población donde vayas a ir, sin salir de la provincia. Piénsalo y luego vienes; pero de irte te vas solo, tu familia se queda aquí.

Carmelo había pensado ir hacia la costa: Valencia, Alicante… y seguir de pueblo en pueblo hasta encontrar algún trabajo fijo donde instalarse; pero, al conocer las restricciones, dudó a dónde irse y, al llegar a su casa, le comentó a su esposa lo que le habían dicho en el cuartel.

—El carbonero vuelve a su pueblo —dijo Juana, esposa de Carmelo—. Son de Puertollano. Háblalo y a lo mejor te puedes ir con ellos. Esa gente no tiene reparos en tratar con nosotros y seguro que cabes en el carro. Te da igual ir a un pueblo que a otro; donde vayas, vas a ciegas.

Carmelo habló con Martín para irse con él a Puertollano y le contó su historia desde antes de la guerra y la de su familia hasta el mismo momento en que hablaba con él. Al terminar, le dijo el carbonero emocionado: *¡Bienvenido, camarada! Conmigo tendrás casa hasta que encuentres trabajo, yo te ayudaré en lo que pueda.*

Al día siguiente fue al cuartel de la Guardia Civil a decir que ya tenía un destino y, al dar el nombre de la población, le pidieron razones de por qué había decidido ir allí.

—No tengo ninguna razón, solo que hay una familia que dentro de unos días vuelve a su pueblo y me lleva. El pueblo es grande y tiene vida, quizá allí encuentre trabajo.

—¿El carbonero? —preguntó el guardia con un tonillo suspicaz.

—Sí, señor.

—«Dios los cría y ellos solos se juntan». Vete donde quieras menos ahí. Ese sitio no te conviene. Con los antecedentes que tienes y la compañía que te has buscado, solo tendrás problemas. Elige algo más cerca, tu suerte puede cambiar a solo quince, veinte o treinta kilómetros de aquí y, si no te va bien, nos lo dices y eliges otro sitio; pero ahí no te conviene.

—Ponga usted Valdepeñas —dijo Carmelo decepcionado—. Ahí puedo irme andando.

—Vale, eso está mejor. Así te tendremos cerca nosotros que te conocemos y ¿quién sabe si tu buena suerte está ahí, en ese lugar?

Él, a pesar de su decepción no dijo nada, solo pensó que su libertad era una farsa. Aun así, al darle el guardia el salvoconducto, le dio las gracias por habérselo concedido y por los consejos tan razonables que le había dado, poco usuales en la Guardia Civil.

Cuando llegó Carmelo a Valdepeñas, las faenas de la recolección de cereal habían terminado. Las eras estaban limpias y los corros de algunos hombres desempleados hablaban en la plaza a la espera de que alguien les diese empleo. Carmelo los miró y sintió desilusión a pesar de saber que ese desempleo era normal después de finalizada una recolección.

Después de hacer la presentación reglamentaria en el cuartel de la Guardia Civil de Valdepeñas, estuvo cuatro días deambulando en busca de trabajo por cortijos y casas de quintería, donde había gente que trabajaba hasta las tres de la tarde. Luego, al ponerse el sol, iba a la plaza donde ya conocía a individuos que estaban en las mismas condiciones que él, solo que con la ventaja de que por la noche ellos dormían en su casa con su familia y él lo hacía solo en las eras sobre una porción de paja rebuscada dentro de un chozo hecho con cuatro palos cubiertos con una tanda de carrizo colocado de forma oblicua–vertical.

Al cuarto día, cuando llegó la hora de almorzar, ya había andado más de diez kilómetros. Iba por los caminos visitando a cualquier persona o cuadrilla de trabajadores que veía, para preguntar si necesitaban algún obrero más. Todas las peticiones fueron denegadas; pero en la última, el hombre al que se dirigió lo vio fatigado y le preguntó que si había almorzado.

—No —contestó él— cuando llegue al pueblo, comeré.

—Siéntate y almuerza. Tienes ocho kilómetros de camino hasta el pueblo y, con poco que te entretengas, llegarás a mediodía.

—No quisiera molestar —dijo Carmelo.

—Si te considerase una molestia, no te hubiese invitado.

Durante el almuerzo, hablaron de temas de trabajo y poco a poco fueron surgiendo otros temas en los que Esteban, el dueño de la finca, mostró curiosidad por saber de su vida y el motivo que le llevaba a patear el campo buscando trabajo casi con desesperación. Entonces él, en agradecimiento a esa invitación y un poco también por desahogarse de tanta pena acumulada durante muchos años, se abrió y explicó toda su historia hasta el mismo momento en que habían empezado a almorzar. El hombre, conmovido por todo lo que le había ocurrido, pero más por el rechazo que sufría junto a su familia en el pueblo, le dijo:

—Haces bien con querer huir de ahí, vivir así es un infierno. Si yo pudiese, te ayudaría, te daría trabajo; pero lo más que puedo hacer por ti es esto que estoy haciendo y decirte que aquí puedes dormir por las noches, esté yo o no esté. En Berzosa, un caserío a varios kilómetros de aquí, buscan casero. Si te entiendes con esa gente, allí puedes llevar a tu familia. Además, estando allí, no te faltará el trabajo.

—Mi familia no puede salir del pueblo, no la dejan —dijo Carmelo descartando esa posibilidad.

Sabía que trasladar a su familia podía tener solución por medio de una autorización de las autoridades, si se ubicase en un sitio fijo con un trabajo estable. Lo que no dijo fue el motivo real de ese descarte: en ese caserío había gente conocida de su pueblo y, aunque esas personas nunca le había mostrado rechazo ni desprecio, su desconfianza le aconsejaba no caer en la trampa de volver a estar con gente que supiese de sus problemas. Él buscaba horizontes nuevos, con gente nueva que lo viesen a él y a su familia, como realmente eran, sin referencias antiguas que solo eran perjudiciales para ellos.

Esteban, el dueño de la casa de campo donde dormía ahora Carmelo, comentó a sus amigos el caso de su inquilino mientras jugaban la partida en el casino y, al terminar de contar, dijo uno de ellos:

—Si viene con su familia, yo le doy trabajo en la vendimia y, si es buena gente, puede que le dé empleo después.

Dos meses después de haber salido Carmelo del pueblo, volvía para llevarse a su familia. El nuevo patrono justificaba en el cuartel de la Guardia Civil que la solicitud de ese desplazamiento era porque iban a trabajar en su casa durante la vendimia y por eso, durante ese tiempo, él respondía por ellos.

Cuando se iban, Jesús apareció en una esquina como por casualidad y, al verlo Pilar, se emocionó e hizo llegar la emoción a él mientras se miraban fijamente. Una sonrisa agridulce se dibujó en los labios de ambos al mismo tiempo que sus miradas decían claramente: «te recordaré siempre. Ni el tiempo ni la distancia ha de borrar este cariño que perdurará en el recuerdo a pesar de la censura que lo ha querido eclipsar. Esta cultura llena de prejuicios está equivocada y no ve que los sentimientos son más fuertes que las prohibiciones. Solo la muerte podrá anular este cariño, si no hay otra vida después. Y, si la hay, ni siquiera eso será capaz de desvanecerlo».

Después de veinticinco días de vendimia trabajando y durmiendo toda la familia en la quintería, volvieron al pueblo. Carmelo volvió para presentar en el cuartel un contrato de un año y un nuevo domicilio en Valdepeñas. Una justificación que les dio plenas libertades para vivir en ese pueblo donde habían ubicado su nueva residencia. Ellas cinco, Juana, Pilar, la hermana de Pilar y las dos sobrinas de Juana, fueron a decirle a la dueña de la casa que habían tenido en alquiler que se iban, que la casa quedaba libre. Mientras que Juana hablaba con la casera, Pilar fue a una calle estrecha donde solo había portezuelas. Allí recordó los momentos que en su niñez había pasado en ese lugar jugando y las veces que a escondidas había hablado con Jesús. Al girarse para volver en busca de su madre, encontró a Jesús que la contemplaba absorto.

—Hola —le dijo él con timidez.

—Hola —contestó ella emocionada—. Tengo que irme, me están esperando. Adiós.   —No te olvidaré nunca —dijo Jesús con voz nostálgica—. Quisiera tener algo que me recuerde a ti.

—No tengo nada que darte.

—Yo sí —y, acercándose a ella, le dio un beso en la mejilla.

Pilar enrojeció, miró a su alrededor y, al no ver a nadie, también lo besó y lo cogió de la mano. Poco apoco se fueron separando hasta que sus manos se deslizaron al vacío. Allí en aquella callejuela, quedó un pedazo de cada uno. Dos sentimientos que no se separarían nunca a pesar de la distancia.

Un año después, Carmelo se presentó en el Cuartel de la Guardia Civil. Entonces le comunicaron que en lo sucesivo no tenía que presentarse más, solo avisar si tenía que hacer un traslado a más de cincuenta kilómetros del pueblo donde ahora iba a vivir.

CAPÍTULO 61

En el año mil novecientos cincuenta y nueve, la comunidad cristiana ponía el grito en el cielo. Fidel Castro derrocaba a Fulgencio Batista en el mes de enero: un crimen para la cristiandad según el punto de vista de las organizaciones de derechas, como era la dictadura española; pero un triunfo para las organizaciones de izquierdas, que justificaban el golpe de estado. Aquí en España también era ese hecho justificado por los partidarios de la República; pero en la clandestinidad, sin atreverse a hacer pública su opinión por temor a las represalias del régimen de Franco. Ese temor evitaba disputas y encarcelaciones, que se hubiesen producido si se hubiera utilizado la libertad de expresión. En cambio así, con la voz acallada, la paz prevalecía, aunque esa paz fuese un ángel alerta con espada de fuego, dispuesto a imponer su venganza si era precisa. Algunos, como Carmelo el padre de Pilar, se alegraron aquel día del triunfo de de la izquierda en Cuba y desearon con intensidad una nueva revuelta de las izquierdas españolas para derrocar a Franco, como Fidel Castro lo había hecho con su adversario, pero nunca hicieron público su deseo.

Paco el «Tabardillo» y José el «Farol» sabían que sus padres habían muerto fusilados por dirigentes de la dictadura. Un motivo para sentir coraje y ese mismo deseo. Sin embargo, cuando esa noticia llegó a ellos, no le dieron la mayor importancia. Las muertes de sus padres las sentían lejanas por la poca edad que tenían los dos cuando sucedieron los hechos. Solo conocían los sucesos de oídas y los recuerdos eran tan vagos que parecían ajenos a ellos. En cambio, las andanzas y penalidades que habían sufrido desde que se quedaron huérfanos, aún las tenían presentes, no las olvidarían jamás.

Paco el «Tabardillo» no dejó el trabajo después de quemar las albarcas de sus compañeros por venganza. Desde que se escapó aquella noche de febrero, el mayoral se hizo cargo de él y, como contaba también con la protección del patrono, mejoró su situación laboral y empezaron a respetarlo, lo que hizo que su estado psicológico mejorase también. Con veinticinco años se casaba y los padrinos serían el mayoral y su esposa, que eran los que habían hecho las veces de padres en los últimos años. Estaba agradecido a la familia que lo acogió cuando se quedó solo siendo muy pequeño y por agradecimiento fue a invitarlos para la boda. El hombre, que aún le guardaba rencor, le dijo:

—¡Ahora somos tu familia, después de irte de la casa y renegar de nosotros!

Paco agachó la cabeza avergonzado y se puso en pie para marcharse pensando que no irían a la boda; pero el mayor de los hijos, con más edad que Paco, protestó diciendo:

—Vamos a ir. Si mi padre no quiere venir, que no venga. Ya no somos críos para obedecer la sinrazón de su voluntad.

—Si vais a la boda, no quiero volver a veros en esta casa: él o yo.

La mujer empezó a llorar y, entre suspiros y lágrimas, le dijo a su ahijado:

—Yo quiero ir, pero este hombre ya sabes cómo es…

—Usted viene con nosotros —dijo el hijo mayor—. ¿Qué puede pasar? ¿Que cuando vengamos no nos deje entrar a la casa? Se queda solo y en paz. Bastante tiempo nos ha manejado a su antojo.

—Si tu madre te viese así, hecho un hombre, qué orgullosa estaría de ti —le dijo la mujer llorando.

—Mi madre también estaría orgullosa de usted, porque usted se ha portado bien conmigo; pero no pudo ser… No podía estar con vosotros con el trato que me daba este hombre. Usted siempre ha sido buena conmigo, para mí, como una madre.

La familia entera fue a la boda, menos el padre, porque fueron incapaces de convencerlo; sin embargo, al volver, no pasó nada. Ellos esperaban una escaramuza por parte de su progenitor, pero al llegar el conjunto de la familia no dijo nada. Quizá estuvo valorando la posibilidad de quedarse solo y eso le hizo recapacitar.

Tres meses después, se casaba su amigo José el «Farolillo». Este no tuvo ningún problema con la familia, precisamente porque no tenía familia. Sin embargo, no notó ninguna diferencia entre su boda y otras a las que él había asistido con familia propia, igual del novio que de la novia. Aquí, la familia de la novia era propia, pero a él lo acompañaban su familia de acogida. Pero no hubo ninguna diferencia, porque tuvo las mismas atenciones o más que su esposa. El matrimonio que lo acogió lo hizo más como si fuese hijo que como pastor empleado en la casa, porque reconocían que se lo había ganado. Ellos hicieron sin ninguna diferencia las veces de padres y las hijas las veces de hermanas, como si en la boda no faltase nadie. Sin embargo, en el recorrido desde la casa a la iglesia, apenas se miraron los dos, novio y madrina. Él pensaba que el brazo que lo agarraba era el de su madre y ella no se sentía agarrada a un brazo extraño, porque creía que a quien llevaba a la iglesia era a su hijo, fallecido en la guerra hacía ya veintitrés años. Probablemente ninguno de los dos quería salir del triste sueño que ocupaba la mente de cada uno en ese hermoso momento.

Roberto y Blasa, igual que Patricio y Rosa, llevaban un año de casados. Trabajaban ellos en la casa de don José y ellas, durante las temporadas de recolección, también iban a trabajar. Ahora llegaba la recolección de la aceituna, pero no irían ninguna de las dos. Blasa hacía solo dos semanas que había dado a luz un niño y Rosa salía de cuentas de su embarazo a finales de ese mismo mes de diciembre. Ya no volverían hasta la recolección del cereal y leguminosas, cuando sus criaturas, una con cinco y otra con seis meses, pudieran quedarse con las abuelas.

Pedro estudiaba en Ciudad Real, donde hizo además de contabilidad, algunos cursillos agronómicos muy útiles para el cargo que estaba desempeñando en la casa de don José. Había llegado la modernización que se esperaba en la agricultura y ahora acababa de dar sus primeros pasos. A veces, Pedro y Francisco (el rico) coincidían por los pasillos del centro donde estudiaban o en la calle y, al pasar uno al lado del otro, se ignoraban como si no se conociesen. Pedro pensaba en lo poco sociable que había sido siempre Francisco y la opinión negativa que tenía de la clase pobre: ¡orgullo! Orgullo y vanidad. Francisco lo miraba de soslayo deduciendo que era un rico de pega sometido a la voluntad de su amo. Un «don nadie» convertido en marioneta.

Después del año mil novecientos cuarenta y ocho, las quintas de soldados llevaban un año de retraso. En el año mil novecientos sesenta y dos, volvían licenciados los soldados del sesenta, después de quince meses de servicio militar. Pedro volvió a su trabajo en la casa de don José, pero otros no ingresaron en su puesto de trabajo en el campo por culpa de la mecanización. Aún no estaba generalizada, pero ya hacía mella en el empleo, igual en la recolección de la siega que en las jornadas del trabajo de laboreo. Al mismo tiempo, iban decayendo lentamente otras actividades derivadas de esa agricultura antigua. Al haber menos mulas, se precisaba menos mano de obra de guarnicionerías, carreteros, herreros…

Las segadoras empezaban a hacer sus experimentos y en pocos años se adueñaron de todo el campo en la recolección del cereal, anulando casi por completo la industria de las hoces y completamente las peonadas de siega que daban de comer a tanta gente eventual.

Las lonas en los carros para el acarreo de la vendimia sustituyeron a los capachos de pleita y la ocupación del esparto fue disminuyendo, por lo que alguna gente empezó a emigrar a distintos puntos de España, sobre todo a Madrid y a la costa del Levante. Lugares donde el empleo abundaba por el incremento del turismo. Además, al llegar allí y descubrir una forma de vida nueva, con empleos estables donde se cobraba al mes un sueldo fijo, la gente huía de la miseria del pueblo; porque en él la mayoría eran trabajadores temporeros. Allí donde iban, encontraban un medio de vida casi de lujo para ellos al trabajar diariamente todos los miembros de la familia en edad de trabajar, sin perder jornadas por lluvia, fiestas u otros contratiempos, como pasaba en el pueblo con las jornadas ocasionales.

Algunos como Juan, el marido de Vicenta, y Blas, el marido de Verónica, siguieron trabajando en la misma casa donde lo hacían desde muchos años atrás. Ellos no encontraron alteraciones en su vida laboral. Juan no volvió a tener represalias por parte del mayordomo. Hablaba con él y accedía a sus órdenes sin ningún problema, mientras que no se saliese de lo común, porque Juan seguía teniendo las ideas muy claras, igual que siempre: servicial y cumplidor en su trabajo; pero lejos del señorito y «que cada cual que se limpie sus zurrapas».

Las dos parejas volvían la vista atrás y recordaban tiempos mucho más difíciles que estos que ahora estaban viviendo. Juan y Vicenta, igual que Blas y Verónica, aunque pasasen muchos años, jamás olvidarían las penalidades que habían pasado en condiciones extremas.

Juan recordaba su niñez y los vuelcos que fue dando su vida hasta situarse en un sitio estable, aunque este sitio fuese un centro de esclavitud sin libertad para elegir y mucho menos decidir si le convenía o no estar haciendo ese trabajo siendo solo un niño. También recordaba el tiempo que estuvo haciendo el servicio militar sin un lugar fijo. Iba de un sitio para otro a zonas de peligro cada vez más lejos de su pueblo. Sitios como los Pirineos, en lugares fronterizos con Francia, donde las órdenes eran acechar y detener maquis que iban o venían a la frontera. En tres años y medio de mili, los traslados fueron constantes. Desde el cuartel de María Cristina en Madrid, fue a Alcalá de Henares, de ahí a Elche, de Elche a Santa Pola, luego a Jaca, después a Seo de Urgel y por último a la Junquera. Fue pasando por muchos pueblos y parajes que desconocía, todo esto andando en jornadas de marcha y durmiendo a la intemperie, en algunos casos sobre la nieve. Así durante casi tres años de los cuarenta y dos meses que hizo de mili.

Blas y Verónica no tuvieron el problema de Juan en su niñez. A pesar de la desgracia de la defunción de sus cónyuges, se añadía el problema de cuidar de los niños en el caso de Blas y la escasez al borde del hambre para ella y sus hijos en el caso de Verónica, además de sentirse solos con poco más de treinta años. Lo mismo ellos que Juan, al estabilizarse el estado desequilibrado de su vida, empezaron a ver la luz al tiempo que se desvanecía la tormenta. A partir de ahí, recuperaron el equilibrio emocional y familiar perdidos en años anteriores.

María, la hija de Blas, era ya toda una mujer. Con veintitrés años, estaba a punto de casarse y, aunque echaba de menos a su madre, la compañía de Verónica era esencial para hacerse aconsejar en un acontecimiento como el que ahora tenía ella pendiente. Unidas siempre como uña y carne y sin ninguna diferencia en comparación a otras madres con sus hijas, María tenía seguridad al lado de Verónica y sosegaba sus nervios lógicos y normales de una joven que está a punto de casarse, consultando detalles con su madrastra como si fuese su propia madre. La abuela Conce, a pesar de la pena que sentía por la falta de su hija, estaba contenta con la boda de su nieta y esta vez, al contrario que cuando hizo la Primera Comunión, sí asistiría a la boda.

Teresa y Romualdo también eran felices. Él, con ochenta y algunos años, lamentaba en su interior que su vida estuviese en la última etapa; pero miraba atrás y se daba por satisfecho por haber conseguido tantas cosas en su vida, sobre todo lo que había disfrutado los últimos años desde que se había casado con Teresa.

La familia de Romualdo y la de su primera esposa seguían sin dirigirle la palabra, excepto su hermana, que estaba unida a él más que nunca desde que fue a conocer a la pequeña Gloria. Una unión que Olaya no quería perder por nada del mundo, aunque ello le costase algún que otro disgusto con su hijo y con su nuera, que le recriminaban esa debilidad por el hermano y su nueva familia: «el pendón» y «la bastarda» como le llamaban a Teresa y a Gloria, sin reconocer que era hija de un matrimonio legítimo, hecho con la bendición de Dios.

A Romualdo no le preocupaban los enconos y la repulsa de esas dos familias corroídas por el interés y el egoísmo. Lo que le preocupaba era la merma de vitalidad a consecuencia de sus años, con una mujer treinta años más joven que él y una hija que era su debilidad, a la que quería con pasión como no había querido nunca a nadie; ni siquiera a su madre, que era la mujer que más había querido hasta que llegó Gloria. Ahora comparaba un cariño con otro, sin llegar a comprender cuál era más grande, solo concluía, después de pensar en ellos, que eran diferentes. Lo que sí tenía muy claro es que eran los dos amores de su vida y el de Gloria estaba en presente, mientras que el de su madre, aun siguiendo vivo en su pensamiento, era como una vieja letanía que se repetía en el letargo de un sueño interminable y se mantenía en su mente estático, sin pena ni gloria.

Su primera esposa había sido parte importante en su vida hasta que cayó en un estado depresivo que la hacía indiferente a todo y Romualdo, todavía joven, echaba de menos a una mujer activa, con ganas de vivir y que le hiciese sentir el deseo de poseerla. De ahí esa afición a las criadas y a cualquier mujer que la considerase fácil. Al no haber tenido descendencia con su esposa, no había motivación que le hiciese mantener la ilusión, porque un matrimonio de conveniencia sin hijos, pensaba él, se convierte en una rutina insufrible que solo conduce a un estado anímico depresivo.

Con Teresa fue diferente. El matrimonio también era de conveniencia, pero no fue impuesto por nadie. Además, la necesitaba en todos los sentidos. En lo único que se pareció al otro fue en la ilusión de tener hijos y esta vez lo consiguió y eso le hizo sentirse ilusionado con su nueva familia, a la que cada día quería más. La alegría que desprendía Teresa y esa criatura, además del trato de cariño que recibía de ellas, le hizo encontrar una vejez que nunca había imaginado y eso compensaba todas las contrariedades.

CAPÍTULO 62

En los últimos años cincuenta, y sobre todo en los años sesenta, algunos exiliados volvían a España para visitar a sus familiares, con el deseo de estar con ellos después de más de veinte años sin verlos. La intención era volver otra vez al lugar donde estaban viviendo, por varias razones: una de ellas, que tenían allí su trabajo y su forma de vida, otra de las razones era la desconfianza por el temor a que alguien aprovechase su presencia para remover en el pasado con deseos de venganza.

Ramiro volvió casi mediada la década de los sesenta con su esposa e hijos, exactamente cuando ondeaban en los pueblos de España las pancartas colgadas de balcón a balcón cruzando las calles donde ponía: VEINTICINCO AÑOS DE PAZ.

—¡Paz! ¿A qué precio?...—pensó Ramiro recordando a tanta gente que había huido y no volvería jamás del exilio. Eso, sin contar los muertos durante la guerra y después en la «depuración».

A aquel sentimiento triste que reprimió en lo más profundo de su ser le siguió la alegría del encuentro con aquella gente que eran su sangre, su raza y sus raíces. Personas que lo habían esperado siempre y que anhelaban este encuentro tanto como él.

Al recorrer las calles, sentía nostalgia de su niñez y volvían a su mente los juegos realizados en ellas. Y cómo no, los pasos andados en busca de Emilia para obtener a veces, de manos de una amiga, una simple nota donde ella daba explicaciones de su ausencia, con un «te quiero» al final. Un «te quiero» que, en aquellos momentos de frustración, hacía fortalecer el ánimo para seguir intentándolo, siempre con la esperanza de que ese amor fuese bien visto por los padres de ella y el resto de la sociedad.

Mientras que él recordaba su pasado andando calle abajo, una mano descorría el visillo de una ventana para ver mejor a Ramiro. Él no advirtió su presencia, pero su esposa sí y, cuando habían pasado, ella le dijo que una mujer miraba detrás de los cristales de esa ventana.

—Puede ser —dijo él—, todos los días no viene un exiliado con su familia: somos noticia.

El segundo día visitaron la plaza, la iglesia, el convento de dominicas en su exterior y el interior su iglesia, que estaba abierta. También visitaron la iglesia del convento de frailes observándola por fuera y por dentro: todo esto en visita turística, disfrutando de su arquitectura antigua sin valorar la misión religiosa a que estaban destinados estos edificios.

En una hornacina de la iglesia del convento de trinitarios, situada en el centro de la pared que había detrás del altar mayor, estaba ubicada la imagen de Jesús y, al cruzar por delante del altar, uno de sus hijos preguntó que quién era ese señor de arriba. Él miró y, al ver la cara de Jesús, se conmovió y, a pesar de su escasa fe, un sentimiento extraño se apoderó de él y una fuerza invisible lo acercaba a Nuestro Padre Redentor.

—¿Quién es ese señor? —volvió a preguntar el muchacho.

Al oír de nuevo a su hijo, salió del ensimismamiento y, sin apartar los ojos de Jesús, le dijo:

—Es nuestro Padre Jesús Rescatado, muy venerado en este pueblo. Una víctima más de la injusticia humana. Esta iglesia es cristiana, como todas en España y ese Señor es Cristo.

—¿Por qué lleva esa túnica y esa corona de espinas? —volvió a preguntar el niño.

—Por una burla hecha durante su esclavitud.

Al irse, no se santiguó, pero sí miró a Jesús fijamente y con respeto. Al salir de la iglesia, lo volvió a mirar mientras pensaba que Cristo siempre había estado a favor de los pobres y de la igualdad y no entendía el mal trato que habían recibido esas imágenes durante la revolución. Él pensaba que las discrepancias políticas eran humanas, no divinas, y deberían haber estado separadas de la religión: cada cosa en su sitio. Que cada uno, a su manera, creyese o no creyese en Dios, pero siempre con libertad, sin coaccionar las ideas y creencias ajenas.

Al día siguiente, fueron al parque y después a recorrer su antiguo barrio, El Santo, donde visitaron una ermita pequeña y antigua, con una construcción valiosísima, donde se veneraba a San Sebastián. La gente del lugar, en su mayoría, ignoraba su auténtico valor arquitectónico; pero la esposa de Ramiro, con una cultura y unos conocimientos amplios en arquitectura, supo valorar aquella joya mucho más que los lugareños, que apreciaban el edificio, más por el valor sentimental que por su estilo de construcción.

Cada día que pasaba, Ramiro sentía más la necesidad de ver a Emilia; sin embargo, no se atrevía ni siquiera a mencionarla. Tenía los reparos propios de quien conoce la forma radical de pensar de una familia conservadora que bajo ninguna condición consentiría una entrevista entre él y su antigua prometida. Además, tenía la duda de no saber si después de tantos años asimilando esa educación, Emilia había cambiado. Pensaba que, si ella no había confiado en él cuando le planteó ir a su lado, era porque su amor se había desgastado. Además, el nuevo régimen había puesto normas de convivencia mucho más estrictas y severas que habían hecho cambiar a mucha gente su forma de pensar, bien por temor o simplemente por comodidad. Y Emilia podía ser una de ellas. Lo que sí estaba claro es que la libertad de expresión era nula, la religión indiscutible y la educación, encajonada entre el autoritarismo del régimen y la censura represiva de la iglesia. Tres motivos para que a Ramiro, en su condición de exiliado, le hiciesen ser prudente.

La familia de Ramiro no pudo resistir la tentación de nombrar a Emilia, sin revelar el compromiso que había existido entre ellos. La calificaban de santa por la vida fervorosa y sacrificada que llevaba, igual en la iglesia que con gente necesitada. Cuidaba a enfermos y a ancianos inválidos. También cuidaba a sus padres y daba catequesis dos días a la semana. Algo con lo que ella encontraba consuelo. Con esa labor se sentía en paz con Dios y con ella misma. Ramiro agradeció esas referencias porque presentía que no iba a verla y mucho menos hablar con ella. Puso máxima atención a esos comentarios, porque por ellos conocería su forma de vida, sus costumbres y su forma de ser. Sentía curiosidad por saber si había cambiado o seguía siendo esa mujer de carácter amable y caritativo.

En el último día de su estancia en el pueblo, Ramiro y su familia salieron a pasear por aquellas zonas donde él pasó los mejores momentos de su niñez y adolescencia. El recorrido terminó en la plaza, donde los recuerdos de días festivos y de feria le llevaban también a su niñez y al recuerdo de los primeros pasos que había dado en su adolescencia detrás de Emilia, cuando se sentía enamorado de ella hasta los huesos. Al irse, la esposa de Ramiro se quedó contemplando el pórtico de la iglesia para pasar después a la torre, con intención de fotografiar y examinar de nuevo toda la fachada y así llevarse un recuerdo exacto de cada rincón de la plaza. Para ello, llevó la vista desde el comienzo de los soportales de columnas al Ayuntamiento para continuar por los arcos de ladrillo tosco que formaban los otros dos soportales colocados en ángulo recto. De ahí pasó a la torre del reloj, para volver de nuevo otra vez al pórtico de la iglesia y a la torre principal, que estaba situada en la parte oeste de la misma y que era semejante a un gigante que vigila los cuatros puntos cardinales de la población. Al volver la cabeza hacia el pórtico de la iglesia la esposa de Ramiro, Emilia y Andrea salían de dar catequesis y entonces reconoció a la mujer que a través del cristal de la ventana, los observaba el día que iban a visitar a la familia.

—Esa es la mujer que nos observaba desde la ventana —dijo.

—Es Emilia —respondió Ramiro— parece mentira que hayan pasado veintiocho años.

—¿No me la vas a presentar? —preguntó la mujer con un tono casi de ruego.

—Primero me tendré que presentar yo. Quizá no me reconozca después de tantos años.

Cuando estaban en ese coloquio, Emilia y Andrea llegaron al lado de ellos y Ramiro, en un arranque repentino y sin poder disimular los nervios, les dijo:

—Perdón… ¿podemos hablar?

—¿Qué desea? —dijo Emilia.

—Saludarlas y presentarles a mi familia, si no es molestia. Claro que… quizá piensen ustedes que quién soy yo.

—No se olvida fácilmente a aquellas personas que dejan huella —dijo Andrea—. Además, una familia como vosotros no pasa desapercibida. Todo el pueblo sabe quién eres.

—Entonces, ¿me habéis reconocido?

—Sí —dijo Emilia ruborizada.

—Esta es mi familia: mi esposa, dos niños y una niña: la benjamina, el tesoro de mi casa.

Las dos amigas saludaron con un beso a cada miembro de la familia de Ramiro y, al mismo tiempo, igual ellas que la familia, revelaron sus nombres. Después conversaron durante un rato y al final se despidieron con otro beso que Andrea no tuvo reparo en dárselo también a Ramiro. Éste, al ver que Emilia al llegar a él no se decidía, fue quien se acercó a ella y la besó y, al besarla, sintió cómo temblaba. Era la primera vez que rozaban su piel. Aquel amor prohibido había sido puro y ahora se mostraba como el capullo de una rosa que en la mañana, al calor de la luz del sol, abre sus pétalos sin que nada ni nadie haya manchado la pureza virginal de su ser inmaculado. Ella, al sentir el contacto de su cara, pronunció en un susurro las palabras:

—Perdón, fui cobarde.

Él, en un susurro igual, le dijo:

—No te preocupes, es el destino.

La esposa de Ramiro vio los gestos, pero no escuchó nada de lo que habían dicho y, cuando Emilia y Andrea se habían separado de ellos, le preguntó:

—¿Qué te ha dicho?

—Que me conservo muy bien.

—¿Nada más?

—Nada más.

—Y tú ¿qué le has dicho?

—Que ella también estaba muy guapa.

—He visto algo especial en la mirada de los dos.

—Éramos buenos amigos desde niños.

—¿Solo eso?

—Solo eso, no dio tiempo a más…

Al día siguiente, Ramiro y su familia se despedían del pueblo sin saber cuándo volverían a disfrutar de esos lugares que él llevaba siempre en su corazón y en su mente. *Quizá nunca*, pensó él. Sin embargo, no fue así. En el año mil novecientos setenta y nueve —quince años después— vino para conocer una democracia joven que crecía con el consenso multicolor de todas las ideas políticas. Con diferentes criterios, pero con un mismo fin: la convivencia pacífica e igualitaria en derechos y obligaciones. El sueño de Ramiro y de muchos otros que tuvieron que huir, por fin, se veía cumplido. Ahora venían unos a quedarse y otros a ver su sueño cumplido después de tantos años. Sin reparos, sin miedo y con la libertad que cada ser humano se merece.

CAPÍTULO 63

Juan y Aurora, después de cinco años casados, tenían dos criaturas, una niña de cuatro años y un niño de dieciséis meses, que era la debilidad de él y de los abuelos, sobre todo del padre de Aurora, porque el niño llevaba su nombre. Aurora seguía igual que cuando eran novios, sin ilusión y sin entusiasmo con nada de lo que estaba relacionado con su vida sentimental y matrimonial. Sin embargo, la dedicación a su familia y a las tareas de la casa era absoluta, tanto, que la mujer más ilusionada no le igualaba en responsabilidad y eficacia. Quería a sus hijos y, como cualquier madre, se desvelaba por ellos. En cambio, con Juan cada vez estaba más distante. Las atenciones eran más frías y, aunque el carácter no era agresivo, sí mostraba su descontento con actuaciones despectivas. Desestimaba todo lo que Juan hacía, aunque fuesen gestos de cariño para agradarle a ella o para aportar bienestar y comodidad a la familia. También contradecía y revocaba las decisiones que tomaba él, aunque fuesen las más convenientes para todos. Para Aurora, todo lo que hacía Juan estaba mal. Según ella, era un manazas y, aunque no se lo decía así, a las claras, se lo demostraba rectificando todo cuanto él hacía, sin decir palabra y, si acaso él le preguntaba que por qué lo había cambiado, entonces se lo explicaba con voz alterada en un tono agrio y tosco, dándole a entender que estaba mal y que solo a un tonto se le hubiera ocurrido hacer aquello de esa manera. Él lo tomaba con paciencia y resignación porque seguía enamorado de ella, pero a veces se enfadaba y surgía la disputa entre los dos.

Durante el tiempo que fueron novios, Aurora jamás dio muestras de sentir deseo y mucho menos de disfrutar de esos momentos íntimos que buscan las parejas para pasar un rato agradable. Él pensaba que, al sentir las ganas, se reprimía por recato y confiaba en que cuando estuviesen casados sería diferente; pero no fue así. En la noche de bodas, todo fue igual, se dejó hacer sin poner objeciones a lo que él deseaba, pero fría como un témpano de hielo, sin aportar al acto nada más que su cuerpo inerte y su indiferencia silenciosa. Eso hizo que Juan desistiese del intento de nuevos actos al sentirse ignorado. Pensaba que era rechazado a juzgar por el silencio que guardaba ella, sin dar ninguna explicación de esa inactividad y ese desinterés. Él la amaba y, al tenerla entre sus brazos desnuda, su deseo era inevitable e intenso. Sin embargo, a veces ese deseo decaía por falta de motivación, al ver que Aurora, lo más que aportaba al acto era decirle a él, en alguna ocasión, que no se desanimase y lo intentase de nuevo; esto sin pasión, como el que hace por hacer, sin importarle en lo más mínimo la complicidad que Juan esperaba de ella.

Hicieron falta varios meses para que ella sintiese algún placer y empezase a colaborar, aunque algunas veces ese placer pareciese fingido para que él no se sintiese mal. Otras veces sí era real, pero con poca intensidad, parecido al cohete de lágrimas que al llegar a la cumbre explota sin fuerzas y decae como las ramas de un sauce llorón, y que, al terminar, más que placer causa tristeza. Juan no se explicaba aquella actitud de desilusión y buscaba en su cabeza los motivos posibles de ese problema. Se acusaba a veces a sí mismo de no ser capaz de satisfacerla; pero al final, llegaba a la conclusión de que era fría y sosa por naturaleza.

La realidad de aquella insensibilidad no era otra que seguir aún enamorada de Félix y desear verlo a diario aunque no hablase con él. De ahí la falta de interés por Juan, por el cual no sentía nada. Con el tiempo, se fue acostumbrando a ese matrimonio que para ella era solo una incómoda rutina, porque tenía la obligación de cumplir con su deber de esposa y no veía otra solución que aguantar o volver a casa de sus padres. Aunque con esto último tenía dudas, porque no había malos tratos por parte de Juan y los padres intentarían evitar el escándalo de una separación. Ellos considerarían esa huida un capricho de niña mimada, ya que los padres de Aurora estaban contentos con Juan porque en cada momento demostraba el amor que sentía por ella y por toda la familia, además de ser trabajador y bueno.

Después del primer embarazo, al buscar de mutuo acuerdo el segundo con el deseo de que viniese un niño, Aurora cambió algo en su actitud, incluso llegó a disfrutar en algunos actos amorosos con alguna más intensidad. Aun así, al no haber amor, el deseo de ella a veces decaía y el afán de él por satisfacerla era como predicar en el desierto.

Después de dar Aurora a luz a su segundo hijo, Juan veía imposible llegar a un entendimiento completo a la hora de amar y sobre todo en lo respectivo al entendimiento en cosas familiares. Las contrariedades que encontraba en ella en todos los aspectos lo hacían entristecer sin saber cuál era el verdadero motivo de esas contradicciones y ese descontento. Nunca supo el verdadero motivo de la desconexión amorosa que tenía su esposa con él.

Con el tiempo, Juan se acostumbró a la monotonía y a la rutina de esa vida insípida que no aportaba ninguna emoción, solo desconcierto. El único refugio para sentirse los dos realizados en su matrimonio eran los hijos. Igual Aurora que Juan sentían consuelo en su compañía. Ellos les proporcionaban tanta alegría que la desilusión de ella por no poder vivir junto al amor de su vida y el pesar de él por el desamor recibido después de quererla tanto, se hacía más llevadero. Sin embargo, a pesar de la frialdad, ninguno de los dos pensaba en separarse del otro. Juan porque a pesar de todo, cada día la quería más, y Aurora, no concebía ya su vida sin él: primero, porque se sentía querida y segundo porque era el padre de sus hijos. Estaba segura de que si se separaba de él, sus hijos tendrían que separarse de uno o del otro y eso haría que tuviesen también un sol partido en dos mitades que, ya no calentaría a nadie. Además ella, después de tantos años lo quería, solo que no estaba enamorada de él. Aun así, era el padre de sus hijos y ella se sentía querida, por eso no lo cambiaba por nadie. De haberlo cambiado, lo hubiese hecho únicamente por Félix, y Félix no se merecía que ella sacrificase a su familia por él. Por lo cual, al cabo de los años decidió esforzarse en ser más amable con Juan, para amenizar el tiempo que aún les quedaba por vivir, porque eso sí lo tenía muy claro: su matrimonio era para toda la vida.

CAPÍTULO 64

Desde que Alberto había terminado los estudios en el extranjero, Lucía y él se veían a diario en Madrid. Él no había vuelto a mencionarla en su casa desde aquel día que encontró el rechazo «por su bien» de sus padres hacia esa relación, pero sin opción a elegir ni a comprobar si era él o sus padres quienes en realidad estaban equivocados. Los progenitores estaban tranquilos pensando que la fiebre del enamoramiento de su hijo había desaparecido, sin saber que ahora era más estable y que, a pesar de verse como amigos, ninguno de los dos quería separarse del otro.

Mientras que Lucía terminaba los estudios, él cumplía el servicio militar allí en Madrid, tres años después de lo que le hubiese correspondido por su quinta, por haber pedido prórrogas para no interrumpir los estudios. Hasta entonces, no habían hecho planes, pero al acabar él el servicio militar y ella la carrera que estaba estudiando, sí hicieron un proyecto común. No de noviez, porque a estas alturas, después de tantos años juntos, hablar de eso les resultaba ridículo. Los planes eran de boda con miras a estar totalmente unidos en el futuro.

Lucía, con dos idiomas además del castellano, pronto encontró trabajo en un centro privado de Educación Secundaria, donde daba clases de francés y perfeccionamiento de la lengua castellana. Ella vivía en una pensión de lujo. Nada que ver con las pensiones de clase obrera que había en los barrios periféricos. Lucía pensaba que, con lo que pagaba ella de pensión y otro tanto que aportase él, podían comprar un piso, no en el centro de Madrid, pero sí en un sitio de nuevas edificaciones entre el puente de Toledo, el puente Praga y Embajadores, por decir algún barrio no muy lejano del centro, donde había edificaciones nuevas en venta.

Él trabajaba en la empresa de su padre como asesor fiscal junto a otros asesores de más edad y experiencia, pero con la libertad que suponía ser el hijo del accionista más importante. La empresa se dedicaba a las finanzas, por lo que el aval para conseguir el dinero que se necesitaba para comprar el piso no era un problema. Él, antes de gestionar los trámites empresariales, lo consultó con su padre y este le dijo que no era necesaria una operación, porque él sufragaba los gastos.

—Tengo mi sueldo —dijo Alberto— y quiero ser independiente; por lo tanto, justo es que asuma yo mis responsabilidades. Si algún día me hace falta, le pido ayuda; pero ahora quiero ser yo quien decida lo que voy a hacer y cómo lo quiero hacer. Ser el niño mimado de un padre rico no me ayuda nada más que a vivir sin preocupaciones y los negocios son una preocupación constante y mucho más si se trata de finanzas. Yo quiero estar preparado asumiendo mi responsabilidad desde abajo. Quiero experimentar lo que siente el cliente que depende de un sueldo cuando llega a fin de mes y que, después de cobrar, lo primero que hace es apartar el dinero de la amortización. Quiero sentir lo que sienten ellos para entender mejor sus problemas. La economía es la base del sostenimiento de cualquier actividad, y ellos, junto a nosotros que somos sus dirigentes, son el alma de la empresa. Sin su inversión, no habría beneficios.

El padre se sintió orgulloso de las palabras de su hijo, cuyo objetivo era estudiar las posibilidades de un cliente de economía mediana, experimentando los pros y los contras en sus propias carnes y así aprender de la experiencia, según él mismo declaró. Además, como la operación iba a estar en sus manos, el padre quiso darle un voto de confianza y se mostró conforme con la decisión que Alberto había tomado.

Al escriturar el piso, lo pusieron a nombre de Lucía y de él, puesto que así estaba acordado, ya que lo pagarían a medias. Dos meses habían pasado desde el día que estuvieron en la notaría hasta la fecha en que la inmobiliaria les dio las llaves y, una semana después de recibirlas, ya estaba amueblado y dispuesto para vivir en él. Lucía se cambió inmediatamente y mandó a sus padres la nueva dirección para que le mandasen el correo a donde iba a vivir de entonces en adelante. Al mismo tiempo los invitó a que fuesen a ver su nuevo hogar y a compartirlo unos días con ella.

Entre Lucía y Alberto ya estaba todo concertado para cuando viniesen sus padres. Él no aparecería por el piso durante el tiempo que ellos estuviesen allí, puesto que Alberto solo estaba con ella desde que salía de trabajar hasta una hora prudencial de la noche y luego se iba a dormir a casa de sus padres.

Dos semanas después, los padres de Lucía llegaban a Madrid para estar unos días con ella y los padres de Alberto le anunciaban que el domingo después de misa irían a ver el piso.

Alberto comunicó a Lucía que iban a ir sus padres y ella le dijo que no se preocupase, porque después del desayuno se irían al rastro y después, a ver cosas de Madrid que sus padres no habían visto nunca. Luego, los invitaría a comer en un restaurante y después irían al cine.

—No vendremos hasta última hora de la tarde —dijo Lucía.

—Mis padres no vendrán antes de las doce. Primero van a misa de diez y después de misa desayunan. Nunca desayunan antes para así poder tomar la comunión. Yo vendré a las once y media cuando ya no estéis vosotros y a mediodía nos vamos a comer y ya se queda el piso libre. Luego, después de anochecido, bajas a la calle con cualquier pretexto y nos vemos.

—De acuerdo —dijo ella.

A las once en punto Lucía y sus padres estaban preparados para salir del piso y sonó el timbre. Los padres de Alberto habían cogido un taxi para darle una sorpresa a su hijo e invitarlo a desayunar en cualquier cafetería del barrio. Pensaban que él aún no habría desayunado al estar en un piso deshabitado, donde solo iba a organizarlo en su tiempo libre.

La sorpresa de los padres de Alberto fue después de llamar en el timbre y ver que abría la puerta gente extraña y que, según parecía, estaban allí como si fuesen inquilinos o dueños del inmueble.

—Perdón… nos hemos equivocado —dijo el padre de Alberto.

—¡No nos hemos equivocado! —aseguró su esposa con énfasis—. Primero B, es la dirección de Alberto.

—Este piso es de mi hija —dijo la madre de Lucía.

—¿Qué pasa, madre? —preguntó Lucía desde dentro.

—Sal, hija, debe de haber un error. Estos señores buscan a su hijo, un tal Alberto… ¡Alberto! —repitió la madre de Lucía recordando el nombre de aquel muchacho que un día fue a su casa a presentarse y a pedir consentimiento para un compromiso formal con Lucía.

—¿Qué burla es esta? —dijo el padre de Alberto— Mi hijo compra un piso para albergar a gente extraña y yo, sin saber nada. ¿También te mantiene? —dijo orgulloso.

—¡A mí no me mantiene nadie! Tengo mi trabajo y este piso es mío, a medias con Alberto; pero mío. La escritura de propiedad lo justifica.

—Pero pagarlo, lo paga él. ¿No?

—¡No! Lo pagamos a medias.

—A mí me consta que es él quien lo paga. En el aval no figura nadie más.

—Se hizo así para evitar este escándalo o quizá algo peor: que le hubiese cerrado usted todas las puertas para impedir que realizásemos nuestro sueño.

—¿Qué sueño, lagarta? ¿Cazar a mi hijo? —dijo la futura suegra enfurecida.

—No, señora, yo no pienso cazar a nadie. Nos queremos y queremos estar juntos. Nos da igual lo que piensen los demás.

—¡Hija! —exclamó la madre de Lucía avergonzada.

Cuando estaban en esa disputa, apareció Alberto y empezó a poner paz entre las dos familias.

Lucía se pasó dentro del piso y los padres de ella hicieron lo mismo. Entonces el padre de Alberto se encaró con él y le pidió explicaciones y este empezó a dárselas con serenidad, haciéndole comprender que lo único que él quería era estar con Lucía. Entonces la madre, al ver que su marido flaqueaba casi convencido de las razones que escuchaba, empezó a recordarle a Alberto que esa relación no le convenía y que no contase con su apoyo. Al ver que no lo convencía, le dio a elegir entre ellos o Lucía.

—No me obligue, madre, a elegir. No quiero perderlos a ninguno de los tres. Déjeme a mí elegir por una vez en la vida lo que me conviene o no; ya no soy un niño.

—Vamos a casa y allí te explico las razones.

—¡No me voy! Sus razones me las sé de sobra y de aquí en adelante va a escuchar usted las mías, aunque no sean de su agrado.

—¡Tienes que venir a mí arrepentido!

—Eso nunca, madre. Antes se puede usted arrepentir de haberme parido.

La mujer se cogió con rabia al brazo de su marido y le dijo:

—¡Vamos!, aquí no tenemos nada que hacer. Nuestro hijo está ciego. Su ceguera no le deja ver el cieno donde está metido. «Cría cuervos...» para que luego te paguen con ingratitud.

—Piense usted lo que quiera, madre. Yo sé que su orgullo nunca le va a dejar ver que tengo derecho a organizar y a elegir por mí mismo. Con riesgo a equivocarme, por supuesto que sí; pero con la seguridad de que si me equivoco no es por culpa de nadie, sino culpa mía. En cambio, si no hago mi voluntad, ya llevo el error de antemano, porque nunca voy a estar satisfecho con lo que haga y mucho menos con la mujer que tenga a mi lado, si no es Lucía.

La madre empujó con el brazo a su marido para bajar las escaleras, sin querer escuchar las palabras de su hijo. El padre miró a Alberto con tristeza, convencido de que su hijo tenía razón y enarcó las cejas en señal de asombro por las duras palabras de su esposa y con la mirada pidió a su hijo paciencia y resignación.

Cuando Alberto pasó a la vivienda, la madre de Lucía estaba llorando muy afectada. Pensaba que aquel desenlace era la perdición de su hija si las noticias llegaban a oídos de la gente del pueblo. Sería una vergüenza para toda la familia y en especial para ella que, como madre, tal escándalo pondría en duda la educación que le había dado a su hija. Si se llegaba a saber, ella pensaba clausurar su vida entre las cuatro paredes de su casa, antes de pasar la vergüenza de verse señalada con el dedo en el pueblo cuando fuese por la calle.

Alberto presentó disculpas por el suceso y después se dirigió al padre de Lucía, diciéndole que se casarían en menos de un año, con el consentimiento de sus padres o sin él.

—Solo necesito la conformidad de usted y de Lucía, y su brazo, señora —le dijo a la madre de Lucía—, si mi madre no se digna a acompañarme.

El lunes acudió al trabajo y el padre le mandó llamar a su despacho. Él se presentó algo cohibido, pero dispuesto a defender su voluntad y su decisión, costase lo que costase.

—Siéntate —le dijo el padre—. Tenemos que hablar, quiero darte algunos consejos.

Él fue a sentarse, pero al hablarle de consejos, al momento se puso en pie y le respondió:

—No necesito consejos si no son de trabajo.

—No te preocupes, siéntate. No pienso intervenir en tu decisión; es sobre tu madre. Ten paciencia con ella, yo haré lo posible para que admita tu elección, aunque eso llevará tiempo. Entiéndela. Eres hijo único. Ella quiere verte en la cumbre y con una mujer de tu rango. Una familia de nuestro estatus social para codearse con los más grandes de nuestra sociedad. Ella es así, lo lleva en la sangre. Es parte de sus principios y de su educación.

—Una educación estricta, dictatorial y equivocada —dijo Alberto—. No se es más por aquello que se aparente ser, sino por lo que en realidad eres. Vale más vivir satisfecho en un escalafón mediano que inseguro y agobiado en la cúspide. No es más el que más tiene, sino el que tiene lo que necesita y yo sé lo que necesito para vivir satisfecho.

—No te preocupes; si estás seguro de ti mismo, lo vas a conseguir, cuenta conmigo.

El lunes Alberto tampoco acudió a su casa a dormir. La madre empezó a desesperarse, no porque le preocupase la probabilidad de perderlo, sino porque pensaba que, si no volvía, era porque seguía empecinado en hacer su voluntad, desobedeciéndola a ella.

—¿Alberto no va a venir, verdad? —preguntó la madre al padre.

—No sé… No me ha dicho nada, pero no creo que venga.

—¿No has hablado con él?

—Sí, pero cosas de trabajo.

—Se va a reír de nosotros si le consentimos tal despropósito.

—¿Y qué podemos hacer? Tiene treinta años y aún lo quieres manejar como a un niño. No podemos hacer nada.

—Sí podemos. Tú puedes. Retírale el crédito y volverá a nosotros pidiendo ayuda.

—Si no estuviese concertado y firmado, podría hacerlo; pero el contrato está cerrado y firmado, no puedo hacer nada. Esta mañana he pensado retirarle el crédito; pero no como tú quieres: he pensado amortizar el débito, a ver si se ablandaba.

—¡Si haces eso, no le obligas a volver, le ayudas a seguir haciendo su voluntad!

—No te preocupes, no lo voy a hacer, eso sería como dudar de su capacidad: cortarle los vuelos, chafar sus ilusiones, y yo no pienso hacer eso. Tú puedes hacer lo que quieras, pero conmigo no cuentes si no es para ayudarle. Apartarlo de sus ideas, sus preferencias y sus decisiones es apartarlo de la lucha por la vida y eso lo puede acomplejar el día de mañana. Cuando esté solo y no tenga nuestra mano protectora, puede ser que se sienta incapaz de manejar su vida y también este laberinto de gestiones que conlleva la empresa.

—Para todo esto tiene tiempo, ahora lo que importa es evitar que caiga en esa trampa.

—Hay una trampa mayor que tú no ves: el odio que podemos generar en él si lo apartas de esa mujer y empieza a vivir en la decepción de no haber conseguido su sueño por nuestra culpa. ¡Por tu culpa! Eso puede hacer que lo perdamos para siempre.

—¡Ya lo he perdido! —dijo la madre.

—No, si tú no quieres. Él espera que lo llames y lo comprendas. Que te comportes como una madre, no como su dueña.

—¡Él es el que se tiene que comportar como un hijo! Un buen hijo confía en su madre y obedece, no rechaza sus consejos.

—Es su vida, entiéndelo de una vez si no lo quieres perder. Si lo pierdes ahora, lo perderás para siempre.

Alberto esperaba que el padre la convenciese, pero no fue así. El orgullo de su madre no la dejaba ver que su hijo tenía derecho a decidir con quién quería vivir libremente, sin imposiciones. Padre e hijo hablaban diariamente y este le informaba de los esfuerzos inútiles y los resultados negativos en cada respuesta de su esposa:

—Es él quien se tiene que rebajar a mí. Soy su madre y merezco un mínimo de respeto.

—Sí, mujer. Yo le diré que venga, que te pida perdón y que sea comprensivo contigo; pero con una condición: que tú también seas comprensiva con él.

—Ve a casa y habla con ella, puede que así baje del pedestal y venzas su orgullo —le aconsejó el padre a Alberto.

—No sé qué decirle, solo cuenta su voluntad, como siempre.

Alberto, mientras tanto, seguía habitando en el piso con Lucía y sus padres, que, ante la situación que estaban viviendo, habían pensado quedarse una semana más con su hija.

Por fin llegó el día en que los padres de Lucía se tenían que marchar al pueblo. Su casa y su hacienda los necesitaban; pero, al mismo tiempo, sentían la necesidad de quedarse por el temor de dejar desamparada a su hija con Alberto durmiendo en el piso. Ante la duda, preguntaron a Lucía que, si cuando ellos se fuesen, Alberto iba a seguir pernoctando en el piso.

—No sé. Supongo que sí se quedará, tiene el mismo derecho que yo.

—¡Los dos solos! —dijo la madre escandalizada.

—No estamos en el pueblo, madre. Aquí nadie se fija en esos detalles. Además, somos nosotros los que tenemos que decidir si vivimos juntos o no. Es nuestra vida y a los demás les tiene que dar igual lo que nosotros hagamos.

—¡Hija, me escandalizas con tu forma de pensar!

Por la noche, antes de irse a acostar, Alberto se despidió de ellos y al mismo tiempo informó a Lucía de que había estado buscando pensión y que, desde el día siguiente, dormiría en ella. También anunció que desde ese mismo día empezarían a preparar para la boda.

A la madre de Lucía le chispearon los ojos de alegría. Esas dos noticias eran fantásticas para ella, sobre todo la primera, porque era la que más le preocupaba: si Alberto buscaba pensión ya no dormirían solos en el piso, pensó la madre sin ver en su ignorancia que cualquier hora o cualquier momento del día, era ideal para amarse.

Por la mañana, cuando Alberto se marchó al trabajo, Lucía bajó a despedirlo, con la única intención de decirle que no buscase pensión, porque ese dinero que él se iba a gastar en ella sería útil para otras cosas, entre ellas amortizar la cuota mensual del piso.

—Hay que economizar —dijo ella—. Una boda supone muchos gastos y no quiero depender de nadie para organizarla. El que quiera regalar, que regale, cualquier regalo será bienvenido; pero sin depender de nadie, ni de los tuyos, ni de los míos.

Alberto estuvo tres semanas sin ir a casa de sus padres. Esperaba que su madre se convenciese de que su decisión era firme; pero, viendo que su madre no daba muestras de estar convencida, fue a verla.

—¡Hombre! Tú por aquí. Al fin te dignas a venir. ¿Has reconocido ya que tengo razón?

—No, señora. No lo he reconocido.

—Entonces, ¿a qué vienes?

—A verla, para que vea usted que no se me olvida que es mi madre.

La madre empezó otra vez a reprocharle su actitud sin darle opción a que hablase. Él se mantuvo callado y, cuando consideró que ya había oído suficientes reproches y críticas, se acercó a ella, la besó y se despidió hasta la próxima visita.

—Creía que venías a quedarte.

—Tengo mi casa y voy a vivir en ella. Sé que usted no lo entiende, pero eso da igual. Es mi voluntad, ya tengo edad suficiente para decidir por mí mismo y es lo que voy a hacer. Vendré a verla un día a la semana si usted no me cierra la puerta y vendré solo mientras que usted no admita mi relación con Lucía; pero ha de saber que, si cuando nos casemos sigue sin admitirla y no asiste usted a la boda, no me verá nunca más, al menos en esta casa.

En las siguientes visitas no hubo reproches, solo palabras rutinarias y respuestas escuetas a las preguntas que Alberto hacía a su madre y que solo daban a entender el descontento existente entre madre e hijo.

Así transcurrieron diez meses, hasta que Alberto y Lucía acordaron la fecha de su boda y fueron los dos a proponerle que fuese la madrina, honor que le correspondía.

Al recibir la propuesta, les dirigió una mirada despectiva y después les recriminó el tiempo que llevaban viviendo juntos igual que si estuviesen casados.

—Yo no participo en sacrilegios —les dijo—. El matrimonio es un sacramento sagrado y vosotros no habéis tenido miramiento en vivir juntos sin estar casados. Ahora os queréis presentar ante Dios para tener derecho a un enlace matrimonial consumado, con relaciones extramatrimoniales, y queréis que yo sea cómplice. Habéis vivido sin respetar los mandatos de la Santa Iglesia Católica, obrando igual que ateos y ahora queréis que sea testigo de vuestro pecado ante los ojos de Dios. ¿A quién creéis que vais a engañar?

—No queremos engañar a nadie, el que engaña es el que se esconde. Nosotros no nos escondemos de nada ni de nadie, porque no tenemos nada que esconder. Solo queremos casarnos, formar una familia y vivir en paz con todo el mundo: con usted también, madre. ¿Es tan difícil de entender? Así es que, por favor, diga si nos va a acompañar o no. Es lo único que queremos saber.

—¡No! Y menos en ese pueblo, revuelta con gente mediocre y hortera.

Lucía, al oír esas palabras, se levantó para irse, pensó que ya había oído bastantes desprecios y él hizo lo mismo. Entonces habló el padre de Alberto que hasta entonces había estado callado y, mirando a su esposa, le reprochó lo dura que era y después les dijo:

—Vamos a ir, al menos yo, ella puede hacer lo que quiera. Yo sí voy. El banquete corre de mi cuenta, es mi regalo de boda.

Cuando se fueron Lucía y Alberto, los reproches empezaron a caer sobre el marido. Entonces él, que nunca se oponía a la voluntad de ella, le hizo frente y le dejó clara su decisión. Ella empezó a poner objeciones, casi todas ridículas y remilgadas exponiendo al final una que ella pensaba que su marido no se había planteado y, que al desvelarla, evitaría la ceremonia en el pueblo.

—La ceremonia será en el pueblo —dijo ella—. ¿Y el banquete, dónde? Allí no hay salones para banquetes de boda, ni locales adecuados para alquilar. Ni cocineros, ni auténticos camareros profesionales, solo camareros y cocineros de tascas.

—¡Eso es cosa mía, no te preocupes! El salón es el de la casa de mi hermana. Sabes que tiene un salón amplio que está contiguo al comedor y a la cocina. Es el sitio ideal.

—¿Y la servidumbre?

—De eso también me encargo yo.

—¿Quién te ha dado poderes para utilizar la casa de Juan?

—Ellos mismos. Al ver mi preocupación por este problema, se ofrecieron a hacer este favor. No olvides que son los padrinos de Alberto, quizá no lo hayan hecho por mí, sino por él.

—¿No les importa relacionarse con esa gente?

—No. Esa gente es gente de bien, Juan los conoce y es gente educada, muy cristiana y de buenos modales; ni siquiera son obreros que sirvan a señores, es gente de posibles. Son, por debajo de nosotros, el escalafón más próximo al nuestro. Además, es un día, al día siguiente cada cual estará en su sitio.

—Menos tu nuera —dijo ella orgullosa—, ¡qué vergüenza! ¿Qué dirán nuestras amistades?

—Nada. No dirán nada. Alberto les ha presentado a Lucía y la han aceptado. Es educada, es bella, es delicada en trato y costumbres y posee una cultura que muchos de nuestra clase quisieran tener; ¿qué más se le puede pedir? No sé por qué esa obstinación en rechazarla.

—Mi hijo se merecía más.

—Más no es sinónimo de mejor, de eso puedes estar segura.

Al final, viendo que la boda era imparable, la madre se convenció y llamó a su hijo para confirmarle que lo llevaría a la iglesia y asistiría al banquete. Pero, eso sí, dejándole muy claro que lo hacía por él, por su felicidad, no porque ella estuviese conforme con esa boda. Así, de esa manera, su orgullo quedaba intacto. Además, su hijo tendría que agradecerle toda la vida el sacrificio que había hecho por él. Eso pensaba ella.

El salón formaba un ángulo recto con el comedor y se comunicaban por una puerta amplia de más de tres metros de ancha que abría por correderas sobre un carril a ambos lados de la abertura. En el salón, más amplio que el comedor, formaron un escenario adornado con cortinajes y luces, donde estarían los novios en la parte central y, a cada lado de ellos, los padres de él y de ella. Todo esto confrontando el escenario con la puerta del comedor, para que los invitados —igual los del salón que los del comedor— pudiesen ver a los novios; solo que los del salón, que era la familia de él y sus amistades, los veían de frente y los del comedor, que era la familia de ella y sus amigos, los veían de lado o, como mucho, de soslayo. Aquel detalle llamó la atención en la familia de ella, pero nadie dijo nada. La humildad de esa gente, en un lugar que nunca habían soñado estar, les hizo no dar a conocer su desilusión.

Esa desilusión se olvidó cuando las amigas de ella y sus maridos —que se consideraban amigos de él— empezaron a recorrer mesa por mesa con alguna prenda personal del novio o de la novia, según fuesen amigas o amigos de los recién casados, para recaudar fondos, dando en cuenta del donativo un trozo pequeño de dicha prenda. Algo tradicional en este pueblo.

Los padres de ella sonreían felices con aquella actuación y otras que eran bromas gastadas a los novios, como novatadas a principiantes que eran en ese nuevo estado. Ellos también disfrutaban de esa alegría derivada de todo el jolgorio que se formaba en la boda. Alberto también disfrutaba, porque después de más de diez años visitando el pueblo, ya formaba parte de la cultura de él y sus costumbres y mucho más desde que había vivido estas tradiciones en bodas anteriores de amigas de Lucía y sus esposos, que eran los promotores de estos acontecimientos y a los que Alberto consideraba sus amigos.

La que empezó a pasarlo mal fue la madre de Alberto, que sintió bochornoso aquel procedimiento de recaudar dinero, sobre todo cuando llegaron a pedir en las mesas del salón donde estaba la familia de él y sus amistades. Su comportamiento refinado no le permitió quejarse en público por miedo a montar un escándalo; sin embargo, sí mandó un recado a su cuñado con el jefe de camareros para que, por medio del mayordomo u otro sirviente de la casa responsable del mantenimiento del orden, impidiese esa recolecta vergonzosa y ridícula para ella; pero el cuñado, que era natural del pueblo, conocía estas costumbres y, aunque él no pertenecía a esta clase social, estaba disfrutando con las tradiciones de su pueblo. Al recibir el aviso, optó por no hacer ningún caso al propósito de su cuñada y mucho menos sabiendo el rechazo que sentía hacia este enlace.

El disgusto, por no llamarlo berrinche, hizo que la madrina sufriese una crisis nerviosa que le hizo desfallecer y a punto estuvo de caer al suelo, por lo que requirió la atención del hijo que, aunque estaba a su lado, ignoraba el motivo de ese desvanecimiento.

El marido, que sí sabía los motivos, se quedó tan tranquilo, como si no pasase nada. Cogió un vaso de agua y lo puso en la mesa nupcial delante de ella y le dijo al oído:

—Bebe y refréscate, no seas aguafiestas. Piensa que, aunque sea a pesar tuyo, es la boda de tu hijo y, sabiendo lo que todo el mundo sabe, empezarán a murmurar y a sacar conclusiones de tu desvanecimiento y eso no nos conviene, al menos a ti, que has sido la oponente desde un principio, hasta ayer mismo.

La voz del marido tan cerca del oído le hizo reaccionar y nadie, excepto los ocupantes de la mesa nupcial, se enteró de lo sucedido. Ella, al verlos preocupados, disimuló el estado de crispación que sufría y los tranquilizó diciendo que había sido la emoción y que ya estaba bien.

Cuando empezó el baile, empezó otra vez a preocuparse pensando que se revolvería «Roma con Santiago» al juntarse dos clases sociales tan diferentes; pero no fue así, se mezclaron, sí, en la pista, pero formando pareja cada uno con gente de su clase y respetándose en armonía como así lo requería la ceremonia. Después comentaron el acontecimiento cada uno desde su punto de vista: la clase más humilde estaba orgullosa de haber asistido a una boda de tan alta categoría y los de la clase señorial hablaban de la originalidad de los actos acontecidos durante el convite. Se sentían satisfechos en todo; pero en especial, por la particularidad de todo el conjunto de actos propios y tradicionales del pueblo. Algo nuevo para ellos al ser diferentes de aquellas bodas a las que ellos estaban acostumbrados a asistir. Boda de pueblo, como así la llamaban ellos. Esta era una novedad, con manjares propios de su categoría social, pero puestos sobre manteles y costumbres añejas, que daban solera a esos acontecimientos, semejantes y diferentes al mismo tiempo de los de otros lugares.

Después de la boda, todo volvió a su cauce normal. La madre de él siguió con sus reservas en cuanto a su nuera, pensando como antes de la boda: que Lucía era poca cosa para su hijo. Siguió pensando igual después que Lucía estuviese embarazada, a pesar de saber que la esposa de su hijo llevaba en su vientre una criatura de su sangre.

Hicieron falta once meses desde la boda para que luciese el sol con plena claridad en la familia y eso lo consiguió un niño rubio igual que Alberto cuando era pequeño, que hizo recordar a la abuela su antigua maternidad, por lo que decidió aceptar a su nuera sabiendo que, si no la aceptaba a ella, tampoco tendría al niño, que desde el momento que vino al mundo, se había convertido en su debilidad.

CAPÍTULO 65

Desde aquella vez que Inés volvió a Madrid con José en el año mil novecientos cincuenta y uno, fue muchas veces al pueblo para visitar a sus padres, aunque siempre que venía lo hacía con un fin especial: ver a su hijo y hablar con él. Hablaba con el niño en plena calle a la salida de la escuela. Volvía a decir que, como era su hijo, iría a verlo siempre que pudiese y lucharía hasta el final para conseguir que él la mirase como a su madre que era.

Después de esas entrevistas, que se repetían tres o cuatro veces al año, los niños, compañeros de clase de Jesús Gabriel, le comentaban que Inés iba a verlo porque era su madre y él lo negaba. En su inocente ignorancia, Jesús Gabriel les contestaba que esa mujer había sido criada en su casa y lo quería mucho porque era muy buena y le hacía regalos que ella traía de Madrid, porque ahora trabaja allí.

—Mi madre dice que es tu madre y que tú te llamas Jesús, igual que el padre de esa mujer, que es tu abuelo —dijo uno de los compañeros de clase.

Ese comentario dejó pensativo al muchacho y, a la salida de la escuela, se unió con aquel que le había dicho todo aquello y, cuando estuvieron solos, le dijo con cara de pena:

—¿Por qué me has dicho que Inés es mi madre, si no lo es?

—Sí lo es, al menos eso dice mi madre y las vecinas cuando hablan.

—Mi madre es Asunción. Inés dice que me quiere igual que mi madre y que yo la tengo que querer como un hijo; pero eso es porque tiene un hijo que no vive con ella y se acuerda mucho de él cuando me ve a mí.

—Ese hijo eres tú, lo he oído decir a mi madre.

—No puede ser. Si esa mujer es mi madre, ¿quién es mi padre?

—Tu padre sí es tu padre, por eso estás con él y con su esposa.

El niño, con sus diez años, no entendía aquella rareza que él nunca había visto ni oído; sin embargo, empezó a juntar cabos de otras cosas aisladas que él había oído y, aunque no lo terminaba de entender, se daba una idea de lo que su amigo decía.

—Cada niño vive en su casa con su padre y su madre —pensaba él— si viven los dos y, si uno de ellos no vive, está con el que queda. Pero, si mi madre es Inés, vive y, si vive ¿por qué mi padre está con mi madre y no con ella? Eso no puede ser cierto, es un lío.

En esos pensamientos fue el niño todo el camino, serio y dándole vueltas a la cabeza. Cuando llegó a su casa no se puso a jugar como lo hacía siempre. Se encerró en su habitación y estuvo pensando sin saber cómo encajar esa novedad. Increíble, pero cierta según su amigo, que le había asegurado que no mentía.

A la hora de comer, el niño no tenía hambre y se mantenía serio sentado en su silla en la mesa.

—¿Qué te pasa? —dijo Asunción.

—Nada. No tengo hambre.

—¡Come! —dijo el padre—. El hambre se hace comiendo.

—¡Y comiendo se quita, bruto! —dijo Asunción—. ¿No ves qué semblante tiene? Si no come es porque algo le pasa. Dime, hijo, ¿te encuentras mal? ¿Qué te duele?

—Nada.

—Entonces, ¿por qué no comes?

—Ya lo he dicho, no tengo hambre.

—A ti te pasa algo y no lo quieres decir. Y si no lo dices, no te podemos ayudar.

—La gente dice que Inés es mi madre.

—¡Eso no es cierto, tu madre soy yo!

—Entonces, ¿por qué lo dicen?

—La has vuelto a ver ¿verdad? —continuó preguntando Asunción.

—Sí. Me busca ella para hablar conmigo y darme un regalo cada vez que viene. Esta vez ha sido un libro y una pluma estilográfica.

—¿Ella te ha dicho que es tu madre?

—No. Pero me abraza, me besa, me regala cosas y me da consejos.

—¿Qué consejos?

—Que sea bueno, que estudie mucho y que la quiera como ella me quiere a mí. También me ha dicho que, cuando sea mayor, me contará una historia que ahora es secreto.

—No le hagas caso, esa mujer está loca.

—¿Por qué, porque tiene un hijo y no está con ella?

—Eso, ¿quién te lo ha dicho?

—Ella, me lo dijo una vez hace mucho tiempo.

—¡Tienes que pararle los pies a esa mujer! —dijo Asunción con rabia dirigiéndose a Sebastián—. Ella es la culpable de que el niño esté triste y tenga esos líos en la cabeza.

—Mañana voy a verla, verás cómo se acaban estas tonterías.

—No vaya usted —dijo el niño— se ha ido hoy a Madrid.

Sebastián, indignado, pensó ir de todas maneras a decirles a Pepa y a Jesús que dejasen al niño en paz; pero luego, cuando se le pasó el acaloramiento, se acordó de la resistencia que encontró de todas las vecinas de la casa cuando fueron a por el niño y decidió no ir. Sin embargo, no dejó aquello en el olvido: habló con el juez y él le hizo una orden de alejamiento que envió por medio del juzgado para la familia de Inés, que fue enviada al domicilio de Jesús y Pepa por medio de la policía municipal.

Pepa no dijo nada a Inés sobre esa orden para evitarle el disgusto, al menos hasta que volviese a venir. Como poco, pasarían cuatro o cinco meses. A quien sí se lo dijo fue a Elvira para que estuviese informada de lo que eran capaces de hacer sus señores.

A pesar de esa orden de alejamiento, Pepa y Jesús no tenían miedo. Jesús estuvo a punto de ir a restregarle a Sebastián el papel en los «morros» y sobarle la cara con un par de bofetadas; pero Pepa lo convenció para que no lo hiciese porque iría al calabozo como poco, si no se encontraba también con alguna paliza de la Guardia Civil. Pepa, aunque dio esos consejos a su marido, sentía los mismos deseos que él de dar un escarmiento a Sebastián; sin embargo, reconocía que eso era imposible sin que después viniesen las consecuencias. Lo que no vio Pepa imposible fue decirle cuatro verdades sin dar escándalo cuando se lo encontró por la calle. Verdades que a Sebastián le resbalaron riéndose de ella con la prepotencia que le concedía estar en el poder y tener la «justicia» de su parte.

Al regresar Inés en Navidad con la ilusión de felicitar a su hijo en su próximo cumpleaños, se encontró con que no podía acercarse a él en una distancia de al menos cincuenta metros. Algo que el niño ignoraba y que, cuando la vio, esperaba que fuese hacia él como siempre. Sin embargo, no fue así; ella lo miró una y otra vez hasta quedarse parada frente a él a una distancia igual o mayor que exigía la orden y, al ver que el niño se paraba mirándola, agitó la mano en señal de saludo y siguió su camino. Jesús Gabriel quedó extrañado, pero achacó esa forma de actuar a la locura que padecía Inés, según Asunción. Sintió pena por ella, pensando que su locura era fruto de ese deseo de estar con su hijo.

Cuando llegó a su casa, notó el deseo de decirle a alguien que había visto a Inés; pero no dijo nada. Al final no pudo resistir y se lo dijo a Elvira.

—He visto a Inés. Hoy no ha venido hasta mí. Me ha saludado desde lejos.

—Pobre Inés —dijo Elvira.

—¿Por qué no puede Inés tener a su hijo? —le preguntó Jesús Gabriel.

—Eso te lo puede decir ella, ve a verla y pregúntale.

—Mi madre no va a querer que vaya.

—No le digas nada y ve. Tampoco le digas que te he mandado yo, si acaso te descubre.

—Si se entera y me pregunta, ¿qué le digo?

—No sé. Que te da pena de ella.

El niño salió ilusionado hacia la casa de Inés y, al llegar, sintió timidez y se quedó en el portal. Cuando estaba allí parado indeciso, llegó Josefa y, al verlo, le dijo:

—«Jesusete» ¿qué haces ahí parado?

—No me llamo Jesús, me llamo Gabriel.

—Bueno, como tú quieras, pero ¿qué haces ahí?

—Vengo a ver a Inés.

—Pasa. ¡Inés, Inés! Te traigo un regalo.

Al oír Inés las voces, salió al portal y, al ver al muchacho, se emocionó, corrió hacia él, lo abrazó y lo colmó de besos.

—¿Sabe tu padre que has venido?

—No.

—No tenías que haber venido. ¿Quién te ha dicho que vengas?

—Elvira, y yo, que quería verte.

—Tu padre no quiere que nos veamos. Ha puesto una denuncia contra mí para que no te vea.

—¿Por qué? ¿Porque estás loca?

—¿Quién dice que estoy loca?

—Mi madre.

—No estoy loca. Loca me voy a volver si no me dejan verte.

—La gente dice que soy tu hijo; pero eso no puede ser, ¿verdad? Tú no eres la esposa de mi padre, la esposa de mi padre es mi madre.

—Algún día hablaremos de eso… Cuando seas mayor.

—Entiendo todo lo que me dicen. Lo que tú me digas, también lo voy a entender. Voy a hacer once años, ya no soy tan niño.

—Sí, once años, dentro de siete días. Once años el día diez de enero.

—¡Lo sabes! —dijo el niño extrañado.

—Lo sé, no se me olvida. Los días felices, igual que los amargos, no se olvidan nunca.

—¿Es cierto lo que dice la gente?

—Sí, pero no le digas a nadie que lo sabes, y mucho menos a tu padre.

—Yo sí quiero verte siempre que vengas.

—Dentro de dos días me voy, el último día que nos volvamos a ver será el día de Reyes.

—¿Por qué?

—Porque tengo que trabajar. Pero recuerda, él día diez te felicitaré tu cumpleaños con el pensamiento, como lo hago cada año cuando llega. ¡Recuérdalo! Ese día, como todos, tu madre pensará en ti; pero ese día será con un sentimiento especial.

Cuando llegó el muchacho a su casa, la madre lo esperaba. Llamó en la puerta y salió Elvira ligera como siempre a pesar de sus ochenta años.

—Tu madre te espera —le informó— tú verás qué le dices.

—Mi madre… ¿Qué madre? Esa mujer no es mi madre.

Elvira guardó silencio, cerró la puerta y siguió al niño preocupada.

—¿De dónde vienes? —preguntó Asunción al muchacho.

—De jugar.

—De jugar ¿de dónde?

—Al lado de las escuelas.

—No me mientas y dime la verdad.

—Es la verdad, no miento.

—Ponte a estudiar, que no has cogido un libro en toda la Navidad.

El niño cogió la enciclopedia de segundo grado de Álvarez y se puso a estudiar en la cocina al lado de la chimenea. Lejos del *sermón* de Asunción y cerca de Elvira, que era quien mejor comprendía sus problemas y sus cuitas.

Cuando Elvira estaba segura de que nadie los oía, le preguntó que si había visto a Inés.

—Sí —contestó el muchacho.

—¿Qué te ha dicho?

—Muchas cosas. Más de las que yo pensaba…

—¿No me lo cuentas?

—Es secreto. Me ha dicho que no lo diga a nadie.

—Así me gusta, que seas responsable y sepas guardar un secreto.

—Sí, pero para eso he tenido que mentir a mi madre y eso es pecado.

—Venial… Un pecado venial que no tiene importancia, lo que sí tiene importancia es lo que te ha dicho Inés.

—¿Sabes lo que me ha dicho?

—No, pero sé que es importante.

—Después de Reyes se va…

—Lo sé. Tiene un trabajo que atender, pero verás cómo vuelve en cuanto pueda.

Al regresar Inés a Madrid, José fue a verla. Después de once días sin verse, él sentía la necesidad de estar con ella y ella deseaba lo mismo. Él, después de haber estado en el pueblo en Nochebuena y Navidad, había estado trabajando, por lo que esos once días se le hicieron eternos. Al encontrarse, igual uno que el otro sintieron la necesidad de abrazarse y lo hicieron con tal vehemencia, que ellos mismos se sorprendieron.

—Te he echado mucho de menos —dijo él.

—Yo también.

—Sabes que yo siento por ti algo más que amistad, no lo olvides. No sé lo que sientes tú; pero deberíamos analizar esta situación y plantearnos qué queremos hacer en un futuro; inmediato, si puede ser. Yo quiero estar contigo; pero quiero estar contigo siempre, no un día a la semana. Con esta edad me estoy cansando de pensión y de dormir solo cada noche sin tener a nadie con quien hablar de mis cosas. También echo de menos algunos guisos del pueblo que haríamos de cuando en cuando si estuviésemos en nuestra casa tú y yo juntos.

—Eso que tú quieres, conlleva más cosas que las que me has dicho, ¿no te das cuenta?

—Si me doy cuenta. En eso que yo deseo va incluido todo, aunque no lo haya dicho. Que respete tu decisión no quiere decir que no sienta nada cuando te abrazo y cuando te beso, incluso cuando te miro. Solo espero que un día lo comprendas y te decidas…

Inés quedó callada. Sentía lo mismo que él, pero tenía miedo: miedo a despertar el trauma que dejó en ella Sebastián después de la violación. Miedo a lo que podía pensar su hijo ahora que lo tenía ganado. Miedo al rechazo del padre de José. Miedo a no hacerle feliz a consecuencia del embrollo que tenía en su cabeza.

Aquella noche, Inés casi no durmió. El sueño fue intermitente y, cada vez que despertaba, la atacaba el mismo pensamiento, incluso dormida, tuvo pesadillas con respecto a esa situación de dudas. Imperaba en ella el lado negativo, después comprendió que solo era miedo y que había llegado aquello que Blasa le había dicho unos meses antes. Al fin salía el hombre que José llevaba dentro: resignado y con timidez, pero salía, y desde ahora no dejaría de insistir hasta conseguir que ella se convenciese o, lo que era peor, hasta romper esa amistad, romance o como se le quisiera llamar. Lo que sí estaba claro es que esa estima era para ellos algo tan importante que los tenía unidos sin condiciones. Cualquier cosa menos algo insignificante y pasajero.

Pasó algún tiempo y él, con paciencia, pero con constancia, lanzaba requiebros a Inés que iban como flechas afiladas directos al corazón, con la intención de atravesarlo amorosamente. Una noche, al despedirse en el portal de la casa del médico donde trabajaba Inés, ella fue a besarlo en la mejilla como lo hacían siempre al despedirse, entonces José giró la cara buscando sus labios y ella no se opuso, se quedó quieta, pasiva, impresionada por la sorpresa; pero conforme con ese paso que él había dado y, cuando sintió su aliento y el roce de sus labios, esa pasividad se fue transformando en deseo y, al final, colaboró en el beso con la misma pasión que él. Así empezó una relación distinta a la anterior, a la que se le hubiese podido calificar de comienzo de un romance o enamoramiento, si no hubiese existido ese amor intenso y oculto que los mantenía unidos desde hacía más de once años.

Seis meses después, en las fiestas patronales de julio, fueron al pueblo igual que el año anterior, con la única diferencia de que, además de venir juntos, daban a conocer su compromiso y la intención de casarse en la próxima primavera. La noticia no causó extrañeza; pero sí alboroto. Las viejas historias volvieron a resurgir. Entre ellas, la negación del padre de José a aceptar a Inés como nuera y la duda de lo que haría Inés con respecto a su hijo una vez casada ahora que el niño sabía que era su madre.

José no tuvo inconveniente en dar la noticia de su futuro enlace en su casa y la madre lo besó y le deseó lo mejor. Después, las hermanas hicieron lo mismo; pero el padre no dijo nada, le dio la espalda y se fue de la casa serio y cabizbajo en dirección al centro del pueblo donde estaba la zona de bares. Allí empezó a beber hasta que apenas podía andar de tan borracho como iba. En el último bar, no quisieron servirle nada que tuviese alcohol y el camarero, que lo conocía bien, le preguntó extrañado:

—¿Por qué bebes con esa desesperación?

—¿A ti que te importa? —contestó airado.

—No me importa, pero tú no eres así.

—¿Así, cómo?

El camarero viendo las pocas razones que tenía Fidel, solo le dijo:

—Siéntate hasta que se te pase o vete a tu casa: yo no voy a darte de beber. Si no te metes con nadie, puedes estar ahí sentado.

Él, a pesar de su borrachera, reconoció el espectáculo que estaba dando y se fue con intención de regresar a su casa para acostarse; pero, al salir del bar a la calle, pisó en el bordillo de la acera y cayó hecho un ovillo sin poderse levantar.

Algunos lo vieron y pasaron de largo ignorándolo, pero Jesús —el padre de Inés— lo vio también y fue a él para ayudarle. Al cogerlo para levantarlo, José no dijo nada, solo hizo hincapié y en su interior agradeció la ayuda; sin embargo, cuando estaba en pie y vio que era Jesús, empezó a insultarlo y a decirle que él tenía toda la culpa de lo que estaba pasando.

—Lo que tú quieras —dijo el hombre resignado—, pero vamos a tu casa.

—¡Vete tú, cabrón! Que te crees que voy a consentir que engañéis a mi hijo.

Jesús lo dejó y se fue preocupado a buscar a José, porque él sabía que su futuro consuegro no era persona que se emborrachase e hiciese el ridículo en público. Se fue molesto por los insultos recibidos, a los que no dio respuesta por estar el insultador en el estado de embriaguez que se encontraba; pensaba aclarar aquel malentendido cuando Fidel estuviese sereno.

—Tu padre está borracho en las calles cercanas a la plaza —le dijo Jesús a José—. Le he querido ayudar y me ha insultado, la palabra más hermosa que me ha dicho ha sido cabrón.

José fue a buscarlo y lo encontró en la puerta de un bar insultando al camarero y tambaleándose. Entonces lo cogió.

—Vamos a casa y no dé usted más escándalo.

—¡A casa te vas tú, cabrón! Que eres otro cabrón como el que ha ido a avisarte.

José no contestó, lo agarró con un brazo por la cintura y emprendieron camino hacia su casa por las calles menos transitadas por la gente, para evitar el escándalo dentro de lo posible. De cuando en cuando refunfuñaba; pero, como José no le decía nada, callaba y seguía andando a trompicones guiado por el hijo.

Cuando llegó a su casa, lo esperaba su esposa y sus dos hijas menores y, al verlo en el estado en que se encontraba, empezaron a regañarle y él a insultarlas. Al día siguiente, despertó temprano, se levantó de la cama sin hacer ruido y se fue al campo a trabajar sin decir a dónde iba. Por la noche, llegó a su casa temeroso de que las hijas le recriminasen el espectáculo que había dado el día anterior, porque, a pesar de la borrachera, se acordaba perfectamente de todo. Él era de los que decían que el borracho pierde la vergüenza, no el conocimiento de lo que hace y lo que dice. Al llegar y ver que lo esperaban, dijo entre dientes:

—Hay pleno en el congreso —y dio media vuelta para irse.

—No se vaya padre, tenemos que hablar con usted —dijo una de las hijas.

—Hablar, ¿de qué?

—Del tema de ayer. Nosotras no somos lo que usted nos dijo, igual que Jesús y José no son lo que usted los llamó.

—Vosotras lo que tenéis que hacer es iros a vuestras casas, que para eso os habéis casado, que yo aquí voy a hacer y a decir lo que me venga en gana.

—Pues con esas razones se va a ver usted solo. Mañana vamos a conocer a Inés y a llevarle un regalo y usted, lo menos que podía hacer es venir y pedirle disculpas a Jesús.

—Mi decisión no tiene vuelta —dijo José— dentro de seis o siete meses me caso.

El hombre se vio acorralado por toda la familia y comprendió que no tenía nada que hacer con respecto a la decisión de su hijo, por lo que se mantuvo callado. Desde aquel momento estuvo dándole vueltas a la cabeza y recordando lo que había hecho el día de la borrachera. Entonces sintió remordimiento de haber tratado a Jesús de esa manera tan desvergonzada y decidió arreglarlo de la única manera que se podía arreglar: presentándose en su casa para pedirle disculpas. Cuando llegó a la vivienda de Jesús, encontró la puerta abierta con una cortina que cubría el hueco y anunció su llegada diciendo:

—¿Se puede?

—Si vienes en son de paz, sí —contestó una voz desde dentro.

Pasó y lo primero que hizo fue ofrecerle la mano a Jesús para estrecharla y, al mismo tiempo, le pidió disculpas por los insultos que le había dicho.

—Estás perdonado, yo sé que hablaba el vino.

—Sí, puede ser, aunque yo siempre he dicho que el borracho pierde la vergüenza, no el conocimiento de lo que dice. Reconozco que tú no eres culpable de lo que está pasando.

—Ni yo ni nadie. Si ellos se quieren, ¿quiénes somos nosotros para impedirlo?

—No quiero hablar de este tema. No estoy de acuerdo con ese compromiso; pero puede que tengas razón, con la edad que tiene mi hijo, quizá yo no sea quién para oponerme, si es verdad que se quieren.

Al día siguiente, José, sus dos hermanas y su madre llegaron a casa de Inés, se saludaron y después entregaron el regalo: una gargantilla de oro, unos pendientes y una sortija. Inés, al coger el obsequio se ruborizó, aun así no perdió la sonrisa y con esa misma sonrisa dio las gracias de todo corazón. Nunca había merecido tantos agasajos de nadie, aparte de sus padres que la mimaban con cariño, porque por su pobreza no se podían permitir un lujo como el que ella recibía en estos momentos.

José aprovechó un resquicio en la conversación para disculpar a su padre por el comportamiento de los días anteriores.

—Está disculpado —dijo Jesús—, ha tenido la hombría de venir a mi casa a pedir perdón.

Al oírlo, los hijos se miraron extrañados y la madre, al verlos sorprendidos, les dijo:

—Ese es vuestro padre, no el que estamos viendo estos últimos años.

Inés sentía deseos de ver a su hijo. En los tres días que estaba en el pueblo, no había tenido noticias de él, por eso fue a ver a Elvira para preguntarle.

—Quiero que digas a mi hijo que he venido.

—Ya lo sabe, pero está vigilado y no encuentra un espacio de tiempo libre para venir a verte. Sebastián y Asunción están pensando en irse en cuanto pase la feria a unos baños de recreo para una semana, hasta que tú te vayas.

La tristeza entró en el corazón de Inés con la misma turbulencia que entra el agua de una tormenta en las vaguadas que forma el terreno, para dejar después el sentimiento envuelto en un lodo de tristeza tan espesa como el barro.

La alegría que sintió Inés el día anterior cuando la familia de José fue a conocerla con un regalo tan espléndido se había eclipsado. Ahora solo pensaba en el cerco de vigilancia que le habían puesto al niño para que no pudiese hablar con él, ni siquiera verlo desde la distancia que había impuesto el juez. Cuando llegó a Madrid, llevaba la pena reflejada en la cara y la señora Matilde pensó que era la tristeza de haber dejado en el pueblo a sus padres y a su hijo; pero no dijo nada, pensando que en una semana, cuando fuese José a buscarla, al verlo cambiaría esa tristeza por alegría. Pero no fue así, después de tres semanas, seguía igual de triste y su señora, al final, no tuvo más remedio que preguntarle por el motivo de esa tristeza.

—¿Qué te pasa, muchacha, que estás distraída y triste?

—Nada.

—¡Cómo que nada! Si le pareces a la virgen de las Angustias con esa cara de pena.

—No he podido ver a mi hijo: tengo una orden de alejamiento desde hace un año.

—Pero la vez anterior, cuando fuiste al pueblo, ¿lo viste y hablaste con él?

—Sí. Fue él quien me buscó, yo no podía acercarme.

—Pero eso no puede ser. Tú no has hecho nada para imponerte ese alejamiento. Tienes derecho a verlo y a hablarle.

—Ahí los derechos los marca él, y el juez obedece.

A la noche, cuando llegó el médico, antes de acostarse Matilde, le contó la novedad de la historia de Inés y don Santos al día siguiente se interesó por ese nuevo acontecimiento. Mientras desayunaban, le pidió a Inés que le explicase con detalle lo ocurrido.

—¿Quién es el juez? ¿Cómo se llama? —preguntó don Santos a Inés.

—Don Serafín Collado Fernández.

—¿Tienes su dirección o teléfono?

—No, señor.

—No importa, me informaré de alguna manera.

El médico escudriñó entre sus amistades hasta conseguir su dirección y algunas características de su personalidad y, a partir de esos conocimientos, escribió al juez para concertar una cita con él y exponerle la decisión de recurrir la resolución del caso de Inés. A la semana siguiente, recibió contestación dándole el juez una cita para el día cinco de septiembre en su despacho particular, situado en su propio domicilio.

Don Santos se presentó a la cita acompañado de Inés para sorpresa del juez, pues en la petición de cita no le especificaba de quién se trataba, solo que necesitaba su atención para exponerle un caso y deliberar sobre él si el juez no tenía inconveniente. Cuando pasaron al despacho, el juez se dirigió al médico sin dejar de mirarla a ella; entonces don Santos le presentó a la muchacha y después le dijo:

—Esta señorita quiere recurrir una orden de alejamiento enviada a su familia, donde también la incluyen a ella: se trata de su hijo, la orden de alejamiento le prohíbe acercarse a él a menos de cincuenta metros y quiere saber la razón, ya que nadie le ha dado explicaciones.

—No sé de qué me está hablando —dijo el juez haciéndose el desentendido.

—Puede verlo su Señoría, aquí está el documento.

—Este documento no lo he dictado yo, lleva solamente el cuño del juzgado, no mi firma. Recurra por medio de su abogado.

—Esta señorita no tiene medios económicos para pagar un abogado.

—Eso no es de mi incumbencia.

—Apartarme de mi hijo sí lo fue, Señoría —dijo Inés.

—¿De qué me habla?

—Perdónela, Señoría —se disculpó don Santos—, está algo nerviosa.

—Déjela que se explique, quiero saber de qué se trata.

—Se trata de hace once años. Sebastián Díaz Mayordomo Morales, ¿le suena ese nombre? Yo soy Inés Delgado Ruiz.

—Ese veredicto fue justo —dijo el juez dirigiéndose al médico—. Esta mujer estaba enferma, no tenía recursos económicos y no podía trabajar. De hecho, pocos días después hubo que ingresarla en un sanatorio y en esas circunstancias era justo que el padre del niño se hiciese cargo de él.

—Sí, pero no para siempre. Esta madre tendrá derecho a verlo y a hablar con él.

—Ella lo dio en adopción, que lo vea y le hable es una decisión que debe tomarla el padre legítimo.

—Entonces, ¿la orden de alejamiento seguirá vigente?

—Veré qué puedo hacer. Déjeme una dirección, tendrá noticias mías.

Don Santos le dio una nota con su dirección y le dijo que con la contestación le mandase el importe de los honorarios, él se haría cargo de todo.

El juez vio en aquel hombre una categoría personal muy importante y un interés especial sobre esa muchacha y, después de hacer indagaciones sobre el médico, informó a Sebastián de la entrevista.

—¿Qué quiere ese médico? —dijo Sebastián soberbio.

—Que retires la orden de alejamiento, y que dejes a Inés ver a su hijo.

—Si hago eso, lo va a volver loco: lo va a poner en contra nuestra.

—Piénsalo, el abogado que mande el médico no se va a conformar con lo que tú alegues. No va a ser un pelele como el que la defendió en el juicio. Va a indagar desde el principio. Cede un tanto y evitarás males mayores.

—La adopción fue legal, no pueden probar nada.

—Hazme caso. Si investigan, pueden dar con el engaño. Al fin y al cabo, todo fue una manipulación y, si lo llevan a juicio, yo no voy a estar para ayudarte y tú en onces años has perdido muchos poderes. Esto ya no es como antes y ese médico tiene garras. Hay peces gordos del ejército que están con él sin condiciones.

Dos semanas después, Inés recibía la anulación de la orden de alejamiento con una licencia adjunta al documento que acreditaba esa anulación para que pudiese ver al niño y hablar con él en las fechas que ella considerase oportunas, siempre y cuando no interrumpiese los horarios de clase y, a la noche, el Jesús—Gabriel durmiese en su casa. Además, si el muchacho en alguna ocasión se negase a verla, ella tendría que respetar esa decisión.

Esta vez Inés sí brincó de alegría al leer el contenido de la carta y, al terminarla, se quedó en suspense mirando una nota que tenía el médico en las manos junto con el sobre.

—Esta nota es para mí —dijo don Santos—. Es del juez, renuncia a sus honorarios y pide disculpas por las molestias en nombre de Sebastián.

José estaba impaciente por saber el resultado de aquella cita con el juez, por eso iba a ver a Inés cada noche. Aquella vez, al llegar, ella se abrazó a él y le dijo:

—Me consienten verlo. Estoy tan contenta que voy a ir al pueblo el domingo próximo a darle gracias a la virgen y, al mismo tiempo, voy a ver a mi hijo. También voy a enviar una carta a Sebastián para que sepa que ya tengo derecho a verlo y que voy a ir.

—Yo no le escribiría a él —dijo José—, escribe a tus padres y que ellos den el aviso al juzgado y que el juzgado le mande una notificación a Sebastián. Así será un trámite totalmente legal; de la otra manera, puede ignorar la carta y marcharse con el niño a cualquier lugar para que no lo veas. Luego, con decir que la carta llegó después de irse, queda todo solucionado.

—Es cierto. Eso no lo había pensado. ¿Qué haría yo sin ti? —exclamó Inés con una expresión de alegría.

El sábado, cuando Inés llegó al pueblo, sintió una sensación de vacío en él. Comprendió que una parte importante de gente estaba en la romería, subidos en los carros y galeras, camino del santuario para celebrar el encuentro con el pueblo vecino que entregaría la virgen para traerla a su pueblo el domingo por la mañana. Esta virgen estaba compartida por dos pueblos.

Asunción no estaba de acuerdo con que el niño viese a Inés, pero en el santuario, mientras rezaba, vio a Jesús —hijo de María Santísima— en los brazos de su Madre y eso le hizo meditar. Entonces comprendió que más había dado la virgen con la pasión de su Hijo siendo la Madre de Dios, que ella iba a dar con el consentimiento de que Inés y el niño se viesen.

Aquel día en el santuario, era día de celebración, de comer y beber a lo grande y Sebastián comió y bebió sin reparos. A la noche, se sintió molesto; pero no se acostó temprano: descansó un poco y volvió a salir a la explanada a disfrutar del ambiente juvenil y a conversar con la gente de su edad. Empezó a sentirse otra vez mal y se fue a donde estaba su grupo y se refugió en su tartana sin decirle a nadie nada de su dolencia. Al día siguiente, amaneció bien y ese mal lo achacó a la abundancia de comida y bebida que había ingerido. Enganchó el caballo en la tartana mientras el gañán enganchaba las mulas en la galera y emprendieron camino detrás de la virgen hacia el pueblo, como otros tantos romeros.

Al llegar la virgen, Inés esperaba en el altar más cercano al pueblo. Allí la descubrían para que la viesen todos aquellos devotos que no habían ido al santuario y la esperaban en el trozo de camino que había desde el altar a la ermita, situada en el extremo del pueblo según se llegaba por el camino de la romería. Inés vio la tartana de Sebastián y conoció a las mujeres que iban en la zaga: Asunción y la esposa del juez en preferencia y, al fondo, detrás de ellas, se veía a Elvira y a una muchacha joven, criada de la esposa del juez. Sebastián iba en la parte delantera de la tartana; enfrente de él, el juez y, en medio de los dos, el niño, que llevaba las riendas del caballo bajo la vigilancia del padre que iba a su lado.

Inés se estremeció al ver a su hijo, pero no lo saludó. Fue prudente porque pensaba que las dos familias que iban con el niño podían creer que se jactaba de la pequeña preferencia que había conseguido por medio de su protector el médico, por eso prefirió ser cauta y esperar mejor ocasión para hablar con Jesús.

Por la tarde, una hora después de comer, Elvira llevó a Jesús Gabriel a casa de Inés hasta la hora de subir la virgen en procesión desde su ermita hasta la parroquia. Allí pasarían los dos juntos, madre e hijo, unas horas inolvidables donde hablarían de muchas cosas. Elvira estuvo con ellos todo el tiempo hablando con Pepa y Jesús, y esta vez sí que se aclaró todo. Inés le dijo a su hijo que Jesús y Pepa eran sus abuelos. A Pepa ya la conocía de cuando era criada en su casa, pero a Jesús no lo relacionaba para nada con esa familia.

—Tú también te llamas Jesús, aunque nadie te llame así —dijo Inés.

Mientras le decía eso a su hijo, Inés tenía otra cosa en su mente que no sabía cómo decírsela por temor a que el niño no lo entendiese. Quería decirle que estaba comprometida con José y que pronto se casarían; sin embargo, no hizo falta, porque Pepa y Elvira en su conversación desvelaron el casamiento y el niño escuchó todo lo que decían.

—Tengo que explicarte algo que tú no sabes —dijo Inés al niño—. Tengo novio y dentro de unos meses me caso; pero eso no va a cambiar nada. José, el que va a ser mi marido, te quiere igual que yo. Nos seguiremos viendo como ahora y, si quieres, hasta podrás venirte a mi casa a pasar unos días con nosotros.

El niño no dijo nada, mostró una sonrisa tímida de conformidad y duda al mismo tiempo y dejó la respuesta en el aire sin saber qué decir. Cuando el niño llegó a casa, Asunción lo invadió con preguntas, algunas de ellas inadecuadas para un niño de doce años que tenía el cariño repartido entre dos madres con el consecuente trauma. Ahora que se había aclarado todo, él no sabía por cuál de las dos madres decidirse. Su madre verdadera, aquella con la que no vivía, demostraba quererlo más que la otra; pero Asunción era la única madre que había conocido hasta ahora y sentía cariño por ella.

—Se va a casar, ¿te lo ha dicho?

—Sí.

—Cuando se case, no te querrá tanto como demuestra quererte ahora. Al final tienes que ver que la única madre que tienes soy yo —decía Asunción carcomida por los celos—. Tendrá hijos y los querrá más que a ti. Y no digamos el marido… ese, por mucho que se esfuerce en quererte, no te toca nada.

El niño estaba serio y, mientras escuchaba, le llegaban nuevas dudas a la cabeza, pero se mantuvo en silencio.

Inés y José preparaban para la boda. Matilde y Santos estaban pendientes del proceso de preparación de su sirvienta, sobre todo con la vivienda que iban a alquilar. Deseaban que estuviese cerca para simplificar la tarea de Inés de ir y venir, porque ahora que iba a tener su propia casa y un marido, sería más complicado para ella.

—¿Habéis contratado el piso que ibais a ver? —preguntó Matilde a Inés.

—No. Es muy caro: ochocientas pesetas. El sueldo de José de diez días, más luz, agua y comunidad. Nosotros no podemos pagar esa cantidad. Hemos visto otros por quinientas pesetas; pero está lejos de aquí, a media hora de autobús.

—Eso también es un gasto —dijo Matilde.

—No supone mucho, José tiene bonos que le da la empresa para la familia.

—¿Cuánto dinero supone la diferencia entre esta vivienda cercana y la otra? —dijo el médico.

—Trescientas pesetas cada mes.

—Cuenta con ellas en tu sueldo y alquilar esa vivienda cuanto antes, no sea que se adelanten otros posibles inquilinos.

Cinco meses después, José e Inés volvían al pueblo a repartir las invitaciones de boda, que habían señalado para el sábado día nueve de abril.

Sebastián no se encontraba bien desde el día de la romería. De cuando en cuando, le llegaba un dolor al pecho que lo ahogaba y cuando se le pasaba, quedaba agotado y fatigoso. Esta última vez fue más intenso y Asunción mandó llamar al médico, que, después de una exploración exhaustiva, decidió ingresarlo temiendo por su vida. Él sentía que le acechaba el peligro y, a pesar de la prepotencia que lo caracterizaba, estaba acobardado ante un desenlace fatal. Además, tenía remordimiento de todo cuanto había hecho mal en su vida, pensando en que estos días podían ser los últimos en este mundo y, como creyente que era, estaba seguro de que, al llegar allí arriba, tendría que dar cuentas a Dios nuestro Señor. Entonces Sebastián decidió confesarse, pero no solo con el sacerdote, sino también con su hijo. Aprovechó la ausencia de Asunción que había ido a su casa y, con voz cariñosa, le dijo:

—Siéntate cerca de mí. Aquí, al lado de la cama. ¿Sabes que tu verdadera madre es Inés?

—Sí, lo sé desde hace algún tiempo.

—Tienes trece años y ya eres casi un hombre. Y empezarás a serlo forzosamente a pesar de tu corta edad si yo me voy, Dios no lo quiera; pero, si es así, tú serás el hombre de la casa. En cuanto a Inés, quiérela y respétala, ella no tiene culpa de nada, al contrario: ella es la única perjudicada. Tenía quince años, dos más que tú tienes ahora, cuando te concibió —casi una niña— y lo peor es que lo hice a la fuerza, sin su consentimiento. Destrocé su juventud y se llenó de temores. Debería haberla ayudado, pero en vez de ayudarla, la acosé para separarla de ti y apoderarme de lo único que le hubiese hecho sentir las ganas de vivir: tu compañía. Tú no sabes mucho de mi vida fuera de casa. Solo conoces las disputas entre Asunción y yo; pero hay mucho más. He hecho siempre mi voluntad y he menospreciado a mucha gente a sabiendas de que hacía mal. De Inés te separé con engaños y a punto estuvo de morir por culpa de una enfermedad, que se podía haber atajado antes si hubiese estado bien alimentada. Pasaba hambre y te amamantaba a ti, hasta que se le retiró la leche a consecuencia de la anemia producida por la falta de alimentación y yo, en vez de ayudarla, aproveché para separarte de ella. Después ingresó en un sanatorio en Madrid y estuvo en él hasta que la viste por primera vez en casa. Yo me hice cargo de su ingreso: lo hice para ayudarla a que se curase; pero también para mantenerla lejos de ti. Ella nunca te ha abandonado, al contrario: ha luchado para estar junto a ti hasta que lo ha conseguido.

El niño no decía nada, pero sentía que en su mente se iban desvaneciendo las dudas que confusamente se le retorcían sin encontrar una salida. Ahora que todo se aclaraba, sentía tristeza por el sufrimiento de Inés, su verdadera madre.

El día treinta y uno de marzo, Sebastián volvió a sentir ese dolor; pero esta vez fue tan intenso que lo dejó inconsciente y, a pesar del esfuerzo de los médicos para reanimarlo, unas horas después moría. Los médicos dictaminaron muerte súbita por infarto de miocardio que, según alguna gente que había sufrido los abusos de Sebastián, pudo más que su prepotencia y su soberbia.

El día nueve de abril se celebró la boda de Inés y José. Un día de alegría y de tristeza: de alegría para la familia de José e Inés porque al fin iban de boda. Además la boda se celebraría con un acontecimiento inesperado: el padre de José asistía a ella por su propia voluntad. La tristeza venía por parte del niño, que no estaría en la boda con Inés por el reciente fallecimiento de su padre. Cuando Inés fue a ver a su hijo después de la muerte de Sebastián para darle consuelo, el muchacho le dijo todo lo que le había explicado su padre en la confesión y lloraron los dos: ella recordando lo que había sufrido desde aquella mañana que Sebastián la violó, hasta que ahora, con su hijo y José, encontraba la felicidad. El niño lloró por ella y por su padre, porque con él nunca tuvo un mal trato, ni de obra, ni de palabra. Para él había sido el mejor padre del mundo, a pesar del daño que había confesado hacer a otra gente, incluso a Inés.

El nuevo matrimonio, después de unos días en el pueblo, volvió a Madrid. Esta vez fueron a su piso para emprender al día siguiente cada uno su trabajo. Al despedirse, le prometieron a Jesús Gabriel que vendrían pronto a verlo. Lo que no esperaban es que fuese tan pronto.

Dos semanas después de la boda y tres después del entierro de Sebastián, Inés recibía una citación de la notaría del pueblo para asistir a la lectura de las últimas voluntades de Sebastián. Una sorpresa que le dio mucho en qué pensar, porque no sabía el motivo de aquella citación. Ella acudió ilusionada pensando en que en el testamento le devolvía a su hijo legalmente. Al leer el notario el testamento descubrieron que Sebastián otorgaba un tercio de sus bienes a su esposa Asunción para ella lo disfrutara en sus días. Cuando Asunción falleciera, ese capital iría a manos del hijo. Otro tercio de la herencia era también para Jesús Gabriel, siendo administrado por Asunción hasta la mayoría de edad del muchacho. Y otro tercio para Inés en compensación por los daños causados, con solo una condición: que acogiese al niño en su casa mientras durasen los estudios de Jesús Gabriel en Madrid, que empezaría a partir de septiembre con los estudios de Bachillerato Superior.

También pedía al señor juez, S.S. don Serafín Collado Fernández, que hiciese justicia con Inés Delgado Ruiz y propusiese en el Registro Civil la modificación del segundo apellido de su hijo Jesús Gabriel Díaz Mayordomo Jaime haciendo constar en él el primer apellido de Inés. *Ruego que sea admitida mi petición, para que pase a llamarse Jesús Gabriel Díaz–Mayordomo Jaime–Delgado, formando esos dos apellidos un segundo apellido compuesto.*

Inés estaba emocionada y, al terminar de leer el testamento el notario, pidió permiso para hablar y una vez que se lo concedió, dijo:

—Renuncio a esa herencia en favor de mi hijo, que él y únicamente él decida qué quiere hacer con ella desde esta misma fecha de hoy. También me comprometo a alojarlo en mi casa el tiempo que él considere oportuno, sin ninguna condición. Para mí cuidar de mi hijo el tiempo que él considere necesario será una satisfacción.

Asunción palideció al escuchar el contenido del testamento y, al levantarse del asiento, empezó a tambalearse. Entonces el muchacho la cogió por la cintura para sujetarla y ella, al sentir sus brazos, lo miró y le dijo:

—Te he perdido. A partir de septiembre me quedo sola y quién sabe si para siempre.

—No, madre, no se queda usted sola, está Elvira y yo, que vendré a verla siempre que pueda, no la voy a dejar.

—Ahora tienes a tu madre, tu verdadera madre.

—Mi madre es usted y ahora ella también, dos madres. Soy la persona más afortunada que conozco: dos madres para mí solo.

Esto lo decía cogido de la cintura de las dos dándoles el mismo cariño y la misma atención. Besándolas alternativamente sin predilección por ninguna de ellas, como si fuesen una sola.

—Puedes venir a casa siempre que quieras —dijo Asunción a Inés— y perdona el daño que te hemos causado.

—Estás perdonada, nunca te guardé rencor. Yo sé que tú no eras la verdadera culpable.

EPÍLOGO

La petición de Sebastián al juez no fue admitida en el Registro Civil, puesto que en la primera inscripción ya figuraba el nombre de Jesús con los apellidos de Inés, aunque estuviesen anulados desde la segunda inscripción en el libro de familia de Sebastián y Asunción, como hijo adoptivo, con una fecha posterior y diferente a la de su nacimiento. Sin embargo, eso a Inés no le importó. Ella quería tener a su hijo y ya lo tenía. Además, sentía su cariño, lo que hacía que desapareciesen los temores que la habían estado martirizando desde antes de dar a luz. Ahora era feliz, máxime cuando sabía que Sebastián ya no podía importunarla.

Después de esos años difíciles, cada cual fue viendo la luz en compañía de los suyos y de la gente de su entorno, bien familiar o de amistades.

Josefa y Doroteo encontraron la luz con su negocio y sus hijos. Ramona y Francisco, con el regreso de él de la cárcel y la unión definitiva de la familia. Romualdo con Teresa y su hija Gloria. Juan con sus hijos, a pesar de que Aurora siguiese pasiva sin sentir la menor pasión por él. Alberto y Lucía, poniéndose el mundo por montera sin importarles las opiniones familiares o ajenas. Don José y doña Felicidad con la paz de ver a sus hijas con sus sueños cumplidos. Inés y José, con Jesús Gabriel y un embarazo de tres meses, que fue la primera noticia que recibió el muchacho cuando llegó a Madrid. Jesús y Pepa, viendo a su hija casada con José después de recuperar a su nieto. Elvira con Asunción y Asunción con Elvira, porque, desde que había muerto Sebastián, Elvira no solo estaba en la casa durante el día, también se quedaba por la noche a dormir, para no estar solas ninguna de las dos. Cirila, con noventa y siete años, era la más longeva del asilo de ancianos y tenía, además, sus facultades mentales despejadas. Le daba gracias a Dios por eso y por estar atendida en ese centro. La abuela Conce vivía con su nieta María, ya casada, y disfrutaba de un estado de salud envidiable, porque con sus setenta y cinco años, era para su nieta una ayuda y no una carga. Emilia se regocijaba en cada ayuda que conseguía para los necesitados y después se refugiaba en la oración para dar gracias a Dios por lo conseguido y recordarle al Altísimo que lo conseguido no era suficiente. Otras veces, recordaba a Ramiro y, a pesar de todo, se sentía feliz, porque pensaba que su destino era obra de Dios. Que era Él quien había preparado el camino para que ella pudiese hacer la obra que desempeñaba y que a Ramiro lo había premiado con una familia envidiable en compensación por el sacrificio de no haber podido estar con ella. Blas y Verónica eran dichosos con la unión de sus familias, el niño de los dos y la espera de un nieto, fruto del matrimonio de su hija María. Juan José y Petra sentían el gozo de ver a sus hijos con un futuro próspero, que, dentro de su pobreza, les ayudaría a vivir dignamente. También vieron la luz muchos otros que emigraron huyendo de la escasez y la miseria que generaban los trabajos eventuales. Ahora, después de algunos años, volvían al pueblo en fiestas y vacaciones vestidos como señores, incluso algunos en coche propio.

Todos vieron la luz del sol después de la tormenta, excepto aquellos, que queriendo deslumbrar con su arrogancia y su autoritarismo, se fueron apagando poco a poco. Con el tiempo, fueron perdiendo poderes y viendo cómo aquellos que habían vivido sometidos, huían del yugo opresor que con prepotencia les ceñían constantemente, esclavizándolos con «pan para hoy y hambre para mañana». Opresores insensibles como el padre de Emilia, el patrono de Jesús, Mauricio, el juez, el funcionario del Registro Civil y Sebastián. Aunque este último, sufriese el desencanto en menor grado por haberle sorprendido la muerte cuando empezaba el éxodo hacia la libertad y el bienestar.

Igual que estos, otros muchos fueron perdiendo poderes hasta verse perdidos en las tinieblas de la rabiosa incomprensión. Sin ver ni comprender que había que compartir sitio, pan, trabajo, riqueza y bienestar para generar igualdad. Independientemente de las clases sociales, ideas y creencias. Había que unir el esfuerzo de todos para caminar con fuerza y defender los derechos comunes y el trabajo, sin necesidad de imponer la voluntad de unos sobre otros. Había que vivir en paz y armonía, sin que nadie se creyese dueño del universo.

FIN

Este libro se imprimió en Madrid
en octubre del año 2018

«Cantaban las Musas que habitan las mansiones olímpicas,
las nueve hijas nacidas del poderoso Zeus.
Calíope es la más importante de todas,
pues ella asiste a los venerables reyes».

HESÍODO, *Teogonía*, 1-103

www.ingramcontent.com/pod-product-compliance
Lightning Source LLC
Chambersburg PA
CBHW030743030726
47497CB00001B/113